El Danubio

Claudio Magris

El Danubio

Traducción de Joaquín Jordá

EDITORIAL ANAGRAMA
BARCELONA

Título de la edición original:
Danubio
Garzanti Editore
Milán, 1986

Ilustración: © Olga Capdevila

Primera edición en «Panorama de narrativas»: octubre 1988
Primera edición en «Compactos»: mayo 1997
Primera edición en «Compactos 50»: noviembre 2019
Decimoctava edición en «Compactos»: septiembre 2025

Diseño de la colección: Julio Vivas y Estudio A

ISBN: 978-84-339-4810-6
Depósito legal: B. 9299-2025

Printed in Spain

Liberdúplex, S. L. U., ctra. BV 2249, km 7,4 - Polígono Torrentfondo
08791 Sant Llorenç d'Hortons

a Marisa, Francesco y Paolo

Cabalgan lejos lejos hasta el Danubio...

La fuga del rey Mattia,
canto popular esloveno

Una cuestión de canalones

1. UNA PLACA

«Querido amigo:

»El asesor de Venecia, Sr. Maurizio Cecconi, basándose en el proyecto adjunto, nos ha planteado la propuesta de organizar una exposición sobre el tema "La arquitectura del viaje: historia y utopía de los hoteles". La sede prevista es Venecia. Asumirían la financiación diferentes instituciones y organizaciones. Si usted se siente interesado por colaborar en ella...»

La calurosa invitación que llegó hace pocos días no se dirige a un destinatario preciso, no nombra a la persona o las personas a las que apostrofa con entusiasmo; la afectuosa iniciativa patrocinada por el Ente Público trasciende las individualidades concretas y abarca lo general, la humanidad o por lo menos una amplia y fluida comunidad de cultos e inteligentes. El proyecto adjunto –redactado por profesores de las universidades de Tübingen y de Padua, articulado según una rigurosa lógica y acompañado de bibliografía– quiere llevar al orden inexorable del tratado la imprevisibilidad del viaje, la confusión y la dispersión de los caminos, el azar de las paradas, la incertidumbre de las noches, la asimetría de todos los recorridos. El esquema es el borrador de un estatuto de la vida, si es cierto que la existencia es un viaje, como suele decirse, y que pasamos por la Tierra como invitados.

Lo cierto es que, en el mundo administrado y organizado a escala planetaria, la aventura y el misterio del viaje parecen acabados; los viajeros de Baudelaire, que partían a la búsqueda de lo inaudito y estaban dispuestos a naufragar durante el viaje, encuentran en lo ignoto, pese a cualquier desastre imprevisto, el mismo tedio que han dejado en casa. De todos modos, moverse es mejor que nada: se mira por la ventanilla del tren que se precipita en el paisaje, se ofrece la cara al escaso frescor que desciende de los árboles del paseo mientras uno se mezcla con la gente, y algo corre y pasa a través del cuerpo, el aire se mete dentro de la ropa, el yo se dilata y se contrae como una medusa, un poco de tinta sale del tintero y se diluye en un mar color tinta. Pero esta blanda relajación de los nexos, que sustituye el uniforme por un pijama, equivale sobre todo a la hora del recreo en el programa escolar, más que a la promesa de la gran disolución, del loco vuelo en que se supera el confín. Veleidades, decía Benn, incluso cuando se siente que el azul despiadado se abre bajo la realidad opinable. Demasiados agoreros complacidos y perentorios nos han enseñado que la cláusula «todo incluido» de las tarifas turísticas comprende también el viento que se levanta. Pero queda, por fortuna, la aventura de la clasificación y del diagrama, la seducción metodológica; el profesor de Tübingen contratado por el asesor, consciente de que la prosa del mundo amenaza a la odisea, a la experiencia concreta e irrepetible del individuo, se anima y cita en la página 3 a Hegel, gran discípulo del seminario teológico de su ciudad, repitiendo con él que el método es la construcción de la experiencia.

Este banco de madera, que contempla la sutil línea del agua, invita a sentir simpatía por el sistemático proyecto, encontrado en el buzón poco antes de partir –simpatía por el pequeño arte de la fuga que se oculta bajo las arcadas de sus paisajes lógicos–. La madera huele bien, posee una sobriedad viril de Caballero del valle solitario, el Breg –*¿o* el Danubio?– es una cinta de bronce que corre parda y reluciente, y gracias a unas pocas manchas de nieve en el bosque la vida parece un día fresco y aireado, una promesa de cielo y de viento. Una feliz conjuración de las circunstancias y un benévolo relajamiento, favorecido también tal vez por la cordialidad de aquel «querido amigo», invitan a tener confianza en el mundo, y a aceptar incluso la síntesis, formulada con claras letras por el colega alemán en el programa veneciano, entre la Ciencia de la Lógica hegeliana y las categorías de los hoteles.

Resulta agradable que el viaje tenga una arquitectura y que sea posible aportar a ella alguna piedra, aunque el viajero parezca menos alguien que construye paisajes –tarea del sedentario– que alguien que los desmonta y los deshace, como el barón von R. del que cuenta Hoffmann que viajaba por el mundo coleccionando panoramas y, cuando lo consideraba necesario para su placer o para crear un hermoso mirador, hacía talar árboles, desnudar ramas, aplanar las redondeces del terreno, abatir bosques enteros o demoler alquerías, si obstaculizaban una vista. Pero también la destrucción es una arquitectura, una deconstrucción que obedece a reglas y cálculos, un arte de descomponer y recomponer, o sea de crear otro orden: cuando una pared de hojarasca caía de repente, despejando la vista sobre las ruinas de un castillo lejano a la luz del crepúsculo, el barón von R. se detenía algunos minutos para contemplar el espectáculo que él mismo había escenificado y luego se iba apresuradamente, para no regresar nunca más.

Cualquier experiencia es el resultado de un método tenaz, incluso la transparencia del crepúsculo lejano para el barón von R. o el aire de nieve que llega a este banco de la Selva Negra. Es en las clasificaciones donde la vida revela su arrollador centelleo, en los protocolos que intentan catalogarla y ponen así en evidencia el irreductible residuo del misterio y del encanto. Por consiguiente, el esquema del proyecto de los dos expansivos estudiosos, articulado como el *Tractatus* de Wittgenstein (1.1, 1.2, 2.11, 2.12, etc.), permite vislumbrar, a través de las minúsculas rendijas entre un número y otro, las indefinidas peripecias del viajar: distingue hoteles lujosos *(luxuriös),* burgueses, sencillos, populares, locales, portuarios, de excursión, campesinos, principescos, conventuales, de caridad, patricios, de corporaciones artesanas, de aduanas, de correos, de carreteros. Sólo las tablas de la ciencia saben poner adecuadamente de relieve el humorismo metafísico de los objetos y de los acontecimientos cotidianos, de sus conexiones y secuencias: en la sección E, dedicada a las *Escenas* –se entiende que las que pueden desarrollarse en los hoteles– se lee en determinado punto: «2.13. Erótica: –cortejar– prostitución. 2.14. Ablución. 2.15. Dormitorios. 2.16. El despertador».

No sé en qué categoría de hotel entraría el de Neu-Eck, en la Selva Negra, a escasos kilómetros de este banco, en el que hace veintitrés años, delante de un posavasos de cerveza Fürstenberg, un círculo de cartón con una especie de dragón rojo en un campo de oro orlado de azul e incluido a su vez en un fondo rojo y blanco que giraba entre nuestras manos, se decidió mi vida. Partida y retorno, *le voyage pour connaître ma géographie,* como decía aquel loco de París. La placa, a pocos metros de este banco, indica la –¿una?– fuente del Danubio y señala incluso que se trata de la principal. Río de la melodía, lo llamaba Hölderlin cerca de sus fuentes; lenguaje profundo y oculto de los dioses, camino que unía Europa y Asia, Alemania y Grecia, a lo largo del cual la poesía y el verbo, en los tiempos del mito, habían ascendido para llevar el sentido del ser al occidente alemán. En las orillas del río, según Hölderlin, seguían estando los dioses: ocultos, incomprendidos por los hombres en la noche del exilio y de la escisión moderna, pero vivos y presentes; en el sueño de Alemania dormía, entorpecida por la prosa de la realidad pero destinada a despertar en un futuro utópico, la poesía del corazón, la liberación, la reconciliación.

El río lleva muchos nombres. Para algunos pueblos, Danubio e Istro indicaban respectivamente el curso superior y el inferior, pero a veces también el curso entero: Plinio, Estrabón y Ptolomeo se preguntaban dónde terminaba uno y comenzaba el otro, tal vez en Iliria o en las Puertas de Hierro. El río «bisnominis», como le llamaba Ovidio, arrastra a la civilización alemana, con su sueño de la odisea del espíritu que regresa a casa, hacia oriente, y la mezcla con otras civilizaciones, a través de las muchas metamorfosis mestizas en las cuales su historia encuentra su realización y su caída. El germanista, que viaja de forma intermitente, cuando y como puede, a lo largo de todo el curso del río que mantiene unido su mundo, se lleva consigo su bagaje de citas y de manías; si el poeta se confía al barco ebrio, su suplente intenta seguir el consejo de Jean Paul, que sugería recoger y anotar por la calle imágenes, antiguos prefacios, billetes de teatro, charlas en la estación, poemas y batallas, epitafios, metafísicas, recortes de periódicos, anuncios de las fondas y parroquias. *Souvenirs, intpressions, pensées et paysages pendant un voyage en Orient,* dice el título de Lamartine. ¿Impresiones y pensamientos de quién? Cuando se viaja a solas, como sucede con demasiada frecuencia, hay que pagar del propio bolsillo, pero en ocasiones la vida es buena y permite viajar y ver mundo, aunque sólo sea a retazos y por poco tiempo, con los cuatro o cinco amigos que declararán en nuestro favor el día del Juicio, hablando en nuestro nombre.

Entre un viaje y otro, al volver a casa, se intenta extender las hinchadas carpetas de apuntes sobre la plana superficie del papel, trasladar plicas, cuadernos, folletos y catálogos a hojas escritas a máquina. La literatura como mudanza; como en todas las mudanzas, algo se pierde y algo reaparece en los estantes olvidados. A decir verdad, casi caminamos como huérfanos, dice Hölderlin en el poema *En las fuentes del Danubio* –el río corre y brilla bajo el sol como el fluir de la vida, pero el sentido que reluce es una ilusión óptica de la mirada deslumbrada que ve en el muro manchas luminosas inexistentes, esplendor en el neón de la desaparición, seducción de la apariencia, tapas ilustradas.

La reverberación de la nada enciende las cosas, las latas abandonadas en la playa y los cristales reflectores de los coches, del mismo modo que el crepúsculo incendia las ventanas. El río no posee totalidad y viajar es inmoral; decía Weininger mientras viajaba. Pero el río es un viejo maestro taoísta, que a lo largo de sus orillas da clases sobre la gran rueda y sobre los intersticios entre sus radios. En cada viaje existe por lo menos un fragmento de sur, horas tranquilas, abandono, fluir de la ola. Sin preocuparse por los huérfanos de sus orillas, el Danubio corre hacia el mar, hacia la gran persuasión.

2. DONAUESCHINGEN CONTRA FURTWANGEN

Aquí nace el brazo principal del Danubio, dice aquella placa junto a la fuente del Breg. Pese a esta declaración lapidaria, el plurisecular debate sobre las fuentes del Danubio sigue todavía candente y es incluso responsable de animadas discusiones entre las ciudades de Furtwangen y Donaueschingen. Para complicar las cosas se ha añadido recientemente, además, la atrevida hipótesis sostenida por Amedeo, apreciado sedimentólogo y secreto historiógrafo de errores, según la cual el Danubio nace de un grifo. Sin pretender resumir la milenaria bibliografía sobre el tema, que va desde Hecateo, el predecesor de Herodoto, hasta los fascículos de la revista *Merian* en los quioscos, baste recordar las épocas para las cuales el Danubio tenía unas fuentes tan desconocidas como el Nilo, en cuyas aguas por otra parte se refleja y se confunde, si no *in re,* sí por lo menos *in verbis,* por las comparaciones y paralelismos entre los dos ríos, que se han sucedido durante siglos en los comentarios de los doctos.

Hacia esas fuentes se han dirigido las investigaciones y las conjeturas o las noticias de Herodoto, Estrabón, César, Plinio, Ptolomeo, el Pseudo-Skymnos, Séneca, Mela, Eratóstenes; se supone o se indica que las fuentes están en la Selva Ercinia, junto a los hiperbóreos, en Pirene, en el país de los celtas o de los escitas, en el monte Abnoba, en la tierra Hesperia, mientras otras hipótesis aluden a la bifurcación del río, a un brazo que desemboca en el Adriático y a divergentes descripciones de las bocas en el mar Negro. Si de la historia o del mito, que afirma que los Argonautas descendieron a lo largo del Danubio hasta el Adriático, pasamos a las eras prehistóricas, la identificación se tambalea y se pierde en lo gigantesco, en una fragorosa instalación de lo monstruoso en una geografía titánica: el *Urdonau* en el Oberland de Berna, con sus fuentes en el lugar de los actuales picos de la Jungfrau y del Eiger, el Danubio primordial al que afluían el Ur-Rhin, el Ur-Neckar y el Ur-Main, y que a mediados del Terciario, en el Eoceno, entre sesenta y veinte millones de años atrás, desembocaba más o menos donde hoy se encuentra Viena, en un golfo de Tetis, la madre oceánica originaria, en el mar sarmático que cubría toda la Europa sudoriental.

Poco sensible a lo arcaico y a sus prefijos indogermánicos, Amedeo olvida el Urdonau y se apunta más bien a la actual disputa entre Furtwangen y Donaueschingen, dos pueblos de la Selva Negra a treinta y cinco kilómetros de distancia. Como es sabido, las fuentes del Danubio se hallan oficialmente en Donaueschingen, cuyos habitantes garantizan su originalidad y autenticidad en el sentido legal del término. Desde los tiempos del emperador Tiberio, el pequeño manantial que brotaba de la colina era celebrado como el origen del Danubio y en Donaueschingen, además, se encuentran los dos ríos, el Breg y el Brigach, cuya confluencia constituye (según la opinión popular, confirmada por las guías turísticas, por las oficinas públicas y por los proverbios populares) el inicio del Danubio. El *incipit* del río que crea y abraza la Mitteleuropa es parte integrante de la antigua residencia principesca, junto con el castillo de los Fürstenberg, con la biblioteca de la corte en la que se encuentran los manuscritos de la *Canción de los nibelungos* y del *Parsifal,* con la cerveza que también lleva el nombre de los príncipes del lugar y con los festivales musicales que consagraron la fama de Hindemith.

«Hier entspringt die Donau», aquí nace el Danubio, dice la placa del parque de los Fürstenberg en Donaueschingen. Pero la otra placa, que el doctor Ludwig Öhrlein ha hecho colocar en las fuentes del Breg, precisa que ésta, de todas las fuentes del río competidoras, es la más lejana al delta del mar Negro, del que dista 2.888 kilómetros –48,5 más que Donaueschingen–. El doctor Öhrlein, propietario del terreno en el que brota el Breg, a pocos kilómetros de Furtwangen, ha emprendido una batalla a base de papel timbrado y certificados contra Donaueschingen. Se trata de una pequeña y tardía repercusión de la Revolución Francesa en la atrasada «miseria alemana», el burgués dedicado a las profesiones liberales y pequeño propietario que se alza contra la nobleza feudal y sus blasones. Los buenos burgueses de Furtwangen han cerrado las filas como un solo hombre en torno al doctor Öhrlein y todos recuerdan el día en que el alcalde de Furtwangen, seguido de un tropel de conciudadanos, arrojó con desprecio en la fuente de Donaueschingen una botella de aguas del Breg.

3. LA RELACIÓN

La relación de Amedeo, contenida en una detallada carta –que he traído conmigo para comprobarla, como suele decirse, *in situ,* antes de discutirla con él cuando, dentro de poco, se una a nosotros–, acepta, si bien con algunas variantes, la tesis Furtwangen, según la cual las fuentes del Danubio son las del Breg: el Breg, por consiguiente, es el auténtico Danubio, y el Brigach, menos alejado del mar Negro, su afluente. La relación es una epístola incisiva, cuya precisión científica va acompañada de elegancia humanista e imbuida de melancolía; se reconoce en ella no sólo al autor de los estudios sobre los derrumbamientos y deslizamientos masivos, comunas militares de la sedimentología, sino también el más ignorado y evasivo autor de textos más secretos, como el *Elogio de la distracción,* y de puntillosas e inquietas traducciones de poemas románticos alemanes.

Se deduce de la relación que lo que le atrajo en un principio fue la posada, aquella *Gasthaus* con el tejado inclinado, revestido de madera, que se halla junto a las fuentes del Breg. Hay muchas posadas en su relación, que es el auténtico relato de una expedición, como la de los exploradores a la búsqueda de las fuentes del Nilo, y anota por tanto las etapas y las fases del camino; pensiones con enanos de piedra en el jardín, ramas de árbol, pianolas antiguas, escaleras de madera que llevan al altillo. Entre las líneas de esta relación, escrita por un hombre por otra parte tan amable y tranquilizador, se adivina un disimulado intento de fuga, el círculo vicioso de alguien que parece buscar un escondite, un lugar en el que desaparecer y no ser nadie. Esas posadas son acogedores lugares de tertulia y copas, pero en los rincones un poco oscuros de la *Stube* o en los dormitorios de techo inclinado el autor busca también algo diferente y antitético, la cabaña de la bruja en el bosque, descubierta en los libros de la infancia, con la cual ya nadie podrá encontrarse jamás. Es como si, al contrario de Tristam Shandy que temía no llegar a encontrarse nunca, él quisiera perderse y ofrecerse a sí mismo indicaciones desorientadoras.

Había llegado a las fuentes de Furtwangen, donde se había detenido a visitar el Museo de los Relojes y había vagabundeado durante un par de horas entre millares de cuadrantes de todas las formas y dimensiones, engranajes de ruedas y lancetas, autómatas y pianos movidos por el paso de las horas, «selvas de péndulos», como, para ser exactos, señala. En su carta, ese movimiento isócrono que le rodeaba por todas partes parece el ritmo secreto de la vida, la medida automática de un tiempo puro y vacío; la existencia, en esa carta, parece un movimiento cerrado en sí mismo que retorna siempre al inicio, como si entre los dos puntos extremos y recurrentes de la oscilación no existiera nada, a no ser la propia oscilación abstracta y la fuerza de la gravedad que arrastra hacia abajo, hasta que al final, cuando el desgaste de los años ha llevado a término su trabajo, el cuerpo alcanza el estado inapelable de la paz. La curva de su vida rozaba tangencialmente la recta de la realidad, pero siempre en el mismo punto y aquel punto de intersección le dolía, como cuando dos vértebras excesivamente próximas muerden el nervio ciático, de modo que se desearía tener un corsé o una tracción que eliminase ese contacto doloroso.

La pequeña excursión a las fuentes debe de haber sido probablemente una distracción para escapar a esa sensación de pérdida de velocidad, un subterfugio para remover, con un bonito paseo al aire libre, sus propios fondos pantanosos. Para apartar la mirada del propio pozo profundo no hay nada mejor que dirigirla al análisis de la identidad ajena, interesarse por la realidad y por la naturaleza de las cosas.

¿De qué manera aparecen los fenómenos en el horizonte del mundo y de la mente? Ese libro es azul y ese cenicero es un regalo de Navidad, escribe Paolo Bozzi en su libro *Unidad, identidad, casualidad* editado en 1969, pero subraya inmediatamente la diferencia entre los dos predicados, entre la propiedad visible del azul –que llega a la corteza cerebral a través de las ondas electromagnéticas y los impulsos del nervio óptico– y su carácter de regalo navideño, que sólo existe en el pensamiento de quien lo ha recibido y no existe para un ignorante observador que ha entrado en aquel momento en la habitación.

Así pues, ¿el agua que brota del terreno del doctor Öhrlein es el origen del Danubio o, por el contrario, sólo se sabe (se piensa, se cree, se pretende) que es el origen del Danubio? Amedeo, evidentemente, ha querido llegar a las cosas mismas, a su manifestación originaria en la conciencia. Ha partido, pues, de Furtwangen decidido a describir las fuentes del Danubio tal como se ofrecen a la observación, a captar su forma pura, su esencia, después de haber anulado y puesto entre paréntesis cualquier teoría preconcebida.

Al principio, su relación es atenta y persuasiva. El agua del Breg brota del suelo en una pequeña cuenca de una colina, cuya pendiente sigue subiendo, más arriba de las fuentes, durante unas decenas de metros. Amedeo sigue la cuesta de la pendiente y se encuentra, junto con Maddalena y Maria Giuditta, con los zapatos, los calcetines y los pantalones mojados. La hierba del prado está empapada de agua, todo el terreno está encharcado por innumerables y minúsculos arroyuelos. En esa situación las dos hermanas se mueven y se mojan con más gracia que Amedeo, cuyo encanto, por otro lado, reside en buena parte en su maciza y tranquilizadora corpulencia a lo Pierre Bezuchov. Su pluma, sin embargo, es digna de esa gracia, se posa leve y precisa sobre los detalles como una mariposa sobre las flores, detiene la aireada limpieza del día. La fenomenología lleva razón, la simple aparición de las cosas es buena y verdadera, la superficie del mundo más real que las gelatinosas cavidades interiores. San Agustín se equivocaba en parte, cuando exhortaba a no salir fuera de sí mismos: quien permanece siempre dentro, fantasea y se pierde, acaba por quemar incienso a algún ídolo de humo que surge de los desechos de sus miedos, vacío e insidioso como las pesadillas a las que la oración nocturna convida a desaparecer.

En las páginas sobre ese prado en pendiente, el sedimentólogo encuentra un gran alivio, la prestancia clásica del escritor épico que percibe en los detalles la presencia de una ley universal que los abarca en una armoniosa unidad. Las ciencias ayudan a no perder la cabeza, a seguir adelante y a descubrir que el mundo, a fin de cuentas, es bueno y está firmemente unido; quien goza de una sólida formación científica acaba por sentirse a sus anchas, incluso entre los objetos que cambian y pierden continuamente su propia identidad.

Temeroso tal vez –o deseoso– de pertenecer también él a este tipo de personas, Amedeo se preguntó, como dice su relación, «cuál es la auténtica continuación del río, hacia arriba». Desde los tiempos de Heráclito, el río es por excelencia la figura interrogativa de la identidad, con la eterna pregunta de si podemos o no bañarnos dos veces en sus aguas, y Descartes, con su famoso pedazo de cera blanca, dura y fría que, aproximada al fuego, cambia de figura, tamaño, firmeza y color sin dejar de ser un pedazo de cera, empezó a pensar partiendo de ideas claras y diferenciadas justamente cerca del río, en el Danubio, en Neuburg, el 10 de noviembre de 1619, en su habitación que, gracias a la munificencia del duque de Baviera, se le calentaba para el invierno.

Es evidente que el agua que brota en la cuenca del manantial procede del prado pantanoso, que está unos cuantos metros más arriba, como puede verse en una fotografía, en la que Maddalena se apoya en Maria Giuditta y levanta un bonito pie mojado. La tierra engulle los innumerables riachuelos, los filtra y los devuelve a la vista allí donde surge el manantial, junto a la placa del doctor Öhrlein. El estudioso se pregunta entonces de dónde procede el agua que encharca el prado y que, por tanto, es el Danubio. Remonta el curso de los arroyuelos, que descienden a lo largo de la pendiente, y se encuentra, a unas decenas de metros, ante una antigua casa del siglo XVIII, flanqueada por una leñera, y frente a «un largo canalón exterior o tal vez incluso un tubo del que, al pasar cerca de la leñera, mana abundante agua en dirección a la cuenca» situada más abajo. «Es indiscutible –prosigue–; el agua que baja por la pendiente hasta la cuenca de la que brota el manantial procede de ese canalón que está arriba. El agua sólo baja, no puede remontar una pendiente o un tubo (¿o tal vez es ése el único lugar del mundo conocido en el que la ley más honesta de la física clásica deja de actuar?).»

Si el río es agua visible, expuesta al cielo y a la mirada de los hombres, el canalón es el Danubio. Hasta aquí la relación es irrebatible. Si se camina por la ribera de un río en lugares y momentos diferentes, apuntando siempre con el dedo hacia el agua y diciendo en cada ocasión «Danubio» –el lógico Quine, a quien se debe esta teoría de la definición ostensiva y de los repetidos actos de ostensión, llevaba realmente a ese ejemplo el Caystro–, se llega a la identidad del Danubio. No hay duda de que éste existe, y carece de solución de continuidad; si Amedeo trepa jadeante a lo largo de la pendiente y apunta con el índice –diciendo siempre «¡Danubio!»– hacia el origen del Breg, hacia el riachuelo del prado que lo alimenta y hacia el canalón que alimenta el riachuelo, aquello es el Danubio.

Pero ¿qué alimenta al canalón, qué oculta e inostensible divinidad fluvial? Aquí es donde la relación da un salto mortal, porque el científico deja paso a un chismoso, falto de rigor, que refiere comentarios ajenos. Refiere que Maria Giuditta, que, con sus largas piernas, ha sido la primera en llegar a la altura de la casa y en asomarse a la ventana de la planta baja, ha hecho preguntas a la vieja y áspera dueña, y se ha enterado de que el agua llega al canalón desde un lavadero, el cual se llena a través de un grifo que nadie consigue cerrar, conectado a «una tubería de plomo, tan antigua tal vez como la casa, que va a perderse quién sabe dónde».

El dilettantismo de este lenguaje no precisa comentarios. Recuerda las publicaciones sobre las fuentes del Nilo escritas por el temerario capitán John Speke, que –según su rival Richard Burton y James M'Queen, autorizado y distinguido miembro de la Royal Geographical Society– eran un desdoro para toda la geografía. El estudioso, pese a estar acostumbrado a la verificación experimental, ni siquiera se toma la molestia de asegurarse de la existencia de ese grifo, de la que acaba de enterarse sólo a través de alguien que, a su vez, acaba de oírselo decir a otra persona, respecto a cuya fiabilidad, además, no es posible pronunciarse. Ya Herodoto sólo prestaba fe a sus interlocutores si eran testigos oculares, y no si repetían noticias obtenidas por otros. Es posible que Amedeo se distrajera por una pregunta que le gritó Maddalena, que se había quedado un poco rezagada, blanca y hermosísima. «¿Y qué sucedería si cerraran ese grifo?» La imagen de Bratislava, Budapest y Belgrado secas, de los objetos antiguos y de las osamentas en el inmenso cauce del río vacío, debe de haber dirigido su mente hacia dimensiones metafísicas de la causalidad y del período hipotético. ¿Qué sucede allí si aquí ocurre algo? Naturalmente no sucede nada, pero...

4. MORALISTAS Y GEÓMETRAS EN LAS FUENTES DEL BREG

En primer lugar, ese grifo no existe. Recorrer de nuevo el itinerario de Amedeo no resulta difícil. Desciendo los pocos metros que separan mi banco de las fuentes del Breg y remonto el prado, mojándome calcetines y zapatos, en dirección a la casa. El agua brilla entre la hierba, el manantial fluye tranquilo, el verdor de los árboles es agradable, y también su olor. El viajero se siente un poco torpe y mezquino y advierte la objetividad superior del marco que le rodea. ¿Es posible que esos arroyuelos del prado sean el Danubio, el río de los superlativos, como ha sido llamado, con su cuenca de ochocientos diecisiete mil kilómetros cuadrados y los doscientos mil millones de metros cúbicos de agua que arroja cada año en el mar Negro? El riachuelo, que unos centenares de metros más abajo huye y resplandece veloz, merece ya el epíteto de «bellacorriente» con el que Hesíodo define el Istro.

Los pasos hacia la casa se me antojan frases en una hoja de papel, el pie palpa el terreno pantanoso y sortea un charco de la misma manera que la pluma avanza y atraviesa el espacio blanco de la hoja, evita un atasco del corazón y del pensamiento y sigue adelante como si fuera una mancha de tinta, fingiendo haberlo superado, cuando tan sólo lo ha esquivado y dejado atrás, irresoluto y resbaladizo. Escribir debiera ser como esas aguas que corren entre la hierba, pero esa frescura espontánea, tímida a la vez que inagotable, ese canto humilde y tortuoso de la vida se parece a la mirada absorta y profunda de Maddalena, y no a la turbia aridez de la escritura, conducción de agua cuyo funcionamiento es a menudo defectuoso.

El alma es avariciosa, se reprochaba Kepler, y se refugia en los rinconcitos de la literatura en lugar de buscar el diseño divino en la creación. Quien sólo se confía al papel puede descubrir al final que es una mera *silhouette* recortada de una hoja, que tiembla y se dobla al soplo del viento. El viento es lo que el viajero desearía, la aventura, la cabalgada en la cima de la colina; desearía enfrentarse, al igual que Kepler Mathematicus, a los designios de Dios y las leyes de la naturaleza, y no sólo a las propias idiosincrasias, y desearía que hasta la pequeña subida a la casa fuera un avance glorioso, los tigres de Mompracem que trepan bajo el fuego enemigo para conquistar o liberar la tierra natal. Pero el viento no sopla de cara, sino por detrás, y lleva lejos de la casa natal y de la tierra prometida. Y así es como el viajero se introduce entre sus propias alergias y descompensaciones, esperando que entre esas rendijas, grabadas como cortes en las bambalinas del teatro cotidiano, exista por lo menos un soplo o una corriente de aire procedente de la vida auténtica, oculta por el biombo de lo real. Las maniobras literarias se convierten entonces en una estrategia para proteger esos desgarrones mal remendados en el telón de la lejanía, para impedir que esas mínimas aberturas se cierren del todo; la existencia del escritor, decía monseñor Della Casa, es un estado de guerra.

Subo la cuesta y llego a la casa. ¿Subo, llego? La utilización de la primera persona del singular es cualquier cosa menos incontestable y, sobre todo, un viajero se siente incómodo, ante la objetividad de las cosas, al tropezarse entre los pies con el pronombre personal. Víctor Hugo, mientras vagaba a lo largo del Rin, habría querido arrojarlo, molesto por esa mala hierba del yo que asoma por toda la pluma. Pero un turista no menos ilustre y no menos hostil al egotismo verbal y pronominal, Stendhal, decía, viajando por Francia, que al fin y al cabo es un medio cómodo para narrar.

Así que observo la casa, la rodeo, la inspecciono, la comparo con la descripción epistolar. El problema de todas las ciencias es el de casar los mares del Sur, su azul inmenso y marqueteado, con el mapa geográfico azul de los mares del Sur. Poco propenso a la exactitud, el literato prefiere divagar y moralizar sobre las presunciones de la exactitud científica. Moralistas lo somos continuamente, decía el doctor Johnson, pero geómetras sólo por azar.

De todos modos, en la casa no hay ningún grifo. La casa es antigua, la cocina data de 1715; una anciana que aparece en el umbral me invita con brusquedad a no robar y a escuchar, por dos marcos y medio por cabeza, una cinta que describe el pardo hogar, los utensilios setecentistas, los usos y costumbres de una época. Depositamos cinco marcos en la palma de su mano, corteza de árbol antiguo que infunde respeto y sumisión. La cocina es tenebrosa, un antro que huele a pasado y a jamón ahumado, la voz grabada en la cinta es la de la mujer, así se ahorra repetir en cada ocasión la misma historia y se limita a acompañar la audición con gestos autoritarios que integran el relato. Es vieja, dura, solitaria y está familiarizada con su soledad, indiferente a la vida que pasa y a la sombra de la negra cocina en la que siempre ha vivido. Sólo cuando su voz en la cinta nombra a Sulina, la lejana boca del Danubio en el mar Negro, su rostro se suaviza y se retrae en una expresión de indefinida ausencia.

No hay ningún grifo, ni en la casa ni fuera. El agua que inunda el prado del que brota el Breg procede de un tubo, plantado verticalmente en el suelo; un poco más arriba se ven unas manchas blancas, y es posible que la nieve que se funde alimente, junto con otros arroyuelos, el agua que empapa la tierra. De todos modos, el agua sube a lo largo del tubo y lo desborda. La vieja ha aplicado al tubo un tronco hueco que forma una especie de canalón. El tubo arroja el agua a ese rudimentario canalón, el cual la vierte a su vez en un cubo, del que la vieja recoge el agua que necesita. El cubo está siempre lleno, y el agua sobrante, que llega sin cesar, desciende a lo largo de la pendiente, inunda y empapa el prado, riega el terreno del que, en la cuenca situada más abajo, brota el manantial del Breg, o sea el Danubio.

No se trata de un descubrimiento. En su gran obra de 1785, el Antiquarius danubiano, pseudónimo de Johann Herm Dielhem, habla de una casa en el monte Abnoba, desde cuyo techo un canalón arroja agua al Danubio y otro al Rin; más adelante cita también una posada, situada a la altura de la carretera de Freiburg y llamada Kalteherberg, Frescotel, en cuyo tejado la lluvia se divide en dos arroyuelos, que van a dar respectivamente al Danubio y al Rin. Así pues, el canalón es, desde tiempos antiguos, un *leitmotiv* en la debatida cuestión de las fuentes del río. Lo cierto es que en la muy erudita exposición del Antiquarius los canalones arrojan agua a un Danubio que ya existe, mientras que, en la tesis de Amedeo, aparte del desvarío del grifo, el canalón es la fuente del Danubio, es el Danubio. Sabemos muy poco, y antes de proclamar verdades definitivas tendríamos que debatir los problemas por lo menos dos veces como hacían los godos (y a eso se debe que le gustaran a Sterne), o sea, primero borrachos y después pasada la borrachera; por otra parte, los godos juraban también por el dios Istro y en algunas inscripciones de Rezia el dios Danubio aparece junto a Jove Óptimo Máximo.

5. ¿MITTELEUROPA «HINTERNACIONAL» O TOTAL-ALEMANA?

¿Jurar por el Danubio que el canalón es el Danubio? En esta historia falta el fundamento inicial, la base que sostiene el todo; también el canalón que alimenta las fuentes se alimenta de las fuentes. Nos hallamos ya en plena civilización danubiana, en el mundo de la Acción Paralela, el comité musiliano que para celebrar el septuagésimo aniversario del reinado de Francisco José quiere exaltar el principio fundador de la civilización austríaca –y de la europea *tout court*– pero no lo encuentra y descubre entonces que toda la realidad ha saltado por los aires, que su artificioso edificio se apoya en la nada.

El canalón que inunda el terreno del cual se alimenta puede ser una capciosa deducción de estudiosos en vacaciones, pero es cierto que en Donaueschingen, la fuente acreditada, el Danubio se vierte en el Brigach, o sea, en un afluente de sí mismo. En la copa redonda que recoge el manantial, una placa dice que, tiempo atrás, el auténtico Danubio, el pequeño río originario, corría paralelo al Brigach y confluía, pasados dos kilómetros, con el propio Brigach y con el Breg, formando un único río llamado precisamente Danubio, pero que, desde 1820, una tubería subterránea conduce las aguas de la fuente primaria y las arroja al Brigach. El auténtico y verdadero Danubio tiene entonces una longitud de doscientos metros, es un mínimo afluente del Brigach; pero el Danubio oficial comienza poco después, en la mencionada confluencia del propio Brigach, del Bregy, para ser rigurosos, también del regato Musel, un pequeñísimo arroyuelo que procede de Bad Dürnheim y que se puede vadear de un salto. Veinte o treinta kilómetros más allá, en Immendingen, el Danubio desaparece, por lo menos parcialmente; se hunde entre las grietas de las rocas y reaparece, cuarenta kilómetros más al sur, con el nombre de Aach, para verterse en el lago de Constanza y por lo tanto en el Rin, acerca de cuyas fuentes se discute tanto como de las danubianas. Así pues, en parte, el Danubio es un afluente del Rin, y desemboca ya no en el mar Negro sino en el mar del Norte: triunfo del Rin sobre el Danubio, desquite de los nibelungos sobre los hunos, predominio de Alemania sobre la Mitteleuropa.

Desde la *Canción de los nibelungos,* Rin y Danubio se enfrentan y se desafían. El Rin es Sigfrido, la virtud y la pureza germánica, la fidelidad nibelunga, el heroísmo caballeresco y el impávido amor del hado del alma alemana. El Danubio es la Panonia, el reino de Atila, la marea oriental y asiática que al final de la *Canción de los nibelungos* trastoca el valor germánico; cuando lo vadean los burgundios, para encaminarse a la desleal corte huna, su destino –un destino alemán– está marcado.

El Danubio está a menudo envuelto en un halo simbólico antialemán; es el río a lo largo del cual se encuentran, se cruzan y se mezclan gentes diversas, en lugar de ser, como el Rin, un místico guardián de la pureza de la estirpe. Es el río de Viena, de Bratislava, de Budapest, de Belgrado, de la Dacia, la cinta que atraviesa y ciñe, de la misma manera que el océano ceñía el mundo griego, la Austria de los Habsburgo, que el mito y la ideología han convertido en símbolo de una *koiné* plural y supranacional, el imperio cuyo soberano se dirigía «a mis pueblos» y cuyo himno era cantado en once lenguas diferentes. El Danubio es la Mitteleuropa alemana-magiar-eslava-romanza-hebraica, polémicamente contrapuesta al *Reich* germánico, una ecumene «hinternacional», como la exaltaba en Praga Johannes Urzidil, un mundo «detrás de las naciones».

Por el contrario, la versión Danubio-Aach parece el símbolo de aquella ideología *gesamtdeutsch,* total-alemana, que veía en la plurinacional monarquía Habsburgo un brazo de la civilización teutónica, un truco o un instrumento de la Razón para germanizar culturalmente la Europa centro-oriental, como afirmaba por ejemplo Heinrich von Srbik, el gran historiador austríaco que exaltaba a Eugenio de Saboya, criticaba a Federico II y el prusianismo y acabó siendo nacionalsocialista.

Lo cierto es que la Mitteleuropa «hinternacional», hoy idealizada como armonía de pueblos diversos, fue una realidad del imperio de los Habsburgo, en su última etapa, una tolerante convivencia comprensiblemente llorada después de su final, entre otras cosas por la comparación con la barbarie totalitaria que le sucedió, entre las dos guerras mundiales, en el espacio danubiano. La vocación mitteleuropea de los Habsburgo sigue siendo, en parte, una ideología de repliegue, que se desarrolla a raíz de las desilusiones de la política austríaca en Alemania. Las guerras entre María Teresa y Federico II escinden lo que Heinrich von Srbik, en un libro de 1942, denominaba la *Deustche Einheit,* la unidad alemana; la separación entre Austria y Alemania se acentúa en la época sucesiva –de las guerras napoleónicas a la austroprusiana de 1866–, que es testigo de la decadencia de la potencia Habsburgo y sobre todo de su *leadership* en Alemania. Incapaz de llevar a cabo la unificación alemana, a cuya cabeza se sitúa Prusia, la Austria de los Habsburgo busca una nueva misión y una nueva identidad en el imperio supernacional, crisol de pueblos y de culturas.

En las raíces del mito de los Habsburgo, que contrapone el Danubio al Rin, se halla esta laceración histórica, y cuanto más se agudiza más intensa se hace la elaboración del mito. Durante la Primera Guerra Mundial, en vísperas de su final, Hofmannsthal celebra «lo austríaco» y lo contrapone, exaltando su autoironía tradicionalista y su escepticismo respecto a la historia, al «prusiano» estatólatra, secuaz del pensamiento dialéctico y virtuosamente fanático. Durante los años veinte y treinta la crisis de identidad de la recién nacida y pequeña República de Austria, huérfana del imperio, estimula y produce aún con mayor intensidad las teorizaciones categoriales de la «austricidad», los discursos sobre el «hombre austríaco», sempiterno y claramente diferenciado del alemán.

El austrofascismo, en su intento de oponerse al nazismo, incrementa, no sin profundas contradicciones, esta tradición. Del rechazo de la identificación con el elemento alemán nace la continua disquisición austríaca sobre la propia identidad; una disquisición que acaba por proclamar la inexistencia de una nacionalidad austríaca, como ya había hecho el barón Andrian-Werburg en el siglo pasado, y para exasperar la autorreflexión sobre la cautivadora autodenigración, descubriendo que la austricidad es indefinible y encontrando en esta indefinibilidad su propia esencia, gratificante en tanto que anómala.

¿El Danubio conduce cada vez más lejos del Rin, o bien está destinado a ser considerado como un emisario de las aguas germánicas en Oriente? Los varios proyectos políticos mitteleuropeos, en épocas diversas, oscilan entre los esbozos de confederaciones plurinacionales, como los de Frantz o de Popovici, y los programas de hegemonía alemana, como los de Naumann. Los literatos tienden a ver casi únicamente el Danubio internacional, los historiadores también toman en consideración la alemanidad de la Austria danubiana, el oro del Rin brillando a menudo en el Danubio azul.

El vasto debate político-historiográfico sobre Austria se basa en buena parte en el papel del elemento alemán, en su relación con las restantes nacionalidades del imperio, en la proximidad y/o distancia entre «alemanes» y «austríacos». La perspectiva austroalemana no significa únicamente nacionalismo germánico; en determinados momentos históricos –como después de la catástrofe de 1918, cuando la opinión democrática y socialista era la que deseaba la unidad con Alemania– indica la identificación con la civilización que parecía ser mayormente portadora de progreso, como había sucedido en los tiempos de José II y del liberalismo ochocentista. El *Anschluss* de 1938 es la trágica y caricaturesca perversión de esta simbiosis entre *leadership* alemana y espíritu progresista.

El controvertido nexo entré Mitteleuropa y germanismo ha sido a menudo un motivo dramático, puesto en evidencia por Arduino Agnelli en el caso de Heinrich von Srbik. Éste descubría en la monarquía de los Habsburgo una síntesis de la idea universal, de la idea imperial y de la idea mitteleuropea, en la que se exaltaban, según su parecer, el universalismo alemán, la plurisecular misión histórica germánica en el espacio danubiano y la conciencia de dicha misión. Srbik se opone al ideal *kleindeutsch,* pequeño alemán, o sea a la identificación del germanismo con el prusianismo, y al *grossdeutsch,* gran alemán, que exalta la tradición vienesa; se opone a cualquier «austricidad» en nombre de una perspectiva total-alemana. Dentro de esta perspectiva la idea austríaca –y la propia Mitteleuropa, a la que Srbik dedica un famoso ensayo en 1937– aparece como «una idea esencialmente alemana»; Austria «es una parte del alma alemana, de la gloria alemana y del empeño alemán» y la misión del imperio de los Habsburgo ha consistido en afirmar la superior idea germánica en la Europa centro-oriental, crear en ese espacio una civilización universalista, es decir, sacro-romano-imperial-germánica.

Así pues, ¿a lo largo del Danubio se desciende a una ecumene carolingia? Srbik no era un racista; civilización alemana significaba para él la universalidad cristiana del Sacro Imperio Romano, que debía trascender cualquier estado e imponer su propio y superior valor ético a cualquier política de pura potencia. Habla en varias ocasiones de una pacífica convivencia del pueblo alemán con los demás pueblos en el espacio centroeuropeo, de reconocimiento a cualquier otra nación del pleno derecho a la vida. Pero, para él, el pueblo alemán es indiscutiblemente el más idóneo para hacer de guía de Europa central, el único capaz de ser portador de civilización y de universalidad; el Sacro Imperio Romano es de nacionalidad alemana.

Srbik no pensaba en un elemento racial-biológico, deseaba matrimonios mixtos y mezclas étnicas, no olvidaba que su familia, si bien germanizada desde generaciones, era de origen checo. Sin embargo, para él sólo la sangre alemana era cimiento de civilización, de *Kulturnation* de la Europa central; quien perteneciera a las demás naciones podía elevarse hasta las vetas de la cultura, pero germanizándose, haciéndose alemán, como le había sucedido a su familia, o bien permanecer al nivel de su nacionalidad, o sea a un nivel inferior, respetado pero subalterno. Los eslavos podían llegar a ser alemanes, como los bárbaros habían podido llegar a ser ciudadanos romanos, pero la cultura superior, la *Kultur,* sólo podía ser alemana, como había sido grecorromana.

A dicho universalismo alemán –«desesperadamente alemán», decía Thomas Mann, para indicar el amasijo de interioridad frecuentemente deformada, pasión por el orden y secreta propensión al caos– va unida una gran página de la civilización europea, la intensidad de una *Kultur* que ha cargado sobre sus hombros la tensión entre la vida y el valor, entre la existencia y el orden. Está claro que la parábola de Srbik demuestra que dicho universalismo, cuando la supremacía alemana se ve amenazada, puede degradarse en la barbarie más provinciana. El «destino alemán», tenebroso de pathos y de silenciosa interioridad, ha sido sobre todo un modo de vivir el encuentro-enfrentamiento entre alemanes y eslavos en el vasto territorio y en el tiempo plurisecular de su confrontación. El nazismo es la inolvidable lección de la perversión de la presencia alemana en la Europa central. Pero la presencia alemana en la Mitteleuropa ha sido un gran capítulo de la historia y su eclipse una gran tragedia, que el nazismo, responsable de su degradación y de su derrota, no puede hacer olvidar. Interrogarse acerca de Europa significa, actualmente, interrogarse asimismo acerca de su propia relación con Alemania.

Todos hemos sido educados para ver el Espíritu del Mundo en los grandes batallones, y tenemos que aprender de Herder a captarlo también en donde está –o parece estar– todavía adormilado o en su más tierna infancia; es posible que no consigamos realmente salvarnos hasta que no aprendamos a sentir, con una concreción casi física, que cualquier nación está destinada a que le llegue su hora y que no existen, en sentido absoluto, civilizaciones mayores o menores, sino una sucesión de estaciones y de floraciones. Vivir y leer significa pensar esa «historia del alma humana», en todos los tiempos y en todos los países, que Herder quería trazar a través de las vicisitudes de la literatura mundial, sin renunciar por ello a la idea de una perenne universalidad de esta alma, pero sin renunciar tampoco reduciéndola a un único modelo, a ninguna de las formas, tan variadas y diferentes, que la han encarnado; el amor por la perfección de la forma griega no le inducía a desvalorizar el canto de la fiesta popular letona.

Como todos los escritores del *Sturm und Drang,* Herder amaba el río, el juvenil e impetuoso torrente que desciende, obsequiando una fecunda vitalidad: al contemplar las aguas jóvenes y sutiles del recién nacido Danubio me pregunto si, siguiéndolo hasta el delta, entre pueblos y gentes diferentes, nos adentramos en un terreno de sanguinarios encuentros o en el coro de una humanidad, pese a todo, unitaria en la variedad de sus lenguas y de sus civilizaciones. Me pregunto si me espera un desfile de campos de batalla, pasados, presentes o futuros, o aquella «confederación danubiana» en cuya solidaria unidad el gran conde Károlyi –el aristócrata húngaro capaz de convertirse en un auténtico patriota, superando a través del socialismo los horizontes de su clase– no se cansaba de creer, ni siquiera cuando su fe en ella le obligó, exiliado en Londres después de haber sido presidente de la República de Hungría en 1918-1919, a vender el impermeable para pagar la factura del tendero.

6. «NOTEENTIENDO»

Es posible que la promesa de estas aguas inocentes sea falaz y no exista tal universalidad humana; una visita a un Lager hace que resulte ridícula la confianza en el gran árbol de la humanidad, imaginado por Herder como un conjunto armonioso. Es probable que esa imagen, y la sensación de plenitud que produce, sea únicamente una exigencia nuestra, superpuesta al caos insensato de los acontecimientos. El viaje «danubial» (como decía en el siglo XVIII Griselini) de un viajero escrupuloso tendría, por otra parte, que terminar muy pronto. Mañana por la noche esperamos, aquí en el Breg, a los demás, pero, impacientes por verificar la hipótesis de este final prematuro, efectuamos una rápida excursión a Immendingen, donde el Danubio, como ya se ha dicho, se precipita a través de las hendiduras en las rocas para reaparecer mezclado con las aguas del Aach y fluir con ellas hasta el lago de Constanza. Un amable caballero, que pasea a lo largo de la orilla, nos dice que en verano, en ese punto, el cauce del río está completamente seco. Pero en Ulm, pocos kilómetros más allá, el río –llamado Danubio– existe también en verano, ancho y navegable; así pues, en verano el Danubio nace mucho más allá, en Tuttlingen, por encima del punto en que nos hallamos esta noche, nace de los afluentes y de los ríos que descienden de las colinas y que no saben nada de Donaueschingen ni de Furtwangen.

También el Danubio, al igual que cada uno de nosotros, es un *Noteentiendo,* como la figura dibujada en una de las dieciséis viñetas de la tabla «Las Castas», una especie de juego de la oca del amor y de las estirpes que recuerdo haber visto colgado en una pared del Museo de la Ciudad de México. Cada una de las dieciséis viñetas de la tabla contiene tres figuras: el hombre y la mujer cuyas sangres diferentes exigen imperiosamente unirse, y un apacible niño nacido de su encuentro, que en la viñeta siguiente, ya adulto, es el protagonista del nuevo connubio, del que nace otro hijo destinado a continuar la cadena del mestizaje: el Mestizo, hijo del Español y de la India, el Castizo, su hijo, el Mulato al que una Española regala un adornado Morisco y así sucesivamente hasta el Chino, el Lobo, el Jíbaro hijo del Lobo y de la China, el Albarazado hijo de la Mulata y del Jíbaro y padre de un Cambujo, padre a su vez de un Zambaigo. La tabla aspiraría a clasificar y diferenciar rigurosamente –incluso mediante la vestimenta– las castas, sociales y raciales, pero acaba por exaltar involuntariamente el juego caprichoso y rebelde del eros, el gran destructor de cualquier jerarquía social cerrada, el disgregador y mezclador de cualquier ordenada baraja, que alterna los oros con las copas o con las espadas para hacer posible y placentero el juego.

En la penúltima viñeta, el fruto de los amores del Tente en el aire y de la Mulata deja perplejo el talento nomenclatorio del anónimo clasificador, que, en efecto, lo define como *Noteentiendo.* Ese Danubio que es y que no es, que nace en varias partes y de varios padres, nos recuerda que cada uno de nosotros, gracias a la múltiple y oculta trama a la que debe su existencia, es un *Noteentiendo,* como los pragueses de apellido alemán o los vieneses de apellido checo. Pero esta tarde, a lo largo del río que en verano, nos dicen, a veces desaparece, el paso junto al mío es tan irrefutable como el curso de agua y en su onda, siguiendo la curva de las riberas, es posible que sepa quién soy.

Más subjetivo y menos propenso a la historiografía privada, el amable y rizado Sigmund von Birken, poeta barroco y conspicuo exponente de la Loada Orden Pastoral y Floreal de la Pegnitz, veía en los meandros del Danubio, que se desvía caprichosamente primero hacia el este, después hacia el sur y luego hacia el norte, un designio de la divina providencia para frenar el avance de los turcos. En su obra de 1684 sobre el Danubio –que comprende las riberas, las provincias, los antiguos y los nuevos nombres de las ciudades a las orillas del río, desde las fuentes hasta la desembocadura–, el autor, después de haber recopilado con la máxima diligencia un vasto material erudito, escribe que nuestra patria terrenal es el lugar de la imperfección y deja en blanco los nombres que no ha conseguido reconstruir con seguridad, invitando al lector a rellenar esos huecos con su propia experiencia y con el sentimiento de su propia precariedad.

Es posible que escribir signifique rellenar los espacios blancos de la existencia, esa nada que se abre de repente en las horas y en los días, entre los objetos de la habitación, y los absorbe dejando una desolación y una insignificancia infinitas. El miedo, ha escrito Canetti, inventa nombres para distraerse; el viajero lee y anota nombres en las estaciones que deja atrás con su tren, en las esquinas de las calles adonde le llevan sus pasos, y avanza un poco aliviado, satisfecho por ese orden y ese ritmo de la nada.

Sigmund von Birken buscaba los nombres verdaderos de las cosas y emprendía el viaje, como él decía, para observar directamente las fuentes del Danubio, sobre las que tanta gente había escrito pero que pocos se habían tomado la molestia de ir a ver. No le convencía del todo la *Cosmographia* de Sebastián Münster, que remitía el origen del Danubio al diluvio universal (XI, 11), y quería descubrir si el nombre del río podía estar realmente relacionado con el rumor, con el fragor de sus fuentes, como sostenían algunas etimologías. En cualquier caso, su inclinación barroca por las bromas y por las extravagancias no podía inducirle a complacerse en imaginar el gran río que se secaba por el cierre de un grifo.

7. HOMUNCULUS

Esa broma, dice Gigi ante una botella de Gutedel en la posada próxima al Breg –en la que, aunque sólo de manera provisional, se han reunido los *disjecta membra* del grupo–, sólo puede ocurrírsele a un hijo de nuestro siglo, a alguien que no sepa con certeza si sigue existiendo la naturaleza, si es todavía la enigmática señora del universo o si ha sido ya desautorizada por lo artificial; no resulta casual que, precisamente estos días, el Danubio se vea amenazado por la gran central hidroeléctrica entre Viena y Hainburg, que destruiría –según las protestas de los Verdes– el equilibrio ecológico de las «Donauaen», los fértiles terrenos próximos al río, con su tropical exuberancia de flora, de fauna, de vida. Gigi, ensayista de sanguínea y melancólica clasicidad pero sobre todo gastrónomo puntilloso y propenso a salirse de sus casillas, se ha enfadado un poco, además, porque Maria Giuditta, intentando defender, a decir verdad de manera bastante aproximada, los resultados de la investigación del año pasado en la pendiente, ha utilizado repentinamente la expresión «a nivel de», que siempre tiene la facultad de ponerle furioso.

Para Goethe, prosigue Gigi, es probable que lo «innatural» no existiera: la naturaleza goethiana abarca y envuelve todas las cosas y ella es la que mueve y crea, con elusiva ironía, todas las formas, incluso aquellas que parecen negarla y que a los hombres se les antojan «innaturales». Hasta el individuo más huérfano y estéril, que se considera desterrado de su seno, le pertenece sin saberlo e interpreta el papel que ella le ha atribuido en el eterno juego: grifo y canalón obedecen al dios fluvial.

Alguien, sin embargo, en la mesa de esa posada junto al Breg, se siente asaltado por la duda. La segunda naturaleza que nos rodea –la selva de los símbolos, de las mediaciones, de las construcciones– insinúa la sospecha de que, detrás de ella, ya no existe ninguna naturaleza primera, de que el artificio y las diferentes bioingenierías han alterado y suplantado sus supuestas leyes eternas. Precisamente, la cultura austríaca, nacida en el espacio danubiano, ha denunciado con desengañada claridad la falta de autenticidad de la posmodernidad, considerándola una estupidez pero aceptándola como un destino.

A decir verdad, tampoco el lento e impenetrable Goethe desconocía esa sospecha, cuando, en el segundo *Fausto,* no se limita a contar el nacimiento del Homunculus, el hombre fabricado en el laboratorio, sino que evoca un triunfo absoluto de lo innatural y la derrota o la desaparición de la antigua Madre, falsificada por la moda, por la producción artificial, por lo ficticio. En esa pasarela del devenir moderno y posmoderno que es el segundo *Fausto* los grifos ya son más vivos y tangibles que los ríos y sus tuberías pueden interrumpir constantemente el suministro del agua de la vida, como amenaza el Apocalipsis. Las angustiosas protestas contra la central que se levantaría cerca de Hainburg hablan de aridización, de tierra y de vida que quedarían desecadas, de un amnios materno roturado y esterilizado, de la jungla pantanosa y primordial de las *Auen* que desaparecería para siempre.

Los ociosos que discuten en esa posada sobre el Breg temen, en el fondo, que hayan sido generados como Homunculus y que puedan ser desecados, en el *humus* de su corazón, como el cauce del río desnudo que se complacen en evocar. En secreto, siguen confiando en la sonrisa reservada que Goethe se permitía esbozar incluso ante el Carnaval del artificio, representado de forma tan despiadada en el segundo *Fausto.* Tanto para nosotros, en esa posada, como para todos, el dilema es el planteado y mefistofélicamente no resuelto por el viejo Goethe: ¿la Naturaleza creadora es el horizonte sin fin, que contiene también las vicisitudes temporales en las cuales los hombres ya no consiguen verlo, o también ella ha terminado en el carro carnavalesco de lo inauténtico, más allá del cual ya no existe nada? ¿La bomba atómica es una pérfida invención humana que pone en peligro una armonía eterna, y con ella el pensamiento milenario que ha transmitido ese sentido de lo eterno, o es un fenómeno mínimo que imita a una escala ridículamente reducida las fisiones y las gigantescas explosiones que se producen continuamente en el sol, creado por Dios para dar vida y calor a la Tierra?

A decir verdad, la antítesis nos deja un poco indiferentes, mientras estamos en la posada, porque aunque el ruidoso final de los tiempos fuera únicamente el chaparrón que clausura con cierto adelanto el verano, no por ello dejaría de ser el final de nuestra estación. Las piernas de la camarera que sirve la mesa, con los zuecos que van y vienen sobre el suelo de madera *ad maiorem Dei gloriam* y edificación de los presentes, son un motivo más que suficiente para permanecer en el mundo el mayor tiempo posible, o incluso sólo en esta posada, oyendo a Gigi que pontifica y que mira los rostros que le rodean. Maria Giuditta se dedica a las salchichas y a la mostaza, Francesca escucha silenciosa, insignificante y fascinante como la Effi Briest de Fontane, fascinación del agua que parece fluir leve y transparente como el arroyo que tenemos cerca, sin ocultar nada, superficie tersa y clara que, como la del mar tranquilo y apenas encrespado por una pizca de viento, es más insondable que los fondos que exhiben sus cavernosas oscuridades y reclama un amable y taciturno infinito.

En el torrente que corre del monte al valle el joven Goethe veía una juventud fresca e impetuosa que se precipitaba hacia la llanura fecundando la tierra.

En la estación del *Sturm und Drang*, de esperanzas prerrevolucionarias, el río era el símbolo del genio, de la energía vital y creadora del progreso; en el quinto tomo de la *Encyclopédie* el «enthousiasme» es comparado a un sutil arroyo que crece, fluye, serpentea, se hace cada vez más grande y poderoso y al final se sume en el océano, «después de haber enriquecido y fecundado las tierras felices que ha bañado». Pero unas pocas décadas después, Grillparzer, el poeta de la Austria decimonónica, en unos versos de tono diametralmente opuesto, soñaba con retener el curso de un arroyo, lo veía crecer pero también extraviarse en la historia, perder la pequeña pero armoniosa paz de su infancia límpida y tranquila, agitarse y confundirse hasta disolverse en el mar, en la nada.

El Danubio es un río austríaco, y austríaca es la desconfianza en la historia, que resuelve las contradicciones eliminándolas, en la síntesis que supera y anula los términos en juego, en el futuro que se aproxima a la muerte. Es posible que actualmente la vieja Austria se nos presente con frecuencia como una patria contemporizadora porque era la patria de unos hombres que dudaban de que el mundo pudiera tener futuro y no querían resolver las contradicciones del viejo imperio sino retrasar su solución, en la medida en que se daban cuenta de que cualquier solución significaría la destrucción de unos cuantos elementos esenciales de la heterogeneidad del imperio y, por tanto, el final del imperio mismo. Para alcanzar la cuenca del Breg hay que descender, aunque sea unos pocos metros, la breve pendiente. Allí inicia el río su descenso. Al seguirlo, es oportuno buscar también paradas, desviaciones, retrasos, ya que, como sabía Rilke, no se trata de pensar en victorias sino que basta con sobrevivir.

8. LAS VÍAS DEL TIEMPO

El Museo de los Relojes alemán, gloria de Furtwangen, es una selva de instrumentos de muchos tipos y formas –valiosos, caseros, automáticos, musicales– que miden el tiempo. Predominan, naturalmente, los relojes de cuco de la Selva Negra, cuya paternidad es atribuida a un artesano bohemio o bien, según otros, a un tal Franz Anton Ketterer, hacia 1730, o a su padre Franz. Hay péndulos, relojes astronómicos, planetarios, de cuarzo. Resulta algo instintivo preguntarse si el tiempo transcurre independientemente de esos instrumentos, que lo miden con movimientos diversos, o si no es más que ese conjunto de medidas y observaciones.

Entre estos innumerables péndulos uno no piensa en las preguntas de Aristóteles y de San Agustín, en los interrogantes metafísicos sobre el tiempo, sino en incongruencias y deformidades cronológicas más modestas. Hace pocos meses, por ejemplo, unos anuncios del Movimento Sociale Italiano celebraban los cuarenta años de la República de Saló. Esas imágenes de manos alzadas en el saludo fascista y prolongadas por puñales eran también una alegoría de la medida elástica y flexible que asume el tiempo, individual e histórico. En 1948, durante la famosa campaña electoral, el año 1918, con el final de la Primera Guerra Mundial y la unión de Trieste a Italia, pertenecía a un pasado ya lejano y aplacado, incapaz ya de encender pasiones feroces; los treinta años transcurridos entre 1918 y 1948 habían situado esos acontecimientos más allá de la muerte, donde ya no alcanza la ira enemiga. Los cuarenta años transcurridos entre la República de Saló y su reciente celebración son un tiempo breve, que no ha archivado ninguna pasión; el mitin anunciado habría podido provocar desórdenes, peleas y heridas.

Se viven como contemporáneos acontecimientos sucedidos hace bastantes años, incluso décadas, y parecen muy lejanos, definitivamente borrados, hechos y sentimientos que tienen un mes de vida. El tiempo se adelgaza, se alarga, se contrae, forma grumos que parecen poder tocarse con la mano o se disuelve como bancos de niebla que se disipan y desvanecen en la nada; es como si tuviera muchas vías, que se cruzan y separan, sobre las cuales transcurre en direcciones diferentes y contrarias. Desde hace algunos años el año 1918 parece de nuevo más cercano; el fin del imperio de los Habsburgo, ya desvanecido en el pasado, ha regresado al presente y es objeto de apasionados debates.

No existe un único tren del tiempo, que lleva en una única dirección a una velocidad constante; de vez en cuando se encuentra con otro tren, que procede del lado opuesto, del pasado, y durante un cierto trecho ese pasado corre junto a nosotros, está a nuestro lado, en nuestro presente. Las unidades de tiempo –las que los manuales de historia clasifican, por ejemplo, como el período cuaternario o la era augusta y las crónicas de nuestra existencia como los años del bachillerato o la era del amor por una persona– son misteriosas, difícilmente mensurables. Los cuarenta años de la República de Saló parecen breves, los cuarenta y tres de la *belle époque,* por el contrario, larguísimos; el imperio napoleónico parece mucho más largo que el democristiano, que se ha prolongado durante mucho más tiempo.

Los grandes historiadores, como Braudel, se han basado sobre todo en este aspecto hermético de la duración, en la ambigüedad y la polivalencia de lo que se denomina «contemporáneo». Esta palabra asume significados diferentes, como en los relatos de ciencia ficción, según los movimientos en el espacio:

Francisco José es un contemporáneo para quien vive en Gorizia y se tropieza con las huellas de su presencia en el mundo que le rodea, mientras que, para quien vive en Vignale Monferrato, pertenece a una era lejana. Para Hamsun, que nació en la época de la batalla de Sedan y seguía vivo al comienzo de la guerra de Corea, los dos acontecimientos quedan en cierto modo incluidos en un único horizonte, mientras que para Weininger, muerto muy joven en el año 1903, pertenecen respectivamente a un pasado prenatal y a un futuro lejanísimo, a un mundo que él no habría podido ni siquiera imaginar.

La «Ungleichzeitigkeit», la no contemporaneidad que separa sentimientos y hábitos de personas y de clases sociales, como ha escrito Bloch, es una de las claves de la historia y de la política. Nos parece imposible que para nuestros hijos sea ya irrevocable y desconocido pasado lo que para nosotros sigue siendo arduo presente. Todos, en este sentido, somos víctimas y culpables de incomprensión; quien tenga diez o quince años menos que yo no puede entender que el éxodo istriano después de la Segunda Guerra Mundial forma para mí parte del presente, de la misma manera que yo no acabo de entender del todo que para él los años comprendidos entre 1968, 1977 y 1981 se dividan en épocas distintas y diferenciadas, cuando para mí se superponen y se extienden, pese a sus sobresaltos y sus grandes diferencias, como las hierbas ondulantes de una llanura.

La historia adquiere su realidad un poco más tarde, cuando ya ha pasado, y las conexiones generales, instituidas y escritas años después en los anales, confieren a un acontecimiento su alcance y su papel. Al recordar la derrota búlgara, acontecimiento decisivo para el desenlace de la Primera Guerra Mundial y por tanto para el fin de una civilización, el conde Károlyi escribe que, mientras la vivió, no supo darse cuenta de su importancia, porque, «en aquel momento», «aquel momento» todavía no había llegado a ser «aquel momento». Tampoco para Fabrizio del Dongo existe todavía la batalla de Waterloo mientras él está combatiendo. En el puro presente, la única dimensión en la que, por otra parte, se vive, no existe la historia; en ningún instante existe el fascismo o la Revolución de Octubre, porque en aquella mínima fracción sólo existe la boca que engulle saliva, un gesto de la mano, una mirada que se posa en la ventana. De la misma manera que Zenón negaba el movimiento de una flecha disparada por el arco, porque en cada instante estaba inmóvil en un punto del espacio y la sucesión de instantes inmóviles no podía ser movimiento, también podría decirse que la sucesión de estos instantes sin historia no crea historia, sino las correlaciones y los añadidos aportados por la historiografía. La vida, decía Kierkegaard, sólo puede ser entendida mirando hacia atrás, aunque deba ser vivida mirando hacia adelante –o sea, hacia algo que no existe.

9. BISSULA

En la estatua que está junto a la fuente de Donaueschingen el Danubio es presentado como un tierno infante sobre las rodillas de una figura femenina que representa el Baar, la amable región ondulada que se extiende alrededor. Esta imagen infantil es insólita en la iconografía del gran río, que en general es retratado en efigies de poderosa y majestuosa madurez, como la estatua de la fuente que adorna en su parte frontal el palacio de la galería Albertina de Viena. También en Budapest, en la plaza Engels, sobre la fuente Danubius, proyectada por Miklós Ybl, domina un anciano erguido y viril, que recuerda al Moisés de Miguel Ángel hasta en la melena, apoyado en un bastón-cetro y sosteniendo en su mano izquierda una concha, mientras de su manto asoma cautamente la cola de un pez. Son sus fieles afluentes –el Tibisco, el Drava y el Sava– los que adoptan, en las estatuas de la fuente, dulces formas femeninas.

También las figuras que adornan el gran libro del mariscal Luigi Ferdinando Marsili, el *Danubius Pannonico-Mysicus, Observationibus Geographicis, Astronomicis, Hydragraphicis, Physicis Perlustratus et in sex Tomos digestus* (1726), representan al río como un anciano vigoroso y viril, una especie de Saturno regio y benévolo, un titán no amenazado todavía por las centrales hidroeléctricas, por las canalizaciones y por las innumerables jugarretas de los invencibles enanos que se han apoderado de la Tierra. Es cierto que *Donau,* en alemán, es femenino y en el Museo del Crimen de Viena un cuadro de O. Friedrich de 1938, que representa el cadáver de un ahogado, se titula *Madre Danubio* –cuadro modesto, me dijo el amable consejero criminal que me acompañaba durante la visita privada, porque la policía sólo podía ofrecer parcas remuneraciones y por tanto tenía que dirigirse a artistas de escasas pretensiones–. Sin embargo, varón y adulto es también el Danubio que simboliza Europa en la fuente de Bernini de la Piazza Navona.

La fuente de Donaueschingen resultó familiar, mil seiscientos años atrás, a una chiquilla de ojos azules y de cabellos rubios como las criaturas que más adelante fascinarían a Thomas Mann. Por lo menos así lo demuestran los versos de Décimo Magno Ausonio, maestro de retórica y pedagogo del pequeño Graziano, hijo del emperador Valentiniano I. En el año 368, Ausonio estaba siguiendo al ejército imperial romano en la campaña contra los suabos; el campamento se encontraba junto a la confluencia del Brigach y del Breg. La previsible victoria de las legiones romanas, que vengaba la derrota de Châlons-sur-Saône, proporcionó al literato una esclava, que él llamó Bissula, probablemente a partir de una palabra alemana que aludía a la agilidad de la joven bárbara o, según otros, a la bifurcación de las fuentes.

Ausonio tenía cincuenta y ocho años, se enamoró de su Bissula, que le siguió a Roma después de que él le devolviera, casi inmediatamente, la dignidad de mujer libre. En las epístolas escritas a su amigo Paulo se lee la intensa y casi sorprendida pasión del literato sesentón, su respeto por la amada, la reverente gratitud por semejante imprevisto regalo del destino que se había convertido en el centro de su vida.

Ausonio sabía componer versos y enseñar gramática, y como honesto retórico no se preocupaba por la enigmática trama del universo; difícilmente habrá llegado a preguntarse por qué fueron necesarias tantas largas marchas más allá de los Alpes, una guerra y el arte militar romano sólo para que él pudiera ser feliz con una mujer. Una mano que nos gusta estrechar y besar, nos emociona asimismo porque viene de muy lejos y porque a la forma y a la seducción de sus dedos han colaborado humildemente el *big bang,* el Cuaternario y las migraciones de los hunos por las estepas de Asia.

Ausonio escribió versos para Bissula. No son grandes versos, porque el profesor de Burdeos –en aquella época Burdigala, donde había nacido– era un escrupuloso artesano de hexámetros y pentámetros y no evidentemente un poeta, como revela su extensa y aburrida composición sobre el Mosela. El amor no es suficiente para crear poesía, aunque a veces puede ser necesario; quien compone dísticos sobre su propia pasión se preocupa en ocasiones más de los primeros que de la segunda. De todos modos, los dísticos de Ausonio son más que decorosos y cantan la doble naturaleza de Bissula, alemana por su rubia cabellera y sus ojos azules y romana por su indumentaria y sus costumbres, hija del Rin que junto a las fuentes del Danubio se ha convertido en ciudadana del Lazio. Ausonio no pide a la mujer amada, que le ha seguido a Roma, que renuncie a sus orígenes, los ríos y los bosques de Germania, aunque la admire en ropajes romanos. Adquirir una nueva identidad no significa traicionar la primera, sino enriquecer la propia persona con una nueva alma.

Es cierto que ha sido Bissula quien ha seguido a Ausonio a Roma, no él quien se ha quedado en Suabia. En todos los encuentros de civilizaciones –armoniosos o conflictivos, entre personas diferentes o en la experiencia de una sola– existe siempre, ineludible, un momento de elección en el que se reconoce, aunque sea por un solo instante, más en una que en otra. No existen opciones que se dan por descontado; Borges ha contado, en uno de sus apólogos, que el guerrero longobardo –que abandona a su gente para convertirse en defensor de Ravenna y de sus basílicas– y la dama inglesa –que abandona su mundo para entrar en una tribu india– son las dos caras de una misma moneda, iguales delante de Dios.

Es posible que Bissula, en la latinidad, se encontrara a sí misma, al igual que los bárbaros –Ezio, Estilicón– que se convertían en los últimos grandes defensores del imperio, más romanos que los romanos y que sus flaccidos emperadores, o que la aristócrata inglesa de la que nos habla Borges, que se identificó con la tribu india. La identidad es una búsqueda siempre abierta e incluso la obsesiva defensa de los orígenes puede ser en ocasiones una esclavitud tan regresiva como, en otras circunstancias, cómplice rendición al desarraigo. No has vivido como doloroso tu destino y el de tu tierra, podía decir Ausonio a su Bissula, añadiendo que, comparadas con su persona, que seguía siendo germánica, las mujeres romanas le parecían muñecas y espectros.

10. LAS FUENTES DEL BRIGACH

En la *querelle* de las fuentes, el Brigach casi no tiene defensores, pese a la desviación que en Donaueschingen ha convertido al brevísimo Danubio en afluente suyo. Sólo M. F. Breuninger, en su tratado sobre las fuentes del Danubio, de 1718, opta por el Brigach, pero las razones que aduce se reducen, en último término, a una sola y difícil de defender, la frescura de sus aguas. La placa, modesta y poco llamativa, no habla del Danubio; el lugar es tranquilo, grandes prados y aires apacibles. No hay ninguna posada sino únicamente un banco, colocado, está escrito, por la *Landesbausparkasse,* la Caja de Ahorros de las obras públicas regionales.

El pequeño manantial brota del suelo y pasa a un estanque, en cuyo fondo lo recoge una tubería de hierro, lo conduce nuevamente por debajo de la tierra y lo hace salir unos metros más allá, arroyo que corre hacia el valle. También en este caso, el más mínimo deterioro de esa rudimentaria tubería de hierro cambiaría la fisonomía del Danubio...

Hay mucho silencio, el viento llega discreto y fresco, como para recordar lo que podría ser la vida, vela tensa que deja tras de sí una estela de espuma; con este viento, quien disculpa o cede a la aridez se siente culpable, detrás del ritual de las pequeñas fobias con las que se protege como un soltero kafkiano. Hay como un velo ante las cosas, que las empaña e impide desearlas. En estos momentos de sequedad interior se teme el campo abierto, se preferiría una habitación cerrada y poco aireada, en la que atrincherarse y organizar las propias y mezquinas defensas. Pero dos pómulos panónicos, una vez más, disuelven los atascos, barren el aire viciado que ha permanecido en algún rincón y todo empieza de nuevo a correr, suelto y libre, como aquella agua que le gustaba al viejo Breuninger. Mientras seguimos, poco después, el curso del Brigach, para alcanzar a los demás, recuerdo las palabras del Talmud y de Bertoldo –lacónicas las primeras y torrenciales las segundas, pero concordantes– sobre lo que es un hombre sin una mujer.

11. LOS SACRISTANES DE MESSKIRCH

En el número 3 de la Kirchplatz, frente a la iglesia de San Martín en Messkirch, una placa recuerda que en aquella casa de la pequeña ciudad vecina al joven Danubio vivía, de niño, Heidegger. La casa es baja, de color beige; en la calle, frente a unos raquíticos antepechos decorados con cobre forjado, hay un árbol viejo y descarnado, en cuyo tronco alguien ha clavado, quién sabe por qué, unos clavos.

En el número 3 vive ahora la familia Kaufmann y la señora que me abre la puerta me pregunta, cuando le hablo de Heidegger, si me refiero al hijo o al nieto del sacristán. Sin duda a Heidegger le habría gustado ser identificado no como el famoso filósofo, sino como el hijo del sacristán local; no como un protagonista famoso que hace ilustre el nombre de su familia, sino como alguien que recibe del honorable nombre de su familia y del modesto decoro de la profesión paterna su propia identidad y dignidad, su propio lugar en el mundo. Probablemente se habría sentido acogido y custodiado por la tradición, integrado en el paisaje y en el surco de las generaciones, un modo humilde pero auténtico de hallarse en el Ser.

Pero Heidegger, que aseguró varias veces su pertenencia a los campesinos de la Selva Negra, profanó este sentimiento de fidelidad y de humildad, esta *religio.* En su solemne identificación con una comunidad vecina e inmediata –con sus bosques, su dialecto, su hogar– existía la implícita reivindicación de un monopolio de autenticidad, casi de una marca exclusiva y patentada, como si el mero acercamiento a su propio terruño negara o ignorara la fidelidad de los demás hombres a otras tierras o a otras patrias, a sus casas de madera, a sus alojamientos de renta limitada o a sus rascacielos. Aunque unido fraternalmente a su gente, Heidegger, en su famosa cabaña de la Selva Negra en la que, ya viejo, le gustaba retirarse en una soledad carente de confort, es posible que no conociera la humildad del pastor del Ser, que le era negada por su obstinada aunque inconsciente presunción de considerarse el jefe de los pastores, el administrador delegado del Ser.

Heidegger era muy consciente del proceso planetario que amenazaba con desarraigar a todos los individuos de su mundo y de sus vínculos fundamentales cuando insistía en su propio vínculo con la Selva Negra y sus leñadores. Pero la inspirada aspereza con que proclamaba su *religio* le inducía a considerar auténticos sólo a aquel bosque que había delante de su cabaña, a aquellos campesinos que conocía por su nombre, a aquel gesto que levantaba la hachuela sobre el tronco o a aquella palabra en dialecto germano. El resto de los campesinos, bosques, palabras, costumbres, más allá de los montes y de los mares, que no se podían ver ni tocar pero de los que se podía tener algún tipo de información sólo mediata e indirecta, se convertían en abstractos, ideológicos, irreales, como si únicamente existieran en áridas estadísticas y fueran un invento de la propaganda demagógica, en lugar de ser vivos y concretos, hechos de carne y de sangre como el pastor del Ser, que no podía percibirlos con los sentidos y sólo sentía a su lado el aroma de la Selva Negra.

El infortunio fascista de Heidegger no es un incidente ocasional, porque el fascismo, en su dimensión menos innoble pero no por ello menos destructiva, también es la actitud de quien sabe ser un buen amigo de su compañero de mesa, pero no se da cuenta de que también los demás hombres pueden ser no menos amigos de sus compañeros de mesa. Eichmann era sincero cuando en Jerusalén se horrorizó al enterarse de que el padre del capitán Less, el oficial israelita que le había interrogado durante meses y por el cual sentía un profundo respeto, había muerto en Auschwitz. Se horrorizó, porque su falta de imaginación le había impedido descubrir en las cifras de las víctimas unas caras, unas facciones, unas miradas, unos hombres concretos.

La declamación de la autenticidad individual se convierte en una pose de *parvenu* cuando se habla contra la masa olvidando que se forma parte de ella. Esa retórica del arraigo y de la autenticidad expresa, además, aunque de manera retorcida, una exigencia real, o sea la exigencia de una vida política social no alienada, y denuncia la insuficiencia del mero derecho positivo, de la pura legalidad formal que puede aprobar la injusticia, y a la que se opone la legitimidad, o sea el valor sobre el que pueda fundarse una auténtica autoridad.

Pero contraponer la legitimidad a la legalidad, apelando a valores cálidos (la comunidad, la inmediatez afectiva) en contra del weberiano desencanto del mundo y la frialdad de las democracias, significa destruir las reglas del juego político que permiten a los hombres luchar por los valores que consideran sagrados, o sea, significa instaurar una legalidad tiránica, negadora de cualquier legitimidad. Invocar el amor en contra del derecho es la profanación del amor, que se usa como instrumento para negar a otros hombres la libertad e incluso el amor.

Es precisamente Heidegger, por otra parte, quien se opone felizmente al culto del arraigo; en los mayores momentos de su obra enseñó que «el extrañamiento es un modo fundamental de ser-en-el-mundo», que sin desorientación y sin pérdida, sin errar por senderos que se extravían en el bosque, no hay llamada, no es posible escuchar la auténtica palabra del Ser.

El hijo del sacristán de Messkirch, nutrido de vieja religiosidad suaba, sabía muy bien que para encaminarse hacia la verdad y el amor hay que desarraigarse, marcharse y alejarse de casa, desprenderse de cualquier vínculo inmediato y de cualquier *religio* de origen, como en la dura página del Evangelio en la que Cristo le pregunta a su madre qué existe entre ellos dos. Si por un lado Heidegger se siente en cierto modo próximo al mito de la sangre y de la tierra, por otro también se halla próximo a la verdad de Kafka, que empuja a aventurarse por el desierto, cada vez más lejos de la Tierra Prometida. Tal vez por esta razón un poeta judío como Celan, desgarrado por el exterminio nazi y por el desierto del mundo que eso provocó, pudo encontrar el sendero que llevaba a la cabaña de Heidegger, subir a esa cabaña y encontrar en un diálogo real al antiguo rector de la Universidad de Friburgo, que en 1934 había puesto, aunque fuera sólo por un instante, la filosofía al servicio del nuevo Reich.

La Selva Negra que rodea esa cabaña se ha convertido en un paisaje trascendental y universal de la filosofía. En la *Lichtung,* en el luminoso calvero del bosque que, al igual que los claros de mi Monte Nevoso, no tiene nada de aprehensible pero es el horizonte en el que aparecen las cosas, Heidegger simbolizó la superior humildad del pensamiento como lugar en el que se escucha el Ser.

Heidegger capta la objetividad y la necesidad del proceso que ha llevado al triunfo de la técnica y, como él dice, al olvido del Ser; en su visión absolutiza lo relativo, considerando la técnica una fatalidad actual de la modernidad y olvidando que el arado, que desgarra la tierra, ya es dominio y artificio y que un intelectual del imperio romano habría podido sentir con no menor intensidad la lejanía de la naturaleza y la alienación del *man,* de la existencia inauténtica conjugada con lo impersonal.

Heidegger no era un alma cándida, persuadida de que bastaba apelar a los buenos sentimientos y predicar la vida sencilla, como Wiechert, para restaurar la armonía. Él diagnosticaba la tecnificación planetaria sin pathos moralista, como conviene a un filósofo, cuya tarea es la de aprehender, con el pensamiento, su tiempo y entender sus leyes, no la de deplorar la maldad de los tiempos. Pero esto no significa, como muchas veces se dice, que él fuera un defensor de dicho triunfo. Los sismólogos descubren el grado de la escala Mercalli de un terremoto, sin llorar por sus víctimas pero sin que ello signifique que aprueban el seísmo. Mientras hablo en la puerta con la señora Kaufmann, que se resiste a dejarme entrar, vislumbro un pasillo estrecho y oscuro, que no sugiere una infancia feliz transcurrida en esa casa. En la puerta contigua, una tarjeta indica la vivienda de un asesor fiscal, importante funcionario del Espíritu en la época en la que el Espíritu se ha hecho *ratio* calculante.

12. LA GUÍA DE SIGMARINGEN

Entre los muros de este castillo sobre las orillas del Danubio otro primer actor del sangriento teatro del siglo, Céline, vivió, sufrió e interpretó el desarraigo y la pesadilla de la guerra total. Veía cómo el río chocaba furioso contra los arcos y se imaginaba cómo, feroz y destructor, arrollaba torres, salones y porcelanas y los arrastraba consigo hasta el delta, desmenuzando y sepultando la historia entre los detritus fangosos de los milenios. Ese fantasma de aniquilación final le proporcionaba un agrio bienestar, le invitaba a confundir su fuga acosada con una derrota cruel e insensata de todas las cosas.

El día es azul pálido, el olor de nieve y el tranquilo Danubio, con sus patos y sus ocas, no sugieren imágenes de destrucción al germanista que viaja, cuarenta años después, sin las bombas de la RAF sobre su cabeza y sin ser perseguido por los senegaleses de la brigada Leclerc con las dagas ya desenvainadas. Todos los lugares, a lo largo del camino, invitan a detenerse: el viajero no tiene la obsesión de huir, sino que le gustaría pararse, llevarse consigo personas y paisajes, hasta la habitación del hotel de Tuttlingen, que dejó hace pocas horas, y las horas pasadas en aquella habitación, las aguas del sueño y el ánfora surgida de aquel mar. El viaje es la fidelidad del sedentario, que afirma en todas partes sus hábitos y sus raíces e intenta engañar, con la movilidad en el espacio, la erosión del tiempo, para repetir siempre las cosas y los gestos familiares: sentarse a la mesa, charlar, amar, dormir. Entre las frases latinas que adornan, con la autoridad de la lengua muerta, las salas del castillo de Sigmaringen, hay una que celebra el amor al lugar natal, el espíritu residente, arraigado en su propia morada y carente de la manía de abandonarla: «Domi manere convenit felicibus», conviene a los felices quedarse en casa.

El castillo de Sigmaringen, que se alza sobre las orillas del joven Danubio, no ha sido un lugar de armonía y de paz sino más bien de partidas, de fugas y de exilio. Incluso entre sus señores, los príncipes de Hohenzollern-Sigmaringen, son especialmente recordados los que partieron para convertirse en soberanos de países extranjeros (como Carol I de Rumanía, en el siglo pasado) y los que expulsaron aquella noche de 1944 para dejar sitio al gobierno colaboracionista francés de Vichy que seguía la retirada del ejército alemán, a la corte irreal e impotente del mariscal Pétain y de Laval, su primer ministro. En ese castillo se consumó una escena de la tragedia que fue testigo de la degeneración de Alemania y, a continuación, del crepúsculo del elemento alemán en la Europa danubiana.

Una chica hace de cicerone a los visitantes del castillo. Con una cantilena mecánica desgrana e ilustra la Historia y el Arte, tapices del siglo XVII, cañones regalados por Napoleón III. Cuando le pregunto dónde vivía el mariscal Pétain, se encoge de hombros, perpleja, con el aspecto de oír este nombre por vez primera: un poco después, al señalar unas habitaciones, dice que eran el apartamento de Laval. Las palabras «Vichy» y «Laval» le despiertan la memoria y la lengua con datos y detalles, pero nunca ha oído hablar de Pétain.

Este saber intermitente de la desinformada guía turística le habría gustado a Céline, que lo habría interpretado como la tragicómica esquizofrenia de la historia que él había vivido precisamente en Sigmaringen, adonde había llegado siguiendo al gobierno de Vichy en su catástrofe. En *De un castillo al otro,* que describe y dilata su estancia en Sigmaringen, Céline escribe: «Si balbuceo y digo tonterías, me parezco, en el fondo, a muchos guías»; en efecto, su libro es, a su manera, un *baedeker,* un compendio de historia o bien, para Céline, de su insensato delirio. En *Norte,* ya vaticinaba que diez años más tarde la gente no sabría quién era Pétain, o lo confundiría con el nombre de una droguería.

Cuando se encontraba en Sigmaringen con su esposa Lucette, su amigo Le Vigue y su gato Bébert, entre los colaboracionistas y los demás furtivos, en un caos de prófugos de todas las nacionalidades, Céline ya había sido definido por Radio Londres como «un enemigo del hombre»; para toda la opinión del mundo libre no era el más insigne escritor popular de sus primeros libros, que habían denunciado el embrutecimiento existencial y social, sino un infame traidor, el cómplice de los nazis, el antisemita de los panfletos, contra los judíos, ahora acosado y reducido a hez del mundo como los verdugos nazis. En ese palacio de cartón piedra, entre las máscaras maliciosas de los antiguos retratos feudales, Céline calmaba como podía los sufrimientos de algún enfermo, proporcionaba morfina a quien gemía y cianuro a quien veía acercarse el ajuste de cuentas; más abajo, el Danubio, con sus meandros formados por los siglos y con su tradición imperial, le parecía el pútrido río de la historia o sea de la suciedad y de la violencia universal. En el chapoteo del Sena y en la respiración del mar, Céline había oído la voz de una vida no corrompida por la historia, lirismo absoluto y desprovisto de mentira; el Danubio, cargado de historia, le inspiraba, por el contrario, horror y todos los grandes personajes de sus siglos eran para él «gángsteres danubianos», como los príncipes de Hohenzollern-Sigmaringen.

Céline desprecia a los nuevos señores del castillo de Sigmaringen, a los que, sin embargo, ha unido su destino debido a su opción fascista; los desprecia porque están arriba, porque no comparten la abyecta miseria y los retretes atascados de sus secuaces, porque creen –como Pétain– «encarnar» algo superior y viven, por tanto, en la falsedad, alejados del fango y del estiércol de la existencia auténtica. Céline habla, en cambio, desde el bajo rebullir del dolor feo e inmediato, grita con la voz desgarrada de las criaturas machacadas; repite una y otra vez lo que hay de inaceptable e insensato en el mal. Su absoluto se convierte en distorsión y acaba por situar en el mismo plano a todos los actores que tienen alguna relevancia en la historia, Hitler y León Blum, ya que todos ellos se le antojan en igual medida expresión de voluntad de potencia, beneficiarios del favor de las masas y, por tanto, poseedores de poder. Como un Mesías doliente y culpable, se identifica con los carniceros nazis, porque les ve perdedores.

En el Carnaval fétido y sanguinario de Sigmaringen todo le parece insensato e intercambiable: el impotente Pétain, el loco Corpechot, que se proclama almirante del Danubio, Laval, que en semejante colapso nombra a Céline gobernador de las islas de Saint-Pierre y Miquelon, los colaboradores franceses, las bombas americanas y los Lager nazis se confunden en un mismo sabbath atroz. Céline vive en su propia piel esta desconexión, este «hilo de la Historia que me traspasa de parte a parte, de arriba abajo, de las nubes de mi cabeza al agujero del culo».

Céline ha visto el rostro de la Medusa, el vacío que hay detrás de la confusión y de la podredumbre de las cosas, como en las casas desventradas por las bombas detrás de cuya fachada, que sigue en pie por pura casualidad, no hay nada. También ha recorrido enfáticamente esta epifanía de la nada, que –como cualquier experiencia de lo absoluto– puede ser objeto de una fulguración instantánea, pero no de una predicación insistente. Gigi, que tanto ama a Céline, sabe contemplar a la Medusa tan bien como él, pero la sanguínea benevolencia con que lo disimula, haciendo tute de reyes o sirviendo vino, rinde tal vez más justicia al todo y a la nada de la vida.

Grandeza y caída conviven en toda la obra de Céline. En el más monstruoso de sus libros, *Bagatelas para una matanza* –una de las poquísimas transgresiones auténticas, culpables y punibles, entre tantas inocuas licencias de literatos deseosos de transgredir pero con la garantía de la inmunidad y de la hermandad–, aparece el prolijo y aburrido desahogo de un tendero pequeñoburgués que cae en todos los prejuicios de su clase pauperizada y desorientada, pero también encontramos una genial y desgarrada instantánea del siglo XX, de la que ya no se podrá prescindir. La mirada de Céline, oscurecida pero también agudizada por el odio, enmascara el frenético activismo de la industria cultural, recogiendo en su estéril y frígida excitación, en su perenne y ansiosa eyaculación precoz, una sorda carga de violencia. Esa febril movilización, que recluta imperiosamente al individuo en las maniobras militares de los simposios, debates y entrevistas, en el histerismo de una habitación atestada, de un mundo que lleva escrito en cada una de sus puertas: «completo».

La conciencia colectiva, que no quiere superar la violencia pero que tampoco se atreve a mirarla a la cara, sublima el egoísmo y la prepotencia en un vacuo culto al sentimentalismo y a la pasión, en esa cultura que Céline ha definido de forma fulminante como «bidet lírico». Este último, que desconoce la Verdad elemental del sexo y la totalizante del amor, es el reino de las grandes mentiras intermedias, la poemización de la actividad gonádica, los palpitos del *amour-passion* destinados a justificar el engaño y el autoengaño. Poeta del sexo y de la nostalgia del amor, Céline ha desenmascarado implacablemente la falsificación sentimental, la ausencia de auténtico sexo y de auténtico amor, ese aflujo de sangre en el bajo vientre que siente la necesidad de ennoblecerse subiendo hacia arriba y exhalando un conmovido suspiro, la incapacidad de amar y la vileza de aplicar al sexo, cuando no se ama, una muleta sentimental que acaba por hacer tropezar a los demás y romperles una pierna. El bidet lírico, a diferencia de las grandes religiones, siente siempre la necesidad de dorar la píldora.

El reaccionario Céline, acuciado por la obsesión de una próxima guerra de exterminio total, se convierte en voz estridente y poderosa de un malestar real, aunque las medicinas que él propone sean a su vez síntomas y efectos devastadores de la misma enfermedad, recetas vitales que suenan a involuntaria parodia de las grandes páginas del *Viaje al fin de la noche* abiertas de par en par sobre el abismo de la muerte.

Así que el gran rebelde, que en el *Viaje* ha escrito páginas inolvidables sobre el horror de la guerra y sobre la incapacidad de los hombres de imaginarla realmente incluso mientras la viven, acaba por celebrar la línea de fuego como momento de la verdad; el poeta de la infancia brutalmente maltratada acaba por añorar la sana educación carente de consideraciones y expeditiva en las palizas; el escritor panfletario hace suyas las horribles banalidades antisemitas que el narrador había puesto en boca, como necios prejuicios, de la figura del padre en *Muerte a crédito;* el anarquista que hablaba en nombre de los oscuros deplora que las iglesias cristianas hayan corroído la supremacía de los blancos. Su trilogía de la Segunda Guerra Mundial une en una única mentira global todas las ideologías, derecha e izquierda, democracia, fascismo y el mismo antisemitismo, en un rechazo global de la sociedad que ya no ve la conjura mundial hebraica, sino la conjura mundial de todos los vencedores y poderosos, hebreos incluidos, la alianza de los bancos, el vietcong y las estaciones espaciales.

Céline se ha dejado deslumbrar por la revelación del mal. Ha escuchado la voz de la abyección, decía Bernanos, como un confesor de un barrio miserable; sin embargo, no ha sido capaz, como lo son en ocasiones los viejos confesores, de echar una cabezadita entre un penitente y otro, cansados de la repetición de los previsibles pecados, no ha visto la estereotipada banalidad del mal. Al igual que otros escritores franceses de su generación, que creían poder decir con Gide «J'ai vécu», también él buscaba «la vida», sin sospechar la megalomanía de tal pretensión. Aullando, como él mismo escribía, creía defender la virgen y salvaje inocencia del yo. Se vanagloriaba, con desprecio, de no ser un empleado, como si ello pudiera garantizarle una autenticidad especial y como si las broncas de Hemingway tuvieran que ser, a priori, más poéticas que los documentos burocráticos redactados por Kafka.

Utilizar el término «empleado» como una injuria no es más que una vulgaridad banal: en cualquier caso Pessoa y Svevo lo habrían aceptado como un justo atributo del poeta. Este último no se parece a Aquiles o a Diomedes, que se enfurecen en el carro de guerra, sino más bien a Ulises, que sabe que no es nadie. Su manifestación es esta revelación de la impersonalidad que lo disimula en la prolijidad de las cosas, de la misma manera que el viaje borra al viandante en el rumor de la calle. Kafka y Pessoa no viajan hacia el fin de una noche tenebrosa, sino de una mediocridad incolora todavía más inquietante, en la que descubren que sólo son un perchero de la vida, en el fondo de la cual puede haber, gracias a dicha conciencia, una extrema resistencia de la verdad.

El Mesías llegará para los anónimos y los silenciosos, no para los atletas de la Vida; para el «povareto» Virgilio Giotti, cuya poesía resplandece modesta e incorruptible entre el amor por su mujer y sus hijos y su empleo en el ayuntamiento, no para el pomposo Pablo Neruda, que titula sus memorias *Confieso que he vivido.* Con uno de sus toques de grandeza, Céline reconoce además la vanidad de cualquier exhibición de vitalismo personal: «Ma vie est finie, Lucie, je ne debute pas, je termine dans la littérature.» Sabe sentir una atormentada piedad por el individuo concreto, como por los niños mongólicos de los que se ocupa durante su fuga a través de Alemania y en cuyos ojos percibe una dignidad que podría derrotar al matadero de la historia, pero no sabe reconocer sus propios errores. Nunca pronuncia una palabra de auténtico arrepentimiento después del exterminio de los judíos, incapaz de advertir la humanidad concreta de personas que no ha conocido personalmente.

En el castillo de Sigmaringen hay una iglesia y un museo. En uno de los tres episodios de la leyenda de Santa Úrsula, pintados hacia 1530 por el Maestro del Altar de Thalheim, destaca el malvado ojo de un arquero: crucifixiones y coronaciones de espinas muestran multitudes bestiales, jetas crueles, narices obscenas, lenguas repelentes. Céline tal vez se habría reconocido en esa dolorosa violencia, plebeya y elemental, porque sabía que también él pertenecía a la misma anónima multitud popular retratada por el Maestro de Messkirch en sus Anunciaciones y Natividades. Por esto fue grande: sólo la experiencia de la miseria proletaria ha permitido a algunos reaccionarios ser auténticos poetas, pese a sus opciones aberrantes; Hamsun y Céline lo son, gracias a su odisea de hambre y de oscuridad, cuya ausencia hace estéril la pátina aristocrática de Jünger.

Anárquico y autopunitivo, Céline pagó un precio, poético e intelectual, por el desprecio del que se alimentó. El desprecio puede resultar un juego fácil; cualquier frase, actitud, afirmación humana parece estúpida a quien la escucha con una especie de prejuicio metafísico, situándola sobre el fondo vago, impalpable e inefable de la vida, contra el cual cualquier principio moral parece insuficiente y presuntuoso. La declaración de los derechos del hombre suena tan ridícula como una fanfarronada, porque no cabe duda de que está despiadadamente desproporcionada con el abismo de la existencia. Pero quien la acoge con una sonrisa presuntuosa, considerándose el inspirado y connatural intérprete de ese abismo, es por lo menos casi tan fanfarrón y desproporcionado como la esfinge. Céline puede reírse de quien habla de democracia, pero, con igual derecho, el último charlatán, en razón de esa mecánica lógica de la irrisión, podría reírse de cada una de sus palabras. No cabe duda de que Céline es también un Tartufo, aunque se proteja poniendo esta injuriosa definición de sí mismo en boca del profesor Y. «Mes accusateurs sont tous des employés –moi, non», nos hallamos, sin duda, ante una expresión tartufesca. Lo cierto es que Kafka, que era un empleado, no era más filisteo que él. Sí, pero Kafka era judío.

El Danubio universal del ingeniero Neweklowsky

1. CREER EN ULM

¿Quién cree en Ulm?, preguntaba Céline durante su fuga por la Alemania devastada. Se preguntaba, caústico y mordaz, si Ulm seguía existiendo o si los bombardeos la habían destruido. Cuando la realidad está siendo anulada con violencia, pensarla se convierte en un acto de fe. Pero toda la realidad, en cada instante, es anulada, aunque por fortuna no siempre con la sangrienta escenografía de las bombas de fósforo y sí a trazos imperceptibles, y no se puede hacer otra cosa que creer que existe. Una fe, vivida e introducida en los gestos del cuerpo, confiere la tranquila certidumbre vital que permite atravesar el mundo sin que el corazón se turbe. El conde Helmuth James von Moltke, bisnieto del feldmariscal prusiano que había vencido en Sedán y había sido llamado el pensador de batallas, creía firmemente en Jesucristo y cuando el Tribunal del Pueblo del Tercer Reich le condenó a muerte en 1945, por su oposición antihitleriana, se enfrentó a la ejecución de la misma manera que se acepta una invitación a una cena desagradable pero inevitable.

No es necesaria la fe en Dios, basta la fe en las cosas creadas, que permite moverse entre los objetos persuadido de su existencia, convencido de la irrefutable realidad de la silla, del paraguas, del cigarrillo, de la amistad. Quien duda de sí mismo está perdido, al igual que quien, temiendo no conseguir hacer el amor, no lo consigue. Se es feliz junto a las personas que hacen sentir la indudable presencia del mundo, así como un cuerpo amado proporciona la certidumbre de esos hombros, de ese seno, de esa curva de las caderas y de su onda que sostiene como un mar. Y quien no tiene fe, enseña Singer, puede comportarse como si creyera; la fe vendrá después.

De modo que creo en Ulm, mientras, según parece, el tren me está conduciendo hacia allí, a mi cita con mis amigos, de la misma manera que durante el bachillerato creía en la existencia de Cerrapungi (o Cerrapongi), ciudad india de la que el manual de geografía, *El cosmos* de S. Crinò, no se limitaba a proclamar que existía, sino que también decía que era el lugar más lluvioso del mundo, trece metros cúbicos de lluvia al año, para añadir después, aparte, que en Honolulú caían catorce. Mi amigo Schultz protestaba, diciendo que si eso era cierto Honolulú y no Cerrapungi era la que merecía el récord mundial de precipitaciones. Otros, por el contrario, educados en una filosofía menos severa, conseguían salir del paso manteniendo rigurosamente separadas las dos proposiciones que, privadas de conexión, se salvaban de la contradicción, de la misma manera que la frase «el crepúsculo era sereno» contenida en una novela no contradice la frase «el crepúsculo era tempestuoso» contenida en otra.

Aquí el Danubio es joven y Austria todavía queda lejos, pero evidentemente el río es ya un sinuoso maestro de la ironía, de esa ironía que hizo grande a la civilización mitteleuropea y que es el arte de trampear oblicuamente su propia aridez y de dar jaque mate a su propia debilidad; era el sentido de la duplicidad de las cosas y al mismo tiempo de su verdad, oculta pero única. Esa ironía enseñaba a respetar los errores y las contradicciones de la vida, el desfase entre la cara y la cruz de una moneda, que no encajan aunque sean la misma cosa, entre el tiempo y lo eterno, entre el lenguaje y la realidad, entre la lluvia caída en Cerrrapungi y en Honolulú y las estadísticas sobre precipitaciones referidas por S. Crinò en su manual. La tolerancia con respecto a las descompensaciones y las deformidades del mundo, con respecto a sus paralelas que nunca se encuentran, no disminuye la confianza en que las paralelas se encuentren en el infinito, pero no las obliga a encontrarse por fuerza antes.

Así pues, confío en que Ulm no sea únicamente el letrero indicador «Ulm» de la estación de una ciudad destruida, como era para Céline cuando por fin consiguió llegar a ella. He dejado atrás Riedling, la pequeña ciudad que fue la primera avanzadilla de los Habsburgo en el Danubio y que es la preferida por las cigüeñas. En este tren no me amenazan las bombas que caían sobre Céline, ni los lobos, fantasmas y fuegos fatuos que el manual del viajero escrito a mediados del siglo XVII por Martin Zeiller, ciudadano de Ulm por elección, enseña detalladamente a ahuyentar *(Fidus Achates o el fiel compañero de viaje).* Puede que resultara también sensato seguir otro consejo de Zeiller, que exhorta a hacer testamento antes de partir; una vez preparadas las disposiciones testamentarias, mandas, legados y codicilos, viajaríamos libres, despreocupados de la vida, liberados de cualquier obligación y de cualquier función, por aquel misterioso territorio anárquico y feliz en el que sólo se posa el pie cuando se ha abandonado el escenario, sea el que fuere.

2. DOS MIL CIENTO SESENTA Y CUATRO PÁGINAS Y CINCO KILOS NOVECIENTOS GRAMOS DE DANUBIO SUPERIOR

Es indudable que Ulm se encuentra en el Danubio superior. Pero éste ¿hasta dónde llega, hablando con propiedad, cuáles son su inicio y su final, su ámbito, su identidad, su concepto? El ingeniero Neweklowsky dedicó su vida a trazar los confines de la «Obere Donau», del Danubio superior y –una vez definido este territorio– a examinarlo, clasificarlo y catalogarlo palmo a palmo en el espacio y en el tiempo, según los colores de las aguas y las tarifas aduaneras, el paisaje que se ofrece a la percepción instantánea y los siglos que lo han construido. Al igual que Flaubert o Proust, Neweklowsky dedicó toda su existencia a la obra, a la escritura, al Libro; el resultado es una obra de tres tomos con un total de dos mil ciento sesenta y cuatro páginas, incluidas las ilustraciones, que pesa cinco kilos novecientos gramos y que, como dice el título, no trata sobre el Danubio, sino, más modestamente, sobre *La navegación y el transporte de maderas en el Danubio superior* (1952-1964).

En el prefacio, Ernst Neweklowsky precisa que su tratado se ocupa de los seiscientos cincuenta y nueve kilómetros comprendidos entre la boca del Iller, que desemboca en el Danubio poco antes de Ulm, y Viena, incluyendo naturalmente todos los afluentes y subafluentes de la zona; sin embargo, en la introducción al tercer tomo admite, con la imparcialidad de quien sirve a una causa suprapersonal, que el concepto –y el espacio– de Danubio superior varía según los puntos de vista en los cuales nos situamos: desde el punto de vista estrictamente geográfico abarca los mil cien kilómetros entre las fuentes y la cascada del Gönyü, desde el hidrográfico los mil diez kilómetros entre el origen y la confluencia del March, para el derecho internacional se extiende durante dos mil cincuenta kilómetros hasta las Puertas de Hierro, o sea hasta la antigua frontera turca. Los bávaros, con una perspectiva más limitadamente regional, consideran que termina en el puente de Regensburg, dando también ese nombre a una sociedad anónima de la central hidroeléctrica y considerando «Danubio inferior» el breve tramo entre Regensburg y Passau. En la terminología militar instaurada en la Primera Guerra Mundial, por «Danubio superior» se entendía, en cambio, haciendo referencia al transporte bélico, el tramo entre Regensburg y Gönyü.

Consciente de la caótica redundancia de lo real, el ingeniero Neweklowsky considera, examina, compara, relaciona, generaliza todas estas hipótesis clasificatorias, aunque su punto de vista, que es el de la ciencia náutica, le induce a considerar como «Danubio superior» los seiscientos cincuenta y nueve kilómetros entre la confluencia del Iller y Viena. Entre 1910 y 1963, año de su muerte, Neweklowsky, director de las obras fluviales en Linz desde 1908 y «Chef del Danubio» entre Puchenau y Mauthausen hasta 1925, escribió, sobre este tema, más de ciento cincuenta tratados en revistas especializadas, acompañados de conferencias, exposiciones, artículos sueltos y una tesis de doctorado; entre 1952 y 1964, un año después de su muerte, aparecieron los tres tomos, el monumento de su vida.

En esos tres tomos está todo: la historia de la navegación desde la época prerromana hasta la edad contemporánea, los itinerarios y formas de las embarcaciones, piraguas y vapores, hélices y maderas, las partes y los utensilios de las barcas y sus denominaciones cambiantes a lo largo de los siglos y de las regiones, las características y las diferencias de los varios afluentes, las riadas y las sequías, los innumerables modelos de balsas y de almadías, las virtudes y los defectos de los diferentes tipos de madera utilizados; los convoyes, los vados y los pasos, la maderada, la composición y las costumbres de los barqueros, las supersticiones y las hechiceras del río, los derechos de peaje, los viajes de soberanos y de embajadores, las poesías, las canciones, los dramas y las novelas nacidos de las aguas fluviales.

La «Obere Donau» es para Neweklowsky un Danubio universal, es el mundo y al mismo tiempo su mapa, el todo que se contiene a sí mismo. Como para viajar a través de la vida con auténtica seguridad conviene llevar la totalidad en el bolsillo, el ingeniero, pensando en las exigencias prácticas de los viajeros apresurados, decidió, por otra parte, condensar los tres tomos en un delgado pero esencial libro de bolsillo de cincuenta y nueve páginas. El ingeniero ordena, clasifica, esquematiza, subdivide su enciclopedia en capítulos y en parágrafos, acompaña el texto de apéndices, índices, ilustraciones, mapas geográficos. Nacido en 1882, el ingeniero siente la pasión de la totalidad, el genio sistemático de las grandes pasiones ochocentistas; es un epígono no indigno de Hegel o de Clausewitz, sabe que el mundo existe para ser ordenado y a fin de que sus detalles dispersos sean conectados por el pensamiento. Al entregar a la imprenta su «exposición global», dice que descubre en este hecho «el cumplimiento de una tarea que le había sido asignada por el destino».

Cualquier totalidad –hasta la hegeliana, decía con sectaria agudeza Kierkegaard– se ofrece a la risa de los dioses. Hay siglos, o sea culturas, en los cuales incluso la genialidad especulativa se expone fatalmente a la risa, en su pretensión por encasillar cualquier detalle fugaz de la existencia. Algunas páginas tomistas o hegelianas no escapan al ridículo, al igual que Heidegger. Está claro que ese lado cómico no menoscaba la grandeza de Hegel, de Santo Tomás o de Heidegger; cualquier pensamiento verdaderamente grande debe aspirar a la totalidad y esta tensión comporta siempre, en su grandeza, también un elemento caricaturesco, una pizca de autoparodia.

La tesis de doctorado, y a continuación los tres tomos, constituyen el triunfo de Neweklowsky, la obtención de la totalidad, que sólo se consigue cuando el desorden del mundo se compone en un libro y se articula en categorías. Neweklowsky establece el mayor número de categorías posibles, doma y alinea los fenómenos, pero también dirige una atención imperiosa a los detalles efímeros y sensibles, a la singularidad irrepetible. Su tratado abarca incluso el paso del tiempo, el viento, los incidentes imprevisibles, la lista de desgracias, mortales o no, ocurridas a bordo, los suicidios y los homicidios, las divinidades fluviales, los bustos de los ciento treinta y dos patrones de barca de Ulm y los versitos dedicados a cada uno de ellos; describe las cabezas de los santos protectores de los puentes, registra la pena prevista para el cocinero de a bordo que echa demasiada sal a la sopa, transcribe los nombres de los barqueros que también ejercían la profesión de posadero y los lugares donde la ejercían.

Como buen sistemático, refiere las variantes fonéticas y ortográficas del término *Zille,* que indica una embarcación plana *(Zilln, Cillen, Zielen, Zülln, Züllen, Züln, Zullen, Zull, Czullen, Ziln, Zuin),* y de mil expresiones técnicas más; escrupuloso ingeniero, anota las medidas de los diferentes tipos de embarcación, su tonelaje bruto y neto. El científico global se hace también historiador minucioso, porque su ansia de totalidad abarca el mundo y su devenir. Sabe que también el pasado es siempre presente, porque por algún lugar del universo viajan y subsisten las imágenes de todo lo que ha sido, transportadas por la luz. La misión del enciclopedista es un retrato completo; su Danubio es simultaneidad de todos los acontecimientos, es el saber sincrónico del Todo. Así refiere, por ejemplo, que en 1552 once compañías de soldados del duque Mauricio de Sajonia bajaron de Baviera en setenta balsas, y que a fines del pasado siglo quedaban todavía ciento treinta-ciento cuarenta piraguas en el Salisburguesado, sesenta en el Wolfgansee, veinticinco en el Attersee, cinco en el Altaussersee, dos o tres en el Grudlsee, en el Hallstätter See y en el Gmundersee.

Corroído por la falta de «completitud», que admite con honestidad, Neweklowsky es asaltado por una tranquila obsesión de totalidad; al hablar del viaje desde Linz a Viena realizado el 13 y 14 de marzo de 1645 por la emperatriz María, consorte de Fernando III, enumera las cincuenta y dos naves de la comitiva, especificando, para cada una de ellas, a quién estaba destinada, al primer chambelán conde von Khevenhüller, o bien a tres damiselas españolas y a la condesa Villerual, al confesor de la emperatriz, al confesor del príncipe, a las sillas y a los portadores de sillas. Cuando expone las obras literarias que describen la navegación fluvial, subraya sus incongruencias e inexactitudes técnicas, inverosimilitudes, sugestiones poéticas incompatibles con la ciencia náutica. El papel, y por tanto la literatura, debe casar con el mundo, al igual que el mapa del imperio imaginado por Borges; su libro sobre el Danubio superior debe encajar perfectamente con éste. Inflexible al desenmascarar las mentiras de los poetas, Neweklowsky es feliz cuando encuentra entre las musas no el aristotélico verosímil, que desprecia, sino lo verdadero: al comentar un drama radiofónico de C. H. Watzinger transmitido por los estudios de Linz el 8 de octubre de 1952, *De los bateleros a la navegación de vapor,* proclama solemnemente: «Das Hörspiel atmet Donauluft», el drama radiofónico respira el aire del Danubio.

En la construcción sistemática de Neweklowsky se abre, de vez en cuando, una espiral de fragmentariedad, la presencia de algún detalle vagabundo. El ingeniero deplora, con melancolía, que una columna miliar, colocada por Caracalla a tres millas de distancia de Passau, haya desaparecido sin dejar huella; en el razonado elenco de los viajes históricos por el río, entre flotas imperiales o naves que transportan embajadores de la Sublime Puerta, se inserta de repente la travesía de «un tal Stefan Zerer», en 1528, que desciende un breve tramo del Danubio, después de haber embarcado en Regensburg.

Es cierto que, a veces, también para Neweklowsky la construcción vacila; el viento imprevisto de una irrepetible y fugitiva singularidad desordena los papeles y los sellos del protocolo e irrumpe, inmediata e instantánea, la existencia. Al ocuparse de la jerga y del léxico de los barqueros, se detiene naturalmente en los diccionarios existentes al respecto, los ilustra y los comenta, pero se queda más que atónito, fascinado por una anárquica declaración contenida en la obra de J. A. Schultes, *Viajes por el Danubio,* de 1819.

En la página 12 del primer tomo, Schultes escribe que ha iniciado la compilación de un léxico de los barqueros pero que lo ha dejado correr, ya que, afirma, basta con mirar qué hacen los barqueros mientras hablan a gritos entre sí para aprender su lengua, sin tener que abrir a cada momento el diccionario. Incómodo, Neweklowsky intuye por un instante que sólo viendo esos gestos o esas caras, y escuchando esos sonidos a las orillas del río, se puede aprehender realmente una palabra, su irrepetible sabor y color, que sólo existe en toda su plenitud en el contexto inmediato que la rodea, entre esa chusma (cuya fama de vigorosos y canallescos bebedores queda demostrada por las preocupadas ordenanzas imperiales y sellada por el gran predicador barroco Abraham en Sancta Clara) que intercambia insolencias. Pero esos improperios, esos gestos poco ortodoxos, esos rostros, esa jerga, han desaparecido, han sido arrastrados por las aguas del río, a la garganta del tiempo, y ningún diccionario puede retenerlos, como sabía Schultes, que por este motivo se ahorró el esfuerzo. Es posible que Neweklowsky entienda que el curso del Danubio arrastra y engulle también sus cinco kilos novecientos gramos de papel sobre el Danubio superior, pero se recupera inmediatamente, expulsa de las inexploradas aguas de su corazón ese estremecimiento nihilista y deplora que Schultes no haya llevado a término su vocabulario.

En efecto, Neweklowsky está al amparo de las ventoleras que vienen de la nada; toda su meritoria existencia está envuelta y protegida por esas dos mil ciento sesenta y cuatro páginas, ha crecido dentro de ellas como en el patio de una fortaleza, la cubierta negra y el grueso volumen son una muralla inexpugnable, una fe que no desilusiona y no traiciona.

Es indiscutible la ventaja que posee sobre los fieles de otros cultos. Quien cree en Dios puede sentirse repentinamente abandonado, como le ocurre incluso a Jesús en la cruz, puede ver cómo la realidad desaparece en torno y debajo de él. El piadoso Chaim Cohen, más adelante magistrado en Israel, llegó a Auschwitz con la fe ortodoxa de sus padres, pero cuando regresó de Auschwitz hasta su Dios había sido exterminado, reducido a cenizas en el horno crematorio. Incluso la revolución, el comunismo, la mesiánica redención de la historia pueden resultar ser un Dios que ha traicionado o que no existe, como les ocurrió a Koestler y a tantos otros. Swann vive por entero en su pasión por Odette, y al final descubre que se ha consumido por una mujer que no valía la pena. Hasta el ciego e irrazonable amor por la vida excitante, que sostiene a algunos hombres como una intensa carga de deseo y de seducción, puede deshincharse de repente, de modo que el encanto erótico de la vitalidad acaba como Falstaff en un cesto de ropa sucia, la bandera enarbolada al viento se convierte en una bayeta.

El Danubio, en cambio, aunque sólo sea el superior, existe, no desaparece, no promete lo que no mantiene, no abandona, corre fiel y verificable; no conoce el azar de la teología, las perversiones ideológicas, las desilusiones del amor. Está ahí, tangible y verídico, y el devoto que le dedica su existencia la siente fluir en armoniosa e indisoluble unión con el fluir del río. Esta constante armonía hace olvidar que ambos, el dios fluvial y su fiel, corren hacia abajo, camino de la desembocadura. Es como si Neweklowsky, al igual que Quine, señalara continuamente con el dedo diciendo «¡Danubio!», y esta ininterrumpida ostensión acompasara su vida con una pasión continuamente correspondida.

3. EL INGENIERO ENTRE PERSUASIÓN Y RETÓRICA

¿Neweklowsky era un persuadido? La muerte «benignamente rápida» que le llegó poco después de su octogésimo cumpleaños, como dice su biógrafo, dándole un leve y armonioso tránsito, parecería demostrarlo. La persuasión, ha escrito Michelstaedter, es la posesión presente de la propia vida y de la propia persona, la capacidad de vivir a fondo el instante sin la maniática angustia de quemarlo pronto, de atraparlo y utilizarlo con vistas a un futuro que llegue cuanto antes y por tanto de destruirlo en la espera de que la vida, toda la vida, pase velozmente. Quien no está persuadido consume su persona en la espera de un resultado que siempre está por llegar, que no existe nunca. La vida como carencia, como *deesse,* aniquilada continuamente en la esperanza de que la difícil hora presente ya haya transcurrido, a fin de que haya terminado la gripe, se haya superado el examen, se haya celebrado el matrimonio u obtenido el divorcio, terminado un trabajo, hayan llegado las vacaciones, se haya pronunciado el dictamen del médico. Se spera sperando / che vegnarà l'ora / de andar in malora / per più no sperar. (Se espera esperando / que llegue la hora / de acabar en mala hora / para ya no esperar más.)

La «retórica», o sea la organización del saber, es el enorme engranaje de la cultura, el febril mecanismo de la actividad con que los hombres incapaces de vivir consiguen engañarse, protegerse de la aniquiladora conciencia de su falta de vida y de valor, no darse cuenta de su vacío. Al salir de la biblioteca y dirigirme al barrio de pescadores, me pregunto si las dos mil ciento sesenta y cuatro páginas de Neweklowsky son también un bastión de la gran muralla de la retórica, que oculta la vista y la conciencia de la propia nada.

No sé si Neweklowsky era un persuadido o un retórico, si en sus millares de páginas obedecía sereno a la voz de su genio o si buscaba una salida para sus demonios. La muerte benignamente repentina parece sugerir una existencia transcurrida a su vez también sin angustia. Cualquier vida se decide en la mayor o menor capacidad de ser persuadida, cualquier viaje se juega entre la parada y la fuga. Con amable insistencia, Neweklowsky se entretiene repetidamente, en su libro, sobre la *Moidle-Schiff,* la alegre barca de las ciento cincuenta muchachas suabas y bávaras que el duque Karl-Alexander de Württemberg había enviado en 1719, después de la paz de Passarowitz, a los suboficiales que se habían instalado como colonos alemanes en el Banato, a fin de que pudieran casarse y que de ese modo echara raíces la presencia suaba en el Banato, que debía convertirse en uno de los capítulos centrales de la historia y de la civilización de la Europa sudoriental. Aquella barca de ciento cincuenta muchachas, de las cuales tantos *Lieder* han cantado tan livianas virtudes, sería un barco ideal para realizar este viaje, y hasta para realizarlo como un persuadido, sin ninguna prisa y deseando incluso no llegar nunca.

4. LA NEGRITA DEL DANUBIO

En su recensión sobre la literatura dedicada al Danubio superior, Neweklowsky recuerda un olvidado y amable relato de Herman Schmid, *Francisca la Negrita.* El relato se desarrolla alrededor de 1813 y está ambientado entre los actores del teatro de los barqueros de Laufen, por otra parte tratado ya de forma exhaustiva por el ingeniero anteriormente. La protagonista, Franzel, Paquita, es hija de las guerras napoleónicas y más concretamente de un negro, trompeta del ejército del *Empereur,* y de una muchacha alemana. El relato narra sus dificultades y las humillaciones sufridas por el color de su piel, su vocación por el teatro que la rechaza, su amor por Hanney (un actor que escribe para ella una comedia, *La reina de Saba,* en la que ella actúa y triunfa precisamente porque es negra), las intrigas que separan a los enamorados, la traición pero también el arrepentimiento de Hanney, que la echa pero luego la sigue hasta el Danubio inferior, cerca de la frontera turca donde Franzel actúa en las ferias en una compañía de moros, se casa con ella y regresan a Laufen.

Esta pequeña «novela teatral» danubiana evoca la crueldad del racismo, desmitifica sus prejuicios y los disuelve como una ilusión escénica, detrás de la cual se halla la verdad humana de la persona, que trasciende el color de la piel como el papel en la comedia. La novela es modesta, pero la intuición de ese actor suabo que por amor inventa, para su amada negra, el papel de la hermosa y oscura reina de Saba, desenmascara la feroz inconsistencia del racismo. «El espíritu sopla donde quiere»[1] y nadie puede estar permanentemente seguro de su propio genio o de su propia mediocridad; el tono apocalíptico con el que el gran Céline habla del «pequeño idilio entre vuestra criada, blanca, y vuestro cartero, negro» está un escalón más abajo, intelectualmente, que esta novelita de Hermann Schmid, por otra parte justamente olvidada.

1. Evangelio según San Juan. *(N. del T.)*

5. EL IDILIO ALEMÁN

Ulm es una ciudad del idilio alemán, de la vieja Alemania sacro-romana-imperial. El Antiquarius la saluda como «primera capital a lo largo del Danubio» y como «Decus Suevia», ornato de Suabia; las crónicas exaltan su decoro burgués-patricio, el antiguo buen derecho de sus autonomías, su buena salud económica que, según un antiguo ripio, competía con la potencia de Venecia, Augsburgo, Núremberg y Estrasburgo.

Al citar estos versículos, el Antiquarius señala a pie de página que ahora se han convertido en un aviso de la caducidad, porque esas ciudades han perdido su gloria y languidecen en la decadencia, pero también él evoca la antigua riqueza de Ulm y sobre todo la independencia de sus corporaciones, los privilegios que tutelaban su autonomía respecto a la autoridad imperial, el *Ius de non appellando* y la selva de derechos, facultades, potestades, exenciones obtenidas a lo largo de los siglos por la libre ciudad imperial a expensas del imperio. Cuando el emperador Carlos IV sitió Ulm, en 1376, impidiendo a la población el acceso a la iglesia que se hallaba extramuros, los ciudadanos decidieron construir otra dentro de la ciudad y pusieron en 1377 la primera piedra de aquella catedral que, en 1890, se convertiría en la más alta del mundo. Las crónicas cuentan que el burgomaestre Ludwig Krafft, para demostrar la riqueza de Ulm, cubrió la primera piedra con cien florines de oro que extrajo de su bolsa, y fue imitado por los demás patricios, los cuales también arrojaron puñados de monedas de oro y de plata sobre la piedra, seguidos por los «ciudadanos honorables» y finalmente por el «pueblo llano».

Ulm es un centro del particularismo alemán sacro-romano-imperial y de la vieja Alemania basada en el derecho consuetudinario que sancionaba tradiciones y diferencias históricas, oponiéndose a cualquier poder central, a cualquier forma estatal y también a cualquier codificación unitaria. El universalismo imperial, que no consigue –pese a los grandes esfuerzos de los soberanos sajones o suabos– transformarse en un Estado compacto y unitario, se convierte en la atomizada disolución de todas las unidades políticas o se desmenuza en un archipiélago de autonomías locales y privilegios corporativos. El *Schwabenspiegel,* la colección de leyes del siglo XIII, codifica dichas libertades de los cuerpos sociales de las corporaciones y su separación, de la que nace el tortuoso y desgarrador idilio alemán, el particularismo, el fraccionamiento social, la discordia entre ética y política, el amasijo de la «deutsche Misère», la miseria alemana, como la llamaría Heine.

El derecho común sancionaba jurídicamente este mosaico de competencias y prerrogativas, defendía la variedad orgánica de las instituciones formadas a lo largo de los siglos y se oponía a cualquier código unitario, a cualquier legislación unificadora. Cuando Thibaut, el jurista de inspiración iluminista, propugnaba una codificación que aboliera, en nombre de la igualdad y de la universalidad de la razón, las diferencias y los privilegios, Savigny le oponía el derecho común, la defensa de las diferencias entre los hombres y las leyes que tutelaban estas diferencias, en tanto que fruto de una orgánica evolución histórica y no de un «abstracto» racionalismo.

Así que a la libertad, entendida en sentido moderno y democrático, se le enfrentan, en tierra alemana, las libertades de los gremios y de las corporaciones, su «viejo buen derecho» que defiende las desigualdades sociales estratificadas a lo largo de los siglos. Lo que decide acerca del valor y los derechos de un hombre no es la universal naturaleza humana, sino la realidad histórica; para Möser, el patriarca de Osnabrück, defender las arcaicas libertades alemanas de las tiranías totalitarias significaba defender la servidumbre de la gleba y la autonomía del agricultor libre. Así pues, el idilio alemán es la interiorización del inmovilismo, de acuerdo con la advertencia paulina y luterana de no salir del propio estado social, de respetar la variedad «natural» de las corporaciones.

El orgullo de corporación, que anima a los personajes de este idilio, no sólo es distancia de las clases subalternas, sino que es una soberbia que afirma celosamente las propias fronteras incluso con respecto a aquellas más altas: en un relato de Hoffmann, Maese Martín el botero se resiste a dar como esposa a su hija a un joven patricio, porque preferiría darla a un honesto representante del gremio de los boteros. Cuando Fausto aborda a Margarita llamándola bella y joven dama, ella responde –con modestia, pero también con orgullo– que no es una damisela, sino una muchacha del pueblo. El *Streben,* la impetuosa ansia de Fausto, es lo contrario de este espíritu alemán, según Cario Antoni el menos fáustico de la historia europea.

A veces, la «libre ciudad imperial», como Ulm, encarna el inmovilismo del privilegio contra la justicia igualitaria, otras reivindica las libertades individuales contra la nivelación totalitaria –por ejemplo, contra el centralismo nazi–. En general, el idilio alemán, que encierra al individuo en una dimensión estrecha y en una sociedad separada en compartimentos estancos, tiende a hacer de él, como escribe Lukács, un *Bürger,* un burgués, en lugar de un *citoyen,* un ciudadano; se crea así aquel patético y recalcitrante aislamiento interior, «apolítico» y «desesperadamente alemán», del que Thomas Mann ha sido gran intérprete y, por lo menos en parte, representante. Esta situación se encarna en una reiterada figura de la literatura alemana, la del *Sonderling,* el personaje extravagante y solitario, que Giuseppe Bevilacqua ha definido como «expresión de un profundo malestar entre una naturaleza especialmente sensible y una sociedad incapaz de ofrecer un libre campo de actuación a sus dotes concretas».

Sonderlinge son muchos héroes de Hoffman y de Jean Paul, secretarios de tribunales, funcionarios, pedagogos de provincia o estudiosos pedantes, animados por una devastadora nostalgia y un metódico rigor; su intenso apasionamiento interior, hundido en los sofocantes muros de una mezquina convención social, degenera con frecuencia en dolorosa y grotesca extravagancia.

Charles Nodier explicaba el florecimiento del género fantástico en Alemania por su exuberancia de circunscripciones locales y de usos especiales. Del particularismo, sancionado por el derecho común, nace la literatura fantástica, porque es en las puertas de la ciudad donde comienza, con la diversidad de leyes y costumbres, el inquietante mundo desconocido; esta supervivencia del pasado confiere a la realidad un aura desgarradora y al mismo tiempo espectral. También la lírica y la sátira de Heine, por otra parte discípulo de los grandes maestros de la escuela histórica del derecho, nacen del particularismo jurídico del idilio alemán. El *Sonderling* es fundamentalmente una figura de la interioridad alemana, de su escisión entre ética y política, que permitió, por ejemplo, la resistencia moral de tantas conciencias al nazismo pero, probablemente, contribuyó a impedir una resistencia política organizada. El idilio de Ulm terminó bajo las bombas de la Segunda Guerra Mundial, al final de la cual sólo dos mil seiscientos treinta y tres, de sus doce mil setecientos noventa y cinco edificios, seguían más o menos intactos.

6. LA TOMA DE ULM

El idilio alemán tiene algo de angosto, de reducido, como sugiere por otra parte la etimología de la palabra «idilio», la pequeña imagen o el pequeño cuadrito que floreció en la literatura helenística. La historia alemana, que de vez en cuando se asoma a imperios universales y milenarios, nace con frecuencia de un marco provinciano, de un horizonte municipal. Así por ejemplo, un historiador refiere el plan secreto dispuesto para la toma de Ulm, en 1701, por parte de los bávaros aliados de Luis XIV, algunos de los cuales habían conseguido infiltrarse en la ciudad disfrazados de campesinos y campesinas con la misión, que por otra parte llevaron a buen término, de abrir el portón de la fortaleza a sus tropas: «El teniente Baertelmann llevará en brazos un cordero, el sargento Kerbler unos pollos, el teniente Habbach, vestido de mujer, llevará en la mano un cesto de huevos...»

Las tropas bávaras, que gracias a este golpe de mano se apoderaron de Ulm –hoy la ciudad se encuentra en la frontera entre Baden-Württemberg y Baviera–, eran aliadas del Rey Sol, pero la política de Luis XIV, con su modernización centralista e imperialista que rompe los poderes feudales locales, forma parte de otra historia, pertenece a un capítulo que incluye a Robespierre, Napoleón o Stalin, mientras que los demás aliados alemanes del autócrata francés pertenecen al medieval, angosto e «idílico» particularismo que la historia moderna, y especialmente la de Francia, destruyó.

7. CON LAS MANOS DESNUDAS CONTRA EL TERCER REICH

En Ulm nació una gran flor de la interioridad alemana. Hans y Sophie Scholl, los dos hermanos detenidos, condenados a muerte y ejecutados en 1943 por su activa lucha contra el régimen hitleriano, eran de Ulm y hoy una escuela superior lleva su nombre. Su historia es el ejemplo de la resistencia absoluta que Ethos opone a Kratos; supieron rebelarse a algo que a casi todos parecía una obvia e inevitable aceptación de la infamia. Como ha escrito Golo Mann, combatían con las manos desnudas contra la impresionante potencia del Tercer Reich, afrontaban el aparato político y militar del Estado nazi provistos únicamente de su ciclostil, con el que difundían las proclamas contra Hitler. Eran jóvenes, no querían morir y les disgustaba alejarse del encanto de los días hermosos, como dijo tranquila Sophie el día de la ejecución, pero sabían que la vida no es el valor supremo y que resulta agradable y placentera cuando se pone al servicio de algo que es más que ella y que la ilumina y calienta como un sol. Por eso marcharon serenos al encuentro con la muerte, sin miedo, sabiendo perfectamente que, en palabras de San Juan, el príncipe de este mundo es juzgado.

8. UN FUNERAL

También en la plaza del Ayuntamiento de Ulm se desarrolló otra escena del teatro alegórico de la interioridad alemana. El 18 de octubre de 1944 se celebraban, en presencia de von Rundstedt, los funerales de Estado del feldmariscal Rommel. La multitud ignorante le daba el último saludo creyéndole muerto a consecuencia de una herida por la defensa del Reich, mientras que, implicado en la conspiración del 20 de julio y habiéndosele ofrecido la alternativa entre el proceso y el suicidio, se había envenenado. Esto también es una paradoja de la interioridad alemana: está claro que Rommel no temía la ejecución, no le faltaba el valor con el que, por ejemplo, Helmuth James von Moltke afrontó abiertamente el Tribunal nazi del pueblo y el ahorcamiento. Las cartas que escribía a su mujer muestran, por la intensidad de su afecto, la responsabilidad de un hombre íntegro. En aquel momento probablemente creyó prestar un servicio a su patria, que se hallaba en grave peligro, evitando la confusión y la incertidumbre que el proceso habría sembrado en Alemania, con la repentina transformación de un gran soldado en enemigo de su país.

Con sobrio autodominio y supremo y paradójico sacrificio, hizo silenciar la voz de la conciencia y prestó una indirecta pero considerable ayuda al régimen hitleriano que había intentado abatir, a Hitler, al que había querido matar. Su formación no le permitía diferenciar claramente, ni siquiera en aquel momento, a su país del régimen que lo pervertía y traicionaba, afirmando encarnarlo. Por otra parte, los propios aliados, desconfiados y obtusos respecto a las proposiciones avanzadas por miembros del Estado Mayor alemán para derribar el nazismo, tuvieron sin duda una responsabilidad considerable –desde la paz cartaginesa de Versalles– en esta letal identificación entre país y régimen. No cabe duda de que en la opción de Rommel desempeñó un papel eminente aquella educación alemana en el respeto y la fidelidad, que es, en sí misma, un gran valor, la lealtad por quien tienes al lado y por la palabra dada, pero que echa unas raíces tan profundas que no es posible extirpar ni siquiera cuando el suelo natal se ha convertido en un pútrido pantano. Esa fidelidad es tan fuerte que en ocasiones impide darse cuenta del engaño del cual se es víctima, de entender que se guarda fidelidad no a los propios dioses sino a unos ídolos monstruosos y que, en nombre de la auténtica fidelidad, es un deber rebelarse contra quien la exige de manera abusiva.

También von Stauffenberg, que atentó contra Hitler, estaba lacerado por la escisión alemana entre la fidelidad a la patria y la fidelidad a la humanidad, y esto puede ayudar a entender la dificultad de una resistencia armada y organizada en Alemania. Pero es evidente que no sólo en la Alemania del Tercer Reich se presentaba el dilema fundamental, enmascarado bajo tantas formas, entre fidelidad a lo universal y fidelidad a la propia tarea inmediata, entre ética de la convicción y ética de la responsabilidad, como ha dicho Max Weber, diagnóstico aún sin superar sobre las contradicciones entre los sistemas de valores dentro de los cuales se mueve nuestra civilización.

Entre los delitos del nazismo se cuenta también la perversión de la interioridad alemana: en la puesta en escena de ese funeral delante del ayuntamiento de Ulm, encontramos la tragedia de un hombre recto representada como mentira.

9. UNA LIBRA DE PAN

En el Museo del Pan de Ulm, un gráfico muestra los precios de una libra de pan en el transcurso de una década, entre 1914 y 1924. En 1914 costaba 0,15 marcos de oro; en 1918, 0,25 marcos de papel; en 1919, 0,28 (siempre de papel); en 1922, 10,57; en 1923, 220.000.000 marcos. En 1924, el precio volvía a ser más o menos el de 1914, o sea 0,14 marcos de oro, aunque en otro contexto y con un diferente valor y poder adquisitivo de la moneda.

No albergo la menor esperanza de comprender las leyes de la economía y de la ciencia monetaria, de escrutar los enredados nudos en los que se cruzan y encabalgan las curvas matemáticas de los procesos financieros con la imprevisible irregularidad de la vida, con la casualidad de los acontecimientos, con las pasiones y las ficciones. Al leer el periódico, un profano piensa que las finanzas padecen con frecuencia de meningitis, como escribía Lafitte, el banquero de Luis Felipe.

El profano, inducido por sus lecturas germanistas a enmascarar su ignorancia detrás de metáforas literarias, piensa, a decir verdad, no tanto en una meningitis como en una psicosis, en un delirio de simulación, semejante al de los locos furiosos capaces de fingir tranquilidad y autocontrol o al de los idiotas, capaces, como decía una lumbrera de la psiquiatría vienesa a comienzos de siglo, de simular gran inteligencia. Las estadísticas financieras parecen tranquilizadoras pero inverosímiles, el programa teatral de un espectáculo que tal vez no llega a ser estrenado, la representación de algo que no existe.

La irrealidad vertiginosa de esos doscientos veinte millones de marcos por una libra de pan es una realidad del «grandioso siglo veinte», como escribió en 1932 Rudolf Brunngraber –por otra parte autor de libros más que mediocres– en su obra maestra *Karl y el siglo XX,* una de las pocas novelas capaces de representar el mecanismo automático de la historia y de la economía mundial, que engloba la vida personal convirtiéndola en un mero dato estadístico, triturando y reintegrando al individuo en los procesos colectivos y desclasando lo universal en ley de los grandes números. En la novela –que describe la gran inflación no tanto en Alemania como en Austria–, Taylor, el racionalizador de la producción, ocupa el lugar del destino, que hace superfluo al individuo; las leyes generales del mundo y las cifras objetivas de la economía –de la producción, del paro, de la desvalorización, de los precios y de los salarios– se convierten en auténticos personajes, fantasmales pero concretamente amenazadores y, como los tiranos de una tragedia antigua, arbitros del destino de los hombres. La vida de Karl –con sus sueños, sus esperanzas, su misma incapacidad para entender lo que le sucede– está constituida y es disgregada por los mecanismos generales, de la misma manera que el cruce de las corrientes y de los vientos forma y disuelve la cresta de una ola marina, pero también ella –como cualquier vida, hasta la más efímera– querría ser eterna; la gota se resiste, con dolor desgarrador, a disolverse en el mar de la totalidad social a la que pertenece. La novela de Karl, cuya mirada no consigue discernir la red que le envuelve, es la novela de nuestra vida, serie discontinua de episodios publicados en un diario del que no se conocen ni propietario ni director, rodeados de vez en cuando de noticias sangrientas, anuncios engañosos y titulares sensacionalistas que confieren a nuestra historia, en el contexto que se nos escapa, un significado no menos huidizo. El libro de Brunngraber –que infunde un miedo físico y real a una tercera guerra mundial, cuyo lector se sorprende temiendo como algo ineluctable– muestra que esos doscientos veinte millones de marcos por un pedazo de pan son, en su inimaginabilidad, siniestramente reales, un terrible personaje de carne y de sangre, el gigante de un monstruoso poema épico.

10. EN EL MERCADO DEL CERDO

El *Fischerviertel,* el barrio de los pescadores de Ulm, es encantador con sus callejas íntimas y acogedoras, los mesones desbordantes de truchas y espárragos, las cervecerías al aire libre, el paseo por el Danubio, las casas antiguas y las glicinas que se reflejan en el Blau, el riachuelo familiar que fluye discretamente hacia el gran río.

El aire es dulce y fresco, Amedeo ha tomado del brazo a Maddalena, mientras Gigi sopesa con aire crítico las diferentes posadas; el rostro de Francesca se refleja en el cristal de una antigua ventana que se asoma sobre el canal y la vida parece discurrir ligera y discreta como estas aguas en el misterio del anochecer. La ciudad es amable, las quinientas cuarenta y ocho cervecerías atestiguadas por las estadísticas en 1875 parecen reconciliar idealmente a Christian Friedrich Daniel Schubart, el poeta rebelde, y a Albretcht Ludwig Berblinger, el famoso sastre que quería volar y que cayó como una piedra en el Danubio, el nuevo cine alemán, nacido en buena parte de Ulm, y la famosa escuela superior de diseño. De este gentil *genius loci* daba pruebas también el hijo más ilustre de Ulm, Einstein, cuando escribía, en un gracioso cuarteto, que las estrellas –sin preocuparse por la teoría de la relatividad– siguen eternamente su camino de acuerdo con los planes de Newton.

En el ayuntamiento, una placa recuerda que fue en Ulm donde Kepler publicó las *Tablas Rodolfinas* e inventó un peso-medida adoptado por la ciudad; en la plaza del mercado de ganado otra placa, que celebra con arrogancia las victorias alemanas de 1870 y la fundación del Reich guillermino, dice por el contrario: «Auch auf dem Markt der Säue / wohnt echte deutsche Treue», hasta en el mercado del cerdo late un corazón de alemán leal.

Esta rima entre cerdos *(Saue)* y fidelidad *(Treue)* ya es, sin pretenderlo, una maligna caricatura de lo que, en pocos años, se convertiría en la vulgaridad del rico y poderoso II Reich. Un talante diferente pintó, en cambio, en 1717, en la bella Casa de los Pescadores en la plazuela homónima, la imagen de una ciudad, Weissenburg, o sea Belgrado. El pintor, el Maestro de la Corporación Johann Matthäus Scheiffele, quiso inmortalizar los convoyes militares que salían de Ulm y descendían el Danubio para ir a combatir contra los turcos; Belgrado, que se tomó y se perdió, era un nudo estratégico de aquella guerra. De Ulm, en unas barcazas conocidas como «cajones de Ulm», partían también los colonos alemanes que iban a poblar el Banato, los «Donauschwaben», los suabos del Danubio que durante dos siglos, de María Teresa a la Segunda Guerra Mundial, imprimieron un sello fundamental a la civilización danubiana, hoy inexistente. Mi viaje a lo largo del río es sobre todo un viaje al Banato, tras las huellas de una expansión hoy desaparecida e incluso transformada, desde finales de la Segunda Guerra Mundial hasta nuestros días, en una retirada, en el éxodo alemán de la Europa sudoriental.

11. EL ARCHIVERO DE LAS VILLANÍAS

En la plaza de Ulm se alza la catedral, con la torre más alta del mundo y con la heterogeneidad de su plurisecular construcción, iniciada en 1337 y terminada –sin contar las sucesivas restauraciones– en 1890. La catedral tiene algo de desafinado, aquella pizca de torpeza que se aprecia con frecuencia en los récords y en los números uno. La nariz de Maddalena, que levanta su cara perpleja hacia la torre, intentando convencerse de la bondad de las cosas, describe en el aire una línea intrépida y movediza, frente a la cual la piadosa mole muestra toda la opacidad de la piedra.

Entre las numerosas guías de la catedral destaca la cuidada y minuciosa de Ferdinand Thrän, que describe y narra todos los detalles, desde los frisos de las columnas hasta el resultado de la venta de un par de pantalones ofrecidos por un piadoso feligrés, el molinero Wammes, para las obras de la Iglesia (seis chelines y dos céntimos). Además de autor de la guía, Thrän era también un arquitecto goticizante y había estado a punto de arruinar la catedral a causa de su obstinada convicción acerca de una «ley» de los arcos, que estaba persuadido de haber descubierto. En la cubierta de la docta obrita *(La catedral de Ulm, una exacta descripción de la misma,* 1857), el impresor, por un descuido que parece obedecer a la necesidad del destino de Ferdinand Thrän, olvidó mencionar su nombre, que el bibliotecario de la Nacional de Viena ha añadido a lápiz, por lo menos en el ejemplar que se conserva en el palacio de la Albertina.

Ese olvido es uno de los muchos agravios sufridos por Thrän, arquitecto y restaurador de la catedral en el siglo pasado e hipocondríaco especialista en agravios, como lo demuestra el escrupuloso *Fascículo de las villanías recibidas* que redactó durante años y que yace, inédito e ignorado, en una caja abandonada en un desván de la catedral. Gafe pertinaz y coriáceo blanco de continuos desaires, Thrän parece subrayar, con agria complacencia, que la vida es una molestia y una afrenta, de modo que no hay más remedio que llevar un riguroso inventario de sus ofensas. Si la auténtica escritura nace del deseo de explicarse la prolija molestia de vivir, Thrän es un auténtico escritor. La literatura es contabilidad, libro mayor del debe y del haber, inevitable balance de un déficit. Pero el orden del registro, la precisión y la exhaustividad del protocolo pueden proporcionar un placer que compense el desagrado de lo que se anota. Cuando Sartre dice que considera mediocre la realización del acto sexual respecto a los juegos preliminares e intermedios, se advierte la satisfacción con que registra el insatisfactorio placer final.

El contable de las ofensas las ordena, las tiene bajo control, se adueña del vituperable mundo y de las humillaciones sufridas. Cuando refiere el examen de arquitectura efectuado como alumno libre en Stuttgart en 1835, Thrän menciona de pasada las buenas notas recibidas, pero se demora en el madrugón, en las molestias del viaje y en la descortesía de los perceptores de las gabelas, en la pésima calidad de la cerveza y en el vómito que provoca, en los gastos acarreados, sesenta y siete florines y cuarenta y siete kreutzer. Al convertirse en inspector de obras públicas, tiene que rendir visita, en ceremonioso y servil homenaje, a personajes influyentes, consejeros de finanzas y directores de departamento, pero un tío suyo se obstina en acompañarle, porque lo considera demasiado tosco y tonto para semejantes visitas.

Cuando trabaja en la restauración de la catedral, tiene problemas con sus superiores y con las autoridades ciudadanas, que le acusan de gastar demasiado, y él refiere minuciosamente las peleas, las críticas, las polémicas en la prensa con sus adversarios, los líos legales relativos a las cláusulas de sus contratos profesionales, las multas, los recursos, las calumnias sobre su persona, el desprecio y las vejaciones de los notables, los litigios ocasionados por la introducción de la iluminación a gas, las intrigas de sus rivales, que no consiguen impedir que el rey de Württemberg le conceda la medalla de oro por sus méritos artísticos y científicos, pero retrasan la publicación oficial del honor recibido.

Thrän se siente «animal perseguido», pero su rencor no se limita a los enemigos que le acosan, porque él se sitúa por encima de las mezquinas razones personales. No es el individuo concreto, envidioso y malintencionado, sino la vida entera la causante de las ofensas y villanías, toda ella es un abuso. Thrän anota de forma imparcial la malvada mezquindad de los hombres y de las cosas, las broncas del inspector de obras Rupp-Reutlingen y la malignidad del temporal que le estropea la nave central y le llena la catedral de escombros, la adjudicación de un sueldo sin pensión y las fiebres nerviosas que le atormentan, las once caídas del caballo –achacadas a la mediocre calidad del rocín, el único, por otra parte, que con sus medios podía permitirse– y la muerte de sus cuatro hijos, los repetidos incidentes que le hacen caer del andamio o acabar en el Danubio, el riesgo de ser ensartado y la dificultad de ser rescatado con una pértiga. Tragedias y malos tragos se sitúan a un mismo nivel, porque la auténtica tragedia de la vida es que toda ella no es más que un mal trago.

La literatura mitteleuropea también conoce en formato grande esta figura del autolesivo, que triunfa sobre la estupidez y la injusticia de la existencia gracias al radicalismo con que compila el catálogo de sus desgracias. Thrän es un hermano menor de Grillparzer y de Kafka, es uno de los agrimensores de sus propias derrotas. En el catastro de estas últimas, la vida muestra toda su mezquindad y malignidad; quien las sufre y las anota puede pasarle por la cara el protocolo de su descaro y por tanto dominarla, mirándola por encima del hombro como el director que entrega las notas al último de la clase.

Thrän se siente orgulloso de documentar villanías que le han hecho padecer las autoridades públicas y las personas particulares, los superiores o los vecinos de casa, porque en el desprecio que le demuestran los demás él lee la comprobación de su propia dignidad, la ineptitud que le hace digno de ser vilipendiado, la inadecuación a la vida que es la señal de una auténtica rectitud de carácter. En el artículo escrito con ocasión del centenario de su nacimiento por el profesor Dieferlen, éste recuerda a Thrän, con sus largos cabellos y su espesa barba, atareado en restaurar la catedral en ruinas invadida por los yerbajos, infestada por los mochuelos y los murciélagos que anidaban entre los adornos góticos, con el hielo y el viento que entraban por las vidrieras rotas y la algarabía de los gorriones que dominaba la predicación del púlpito. Es probable que Thrän amara ese descuido y ese abandono; anota por ejemplo, con complacencia, que la estatua del gorrión –símbolo de Ulm– se había hecho añicos, incapaz de resistir «la caducidad de todas las cosas», y añade que el nuevo gorrión de barro, almacenado en espera de que las autoridades se pusieran de acuerdo en si había que colocarlo o no en el lugar del anterior, espera pacientemente el final de esas discusiones, y durante la espera se resquebraja y deteriora imperceptiblemente, pero por suerte más despacio de lo que se deterioran y fenecen los consejeros que discuten sobre él.

El archivero de las villanías toma nota con satisfacción de la corrupción de la vida, que le eliminará del mundo a él, pero también y sobre todo a esas villanías. La universalidad de la muerte corrige la de la estupidez y la maldad. Pero todo libro escrito contra la vida, ha dicho Thomas Mann, constituye una invitación a vivirla; detrás de la obstinada negativa opuesta por Thrän a la malignidad de las cosas existe también un púdico amor por la realidad, por esos ríos y esas carreteras que él medía con tenaz precisión. Es posible que el más sincero amigo de la vida no sea el pretendiente que la corteja con adulaciones sentimentales, sino el torpe enamorado rechazado que se siente expulsado de ella, escribía Thrän, como un viejo mueble usado.

12. GRILLPARZER Y NAPOLEÓN

Cerca de la abadía de Elchingen, a pocos kilómetros de la ciudad, se halla el lugar en que se produjo el 19 de octubre de 1805 la *Capitulación de Ulm,* la rendición del general austríaco Mack –«el infeliz Mack» del que habla Tolstói en *Guerra y paz*– ante Napoleón. Una lápida recuerda a los caídos napoleónicos, soldados franceses y de los varios estados alemanes aliados en aquel momento del *Empereur.* «A la mémoire des soldats de la Grande Armée de 1805 Bavarois, Wurtembergeois, Badois et Français.» El paisaje, con los bosques neblinosos sobre el río, parece el grabado de una batalla; una brecha señala el punto donde el mariscal Ney rompió las defensas austríacas.

Este tramo del Danubio es un teatro de grandes batallas, como la de Höchstadt (o de Blindheim), en la que el príncipe Eugenio y el duque de Marlborough, durante la guerra de sucesión española, derrotaron en 1704 al ejército francés del Rey Sol. Pero estas batallas en las proximidades del Danubio son batallas de la vieja Europa prerrevolucionaria y premoderna, que prolongan –con la sucesión de victorias y derrotas de las diferentes potencias– el equilibrio entre las monarquías absolutas hasta 1789. El imperio danubiano encarna por excelencia ese mundo de la tradición, y Napoleón, que vence a los austríacos en Ulm y entra en Viena, encarna la modernidad que sigue de cerca y asedia el viejo orden danubiano de los Habsburgo, en un acoso que no concluirá hasta 1918.

Las observaciones de Grillparzer sobre Napoleón son una expresión ejemplar de este espíritu austríaco, pre y posmoderno, que ve cómo la modernidad arrasa la barrera simbólica de la tradición, representada por el Danubio. Agudo y facciosamente parcial, Grillparzer, que ve a Napoleón entrar victorioso en Viena en 1809, denuncia en él el predominio de una fantasía desenfrenada, de una *hybris* subjetiva respecto a la realidad, que él advierte, incluso en sí mismo, como un peligro para su armonía moral y para la propia obra poética. Epígono al tiempo que precursor, Grillparzer, el clásico del teatro austríaco ochocentista, es el primer hombre sin atributos –y creador de hombres sin atributos– de la literatura de los Habsburgo. Es un individuo escindido y doble, pero imbuido de un profundo sentido del respeto por esa unidad de la persona que se le escapa y que él considera un valor superior. Hipocondríaco y tortuoso, pedante organizador y administrador de sus propias inhibiciones, capciosamente reacio a la alegría y dividido entre excitadas pasiones y autolesivas arideces, Grillparzer –al que no por casualidad Kafka leía con entusiasmo– es el escritor que falsifica su propio autorretrato acentuando sus aspectos negativos, como hace en sus propios diarios desdoblándose en la antipática figura de su *alter ego* Fixlmüllner.

Cuando la vida es privación, insuficiencia, *deesse,* la defensa consiste en la puntillosa automarginación, en la negación a participar. La civilización danubiana, tan sensible al exilio de la vida, ha sido maestra en elaborar esta estrategia defensiva. Pero esta civilización entregada a descubrir el vacío de las Acciones Paralelas y a elogiar, como Karl Kraus, el mundo al revés, no olvidaba aquella ecumene a cuyo vaciamiento asistía, aquel ordenado y armonioso cosmos barroco que veía tambalearse. Al igual que hará más adelante Kafka, Grillparzer no permite que sus idiosincrasias personales –vividas no como accidentalidad psicológica, sino como necesidad de la época, como descompensación entre el individuo y la totalidad– ofusquen el sentido objetivo de la Ley, del mundo que, para la tradición vienesa, sigue siendo un mundo creado por Dios.

Es cierto que Grillparzer no puede ver en Napoleón, como veía Hegel, el alma del mundo a caballo, sino un *parvenu* que ejerce el poder en nombre de un desenfrenado egocentrismo y no de una idea superior; en efecto, de la experiencia napoleónica nace en 1825 el drama *Fortuna y final del rey Ottokar,* en el que Grillparzer contrapone a Rodolfo de Habsburgo, cabeza de la familia y encarnación del poder ejercido humildemente como *officium* suprapersonal, y Ottokar de Bohemia, que quiere y ejerce el poder por ambición personal. Así pues, Napoleón es para él el símbolo de una época que ve cómo la subjetividad (nacional, revolucionaria, popular) se distancia de la *religio* de la tradición y provoca, con la nacionalización de las masas, el final del cosmopolitismo setecentista, racionalista y tolerante.

Napoleón es «fiebre de una época enferma», pero, al igual que la fiebre, es una reacción violenta que puede «eliminar el mal» y llevar a la curación. Grillparzer lo define como «hijo del destino», le confiere la aureola de quienes, como Hamlet, están llamados a poner de nuevo en su sitio el tiempo que se ha salido de sus goznes; pero el Corso carece de la humildad de Hamlet, al cual la conciencia de su tremenda misión lleva a decir «ay de mí», haciendo que se dé cuenta de su incapacidad personal. Por el contrario, Napoleón es pequeño porque se cree grande, pero sólo llegará a serlo realmente en su caída, en la expiación religiosa, en la admisión de su propia vanidad, de la misma manera que Ottokar, en el drama, alcanza la auténtica realeza cuando es vencido y humillado en la batalla y en el amor, acosado por la vejez, reducido a mendigo y, por tanto, a hombre de verdad.

Napoleón, que afirma que en la era moderna la política ha ocupado el lugar del destino, representa para Grillparzer el totalitarismo o bien la politización total de la vida, la irrupción de la historia y del Estado en la existencia del individuo, fagocitada en los mecanismos sociales. A esta movilización general, típica de la sociedad moderna y del napoleonismo –cuyo aspecto autoritario descubre Grillparzer, a la vez que ignora su impulso democrático y su acción emancipadora–, se contrapone el ethos josefino del fiel servidor del Estado, que asume con abnegación su propio deber pero traza también los límites de la ingerencia de la política, defendiendo la distinción entre esfera pública y esfera privada.

Grillparzer define como «espantosa» la unilateralidad de Napoleón, que «no ve otra cosa que sus ideas y sacrifica todo a ellas»; en contra del totalitarismo ideológico, la tradición austríaca defiende el detalle sensible, el pormenor vagabundo, la vida irreductible al sistema. Una visión religiosa como la de Rodolfo II –el silencioso emperador del grande y tardío drama *Pelea entre hermanos en la casa de Habsburgo*– respeta también «el no sé qué», la individualidad irregular y deforme, en tanto que el sentido de la trascendencia religiosa impide convertir las jerarquías terrenas en ídolo y remite a un plano superior, en el cual incluso esa excepción encuentra su lugar en los designios de Dios. Una perspectiva meramente terrena, historicista, es dogmáticamente brutal respecto a lo que parece secundario y menor; Grillparzer acusa a Napoleón de apuntar directamente a la «Hauptsache», a la cuestión principal, descuidando la «Nebensache», lo que parece marginal y secundario, pero que, a los ojos del poeta austríaco defensor de lo concreto, posee, sin embargo, su dignidad autónoma y no debe ser sacrificado por el proyecto totalizante y tiránico.

La civilización austríaca se inspira en una totalidad barroca que trasciende la historia o en un disperso desmenuzamiento poshistórico, que sucede al diluvio de la historia moderna; en ambos casos, rechaza los criterios de una valoración puramente histórica y los parámetros según los cuales se da importancia a los fenómenos y son distribuidos en un orden de grandeza. La civilización austríaca defiende lo marginal, lo transitorio, lo secundario, la parada y la pausa del mecanismo que quiere quemarlos para conseguir resultados más importantes.

Napoleón encarna, por el contrario, la moderna fiebre de la acción que aniquila el *otium* y lo efímero, y destruye el instante en su impaciencia por avanzar. En su novela *Los cien días,* Joseph Roth recuperará el viejo rumor sobre la *eiaculatio praecox* del emperador, convirtiéndolo en el símbolo de su ansiosa prisa que debe resolverlo todo inmediatamente, que siempre tiene otra cosa que hacer y en cada instante piensa ya en lo sucesivo, sin poder siquiera detenerse en el amor y en el placer, porque quien no está persuadido no quiere hacer, sino haber hecho ya.

La perspectiva austríaca es excéntrica respecto al mito napoleónico europeo, que conoce otros tonos –desde la fascinación por una gran vida que surge y crece de la nada, presente en Stendhal o en Dostoievski, al pathos apocalíptico de Léon Bloy–. Grillparzer intuye algunos aspectos de la modernidad napoleónica, pero les contrapone un ethos josefino iluminista-burocrático, que en su momento había sido radicalmente innovador pero que en la era napoleónica ya estaba transformándose, pese a la tenaz resistencia de su grande y progresiva tradición ético-política, en aparato del inmovilismo. Por otra parte, Grillparzer quiere exaltar la «estática grandiosa» en Rodolfo I, «un hombre completamente silencioso y tranquilo», pero éste, en el drama, resulta anodino e insignificante, mientras que sobre él domina la figura de Ottokar, el titán vencido. Y además es Rodolfo, teórico de la paciencia, el que actúa con sagacidad, porque su prudencia es un arte político, mientras que Ottokar sueña con grandes acciones, pero se mece pasivamente en su vertiginoso y apolítico sueño.

Con el drama «napoleónico» *Fortuna y final del rey Ottokar,* Grillparzer celebra el comienzo de la política oriental de los Habsburgo, su afirmación como Casa de Austria y su fatídico giro hacia el Este, hacia su misión danubiana. Ottokar personifica la Bohemia derrotada, en la Europa central, por el Sacro Imperio Romano de la nación alemana, cuya corona lleva Rodolfo. Pero, en el drama, Ottokar es descrito como modernizador, o sea germanizador, de Bohemia, el soberano que favorece e introduce en su país el elemento alemán, para hacer más eficiente y evolucionado su reino, y desprecia a sus súbditos reacios a ser arrancados de sus ritmos arcaicos y primitivos, al mundo agrario de esas naciones eslavas que en el siglo XIX eran llamadas «naciones sin historia».

Ottokar quiere conducirles a la historia y perece; el soberano bohemio quiere alemanizar a su pueblo para hacerle triunfar sobre los alemanes, pero con ello destruye su fuerza y su independencia, de acuerdo con el pesimismo grillparzeriano y habsbúrguico, que contempla la entrada en la historia como una caída. Bohemio, por otra parte, es –y seguirá siéndolo por lo menos durante un siglo– una palabra ambigua, que puede hacer referencia a los checos pero también a los alemanes de Bohemia e indica sobre todo una identidad difícil de definir, como todas las de frontera, divididas y laceradas entre el diálogo y el ajuste de cuentas. Una identidad, sobre todo, quisquillosa, jamás satisfecha con la actitud de los demás respecto a ella, sea cual fuere. El drama se mantuvo largo tiempo en cuarentena, por miedo a ofender a los bohemios, y el propio Grillparzer cuenta que visitó la tumba de Ottokar, para pedirle perdón, y que vio a su alrededor, en Praga, muchas caras largas.

13. TERAPIA DEAMBULATORIA

En Ulm, según la tradición, se conservaba en el siglo XVII el zapato de Ahasvero, el judío errante. Con esas suelas a prueba de siglos se podría emprender cualquier camino, ejercicio que los médicos, tiempo atrás, consideraban saludable para el equilibrio psíquico. Dice una nota a pie de página en la edición italiana completa de los cuentos de Hoffmann, a propósito de un personaje real tomado como modelo por el escritor: «F. Wilhelm C. L. von Grotthus (1747-1801), intentaba combatir la enfermedad mental hereditaria de su familia realizando larguísimos viajes a pie. Murió loco en Bayreuth.»

14. DE LAUINGEN A DILLINGEN

En la antigua ciudad fundada por los antiguos germanos abundan las torres, entre las que resalta, graciosa y esbelta, la del Caballo Blanco, el legendario corcel de quince pies de longitud que cruzaba el Danubio de un salto. Al igual que la vecina Dillingen, Lauingen tiene una tradición de estudios teológicos, colegios y seminarios, un aura de silenciosa y recogida religiosidad suaba, aquella interioridad absorta y humildemente amable que caracteriza, pese al estruendo de las feroces luchas confesionales, a la parroquia campestre alemana y sobre todo la de Suabia, aunque Lauingen, desde 1269, forme parte oficialmente de Baviera. La pequeña ciudad es un lugar de colegios, como el Gymnasium Illustre, construido por Wolfang, conde del Palatinado, en 1561 y eliminado ahora por la historia; un lugar de párrocos, de pastores y de preceptores, como Deigele, llamado el Mendelssohn suabo y autor de cantos eclesiásticos que, todavía hoy, en alguna iglesia de pueblo, entonan una sumisa confianza en Dios y un sentimiento que casi se podría definir de felicidad, aunque también se sienta en él la sombra, la brevedad y la nada de la vida. En Lauingen nació Alberto Magno, el maestro de Santo Tomás, cuya estatua domina ahora el Ayuntamiento; en su *De animalibus,* el santo enciclopédico habla también de los peces que había tenido ocasión de observar, afirma, en su Danubio natal.

En la provincia alemana del siglo XVIII, entre Suabia y Baviera, se mueven en sus pequeñas peregrinaciones los preceptores y los párrocos de Jean Paul; el escritor les sigue a lo largo de sus caminos campestres y a lo largo del camino de su vida con su manera de construir sinuosa, embrollada, exasperadamente hipotética y tentacular en la que Ladislao Mittner descubría el intento de reproducir en la sintaxis el móvil nexo del Uno-Todo y la aproximación asintótica al inalcanzable infinito.

Aquella sintaxis era también el espejo del imperio, de aquel Sacro Imperio Romano del cual se preguntan, en el *Fausto* goethiano, cómo seguía consiguiendo mantenerse de una pieza; las frases de Jean Paul, que parecen todas subordinadas sin principal y colgantes en el vacío o por lo menos sostenidas por un centro difícil de descubrir, reflejan una conjunción político-social superpoblada de periferias, particularismos, derogaciones, cuerpos separados y estatutos especiales y desprovista de una firme estructura central, como era el imperio alemán entonces próximo a su fin incluso formal.

De ese mundo, auténtico almacén de material satírico, Jean Paul aprendía a sentir la vida como disolución, como carencia, como *deesse.* El camino del hombre se le antojaba una continua caída, semejante a la de un cuerpo físico; él es el poeta de la existencia entendida como carencia de persuasión, o sea de vida auténtica, pero también es el sutil y capcioso estratega que arranca, gracias a la poesía, territorios de persuasión, momentos absolutos de significado al desierto de la ausencia y de la temporalidad. Contemporáneo de Goethe y de Schiller y escritor anticlásico, Jean Paul fue mantenido a una cierta distancia de los grandes clásicos de los que, a su vea, él se mantuvo alejado; satirizaba el particularismo sacro-romano-imperial, pero permanecía en cierto modo prisionero de sus horizontes provincianos. Mientras aproximaba las sillas alrededor de la estufa y se tocaba con su gorro de noche antes de contar la historia de su maestrito Maria Wuz, ironizaba acerca de la ingenuidad de quien consideraba que más allá de la calleja comenzaba el *grand monde,* pero por su parte permanecía ajeno a ese «gran mundo» de la política en el que, por aquellos años, la literatura clásica intervenía, como Fausto, para confrontarse con el camino de la historia humana.

Pero Jean Paul da voz a escisiones y laceraciones que aparecerán más tarde con violencia en la literatura europea y que el clasicismo alemán tiende a eliminar o a exorcizar. Capta el vacío escondido detrás de las palabras, el eclipse de los valores y de su fundamento, el nihilismo que engulle cualquier realidad, transformando la naturaleza en un cadáver y aniquilando el presente. El dulce poeta de las alegrías hogareñas y de la simplicidad religiosa es el mismo poeta que imaginó, aunque fuera trasponiéndola oblicuamente en un sueño, la escalofriante fábula del Cristo muerto, que anuncia que no existe ningún Dios. Jean Paul expresa ese nihilismo –aniquilamiento de los valores y de la realidad finita– que la cultura clásica considera que puede superar. Advierte la no identidad del sujeto consigo mismo y se aventura en los meandros del sueño y del inconsciente, en aquellos oscuros pasillos en los que sus personajes encuentran con terror su propio sosias. Sólo el humor puede curar esta angustia de la escisión, porque da una nueva dimensión y resquebraja lo finito pero con bondadosa y cómplice simpatía, abriéndola a ese infinito que lo trasciende pero que le confiere un significado universal.

Es lógico que Jean Paul disgustara a Hegel, porque se negaba a ver en la realidad –y en la realidad moderna– la acabada y perfecta autorrealización del Espíritu. Para Jean Paul la esfera mundana está jalonada por agujeros y desgarrones, a través de los cuales llegan susurros de la trascendencia, reflejos del infinito. En efecto, en *Siebenkäs* escribe que este mundo, para que quedara completo, debería pintarse siempre con un pedazo del otro; para él la realidad remite a otro lugar, a las carreteras rojas que parecen perfilarse detrás del crepúsculo o al verano que el habitante del Polo Norte aguarda más allá de la oscuridad de su larguísima noche. Jean Paul no es un moderno, si la modernidad es el pensamiento fuerte que unifica sistemáticamente el todo, sino que es más bien un contemporáneo, si contemporáneo es sobre todo el sentimiento de lo inacabado y de la fragmentación de lo real, de su inmovilidad.

Sea cual sea la opinión o la fe profesada por los hombres, lo que les distingue es sobre todo la presencia o la ausencia, en su pensamiento y en su persona, de esa otra cosa, su sensación de habitar un mundo acabado y agotado en sí mismo o bien incompleto y abierto a otras cosas. Es posible que el viaje sea siempre un camino hacia las lontananzas que resplandecen rojas y violetas en el cielo del atardecer, más allá de la línea del mar y de los montes, en los países sobre los cuales aparece el sol cuando en los nuestros se pone. El viandante avanza en el atardecer, cada paso le adentra en el crepúsculo y le conduce más allá de la franja inflamada que se apaga. El viajero, escribe Jean Paul, es semejante al enfermo, está en equilibrio entre dos mundos. El camino es largo, aunque sólo nos desplacemos de la cocina a la habitación que contempla occidente y en cuyos cristales se incendia el horizonte, porque la casa es un reino vasto y desconocido y una vida no basta para la odisea entre la habitación de niño, el dormitorio, el pasillo por el que se persiguen los hijos, la mesa del comedor sobre la cual los tapones de las botellas disparan salvas como un piquete de honores y el escritorio con unos cuantos libros y unos cuantos papeles, que intentan explicar el significado de este ir y venir entre la cocina y el comedor, entre Troya e Ítaca.

Ahora ha oscurecido de verdad, entre Lauingen y Dillingen, y el cielo rojo no es únicamente una imagen con pretensiones de valor simbólico, sino también un indiscutible dato meteorológico. En Lauingen, delante de la casa de los fundidores de campanas, nos hemos encontrado, como estaba previsto en los planes de la armonía preestablecida, con Amedeo, que ahora calla repentinamente, prisionero de alguna reticencia anidada en su glándula pineal. El color rosáceo del rostro de Maddalena es aún más intenso, la transparencia del atardecer y la de su corazón mezclan sus tintes sobre sus mejillas y el germanista, conocedor por obligación de la *Teoría de los colores* que Goethe contrapone inútilmente a Newton, piensa que es posible que Goethe no estuviera equivocado, que la luz se propaga, como decía Newton, pero que nosotros, por suerte, no vemos longitudes de onda sino verde, azul, el rojo de este atardecer y de las mejillas de Maddalena.

Ojalá nunca acabara este atardecer, y nunca llegáramos a Dillingen, igual que nunca se llega más allá del horizonte. El río de la vida fluye por nuestras venas, como por las del maestrillo Maria Wuz, y a cada latido deposita en nosotros, como en él, una gota del limo del tiempo que un día subirá al corazón hasta cubrirnos, pero ahora el torrente no nos arrastra, sino que nos acuna. El crepúsculo resplandece también en el rostro de Francesca, misteriosa y ligera como una bandera al viento. Los sentidos prefieren, para disfrutar de una hora de placer, la redondez de lo clásico y acabado, la feminidad cuya floración ha culminado y que ya no cambiará, la línea curva y salaz de la señora, el perfecto acabado de la adúltera *fin de siècle.* El mero placer necesita lo tangible y lo finito, no aprecia el más allá. Pero si en el placer se insinúa aunque sea sólo el más fugaz preludio o centelleo de *perditio,* éste sólo se reaviva con la llamada del más allá, ama el enigma de lo que aún está por ocurrir, ese algo incompleto reacio a nuestro lado, el impulso ventoso y la línea recta, la muchacha, árbol que se alza erecto en el atardecer.

Ahora Francesca está delante, con los demás; nosotros –la lengua en la que escribo tiene carencias, su gramática no conoce el dual necesario para conjugar y declinar sin equívocos la sustancia continua de la vida– nos hemos quedado un poco rezagados. Pero también las figuras que se han adelantado, esos terceros, forman parte de nosotros. El paseo, en la llanura desnuda y opaca, acabará pronto, Dillingen ya está cerca, también la comunión de este atardecer, la sintonía que nos une a todos, se disolverá. La disgregación es la imperfección de la existencia, su ausencia; la vida se desmigaja en mínimas fracciones de tiempo, en las cuales –y por tanto también en su suma– no existe nada.

Como más adelante en el caso de los ancianos de Svevo, también en el de los dulces personajes de Jean Paul la luz de la vida resulta a menudo oculta por el ansia de vivir, por los tratamientos ocasionales que la acucian. En la existencia hay demasiado y demasiado poco, una afanosa acumulación de estorbos no esenciales, que quita el aire, y una carencia de cosas esenciales. Aquellos tímidos preceptores son expertos estrategas en la guerrilla para eludir la ausencia, para escapar a su zarpa que encoge el corazón. Intentan disfrutar de la vida, liberándola de la organización que la absorbe por completo y no deja ningún momento de persuasión, al igual que durante el viaje que el retórico Florian Fälbel, otro héroe de Jean Paul, realiza con sus estudiantes al Fichtelberg, le absorbe totalmente la preparación del programa; la atención que se presta al mapa geográfico impide contemplar los lugares que se están atravesando y la lectura en voz alta de la descripción de un edificio en el manual del Büsching aparta los ojos del edificio mismo.

Los amables pedagogos errantes de Jean Paul combaten el *deesse* con una radical terapia homeopática, con una continua sustracción. Buscan un espacio vacío, una pura suspensión en la que centellee la luz de lo esencial o por lo menos su reflejo; para conseguirlo vacían la realidad de cualquier impedimento, de su pesado mobiliario. Maria Wuz cierra los ojos, mientras el viento y la nieve oscurecen la ventana, e inunda el hielo de los prados con la imagen de la primavera; ya adulto, pasa las horas vespertinas haciendo recapitulación de su infancia y sobre todo de aquellos momentos en que, de niño, cerraba los ojos extasiado mientras su madre preparaba la cena. La sustracción se sube al cuadrado, la luz brilla en una memoria a la segunda potencia, cuando se acuerda de los momentos en que recordaba o soñaba la felicidad; ésta se repliega a un espacio fuera del tiempo, al oscuro hueco de la escalera donde han quedado los juguetes y los trastos de la infancia, y el verdor de esa infancia, para Wuz, brilla bajo la nieve que durante tantos años la ha cubierto.

Jean Paul ama el presente –que es esperado o deplorado cuando todavía es futuro o ya pasado, pero despreciado y desperdiciado cuando es presente–. Este presente puro no existe en el tiempo, que lo aniquila a cada instante; existe fuera del tiempo y por tanto de la vida, en la rarefacción del recuerdo o de la escritura. El humo, se dice en la novela *Quintus Fixlein,* se eleva de nuestra existencia que se disuelve y cristaliza, como los vapores de antimonio, en nuevas flores de alegría, las cuales son únicamente flores de poesía, o sea las imágenes que la escritura extrae de la vida que se consume. La luz de ese espacio inmaterial arrancado a la nada, cuyas paredes cóncavas reflejan las figuras del corazón, reverbera en la realidad concreta y transforma la intimidad de la casa en «un diminuto cuartito extraído de la bóveda del universo». El idilio familiar, cantado con tanta ternura por Jean Paul, asume dimensiones cósmicas y la épica doméstica –el amor conyugal, los trabajos domésticos, una jornada feliz, la cuna y el ataúd– se trasplanta y se entreteje en la trama del infinito. Al escuchar el tiempo que cae, el biógrafo de Maria Wuz siente «la nada de nuestra existencia» y jura «despreciar, merecer y disfrutar una vida tan insignificante».

Cualquier viaje, como este paseo nuestro a Dillingen, es una resistencia a la privación, porque no se viaja para llegar sino para viajar y entre los retrasos brilla el puro presente. ¿Quién y qué se pone realmente en marcha? Al narrar la historia de su proemio en la biografía de Quintus Fixlein, Jean Paul cuenta haber encontrado, en un viaje, a un superintendente de Bellas Artes y haberse inspirado, hablando con él, para Fixlein, para su personaje. Pero es posible que no sólo Jean Paul, aunque cualquiera que escribe es un falsario de sí mismo, atribuya con apasionada sinceridad pero con arbitraria sustitución de persona el pronombre «yo» a otro, que en realidad sigue su camino. ¿Quién está paseando, en este atardecer irrepetible, hacia Dillingen, siguiendo no el surco del sendero, sino el recorrido que la pluma traza ahora sobre el papel? Quien confía al papel su propio destino es un patético epígono kafkiano: cuando ya ha asido el pomo de la puerta y está a punto de entrar en la estancia de la mujer amada, como Kafka en la de Milena, abre los dedos y retrocede, vuelve a su ciencia cartográfica.

Los personajes de Singer no se echan atrás, entran tranquilamente en aquella habitación, porque no sienten miedo de afrontar la vida y el riesgo de no estar a su altura; aceptan sin soberbia la hora del triunfo y sin angustia la hora del fracaso, porque en la ligereza de su cuerpo existe la profunda certidumbre de que ambos obedecen a una ley necesaria, como la pleamar y la bajamar. Quien siente miedo del fracaso, como Zeno y Josef K., y no sabe aceptarlo, se retira en la literatura, entre los pliegues del papel, que permiten jugar con el espectro del fracaso, agitarlo oblicuamente, mantenerlo a raya coqueteando con él, cortejándolo y difiriéndolo. La literatura resguarda de la ausencia, gracias a lo que transfiere al papel robándolo a la vida, pero dejando a ésta aún más vacía y ausente. Un escritor, dice Jean Paul, conserva todas sus cogniciones y sus ideas sólo en lo que ha escrito, y si alguien quema sus papeles queda privado de ellas y ya no sabe nada; cuando pasea por la calle sin sus cuadernos es completamente ignorante y estúpido, «pálida *silhouette* y copia de su propio yo, su representante y *curator absentis*».

Pero el papel es bueno, porque enseña esta humildad y abre los ojos sobre la vacuidad del yo. Quien escribe una página y media hora después, esperando el tranvía, descubre que no entiende nada, ni lo que ha escrito, aprende a reconocer su propia pequeñez y entiende, pensando en la vanidad de la propia página, que cada persona toma sus propias elucubraciones por el centro del universo; desde luego le pasa a todo el mundo. Y tal vez se sienta hermano de esa miríada de personas que, como él, se vanaglorian de ser almas elegidas dirigiéndose con sus manías hacia la muerte, y comprende cuán estúpido es, en este común y poblado camino hacia la nada, herirse recíprocamente. Los escritores constituyen una orden secreta universal, una masonería, una Logia de la estupidez; no por casualidad han sido ellos, de Jean Paul a Musil, quienes han escrito Elogios y Ensayos sobre la Estupidez.

Pero esta insignificancia del escribir ayuda a descubrir la miseria y la relatividad de la inteligencia y, de ese modo, puede allanar el camino a una fraternal y recíproca indulgencia. El papel enseña a no tomárselo demasiado en serio; hasta quien se parece más a Kafka que a Singer, aprende de *El castillo* y de las *Cartas a Milena* a hacer girar ese pomo, a abrir aquella puerta y a entrar en aquella habitación. Algún tiempo después, verá con alegría cómo sus hijos se apoderan de sus papeles y hacen con ellos barquitos o flechas de cerbatanas. Cuando Buffetto II, mi apreciado conejillo de Indias, roe la portada de *La genealogía de la moral,* levantando sus bigotes polvorientos y llenos de decoro hasta la altura del primer estante, mi fidelidad a Nietzsche me enseña a dejarle en paz e incluso a alegrarme de su tranquila familiaridad con el mundo más allá del bien y del mal.

Al literato consciente de ser, como tal, un estúpido, le está permitido, en virtud de esta autoconsciencia del espíritu que sabe que no se realiza, cultivar su pasión por las palabras escritas, que le ayudan a salir adelante, a nutrirse, como un personaje de Jean Paul, de viejos prefacios, programas, billetes, epitafios, avisos; y escribir como se le ocurra, uniendo imágenes y períodos lo mejor que pueda. Cuando el cuaderno está lleno de garabatos, el alma se siente más tranquila, silba con despreocupación el tiempo que pasa. Es casi de noche, estamos en Dillingen y la melancolía del atardecer ha desaparecido; es posible aceptar, sin desorientación, el decreto que incita al hechizo de estas horas a pasar y finalizar. La Königstrasse, con su puerta medieval y sus edificios barrocos, nos recibe en su recogida paz, en la relajada y discreta intimidad alemana de las calles antiguas, que parecen alargar y prolongar la absorta tranquilidad de una plaza.

La posada es acogedora, con su madera oscura, las jarras de cerveza y el *igloo* de los edredones en la cama. Nos despedimos y nos distribuimos por nuestras habitaciones, hasta mañana. Qué estúpida palabra, mañana. El sueño de la vida, decía Jean Paul, se sueña en un colchón demasiado duro, pero dormir juntos completa las carencias gramaticales y suspende el *deesse,* es persuasión.

15. EL KITSCH DEL MAL

En Günzburg, en esta pequeña ciudad que fue llamada la pequeña Viena durante el período de los Habsburgo, la población rindió homenaje, el 28 de abril de 1770, a María Antonieta, que se dirigía, con su cortejo nupcial de trescientos setenta caballos y cincuenta y siete carrozas, a su matrimonio con Luis XVI y, más adelante, a su cita con la guillotina.

Pero no es en María Antonieta en quien hacen pensar estas casas amables, estas calles acogedoras y ordenadas, el letrero del Hotel Goldene Traube con su racimo dorado. Aquí nació Josef Mengele, el médico carcelero de Auschwitz, probablemente el más atroz asesino de los Lager; aquí permaneció escondido hasta 1949, en un convento, y aquí regresó furtivamente en 1951 para el funeral de su padre. En Auschwitz, Mengele, siempre sereno y sonriente, arrojaba niños al fuego, arrancaba lactantes de los brazos de sus madres y los aplastaba contra el suelo, extraía fetos del vientre materno, hacía experimentos con parejas de gemelos –con especial pasión por los gemelos gitanos–, arrancaba ojos, que ensartaba en la pared de su cuarto y enviaba al profesor Otran von Verschuer (director del Instituto de Antropología de Berlín y profesor de la Universidad de Münster hasta después de 1953), inyectaba virus, quemaba genitales. Es posible que siga vivo, porque lleva cuarenta años escapando a la caza. Lo cierto es que hasta un hombre que mata a otro sólo por diversión, y obliga al hijo de éste a presenciar la escena, puede amar a su propio padre.

La infamia suscita complicidades: Mengele fue liberado por los americanos, ayudado tal vez por los ingleses a huir, ocultado por los frailes, protegido por el dictador del Paraguay. Es cierto que el nazismo no es la única barbarie que ha existido en el mundo, y actualmente la condena de la violencia nazi, que ya no resulta amenazadora, es utilizada por muchos para silenciar otras violencias, realizadas sobre víctimas de otra raza y color, y tranquilizarse la conciencia gracias a esta profesión de fe antifascista. Pero también es cierto que el nazismo fue un apogeo, un vértice insuperado de la infamia, el nexo más estrecho que jamás haya existido entre un orden social y la más inhumana crueldad. En el caso del sádico médico sonriente, carece de sentido recurrir a explicaciones patológicas, como si fuera un enfermo víctima de un irrefrenable arrebato. En el convento de Günzburg donde se había escondido, no arrancaba ojos ni descuartizaba vísceras, y no creo que padeciera de síndrome de abstinencia; seguro que se comportaba como es debido, un señor tranquilo y discreto que tal vez regaba las flores y escuchaba respetuosamente el oficio vespertino. No mataba porque no podía hacerlo, porque las circunstancias se lo impedían, y se resignaba sin malestar a esta renuncia, a los límites que la realidad ponía a sus aspiraciones, de la misma manera que uno se resigna si no puede conseguir ser millonario o acostarse con las estrellas de Hollywood. *Timor Domini, initium sapientiae;* si no existe una ley, un temor, una barrera que impida hacer lo que en Auschwitz se podía hacer impunemente, no sólo el doctor Mengele, sino tal vez todos y cada uno de nosotros podemos convertirnos en Mengele.

Los delitos de Mengele son una de las páginas más horribles de los campos de exterminio. Como cualquier pasión delictiva, también su voluntad de torturar hace patente una enorme banalidad, tan vacua como su estúpida sonrisa durante la ejecución del crimen. Un médico judío, que se había visto obligado a secundarle en sus experimentos, le preguntó en cierta ocasión hasta cuándo iba a durar esa obra de exterminio. Sonriente, con dulzura, Mengele le contestó: «Mein Freund, es geht immer weiter, immer weiter», siempre, amigo mío, siempre. Esta frase estúpida y estática contiene toda la obtusidad del mal: es la repetición mecánica y fascinada de una especie de fórmula ritual, que oscila entre el *refrain* de una cancioncilla psicodélica y una letanía religiosa; es el balbuceo de una pobre mente drogada por la crueldad.

Mengele, en ese momento, está fascinado por la transgresión, la ejerce como una especie de culto, piensa que ilumina la vida cotidiana con una luz superior. Los actos que realiza son, además de atroces, de una extrema estupidez, son actos que todos podrían realizar y que él, en su ignorancia deslumbrada por el kitsch, piensa en cambio que son acciones reservadas a unos pocos elegidos.

La retórica de la transgresión presenta el crimen como si éste contuviera en sí mismo, tal vez por la infelicidad que se supone que le acompaña, su propia redención, sin necesidad de otra catarsis. La violencia se presenta como algo idéntico a la redención y parece instaurar una especie de inocencia entre las pulsiones. La mística de la transgresión, palabra envuelta en un énfasis edificante, se engaña exaltando el mal por el mal y despreciando todo tipo de moral; el tecnicolor sugestivo y tenebroso del Mal es más seductor que el sobrio blanco y negro del bien, y una obra que exalte la más mínima infracción es reverenciada con deferencia, como si bastara casi con disparar contra un amigo, como Verlaine a Rimbaud, para escribir los poemas de Verlaine.

La fascinación de la transgresión tiene orígenes antiguos; la tradición hebraica habla del Mesías que vendrá cuando el mal haya llegado a su punto culminante, y según algunas sectas extremistas acelerar el triunfo del mal, cooperando con él, significa apresurar su final y el advenimiento de la redención. Ante la oscura violencia latente en el fondo oculto de la propia persona, todos querríamos convencernos, como los antiguos gnósticos, de que nuestras acciones, aunque se hayan revolcado en el fango y la crueldad, no pueden manchar el oro oculto de nuestra alma y pedimos entonces la autorización o, mejor dicho, la imposición de dar desahogo a esa violencia, con la ilusión de que sea o confiera inocencia.

Mientras la transgresión se dirige a códigos sexuales, las cosas son fáciles, porque las infracciones de los tabúes eróticos, si son realizadas por una libre elección de personas capaces de decidir y no van acompañadas de sufrimientos infligidos a los demás, no son el Mal, y el celo de los apóstoles de la orgía sólo resulta ridículamente inocuo. Las cosas son un poco diferentes cuando Mengele arranca los genitales a quien no tiene ganas de que se lo hagan; cuando nuestro deseo, que como cualquier deseo teme justamente por su parte ser reprimido, sólo puede ser satisfecho a costa del dolor ajeno. El delito de Raskólnikov y el de M., el asesino de niñas de la famosa película de Fritz Lang, no nacen de caprichos, sino de reales y desgarradoras pasiones, cuyo sufrimiento es respetado, pero no por ello queda justificado el sufrimiento que infligen a los demás. El arte aprecia estos ejemplos extremos y anómalos, pero también nuestra pequeña existencia cotidiana está tejida de conflictos entre nuestro placer y el derecho de los demás y viceversa.

El misticismo transgresivo quiere amar no ya al pecador, sino al pecado, y, creyendo que la única prohibición es el sexo, respeta sumisamente cualquier impulso considerándolo impulso sexual y, en la creencia de que esto basta para autorizarlo, impone su satisfacción. Es probable que la sexualidad de Mengele tuviera que ver con sus gustos y que su vida sexual, en Auschwitz, resultara satisfactoria, pero es discutible que esto justifique sus acciones, induciendo a considerarle un hombre desinhibido que, sin rémoras moralistas, ha vivido, como suele decirse, su vida.

En realidad, el arte que se siente atraído por la transgresión redentora es capaz de exaltar únicamente a culpables de tercera categoría, los peones del mal: los delincuentes-redentores que este arte –por ejemplo, la narrativa de Genet– propone como modelo son ladrones, violadores, asesinos, crueles e infelices criminales al por menor. Nadie se atreve a descubrir al Mesías pecador en el jefe de Estado que ordena soltar la bomba atómica o arrasar una ciudad, en el gobernador corrupto que se apropia del dinero destinado a los hospitales, en el fabricante de material bélico que empuja a un país a la guerra para aumentar sus beneficios o en el jefe de oficina que humilla a un subalterno. Es justo ser más comprensivo con el degollador callejero que con el exterminador de despacho, si se piensa que tiene mayores atenuantes de infelicidad o de necesidad, pero quien razona de ese modo está recurriendo a unos valores; es un hombre honesto que aspira al bien, aunque, por coquetería, no quiera admitirlo.

Si, por el contrario, el redentor es el que más a fondo practica el mal, entonces el *leader* que hace explotar la bomba atómica, el beneficiario de la guerra, el capo mafioso que rompe las huelgas y el gobernante deshonesto son Mesías más auténticos que Jack el Destripador. El ingenuo artista que exalta a este último se siente fascinado por su perversión erótica, por la excitación sexual que supone posee su acto, pero es posible que también quien aprieta el botón de la bomba atómica y quien defrauda el sustento de los demás experimente, en su satisfacción, quién sabe qué perverso orgasmo, que debería ennoblecerle a los ojos del que considere que la excitación sexual ennoblece cualquier acción. La dulzura empalagosa de Mengele, de su sonrisa y de sus palabras, con las que espera parecerse al Ángel de la Muerte, son la auténtica e imbécil expresión de cualquier fascinación por el Mal, de cualquier pseudocultura que espera que la pacotilla de las tinieblas compense su propia mediocridad. El gesto prohibido, con frecuencia tan banal como arrojar basuras por la ventanilla, no es menos obtuso cuando atormenta o tortura. La Medusa, decía Joseph Roth a propósito del nazismo, es banal. Las víctimas de Mengele son figuras de una tragedia, Mengele es una figura de serial.

16. UNA TUMBA VACÍA

«El mapa del Danubio –escribe Trost en su libro poco después de haber hablado de la batalla de Blindheim y del sitio de Donauwörth por parte de Gustavo Adolfo en 1632– se parece, más que a cualquier otra cosa, a un atlas militar.» Entre los prados y los bosques de Oberhausen, poco antes de Neuburg, hay un pequeño trozo de tierra propiedad de Francia, que lo ha comprado porque en él se encuentra el sarcófago de Théophile Malo Corret de Latour d'Auvergne, el primer granadero del ejército republicano, antiguo oficial del rey, más tarde combatiente de la revolución americana, y posteriormente de la francesa, enrolado finalmente como simple soldado en el ejército napoleónico y caído en los campos de batalla danubianos.

El sarcófago está vacío, sus huesos han sido trasladados a París; en la soledad de los campos le velan, como una guardia de honor, unos árboles dispuestos en forma de cuadrado. El sepulcro también está reservado a De Forty, comandante de la sexta mediabrigada de infantería, muerto el mismo día, pero el protagonista es el soldado raso, «Premier Grenadier de France, tué le 8e Messidor, an 8 de l'ère republicaine.» Qué afectado y pomposo parece, poco después, comparado con esta tumba el paisaje renacentista de Neuburg. Iglesias, palacios, casas patricias, nobles patios parecen un escenario teatral historizante, decorados estilizados y artificiales que recrean en las orillas del Danubio la gracia del arte italiano. Esa tumba desierta es, por el contrario, la gloria y al mismo tiempo su inutilidad; encierra el sentido de una vida que empuña la espada por la fe en una nueva bandera, en lugar de ponerse al servicio de las guerras principescas locales, de las peleas de familia, y encierra también el gran vacío que se perfila detrás de cada cabalgada gloriosa y cada bandera al viento, o sea el fondo infinito e insensato del cielo, contra el cual se recorta, en el film de la historia universal, el ejército a caballo de los hombres llamados a morir.

Los monumentos de los príncipes alemanes son ilustraciones de museo, ese sarcófago del granadero republicano napoleónico es, como la revolución, un pequeño monumento a los grandes sueños de libertad. El cuartel, que hoy lleva el nombre de Tilly, recuerda en cambio otras guerras, grandes espadas contratadas por una familia en lugar de ser entregadas a una causa. Cierto que a Latour también lo engañaron, porque Napoleón lo sacrificaba en beneficio de sus propias ambiciones, junto con los centenares de miles de hombres que estaba dispuesto, como dijo cínicamente a Metternich, a hacer morir por alcanzar su éxito. Pero la mezquindad subjetiva de Napoleón no impedía que, bajo sus banderas, se recogiera la grandeza de una auténtica aunque pronto adulterada revolución.

Gigi y Amedeo, que aman el halo de la *gloire* pero también la precisión analítica, se sienten atraídos por el Instituto Descartes –no, sin duda, por su arquitectura estilo caja, sino por el nombre–. En esta pequeña ciudad, en 1619, Descartes pasó los días de invierno en su acogedora y caliente habitación y tuvo su famosa iluminación conceptual. Maria Giuditta ha desaparecido, Maddalena está delante del Instituto, espera a que los dos hayan terminado de confabular con el bedel. Su figura nítida y recta, con el cabello suelto, parece estar allí para demostrar que no existe contradicción entre las ideas claras y diferenciadas y el aura de esa verdadera gloria que procede de la luminosidad de la persona, de aquellos que el Evangelio llama sal de la Tierra y luz del mundo.

El corazón necesita *esprit de géométrie* como la demostración de un teorema. El reino de lo visible se mide con escuadra y compás, la curva de un destino se revela gracias al sistema de abscisas y coordenadas en que es colocado. Sólo el reconocimiento preciso de lo visible permite llegar a sus bordes y dirigir una mirada más allá de sus fronteras, de allá donde procede la luz de Maddalena o el silencio de Francesca. También esa luz y ese silencio que llegan de una fuente oculta, también el más allá y lo invisible son nítidos y geométricos, aborrecen la confusión indiferenciada. La geometría de esa luz puede conferir orden y apasionada claridad a toda una vida, no sólo a una serie de ecuaciones. Ya sería hora de que Gigi y Amedeo abandonaran al bedel y no hicieran esperar demasiado a Maddalena.

17. MARIELUISE FLEISSER DE INGOLSTADT

Al igual que el de los cronistas medievales, el nombre de la vigorosa escritora siempre se declina con el apéndice de su ciudad natal, como si se tratara de una única palabra. Marieluisefleisserdeingolstadt está sin duda arraigada, con un vínculo profundo y polémico, en la ciudad bávara cuya tradición elogia el coraje militar, la virginidad de su ciudadela tantas veces asediada y nunca expugnada, y de la que parte hoy el famoso oleoducto que llega a Trieste.

Ingolstadt es ciudad de tradiciones militares, desde el asalto de Gustavo Adolfo, en 1632, hasta la muerte de Tilly, el gran general imperial de la Guerra de los Treinta Años; desde la célebre fortaleza en la que estuvieron prisioneros, durante la Primera Guerra Mundial, De Gaulle y el mariscal Tukachevksy hasta la actual y famosa escuela de pioneros. A los *Pioneros de Ingolstadt* está dedicado el drama escrito por Marieluise Fleisser en 1928-1929 –y retocado en la redacción de 1968– que provocó gran escándalo y la convirtió, como les ocurre a muchos autores que retratan sin hipocresía el mundo de su provincia, en una figura rechazada y vilipendiada por la opinión pública ciudadana.

Como el otro y aún más notable drama *Purgatorio en Ingolstadt* –y como su obra en general–, *Pioneros en Ingolstadt* retrata, con lacónica intensidad, la sofocante violencia de la provincia y el sufrimiento, social y natural, del individuo y en particular de la mujer, cuyo grito de dolor y de rebelión es una voz constante en los textos de la escritora, a veces ronca como las gaviotas que esta noche chillan, en la oscuridad, sobre el río.

Marieluise Fleisser, a la que Bruno Frank definía como «el más hermoso seno de la Mitteleuropa», vivió y también representó la sofocante y oprimida condición femenina; padeció esa situación de violencia, se rebeló personalmente contra ella, de manera contradictoria e incluso patética, y la superó con la epicidad de su representación poética. Se identificó con la visceral inmediatez de la subalternidad femenina, hasta correr el riesgo de ser existencialmente aplastada por ella, pero al mismo tiempo la superó, ofreciendo de ella un retrato firme y objetivo. Sus páginas –sobre todo su teatro– poseen una escueta precisión realista, unida a un sanguíneo naturalismo plebeyo y a una fuerza visionaria. Brecht, que la introdujo en el tumultuoso mundo berlinés y la empujó a la fama, la veía precisamenre como un ejemplo de esa literatura popular y rica de realidad, inmune a las banalidades pseudorrealistas y al colorido populachero, que le parecía la única adecuada para la situación alemana y que ha provocado, en estos últimos años, el redescubrimiento de la Fleisser, tras un prolongado olvido.

El encuentro con Brecht fue para la escritora una fortuna intelectual y, probablemente, un infortunio existencial. En su relación sentimental con Brecht, de quien la Fleisser sintió la ardiente necesidad de distanciarse, la autora vivió y sufrió esa dominación masculina y esa sujeción femenina denunciadas por su arte, esa obligada mezcla de colaboración y subordinación, cultura y sexualidad, dedicación visceral y visceral rebelión que excluye la igualdad y acepta a priori, incluso protestando con rabia, la fatalidad de la violencia masculina sobre la mujer. Brecht, escribe la Fleisser, consumía a las personas y ella no escapó a ese papel de objeto de consumo.

Marieluise Fleisser era como la Berta de sus *Pioneros de Ingolstadt,* víctima que colabora con su propio e infeliz destino porque da por supuesto, interiorizándolo en el sentimiento y sobre todo autorizándolo con su propio comportamiento, su papel subalterno. En su relación con Brecht o con otros hombres supo ser una criatura apasionada, dulce y rebelde, protegida y maltratada, pero en cualquier caso indefensa; no supo ser una compañera con el mismo grado y los mismos derechos, porque probablemente ella misma –en este sentido vinculada al máximo a la feminidad tradicional– no se sentía como tal. Con Lou Andreas Salomé –pero también con algunas compañeras mías de escuela– Brecht no habría actuado como un sultán, simplemente porque desde el primer instante habría advertido, con todo su ser antes incluso que con su inteligencia, que no le hubiese resultado posible hacerlo, de modo que ni siquiera se le habría ocurrido.

En ocasiones, las víctimas allanan el terreno a sus dominadores, que no por esto son menos culpables. En su obra, rigurosamente exenta de confusión sentimental, Marieluise Fleisser muestra también lo que les sucede a las mujeres como ella.

18. EL «LIMES»

La tradición popular, recogida entre otros también por Johann Alexander Döderlein, rector del instituto de Weissenburg, en su docta obrita de larguísimo y digresivo título, atribuye la constitución de estos muros, de este trazado de piedra ahora en ruinas, al diablo. Para el campesino del Medievo, que no podía mirar más allá del campo que araba, la misma idea del *Limes,* del Parapeto que debía marcar los límites del imperio romano hasta el mar Negro, era algo impensable y sobrehumano, que trascendía con la idea la tangible inmediatez cotidiana y debía parecerle una obra de fuerzas misteriosas. No fue el diablo, sino los emperadores romanos –de Augusto a Vespasiano, de Adriano a Marco Aurelio y a Cómodo– los que diseñaron la línea de piedra de esa frontera. A un lado de esa línea quedaba el imperio, la idea y el dominio universal de Roma; al otro los bárbaros, que el imperio comenzaba a temer y que ya no se proponía conquistar y asimilar, sino contener.

Al igual que a los campesinos de la *Raetia secunda* y de la *Germania superior* cuando estas provincias ya habían sido abandonadas por Roma, también a los contemporáneos les cuesta trabajo entender la grandeza de estas piedras y las ven como una obra del diablo, tal vez del diablo imperialista. Lo cierto es que Roma era también y sobre todo dominio, y la universalidad en la que se amparaba era una máscara del dominio y como tal destinada a perecer, pese a sus pretensiones de eternidad; a cada poder que se arroga la representación de lo universal y de la civilización le llega el momento de pagar su tributo y de ceder las armas a quien, hasta poco antes, era considerado un tosco inferior. Los despreciados bárbaros se convirtieron en los creadores de la nueva Europa; más adelante a los eslavos, considerados durante siglos un oscuro pueblo de la gleba y sin historia, les llegó su hora; los chinos que llevaban a los blancos en *rickshaw* son actualmente una potencia mundial.

A cada cual su hora y su misión en la historia. Ese Parapeto, cuyas ruinas emergen entre los campos y los setos, explica la gran hora del imperio romano, su unificación y fundación del mundo de entonces. Nuestra historia, nuestra civilización, nuestra Europa son hijas de ese *Limes.* Esas piedras explican el gran pathos de la frontera, de la necesidad y capacidad de limitarse y de darse forma. El *imperium* es contención, defensa, parapeto contra la barbarie de lo indistinto, individualidad. También esta boca que ahora estoy contemplando es línea, forma, preciso confín de un reino en el que la indefinida –y por ello irreal– potencialidad del eros se hace realidad. Se besa y se ama una boca, una forma, un *Limes.* Es cierto que ante un rostro misterioso y una mirada oblicua, incluso la frontera imperial romana parece una curiosidad de anticuario, preciosa pero prescindible como el erudito librito del rector Döderlein.

19. UN WALHALLA Y UNA ROSA

El monumento elevado por Ludwig I de Baviera a las guerras alemanas de liberación contra el dominio napoleónico, la «Befreiungshalle», se alza sobre el Danubio y sobre la ciudad de Kehleheim desde los cien metros de la colina del Michelsberg. Al romántico rey bávaro se le ocurrió la idea en 1836, durante un viaje a Grecia; la primera piedra fue colocada en 1842 y en 1862, cuando el edificio por fin terminado fue inaugurado oficialmente, el soberano llevaba muchos años fuera de la escena política, arrastrado por el Cuarenta y Ocho y por su pasión por la bella Lola Montes, entre cuyos brazos, como dijo Grillparzer, un rey se convirtió en un hombre.

El edificio circular elevado a la gloria alemana de las guerras de 1813-1815 parece un gasómetro, monumento a empresas humanas no menos arduas ni menos perecederas. La redonda fachada exterior está adornada con dieciocho estatuas de piedra caliza, de seis metros de altura y sostenidas por gigantescas pilastras, que representan las dieciocho estirpes alemanas (entre las cuales figuran también bohemios y moravios) que tomaron parte en las campañas contra Napoleón; en el interior, dieciocho blancas diosas de la victoria en mármol de Carrara, de 3,30 metros de altura, sostienen escudos de bronce que llevan esculpidos los nombres de las batallas, mientras las placas que hay sobre sus cabezas muestran los nombres de los grandes condottieros.

Este solemne Panteón de escayola palidece ante los prados que rodean el gasómetro; le falta la gloria que hay enrre las laceradas banderas de los Inválidos de París, ese deslumbramiento de viento, de polvo y de vanidad que hace que una batalla se parezca a la vida. Las guerras alemanas de 1813, con su unión de despertar nacional y espíritu reformador propugnado por los iluminados políticos y generales prusianos –Stein, Scharnhorst, Gneisenau, Yorck, Clausewitz–, tienen poco que ver con el énfasis nacionalista que sugiere este monumento. Alemania –en particular Prusia–, que por aquellos años estaba despertando, vivía una breve temporada de progreso, de renovación, de esperanzas ciudadanas; la Alemania que pocas décadas después levanta ese monumento se ha estancado en la restauración y en la reacción, ya ha escindido el sentimienro de patria del de libertad y teme a esta última, disponiéndose así a realizar la unidad nacional a costa del liberalismo: la Alemania bismarckiana y guillermina será, por lo menos en parte, la negación de la de Stein y de Humboldt. Es cierto que Ludwig I reina en Baviera, es soberano de un Estado que representa la más notable alternativa –unas veces regresiva y otras liberal– a la unificación germánica bajo la *leadership* prusiana y al nacionalismo alemán hegemonizado más adelante por Prusia. Pero esa gloria de camposanto ya es la esclerotización o la parodia del patriorismo liberal de 1813.

Enamorado de forma muy romántica de la Hélade y de sus luchas de independencia, hasta el punto de empujar a su hijo Otto al trono de Grecia, recién liberada de los turcos, Ludwig I es el promotor de otro monumento a la gloria alemana, el Walhalla, el templo dórico que domina el Danubio pocos kilómetros después de Regensburg. El blanco templo helénico de mítico nombre nórdico simboliza la soñada simbiosis entre Grecia y Alemania; los germanos descendientes de los antiguos dóricos debían de ser los griegos de la nueva Europa, darle a ésta una nueva cultura universalmente humana, como la Hélade se la había dado al mundo antiguo. Para Hölderlin éste había sido un sueño libertario y revolucionario, una utopía de libertad y de recuperación abierta al mundo entero. El Walhalla es a este sueño lo que las películas sobre los trabajos de Hércules, con Steve Reeves y Sylvia Koscina, son al mito griego. El Walhalla contiene ciento sesenta y un bustos de alemanes ilustres; de algunos de ellos sólo se proporciona le nombre (Goethe), de otros su cualificación (Mozart, compositor), o solemnes definiciones (Klopstock, el sacro cantor). La admisión en este Panteón continuó incluso después de Ludwig I, e incluso hoy, previo un complejo trámite burocrático, no se descarta la posibilidad de entrar en él a los voluntariosos de la inmortalidad. Pero tenían razón Metternich, a quien no le gustaba, y Hebbel, que no deseaba entrar en él.

El Walhalla es un museo de figuras de cera. Resulta fácil captar su vanidad con respecto a las briznas de hierba al viento, a las aguas del Danubio que brillan cien metros más abajo, a las sombras de los árboles. Resulta fácil apostar en favor de la poesía contra la literatura, de la autenticidad contra el artificio, de la vida contra los objetos y su museo. Pero es posible que, como sugiere una fulminante fábula escrita en un diario ciclostilado de una escuela primaria, preferir la flor a la columna sea también una retórica vitalista, que llega a ofender a la vida que pretende amar, a su secreto dolor. La fábula la escribió una niña en el «Giostrino ovvero La Gazzetta di San Vito», revistilla del segundo Circolo Didattico de Trieste, año I, mayo 1973. La autora es una colegiala de primer curso, Monica Favaretto, de la escuela De Amicis.

La fábula se titula «La Rosa». «La Rosa era feliz. Era amiga de las demás flores. Un día, la Rosa se sintió marchitar y estaba a punto de morir. Vio una flor de papel y le dijo: "¡Qué rosa tan bella eres!" "Pero si soy una flor de papel." "¿Pero sabes que estoy a punto de morir?" La Rosa ahora estaba muerta y ya no habló más.»

Esta brevísima fábula, que expresa casi todo acerca de la alegría de vivir y el impenetrable dolor de morir, nos recuerda que las cosas duran algo más que la vida pero que también están destinadas a desvanecerse y que, frente al dolor de la muerte, tiene escaso sentido exaltar lo auténtico ante lo artificioso. Se es fiel a las lágrimas de las cosas vivas si se escucha su llanto, su deseo de durar un poco más, por lo menos como las cosas falsas, como las columnas dóricas de este postizo Walhalla.

No sé dónde está o qué hace esa desconocida escolar de primer curso, si está destinada a ser un gran escritor o si ese destello de genio no pasa de ser una única e irrepetible revelación y es ahora una chica cualquiera. La poesía es impersonal, sopla donde y cuando quiere al igual que el viento, no pertenece al nombre que hay escrito a su pie. Nace en ocasiones de la mano, como algunas figuras trazadas distraídamente sobre el papel, que al final resultan encantadoras, o como algunos gestos, mediante los cuales una persona manifiesta, sin darse cuenta, una gracia que no sabe que tiene y que tal vez nunca volverá a tener.

20. REGENSBURG

Hasta el *Volksbuch,* el popular libro del doctor Fausto, celebra la fama de Regensburg y de su puente de piedra, maravilla de los siglos y del mundo. Los cronistas mencionan su magnificencia de ciudad episcopal e imperial; Maximiliano I, el emperador caballero, la definía en 1519 como «la más floreciente, en un tiempo, de todas las ricas y famosas ciudades de nuestra nación alemana». Elogio y nostalgia envuelven la espléndida ciudad gótica y románica de las cien torres, sus callejas y sus plazas que condensan en cada friso de piedra una estratificada historia plurisecular. Las loas, los panegíricos de la ciudad llenan bibliotecas; el elogio sigue dirigiéndose siempre a los fastos de antes, de una época superada –*einst,* en un tiempo, dice ya en 1519 el emperador Maximiliano–. Las iglesias, las torres, las casas patricias, las figuras esculpidas reflejan la majestad del pasado, una gloria que sólo se puede recordar y nunca poseer, que siempre ha sido y que nunca es.

La nostalgia de los epígonos custodia los vestigios de un pasado en el cual, a su vez, se cultivan las reliquias y las memorias de una estación todavía más antigua. «La ciudad es anticuada, y el senado habla en el tono del siglo XV», escribía Johann Andreas Schmeller en 1802, pero ya en el siglo XV se deploraban esplendores perdidos. Tal vez por esto, y no sólo por sus torres, Regensburg ha sido comparada a Praga, la ciudad de oro que parece también existir siempre y únicamente en el recuerdo de su esplendor desvanecido.

Regensburg es la patria de los enamorados de su ciudad-Estado, de los cultivadores de sus memorias custodiadas en cualquier portal y en cualquier capital. Sabios, emocionados y serenos como todos los eruditos locales –aunque ellos, entre sus objetos preciosos, no se tropiecen con curiosidades de anticuario, sino con grandes páginas de la historia, con Federico Barbarroja que cruza el puente de piedra–, encuentran y descubren en el pasado a otros sabios dedicados a custodiar los siglos desvanecidos. En seiscientas sesenta y cinco densísimas páginas, impresas con caracteres diminutos, Karl Bauer reconstruye y recorre, piedra por piedra, el mapa de la ciudad, la historia y el significado de cada casa y de cada monumento, cuyas sombras han poblado durante centenares y centenares de años las callejas, los arcos, las puertas y las esquinas de las pequeñas y espléndidas plazas. En su libro de 1980 se detiene en la casa del número 19 de la Kreuzgasse y describe a Christian Gottlieb Gumpelzhaimer, el historiógrafo de Regensburg muerto en estas habitaciones en 1841, cuya pasión era el pasado de la ciudad y que en el primer tomo de su *Historia, leyendas y maravillas de Regensburg,* que apareció entre 1830 y 1838, habla de su amor por las antigüedades de su ciudad natal.

Sede, desde 1663, de la Dieta imperial permanente, Regensburg es uno de los centros vitales del Sacro Imperio Romano; es posible que también por esta razón nazca bajo el emblema de la nostalgia por el pasado, porque el Sacro Imperio Romano es, desde sus inicios, en su más íntima esencia, reflejo de un esplendor crepuscular que se intenta hacer resurgir y resplandecer, *traslatio* y *renovatio* del imperio romano que ya no existe, reverberación de la idea universal de Roma cuya forma política se ha disgregado. Lo cierto es que, como comprendieron los historiadores más lúcidos y sobrios, el Sacro Imperio Romano no era «el imperio universal concebido por los pensadores eclesiásticos, no se identificaba con la *res publica christiana* ni coincidía con la cristiandad occidental» (Julius Ficker); no implicaba, escribe Barroclough, una pretensión de dominio universal. Los grandes soberanos germánicos –de Odón el Grande a Enrique IV o a Federico Barbarroja, de la dinastía sajona a la sálica o a la suaba– habían concebido, y en parte realizado, una fuerte monarquía alemana, un Estado concreto unitario, y no se habían dejado llevar por quiméricos sueños de dominio del mundo.

Pero no sólo el hombre, como pretende Herodoto, sino también una idea –en este caso, la idea imperial– es vicisitud. Con el transcurso de los siglos, y el cambio de las situaciones históricas, cambia también el contenido de la idea imperial; cuanto más vacío está el imperio de peso político real (cuando queda sustancialmente fuera de juego por la fuerza autónoma de los príncipes o es subordinado a los intereses dinásticos, como ocurre con los Habsburgo), más se afirma, casi a título compensatorio, un pathos universalista de la idea imperial, que oculta un vacío o una crisis de poder. Así, en el período en que la política germánica era insegura y estaba amenazada por las intervenciones extranjeras, Alejandro de Roes advertía que, si el imperio llegaba a ser destruido, desaparecería el orden del mundo.

El pathos imperial es el pathos de una ausencia, de esa descompensación entre la grandeza de la idea y la pobreza de la realidad que D'Annunzio ha representado en el destino del melenudo Segismundo, «la procelosa alma imperial / que tuvo pocos castillos y no el mundo». La idea imperial se proyecta hacia un utópico futuro, pero se nutre de un mítico pasado, alcanza un esplendor remoto y desvanecido; su gloria es siempre *einst*, de un tiempo lejano, como el emperador Maximiliano decía sobre la de Regensburg.

El Danubio, que bajo el Puente de Piedra corre inmenso y pardo al atardecer, cortado por las crestas de las olas, parece evocar la experiencia de todo lo que falta, el fluir del agua que ha escapado o escapará pero que nunca está. El aire y las aguas oscuras abundan en viento, reflejos y colores, sonidos, alas de pájaros, hierba que se doblega ligeramente y se sumerge en la sombra, pero al entrar en la ciudad de las torres tengo la impresión de introducirme entre dos páginas de un libro, entre la del viejo Gumpelzhaimer, que evoca los siglos pasados, y la de Karl Bauer que evoca a Gumpelzhaimer. Me siento bastante a gusto en el escasísimo espacio existente entre las dos páginas –es posible que no sean dos páginas, sino el derecho y el revés de una misma hoja–, se está al amparo de las intemperies de los acontecimientos. Heinrich Laube, en 1834, soñaba con el idilio de la vieja Regensburg, con dulces muchachas que se dejaban besar entornando los ojos, canciones melancólicas y fugaces como las olas del Danubio y sin policías ni recensores dando vueltas. Al idilio no le gustan las movilizaciones ni la organización, huye de los reglamentos de seguridad pública y las policías de la industria cultural.

A decir verdad, no he venido en busca de ausencias, aunque el pasado, en cierto modo, tenga que ver con mi etapa en Regensburg. La Mariscala me espera al inicio del famoso y antiguo puente de piedra, si bien he llegado a la ciudad por el otro lado. No es un capricho imprevisto, siempre le han gustado los ríos y las arcadas que unen sus orillas, desde los tiempos del instituto, cuando su risa parecía volver concretas las cosas y transformar la serpentina de carnaval colgada de la lámpara en un cometa resplandeciente en la noche.

No recuerdo cuál de nosotros le había puesto ese apodo flaubertiano; lleva muchos años viviendo lejos, antes en Viena, después en Linz y ahora en Regensburg, con su marido y sus dos hijas, cuyo perfecto parecido con ella sigue siendo hoy, para todos nosotros los de aquella clase y aquellos veranos, la más válida garantía de la continuidad de la vida y de la fidelidad de las cosas. El tiempo, cuyo poder es en ocasiones dudoso, se ha limitado a incrementar, durante estos años, su gloria, le ha rendido tributo como un vasallo; ha enriquecido con ternura maternal su avidez, ha conferido el profundo encanto de la conciencia a su vitalidad. La Mariscala sigue teniendo garras y levanta la cabeza, ofreciendo la risa al viento del atardecer, con aquella imperiosa y despreocupada magnanimidad que ya en los bancos de la escuela le hacía parecer una reina nómada y animaba al profesor a decirle, cuando elogiaba un tema o una traducción suyos: «Recuerde, sin embargo, que qui proficit litteris sed deficit moribus magis deficit quam proficit...»

A la Mariscala le gustaba el latín, una asignatura en la que obtenía excelentes notas gracias a las cuales se le perdonaba más de una acción maliciosa, y en la indómita claridad con que cabalgaba a través de la vida yendo al encuentro del futuro había una nitidez clásica, la sintaxis que jerarquiza el caótico polvillo del mundo y sitúa las cosas en su punto justo, el sujeto en el nominativo y el complemento directo en el acusativo. Quien la haya visto salir, riendo, del mar, en uno de aquellos días de finales de octubre que eran los que prefería, difícilmente se dejará seducir por falsos maestros.

Regensburg le sienta bien a la Mariscala, con su irreductible variedad de memorias, estilos, imágenes que se componen, sin embargo, en una fundamental unidad de tono. En la fachada de la admirable catedral, una selva de figuras surge de la piedra, animales, rostros, incluso criaturas fabulosas o monstruosas, un proliferante bosque de la vida que revela una armonía superior, la unidad de la creación. Los rostros deformes que surgen del abismo son domados, casi aclarados y distendidos por un coraje cristiano que acepta la multiplicidad de la existencia, cada una de sus innumerables criaturas, precisamente porque las reconoce como criaturas de Dios, figuras de un diseño universal, en el que no existen monstruos.

También la Mariscala es una criatura de esa selva salvaje y cristiana, surge de la piedra para emprender sus vuelos temerarios, pero se reconoce como parte de esa totalidad. La vida no ha sido y no es fácil para ella, como nunca lo es con los fuertes, o sea con aquellos que intentan ocultar sus debilidades para que no pesen sobre los demás, y darles, en cambio, comodidad y vigor. La vida es dura con quien vive conscientemente, conocedor de su propia precariedad; es indulgente, por el contrario, con los débiles o, mejor dicho, con aquellos que hacen ostentación de su debilidad para descargar todo su peso sobre los demás y son acunados, compadecidos, mimados como almas nobles y bellas. Hasta Jesús fue injusto con Marta, le parecía natural que se atareara para preparar la comida, mientras María escuchaba feliz y plácida su palabra. Pero fue Marta quien hizo la más intensa profesión de fe en Cristo, tal vez más intensa que la de Pedro.

Qué difícil es ser una Mariscala, el mundo siempre le exige representar este papel, no permite que sienta dolor de muelas o melancolía, lo apoya todo sobre esos hermosos hombros que parecen tan fuertes. Ese corazón también conoce la debilidad, en ocasiones tiembla y siente emerger de la profundidad los fantasmas de su propia oscuridad. Pero, al igual que en las alegorías del portal de Sankt Jacob en Regensburg, los expulsa hacia lo deforme, los encadena a su turbia nada y los desarma. Noche serena y vida inmortal, invoca la oración del crepúsculo. Si hubiera sido compañero de escuela de la Mariscala durante más tiempo, mi conversión habría sido tal vez coser y cantar.

21. EN LA SALA DEL REICH

En esta sala del Ayuntamiento se reunía la Dieta permanente del Sacro Imperio Romano, en esta silla vacía se sentaba el emperador, cada vez más neutralizado por los príncipes y las corporaciones o negligente él mismo con el Reich, muchas veces más *administrador* suyo que *dominus*. Alrededor están las salas reservadas a los príncipes electores, a los demás príncipes y al colegio de las ciudades imperiales. Cuando Regensburg se convirtió en la sede de la Dieta permanente, en 1663, el imperio estaba ya fosilizado y vaciado; en esta sala que debía reinar sobre el mundo falta el mundo, y el vacío hace pensar en la «nada definida únicamente por sus propios límites» a la que se refiere Achim von Arnim, el poeta romántico ochocentista fascinado por el pasado alemán, en su comedia *El agujero.* La débil conjunción, el *und* de la fórmula «Kaiser und Reich», también parece una nada, una disyunción, una mera nulidad que no hace más que separar. El imperio es una elipse, escribía Werner Näf, cuyos focos son los príncipes y las corporaciones; el centro –el emperador– resulta una pura abstracción. *Irregolare aliquod corpus et monstro smile,* decía, a propósito del imperio, un jurista del siglo XVII.

Esta ausencia de centro, esta carencia de fuerza de cohesión y de unidad política, no evoca la mirada transparente e inexorablemente clara de Federico II de Suabia, que veía las cosas tal como son en su superficie desnuda desprovista de cualquier tipo de significado recóndito, sino la mirada oblicua de los Habsburgo de España, que se dirigía hacia el lado oculto y torcido de las cosas, a la oscuridad, la mirada que la tradición atribuye a don Juan de Austria, el vencedor de Lepanto, el hijo ilegítimo de Carlos V y de una hermosa burguesa de Regensburg, Barbara Blomberg, nacido en esta ciudad, en una casa de la Tändlergasse. Barbara Blomberg tenía dieciocho años, el emperador, viudo desde hacía siete, cuarenta y seis, era un hombre marcado por un precoz y melancólico cansancio, por un sentido de la inutilidad que le llevaba a su declive, según el verso de Platen, como al viejo imperio, si bien ese declive de la herencia medieval implicaba la afirmación de una potencia mundial moderna bajo su corona.

Carlos V no se olvidó nunca de esa pasión y de esa mujer, a la que no había vuelto a ver, y lo hizo incluso en vísperas de su muerte, pocas horas antes de morir, dejándole en secreto una pingüe herencia, seiscientos ducados de oro. Despreocupadamente hacemos el amor, dice un verso de Brecht. Don Juan de Austria creció para la gloria de Lepanto, pero no para la felicidad; su destino fue la oscura oblicuidad de la vida, no su claridad.

El águila bicéfala, en la pared de la sala imperial, sella un paisaje de sombras, de melancolía. No debía ser propenso a este pathos crepuscular el secretario o escribano a quien se debe el final de la tradición del *Konfekttischlein.* Sobre esta mesa para los refrigerios la ciudad ofrecía a los delegados de la Dieta refrescos, vinos y dulces, de los que parece que se saciaban sobre todo los escribanos y los secretarios. Uno de éstos, durante una Dieta, se había aprovechado un poco demasiado generosamente del vino, por lo que, durante la sesión, cuya acta debía redactar, se adormiló y comenzó a roncar sonoramente, interfiriendo en las discusiones de las que dependía el Sacro Imperio Romano y por tanto el mundo. A partir de entonces, el senado ciudadano abolió los refrescos.

22. LAS SEIS ESQUINAS DE LA NADA

Sé que tú amas la nada, y no por su valor, que es mínimo, sino porque se puede jugar con ella de forma expresiva y leve, como un gorrión ruidoso, y creo que un regalo te resulta más querido y bienvenido cuanto más se acerca a la nada. El regalo que Kepler envía, para el Año Nuevo de 1611, a su amigo y protector Johannes Matthäus Wackher von Mackenfels, es el pequeño tratado *Strena seu De Nive Sexangula,* que comienza con estas palabras y se pregunta por qué la nieve cae condensándose en pequeñísimas estrellas de seis puntas, jugando, durante la jocosa y rigurosa investigación, con el irónico espacio que oscila entre el mínimo y la nada. El opúsculo, que se remonta al período praguense del científico, se vende ahora en la entrada del Museo Kepler de Regensburg, que ocupa la casa donde murió, en 1630, y que también conserva, entre sus instrumentos y aparatos que construía para sus experimentos, la bota, a la que amaba tiernamente, con el modo de señalización que él había confeccionado para calcular exactamente en cada ocasión cuánto vino quedaba.

La literatura barroca abunda en Elogios y Glorias de la Nada, en agudezas intelectuales y poéticas fascinadas por la impensabilidad de su objeto, la Nada, más difícil de aprehender que todo lo que pueda serlo la eternidad de Dios, y por el deseo de desafiar o vencer esa imposibilidad conceptual. Kepler quiso explicarse la formación del cristal de nieve de seis puntas y al exponer las diferentes hipótesis, valoradas cuidadosamente y descartadas, realiza una serie de sustracciones y negaciones, se desliza por mínimos intersticios y dimensiones imperceptibles, hasta el punto de que el regalo que ofrece a su amigo corre el peligro de dispersarse como el agua del Choaspes, que los persas ofrecían a su rey llevándola en la palma de la mano.

El tono jocoso reduce a *nugella,* a nonada, el tratado, pero más allá del velo del humor habla el científico que cree en la verdad y en la exactitud, que descubre en la geometría la divina proporción de lo creado y la estudia con rigurosa precisión, sabiendo que el conocimiento enriquece el sentido del misterio y que el misterio auténtico no es aquel al que la mente se rinde con complacida superstición, sino aquel que la razón no cesa de indagar con sus instrumentos. El geómetra es quien se aproxima al proyecto divino. Sir Henry Wotton escribía en 1620 a Bacon que en Linz había visto, en el estudio de Kepler, un cuadro de éste, un paisaje, y añade que Kepler le había dicho: «Yo pinto los paisajes como un matemático.»

Los colores, las luces, las sombras, los árboles, los matorrales, la variedad de la naturaleza que parece verborreica y desordenada obedecen a leyes, proporciones, relaciones, son un juego de ángulos y de líneas y el matemático es quien capta su auténtico rostro. Pero un matemático, escribe Kepler a su noble protector, no tiene nada y nada recibe; tal vez porque su bolsillo está vacío y su lápiz juega con la abstracción, introduce una nada en el rotundo signo del cero, conoce únicamente los signos y no las cosas. Por eso le complace ocuparse de la nieve, que se disuelve en una nada y que en latín –*nix, nivis*– suena tan parecido al *Nichts,* la nada.

Kepler se sentía apegado a la idea de que el sistema solar estaba de algún modo en el centro del universo, detestaba el infinito que para él era el caos y devolvió el ánimo al Señor ayudado por el párroco evangélico de Regensburg, Sigismund Christoph Donauer, que le reconfortó «virilmente, como conviene a un siervo de Dios». Pero en su ágil tratado sobre esa nada de la nieve descarta, elimina, niega, avanza mediante exclusiones, imitando casi la disolución de un copo de nieve. El «Mathematicus, Philosophus et Historicus», como él mismo se consideraba, vivía felizmente en un cosmos creado por Dios, pero nuestra exactitud se ha hecho menos recomendable y tal vez no nos convenga pintar como matemáticos el paisaje de nuestra vida. La operación podría acabar en una sustracción inexorable y sencillísima, cuyo resultado –un cero redondo y blanco– sería semejante a esa nieve, a una informe desaparición de todo el paisaje y de su habitante.

23. EL ASNO DE LAS PALMAS

En Regensburg seguía viva la tradición del «asno de las Palmas», la procesión que paseaba una figura de Jesús sobre un asno de madera, en recuerdo de su entrada triunfal en Jerusalén antes de la semana de Pasión. En esta tradición el protagonista parece ser el asno, y el animal, maltratado y vilipendiado, merece semejante gloria. La convención humilla al asno, le da bofetadas en la realidad e injurias en el léxico cotidiano; el asno tira del carro, carga la albarda, sostiene el peso de la vida, y ya se sabe que ésta es ingrata e injusta con quien le ofrece ayuda. La vida se deja cautivar por las novelas rosas y el tecnicolor, prefiere los destinos brillantes a la prosa de la realidad y por ello se siente más fascinada por los caballos de carreras de Ascot que por los asnos de las carreteras rurales.

Pero la poesía tiene más genio que la vida y sabe cantar la majestad del asno. Un asno, no un purasangre, calienta a Jesús en el establo; Homero compara a Ayax, que salva las naves aqueas resistiendo solo el asalto de los troyanos, con un asno, cuya grupa se hace tan grande como el escudo de Telamón bajo la carga y los palos. A un asno, a su paciente sufrimiento, es comparado también Cristo, maltratado por haber querido ayudar a los hombres.

La fuerza del asno tiene la calidad de los héroes clásicos, la paciencia, la tranquila, humilde e indomable constancia que no se echa atrás en su camino y que está por encima del impulso nervioso del noble corcel de la misma manera que Ulises está por encima de Paris. Por esto, desde los tiempos de Apuleyo, el asno ha sido exaltado por su potencia sexual. Esta potencia, sobre la que también insiste Buffon, no es la arrogancia del toro, apropiada para el *machismo,* ni la desagradable satiriasis del gallo, sino que coincide con esa humilde paciencia, con esa tranquila fuerza de afrontar la vida. La admiración de la bellísima y exigente señora de Corinto, en la novela de Apuleyo, compensa ampliamente las ofensas del lenguaje corriente. En *Las voces de Marrakech* Canetti describe la repentina erección de un asno apaleado y agotado, una pertinaz vitalidad que parece vengar a todos los humillados y ofendidos.

24. LA GRAN RUEDA

En el cementerio de Sankt Peter, en la periferia de Straubing, las lápidas, esparcidas en torno a la iglesia como un jardín, hablan de vidas tranquilas que reposan en el orgullo de su estamento: aquí yace Adam Mohr, fabricante de cerveza, consejero municipal y teniente de la Guardia Nacional bávara, † 1826. El orgullo de estamento sella una piadosa armonía entre el individuo y la comunidad, pero se convierte automáticamente en ferocidad cuando otras leyes u otras voces del corazón sitúan al individuo en contraste con el orden social y le inducen a turbar, incluso sin querer, este último. En una de las tres capillas está el monumento fúnebre de Agnes Bernauer, la bellísima hija del barbero de Augsburg a la que el 12 de octubre de 1435 el duque Ernesto de Baviera hizo ahogar en el Danubio, bajo la acusación de brujería, porque se había casado con su hijo Alberto y amenazaba, con esta *mésalliance,* la política dinástica y el mismo orden del Estado.

El monumento fúnebre, que muestra a Agnes Bernauer con un rosario en la mano y dos cachorros a sus pies, símbolo de la fidelidad conyugal que unía a la muchacha del pueblo y a su principesco esposo, fue mandado construir por el duque Ernesto, su propio verdugo. La tradición, recogida por el drama de Hebbel, es una fábula de la razón de Estado: el duque Ernesto habría admirado profundamente la virtud y la personalidad de Agnes, el purísimo amor que la unía a su hijo, y se habría decidido, con firmeza pero de mala gana, a eliminarla brutalmente en vista de las consecuencias políticas provocadas por el matrimonio y por las sucesivas complicaciones: desórdenes, guerras, revueltas, división y colapso del Estado, luchas fraticidas y miseria. Una vez realizado este sacrificio o delito de Estado, el duque rindió homenaje a la firmeza moral y a la inocencia de la víctima, erigiéndole –ahora que ya no constituía un peligro– un sepulcro que la recordara a lo largo de los siglos y retirándose él mismo a un convento; su hijo Alberto, que había tomado las armas contra él para defender y después para vengar a su mujer, no tardó en asumir de nuevo los rangos políticos y dinásticos y, reconciliado en nombre de la razón de Estado con el padre que le había hecho enviudar, asumió el cetro ducal y contrajo luego nuevas nupcias más acordes con su posición.

Agnes fue ahogada en el Danubio y hasta el último momento se negó a salvar la vida renegando de su marido. Para acabar con ella, puesto que flotaba sobre las olas, los esbirros del duque tuvieron que atar su legendaria cabellera a una pértiga y mantener largo rato su cabeza bajo el agua, hasta que murió. La acusación formal era de brujería. Al recordar el episodio, el Antiquarius, que escribe al final del Siglo de las Luces, ya no puede considerarla bruja, pero como buen burgués seculariza la superstición y dice, con desprecio, que había seducido «vergonzosamente» al duque Alberto, el cual, por cierto, no era un niño sino un caballero en la flor de la edad y la había conocido y cortejado durante un torneo en Augsburg. Un hilo rojo une a Emmeram Rusperger, el jurista que formula contra Agnes la acusación de brujería, con el Antiquarius, que la considera una descarada, y con la opinión generalizada, todavía hoy vigente, según la cual si un padre de familia abandona mujer e hijos para irse con una veinteañera, sólo esta última es culpable y él una pobre víctima.

Lástima que Marieluise Fleisser no escribiera el drama sobre Agnes Bernauer, porque lo habría escrito desde el punto de vista de Agnes Bernauer. La tragedia la escribió en cambio, hay que decir que con notable fuerza poética, Friedrich Hebbel, en 1851. Hebbel se siente lleno de admiración por la mujer pura y bellísima, que conoce los artículos de la fe cristiana como la Margarita del *Fausto* y en cuya garganta, cuando bebe, se ve transparentar el vino como a través de un cristal. Agnes debe morir «sólo porque es bella y honesta» y porque, cuando es turbado el orden del mundo y el Señor interviene no con el rastrillo sino con la hoz, que golpea indistintamente a justos y malvados, «ya no es un asunto de culpa o inocencia sino sólo de causa y efecto», o sea que se trata únicamente de eliminar la causa de la turbación. Hebbel se embriaga con este pathos de la razón de Estado; la nobleza y la pureza del individuo sólo sirven para incrementar la solemne sacralidad de quien se sitúa, como el duque Ernesto y el propio poeta, del lado de la totalidad, que siempre está en lo justo y parece estarlo tanto más cuanto más subjetivamente inocente y admirable sea el individuo que es sacrificado.

La poesía está destinada a exaltar este sacrificio, que también es autosacrificio, porque es la represión de la amorosa simpatía que la poesía, por su naturaleza, siente por el individuo, por la víctima, por Agnes Bernauer. «La gran rueda ha pasado por encima de ella –dice el duque Ernesto, después de hacerla matar–. Ahora está junto al que la hace girar.» Como cualquier pathos del objeto, que se exalta con la anulación y la autoanulación del sujeto, también esto resulta sospechoso; cualquier grandilocuencia de la totalidad es también sublime disfraz de la vulgaridad filistea del Antiquarius. Existe una retórica de la objetividad que parece, en su estentórea brutalidad, una parodia de la relación entre las exigencias colectivas de una sociedad y las personales de sus miembros. El tono exultante con el que tantos espontáneos abogados del Todo repiten la frase de Hegel «cuando se cepilla caen virutas» es una caricatura del pensamiento hegeliano y de cualquier pensamiento que tenga en cuenta, de manera responsable pero no enfática, la realidad político-social.

Hebbel está seguro de que esa «violencia» es «violencia del derecho». En efecto, el abogado de la totalidad siempre está convencido de algo que, por el contrario, está por demostrar, y por lo tanto de representar la historia, los intereses generales. En cambio y por ejemplo, podría ser cierto lo contrario: las nupcias de Alberto y Agnes amenazan, se dice en la tragedia, con resquebrajar el ducado bávaro y de este resquebrajamiento, se añade, podría aprovecharse el emperador para reafirmar sobre los príncipes su autoridad central, como el águila que se apodera de la presa mientras los osos se la disputan. Pero la historia, la totalidad, podrían querer esta victoria del imperio sobre el particularismo de los príncipes y entonces el duque Ernesto sería el representante de una ambición subjetiva y el matrimonio de Agnes Bernauer no sería infracción sino expresión de la totalidad. Podría ser Agnes la que encarnara en ese momento el *Weltgeist,* el espíritu del mundo.

No existe un colegio de procuradores legales de este último, y el alboroto entre los que se arrogan el título es indecorosamente interminable. El deseo de avanzar con los tiempos, y de fundirse en su cortejo, es la regresiva y fascinante nostalgia por liberarse de cualquier tipo de opción y conflicto, o sea de la libertad, y de encontrar la inocencia en la convicción de que es imposible ser culpables porque es imposible elegir y actuar de forma autónoma. La poesía, en el drama de Hebbel, es la sirena de esta ilusión, de esta abdicación; inocente, en la tragedia, no sólo lo es Agnes, sino también y sobre todo su asesino. «Hay cosas –dice el duque Ernesto al hablar del delito– que hay que hacer como en sueños: ésta, por ejemplo.»

También Grillparzer ha escrito un drama sobre la razón de Estado, la *Judía de Toledo,* en el que los Grandes de España deciden matar a Rahel, la hermosa y diabólica amante del rey de Castilla que mantiene a éste en una especie de inerte esclavitud amorosa, paralizando el reino que se halla así expuesto a la agresión de los enemigos, a la guerra, a las plagas y a la ruina. Pero Grillparzer contrapone, diría Max Weber, las éticas de la convicción y de la responsabilidad, mostrando las razones de ambas y no sacrificando la una a la otra sino evitando toda reconciliación de su conflicto, que parece irresoluble y por tanto trágico. Los Grandes de España que matan a Rahel persiguen «el bien, pero no la justicia»; piensan que han cumplido su deber con respecto al Estado, pero no piensan que ese objetivo haga menos delictivo su gesto y justifique su violación de un mandamiento universal. Admiten ser culpables y asesinos, y se limitan a pedir perdón a un Dios lejano y misterioso.

La necesidad del acaecer –así es como consideran su acto– no significa su justificación ni su inocencia; la historia universal, para el austríaco Grillparzer, no es el juicio universal, como para el alemán Hebbel. El juicio moral sobre el mundo no se identifica con el mero acaecer del mundo, los hechos no coinciden con los valores ni el ser con el deber ser. A la identidad hegeliana de realidad y racionalidad, la civilización austríaca contrapone una distancia entre ambas, las cosas que podrían siempre suceder también de otra manera, la historia en subjuntivo, una irónica ausencia; el soberano, en los dramas de Grillparzer, está ausente o es inadecuado, para ser exactos ni siquiera existe y sólo puede ser representado, pero de forma imperfecta.

Ésta es una lección austríaca. En Straubing nació Schikaneder, el libretista de *La flauta mágica,* el poeta de la fabulosa comedia popular vienesa, que deshace a su capricho cualquier realidad para inventar siempre otra posible posteriormente, para oponer al pathos del objeto, a la gran rueda que pasa por encima de Agnes Bernauer, los trinos y los aleteos de Papageno y Papagena, a los cuales ni Sarastro podría pedir que renunciaran a sí mismos, a su amor y a sus cabriolas.

25. EICHMANN EN EL CONVENTO

Sobre el Bogenberg tiene lugar cada año, en Pentecostés, una procesión; de Holzkirchen a Bogen, durante setenta y cinco kilómetros, los campesinos llevan a pie, pasándoselos de hombro a hombro, dos cirios de trece metros de altura. Los peregrinos atraviesan el bosque bávaro, que un poco más lejos se confunde con la Selva de Bohemia: el bosque de Stifter, calmas seculares, generaciones vividas y pasadas como las estaciones, antigua piedad religiosa. Cuando talaban un árbol, los leñadores bávaros se quitaban durante un instante la gorra y rogaban a Dios que les concediera el último reposo. Existe una religiosidad de la madera; su florecer y su envejecer hacen que se sienta al árbol como a un hermano. Ninguna criatura viva puede ser excluida de la redención o ser aniquilada por la eternidad; al igual que los personajes de Singer, deberíamos recitar el *Kaddisch,* la plegaria fúnebre, por la mariposa que muere y la hoja que cae.

Los bosques bávaros tenían sus profetas, los *Waldpropbeten,* como el «Mühlhiasl» que trabajaba cerca del convento de Windberg, alrededor de 1800, y profetizaba apocalipsis y renacimientos de un mundo nuevo. En 1934, en cambio, se refugió durante una semana en el convento de Windberg Adolf Eichmann, en una especie de retiro espiritual. En el álbum de invitados, refiere Trost, se puede ver todavía, escrito de su puño y letra, su agradecimiento por la estancia y la hospitalidad, la expresión de una intensa experiencia y de un emocionado vínculo. «Treue um Treue», fidelidad por fidelidad, escribe Eichmann en el libro del convento el 7 de mayo de 1934. El tecnócrata de la masacre ama la meditación, el recogimiento interior, la paz de los bosques, tal vez también la plegaria.

26. LAS PAPADAS DE VILSHOFEN

Las fotografías del encuentro muestran nucas grasientas, papadas que tiemblan sacudidas por la risa, vientres hinchados como odres, rostros porcinos sudados por la cerveza y por las carcajadas. Se entiende que Dionisos, dios de la ebriedad, tenga que ser el dios del vino y no de la cerveza. Es la reunión del miércoles de ceniza en Vilshofen, en la Baja Baviera, una tradicional concentración política que se remonta a las ferias y a los mercados de ganado de los siglos pasados. En esta fiesta popular, anteriormente expresión del mundo campesino y desde hace poco trasladada en parte a la *Nibelungenhalle* de Passau, triunfa la CSU y, con ella, Franz Josef Strauss, que desde el punto de vista fisionómico tiene todos los puntos para emerger con su vital y desbordante mezcla de sudor, extraordinario olfato político –que le convierte en un líder de miras internacionales–, vulgaridad, energía y demagogia plebeyo-reaccionaria. Hasta 1957, Vilshofen no era tanto el escenario de Strauss y de la CSU como del *Bayernpartei,* del Partido de Baviera, y de su *leader* rugiente y mugiente, Joseph Baumgartner. El Partido de Baviera, escribe Carl Amery, todavía estaba genuinamente arraigado en la tradición populista, rural y religiosa que había representado, durante más de un siglo, una alternativa a las fuerzas ilustrados-liberales, que fueron llevadas al poder, a comienzos del siglo XIX, por el gran ministro Montgelas.

Montgelas había creado un Estado ilustrado-autoritario dirigido por un aparato de burócratas, una máquina política que, en nombre del progreso y de la razón, también había impuesto a la sociedad una camisa de fuerza. Como ocurre con la dialéctica de la ilustración, la máquina estatal bávara había avanzado por el camino de la modernización, efectuando reformas y consiguiendo notabilísimas conquistas civiles, pero su perfecto funcionamiento había acabado por comprimir la sociedad e integrarla a la fuerza en los engranajes administrativos. Sus adversarios –los «negros», campesinos y clericales– representaban la tradición y también la reacción, el populismo regresivo, pero representaban asimismo, en ocasiones, auténticas exigencias populares, libertades y autonomías, individualidades históricas que se resistían legítimamente a ser borradas por el despotismo jacobino-absolutista.

Se trata del viejo y perenne conflicto entre la Razón, progresista y tiránica, y las diversidades, unas veces conservadoras y otras liberales. Carl Amery, que ve desaparecer a su amado pueblo bávaro, descubre en la historia de Baviera una lenta e inexorable fusión entre ambas fuerzas, cuyo antagonismo garantizaba una cierta dialéctica y una posibilidad de alternativas al poder político. Poco a poco, la máquina fagocita y transforma en mecanismos propios hasta aquellos elementos populistas que la habían puesto en duda, inserta en su panoplia incluso aquellas pasiones plebeyo-conservadoras contra las cuales había blandido el cetro de la Razón ilustrada, mientras las fuerzas populares, a su vez, ya no manifiestan sus protestas desde abajo sino desde los cuadros del poder.

El CSU ha realizado este perfecto totalitarismo, esta simbiosis de máquina burocrática y visceralidad popular; por dicho motivo domina Baviera de manera incontestable. El Partido de Baviera de Baumgartner, que durante tres años gobernó con una coalición que excluía al CSU, seguía siendo la voz del antiguo particularismo bávaro y de sus estratos genuinamente populares, con todos los vicios y las virtudes de esta naturaleza arcaica. La coalición se disolvió en 1957 y al cabo de poco tiempo un dudoso proceso eliminó a Baumgartner de la escena política. A partir de entonces, el CSU constituye el único poder en Baviera, ante el cual hasta la Iglesia parece débil; ha heredado y fusionado en sí mismo dos tradiciones contrarias y representa la totalidad. Así pues, Vilshofen se convierte en un pequeño espejo de la nivelación del mundo, de esa integración global que, en las sociedades occidentales, unifica en un solo mecanismo dominante ilustración y romanticismo popular, racionalización e irracionalidad, inexorable programación y deshilachamiento *casual*, producción en serie y multiplicación de las transgresiones.

27. EN LA CIUDAD DE PASSAU

In der stat ze Pazzouwelsaz ein bischof, en la ciudad de Passau reinaba un obispo, dice la XXI Aventura de la *Canción de los nibelungos*. Este obispo, en el gran poema medieval alemán, es Pilgrim, que es presentado como tío de los burgundios y de Kriemhild, pero toda la historia de Passau está rodeada de una rotunda majestad episcopal. Desde el siglo VI hasta la actualidad, innumerables elogios ensalzan la gloria y la belleza de la «floreciente y resplandeciente» ciudad de los tres nombres y de los tres ríos, la Venecia de Baviera, *schöb und herrlich,* bella y magnífica, cuya diócesis llegaba en un tiempo hasta Austria y Hungría, y cuyos obispos dominaban la Panonia y el patriarcado de Aquileya. Passau fue ciudad imperial libre y sobre todo residencia del obispo-príncipe hasta 1803; desde lo alto de la colina, el Oberhaus –la fortaleza episcopal– mantenía bajo sus miradas y bajo sus cañones a los burgueses y su Ayuntamiento, tutelando un orden compuesto de devoción religiosa, autoritarismo clerical, esplendor barroco, buenos estudios clásicos y gratos placeres de los sentidos.

La antigua Bojodurum o Batavis de los celtas, de los romanos y de los bávaros es un centro neurálgico de Baviera, pero en 1803 su incorporación al Estado bávaro se vivió como una ocupación extranjera. La milenaria y estratificada historia de Passau, que la ha convertido en determinados momentos en una capital europea, se contrae en un orgulloso patriotismo municipalista, que ya indujo a Enea Silvio Piccolomini, más tarde Pío II, a afirmar que era más difícil llegar a canónigo en Passau que a Papa en Roma.

Pese a los vínculos con el epos trágico y heroico de los nibelungos, las tres compañías de soldados del obispo-príncipe no parecen haber creado una gran tradición guerrera; en 1703, invitados a combatir por el general austríaco que mandaba la guarnición de la ciudad asediada por los bávaros, los ciudadanos se excusaron diciendo que una fiebre les había dejado momentáneamente fuera de combate; en 1741 el conde Minucci comunicaba al príncipe elector de Baviera que la ciudad había sido conquistada sin ofrecer ninguna resistencia. Viajeros y cronistas hablan de la alegre vida de los clérigos –entre música, funciones litúrgicas, chocolate, caramelos y galanteos–, el gran número de cervecerías y la condescendencia de las muchachas, Náyades del Danubio, escribe en 1834 Carl Julius Weber, creadas adrede para los que *amant parebilem venerem facilemque.* Cuando Ludwig I de Baviera, con su entusiasmo filohelénico, sentó en el trono de la nueva Grecia liberada a su hijo Otto y a la burocracia bávara, el ministro Rudhard, hijo de Passau, se embarcó en su ciudad natal hacia Atenas, bebiendo de un tonel de cerveza que se había llevado consigo y cantando canciones bávaras en las que un tal Hans Jörgl persigue a su Lieserl. La Bavarocracia instalada en Grecia se ocupó inmediatamente de abrir en Atenas una gran fábrica de cerveza y locales que convirtieron, como decía el redactor secreto de la cancillería ministerial von Wastlhuber, a «Atenas en un suburbio de Múnich».

La cerveza de Passau desempeña constantemente un papel eminente: el reservado y melancólico Stifter, cantor de la renuncia y destinado a un trágico suicidio, la elogia repetidamente y ruega a su amigo Franz X. Rosenberger que le consiga cincuenta litros, veinticinco para él y veinticinco para su mujer. Ernst von Salomon y Herbert Achternsbusch han contado burlonamente, con sarcasmo anárquico-fascista y pulsional-revolucionario, respectivamente, cómo esta sociedad católico-epicúrea vivió el Tercer Reich y su desmantelamiento.

Passau está en la confluencia de tres ríos –el Danubio, el Inn con sus aguas azules y el Ilz con sus aguas negras y sus perlas– y es toda ella una orilla, una ribera, una ciudad que flota sobre el agua y fluye con el agua. El cielo es azul flor de lis, la luz de los ríos y de la colina se funde, gloriosa y gozosa, con el oro y el mármol carnoso de los palacios y de las iglesias, el blanco de la nieve, el olor de los bosques y la frescura de las aguas imprimen una gentileza delicada y nostálgica a la magnificencia episcopal y aristocrática de los edificios, y rescatan con un aura de lontananza la línea cerrada y redonda de las cúpulas y de las calles que se desanudan bajo arcos y pórticos.

En Passau prevalece la redondez, la curva, la esfera, un cosmos cerrado y acabado como una pelota, perfectamente protegida y cubierta por un capelo episcopal. Su belleza es la de la señora, la seducción acogedora y conciliadora de lo finito. Pero la curva de la cúpula se esfuma en la curva materna de la orilla, traspasa la de las olas que escapan y se disuelven: lo inaprehensible y la ligereza del agua convierten en airosa y leve la pompa de los palacios y de las iglesias, que parece misteriosa y lejana, irreal como un castillo bajo el cielo del atardecer.

Passau es una ciudad acuática y la majestad barroca de sus cúpulas se abre sobre esa fugacidad, sobre ese transcurrir y trascolorear de las aguas y de todas las cosas que es la secreta inspiración de cualquier tipo de barroco auténtico. La confluencia de esos ríos goza de una libertad marina, meridional, invita a dejarse llevar por el fluir de la vida y de los deseos; el nítido perfil de las formas, frisos de los portales o estatuas en las plazas, evoca a las Venus y las Náyades que parecen surgir espontáneamente de las espumas, coincide con el agua, como las figuras de las fuentes de las que brotan surtidores.

En Passau, el viajero percibe que el correr del río es deseo del mar, nostalgia de la felicidad marina. Ese sentido de plenitud vital, ese regalo de las endorfinas y de la presión sanguínea o de algún ácido benévolamente segregado por el cerebro, lo he sentido realmente en las callejas y en las orillas de Passau, ¿o creo únicamente haberlo experimentado porque ahora intento describirlo en las mesitas del triestino café San Marco? Probablemente sobre el papel se finge y se inventa la felicidad. Es posible que la escritura no pueda realmente poner voz a la desolación absoluta, a la nada de la vida, a esos momentos en los que es sólo vacío, privación, horror. Ya el mero hecho de escribirlo llena en cierto modo ese vacío, le da forma, hace posible comunicar el horror y, por tanto, aunque sea por poco, es más fuerte que él. Existen insignes páginas de tragedia, pero para quien muere o quiere morir, en el instante en que muere o quiere morir, incluso esas insignes páginas dolorosas sonarían demasiado a gloria, espantosamente inadecuadas para su dolor de aquel instante.

La privación absoluta no puede hablar; la literatura habla de ella y en cierto modo la exorciza, la vence, la transforma en otra cosa, convierte su irreductible e inalcanzable alteridad en una moneda de uso corriente. El indeciso viajero, que durante el viaje no sabe cómo resolver sus problemas, al releer sus propios apuntes descubre, con cierta sorpresa, que estaba un poco más contento y sereno y sobre todo más decidido y firme de lo que, mientras vivía y viajaba, creía estar; descubre que dio respuestas claras y netas a las preguntas que le acuciaban, con la esperanza de poder, algún día, creer también él en esas respuestas.

Así se entra en la tranquilizadora literatura. En ella todo resulta más amable, tranquilizador como las puertas y las plazas de Passau. Y el viajero, al distraerse del monótono latido que marca el tiempo en sus venas, se parece a aquel joven aprendiz de mercader de Núremberg que, en 1842, escribía desde Passau graciosas cartas, en las que elogiaba los vinos, las bibliotecas, las tiendas, los comercios y una bella Therese, lamentando únicamente no haber conseguido sentarse a su lado en una cena, y haber acabado por el contrario junto a su tía, una importante matrona tocada con una cofia, que, desde los entremeses hasta el postre, no había hecho más que hablarle de sus achaques, trastornos y enfermedades y de las medicinas que le había sugerido el médico de la familia, doctor Gerhardinger.

28. KRIEMHILD Y GUDHRUN O BIEN LAS DOS FAMILIAS

En la sala del Ayuntamiento una colosal pintura de Ferdinand Wagner, pintor historizante de la escuela muniquesa de finales de siglo, muestra a Kriemhild entrando en Passau por el *Paulustor,* acompañada por su tío, el obispo Pilgrim, y acogida por los ciudadanos que le ofrecen dones y homenajes. El cuadro no sugiere la sombría esencialidad de la *Canción de los nibelungos,* sino las grandiosas escenografías con que los últimos años del siglo XIX acompañaron al renacimiento del mito, o la espectacularidad de los *Nibelungos,* la película de Fritz Lang. En la escena plasmada por Ferdinand Wagner,

Kriemhild se dirige hacia Panonia, va al encuentro de su matrimonio con Atila, su primer paso en el proyecto de su venganza.

Esta venganza, que con tanta grandeza nos narra el poema, testimonia un ethos de la familia, a la que la tradición nórdica del mito contrapone, a su vez, otro. En la *Canción de los nibelungos,* Siegfried, el héroe solar muerto a traición en el bosque, es, en realidad, vengado por su esposa, Kriemhild, que se une en segundas nupcias con Atila, el poderoso rey de los hunos, para poder destruir, con su gran ejército, a sus propios hermanos, príncipes de los burgundios y asesinos de Siegfried. También en las versiones nórdicas del mito, recogidas en la *Edda* –el cancionero de carmenes noruegos, o sea islandeses, compuestos probablemente entre los siglos IX y XII–, son las hordas de Atila las que aniquilan a los asesinos del héroe, que lleva el nombre de Sigurdhr, y también en la *Edda* Atila está casado con su viuda, que se llama Gudhrun y es hermana de los príncipes que le han dado muerte. En ambos casos, a la exaltación del mítico héroe, que ha vencido al dragón y encarna la fuerza de la luz y de la primavera, le sucede la glorificación de sus asesinos y del valor con que afrontan la marea de los hunos y su final ineluctable. El autor o los autores cantan las virtudes guerreras de los germanos, que desafían el destino aun sabiendo que deben sucumbir; los poemas transfiguran de ese modo la caída del reino burgundo, derribado por los hunos en la época de las migraciones bárbaras.

Entre las dos versiones existe, sin embargo, una profunda diferencia. En la *Canción de los nibelungos,* Kriemhild quiere vengar al hombre amado y, por tanto, dar muerte a sus hermanos, y no se concederá respiro hasta que caigan, uno tras otro. En la *Edda,* en cambio, Gudhrun, que también ha amado tiernamente a Sigurdhr y sufrido por su muerte, intenta desmontar la trampa que Atila tiende a sus hermanos, en lugar de urdirla ella misma, como sucede en el poema alemán; no ejerce su venganza sobre sus hermanos que han matado a su esposo, sino sobre Atila y los hunos que han destrozado a sus hermanos.

En la *Canción de los nibelungos* prevalece el amor, el vínculo conyugal basado en la libre elección, la inclinación del corazón y la fidelidad decidida deliberadamente; en la *Edda* domina el ethos de la estirpe, la fidelidad fatal a un vínculo de sangre que no se puede elegir, porque trasciende cualquier sentimiento personal y presiona con la necesidad de la naturaleza. El amor puede llegar y pasar, el matrimonio puede disolverse; ser hermanos es un dato real, épico y objetivo como las facciones o el color de los cabellos.

Existe con frecuencia tensión y antítesis, tanto en la historia de la cultura como en la vida individual, entre la familia de la que se procede, en la que se es hijo o hermano, y la familia que se funda, en la que se es cónyuge o padre. Es natural que en la *Edda* prevalezca la primera: ese lenguaje de hierro siente la pasión de la necesidad y no de la libertad. En el mundo de la *Edda* existen únicamente objetos y acontecimientos inexorables, un guerrero que supera a otro en la batalla de la misma manera que el fresno se alza sobre las zarzamoras, caballos bajo un lívido cielo, el oro rojo de las joyas bárbaras; es el mundo de las cosas inalterables tal como son, que tanto fascina a Borges, el mundo en el que el juicio se confía a la espada, o sea al devenir de los hechos, y en el que morir significa comprobar que el tiempo que nos ha concedido el hado ya ha transcurrido.

La literatura se detiene en general de mejor grado en la totalidad épica de la familia de origen, que abarca al individuo como un coro: los Rostov de *Guerra y paz,* con la armonía y la unidad de tono de su casa; los Buddenbrook, para quienes la fidelidad colectiva a la honrosa enseña de la empresa es más fuerte que la seducción de los misteriosos ojos de Gerda, la mujer extranjera, y que el amor de la bella Tony por el joven Morten; los Buendía de *Cien años de soledad,* cuyos miembros son como las piedras de la Muralla China.

Las transformaciones sociales, que han desintegrado los vínculos patriarcales y debilitado la unidad familiar, no han eliminado la nostalgia por la compacidad de la saga; la poesía ha denunciado con frecuencia las sofocantes represiones de la familia épica, pero también ha rendido homenaje muchas veces a su fascinación, casi seducida por una unidad que parece indiscutible, como la vida misma.

La otra familia, la que se funda, es una odisea ardua e imprevisible, llena de dificultades y de seducción, de ocaso y de retorno; esta arriesgada plenitud de la convivencia consciente y apasionada no ha encontrado muchas representaciones poéticas adecuadas, tal vez porque se teme que la conciencia suponga el desencanto y parece preferible refugiarse en la infancia.

En las páginas de la literatura mundial se encuentran muchas familias como los Buddenbrook o los Buendía, pero pocas imágenes como aquella en la que Homero describe a Héctor, Andrómaca y Astiánates, una vida que sabe lo que es la grandeza extrema y que gira en torno al amor conyugal y paternal, a Astiánates, que juega, y se asusta, con el yelmo de su padre, y a la esperanza de éste de que su hijo llegue más lejos que él.

La gran poesía sabe cantar la pasión erótica, pero hace falta una poesía sublime para representar la más tortuosa y profunda –más radical, más absoluta– que se siente por los hijos y de la que resulta tan difícil hablar.

La madurez que exalta Homero es radicalmente opuesta al mezquino idilio doméstico, que desconoce el mundo y se encierra en su propia y mediocre intimidad; el amor por Andrómaca y por Astiánates convierte a Héctor en un héroe que se expone por todos, capaz de sentir amistad y fraternidad, piedad filial, humana gentileza por los demás. Actualmente es Singer quien representa el misterio conyugal como un teatro del mundo, de acuerdo con la lección de la literatura hebrea que ha hecho especial justicia al epos familiar. En sus historias cómicas y vagabundas, Sholem Aleichem, el clásico de la literatura yiddish, expresa, por ejemplo, todo el *humour* y la profundidad de personajes que, como Tewje el basurero, son sobre todo padres y viven la paternidad como la más intensa y fuerte de las pasiones.

El mayor poeta contemporáneo del matrimonio y de la convivencia familiar tal vez sea Kafka, que no se sentía a la altura de esa aventura y no desconocía sus gravámenes y sus miserias, pero percibía tan fuertemente la grandeza de esa realidad que le estaba prohibida y a la que él mismo, aun envidiándola, quería sustraerse para escapar a los vínculos y a cualquier tipo de poder. A Kafka, y a su soledad, se parecen muchas figuras de su obra, los solterones descuidados y desagradables de algunos de sus relatos, que viven en habitaciones alquiladas y atraviesan sus rellanos mal iluminados como los nómadas recorren el desierto. Ese territorio vacío, por el cual avanzan sin sobrepasarlo, también es el espacio que Kafka habría debido franquear para alejarse de su casa paterna, de ese «único organismo» familiar y de esa «papilla informe de los orígenes» que le mantenían culpablemente atado, como él mismo escribía a Felice, la novia que nunca llegaría a ser su mujer.

29. ¿EL «INN AZUL»?

En Passau confluyen tres ríos: el pequeño Ilz y el grande Inn se vierten en el Danubio. Pero ¿por qué el río formado por su confluencia, que corre hacia el mar Negro, debe llamarse y ser el Danubio? Hace un par de siglos Jacob Scheuchzer, en su *Hidrographia Helvetiae,* página 30, señalaba que el Inn, en Passau, es más amplio, más caudaloso y más profundo que el Danubio y lleva también un recorrido más largo a sus espaldas. El doctor Metzger y el doctor Preusmann, que han medido los pies de anchura y de profundidad de los dos ríos, le dan la razón. ¿De modo que el Danubio es afluente del Inn, y Johann Strauss compuso el vals del *Inn azul,* que, además, podría reivindicar con mayor derecho ese color? Es evidente que, después de haber decidido escribir un libro danubiano, no puedo aceptar esta teoría, de la misma manera que un profesor de teología en una universidad católica no puede negar la existencia de Dios, el objeto de su ciencia.

Por fortuna acude en mi ayuda precisamente la ciencia, la perceptología, según la cual si dos ríos mezclan sus aguas se considera río principal aquel que, en la confluencia, forma un ángulo mayor con el curso que prosigue. El ojo percibe (¿establece?) la continuidad y la unidad de ese río y percibe el otro como afluente suyo. Confiémonos, pues, a la ciencia y evitemos al máximo, por prudencia, observar a fondo la confluencia de las tres aguas en Passau y comprobar a fondo la anchura de ese ángulo, porque el ojo, a fuerza de mirar durante largo rato un punto, se vela y desdobla las figuras, dando al traste con la claridad de la percepción y amenazando con provocar desagradables sorpresas al viajero del Danubio.

Lo que es cierto es que el río corre hacia abajo, al igual que quien lo sigue; poco importa descifrar de dónde proceden todas las aguas que lleva consigo y que se confunden en sus ondas. Ningún árbol genealógico garantiza el cien por cien de sangre azul. La multitud heterogénea que se atropella en nuestro cráneo no puede exhibir un inexpugnable certificado de nacimiento, no se sabe de dónde procede ni cuál es su auténtico nombre, Inn o Danubio o lo que sea, pero sí se sabe adonde va y cómo terminará.

En la Wachau

1. UNA NECROLÓGICA EN LINZ

Las ventanas dan sobre el Danubio, se asoman sobre el gran río y sobre las colinas que lo dominan, un paisaje marcado por los bosques y por las cúpulas en forma de cebolla de las iglesias; en invierno, con el cielo frío y las manchas de nieve, las amables curvas de las colinas y del río parecen perder cuerpo y peso, se convierten en leves líneas de un diseño, una elegante melancolía heráldica. Linz, la capital de la Austria Superior, era la ciudad que Hitler prefería y quería convertir en la más monumental metrópoli danubiana. Speer, el arquitecto del Tercer Reich, ha descrito esos proyectos de edificios gigantescos y faraónicos, jamás realizados, en los que Hitler, como ha escrito Canetti, revelaba su febril necesidad de superar las dimensiones alcanzadas precedentemente por otros artífices, su obsesión agonística por batir todos los récords.

Ahora Linz, la tranquila ciudad que en tantos versitos rima con «Provinz», provincia, es la capital industrial de Austria, posee una discreta tasa de enfermedades nerviosas entre los jóvenes y, según una encuesta de hace pocos años, unos habitantes especialmente suspicaces con respecto a la justicia de su país. La devoción religiosa de su gente, que sorprendía a los viajeros ingleses del siglo XVIII, no parece haberse apagado: en la plaza principal, delante de la columna de la Trinidad –una de esas columnas que se levantan en las plazas de toda la Mitteleuropa, en recuerdo de las pestes domadas y a mayor gloria de la majestad de lo creado–, un grupito de personas, en el crepúsculo glacial y nevado, reza en voz alta. Un combativo periódico diocesano invita a la solidaridad con los obreros despedidos en las fábricas estirianas, polemiza con los industriales, incita a boicotear al gobierno sudafricano por su política racista y a bombardear con llamadas telefónicas su embajada para pedir la liberación de Smangaliso Mkhatshwa, un sacerdote negro detenido.

En los sueños del Führer, la ciclópea Linz que él quería edificar habría sido el refugio de su vejez, el lugar en el cual él ansiaba retirarse, después de haber consolidado definitivamente el Reich milenario y haberlo confiado a algún digno sucesor. Como muchos tiranos despiadados, también él, asesino de millones de personas y aspirante a exterminador de pueblos enteros, era un sentimental, que se conmovía pensando en sí mismo y se acunaba en fantasías idílicas. En Linz, confiaba de vez en cuando a sus íntimos, viviría apartado del poder, dispuesto como máximo, al igual que un abuelo benévolo, a dar consejos a los herederos que fueran a visitarle; pero tal vez, decía –coqueteaba con la hipótesis de su propio destronamiento, perfectamente decidido a no permitirlo jamás–, nadie iría a visitarle.

En Linz, donde había vivido años apacibles, el sanguinario déspota soñaba con recuperar una especie de infancia, una temporada sin proyectos ni objetivos. Probablemente pensaba con nostalgia en ese futuro vacío, en el cual disfrutaría de la seguridad de quien ya ha vivido, ha combatido por el dominio del mundo y ha vencido, llevando a cabo sus propios sueños, que nadie podrá ya frustrar. Cuando imaginaba ese futuro, es posible que se sintiera invadido por la angustia frenética de alcanzar cuanto antes sus objetivos y carcomido por el temor de no poderlos alcanzar. Deseaba que el tiempo pasara pronto, para tener cuanto antes la certidumbre de haber vencido; o sea, deseaba la muerte y en Linz fantaseaba con la idea de vivir en una agradable seguridad semejante a la muerte, al amparo de las sorpresas y de los embates de la vida.

Las ventanas de esa casa que se asoma al Danubio –su dirección es hoy Uniere Donaulände n.° 6– habrían podido proporcionarle otro modo de vivir, una medida y un estilo que, sin embargo, jamás conseguiría aprender. En aquella casa, que pertenecía y sigue perteneciendo a la Sociedad para la Navegación a Vapor sobre el Danubio, vivió silenciosamente durante veinte años, y murió trágicamente, Adalbert Stifter, uno de los más secretos escritores austríacos del siglo XIX, una personalidad apartada y propensa a protegerse del caos de la vida en la modesta e impersonal repetición de los simples gestos cotidianos.

De 1848 a 1868, es decir, hasta su muerte, Stifter contemplaba desde sus ventanas el Danubio, el amado paisaje austríaco que le parecía que contenía siglos de historia convertidos en naturaleza, imperios y tradiciones absorbidos por la tierra como hojas y árboles pulverizados. Ese paisaje habitual, desprovisto de colores vivos y elementos llamativos, le enseñaba a respetar lo que existe, a fijarse con reverencia en los acontecimientos insignificantes en los cuales la vida manifiesta su esencia más que en las grandes convulsiones y en los fastuosos golpes de efecto; le indicaba la sumisión de las míseras ambiciones y pasiones personales a la gran ley objetiva de la naturaleza, de las generaciones, de la historia.

En sus novelas, y sobre todo en sus relatos, muchos de ellos escritos en esas habitaciones, Stifter indaga con inquieta maestría el secreto de la medida, de esa aceptación del límite que permite al individuo subordinar su propia vanidad subjetiva a un valor suprapersonal, abrirse a la sociabilidad y al diálogo con los demás –una afectuosa vecindad que es sobre todo discreción, respeto de la autonomía del otro y de su necesidad de distancia.

Este pathos defensivo no deja de tener consecuencias en el arte de Stifter. En su novela *El tardío verano* narra la difícil formación de su protagonista, Heinrich, cuya personalidad se ve amenazada, en su pleno desarrollo, por la prosa del mundo, por los obstáculos objetivos que la realidad moderna sitúa ante la evolución armoniosa y total, «clásica», del individuo. El precio de la formación de Heinrich es una relativa renuncia al mundo, una soledad aristocrática contrapuesta al desorden prosaico de las cosas. Para los héroes de Flaubert, observa Schorske, la prosa del mundo ya se ha hundido en su corazón; no se yergue delante de ellos como un enemigo, sino que se ha convertido, de forma mucho más insidiosa, en una estructura de su personalidad, su manera de ser, su naturaleza. Por ello la desilusión de Frédéric Moreau, en *La educación sentimental,* es mucho más arrobadora e intensa –inmersa como está en el presente de la vida y de la historia y contaminada por ellas– que el ceremonial con que Heinrich, el héroe de *El tardío verano,* mantiene a distancia la vulgaridad de lo moderno, haciéndose ilusiones de que su interioridad pueda salir indemne. Flaubert pinta nuestro retrato, Stifter parece obstinarse en redondear sus ángulos y en contener la disolución en un idilio feudal, aunque su oleografía esté animada por un apasionado intento de esquivar los abismos de la realidad.

Stifter no ignoraba tales abismos, el desorden y la irracionalidad de la fortuna, sus golpes repentinos e insensatos, como revela por ejemplo su trágico relato sobre el destino hebraico, *Abdías;* no cerraba los ojos a la tragedia, pero se negaba a embriagarse con ella y rechazaba el culto de lo trágico, de lo pasional y de lo anómalo que veía difundirse, sobre todo a través del romanticismo tardío, en la civilización europea. En sus relatos hay melancolía, renuncia, soledad, pero aparece sobre todo la empecinada condena de todo tipo de culto a la soledad y a la infelicidad; en el *Hombre solo,* una anciana replica a un joven, que ha manifestado su incapacidad de alegrarse con las cosas, diciendo que estas palabras son de lo más injustas, que no es lícito decir que ya nada nos alegra.

Esta alegría la busca Stifter en la aparente monotonía, en la repetición cotidiana. En su casa escribía, cuidaba sus plantas, especialmente cactus, restauraba y pulía muebles, el escritorio que todavía hoy se encuentra en su habitación; pintaba, daba paseos metódicos, loaba la sucesión de los días y de las semanas, escuchaba el murmullo del río y lo sentía fluir, con su ritmo sosegado, en la cadencia de su estilo y de su vida. Esa prosodia tranquila, rica en matices siempre nuevos, le parecía la felicidad y deseaba que ese presente no pasara jamás.

A decir verdad, no gozó de mucha felicidad; en aquellas olas se arrojó una hija adoptiva suya y él mismo, en una crisis de hipocondría y dolores físicos, aceleró su final con una navaja de barbero. Pero precisamente por esto había entendido que lo excepcional, lo anormal, lo dramático, ansiados por quien desea un destino heroico y fuera de lo común, poseen toda la miseria del sufrimiento y nada más. Sus personajes casi siempre se dedican a poner orden, a guardar la ropa, arreglar los cajones, podar las rosas; su meta es la conversación, el matrimonio, la familia. Al énfasis de la transgresión, que ama los efectos vistosos y truculentos, Stifter opone la epicidad de la familia, la difícil originalidad del orden y de la continuidad, la capacidad de silenciar la laceración.

En este sentido está arraigado en la tradición conservadora austríaca, en la fidelidad a un tono espiritual secular, a una larga duración que tiene en escasa consideración los cambios pasajeros y los efectos sensacionales de la actualidad. El protagonista de otro gran escritor austríaco coetáneo suyo, el «pobre músico» de Grillparzer, se sorprende cuando le piden que cuente su historia, porque no cree tener historia, no cree que la sucesión de sus días –aunque tan ricos en ocultos significados– tenga nada de particular y especial. Estos personajes aman la vida, el simple presente de sus humildes pero encantadoras horas, y por ello no quieren ser protagonistas de grandes y excepcionales acontecimientos, ni históricos ni privados. Si pueden, eluden todos los eventos importantes; como escribirá más adelante Musil, cuando en el resto del mundo se pensaba haber vivido algo descomunal, en la vieja Austria se prefería decir, con negligencia, «ha sucedido que...». Cuando Stifter murió, el coro de su funeral fue dirigido por un hombre en cierto modo «sin historia» como él: Anton Bruckner, el gran músico moderno que trabajaba como organista de la catedral de Linz y que no pensaba que fuera un Artista, sino que desarrollaba fundamentalmente un trabajo honesto y un oficio religioso.

El orden doméstico de Stifter es mucho más misterioso que los monumentales edificios soñados por Hitler. En las habitaciones de Stifter, en las cuales hay ahora un instituto literario que lleva su nombre, busco huellas de aquel orden, las claves de su delicado misterio. Mientras tanto, en el teléfono, algunos funcionarios del mismo instituto discuten acaloradamente sobre si utilizar, en la necrología de una notable personalidad muerta el día antes, el adjetivo «inolvidado» o bien «inolvidable». La discusión sube de tono, se consultan y leen polémicamente en voz alta varios diccionarios, alguno de ellos recurre a casos anteriores; cuando decido irme, el debate sigue vivo. Este escrúpulo por atenerse a las normas más precisas de la retórica y de la conveniencia no desdice de la muerte, de su exigencia de formas. Y la comicidad que nace de esa pedante búsqueda de una expresión de solemnidad adecuada, da nueva dimensión también a la muerte, la hace apearse del pedestal de lo excepcional y la reinserta en nuestra querida cotidianeidad. «Sólo cuando consigues reír de nuevo –dice un cartel en la puerta de la catedral de Linz–, has perdonado realmente. ¡No arrastres nada contigo!»

2. SULEIKA

En el número 4 de la Pfarrplatz donde ahora se encuentra el despacho parroquial de Linz, una placa dice que, de acuerdo con la tradición, en ese punto se hallaba la casa natal de «Marianne Jung, de casada Willemer, la Suleika de Goethe». Esta pasión no encaja exactamente con una institución eclesiástica, si bien en la vida de Goethe existe un indiscutible vínculo, desde su amor juvenil por Friederike Brion, entre corazón y parroquia.

Marianne Jung, nacida probablemente el 20 de noviembre de 1784, era hija de una familia de actores de orígenes oscuros; hacía de figurante, de bailarina y de actriz de carácter, cantando en el coro o realizando algunos pasos de danza, vestida de Arlequín, al tiempo que salía de un huevo enorme que se paseaba por el escenario. El banquero y senador Willemer, agente de finanzas del gobierno prusiano y autor de opúsculos político-pedagógicos además de amante del teatro y de las cenas después de los espectáculos, la vio a los dieciséis años, durante esta exhibición, en Frankfurt, y se la llevó a su casa, después de haber pagado a su madre doscientos florines de oro y una pensión anual. En su casa de campo situada cerca de un viejo molino entre Frankfurt y Offenbach, Marianne aprendió buenos modales, francés, latín, italiano, dibujo y canto; después de catorce años de convivencia Willemer llegó a pensar en casarse con ella, preocupado por la aparición, en su tranquilo horizonte, de Goethe.

Goetbe, que contaba sesenta y cinco años, estaba pasando por una de sus épocas creativas más fecundas; estaba escribiendo los poemas del *Diván occidental-oriental,* genial reelaboración de los poemas líricos persas de Hafis, que leía en la traducción de Joseph von Hammer Purgstall, para conquistar la vitalidad de la eterna aurora de Oriente y escapar al borrascoso presente de las últimas campañas napoleónicas.

Goethe se siente contento de difrazarse de persa y de penetrar en una tradición en la cual la totalidad de la realidad sensible, en cada uno de sus detalles, se convierte en un símbolo a través del cual se transparenta la divina totalidad de la vida. Su existencia, escrita en el polvo y alegrada por el vino, se abre al infinito y palidece, efímera y al mismo tiempo eterna, como las amapolas semejantes a pabellones del Visir. Ahora él prefiere al nítido perfil de la estatua griega el fluir del agua. Pero también esa agua es forma, límite, es la móvil pero neta figura diseñada por el juego de una fuente. El gran clásico ama siempre la forma, lo finito, lo diferenciado, pero ahora busca una forma que, como la figura de agua de una fuente o un cuerpo amado, no sea rígida inmovilidad sino transcurrir y devenir, vida.

En un poema del *Diván* la bellísima Suleika dice que todo es eterno ante la mirada de Dios y que se puede amar esta vida divina, por un instante, en sí misma, en su belleza tierna y fugaz. Suleika sabe que sólo es un momento transitorio, la cresta de una ola o el borde de una nube, pero se siente sobriamente feliz de encarnar, por un instante, el ritmo de ese fluir. No está angustiada ni fascinada por la incesante mutación; se siente tan plenamente inserta en la vida proteiforme y mutable que no necesita acelerar o forzar su propia metamorfosis, de la misma manera que Goethe no necesita romper el metro y la rima del cuarteto para captar la melodía abierta y potencial del devenir y para identificar con ella su canto.

Goethe conoce a Marianne y Marianne, en el *Diván,* se convierte en Suleika. Así nace una de las más grandes poesías amorosas de todos los tiempos, pero nace también algo aún mayor. El *Diván,* y el altísimo diálogo amoroso que incluye, está firmado por Goethe. Pero Marianne no sólo es la mujer amada y cantada en la poesía; también es la autora de alguno de los poemas más elevados, en sentido absoluto, de todo el *Diván.* Goethe los integró y publicó en el libro, con su nombre; sólo en 1869, muchos años después de la muerte del poeta y nueve después de la muerte de Suleika, el filólogo Hermann Grimm, al que Marianne había confiado el secreto y mostrado su correspondencia con Goethe, que ella había custodiado con fiel secreto, dio a conocer que la mujer había escrito esos escasísimos pero sublimes poemas del *Diván.*

Después de que Schubert les pusiera música, esos poemas dieron la vuelta al mundo con el nombre de Goethe y siguen haciéndolo, llevando su nombre en los libros así como en la memoria de quien ama esos *Lieder* y debe, en cada ocasión, leer las notas de Erich Trunz en su edición crítica de las obras goethianas para saber cuáles son los versos escritos por la pequeña bailarina que salía de un huevo vestida de Arlequín y por la que su banquero había pagado doscientos florines.

No es sólo el mimetismo lo que sorprende, esa unión de voces que se funden entre sí en el diálogo apasionado, como los cuerpos en el amor o como los sentimientos y los valores en una existencia compartida. Existe también sin duda una opresión masculina, un caso típico y casi extremo de apropiación, por parte del hombre, de la obra de la mujer; el trabajo que lleva el nombre de un hombre es muchas veces, como en este caso el libro de Goethe, también expropiación del trabajo femenino. Existe, sin embargo, algo más. Marianne escribió, en el *Diván,* poquísimos poemas, que pertenecen a las obras maestras de la lírica mundial, y luego no escribió nada más, nunca. Cuando se leen sus odas al viento del Este y del Oeste, un canto de amor que se convierte en la misma respiración de la existencia, parece imposible que Marianne no haya escrito nada más. Como la pequeña fábula sobre la rosa moribunda de la colegiala de primer curso, también los poemas líricos de Marianne demuestran la suprapersonalidad de la poesía, la misteriosa conjunción y coincidencia de elementos que la producen, de la misma manera que un cierto grado de condensación del vapor de agua, provocado por una combinación casual –o en cualquier caso difícilmente previsible– de determinados factores, produce lluvia, un incremento de la venta de paraguas y una insuficiente oferta de taxis con respecto a la demanda.

También en el caso de la creación de sus obras maestras, Marianne, nacida en Austria, habría podido repetir la frase austríaca predilecta de Musil, *es ist passiert,* ha sucedido que, un contacto repentinamente perfecto entre el espíritu y el mundo, una mano que escribe palabras de la misma manera que otra dibuja distraídamente en la arena o en una hoja de papel, sin querer patentar o asegurarse la propiedad exclusiva de ese esbozo. Marianne dejó que esos poemas llevaran el nombre de Goethe; por su dedicación sabía perfectamente cuán inútil es distinguir lo mío de lo tuyo en la unión amorosa. Pero esos poemas suyos publicados bajo el nombre de otro expresan también la vanidad de cualquier nombre que se ponga al pie de una página o en la portada de un libro de poesía, porque ésta, al igual que el aire y las estaciones, no pertenece a nadie, ni siquiera a quien la escribe.

Es posible que Marianne Willemer se diera cuenta de que la poesía sólo tenía sentido si surgía de una experiencia total como la que ella había vivido y que, una vez pasado ese momento de gracia, había pasado también la poesía. «Una vez en mi vida –dijo muchos años después–, descubrí que sentía algo noble, que era capaz de decir cosas que eran dulces y sentidas con el corazón, pero el tiempo, más que destruirlas, las ha borrado.» Era injusta consigo misma, porque la conciencia y el estilo con que ella vivía el desvanecimiento de esa plenitud y la creciente aridez de esa nobleza demostraban a su vez una gran nobleza de ánimo e intensidad de sentimiento, eran una poesía no menor que la que vivió en los lejanos meses de la pasión. Marianne había sido mucho más grande y magnánima que Goethe, que la había archivado y puesto en acta, con su estrategia huidiza que unía la brutalidad de la salvación y los temores de la inseguridad; hasta Willemer, siempre afectuoso y respetuoso, se había comportado más generosamente que el poeta.

No cabe duda de que Marianne, incluso sin el acicate de aquel 1814-1815, habría podido, con su inteligencia y con la fina cultura literaria que había adquirido, escribir volúmenes de hermosos versos, dignos de figurar en una historia de la literatura. Cualquier parroquiano de la sociedad literaria puede ser un autor decoroso y, en la práctica, lo es realmente con suma frecuencia; los libros auténticamente horrorosos son escasos y un clamoroso fracaso literario es un caso anómalo respecto a la aculturación estilística media, de la misma manera que lo es un vistoso error de ortografía respecto a la difundida alfabetización. Lo cierto es que también Marianne Willemer habría podido producir cinco o diez de esos libros en verso y en prosa que una literatura y un país producen a millares, con el ritmo automático y regular de una secreción fisiológica.

Prefirió callar. Sus pocos versos constan entre los mayores de la lírica mundial, pero esto no es suficiente para permitir la entrada de Marianne Willemer en la historia de la literatura. Pese a la atención prestada por agudos estudiosos, la literatura es un sistema de manutención; no le bastan unas cuantas líneas absolutas sino que necesita un engranaje productivo, y da igual que se trate de páginas geniales o banales, para construir sobre él su cadena de distribución, el ciclo de ediciones, recensiones, tesis doctorales, debates, premios, manuales escolares, conferencias. Dentro de este mecanismo, con los versos de Marianne Willemer no se puede hacer absolutamente nada. Y, por consiguiente, Marianne, que escribió algunos de los mayores poemas del *Diván,* consta en la historia de la literatura como una mujer a la que Goethe amó y cantó, pero no aparece inscrita en el censo de los poetas.

3. A.E.I.O.U.

El atardecer es frío y silencioso, algunos niños que arrastran trineos no rompen la soledad y el desierto de las calles, su grave melancolía continental. Sobre el *Friedrichstor* de Linz campean las famosas siglas sibilinas que el emperador Federico III, muerto probablemente a poca distancia de allí, en el número 10 de la Ciudad Vieja adornada con mudos palacios y severos símbolos, hacía imprimir en sus objetos y en sus edificios: A.E.I.O.U., tal vez *Austriae est imperare orbi universo* o bien *Austria erit in orbe ultima.* Este imperio que se extendía hasta los confines del mundo y del tiempo ya se le antojaba al propio Federico asediado por la decadencia y doblegado por las derrotas, hasta el punto de que en su diario se lamentaba de que el estandarte de Austria no resultara victorioso e intentaba frenar las dificultades con esa estrategia de la elusión y de la inmovilidad que, con los siglos, se convertiría en la grandiosa estática de los Habsburgo exaltada por Grillparzer y por Werfel, la repugnancia por la acción, el pathos defensivo de quien tiende no a vencer sino a sobrevivir y no ama las guerras porque sabe, como sabía Francisco José, que las guerras se pierden.

Fallecido en 1493, Federico III, observa Adam Wandruszca, presenta ya los típicos rasgos canonizados más adelante por el mito habsbúrguico: la simbiosis de ineptitud y sabiduría, la incapacidad de actuar que se convierte en sagaz prudencia y en previsora estrategia, la vacilación y la contradicción elevadas a línea de conducta permanente, el deseo de paz mezclado con la fuerza de aceptar conflictos interminables e irresolubles.

La sigla A.E.I.O.U., de la que existen también posteriores interpretaciones menos respetuosas, se ha convertido en una cifra de la posmodernidad, el emblema de una inadecuación y de una defensa oblicua que caracterizan a nuestro yo desequilibrado y humilde. Aquella enorme y arrolladora táctica de supervivencia, que tantas veces me ha parecido un escudo poco vistoso pero no menos protector que el de Ayax, se me presenta también esta noche en su coriácea aridez; una sabiduría llena de dignidad y de ironía, a la que, no obstante, se le niega, por un pelo, la revelación de las cosas últimas, aquel amor que crea y que redime, que canta el *Veni Creator Spiritus.*

Este crepúsculo danubiano, del que el A.E.I.O.U. es la enseña cargada de gloria y de ocaso, posee una desolación continental, la opacidad de las llanuras y de los edificios estatales que refuerza una vasta monotonía de la vida y hace sentir la nostalgia del mar, de sus infinitas variaciones, de su viento que da alas. Bajo el cielo continental sólo existe el tiempo, su repetición insistente como los ejercicios matutinos en el patio de un cuartel, su prisión. En el escaparate de una librería de viejo, el volumen *El Danubio y el Adriático,* del prefecto honorario G. Demorgny (1934), promete una documentada exposición de las cuestiones diplomáticas relacionadas con la libertad de navegación en el Danubio y con la política de los estados centroeuropeos y balcánicos, pero el título azul sobre la portada blanca atrae, en este momento, no por el análisis de la cuestión danubiana sino por el otro azul que sugiere, por el reclamo del mar. También el ocre y el amarillo anaranjado de los edificios danubianos, con su tranquilizadora y melancólica simetría, son un color de mi vida, el color de la frontera, del límite, del tiempo. Pero aquel azul, que la civilización del Danubio desconoce, es el mar, la vela tensa, el viaje a las Nuevas Indias y no sólo en la biblioteca del instituto de geografía y cartografía.

Desde la prisión continental del tiempo se sueña, comprensiblemente, con la libertad marina de lo eterno, como Slataper, mientras leía y estudiaba el gran rigor de Ibsen, soñaba de vez en cuando con los espacios abiertos de Shakespeare. No sería desagradable, en este momento, que resultara repentinamente verosímil la antigua e infundada hipótesis referida en la página 250 del libro *El mar Adriático descrito e ilustrado* (Zara, 1840) del doctor Guglielmo Menis, consejero del Gobierno de Su Majestad, protomédico y asesor de sanidad para Dalmacia: «Acreditados escritores pretendieron, como dice Plinio, que el río Quieto es el Ister, afluente del Danubio, por el que penetró en el Adriático la nave Argos, procedente del Coico.»

El Quieto desemboca en el Adriático por la costa de Istria, cerca de Cittanova. Si se pudiera dar crédito a los acreditados escritores, yo, en lugar de ir al Banato, como los colonos suabos en los «cajones de Ulm» descendería hacia el mar, hacia las islas del Adriático, hacia los lugares en los cuales, por algún instante, me ha parecido que la novela de episodios iniciada por el *big bang* no pertenece a una adocenada literatura de subgéneros y que es posible aceptar el nacimiento y la muerte. Cuando se es Zeno o el hombre sin atributos se sabe perfectamente que la partida, por muy agradables que puedan ser algunos de sus movimientos, no merece ser jugada. No vale la pena escandalizarse, e incluso es obligatorio simular una absoluta indiferencia, pero el color ocrehabsbúrguico del tiempo sugiere, con discreción, que tal vez habría sido mejor que las descaradas moléculas de hidrocarburos no hubieran puesto en marcha, con su incauto libertinaje, toda esta historia.

Los hombres sin atributos, los ulises continentales de la biblioteca, llevan siempre anticonceptivos en el bolsillo y la cultura mitteleuropea, en su conjunto, también es una grandiosa contracepción intelectual. En el épico mar, por el contrario, nace Afrodita, y allí conquistamos –escribe Conrad– el perdón de nuestros pecados y la salvación de nuestra alma inmortal, y recordamos que hemos sido dioses.

4. DE PLANO Y DE PUNTA

En el palacio *Zum schwarzen Adler* –del águila negra– de Linz, en el que habitó Beethoven, murió en 1680 Raimondo Montecuccoli, el gran mariscal y teórico del arte de la guerra, príncipe del imperio; en la iglesia de los Capuchinos un epitafio advierte al visitante que se detenga delante de la tumba que conserva, con macabro gusto barroco, sus vísceras, mientras que el cuerpo está sepultado en Viena. Montecuccoli combatió contra Gustavo Adolfo y el Rey Sol, fue herido en Lützen y hecho prisionero en Stettin, obligó en 1646 a los suecos a replegarse en Pomerania y en 1673 al legendario Turenne a retirarse al otro lado del Rin; entre 1663 y 1664 derrotó a los turcos, invasores de Hungría, en la famosa batalla del río Raab.

La iglesia de los Capuchinos es oscura, y la inscripción fúnebre en latín, aunque escrita en grandes caracteres, apenas se ve y hay que buscarla con atención, como si esta escasa luz vespertina quisiera representar una alegoría barroca sobre la vanidad de la gloria. Montecuccoli es una de aquellas viejas espadas imperiales que defendieron el equilibrio de la Europa central –en la Guerra de los Treinta Años y en las guerras contra el Turco– y aplazaron por unos cuantos siglos su final, la disolución de aquella ecumene que se mantenía unida por la prudencia, el escepticismo conservador, el arte del compromiso pero también de vivir. La sombra protectora de su espada, como la del príncipe Eugenio, se extiende sobre la Mitteleuropa hasta 1914 y sólo entonces conseguirán despedazarla unas guerras diferentes realizadas con medios e intenciones diferentes: la guerra total, que ya no moviliza y aniquila ejércitos, profesionales manipulados por intereses de cortes y dinastías, sino poblaciones enteras, masas alentadas a matar o a morir por ideales (la patria, la nación, la libertad, la justicia) que exigen el sacrificio completo y la destrucción completa del enemigo, encarnación ya no de un interés contrapuesto, sino del mal (la tiranía, la barbarie, la raza malvada).

Montecuccoli lucha en el escenario de la gran política mundial, pero su estrategia y su óptica son las de la guerra de gabinete, en el cual las milicias se enfrentan casi como en un torneo, más preocupadas por no perder que por vencer, intentando conseguir una victoria que arranque aunque sólo sea una modesta ventaja y estipular una paz diplomática que garantice esa ventaja. El gran capitán está seguro de ser rápido y fulminante, pero su arte bélico es fundamentalmente medida, acompasado orden geométrico, atento y reflexivo conocimiento de las circunstancias y de las reglas, moderado «reflexionar sobre las cosas», sin el cual es inútil la experiencia de la «infinidad de ocasiones» en las que acaba por encontrarse el soldado.

No existe –y no puede existir– en Montecuccoli el pathos, el entusiasmo, el sentimiento mítico y sacro que rodeará con frecuencia las páginas de los escritores bélicos cuando la guerra, a partir del siglo XIX, se vea, se viva y se predique como destino, misión o incluso como educadora y formadora de las individualidades y de los pueblos. Para el mariscal imperial, al que Magalotti definía como «Escorial animado», el arte de la guerra no es más que una sabiduría que se ha hecho necesaria por la malicia de la historia y, más en general, de la vida; una necesidad que la inteligencia cree que debe admitir y de la que, por tanto, considera que debe aprender su gramática y su lógica.

En su encarcelamiento de Stettin o durante la pausa después de la Guerra de los Treinta Años o las campañas contra el Turco, Montecuccoli escribe esta gramática: el *Tratado de la guerra,* los *Aforismos del arte bélico, De la guerra contra el Turco en Hungría* y otras obras. Su cuidadosa atención por los instrumentos y los artefactos, por los detalles concretos, por la pica reina de las batallas y la táctica de defensa en profundidad dispuesta por lo menos sobre tres líneas, no le impide captar el nexo entre guerra y política; el gran capitán sabe que para vencer es necesario conocer también las razones de la guerra, próximas y lejanas, y el ánimo y la capacidad de los soldados, o sea la constitución social y política de los estados, que determina la variedad, la calidad y el carácter de los hombres. Tres siglos después, Mao Tse-tung mostrará con incomparable genialidad, en sus obras sobre la estrategia de la guerra revolucionaria y partisana, que hasta la más mínima acción bélica tiene que encuadrarse en el total conocimiento no sólo militar sino también político-social del conjunto, a fin de que cada fenómeno concreto se relacione con la totalidad en la que asume su auténtico significado y el comandante pueda dominar de forma dialéctica lo inmediato, que amenaza con confundir la inteligencia, subordinándolo a la ley general de la que cada caso concreto no es más que un ejemplo y evitando de ese modo «anegarse en el océano de la guerra», en el furibundo caos del momento.

Montecuccoli no podía conocer la dialéctica hegeliana, que permitía a Mao contemplar el detalle en su accidentalidad y superar su cegadora y deformadora violencia. Dominaba artes más modestas, una lógica y una retórica que le permitían afrontar la realidad –la realidad furiosa e imprevisible de la guerra– esquematizando, dividiendo y subdividiendo la marea de los hechos. Recurriendo al hábito de los matemáticos, decía en el *Tratado* que partía de aquellos «principios y aquellas proposiciones mayores, sobre las cuales, como sobre bases estables, el intelecto silogizando con seguridad se apoya», para pasar luego a los ejemplos concretos de las aplicaciones prácticas. En su rigor geométrico, en su pasión de cartógrafo y de topógrafo hay algo del melancólico pesimismo del sectario florentino, la convicción –como decía su Maquiavelo– de que los órdenes creados por una civilización «para vivir en el temor de las leyes y de Dios, serían inútiles si no estuvieran preparadas sus defensas» y que para defender todo lo que amamos hay que amar la paz y saber hacer la guerra.

Genial pero conservador y apegado al pasado, Montecuccoli exalta los cuadrados de piqueros y la vieja lanza, el hombre cubierto de hierro sobre el caballo no menos acorazado, cuando los fusileros ya están dejando fuera de juego esas pilastras de la táctica guerrera. Pero también su adhesión a unas reglas clásicas que están a punto de fenecer revela su extremo amor por el orden, la conciencia de que el orden ahuyenta el temor y de que en cualquier momento, en el caos de la batalla y de la existencia, hay que aferrarse a algo familiar y reconocerse en un hábito, porque en las cosas habituales, le enseñaba su Maquiavelo, los hombres no sufren o sufren menos.

El viejo arte de la guerra era una estrategia defensiva opuesta a la cruel imponderabilidad de la vida, una pasión de exactitud fatalmente cómica y dolorosa, por la distancia que siempre existe entre las medidas adoptadas para contener la muerte y su inutilidad final. Cuando Heinrich Dietrich von Bülow, recuerda Gerhard Ritter, creía descubrir la fórmula del éxito bélico en el ángulo operativo de la acción militar, que debía tener por lo menos sesenta grados y posiblemente más de noventa, confiaba la vida a las matemáticas, ciencia exacta en tanto que abstracta e independiente del mundo. Von der Goltz sonreía ante estas utopías de la exactitud, según las cuales una patrulla no tendría que atravesar un arroyo sin previa consulta de la tabla de los logaritmos. Pero en esa subordinación del arroyo a los logaritmos existe cierta ansiedad defensiva y autodestructiva, el deseo imposible de oponer una barrera a la malignidad de la suerte, de dominarla restringiéndola a los esquemas de la clasificación. Kafka y Canetti han narrado de manera grandiosa este nostálgico delirio de la inteligencia que se parapeta contra el mundo y perece asfixiada por temor al huracán.

Gigi se ha entretenido, fuera de la iglesia en la que ya casi es de noche, con Francesca y Maria Giuditta, delante de una opaca pastelería. Los tres están inmóviles ante la puerta, con las pastas en la mano, iluminados por la luz mortecina que sale del local, y durante un instante parece que un secreto malestar les haya bloqueado e inmovilizado en aquel umbral.

A lo lejos corre el Danubio, un pedacito de papel arrojado distraídamente al agua ya ha huido, se ha perdido en el futuro, más adelante, donde todavía no hemos llegado. El filo de la corriente corta las aguas como una espada y las encrespa, la espuma centellea bajo el sol poniente y una gloria se enciende en el centro del río, que avanza decidido en su respiración lenta y tranquila. Elegir, subdividir, descartar, eliminar, excluir: golpear de plano y de punta y herir y limpiar las heridas, cortar las ataduras que impiden fluir libremente.

Tenemos que proseguir el viaje y recibir, como el mariscal Marsili en su gran *Opus Danubiale,* el sentido vivo de la majestad del río a través del nítido diseño de su curso, con sus afluentes y subafluentes. Confiarnos a la corriente y a su precisión y drenar el pensamiento de esos desechos que lo obstruyen y le llenan de temor ante cualquier determinación. Si el viaje, decía Embser, es una guerra que elimina fronteras y amplía horizontes, resulta adecuado viajar *more geometrico,* encuadrados como los pelotones de Montecuccoli o como los regimientos de plomo del Museo de los Soldaditos, que se encuentra, unos kilómetros más allá, en el castillo de Trauttmansdorf en Pottenbrunn: los soldaditos están dispuestos en orden de marcha, la simetría anula las diferencias y un batallón sólo es su color, que alinea e iguala a sus hombres, y avanza unido sin miedo.

Este orden de desfile militar puede ser, por otra parte, un modo de evitar llegar a las manos, de esquivar la batalla, como Francisco José, que hacía maniobras y desfiles pensando que contribuían a exorcizar las guerras. Un gran general, decía Federico II, jamás se encuentra ante la situación de tener que luchar, porque su cálculo y su genio han dispuesto las cosas de manera que hagan inútil y por tanto insensato el enfrentamiento. Como cualquier ciencia auténtica, también la bélica, en el colmo de su perfección, tendría que abolirse a sí misma, suprimir su propio terreno.

De ese modo, por sustracción, sólo quedaría la paz, una paz total; los campos arrebatados para los duelos de la *Eneida* serían devueltos a la amable actividad de las *Geórgicas.* Sin embargo, la realidad pone frecuentes zancadillas a estas utopías geométricas, las dispersa por la habitación como a los soldaditos de plomo, las hace acabar bajo el armario o en el cubo de la basura. Y realmente no hay ni que pensar en confiar sólo a los planes estratégicos de los estados mayores la búsqueda y la conservación de la paz. Después de las guerras mundiales, ni la literatura, ha escrito Stefano Jacomuzzi, puede amar los desfiles. Junto al palacio en el que ha muerto Montecuccoli, una placa de la agencia de investigaciones privadas Lidea promete discretas y eficientes investigaciones matrimoniales. Otras geometrías, cálculos, ángulos operativos, otras guerras.

5. UN HILO DE HUMO

En el museo del castillo de Linz, un grabado ochocentista muestra una imagen de Mauthausen. Colinas serenas, casas acogedoras, barcas sobre el Danubio llenas de gente que saluda de modo festivo, un aire idílico de excursión campestre. De los barcos, sobre el río se levanta, alegre, un hilo de humo.

6. MAUTHAUSEN

En este Lager, que no es de los peores, murieron más de ciento diez mil personas. La imagen más terrible, más aún quizás que la cámara de gas, es la gran plaza en la que los prisioneros eran reunidos y alineados para la llamada. La plaza está vacía, soleada y sofocante. Nada mejor que este vacío para explicar la imposibilidad de representar lo que sucedió entre estas piedras. Al igual que el rostro de la divinidad en las religiones que prohíben dibujar su imagen, el exterminio y la abyección absolutos no me dejan describir, no se prestan al arte y a la fantasía, a diferencia de las hermosas formas de los dioses griegos. La literatura y la poesía nunca han conseguido representar de manera adecuada este horror; hasta las mejores páginas palidecen ante el desnudo documento de esta realidad, que sobrepasa cualquier imaginación. Ningún escritor, ni el más grande, puede competir desde su mesa con el testimonio, con la transcripción fiel y material de los hechos ocurridos entre los barracones y las cámaras de gas. Sólo quien ha estado en Mauthausen o en Auschwitz puede intentar explicar aquel horror radical; Thomas Mann o Brecht son grandes escritores, pero si hubieran intentado inventar una historia de Auschwitz sus páginas no habrían sido más que edificante literatura de segunda fila en relación con *Si esto es un hombre.*

Es posible que los testimonios más próximos a esa realidad tampoco los hayan escrito las víctimas, sino los verdugos, Eichmann o Rudolf Höss, el comandante de Auschwitz –probablemente porque, para explicar lo que era realmente aquel infierno, sólo cabe citar al pie de la letra, sin comentarios y sin humanidad–. Un hombre que lo cuente con ira o con piedad lo embellece sin querer, transmite a la página una carga espiritual que atenúa, en el lector, el choque de esa monstruosidad. Tal vez sea ésta la razón de que resulte casi molesto encontrar por casualidad, en una inofensiva y amable comida, a un superviviente de los Lager, descubrir en el brazo de nuestro simpático o antipático vecino de mesa el número de matrícula del campo; siempre hay una distancia paralizadora entre su inimaginable experiencia y la insuficiencia de los gestos o de las palabras con que él la explica, haciéndola parecer casi una *routine.*

El libro más grande sobre los Lager lo escribió, en las semanas que transcurrieron entre su condena a muerte y su ahorcamiento, Rudolf Höss. Su autobiografía, *Comandante en Auschwitz,* es el relato objetivo, imparcial y fiel de las atrocidades que sobrepasan cualquier medida humana, haciendo intolerables la vida y la realidad, y que deberían sobrepasar y por tanto impedir también su representación, la misma posibilidad de contarlas. En las páginas de Höss el exterminio parece narrado por el Dios de Spinoza, por una naturaleza indiferente al dolor, a la tragedia y a la infamia; su pluma registra imperturbable lo que ocurre, la ignominia y la vileza, los episodios de bajeza y de heroísmo entre las víctimas, las dimensiones monstruosas de la masacre, la grotesca solidaridad automática que se crea por un instante, bajo las bombas, entre verdugos y perseguidos.

Höss no es el burócrata habitual, dispuesto según sean las órdenes a salvar o a asesinar con igual eficiencia; no es un torturador como Mengele, tampoco es Eichmann, que cuenta y reelabora su propia historia porque es interrogado por los israelíes, intentando dejar de pagar el tributo de sus delitos. Höss escribe después de su condena a muerte, sin que nadie se lo pida; el impulso que le empuja a escribir es incierto, no se explica por un deseo de ennoblecer su propia figura, porque el autorretrato resultante es sin duda el de un criminal y el libro parece obedecer a una imperiosa exigencia de verdad, a una necesidad de remachar su propia vida, después de haberla vivido, de protocolarla con precisión, de pasarla de manera impersonal a un acta. Por eso el libro es un monumento, el registro de la barbarie, muy valioso ante los reiterados y abyectos intentos de negarla o por lo menos de atenuarla, velarla. El comandante de Auschwitz, asesino de centenares y centenares de miles de inocentes, no es más anormal que el profesor Faurisson, que ha negado la realidad de Auschwitz.

Desciendo la Escalera de la Muerte, que conducía a la bodega de piedra de Mauthausen. Sobre estos ciento ochenta y seis elevados peldaños los esclavos transportaban piedras, caían por el cansancio o porque los SS les hacían tropezar y rodar bajo las piedras, eran abatidos a palos o a tiros. Los peldaños son bloques desiguales y empinados, el sol abrasa; la masacre está todavía próxima, acuden a la memoria divinidades arcaicas ávidas de sacrificios humanos, las pirámides de Teotihuacán y los ídolos aztecas, aunque unos dioses más modernos y civiles no hayan impedido que los torturadores sigan torturando. El libro de Höss es terrible –terriblemente instructivo– porque su épica concatenación de hechos muestra cómo en la mecánica rueda de las cosas las personas pueden llegar, un paso tras otro, a convertirse no sólo en guardias urbanos o cocineros del ejército del Tercer Reich, comparsas del horror, sino incluso en campeones y directores del exterminio, comandantes de Auschwitz.

Los escalones son altos, estoy cansado y sudoroso aunque no cargo pedruscos y no tengo a los SS al lado. Adorno dijo que después de los campos de exterminio es imposible escribir poesía. Es una sentencia falsa, y, en efecto, ha sido desmentida por la poesía, por ejemplo, de Saba, que sabía lo que significaba escribir «después de Maidanek», otro terrible Lager, pero que escribió «después de Maidanek»; es falsa además porque no ha existido únicamente el nacionalsocialismo, y porque después de los Conquistadores, la trata de negros, los gulag o Hiroshima, la rima flor-amor era –es– no menos problemática.

Sin embargo, es una sentencia paradójicamente verdadera, porque el Lager es un ejemplo extremo de anulación del individuo, de esa individualidad sin la cual no hay poesía. Sobre esta escalera de Mauthausen se percibe, físicamente, lo superfluo del individuo, su aniquilamiento, su desaparición; como si fuera un dinosaurio o un okapi, un animal extinguido o en vías de extinción.

No sólo la esvástica, sino la historia universal, los procesos generales conspiran en esta desautorización. Las actas del interrogatorio de Eichmann son un documento extremo de una parcelación de la existencia, de la persona y de su actuación, que abolía responsabilidad y creatividad. Eichmann no mata, se ocupa del convoy y del traslado de los que tienen que ser matados; la responsabilidad parece no implicar a nadie –porque cada individuo, aunque su escalafón sea muy alto, sólo es un eslabón de una cadena de transmisión de órdenes– o a todos, por ejemplo también a las organizaciones judías, obligadas por los nazis a colaborar y a elegir los judíos que hay que deportar. En estos peldaños, el individuo se siente uno de los grandes números triturados por el Espíritu del Mundo que, evidentemente, da muestras de desequilibrio mental, uno de esos números de matrícula que la competente administración del Lager grababa en el brazo de los detenidos.

Pero sobre estos peldaños el individuo también ha sabido hacerse único e imborrable, mayor que Héctor bajo las murallas de Troya. Aquella joven que, bajo el umbral de la cámara de gas de Auschwitz, se vuelve hacia Höss y le dice despreciativa –como él mismo cuenta– que no ha querido que la seleccionaran, como habría podido hacer, para seguir a los niños que le habían sido confiados, y luego entra segura con ellos en la muerte, es la prueba de la increíble resistencia que el individuo puede oponer a lo que amenaza con aniquilar su dignidad, su significado. En los diferentes Lager y también sobre esta escalera de Mauthausen se han producido muchas de estas gestas, de estas Termópilas que detienen la marea de la abyección.

Mientras permanezco en la escalera, tengo ante mis ojos una fotografía de las muchas que he visto poco antes en el Lager. Es la fotografía de un hombre sin nombre, por el aspecto probablemente un balcánico, un europeo sudoriental. El rostro está desfigurado por los golpes, los ojos son dos grumos hinchados y ensangrentados, la expresión es paciente, de humilde y sólida resistencia. Viste una chaqueta remendada, en los pantalones se ven unos parches cosidos con cuidado, con amor al decoro y a la limpieza. Ese respeto de sí mismo y de la propia dignidad, mantenido en el corazón del infierno y dirigido incluso hacia sus propios pantalones andrajosos, hace que los uniformes de los SS, o de las autoridades nazis que visitaban el Lager, se perciban en todo su miserable travestismo carnavalesco, trajes alquilados en el monte de piedad, con la convicción de que un baño de sangre conseguiría hacerlos durar un milenio. Duraron doce años, menos que el viejo anorak que suelo llevar cuando viajo.

7. UNA GOTA DE OLVIDO

En Sankt Florian triunfa, *ad majorem gloriam* de Dios y de los Habsburgo, una magnificencia tardo-barroca, escalinatas imperiales, hileras de pasillos, tapices, la cámara del príncipe Eugenio con la cama adornada con turcos y rebeldes húngaros esculpidos en actitud de vencidos. Pero también se puede ver la habitación de Bruckner, pobre y desnuda, con su cama de latón, una mesita, una silla, un piano y un par de cuadros carentes de valor; en la iglesia de Sankt Florian se encuentra su grande y famoso órgano. La pompa decorativa de los grandes conventos austríacos –Sankt Florian, Göttweig, Maria Taferl y sobre todo Melk, majestuoso y espléndido– no anula su naturaleza más auténtica, la misteriosa simplicidad que inserta sus cúpulas y sus campanarios en la religiosidad secular del paisaje, en la curva de las colinas y en el silencio de los bosques, en la paz de la tradición. Bruckner, que dedicaba una sinfonía «al buen Dios», encarna esta recogida interioridad, que vive en la religión como en el aire natal y comprende la disonancia de lo moderno gracias a su doloroso y cándido sentimiento de la armonía.

El arte de Bruckner o de Stifter nace de la reverencia por el dulce e idílico paisaje austrobohemio, con sus bosques, la cúpula en forma de cebolla de la iglesia del pueblo y la paz de la casa. La paz doméstica y silvestre es un idilio, una conciliación de las diferencias conseguida en una esfera protegida y limitada. En el bosque la vida deviene y se transforma, pero con un ritmo tan lento que al individuo concreto le parece inmóvil, como para darle una sensación de eternidad. La dulce ley avanza a través de los siglos, procediendo a organizar la vida de acuerdo con una regla buena y a trasladarla lentamente a la profundidad del tiempo; esta moralidad del tiempo, observaba Sergio Lupi, hace que el pasado parezca bueno, porque en él se descubre lo bien que ha operado la dulce ley y lo bien que ha organizado el mundo. Stifter ama el pasado y teme el presente, le horroriza el instante faústico detenido en su plenitud, que interrumpe el lentísimo fluir de la vida.

El águila bicéfala ha intentado defender contra los ritmos rápidos y acuciantes de la modernidad el mundo de la tradición –y la tradición es esta prolongada medición del tiempo, vivido como si fuera la eternidad–. Las generaciones, escribe Stifter en la *Aldea de la landa,* son un rosario que desgrana una perla, una vida individual tras otra, y cada una de ellas, igual a la anterior, añade una gota de olvido a la cadena del tiempo porque se inserta en esta cadena, olvidándose.

¿El instante de Fausto o el rosario de Stifter? Maddalena, delante de la iglesia de Sankt Florian, está comprando unas postales y se inclina para mirarlas, frunciendo un poco los labios como hace siempre que presta atención a algo. El surco que ese gesto dibuja en sus mejillas es un poco más profundo y el oro de su cabello está ligeramente empañado, casi como para recordar que la vida no es inoxidable. También esos cabellos rubios, todavía rubios, son un grano del rosario, una gota de olvido. ¿La persuasión es faustiana o stifteriana, es la capacidad de querer detener el instante, el oro inalterable, o de desgranar apaciblemente el rosario, aceptando sin nerviosismo el gotear de las perlas?

Todas las cosas expresan algo, dice Stifter, pero el hombre que las escucha se estremece, porque hablan de la ley general, el fluir del presente en el pasado. Es posible que la persuasión consista en saber identificarse con este fluir, con el infinito presente del verbo, movimiento y permanencia, tiempo y eternidad. Persuasión, para Michelstaedter, era *peithò,* una palabra griega, y el griego conoce lo dual. ¿La figura que, un poco más adelante, está a punto de doblar la esquina, es una gota, una perla, un grano, o es todo el rosario, el desgranarse de las perlas? El tiempo de la existencia compartida es un viaje que recorre y recupera continuamente, en su caminar, los lugares y los instantes de la propia odisea. ¿Hacer el amor con una mujer de sesenta años?, proclamaba una vez mi amigo Roberto en el café. Por favor, ni hablar. Pero –añadía, rectificando el interrogante retórico– Paola no tiene únicamente los sesenta años de hoy, también es la cuarentona, la treintañera, la veinticincoañera con la que he vivido mis días. Así que su edad media es joven y seguirá siéndolo mañana. Un rostro se hace más intenso, más marcado y consciente, más apagado y seductor. Alrededor de esa boca, debajo de esa nariz, en alguna leve señal de arruga, en las aguas oscuras de los ojos erran los años, pasados y presentes, se dibuja y se graba el tiempo; la curva de la garganta es la cuenca del tiempo, el lecho de su río. La boca que arrastra en ese río siempre es la de ayer, de hoy; es posible que Heráclito se haya equivocado, nos bañamos siempre en el mismo río, en el mismo infinito presente de su fluir, y el agua es cada vez más tersa y profunda. Descender la pendiente hacia el mar Negro, aceptar la corriente, jugar con sus remolinos y sus crestas, con los pliegues que dibuja en el agua y en su cara.

Stifter amaba la naturaleza vegetal y tal vez aún más la inanimada; consideraba moral a la piedra, en la cual la ley se ha depositado revelando su estructura cristalina, y para magnificar la figura de su abuela, en la *Aldea de la lauda,* la comparaba con una piedra de la que el sol extrae resplandor. Las cosas parecen superiores a los hombres, porque en su opaca inmovilidad y en su tranquila objetividad marchan al unísono con la lenta y oscura ley de lo real. La más elevada sabiduría coincide con la radical renuncia a la *hybris* individual y a la propia inteligencia.

Stifter es magistral no cuando narra historias positivas y edificantes, sino parábolas de la sombra, historias del torpe letargo en que los hombres parecen degradarse a objetos, a cosas pasivas y muertas, para recuperar, más allá de las ambiciones personales, una misteriosa armonía con el insondable discurrir de la vida. En el relato *Turmalin,* una de sus obras maestras, la muchacha casi subnormal, que escribe páginas intensas pero no entiende nada de lo que escribe, encarna una impenetrable obtusidad que alcanza una superior inteligencia de las cosas. Su padre, el protagonista del relato, es otra figura de la oscuridad y del dolor, que consigue una superior consonancia con la vida –con el fluir del presente en el pasado– gracias a su total marginación, que lo elimina de la sociedad, de la dialéctica de la historia y del progreso.

Para doblegarse a la naturaleza, Stifter –que la busca en sus pequeñas manifestaciones, en el crecimiento de la hierba y no en la erupción volcánica– pasa rápidamente sobre su actividad creadora y destructora para detenerse en la conservadora. Cuando se ve obligado a tomar en consideración lo tremendo, la destrucción y la tragedia, dice que «el hombre fuerte se doblega humildemente ante ellas, el débil se rebela y se lamenta, y el hombre común se queda atónito». Stifter escribió sus grandes páginas cuando se situó en el punto de vista de este atónito estupor ante la crueldad de la fortuna, como en *Abdías* o en *Turmalin,* sin sermones moralizantes y sin protestas ideológicas. Cuando quiso situarse en la perspectiva positiva del hombre fuerte que sabe aceptar el destino, escribió páginas edificantes y en ocasiones también insoportablemente aburridas. Los grandes ingenuos como Stifter o Bruckner, que demuestran ser mucho más expertos en el mal de lo que ellos mismos creen, son poetas cuando se enfrentan, tranquilos e inflexibles, con la oscuridad y lo negativo, como el profesor Andorf de *Turmalin,* que se entretiene observando el marchitamiento, el hundimiento y la decadencia de las cosas, los pájaros y los demás animales que poco a poco se apoderan de las mansiones derruidas abandonadas por los hombres, la humedad que gotea a lo largo de las viejas paredes.

En Sankt Florian hay otro y más inquietante experto del mal. En el altar de San Sebastián, Albrecht Altdorfer pintó algunos de sus cuadros más impresionantes, escenas de la Pasión de Cristo y del martirio del santo. Bajo cielos trágicos e incandescentes, se desencadena una violencia bestial y estúpida que se encarniza con los dos condenados, se recortan caras torpes y torvas, que muestran toda la obtusidad del mal. Un poco más lejos, en un cuadro de Wolf Huber que representa la muerte de San Sebastián, una mujer golpea brutalmente al mártir con una especie de sartén, y hasta un estúpido y perverso niño participa en el linchamiento. Altdorfer ayuda a entender Mauthausen, sus colores salvajes gritan también contra la feroz locura de los Lager.

Las redondeces austro-barrocas de los conventos, las cúpulas de Sankt Florian o de Melk, eluden este lado trágico y cruel de la realidad, lo atenúan y, con ello, se convierten casi en cómplices, porque lo ocultan y lo olvidan. Las suaves curvas barrocas se adaptan a una sabiduría positiva y tranquilizadora, al regocijo de los frailes de Melk que en la *Fábula de la amistad* de Gütersloh, el novelista tomista y total fallecido hace pocos años, juegan a pelota convencidos, en sus más íntimas fibras, de que la redondez y la ligereza de la pelota y la móvil simetría de la fuente del convento expresan la armonía de las esferas.

Esa armonía circular tiene su grandeza ecuménica, el gesto largo y redondo que imparte orden y seguridad al mundo en la bendición vespertina. Pero los grandes monasterios barrocos, que pertenecen a la ilustre historia del arte, alisan y pulen en exceso esa redondez, que, en cambio, un simple párroco de periferia a veces sabe conservar bastante aproximada y sin grandes problemas para poder dejar sitio a las atonías y a las laceraciones. Debajo de las cúpulas pulidas de esos conventos no hay sitio, en cambio, para el dolor insensato, para la asimetría, para la bárbara pasión y crucifixión que se inflige constantemente a los hombres. No son los baldaquinos de la iglesia triunfante, sino los cielos de sangre y de tragedia de Altdorfer los que hacen justicia al apocalipsis que se repite sin tregua, a los esqueletos vivientes de Mauthausen.

8. PATOS EN GREIN

En Grein ya no existen los abismos y remolinos descritos por Eichendorff, que asustaban a los viajeros y engullían barcas y buques; obras adecuadas, propiciadas ya por María Teresa pero llevadas a término en épocas recientes, han tranquilizado las aguas del Danubio, sumidas esta mañana en nieblas que el sol ya está consiguiendo evaporar. El viejo teatro de la ciudad, contiguo a la cárcel, desde la cual los presos podían atisbar el espectáculo a través de los barrotes purificando aristotélicamente su ánimo de las criminales pasiones, está en silencio, y unos pocos metros más abajo, en el río, en la última niebla, los patos fluctúan torpemente heráldicos y familiares, como aburguesados pájaros de las tormentas que sugieren lejanías septentrionales pero no se apartan del embarcadero de casa.

En estos parajes vivía Strindberg, con su mujer austríaca; encontraba, dicen los estudiosos, inspiración para *Infierno* y *Hacia Damasco.* Miro a mi alrededor; es fácil imaginar lo que podía sugerir este paisaje desvaído a la nostalgia romántica de Eichendorff, pero es arduo entender qué podía leer en él el furor visionario del sueco.

9. UNA TARTA PARA EL ARCHIDUQUE

En 1908 Francisco Fernando, archiduque de Austria-Este y heredero del trono del imperio austrohúngaro, definió la corona de los Habsburgo como una corona de espinas. Esa frase campea en una sala del museo que recuerda al archiduque en el castillo de Artstetten, a unos ochenta kilómetros de Viena, no lejos del Danubio, donde está sepultado al lado de su mujer tan amada, Sophie. Los pistoletazos de Sarajevo impidieron a Francisco Fernando ponerse en la cabeza esa corona, pero aunque se hubiera convertido en emperador y hubiese reinado tanto tiempo como Francisco José, no habría sido sepultado en la Cripta de los Capuchinos, como sus abuelos: quería reposar junto a su mujer y ésta, Sophie Chotek von Chotkowa und Wognin, sólo era condesa, perteneciente a una de las más antiguas familias de la nobleza checa, y como tal no tenía derecho a ser acogida en la cripta imperial de los Habsburgo, de la misma manera que su linaje excesivamente modesto le impedía, después de su matrimonio con el heredero del trono, residir en la Hofburg y acceder a las carrozas o a los palcos imperiales.

Ahora yacen ambos en la cripta de la iglesia de Artstetten, contigua al castillo, en dos sarcófagos blancos y sencillísimos. De «Franciscus Ferdinandus, Archidux Austriae-Este», la lápida no recuerda su calidad de heredero al trono ni otros títulos o fastos; su existencia queda resumida, en latín, a tres acontecimientos esenciales, acompañados de sus respectivas fechas: *Natus, uxorem duxit, obiit.* También la historia de Sophie ha sido cifrada y condensada en esos tres momentos. Nacer, casarse, morir: en esta lacónica épica se resume la esencia de una vida, la del archiduque y de todos; cualquier otro atributo, por altisonante que sea, parece secundario y no merece ser recordado o grabado en el mármol. En esa tumba no reposa únicamente un accidental príncipe heredero, sino alguien que fue mucho más, un personaje más universal, un hombre que compartió el común destino de todos.

Su matrimonio con Sophie, su criticada *mésalliance* con una mujer que sólo era condesa, no sólo le había obligado a renunciar a la sucesión al trono para sus hijos, sino que le había hecho sufrir amargas humillaciones, una obstinada hostilidad por parte de la camarilla de la corte que encontró la manera de obtener satisfacciones incluso después de Sarajevo, con motivo de sus funerales. Francisco Fernando no había renunciado al trono por amor, como un filisteo romántico, porque su vida adquiría significado en su dedicación a la superior responsabilidad del imperio y sólo obedeciendo a esta vocación podía gozar de una vida plena, digna de aquel amor en el que encontraba su culminación, pero tampoco había aceptado la renuncia al amor por el trono, no menos filistea.

Todo el mundo se opuso a aquel matrimonio, incluso su hermano, el archiduque Otto, a quien le gustaba presentarse en el Hotel Sacher desnudo, vistiendo únicamente cinturón y sable, o bien irrumpir a caballo en los cortejos fúnebres judíos y hacer que sus secuaces apalearan a las personas que le criticaban. Como cualquier buen gamberro despreocupado, el archiduque Otto sabía ser gregariamente fiel a las convenciones del rango; la malevolencia de la aristocracia cortesana con respecto a Francisco Fernando hace patente la vulgaridad de todo grupo social que se considera una *élite* y cree excluir a los demás, cuando él es el que se encierra fuera del mundo, como el borracho del chiste, que gira sobre sí mismo en un diminuto arriate redondo, convencido de que ese arriate es el mundo y que más allá de su murete comienza la prisión en la que están encerrados todos los demás.

En las estancias del castillo de Artstetten, que evocan e ilustran la vida de Francisco Fernando, se percibe la huella de una personalidad contradictoria, un hombre que consideraba, con un pathos anacrónico, que la autoridad del monarca era un poder de derecho divino, pero intentaba utilizarla contra los privilegios aristocráticos en favor de los pueblos más oprimidos del imperio.

Cartas, fotografías, documentos y objetos restituyen la imagen de un carácter impetuoso y testarudo, desagradablemente agresivo y fanáticamente autoritario, pero consagrado –con infatigable energía– a una misión suprapersonal y capaz de intensos afectos.

Esas reliquias y esos recuerdos son también las huellas de una felicidad familiar y amorosa que hace envidiable el destino de los dos cónyuges asesinados en Sarajevo. Los retratos muestran a una Sophie hermosa y serena, con cierto parecido a Ingrid Bergman, envuelta en el misterio de una tranquilidad llena de significado y de secretos. La seducción de Sophie es la que emana de las vidas apagadas e insondables en su claridad; las fotografías del archiduque con su mujer nos hablan de la familiaridad de la ternura y la sensualidad, dos cuerpos felices y decididos. Esta armonía se extiende a las imágenes de sus hijos; la pequeña Sophie, durante una fiesta de disfraces en Schönbrunn, con una cinta rosa, mira hacia arriba, por encima de sus dos hermanos, Maximilian y Ernst, a quienes Hitler, al anexionarse Austria en 1938, hizo deportar a Dachau. Las postales de Francisco Fernando a sus hijos están dirigidas a Sus Altezas, pero firmadas «Papi».

Esta amabilidad se tiñe de vulgaridad en las fotografías de cacerías, que revelan la obsesión del heredero al trono por acumular matanzas, una torpe pasión por el récord, por abatir en un solo día dos mil setecientos sesenta y tres gaviotas o matar su ciervo número seis mil. Entronizados sobre una masa de corzos amontonados, el archiduque y el resto de los cazadores se convierten, en una fotografía, en panzudos y toscos matarifes.

En esa epicidad familiar hay regalos, boletines escolares, fiestas, soldaditos, dulces. Quién sabe si la pequeña Sophie, en ese año 1908 en que se vestía de rosa en Schönbrunn y en que su padre pensaba en la corona de espinas, llegó a probar la tarta de la que habla la carta escrita por el emprendedor pastelero Oskar Pischinger, titular de la homónima empresa de especialidades pasteleras, a Su Alteza Serenísima, la consorte del archiduque, elevada por su marido al rango de duquesa. En esta carta, redundante de obsequiosidad y de tenaz contumacia, el humildísimo escribiente se atreve a tomarse respetuosamente la libertad de satisfacer su más íntimo y devoto deseo, o sea de enviar deferentemente a Su Alteza Serenísima la duquesa una tarta inventada por él, para que la pruebe confiando en la dicha de poder recibir a continuación su augusta opinión. Al terminar, Oskar Pischinger se deshace nuevamente en homenajes y agradecimientos, pero insiste en la esperanza de obtener el deseado parecer sobre su creación.

De la casa del archiduque debió de salir evidentemente alguna respuesta, e incluso, según todos los indicios, una respuesta imprudentemente estimulante, porque en una carta posterior el pastelero expresa su agradecimiento y su regocijo al haber obtenido la autorización para denominar oficialmente «duquesa Sophie» a unos *Krapfen* de crema elaborados por él. Curiosamente, en cambio, la tarta ya no es mencionada; tal vez no había tenido mucha aceptación, pero Oskar Pischinger compensa el presumible fracaso con la buena idea de los *Krapfen,* cuya denominación promete una buena acogida por parte del público. Sin embargo, la duquesa, arrepentida tal vez por esa autorización concedida con cierta distracción, debió de considerar oportuno dar muestras de frialdad al entrometido pastelero; éste, en efecto, le comunica que ha ejecutado inmediatamente el encargo y que ha enviado al Belvedere, donde la familia del archiduque residía durante sus estancias en Viena, los seis *Krapfen* solicitados por Su Alteza Serenísima. Seis *Krapfen* –seis pastelitos, tal vez dos por cabeza para los niños– eran poca cosa para una casa archiducal, incluso para la proverbial austeridad de Francisco Fernando.

Detrás de esas cartas cabe conjeturar un relato doméstico; el misterioso silencio sobre la tarta, la verosímil agitación de Oskar Pischinger atareado en preparar los *Krapfen,* la obra de su vida, los capones que repartiría nerviosamente a sus ayudantes, el parco y frustrante encargo, la minúscula bandeja llegada al grandioso palacio del Belvedere. Un poco más allá, unas fotografías muestran la secuencia del atentado de Sarajevo, tan semejante al de Dallas; en aquellos instantes, entre una fotografía y otra, se dispararon los pistoletazos del suicidio de Europa –es posible que, por los tortuosos caminos de la astucia de la razón, esos disparos, que nos hirieron mortalmente, iniciaran también la liberación de los países de Asia y de África, que las viejas potencias europeas, unidas, habrían podido seguir dominando y explotando.

Es posible que los *Krapfen* «duquesa Sophie» hayan sobrevivido a la corona de espinas, como la tarta de Pischinger, hoy famosa. El mundo sigue y la epicidad familiar se convierte en objeto de preocupación de sociólogos y religiosos; frente a la cripta archiducal, el tablón de anuncios de la parroquia de Artstetten anuncia, para la semana siguiente, un «día de reflexión para las suegras».

10. KYSELAK

Fue tal vez la fugacidad del río la que sugirió, como contrapunto, al señor Kyselak, ayudante del registro en la cámara de la corte de Viena, en los primeros años del siglo XIX, y fervoroso caminante, una ambición de eternidad, la obsesión de oponer a esas aguas fugitivas algo estable. Sin embargo, no se le ocurrió nada mejor que su nombre y así se dedicó a trazar su autógrafo J. (Josef) Kyselak, con grandes caracteres negros y con indeleble pintura al óleo, durante sus vagabundeos a lo largo de las orillas del Danubio, sobre todo en la zona de Loiben y entre los viñedos de la Wachau. Lo escribía sobre las cosas, por ejemplo sobre los muros rocosos. Como todos aquellos que embadurnan las columnas griegas o la cima de las montañas, Kyselak aspiraba a una pequeña inmortalidad y la alcanzó. Gerhard Rühm y Konrad Bayer, dos poetas del mítico Wiener Gruppe, la vanguardia literaria de la segunda posguerra inventada en parte a posteriori, lo imaginan totalmente embargado por su obsesión totalizante, consagrado a trazar su firma con un perfeccionismo caligráfico cada vez más exigente, con una exaltación digna de la exaltación divina que el platónico Ione veía en la poesía.

Lo cierto es que la fuga de las aguas es más magnánima que esa fijeza megalómana. Habría sido mejor que Josef Kyselak hubiera escrito en la faz del mundo –o, más modestamente, en la bella región de la Wachau– un nombre ajeno, el de una persona amada, o una de esas palabras sin sentido que se repiten como una fórmula mágica: claro que todavía habría sido más grande si se hubiera paseado borrando su nombre en lugar de escribirlo. Pero el ayudante del registro era un continental, un hombre de tierra adentro, pese a sus excursiones por los parajes danubianos, y para saber ser Nadie, como Ulises, puede que haga falta el mar. La Mitteleuropa es terrícola, *alpenstock* y ropas de pesada tela verde, meticuloso orden de erarios y cancillerías: civilización de quien ha perdido la familiaridad con el elemento líquido, con el amnios materno y con las antiguas aguas originarias, y no se desnuda fácilmente, porque sin chaqueta, frontera, grado, distintivo y número de registro se siente expuesto e incómodo.

La Mitteleuropa es una gran civilización de la defensa, de las barreras levantadas ante la vida por Josef K. o por el doctor Kien, de las trincheras y de los hoyos excavados para protegerse de los asaltos externos. La cultura danubiana es una fortaleza que proporciona un refugio excelente cuando nos sentimos amenazados por el mundo, agredidos por la vida y temerosos de perdernos en la falaz realidad, de modo que nos encerramos en casa, detrás de los papeles y los protocolos del despacho, en la biblioteca, alrededor del abeto navideño de Stifter, encerrados en el rugoso y cálido *loden.* Entre cuatro paredes se siente la necesidad de ver escrito el propio nombre en los papeles de la burocracia y tal vez también de escribirlo en las paredes, como Kyselak.

El mar, por el contrario, es el abandono a lo nuevo y a lo desconocido, afrontar el viento pero también dejarse llevar por la ola. En algún puertecito, con una camisa vieja y las piedras que arden bajo los pies, con la mano abierta para recibir con naturalidad el placer y el amor, los cuales no deben abrirse camino con fatiga entre los abrigos y las precauciones del invierno, estamos dispuestos a subir a la primera barca y desaparecer, como esos personajes de Conrad que, después de salir de la comisaría del puerto, se esfuman en la inmensidad de la costa del Pacífico, engullidos por la innumerable vida de sus millares de kilómetros. El continente mitteleuropeo es analítico, el mar es épico; por sus rutas aprendemos a liberarnos del ansia de Kyselak, obsesionado por confirmar continuamente su propia identidad.

Kyselak también escribió, en 1829, dos volúmenes de apuntes de viaje, que valen mucho menos que sus autógrafos. En barco, sobre el Danubio, el funcionario del registro se queja de la trivialidad de los pasajeros, mozos, criadas, vendedores ambulantes, barqueros. Demuestra poseer la vulgaridad de esos turistas que desearían lugares incontaminados y creen que sólo los demás los contaminan. Kyselak se considera que es el único con sentimientos nobles, capaz de apreciar lo auténtico. Los demás son «semihombres», masa estúpida y fea, de la que él no sospecha que forma parte.

Kyselak es uno de esos menospreciadores de masas, numerosos también hoy, que, apretujados entre sí en el autobús atestado o en la autopista atascada, se consideran, cada uno de ellos, habitantes de sublimes soledades o de salones refinados y desprecian, cada uno de ellos, al vecino, sin saber que se les paga con la misma moneda, o bien le guiñan el ojo, para darle a entender que, en aquella multitud, sólo ellos dos son almas elegidas e inteligentes, obligadas a compartir el espacio con el rebaño. Esta suficiencia de jefe de oficina, que proclama «Usted no sabe quién soy yo», es lo contrario de la auténtica autonomía de juicio, de ese orgullo que hay en don Quijote cuando, desarzonado, murmura «Sé quién soy» y que nunca va acompañado por el fácil e indiferenciado desprecio por el prójimo.

La estandarizada altanería con respecto a la masa es un comportamiento típicamente masificado. Quien habla de la estupidez general tiene que saber que no es inmune a ella, porque hasta Homero desciende del Olimpo de vez en cuando; debe asumirla en sí mismo como riesgo y destino común de los hombres, consciente de ser algunas veces más inteligente y otras más tonto que su vecino de casa o del tranvía, porque el viento sopla hacia donde quiere y nadie puede estar nunca seguro de que, en ese momento o un instante después, no le abandone el viento del espíritu. Los grandes humoristas y los grandes cómicos, de Cervantes a Sterne o a Buster Keaton, nos hacen reír con la miseria humana porque también la descubren y en primer lugar en ellos mismos, y esta risa implacable implica una amorosa comprensión del destino común.

La estupidez también es un hecho cronológico, asume formas y connotaciones según la época histórica y por tanto nos acecha y afecta a todos, no sólo a los demás, como creía Kyselak. El escritor altanero que parece burlarse indiscriminadamente de todo el mundo no hiere en realidad a nadie, porque se dirige a cada uno de sus lectores haciéndole creer que le considera el único inteligente en una masa de beocios, pero se dirige de ese modo a la masa de los lectores. Esta técnica en general tiene éxito, porque el lector puede sentirse halagado por esta excepción que el despreciador de los demás hace en su caso, sin darse cuenta de que la hace, justamente, para todos. Pero la auténtica literatura no es la que halaga al lector, confirmándole en sus prejuicios y en sus seguridades, sino la que le acosa y le pone en dificultades, la que le obliga a ajustar las cuentas con su mundo y con sus certidumbres.

No estaría mal que quien se inclina a considerar «semihombres» a sus vecinos sólo tomara la pluma, como Kyselak, para escribir su propio autógrafo. Quién sabe, puede que copiando una y otra vez aquellos garabatos acabara por vaciar de sentido su nombre como una palabra repetida muchas veces, por olvidarse de él mismo y abandonar cualquier presunción, por convertirse en Nadie.

11. VIÑETA DEL DANUBIO

Las dos ciudades contiguas Krems y Stein, divididas o unidas, según la vieja frase, sólo por esa y, son famosas por su vino y por la pintura barroco-popular de Schmidt (el llamado «Schmidt de Krems»); antaño bulliciosos centros del comercio fluvial, han sido completamente arrinconadas por los siglos XIX y XX, por el progreso y la industrialización. Ahora constituyen un paisaje silencioso de callejuelas en pendiente vacías, de balconcitos que sobresalen y se asoman sobre plazoletas adormiladas, escalinatas ocultas que desembocan sobre selvas de techos, hoteles cerrados y arcadas desiertas. Todo calla, minúsculo y muerto; en los patios sólo se oye caer la lluvia, tenue y discreta.

Krems, cuyo esplendor exaltaba en 1153 el geógrafo árabe Idrisi, que superaba, en su opinión, al de Viena, se parece hoy a Vineta, la ciudad sumergida bajo las aguas, entre cuyas calles hundidas en el mar la leyenda afirma que alguien con ropajes antiguos pasea. Cuando un transeúnte asoma por las callejas o sale de un portal, resulta inevitable pensar en aquellas pinturas o tapices de las leyendas, de las cuales, a una hora mágica, las figuras salen y descienden a la vida. En Stein, todavía más aletargada, a poca distancia de la placa que recuerda a Köchel, a quien se debe la catalogación de las composiciones de Mozart, el farmacéutico se anima por la insólita llegada de un forastero, le muestra con orgullo toda la farmacia y le canta las glorias de Stein, no sin críticas a Krems, eco de antiguas rivalidades municipales.

Existe una inmovilidad mortuoria, que parece encadenar a cada cual a la copia de sí mismo. Se siente el placer de abandonarse a este letárgico olvido, pero también una nostalgia de la fuga y una impaciencia por la metamorfosis; el deseo de ser el piloto del Danubio de la homónima novela de Verne, en la cual el señor Jaeger alias Karl Dragoch, policía húngaro, confunde a Ilia Brusch, alias Serge Ladko, con el jefe de la banda de los piratas del río, Ivan Striga (el cual se hace pasar por Ladko), y es a su vez tomado por él.

12. LAS 10.20

En Tulln el tiempo pincha, muerde, y la vida es una flecha arrojada hacia la nada, el irreversible proceso disipativo de que hablan los físicos. En la *Canción de los nibelungos,* Atila espera y acoge en Tulln a su esposa burgunda Kriemhild, y el poema describe el cosmopolita cortejo de los príncipes y de los pueblos vasallos que le acompañan, valacos y turingios, daneses, pecenegos y guerreros de Kiew, a los que poco después la venganza de Kriemhild arrojará a la batalla y a la muerte.

La jornada es fría y lluviosa, el bosque que rodea la ciudad es de un verde fosforescente, musgo empapado de agua y humedad. En la iglesia de San Esteban, una basílica de tres naves de los siglos XI y XII, una lápida fúnebre dice «Aquí yace María Sonia» y la muerte señala el punto con una flecha; el reloj está parado a las 10.20 y sus agujas son dardos como los de la muerte, representada por un carcaj.

La flecha es la vida, lanzada irreversiblemente y destinada a caer cuando la fuerza de la gravedad prevalece sobre su impulso, pero también es la muerte que alcanza a la vida en plena carrera, es el tiempo al que traspasa con cada hora, es el reloj que mide la breve dilación concebida y hiere con esta medición. Aquí yace María Sonia, nuestra hermana en la muerte, y nos gustaría despertarla con un beso no fraternal, un beso en la boca que hiciera reaparecer su cuerpo de las aguas del sueño, senos y piernas que surgen de la sombra, hombros a los que abrazar durante la noche. ¿Qué cósmica ordenanza administrativa decretó que no pudiéramos encontrar a María Sonia, qué consejo de administración del Ente Espectáculo Universal dispuso que actuáramos en dos guiones y en dos platos diferentes y desfasados? ¡Si por lo menos el montador o el proyeccionista mezclaran nuestras películas, como en *Loquilandia,* enviándonos por error a cada uno de los dos a actuar en la otra película! Es posible que el paraíso sea *Loquilandia* y allí actuemos todos juntos, en una festiva barahúnda como en la escuela durante el recreo.

La flecha ya ha alcanzado a María Sonia, pero está a punto de alcanzarnos también a nosotros; puede que nos haya alcanzado ya un poco, la precisión con que la muerte indica el punto exacto en que ella yace es agria como una herida. Sobre la puerta hay un águila bicéfala, que tiene entre las garras la cabeza de un turco, y la lápida fúnebre de un jefe zíngaro. La rugosa piedra bárbara de esta iglesia rinde justicia también a la orgullosa majestad nómada de un pueblo oscuro y olvidado, ausente de nuestra conciencia como lo está en general de la memoria histórica.

13. ÁGUILA BICÉFALA Y ÁGUILA MARINA

Los bosques y los prados empantanados que rodean Tulln eran el reino de Konrad Lorenz, de sus correrías por el Danubio, sus brazos y sus canales. Las historias que las huellas narraban a su mirada y al olfato de su perro cuando vivía en Altenberg, una aldea situada entre Tulln y Klosterneuburg, son más interesantes que las que recojo de los frisos de las casas, de viejos libros o de algún museo. En mi viaje encuentro demasiadas veces la heráldica águila bicéfala y demasiado poco el águila real o la marina, que vuelan sobre las aguas danubianas; Musil, Francisco José, la Media Luna y el Café Central hacen ensombrecer a los habitantes más antiguos y legítimos de la Mitteleuropa, olmos y hayas, jabalíes y garzas.

Así, en este atlas personal de la región póntico-panónica, como la llaman los zoólogos, se registran únicamente los recién llegados, tan temerarios diría Faulkner, como para creerse dueños del bosque. Me doy cuenta de hasta qué punto eso invalida mi potamología. En su *Opus Danubial* de 1726, el mariscal Marsili habla de pueblos y monumentos, de ciudades y coronas, pero también de los metales, *de piscibus in acquis Danubii viventibus;* describe y clasifica las *aves vagantes circa aquas Danubii et Tibisci,* los pájaros no piscívoros y los de las zonas pantanosas; ilustra los sistemas de fabricación de nidos, dibuja tablas anatómicas del águila y del esturión.

Pero el mariscal bolones vive en una época que busca un saber universal y lo sustenta en la raíz primaria, natural al hombre y a la civilización. Soldado imperial, combate en Transilvania y asedia Belgrado; escribe el *Estado militar del imperio otomano, incremento y disminución del mismo,* pero también la *Histoire physique de la mer,* disertaciones sobre las setas y sobre el fósforo y memorias hidráulicas sobre las aguas estancadas. El estratega y potamólogo es también historiador, literato, minerólogo, limnólogo, cartógrafo. Sigue poseyendo una concepción total y clásica de la vida, que no olvida la estructura material del individuo y relaciona la historia con la naturaleza.

Muchas veces la gran poesía está empapada de esta conciencia de la historia natural del hombre: Lucrecio, Leopardi, los líricos chinos que insertan al individuo, y a su melancolía por un amigo lejano, en la milenaria historia del paisaje en el cual respira, en el fondo de las montañas y del lago. También las grandes religiones tienen en cuenta la materia con la que estamos entretejidos; lo que las diferencia de las postizas y supersticiosas, decía Chesterton, es su genuino materialismo.

Una especie de reforma Gentile[1] planetaria nos ha acostumbrado a no reconocer a los animales y a no saber dar nombre a las plantas que crecen debajo de casa; las despreciadas pseudociencias naturales han cedido el paso, según los programas ministeriales, a las *humanae litterae,* así que del *Systema Naturae* de Linneo sólo ha quedado el binomio de su denominación latina y no el ser vivo que designa, un catálogo de puros nombres como los de los animales fabulosos que sólo existen en la palabra, el unicornio o el ave fénix, y a nosotros no nos queda más que jugar con estos latinajos, confiando en que la ironía pueda suplir la falta de realidad. Si quiero dar un nombre a los pájaros y a las flores que he visto, en las diferentes estaciones, sobre estas orillas del Danubio, tengo que recurrir a los manuales de flora y fauna danubianos, a los libros de Bauer y Glatz o del viejo Mojsisovics.

La escisión entre naturaleza y cultura produce malestar en esta última. En la cultura alemana sigue viva, por lo menos, la conciencia del malestar y la nostalgia mesiánica de curarlo. La lírica de Eichendorff, con el murmullo de sus bosques, y el pensamiento utópico de Bloch nos recuerdan nuestra mutilación; Hölderlin nos dice que somos huérfanos de los dioses y que sin esta conciencia de exilio no puede existir ni una sola esperanza de redención. Pero nuestra cultura no procede del bosque de Eichendorff ni del mar de Melville; surge más bien de la monótona fantasía de Sade, en la cual –decía Flaubert– no existen ni un árbol ni un animal auténticos. La mundanidad social constituye nuestro único horizonte.

1. Referencia a una reforma escolar italiana. *(N. del T.)*

El malestar de la civilización, magistralmente evocado por Freud, nace asimismo de una incurable contradicción. La civilización y la moral se basan en una distinción necesaria y difícilmente sustentable, la que existe entre hombres y animales. Es imposible vivir sin destruir la vida animal, aunque sólo sea la de las mínimas existencias que escapan a nuestra percepción, y es imposible reconocer a los animales unos derechos universales e inviolables, considerar desde una óptica kantiana a cada animal como un fin en lugar de un medio; la fraternidad solidaria puede abarcar a toda la humanidad, pero se detiene ahí. Esta imposibilidad hace inevitable la separación entre mundo humano y mundo natural y obliga a la cultura, que lucha contra los sufrimientos que deben soportar los hombres, a construir su edificio sobre el dolor animal, intentando amortiguarlo pero resignándose a no poder eliminarlo. El irredimible dolor de los animales, pueblo oscuro que acompaña como una sombra nuestra existencia, arroja sobre ésta todo el peso del pecado original. La obra de Canetti, especialmente *Masa y poder*, es el descubrimiento de las tinieblas que se acumulan en nosotros con la muerte de los seres vivos de los que nos alimentamos.

El naturalista que vive con sus ocas grises en los pantanos danubianos considera que esa distinción se basa en un arbitrario antropomorfismo; la etología le ha enseñado que los animales no poseen únicamente unos mecanismos instintivos automáticos, como resultaría cómodo creer, y no tiende, como Buffon, a descubrir una «distancia infinita» entre ellos y el hombre, sino más bien, como Linneo, a incluir simplemente a éste entre los mamíferos. En los ideales cosmopolitas el naturalista tiende a ver un «chovinismo de la humanidad», un nacionalismo que se ha ampliado de la tribu a la nación y a la humanidad entera, y que niega siempre el derecho y el respeto a quien no está incluido en el grupo.

El demócrata es humanista; el naturalista –incluso si permanece inmune a las inclinaciones pseudonazis perceptibles en el pasado de Lorenz– difícilmente cree en la «religión de la humanidad», porque en ésta descubre una –aunque sea la más evolucionada– de las formas vivas y considera probablemente, como aquel personaje de Musil, que, si Dios se ha hecho hombre, podría o debería hacerse también gato o flor. Al observar las ratas y las nutrias, el naturalista piensa que la lucha por la existencia es inevitable y, además, no cree que los hombres sean los protagonistas o el objetivo del cosmos y que puedan, por tanto, sustraerse al destino de herirse recíprocamente. Procura entonces evitar la mayor cantidad posible de crueldades y de dolores a todo ser, humano o animal, pero está dispuesto a justificar la ley que sitúa, fatalmente, a un bando contra otro –y el bando, según la constelación histórica, puede ser la ciudad, el partido, la clase, la tribu, la nación, la raza, Occidente o la revolución mundial–. En el momento de la lucha no valen los principios generales, sino que impera el sentido instintivo de la pertenencia al bando, en nombre del cual es lícito y obligado atacar, poco importa si a otros hombres o a otros animales, porque en ambos casos se trata de una tragedia, pero en ambos casos de una tragedia necesaria.

El naturalista, persuadido de que cualquier chovinismo es relativo, se niega a considerar sacro y absoluto el de la humanidad; justifica y exalta así todos los chovinismos, la elemental ley del vínculo de grupo que ofusca, en el entusiasmo de la lucha, juicios y valores. De ese modo se puede aceptar, en último término, cualquier violencia cometida en el énfasis de la solidaridad del clan y el exterminio practicado por el Tercer Reich acaba por resultar no demasiado diferente ni cualitativamente diverso de las tremendas matanzas de ratas negras realizadas por las ratas pardas en su invasión de la Europa del siglo XVIII.

Ni los colores de estas aguas y de estos árboles de las «Donauauen» o los reclamos de estos pájaros pueden inducir a renegar del chovinismo de la humanidad, sin el cual está claro que no se alivia el dolor animal, pero se cae en una obtusa barbarie y se añaden posteriores dolores a los ya inevitables. Pero incluso cuando la trompeta de *Fidelio* suene, la humanidad liberada tendría que recordar, en el último piso del rascacielos donde tuviera su morada, a todos los humillados y dolorosos pisos inferiores que sostienen, como escribía Horkheimer, ese piso superior. En el sótano más bajo, fundamento de todo el edificio que en lo alto ofrece un concierto de Mozart o un cuadro de Rembrandt, habita el dolor del animal, corre la sangre del matadero.

14. KIERLING, HAUPTSTRASSE, 187

En una sala de estas habitaciones, el 3 de junio de 1924, murió Kafka. La casita de dos pisos, que hoy alberga viviendas modestas, era el sanatorio del doctor Hoffman en este pequeño pueblo cerca de Klosterneuburg, en el que Kafka confiaba en curarse y donde pasó sus últimas semanas. En el suelo de la entrada, una inscripción dice «Salve». La habitación de Kafka daba al jardín, probablemente en el segundo piso; ahora el propietario es el señor Bacher, en el portal unos cuantos avisos comunican que el deshollinador viene cada tercer lunes de mes, prohíbe partir leña en casa y transportar cajas pesadas por las escaleras sin una autorización escrita.

Llamo al apartamento del segundo piso, una amable y anciana señora Dunay me hace entrar y pasar al balcón. La balaustrada es de madera, hay ropa blanca tendida y un osito de felpa en el suelo; en el balcón de abajo, donde la señora Hascher está entregada a las tareas domésticas, muchas cornamentas de ciervo y trofeos de caza que es difícil relacionar con las últimas horas en las que Kafka, entre atroces dolores, corregía las galeradas de *Un artista del hambre,* el volumen que contenía también el relato del mismo nombre, parábola de una perfección que esteriliza la vida.

Desde aquí Kafka, en su mecedora, contemplaba el jardín de abajo, donde ahora hay una barraca de madera llena de carretillas, hoces y utensilios varios. Veía aquel verde que se le escapaba, o sea el florecer, la estación, la linfa que en cambio el papel le absorbía del cuerpo, desecándolo en una sensación de pura e impotente aridez. Frente a ese verde tan femenino, es posible que Kafka sintiera que era, en su grandeza, una exasperación casi grotesca de la inseguridad masculina, de sus puntillosas defensas y de su necesidad de continuas confirmaciones. Frente a ese épico verde, Kafka tenía por fin consigo a una mujer, Dora Dymant, una mujer a la que no tenía miedo de abandonarse, con la que quería casarse, con la que quería vivir. Nunca es demasiado tarde, ni siquiera a las puertas de la muerte, para llegar a la verdad de estas palabras: «Qué sería sin ella», dice Kafka refiriéndose a Dora. Esta fuerza de aceptar la ayuda le ensalza por encima de sus personajes, en los cuales había retratado su ansiosa incapacidad por reconocerse insuficiente y convivir con su propia inadecuación.

Es posible que la enfermedad, al arrebatarle la obstinada fuerza de escribir que le había alejado de la vida, le ayudara a encontrarla de nuevo, con una humildad que la escritura no le habría concedido. Puede que la salvación sea fruto de la debilidad, de la imposibilidad física de ser autosuficiente y de escribir. Pero eso no impide que sea salvación. En sus diarios, Kafka recuerda que su nombre hebreo era Amshel, un nombre en el que expresaba la identidad humana que le era negada, la vida cálida, el amor, la familia. Él había renunciado a todo esto, para ser «sólo como Franz Kafka», para ser escritor. Lo que le ocurre en el momento extremo de su vida, cuando el amor por Dora le acerca de nuevo al judaísmo y a la aventura de la existencia compartida, ya no forma parte de la historia de Kafka escritor, dice Giuliano Baioni, «sino que concierne únicamente al hombre cuyo nombre hebreo es Amshel».

Amshel sabe dar el paso del que Kafka es incapaz, sabe aceptar sus propias debilidades, abandonarse al amor, reconocer que sin Dora él no sería nada. Si un hombre sin una mujer, como dice el pasaje del *Talmud* predilecto de Kafka, no es un hombre, Amshel es quien se ha convertido en un hombre, aunque sea poco antes de morir, pero es Franz quien cuenta y enseña esta odisea para convertirse en Amshel, para convertirse en un hombre.

Alberto Cavallari, en otra habitación, se agacha para leer la ficha con la curva de la fiebre; el 12 de abril Kafka tenía 38,5. El rostro shakespeariano de Alberto es intenso mientras lee en el fichero los nombres de las personas ingresadas el mismo día que Kafka en el sanatorio del Wienerwald: Kraus Olga, Kovacs Bianca, Kisfaludi Etelka. En ese rostro rapaz y magnánimo adivino una grande y desengañada amistad por el mundo, una *pietas* que se detiene en esos nombres desconocidos y perdidos con el deseo de rendir homenaje a su destino, de salvar su recuerdo y de descubrir su historia con el olfato del viejo cronista. Nuestras miradas se cruzan por un instante por encima de ese fichero. También este instante, al igual que los tres nombres desconocidos, está custodiado en la eternidad de estas habitaciones. Aquí hemos muerto realmente Todos, como en las sacras representaciones medievales.

Café Central

1. EL MANIQUÍ DEL POETA

Viena. En una mesita, entre las primeras a la izquierda según se entra en el Café Central, está sentado el maniquí de Peter Altenberg, con sus ojos melancólicos y hundidos y sus famosos bigotes de morsa. Entre las mesitas ocupadas por la gente, el maniquí de Altenberg lee el periódico. Sentado cerca de él, olvido de vez en cuando que ese bigotudo e inmóvil señor, con un traje pasado de moda y un aire vagamente familiar, es falso. Como sucede con frecuencia en los cafés, echo una mirada furtiva al periódico que sostiene en la mano; es posible que sea el de hoy, el mismo que estamos leyendo nosotros, puede que un camarero se lo coloque cada mañana entre los dedos.

En estas mesitas vienesas, a principios de siglo, Peter Altenberg –el poeta sin casa, que amaba las habitaciones anónimas de los hoteles y las postales ilustradas– escribía sus parábolas fulminantes e impalpables, sus breves esbozos dedicados a esos pequeños detalles, una sombra en la cara, la ligereza de un paso, la brutalidad o la desolación de un gesto, en los cuales la vida manifiesta su gracia o su nulidad y la historia muestra sus resquebrajaduras aún imperceptibles, los indicios de un próximo ocaso. Mi vecino artificial se disimulaba en la penumbra de aquel ocaso, se ocultaba en el anonimato y en el silencio, rechazaba –condenado, en la primera posguerra, al hambre– una oferta de trabajo, diciendo que sólo podía ocuparse de llevar a término su propia vida. Aquí se sentaba también Bronstein alias Trotski, tan a menudo que un ministro austríaco, informado por los servicios secretos de los preparativos revolucionarios en Rusia, había contestado, según la famosa anécdota: «¿Y quién va a hacer esa revolución en Rusia? ¿No será ese tal señor Bronstein, que se pasa el día entero en el Café Central?»

Ese pelele no recuerda al auténtico Altenberg, porque precisamente él, mientras escribía sus apólogos en esas mesitas como sobre las tablas de un naufragio, sabía cuán confusas eran la vida verdadera y la falsa y no se le habría ocurrido ser mucho más auténtico que ese maniquí. La propia existencia era un teatro en el que también se era espectador y el propio Altenberg exhortaba a no tomársela más en serio –pero tampoco menos– que un drama de Shakespeare, a sentirse dentro y fuera de él, a salir de vez en cuando para dar cuatro pasos, de noche, para respirar un poco de aire fresco, mezclando las experiencias vividas con las no vividas.

En el Café Central se está al mismo tiempo en un sitio cerrado y al aire libre, en una ilusión de ambos estados; por las elevadas cristaleras de la cúpula, que recubre una especie de jardín interior, desciende una luz diurna que hace olvidar los cristales, pero nunca podría descender la lluvia. La gran cultura vienesa había desenmascarado la creciente abstracción e irrealidad de la vida, cada vez más absorbida en los mecanismos de la información colectiva y transformada en su propia puesta en escena. Altenberg, Musil y sus grandes contemporáneos comprendieron a fondo cuán difícil estaba siendo distinguir la existencia, incluso la propia, de su imagen reproducida y multiplicada en innumerables copias; la falsa noticia de la crisis de un banco de la crisis verdadera que esa noticia provoca, induciendo a todos los clientes a retirar sus depósitos; la historia de Mayerling del *cliché* que la transforma en espectáculo. Ahora se exhiben los que habían denunciado la exhibición de nuestra vida, sin hacerse ilusiones de estar inmunes; ese verosímil maniquí de Altenberg exhibe esta ficción al cuadrado y Viena es el lugar de esta representación de la representación de la existencia.

Pero los vagabundos que garrapateaban sobre estas mesitas defendían, irónicos y desengañados, un estrecho margen de su irreductible individualidad, las esquirlas de un hechizo –algo irrepetible, que no se deja achatar completamente en la serialización–. Para ellos la verdad oculta o inaccesible no era inexistente, y sobre todo no anunciaban satisfechos su muerte, como los parlanchines teóricos de la insignificancia. En Viena la realidad contemporánea idéntica al espectáculo de sí misma, como aquella descrita de forma tan genial por Altman en su película *Nashville,* se superpone al sentido barroco del mundo como teatro en el que se interpretan, incluso de manera inconsciente, personajes y papeles de significado universal. Nuestro discreto y ceñoso vecino sugiere, de todos modos, que no nos tomemos demasiado en serio lo que está sucediendo, que recordemos que las cosas son así, también y sobre todo por casualidad, y que también podrían ser perfectamente de otra manera.

2. LA CASA DE WITTGENSTEIN

Se halla en el tercer distrito y, precisamente, como dicen concienzudamente las guías, en la Kundmanngasse, n.° 19. Es la famosa casa construida en 1926 por Paul Engelmann para Wittgenstein, el cual colaboró en el proyecto arquitectónico. Al llegar parece que la casa, que Wittgenstein hizo construir para su hermana, no exista, porque la calle pasa del número 13 al 21, saltándose los números intermedios; las calles están levantadas, interrumpidas por obras que parecen abandonadas. Con cierto esfuerzo, se descubre que la casa está al otro lado, y que la entrada se hacía por Parkgasse. El edificio, con sus formas cúbicas encajadas entre sí y su color amarillo-ocre sucio, parece un cajón vacío. Ahora es la sede de la embajada búlgara, que la ocupó y restauró en los años setenta, y de su sección cultural. Son las seis de la tarde, la puerta está abierta y hay alguna ventana iluminada pero no se ve a nadie, sobre una galería una mesa con cuatro sillas patas arriba. Dominan en el jardín dos grandes estatuas de bronce de Cirilo y Metodio, los dos santos eslavos, que obviamente no fueron colocadas por Wittgenstein.

La racionalidad geométrica de esas formas arquitectónicas, deseadas por el filósofo que indagó de forma tan implacable las posibilidades y los límites del pensamiento, parece revelar ahora, en una árida manifestación, una inutilidad que encoge el corazón. Nos preguntamos qué quería Wittgenstein con ese edificio, si deseaba construir una casa o la prueba de la imposibilidad de una verdadera casa, de aquello que antaño se denominó el hogar. Quién sabe qué límites querían trazar idealmente en su pensamiento esas formas cuadradas, qué inefables espacios e imágenes debían excluir ascéticamente, dejar fuera.

3. SAN ESTEBAN

En la plaza, delante de la catedral, un pentágono irregular trazado en el suelo. No se trata de nada especial, indica únicamente el punto en que, en el subsuelo, se hallan dos capillas. Pero es significativo que una guía, erróneamente, afirme que bajo ese pentágono debía levantarse un monumento que, después de muchos proyectos, de varios tipos y contenidos, nunca fue construido. La información está equivocada pero revela el interés por esos vacíos, esas ausencias, esas cosas que no existen y que expresan también ellas Austria, como la

Acción Paralela de Musil, o sea los acontecimientos que no ocurren y las iniciativas que no se toman. La civilización austríaca, que ha aspirado a la totalidad perfecta, a la unidad armoniosa y acabada de la vida, ha dejado a la vista los pedazos que siempre faltan para cerrar el círculo, los espacios vacíos entre las cosas, entre los hechos y los sentimientos, las escisiones que cada individuo y cada sociedad llevan consigo.

A veces el espacio vacío puede servir para hacer reaparecer algo que la historia ya había arrinconado en el desván. Como recuerda Christian Reder en una «guía alternativa» de Viena, el monumento a la República, elevado después de la Primera Guerra Mundial, se volvió a colocar en el Ring después de 1945. Los fascistas, que lo habían hecho quitar en 1934, lo habían guardado en un almacén. Resulta conveniente no tirar nada, porque nunca se sabe. En casi todas las familias, a los hombres –más sentimentales, cínicos e inseguros– les gustaría imitar esta cautela austríaca y aplazar siempre el momento de deshacerse de las cosas; se sienten un poco preocupados cuando las mujeres de la casa tienden a poner orden, a tirar las cosas y los papeles viejos, las antiguallas presumiblemente inutilizables.

4. LA BARONESITA QUE NO AMABA A WAGNER

La baronesita María Vetsera no amaba la música de Wagner y llegaba a decir que no podía soportarla; cuando la Ópera de Viena inauguró con *El oro del Rin,* el 11 de septiembre de 1888, un ciclo de representaciones wagnerianas, su aversión por Wagner le proporcionó el pretexto para no ir al teatro junto con su madre y su hermana y citarse en secreto, mientras ellas escuchaban cómo el enano Alberico maldecía el amor por ansia de oro, con el archiduque Rodolfo de Habsburgo, el príncipe heredero del viejo imperio, al que había conocido pocas semanas antes. Salía de casa, subía, precisamente en esta esquina de la Marokkanergasse, al *fiacre* que la esperaba por orden del archiduque y se dirigía al *Burg* imperial, donde un criado la hacía pasar ante el centinela y la conducía a las habitaciones del heredero del trono. A las nueve estaba de nuevo en casa, para recibir a su madre y su hermana que regresaban del teatro.

La tragedia de Mayerling, la misteriosa muerte de Rodolfo de Habsburgo y de María Vetsera en el pabellón de caza el 30 de enero de 1889, es una triste fábula que impresionó durante un siglo a la fantasía popular, inspirando auténtica piedad y alimentando un culto heroico-sentimental por el suicidio de amor, sugiriendo novelas en tecnicolor e hipótesis de tenebrosas intrigas alentadas por la razón de Estado. Esa tragedia es la pobre y tierna historia de uno de esos equívocos que, por algún obstáculo banal y fatal, hacen descarrilar la vida de su recorrido cotidiano y la precipitan en el énfasis de la destrucción.

En el momento de su muerte, María Vetsera no había cumplido todavía los dieciocho años; el verano anterior, antes aun de conocer personalmente al archiduque, se había enamorado de él desde lejos, con la exaltación de un ánimo indefenso que necesita crearse un absoluto al que someterse y sacrificarse sin reservas, y que debe adorar para convencerse de que vive de modo poético, para dar un sentido a su propia existencia todavía informe, que en caso contrario parece consumirse en una vacía e indefinible melancolía. El archiduque apenas había superado la treintena, era conocido por sus ideas liberales, por sus libertinajes ostentados con arrogancia y por una imperiosa impulsividad que le llevaba a arrebatos de generosidad, a torpes fanfarronadas y a una sospechosa irascibilidad que soportaba sobre todo su mujer, la archiduquesa Stefanía.

María Vetsera –cuenta su madre, la baronesa Elena, en su memorial *Mayerling*– iba a ver al archiduque a las carreras y al Prater, le decía confidencialmente a la camarera que Rodolfo la había mirado o, poco tiempo después, que la había saludado con especial atención y juraba y perjuraba que jamás amaría a nadie más. Vivía –en esa breve, feliz e infeliz frontera entre adolescencia y juventud– la estación de las grandes maniobras del corazón y de los sentidos, daba los primeros pasos en ese aprendizaje de los afectos en que se busca a tientas, a través del juego y del encanto de los primeros encuentros, el camino hacia el amor.

Aquellas miradas intercambiadas en las avenidas del Prater y, poco después, las citas furtivas y subterfugios habrían debido ser, también para ella, los acordes iniciales e inseguros, los ensayos de orquesta de los sentimientos que se preparan, en un rumor todavía confuso, para la grande y unitaria melodía del amor. Pocas semanas después, en cambio, todo había terminado, con aquella muerte en Mayerling, con el ultraje que el pistoletazo en la sien y la rigidez cadavérica habían infligido a aquel cuerpo gentil, con los pormenores del examen médico-legal referidos por los documentos con una precisión protocolaria que sólo sirve para confundir el llamado misterio de Mayerling. Al examinar los retratos de la baronesita, su rostro delicado y poco expresivo, que sólo muestra la gracia impersonal y genérica de los dieciocho años, se piensa en las tragedias escolares de jóvenes vidas truncadas por el primer suspenso o por la primera reprimenda, también ellas destrozadas por una trama análoga de cosas absolutas y casuales, derribadas por un obstáculo que para los demás, para los supervivientes, parece tan poco peligroso y que para ellas ha sido en cambio insuperable.

También Elena Vetsera registra en su memorial los detalles más penosos de esta historia y de su final –o por lo menos de su versión del final, destinada a ser una de tantas, puesta en duda por otras aún más discutibles, por ejemplo las fantasías de la emperatriz Zita–. El folleto, impreso en 1891 y secuestrado por la policía austríaca, es un librito árido y conmovedor, a través de cuya prosa descuidada habla sin duda el amor materno, pero sobre todo otra pasión por lo menos igual de fuerte, la respetabilidad. La baronesa Vetsera quiere exculpar a su hija de la acusación de haber sido activamente responsable de esa tragedia y sobre todo negar los rumores que le imputaban haber estado al corriente de esa relación ilícita y haberla favorecido.

El libro es un dolido y resentido registro de esos detalles policiales que acompañan a la historia de una pasión prohibida y que el más mínimo matiz de tono o de estilo puede convertir de gran aventura o juego malicioso en humillante mezquindad: la pitillera que le había regalado su amante y que fue descubierta por casualidad y las laboriosas invenciones para justificar su presencia, las cartas que recibió a escondidas, las pequeñas mentiras, la complicidad de la complaciente condesa Larisch. La tensión aumenta en el libro cuando narra la sordidez de la muerte y de su ocultamiento, efectuado para evitar el escándalo: el cuerpo de María abandonado durante treinta y ocho horas sin ninguna mano que lo adecentara con piadoso decoro, la muerta que fue colocada en la carroza de manera que no se viera que se trataba de un cadáver, las negociaciones entre las autoridades y los familiares sobre el destino de una difunta tan embarazosa, el tosco ataúd, su apresurada sepultura, la fosa que durante unos meses, hasta el siguiente traslado, permaneció anónima y sin ninguna indicación.

La preocupación por la respetabilidad, que preside este final barroco y esta alegoría de la ruina, también puede ser una pasión, con toda la carga de absoluto y de irracionalidad de una pasión unilateral, que no abarca y resume la totalidad de la persona y de la vida, sino que recorta y dilata enfáticamente una de sus partes. También la historia de Rodolfo y de María, como muestra este libro, es la historia de una pasionalidad abstracta y exaltada, que no es posible identificar con el amor, de la misma manera que es imposible confundir una excitación psicológica o fantástica con una inspiración poética.

Este *amour-passion* es tardo-romántico y el romanticismo, escribía Broch, también es la sustitución de un absoluto, que se sospecha haber perdido, por un sucedáneo parcial, sea cual sea, encargado de reemplazar todos los valores. Cuando este sucedáneo se busca en el amor, se convierte en una sufrida pero ampulosa retórica, un redundante pathos sentimental. Es un ensimismamiento fantástico, en el cual no se ama al otro, sino el propio ensimismamiento; la seducción romántica del amor-muerte alude asimismo a la esterilidad de este ardor que no crea y no procrea, ni en la carne ni en el espíritu.

Esto no impide que esta pasión pueda ser grande, y grande la poesía que la representa. Además, Flaubert ha mostrado, de una vez por todas, que la pasión puede ser a un tiempo falsa y verdadera: las insatisfechas fantasías y las evasiones de Emma Bovary son lo contrario del amor, pero la intensidad con que Emma vive tanto su impoético deseo como la falsa poesía con que ella misma intenta recubrirlo es el auténtico testimonio de la ausencia de amor.

El mundano y libertino siglo XVIII había descompuesto el amor, por lo menos aparentemente, mediante el análisis químico de las pasiones y de los comportamientos amorosos; parecía haber situado, como dice una frase famosa, el cerebro en el lugar del corazón. En realidad, precisamente esas secas matemáticas habían permitido sondear, como en las *Liaisons Dangereuses,* los abismos y la totalidad del amor, sus conflictos pero también su ternura, su perdición del corazón que emerge con tanta más violencia cuanto más filtrado se halla por las redes de la demostración: el *esprit de géométrie* es lo que permite el *esprit de finesse.* Esa cultura desacralizadora y desengañada había secularizado o desmitificado muchas henchidas ebriedades; la cultura sentimental que apareció más adelante sintió miedo de ese rigor y volvió a predicar con frecuencia la virtud y la austeridad, pero creyendo a veces encontrar los valores en una inocente y espontánea efusión de los pálpitos del deseo y confundiendo así el estado de ánimo con la verdad, la psicología subjetiva con la búsqueda moral, la exaltación emotiva con la poesía de la vida.

Si los héroes de las novelas libertinas son inteligencias maquiavélicas y juran amor eterno, mintiendo pero sabiendo que mienten, el héroe romantizante se miente incluso a sí mismo y arrastra a la ruina al objeto de su deseo, en nombre del propio placer, sin preocuparse por la otra persona y sus exigencias, pero persuadido, en cambio, de obedecer a una voz sublime. El archiduque Rodolfo, con su hermoso rostro y la mirada levemente turbia del seductor que confunde su propia sensualidad con una misión libertaria, convierte a María en la heroína de su drama, con la prepotencia de quien se convierte en director de la vida ajena.

Las fotografías de Mayerling muestran un paisaje bonito y sereno, una campiña austríaca de vacaciones familiares, más acorde con la imagen paterna de Francisco José vestido de cazador que con la tormentosa tragedia. El emperador se enteró de aquella muerte por Caterina Schratt, la amiga en cuyo discreto y tranquilo afecto encontraba consolación de las inquietudes de la emperatriz Elisabeth. No hay que descartar que las horas pasadas por el emperador con la señora Schratt, que le preparaba café, fueran menos intensas que las pasiones del archiduque. Es difícil saber lo que está pasando por una cabeza o en un corazón. Ni siquiera los científicos poseen ya la ingenuidad del profesor von Hoffmann, lumbrera de la facultad de medicina vienesa, que explicaba a los estudiantes la tragedia de Mayerling con «la prematura sinostosis de las suturas del cráneo», observada en la autopsia de Su Alteza Imperial y Real el archiduque Rodolfo.

5. LA ESCALINATA DE STRUDLHOF

La onda fluyente de sus volutas y el ritmo envolvente de su descenso hicieron nacer una gruesa novela de Doderer, cuyo aliento pretendería ser el abandono al fluir de la vida que corre a lo largo de esos escalones. La escalinata es un pequeño corazón de Viena, evoca la redondez y el abrazo materno de sus cúpulas, el espacio que se abre, amplio y acogedor, en las plazas o a lo largo del Ring. Al bajar esos escalones, parece estar dejándose llevar por el curso de un río que sea la vida misma, que nos transporta y nos deposita en algún lugar de sus orillas, en el que nos sentimos como en casa.

Austria es muchas veces ese lugar en el que nos sentimos como en casa, en esa armonía entre familiaridad y distancia que le gustaba a Joseph Roth. Mientras tanto, en las librerías, ha aparecido el libro de una antigua amante de Doderer, que enumera las vilezas, las mezquindades y los egoísmos del escritor, esas mentiras y esos apaños que pueden convertir una *liaison* en la más penosa de las molestias cotidianas. Ese fluir vital, que comienza tan seductor en la cima de la escalinata, puede terminar en la espuma de la ropa blanca que se ha puesto en la lavadora. El Danubio no es azul, como pretenden los versos de Karl Isidor Beck que sugirieron a Strauss el título seductor y falaz de su vals. El Danubio es rubio, «a szöke Duna», como dicen los húngaros, pero ese rubio es una galantería magiar o francesa, *Le Beau Danube Blond,* como lo llamaba Gastón Lavergolle en 1904. Más restrictivo, Verne pensaba titular una novela suya *Le Beau Danube Jaune.* Amarillo fangoso, agua que se enturbia al final de esta escalinata.

Es posible que sólo el amor completo y duradero, o bien la franca sexualidad animal, que se agota en su satisfacción inmediata, sin ilusionar ni ilusionarse con el otro, estén en la verdad, mientras que la variada gama de gradaciones intermedias de las relaciones amorosas, una típica invención humana, es muchas veces una serie de falsedades y violencias embellecidas por un kitsch sentimental. No sé ni me interesa valorar la veracidad de la vengativa amante de Doderer; lo cierto es que Viena, al igual pero tal vez más que otras ciudades, es también el lugar de estos chismorreos y de estos rencorosos entrometimientos e indiscreciones, porque es una gran ciudad de provincias. Es la Viena que Karl Kraus odiaba y que alimentaba, con su vulgaridad de patio de vecindad, su ferocidad satírica. Los grandes poetas de la gracia de Viena –desde los genios de la comedia popular del siglo pasado, Raimund o Nestroy– han captado ese encanto contrastándolo con la agresividad, la brutalidad enmascarada de bonachonería que han hecho de Viena también un bajo vientre de la historia, una «estación meteorológica del fin del mundo», como decía Kraus.

6. DOROTHEUM

Es el monte de piedad, evocado de forma grotesca y con otro nombre en el *Auto de fe* de Canetti. Casi enfrente, está el café Hawelka, legendariamente cargado de humo. Delante de la puerta del Dorotheum, hay un hombre parado junto a un coche, con un paquete –probablemente un cuadro– bajo el brazo. Está inmóvil, el rostro rígido y cerúleo, mucho más falso que el falso Altenberg del Café Central.

7. LOS EMBUSTES DE LOS POETAS

Wolfang Schmeltzl, a mediados del siglo XVI, compara en una de sus composiciones poéticas a Viena con Babel, porque dice que a su alrededor oye hablar hebreo, griego, latín, alemán, francés, turco, español, bohemio, esloveno, italiano, húngaro, holandés, sirio, croata, serbio, polaco y caldeo. Es cierto que la máxima griega advierte que los poetas dicen muchos embustes y exageran, pero...

8. LOS TURCOS ANTE VIENA

En la plaza Carlo, a escasa distancia de la Ópera vienesa, se alza imponente la falsa puerta de una tienda gigantesca, que cubre la fachada del Künstlerhaus, en el que se ha dispuesto la principal de las numerosas exposiciones dedicadas, en el tricentenario del asedio y de la batalla de 1683, a los «Turcos ante Viena», uno de los grandes monumentos del choque frontal entre Oriente y Occidente. El visitante que va a ver la exposición tiene la impresión, por un instante, de entrar en el enorme pabellón de un condottiero otomano, en aquella tienda que Kara Mustafá, el comandante del ejército turco, había hecho levantar, con gran derroche y magnificencia, a la altura de la actual iglesia de San Ulrico, en lo que hoy es el distrito séptimo de la ciudad.

Las desmesuradas dimensiones de la tienda imaginaria evocan por otra parte la figura del Gran Visir, que había encarnado la vocación otomana por lo grandioso y lo desorbitado; entre las veinticinco mil tiendas del ejército turco que, desde los primeros días de julio de 1683, rodeaba Viena, Kara Mustafá había alojado también a sus mil quinientas concubinas custodiadas por setecientos eunucos negros, entre fuentes con surtidores, baños y lujosos cuarteles, construidos con prisas pero con opulencia.

Ahora la cabeza del Visir se conserva en el mismo museo histórico de la ciudad de Viena, que –al lado del Künstlerhaus– alberga también otra de las exposiciones: derrotado el 12 de septiembre por las tropas imperiales, bajo el mando de Carlos de Lorena, y unidas a las polacas guiadas por su rey, Juan Sobieski, Kara Mustafá fue perseguido y nuevamente derrotado en Gran. En Belgrado fue alcanzado por el emisario del sultán, que le entregó el lazo de seda con el que los grandes de la Media Luna caídos en desgracia ante su soberano, «sombra de Dios sobre la tierra», eran estrangulados. El Gran Visir ofreció su garganta a los verdugos, no sin antes haber desplegado la alfombra de las preces, aceptando su destino en nombre de Alá. Cuando los imperiales, décadas después, conquistaron Belgrado, alguien desenterró su cuerpo y llevó su cabeza como trofeo a Viena.

El visitante que entra en el simulado pabellón, convirtiéndose él mismo en una figura de la exposición, no sabe si imaginar que es una presa, uno de los tantos prisioneros conducidos como esclavos a las tiendas del invasor, o más bien un cazador, uno de los caballeros de Sobieski que, durante un día entero, después de la victoria, saquearon el campamento y la misma tienda de Kara Mustafá.

La exposición no quiere enfrentar a vencedores y vencidos y mucho menos civilización y barbarie, sino sugerir el sentido de la vanidad de la victoria y de la derrota, que se prosiguen e intercambian sus papeles en todos los pueblos, al igual que la enfermedad y la salud o que la juventud y la vejez en todos los individuos.

Al moverse por las salas de esta exposición, el visitante occidental, que, sin embargo, considera una fortuna la victoria de aquel 12 de septiembre que salvó a Viena y a Europa, no se siente hijo y heredero únicamente de la espada de Carlos de Lorena y de Juan Sobieski, o de la cruz empuñada por los grandes predicadores que incitaban a defender la fe, como Abraham de Sancta Clara, según el cual el canon litúrgico debía dejar paso al cañón, o Marco d'Aviano, el capuchino friulano. Al pasear por estos trofeos de victoria que también son restos de un naufragio, el visitante se siente hijo y heredero de una historia unitaria en sus fragmentos, incluso dispersos como objetos de un campo saqueado, de una historia que está hecha de cruces y de medias lunas, de cordones de capuchinos y de turbantes.

La exposición quiere ser explícitamente diferente de las anteriores celebraciones de aquel 1683; hace cincuenta años Dollfuss, el canciller cristianosocial, exaltaba la liberación de Viena como bandera de su catolicismo corporativo y autoritario que se contraponía al nazismo y al bolcheviquismo; años después, en un bronce conmemorativo nacionalsocialista, la bandera de los turcos derrotados llevaba, en lugar de la media luna, la estrella de David: los turcos eran identificados con el enemigo, o sea con los judíos; fue un fraude que hoy corre el peligro de llegar a ser trágicamente verdadero con las actitudes xenófobas hacia los trabajadores temporeros extranjeros. No queremos ser los judíos de mañana, dice un cuadro de Akbar Behkalam, en la exposición albergada en el Museo del Siglo XX y dedicada por los artistas turcos a la realidad actual de su país y de sus emigrantes.

La sombra de un nuevo, aunque diferente, conflicto planea sobre las relaciones entre turcos y europeos, especialmente alemanes, y sólo la clara conciencia del problema puede impedir que haga irrupción y lo eche todo a perder. Rechazados hace trescientos años, los turcos regresan ahora a Europa, no con armas sino con trabajo, con la tenacidad de los *Gastarbeiter,* inmigrantes, que, soportando humillaciones y miserias, echan poco a poco raíces en una tierra que conquistan con su oscuro esfuerzo. En diversas ciudades de Alemania y de otros países, las aulas escolares se despueblan de niños alemanes y se llenan de niños turcos; Occidente, que achaca su propia decadencia a la baja natalidad, reacciona con ansiosa soberbia ante los resultados del mecanismo social que él mismo ha puesto en marcha. Es posible que se aproxime el momento en que las diversidades históricas, sociales y culturales, muestren violentamente las dificultades de la convivencia; nuestro futuro dependerá también de nuestra capacidad para impedir que se encienda esta mina de odio y que nuevas batallas de Viena transformen a los hombres en extranjeros y en enemigos.

La historia muestra cuán difícil es, además de insensato y cruel, definir lo que es extranjero: en el siglo XVII, recuerda Alessio Bombacci, los propios turcos percibían el término «turco» como una ofensa y su historia es una serie de luchas seculares entre pueblos diversos, procedentes de las estepas de Asia central, que comienzan a adquirir conciencia de una identidad común propia sólo cuando el imperio otomano está próximo a morir; el primer nombre unitario, dado a Turquía por los diferentes y muchas veces recíprocamente hostiles pueblos de origen turco, fue el nombre de Roma, *mamālik-i-Rūm,* que hacía referencia al reino selgiuquida.

Pero cada historia y cada identidad están constituidas por estas deformidades, por estas pluralidades, por estos intercambios y sustracciones entre elementos étnicos y culturales diversos, que convierten a cada nación y a cada individuo en hijos de un regimiento. El águila Habsburgo, que detiene al Gran Turco, cubre con sus alas una multiplicidad de estirpes y de civilizaciones casi tan variada: durante la Primera Guerra Mundial, cuando el imperio de los Habsburgo y el otomano eran aliados, la prensa y los carteles austríacos exaltaban la fraternidad de armas con sus antiguos enemigos.

El encuentro entre Europa y el imperio otomano es el gran ejemplo de dos mundos que, agrediéndose y lacerándose, acaban por compenetrarse de forma imperceptible y por enriquecerse recíprocamente. El mayor escritor occidental que ha narrado el encuentro entre esos dos mundos, Ivo Andric, se siente fascinado, y no es casualidad, por la imagen del puente, que reaparece con insistencia en sus novelas y relatos y que simboliza una ardua y áspera vía de comunicación tendida por encima de las barreras de los ríos salvajes y de los precipicios profundos, de religiones y de estirpes; una vía sobre la cual las armas se entrechocan, pero que poco a poco acaba por unir a los enemigos en un mundo abigarrado pero unitario como un fresco épico, de la misma manera que entre las gargantas balcánicas los soldados turcos y los aiduques, los guerrilleros-bandidos que los combaten, acaban por parecerse.

Una de las primeras piezas de la exposición es un espléndido mapa del primer sitio de Viena, el de 1592, por parte de Solimán el Magnífico, el gran sultán que murió en el asedio de Szigetvar y cuya muerte fue ocultada durante unos días para no desmoralizar a su ejército, hasta el punto de que los emisarios eran llevados ante su cuerpo embalsamado, sentado inmóvil sobre el trono, que les escuchaba sin darles respuesta, con la majestad de la muerte disimulada por una realeza impasible. Ese mapa de Viena está rodeado de unos cuantos trazos azules, como si se tratara del mundo entero ceñido, para los antiguos, por el océano. Para los turcos Viena era la «ciudad de la manzana de oro», casi el mítico rostro del reino que debían conquistar a cualquier precio; los nómadas de las estepas asiáticas, los «asnos silvestres» que menosprecian cualquier corruptor asentamiento urbano, parecen querer poseer, en Viena, la Ciudad por excelencia, la otra parte de sí mismos; es posible que los sultanes que avanzan hacia Viena la vean como capital de aquel imperio universalista «romano-musulmán» que ellos, según Jorga, el gran historiador rumano, querían fundar, aunque Gialālu'-d-Dīn Rūmi, el poeta místico persa, decía que a los griegos les estaba reservado construir y a los turcos destruir.

Mezcla de película y de novela, la exposición introduce en el interior de la ciudad asediada, con sus heroísmos, sus crueldades y sus histerias, y en el campo de batalla, que se reproduce en una gran sala con una combinación de efectos audiovisuales. El error estratégico de Kara Mustafá, que había dejado desguarnecidas las colinas, fue fatal para el ejército otomano, que a las cinco de la tarde, gracias sobre todo a una fulminante maniobra de distracción de Carlos de Lorena, estaba derrotado. El ejército cristiano comprendía entre sesenta y cinco y ochenta mil hombres, el islámico unos ciento setenta mil; los muertos fueron respectivamente dos mil (además de cuatro mil entre los asediados) y diez mil, innumerables los heridos, los prisioneros, los que contrajeron enfermedades varias, los muertos durante la retirada y la persecución, entre episodios de atroz ferocidad y de gentileza caballeresca. Sobieski, que había ayudado a Misa en el Kahlenberg, le declaró a Carlos de Lorena –como refiere un cronista italiano– que, en lo referente a su persona, el rey se había quedado en Polonia y que al campo de batalla sólo había venido el soldado polaco; el 15 de septiembre, el encuentro de Sobieski con el emperador Leopoldo, de regreso en Viena, supuso sin embargo una serie de dificultades protocolarias y de enojos.

La historia también es esta trastienda de la espectacularidad, también es la falsa leyenda que hace nacer del asedio el primer café vienés a manos de un armenio galiciano, Koltschitzky, emprendedor y estafador. También estas exposiciones vienesas dedicadas a los turcos provocan, como todas las exposiciones, una ligera sensación de irrealidad, la irrealidad de nuestra vida y de nuestra historia, que estamos viviendo y que muchas veces parecen desenrollarse como una película y parece, por tanto, que ya hayan sucedido, como si contuvieran, al igual que un film, su conclusión, que no conocemos, pero que ya está en la bobina.

Los organizadores presentan, como si también formaran parte de la exposición, el parque y el palacio del Belvedere, la famosa residencia del príncipe

Eugenio de Saboya, el vencedor de los turcos que en Viena, en 1683, hizo, jovencísimo, sus primeras pruebas. En esa residencia la vida se convierte en símbolo de sí misma. La simetría de ese parque, que sube alegóricamente –con sus estatuas, sus fuentes y sus decoraciones– de la gracia de las estaciones a la apoteosis de la Gloria de las victorias sobre la Media Luna, es el triunfo de una civilización que amaba el límite sobre el ímpetu de otra que, como se ha dicho, pensaba en espacios ilimitados.

Epígonos, turistas y viajeros, paseamos ahora por esas ordenadas simetrías, entre esos límites y entre esas medidas que amamos, semejantes a comparsas de un espectáculo de categoría como en una película de Abel Gance. De los cuadros y en las fotografías grises y opacas, expuestas por los artistas turcos contemporáneos en el Museo del Siglo XX, emergen otros rostros y otros gestos, la dignidad oscura y humillada de los actuales emigrantes, de quien no forma parte –todavía o ya no forma parte– de ningún gran espectáculo. Nuestros abuelos pasaron por aquí a caballo, dice el pie de una de esas fotografías, y nosotros barremos esas calles. La culpa, añade ese honesto texto que no busca consuelos, es nuestra, no de los austríacos.

9. LAS MANCHAS DE SANGRE

No siempre la sangre pierde color y desaparece con tanta rapidez, como dice una bellísima página de Lu-Hsun, el gran escritor chino. En el Museo Histórico del Ejército el uniforme de Francisco Fernando, el archiduque muerto en Sarajevo, muestra las manchas sobre su guerrera azul, el desgarrón en la manga y a la izquierda del pecho. Junto al uniforme, el sombrero con grandes plumas verdes sigue, en cambio, intacto, imponente. La herida de aquel 28 de junio de 1914 sigue abierta, para toda Europa. Es posible que la cierre desastrosamente una tercera y definitiva catástrofe, porque dos guerras mundiales no han restaurado de modo estable el equilibrio roto en Sarajevo. El menú de Francisco Fernando, aquel 28 de junio, consistió en *Consommé en tasse, Oeufs à la gelée, Fruits au beurre, Boeuf bouillé aux légumes, Poulets à la Villeroy, Riz Compote, Bombe à la Reine, Fromage, Fruits y Dessert.*

Esas manchas recuerdan también que nada pasa, que las cosas son, que ningún momento significativo de nuestra vida es archivado. Mis amigos me toman muchas veces el pelo, porque para mí nuestras antiguas compañeras de escuela siguen siendo guapas y jovencísimas y el tiempo no ha hecho mella sobre ellas ni sobre mi manera de mirarlas. Lo cierto es que la injusticia discrimina también entre las distintas manchas de sangre: las del archiduque se conservan bajo cristal, las de los ochenta y cinco manifestantes que murieron a manos de la policía cerca del Palacio de Justicia el 15 de julio de 1927 fueron borradas por la lluvia y por las pisadas de los transeúntes. Pero también esas manchas *son,* existen para siempre.

10. ENTRE LOS OTROS VIENESES

Viena también es una ciudad de cementerios, majestuosos y confidenciales como los retratos de Francisco José. El *Zentralfriedhof,* el Camposanto Central, es un despliegue de las grandes maniobras representadas para fingir que se detiene el triunfo del tiempo. Las tumbas de los grandes vieneses –el sector dedicado a las personalidades ilustres, que comienza a la izquierda de la entrada principal, la puerta n.° 2– son la primera línea de una Guardia que se enfrenta a la fugacidad, pero a diferencia de la napoleónica en Waterloo, que forma un cuadrado sin fisuras, esta Guardia combate de acuerdo con una táctica elástica, parece querer sustraerse a la vista del enemigo, insinúa fintas, elude la muerte, bromea y da largas, para confundir la metódica caída de la guadaña. A las cinco de la mañana esta hilera de lápidas, bustos y monumentos sigue todavía casi invisible, oculta en la noche nublada y lluviosa, en una realidad opaca e incolora, jalonada aquí y allá por las lámparas votivas. El señor Baumgartner tiene a su lado el fusil –un fusil que posee desde hace treinta años, me ha dicho unos minutos antes– y le pone la mano encima, con la afectuosa y tranquila familiaridad de una larga convivencia, de la misma manera que a un músico le encanta sentir sobre la mano el contacto de su violín, al que ama no sólo por los servicios prestados sino también por su forma, su curva, su superficie y el color de su madera.

Es la primera vez que, en un cementerio, me encuentro al lado de alguien que no manipula flores, palas o libros de oraciones, sino fusiles y cartuchos. Pero hoy, durante unas horas, antes de que amanezca, el Cementerio Central de Viena es un bosque, una jungla, el bosque de Media de Cuero,[1] la estepa de Turguénev, el dominio de Diana o de San Huberto, el lugar en el que no se sepulta ni se bendice, sino que uno se aposta, dispara y mata antiguos parien-

1. Personaje de James Fenimore Cooper. *(N. del T.)*

tes para los que ningún rito prevé un *Réquiem* o un *Kaddish*. Esta mañana, en el Cementerio Central se caza, aunque el señor Baumbartner no quiera oír esta palabra y habla de necesario y autorizado cobro de piezas, nocivas por su exceso o por otras razones. Él es uno de los tres cazadores a los que el Municipio de Viena ha encargado mantener el equilibrio adecuado entre los vivos que habitan de forma abusiva esta metrópoli de difuntos (esta «ciudad de los otros vieneses», como dicen los austríacos) e impedir, por tanto, que existan demasiados vivos, convertirles inmediatamente en muertos si demuestran estar demasiado bien en este mundo y prosperar. La muerte es inocua, circunspecta y discreta, no molesta ni daña a nadie; la vida es lo que estorba, hace ruido, estropea, agrede y, por tanto, es refrenada, para que no esté demasiado viva. Las liebres, por ejemplo, sienten una auténtica pasión, ruinosa y culpable como todas las pasiones, por los pensamientos que dejan sobre las tumbas los piadosos familiares; los roen, los arrancan, los desgarran, no se contentan con comer sino que los destrozan y desperdician, como las comadrejas en un gallinero. En el sepulcro de honor, donde reposan los presidentes de la República, aparecen desparramados matojos de pensamientos, arrancados y mordisqueados.

¿Esta modesta irreverencia permite considerarse con licencia para matar? Esta licencia, por otra parte, es muy restringida y está controlada. Los dos cañones del fusil del señor Baumgartner sólo amenazan a faisanes machos, liebres y conejos silvestres y aun a éstos obedeciendo a reglas muy precisas. Austria, como se dice en mi tierra, era y es un país ordenado, la licencia de caza está sometida a controles severos, las infracciones son castigadas duramente y no existen esos cazadores domingueros que en Italia acribillan, embriagados por un infantil poder de matar tanto la caza como a la gente, y merecerían, mucho más que las liebres devoradoras de pensamientos, la intervención del señor Baumgartner.

Este último que, a mi lado, apostado entre la hierba, emerge lentamente de la oscuridad con su corpulencia paternal y maciza, no es un maníaco de la caza, no experimenta el estúpido placer de matar y detener la vida que se agita, no se abandona a chapuceros filosofemas sobre la comunión totémica entre víctimas y cazadores, no manifiesta ninguna banal excitación sino una bonachona tranquilidad de jardinero. Tiene buena puntería y hace lo que debe hacer, Austria es un país ordenado, pero es posible que no le disguste demasiado volver, y no por su culpa, a casa con las manos vacías.

Al principio no debe de haberle entusiasmado la idea de llevarme con él, ya que, habitualmente, nadie puede estar presente, y en la entrada del cementerio ha explicado al vigilante nocturno que yo era un profesor, título aquí honorable, que podía entrar, de modo excepcional, por petición expresa de la oficina del burgomaestre de Viena. En esta alba húmeda, que comienza a disipar las oscuras nubes, estoy viviendo no una gran aventura cinegética sino tal vez el colmo de mi gloria y de mi fama, porque mis libros sobre la Mitteleuropa de los Habsburgo, en virtud de los cuales el municipio de Viena me ha concedido una especial autorización para estar agazapado a esta hora entre la hierba del Cementerio Central, difícilmente podrán ejercer un peso mayor sobre la realidad y forzar sus límites y prohibiciones. Es posible que, en esta alba, haya sido mi día, como dice el rey Lear.

Nos desplazamos hacia el límite del cementerio, pasando entre las tumbas, que lentamente se van haciendo más perceptibles. En el sepulcro de Castelli, el jovial y fecundísimo autor de comedias populares, hay una inscripción colocada por la liga protectora de animales, de la niebla ligera asoma una simple y alta cruz sobre la cual una frase explica lacónicamente la vida de Peter Altenberg, toda una tocata y fuga: «Amó y vio.» Un cubo, desnudo y esencial, es el monumento fúnebre de Loos, mientras el de Schönberg, genio de una geometría más inquietante, también es un cubo, pero torcido.

El señor Baumgartner mira a su alrededor, atiende a los ruidos, escudriña con la mirada la hojarasca imprecisa en la naciente aurora. Puede disparar a donde quiera, incluso entre las cruces y las coronas todavía frescas, pero procura no equivocarse, porque él es el responsable de ese sector del camposanto, más o menos una tercera parte –las otras dos son competencia de dos colegas suyos–, y él es quien debe responder de sus balas y de algún posible tiro errado que triturara una lamparilla perpetua o arañara a un ángel pensativo y vigilante sobre un sepulcro; si un par de horas más tarde, cuando se abriera el cementerio, los parientes encontraran la fotografía de su querido difunto agujereada como el sombrero en un *western,* o la lápida ensangrentada por un conejo silvestre cazado en un momento equivocado, sabrían a quién dirigir sus indignadas protestas. «No debe, pero puede ocurrir», repite varias veces serenamente.

Nos encontramos al borde de la última hilera de tumbas, apostados sobre un ribazo desde el que se disfruta de una buena vista, formado por tierra excavada, detritus, hierbas y hojarasca podrida recogida en las avenidas y amontonada en ese lugar. El terreno, en esa zona, resulta especialmente adecuado para la rápida putrefacción de los cadáveres, como sabían perfectamente en el siglo pasado las autoridades y los propietarios de las parcelas, los cuales, durante los proyectos para la construcción del cementerio, pleiteaban y alteraban los precios en relación con la mayor o menor eficacia del pudrimiento, hasta intercambiarse injuriosos panfletos como aquel entre el consejero municipal doctor Mitlacher y el barón Lasky, en 1869. La zona en que nos encontramos es sórdida, una amplia pradera entre los lindes del bosque y un muro que rodea la oficina central de la empresa de tranvías de Viena. A pocos pasos, una lápida fúnebre dice, debajo del nombre de la familia Pabst, *auf Wiedersehen,* hasta la vista. Esta pradera, aunque extensa, es una pequeña naturaleza rodeada por la sociedad, por la simetría de las avenidas y de la industria funeraria a un lado y por la empresa de transportes municipales al otro, pero este mínimo espacio es como la *taiga* o la sabana, también ellas rodeadas por la civilización pero gobernadas por la ley antigua del mundo animal, husmear, reptar, buscar comida, acoplarse, preparar y escapar del acecho, esa ley que está vigente incluso en el parterre del jardín de casa o en la maceta que contiene una planta.

La hierba incolora se tiñe de repente de verde, entre los árboles se alza el primer aleteo y la primera llamada, las grandes cornejas migratorias procedentes de Rusia comienzan a volar, por oriente asciende una desnuda corteza de limón y el inconfundible olor de la mañana aporta, incluso en ese bosquecillo suburbial, una felicidad física, el placer de un cuerpo que se siente a gusto, el placer de oír, tocar, mirar. A las intocables hembras que llevan unos minutos dando saltitos por el prado se une, todavía distante, un faisán macho que se acerca cauteloso, mientras mi vecino apunta con el fusil. Acostumbrado, en mi Monte Nevoso, a desmontar las trampas de los cazadores, me siento vagamente traidor, alguien que se ha pasado al otro bando. ¿Es así como también cada uno de nosotros acude a su encuentro con el hado, con inútil aunque aguerrida cautela? Me pregunto, inmóvil, qué constelación de amenazas posibles, atómicas o microbiológicas, guerras estelares, virus recidivos, adelantamientos en curva apuntan sobre mi vida, como el fusil de mi vecino apunta al faisán, elegido por una infinita cadena de combinaciones.

En esa espera absurda y culpable, lamento que, en 1874, el elevado coste (un millón de florines) hiciera fracasar el proyecto de funerales por correo neumático elaborado por Felbinder y Hudetz, que preveía que los difuntos de la ciudad fueran conducidos directamente, a través de una kilométrica tubería accionada por aire comprimido, a la tumba que les estaba destinada. Supongo que el aire retronaría con los secos y continuados golpes de estos cuerpos y el faisán alzaría el vuelo.

Pero la combinación de coincidencias y de concatenaciones que ciñe el universo ha decidido diferir la ejecución del faisán asumiendo otra faz, no menos austríacamente burocrática; poco antes de que el blanco llegue a ser definitivamente seguro, en el lindero del bosque, cerca del «hasta la vista» de la familia Pabst, aparece una jadeante camioneta cargada de hojas podridas y otros desechos que los jardineros del camposanto –casi tan madrugadores como los cazadores– han recogido en las avenidas y vienen a descargar junto a nosotros.

El faisán, asustado, se esfuma; el señor Baumgartner se permite un sonoro «¡Mierda!», pero saluda cordialmente a los aguafiestas.

Nos dirigimos hacia la salida, dentro de poco llegarán los visitantes habituales. En el fondo, ha sido un alba coherente con el espíritu vienés que se burla de la muerte, la adula pero también se ríe de ella, la corteja y, al no poder plantarla definitivamente como se hace con un amante que ha comenzado a aburrirnos, intenta por lo menos ocasionarle algún daño. En la puerta encontramos al colega del señor Baumgartner. La liebre que ha cazado es la imagen del déficit del universo y del pecado original de la vida que se alimenta de muerte. Dentro de unas horas esa liebre será un gracioso trofeo y algo más tarde un plato suculento, pero de momento sigue siendo fuga y terror, el sufrimiento de la criatura que no ha pedido vivir ni merecido morir, el misterio de la vida, esa cosa extraña que estaba en la liebre hasta hace poco y que ahora ya no está y que ni siquiera los científicos saben muy bien qué es, si para definirla recurren a tautologías como «el conjunto de los fenómenos que se oponen a la muerte». No sé muy bien de qué, porque –como todos los comparsas secundarios en el espectáculo del mundo– no desempeño papeles principales y por tanto no tengo responsabilidades directas y precisas, pero la verdad es que, ante esa liebre, experimento una sensación de vergüenza.

11. UN TRABAJO FRUCTÍFERO

Donde hoy se encuentra la Cámara de los Trabajadores y de los Empleados, estaba la oficina de Eichmann, desde la que dirigía el *iter* burocrático para la aplicación del programa racial del Tercer Reich. En el proceso, Eichmann recordó su actividad en Viena como «la más feliz y más rica en éxitos de mi vida». Evidentemente ese trabajo no debía ocasionarle demasiadas preocupaciones en una ciudad que Grillparzer, el poeta nacional austríaco, había definido en el siglo XIX como la «Capua de los espíritus» y que siempre ha sido maestra en el arte del autoengaño. En el referéndum, por supuesto formal, que se celebró en 1938 después del *Anschluss,* sólo mil novecientos cincuenta y tres vieneses –recuerda Christian Reder en la mencionada guía alternativa– votaron contra la anexión al Tercer Reich, aunque en aquel año hubo mil trescientos cincuenta y ocho suicidios, respecto a los cuatrocientos de la habitual media anual.

12. GENTZGASSE, 7

Desde una de estas ventanas, el 16 de marzo de 1938, se arrojó uno de esos suicidas, Egon Friedell, historiador y crítico conservador de la cultura, poeta de lo efímero y de la historieta corta humorística, en la cual la ironía mordaz, que da nueva dimensión a cualquier finitud, abre una rendija sobre el infinito, sobre lo que trasciende eternamente nuestra pequeñez, haciéndola a nuestros ojos más apreciada. Ese salto por la ventana fue su último *Witz*, la burla a la Gestapo que estaba a punto de arrestarle. La fachada de la casa es sórdida, la pintura está descascarillada; unos balcones de hierro forjado exhiben una patética pretensión ornamental. Friedell era judío, el nazismo le empujó por aquella ventana en nombre de la pureza racial germánica; los inquilinos de aquella casa, como muestran las tarjetas en el portal, se llaman Pokorny, Pekarek, Kriczer, Urbanck. Todo auténtico vienés, de acuerdo con la antigua máxima, es un bohemio.

13. LUKÁCS EN VIENA

En el café Landtmann, sobre el Ring próximo al Burgtheater, Wolfgang Kraus –ensayista y fundador de la Sociedad Austríaca de Literatura, durante los largos y gélidos años de la segunda posguerra, un auténtico y excepcional puente entre el mundo occidental y los países del Este– me habla de una conferencia dada por Lukács en el sótano de ese café. Debía de ser probablemente, dice Kraus, el año 1952; recuerda el discurso de Lukács como un gris mitin de propaganda soviética, al que asistieron pocas personas, alrededor de una treintena, pero que fue transmitido en directo por radio en muchos países comunistas.

Esa conferencia de resonancia a la vez modesta y mundial pone de relieve, de forma paradójica, el pathos objetivo de Lukács, capaz de poner su propia persona al servicio de un valor superior y de descender de las alturas del gran estilo hasta el modesto y tosco nivel de aquellos micrófonos, con toda la peligrosa complicidad pero también con la magnánima autotrascendencia que cualquier servicio supone.

Lukács se halla en los antípodas del espíritu vienés, por el cual, además, como buen húngaro, no sentía simpatía. Viena –la Viena donde había estado exiliado– es la ciudad del malestar contemporáneo, que él selló en bloque en aquel *Asalto a la razón* que parece una autocaricatura de su pensamiento. Viena es un lugar de náufragos, si bien enmascarados por la ironía, por un escepticismo respecto a lo universal y a los sistemas de valores. Por encima de dicho escepticismo sólo podemos ser, eventualmente, el reflejo de una trascendencia, a la que es ajeno el pensamiento dialéctico. Lukács es el pensador moderno por excelencia, que razona según categorías fuertes, enmarca el mundo en un sistema e instaura, por encima de las necesidades, unos valores firmes. Viena es la ciudad de la posmodernidad, en la cual la realidad cede paso a su propia representación y a la apariencia, las categorías fuertes pierden consistencia, lo universal se transmuta en lo trascendente o se disuelve en lo efímero y los mecanismos de las necesidades absorben los valores.

Como ha dicho Augusto del Noce, *El asalto a la razón* está sostenido por el secreto temor de que Nietzsche pueda prevalecer sobre Marx. En las sociedades occidentales ha ocurrido y está ocurriendo precisamente eso: el juego de las interpretaciones, la voluntad de poder hundida en el automatismo de los procesos sociales, la capilar, tentacular y difusa organización de las necesidades, un indiferenciado flujo libidinal colectivo parecen haber suplantado al pensamiento que descubre las leyes de lo real para cambiarlas y cita a juicio al mundo para cambiarlo. La cultura-espectáculo parece haber derrotado la idea de revolución.

El asalto a la razón, en el que Lukács combate contra el fantasma de Nietzsche que él ve renacer victorioso, es un libro contra la vanguardia, contra la negación y, por tanto, también contra Viena, aunque Viena signifique también la sátira de cualquier negación presuntuosa, de la arrogancia posmoderna disfrazada de tolerante y festiva fatuidad. Pero Lukács no sabía ver estas entretelas metafísicas y estos saltos mortales del teatro del mundo vienés. «Mientras hablaba –decía Thomas Mann de él, para subrayar su fuerza dialéctica–, tenía razón.» Kafka, con el que las espectrales vicisitudes del mundo obligaron al viejo Lukács a ajustar las cuentas, habría podido enseñarle que a veces se tiene razón cuando se calla. Pero el silencio no es dialéctico, no es hegeliano, es místico o irónico (o ambas cosas); no es Marx, sino Wittgenstein o Hofmannsthal, es vienés.

14. SÓLO UNA PREGUNTA

Entre las muchas fotografías que ilustran la exposición vienesa dedicada al judaísmo oriental, una retrata a un viejo reparador de paraguas, con el bonete muy hundido en la cabeza, la barba clara y las gafas sobre la nariz, que está atareado con una varilla y un hilo. En la oscura fotografía, que engulle en la sombra la oscura bata del artesano, el rostro y las manos del viejo resplandecen como en un cuadro de Rembrandt, con una sacralidad cargada de respeto, que ningún ultraje podrá borrar. Es posible que también los cristales de su tienda sean rotos por un *pogrom,* como las casas devastadas que otras fotografías, al lado, muestran; la violencia podrá arrancar la barba o quitar la vida al paragüero, pero nada podrá arrebatarle esa plenitud de significado, esa decidida seguridad de su persona que se expresa a través de sus gestos tranquilos, en su mismo cuerpo.

Detrás de las gafas que cuelgan sobre su nariz, los ojos escrutan con paciencia el reacio agujero de la varilla reparada, pero centellean también maliciosos, con la afectuosa ironía de quien sabe que el mundo puede ser destruido de la noche a la mañana, pero que no hay que tomar demasiado en serio sus grandilocuencias, sus promesas y sus amenazas, porque la Torah advierte que no hay que hacer de nada un ídolo, ni siquiera de la palabra de Dios.

Ese viejo es el judío «eternamente ileso», como decía Joseph Roth, imperturbable y regio mendigo que, en su pringoso caftán, renace después de cada destrucción, asustando al Faraón, al comandante del Lager, al noble o al director de oficina antisemita con su incoercible vitalidad y la inextinguible fuerza de sus afectos familiares, que alimentan religiosamente esa vitalidad. Bajo las ventanas de la inteligencia occidental, que advertía cada vez más su propia escisión y su propia laceración interior, el judío, pobre o rico, se ha movido como el rey de los *Schnorrer,* de los impertérritos y tenaces mendigos-pedigüeños: vagabundo e insistente, expuesto a la burla y a la agresión, pero dispuesto a sacudírselas de encima con indiferencia, sin patria pero arraigado en un libro y en una ley, instalado en la vida como un rey y capaz de sentirse en todas partes como en casa, como si para él el mundo entero fuera un barrio familiar, la calle de la infancia en la que se habla el dialecto natal. Una vez, durante un congreso literario en el museo hebraico de Eisenstadt, la capital del *Burgenland* a pocos kilómetros de Viena, un rabino vienés, que participaba en nuestra discusión, me preguntó, con un vago tono de cautela: «Pero usted no es judío, ¿verdad?» Casi no había acabado de contestarle, diciéndole que no lo era, cuando el rabino se apresuró a precisar, con las manos tendidas hacia adelante, como para disipar un eventual equívoco o ahuyentar mi preocupación: «Sólo era una pregunta...»

15. «¿LO DE SIEMPRE, SEÑOR?»

Vive y deja vivir, es la sabiduría vienesa, tolerancia liberal que puede convertirse fácilmente en cínica indiferencia, como decía Alfred Polgar, en el «muere y deja morir». El cementerio *biedermeier* de Sankt Marx está totalmente abandonado. Sobre las tumbas atacadas por el óxido los adornos de hierro se caen hechos pedazos y las inscripciones se borran, el adjetivo «inolvidable» que acompaña tales nombres se corroe en el olvido. Es una selva de ángeles decapitados, vegetación que se amontona y cubre los sepulcros, estelas en la jungla: un ángel con la antorcha caída y la mano apoyada pensativamente en la cabeza señala la tumba en la que fue sepultado Mozart: los crisantemos, depositados en este modesto cenotafio, están frescos.

Hay muchas tumbas macedónicas, griegas, polacas, rumanas. *Ici est deposé Kloucerou Constantin Lénsch fils du Chevalier Philippe Lénsch Grand Logothet de Droit.* Como los Arlequines o los Hans Wurst de tantas comedias populares vienesas, el visitante de estas avenidas otoñales, en las que el olvido parece exuberante, se siente empujado por el pensamiento de la muerte a pensar en el amor. No en la *perditio* o en la *affectio,* sino en la *appetitio,* en la cama y en algún momento placentero y excitante. Esa lujuria de la caducidad induce a la fidelidad, al recuerdo, a una guerrilla con el tiempo. Entran ganas de meterse en la primera cabina y telefonear, con un puñado de chelines, a esas compañeras de juego de antaño que han emergido con tanto ímpetu en la cabeza. Menos mal que existen las conferencias interurbanas.

También las habitaciones de la Posada en el Cementerio de los Sinnombre hacen pensar en una agradable parada en el camino, en cuartitos acogedores. La posada pertenece ahora a Leopoldine Piwonka; el *Sturm,* el vinito recién vendimiado, es espumoso y ligero, la *Stube* posee la acogedora intimidad austríaca. En el Cementerio de los Sinnombre son sepultados los cadáveres recogidos en el Danubio; no son muchos, las flores en su homenaje están frescas y algunos de ellos, pese a la denominación del camposanto, tienen nombre. Aquí la muerte es elemental, esencial, casi fraternal en el anonimato que nos une a todos, pecadores e hijos de Eva. Sólo la igualdad, la renuncia y el despojamiento de todo, y en primer lugar de la vanagloriosa identidad, hace justicia a la muerte y por tanto a la verdad de la vida. Quien reposa aquí puede decir, como don Quijote, «yo sé quién soy».

Delante de estas crucecitas, la capilla redonda, de estilo austrofascista, construida en los tiempos de Dollfuss, es opaca e irrelevante, un gran bidón abandonado, indigno de la religiosa e irreverente familiaridad vienesa con la muerte. Mi amigo Kunz, que encarna esa civilización mejor que Joseph Roth, divide equitativamente sus gastos de representación entre las Venus venales y las espléndidas coronas fúnebres que envía al funeral de cualquier conocido, incluso lejano, con una munificencia que incomoda a los más próximos parientes del difunto. Parece que el florista, cuando le ve entrar en la tienda, le pregunta enseguida con premura: «¿Lo de siempre, señor?»

16. JOSEPHINUM

Es el instituto –y museo– de historia de la medicina, la antigua academia deseada por José II para sus cirujanos vieneses, de la que ha salido la gran escuela clínica vienesa. El emperador hizo construir modelos anatómicos de cera de tamaño natural o incluso mayor, que muestran al visitante, cortados en varias secciones horizontales o verticales, el viscoso y perfecto mecanismo de los órganos internos, los haces nerviosos y las ramificaciones que salen de los centros cerebrales, el laberinto de los nervios y de los tendones, de los músculos, de las venas y de las arterias. Una cabeza femenina con el cráneo seccionado horizontalmente muestra unos ojos dulcemente entornados y una boca amable a quien la mira de frente y las circunvoluciones del cerebro a quien la observa desde arriba. En una sección sagital mediana, un bellísimo e incoloro perfil masculino, con la pura indiferencia de una estatua neoclásica y los labios arqueados en una sonrisa arcaica, deja al desnudo la sustancia gris y la blanca de un hemiencéfalo y el «árbol de la vida» del cerebelo; una mujer supina, a la que se le han quitado las paredes abdominales de modo que dejen al aire los órganos genitales, yace serena con los cabellos rubios postizos sueltos sobre los hombros y un collar alrededor de la garganta.

Esa perfecta y precaria topografía de nuestro cuerpo, esa red de terminaciones nerviosas y esas fundas gelatinosas que protegen nuestros órganos, nos permiten reflejar, inventar o variar el soneto, quedarnos fascinados por un rostro, imaginar un Dios. Este museo de figuras de cera no es un museo de los horrores, porque la verdad nos hace libres y el conocimiento de la materia que somos nosotros la hace digna de amor. Todo auténtico verbo se hace carne y esos maniquíes seccionados muestran la naturaleza de los cuerpos que, en los momentos de gracia, se exhiben en todo su esplendor. También los modelos de los fetos deformes, de los gemelos siameses integrados uno en otro, nos recuerdan que *de nostra re agitur.* Mientras tanto hay elecciones universitarias:

en una pared un cartel del grupo «Jes», que reclama que la corbata sea obligatoria y la prohibición de los movimientos de izquierda, anuncia para el 1 de junio, en el marco de un ciclo sobre la «sexualidad conservadora», la conferencia de un tal doctor Knax titulada: «Hacerse pajas: ¿homicidio masivo?»

17. UN CABARET DE LA REALIDAD

Christa Janata me lleva a visitar el viejo cementerio judío, en el número 9 de la Seegasse. Christa, en los años cincuenta, era la mascota del Wiener Gruppe, la legendaria y ahora canonizada vanguardia vienesa. Era amiga de Artmann, de Bayer, de Rühm, que la habían apodado Maaike, y contemplaba con encantado estupor sus extravagancias, que se burlaban de todo salvo de ellos mismos. Ella poseía, probablemente, más poesía que todos ellos, a excepción tal vez de Bayer; lo cierto es que hoy posee mucha más. Es guapa y escéptica, sabe perfectamente cómo suelen terminar las cosas, pero no ignora el respeto y el afecto por los demás, a diferencia de los funambulescos y áridos trucos de los literatos que, a fuerza de reírse de los burgueses, acaban por hacerlo también de ellos mismos.

Es domingo, las calles están desiertas. Entramos a tomar un café en el Gasthaus Fuchs, en la Rogergasse. Viena –la Viena de Canetti– también es un bajo vientre del mundo, familiar incluso en la degradación. Los tres o cuatro parroquianos muestran las diferentes fases del alcoholismo. Un viejo croata habla a solas, ni se entera cuando le ponen un vaso en la mano. En otra mesa, tres personas juegan a cartas, una de ellas tiene una cara completamente embrutecida y animalesca como una figura de Brueghel, el cuerpo de otra va redondeándose, gracias a la cerveza, en una informe y femenina obesidad, la única mujer tiene la cara deshecha, como en un cuadro expresionista. En un momento dado entra un demente, con un martillo y unos clavos, que comienza a clavar por todas partes, en las mesas, en los bancos. Es una escena de auténtico *Kabarett* vienés, pero un *Kabarett* de la vida, salvaje y desnuda, inalcanzable para la literatura, que se vuelve falsa y escolástica cuando intenta reproducir esta elementalidad. La dueña es desenvuelta y amable, pero tal vez dentro de unos cuantos años esté embrutecida como sus clientes actuales. «Aparenta cincuenta años», le dice galantemente un borracho. Christa me mira, como si quisiera preguntarme si sus cincuenta, que acaba de cumplir, son tan diferentes como parecen.

18. REMBRANDTSTRASSE, 35

Aquí vivía Joseph Roth en 1913, recién llegado de Galizia y matriculado en los registros de la universidad vienesa con su nombre completo, Moses Joseph Roth. La casa es gris, con una sordidez de periferia; las escaleras son oscuras, y en el patio opaco un árbol raquítico crece retorcido. Viviendo en esta casa, no era difícil convertirse en un experto en melancolía, la nota dominante de Viena y la Mitteleuropa; una tristeza de colegio o de cuartel, la tristeza de la simetría, de la fugacidad y de la desilusión. En Viena se tiene la impresión de que se vive y siempre se ha vivido en el pasado, cuyas arrugas ocultan y protegen incluso a la alegría. Es el *Lied,* la canción del «lieber Augustin» beodo y vagabundo, que vive siempre el último de sus días, que vive en un epílogo prolongado, en el intervalo entre el crepúsculo y el final, en la despedida prolongada y diferida. Esta pausa es el instante arrancado a la fuga y disfrutado a fondo, el arte de vivir en el borde de la nada como si todo estuviera en su sitio.

19. EN EL BORDE DE LO REAL

Hasta la gran economía puede convertirse en Viena en un arte de la nada. Entre los papeles de Schumpeter, maestro de esta ciencia inaprehensible, había también los apuntes para una novela, que habría debido llamarse, como cuenta Arthur Smithies en su necrología, *Naves en la niebla.* Según los borradores de esta novela nunca escrita, el sutil e indeciso protagonista Henry –hijo de una inglesa y de un triestino de nacionalidad indefinible– tenía que irse a América para dedicarse a los negocios, atraído no por los beneficios, sino por la complejidad intelectual de la actividad económica, por su entramado de matemáticas y pasión, en el cual las leyes generales de la economía se entrecruzan con la fortuita irregularidad de la vida.

En este fragmentario y furtivo autorretrato, Schumpeter describía a un típico personaje habsbúrguico, heredero y huérfano de aquel crisol plurinacional cuya desaparición le había dejado el sentimiento profundo de no pertenecer a ningún mundo preciso, al tiempo que la convicción de que su identidad huidiza –hecha de mezcolanzas, de sustracciones y de supresiones– no era únicamente el destino de los epígonos danubianos, sino una condición histórica general, la existencia de cada individuo.

Contemporáneo de Hofmannsthal y de Musil, criado en la estación de las ciencias que dejan al desnudo, como las matemáticas, su falta de fundamentos, Schumpeter pertenece, como Wittgenstein, a ese estilo de vida y de pensamiento que se identifica con el binomio musiliano de alma y exactitud: una inteligencia que quiere sondear las ambiguas profundidades del alma con el rigor analítico de la ciencia, una púdica reserva que se prohíbe cualquier fácil pathos y se impone la permanencia, por coherencia y por honestidad, en el ámbito de lo que se puede verificar racionalmente, pero sabiendo que más allá de las fronteras de ese territorio cognoscible surgen las grandes preguntas de la existencia, los interrogantes sobre los valores y sobre el significado de la vida. Los geniales estudios de Schumpeter sobre las leyes del desarrollo económico son el ejemplo de estas matemáticas del pensamiento que contemplan con apasionada nostalgia, como en las novelas de Broch, los sentimientos y los fenómenos que escapan a su dominio.

En la novela, Henry tenía que crecer, al igual que su autor, rodeado del afecto de su madre e inserto en un puro juego de altas y refinadas relaciones sociales. Es posible que en su historia Schumpeter quisiera reflejar al burgués liberal de la Viena *fin de siècle,* que procuraba mimetizar su propio ascenso económico, de acuerdo con las tesis de Schorske, en las formas de la cultura estética de la aristocracia. La vida de Henry acababa por vaciarse en el juego de estas formas sociales y por oscurecerse en una elegante ausencia, en un ambiguo intercambio de lo verdadero y de lo falso, en una continua supresión de toda verdad. Henry tenía que descubrir su propio extrañamiento a cualquier patria, a cualquier clase social y a cualquier comunidad humana: la imposibilidad de echar anclas en una familia, en un amigo, en una mujer amada. El individuo descubría que poseía únicamente su trabajo, pero que eso sólo era el resto de un naufragio: «Trabajar de manera eficiente, sin objetivos, sin esperanza.»

Smithies recuerda la ironía con que Schumpeter ofrecía a sus interlocutores argumentos para refutar sus teorías y asistía a los malentendidos que acompañaban a la difusión de su obra, uniendo el absoluto rigor de la claridad científica con una oculta inclinación crepuscular. Esta afinidad errática con las resquebrajaduras de la historia, unida a una lucidez racional que no se deja turbar por ellas, también es una herencia de la vieja Austria. La existencia de Schumpeter va acompañada de errores y de equívocos: el desfase temporal entre sus intuiciones y el momento en que eran recibidas, las catástrofes mundiales que retrasaban el éxito de algunos de sus libros, que se cuentan entre los mejores textos de economía del siglo, su fracaso como ministro de Hacienda y como presidente de un banco, pese a ser uno de los poquísimos en entender la situación y en indicar los medios exactos para afrontarla.

Como Henry, Schumpeter interceptaba el camino, en su corazón, a cualquier complejo reactivo y a cualquier desprecio; no achacaba al mundo sus desilusiones y no culpaba a los demás del absurdo de las cosas. De la civilización austríaca había aprendido la discreta sonrisa que enmascara cualquier certidumbre, pero disimula la turbación y aprecia esa pizca de imbecilidad cotidiana que la inteligencia precisa para sobrevivir. El genio de la economía, que teorizaba sobre el dinamismo empresarial y la libre iniciativa, pensaba, como Musil, que la razón calculadora es un viejo banquero y que la maestría de esos cálculos es necesaria, pero no suficiente para vivir. La historia, dice en uno de sus apuntes, podría ser escrita en términos de ocasiones perdidas; el hijo de la vieja Cacania sabía que, si las cosas son así, también podrían ser de otra manera.

20. WIENER GRUPPE Y STRIPTEASE

En el breve *Passage* que lleva de la Kärtntnerstrasse a la plaza donde está la Cripta de los Capuchinos, al lado del famoso bar construido por Loos, estaba el Art-Club, un local llamado también Strohkoffer, baúl de paja. Era la sede principal del Wiener Gruppe. En la estancada atmósfera conservadora de los años cincuenta y sesenta, aquel grupo redescubría una tradición a un tiempo surrealista, dadaísta y popular, intentaba oponerse a la creciente alienación que apartaba al individuo de su inmediata experiencia sensible y buscaba la poesía en la experimentación a ultranza, en el montaje y en el fuego verbal, en los funambulismos fonéticos y en los *happenings,* en la mezcla de *réclame* y de *non-sense,* en la provocación burlona, en los proyectos de dirigir un coro de pájaros, construir una casa de diez kilómetros de longitud e imprimir falsos periódicos para una sola persona.

Estos juglares reavivaban el torpe clima cultural austríaco y entre ellos había un auténtico poeta, Konrad Bayer, que moriría en 1964. Pero en sus clamorosos «actos poéticos», que pretendían transformar la vida, había esa arrogante ingenuidad de quien cree transgredir la ley paterna quitándose los pantalones, esa patética presunción de programar la espontaneidad por decreto y esa jactancia de creerse pregoneros de un nuevo evangelio clownesco-orgiástico-cibernético, muy poco original.

Ahora serios volúmenes académicos celebran este «accionismo» poético y exhiben con sosiego ideológico las fotografías de escritores que se presentaban al público desnudos, haciendo pipí, sumergiendo su polla en espumeantes jarras de cerveza y amontonándose en poses que pretendían ser obscenas y por tanto originales e inocentes. Todo ello carece penosamente de inventiva, de auténtico *non-sense,* de fantasía imprevisible y de ironía; esos desnudos y esos gestos provocadores son tan previsibles como los uniformes de los cadetes en una academia militar. Ahora esos iconoclastas han sentado cabeza, como los goliardos que se convierten en notarios, celebran lecturas en la universidad y critican el 68. Donde estaba el local, me cuenta Christa, que en aquellos años frecuentaba el grupo, ahora hay otro, momentáneamente cerrado, en el que se ofrece el striptease habitual, posiblemente bastante parecido en el fondo a aquellos pretenciosos despelotamientos; una coherente parábola del striptease al striptease que habría encantado a Joseph Roth.

21. KARL-MARX-HOF

El famoso e inmenso conjunto de viviendas obreras construidas por la «Viena roja», el municipio socialista, después de la Primera Guerra Mundial, nació de la voluntad de reformar, de una confianza en el progreso, del intento de construir una sociedad diferente, abierta a nuevas clases y destinada a ser guiada por éstas. Hoy resulta fácil sonreír ante esta uniforme grisura cuartelera. Pero los patios y los parterres poseen cierta melancólica alegría, hablan de los juegos de los niños que, antes de estas casas, habitaban en tugurios o en ratoneras sin nombre y del orgullo de las familias que en estas casas, por primera vez, tuvieron la posibilidad de vivir con dignidad, como personas.

Este monumento de la Modernidad encarna muchas ilusiones progresistas del período entre las dos guerras, que se derrumbaron, pero pone en evidencia también la realidad de un gran progreso, que sólo una atrevida ignorancia puede subvalorar. En 1934, estas casas fueron el centro de la gran insurrección proletaria de Viena, que Dollfuss, el canciller austrofascista, reprimió con sanguinaria violencia. La derecha es patriótica, pero dispara con mayor frecuencia y gusto sobre sus propios compatriotas que sobre los invasores de la patria.

Hoy nos sentimos huérfanos de esa modernidad y de sus promesas; Viena, en los años del exilio entre las dos guerras, fue también el teatro del mundo sobre cuyo escenario se derrumbaron, como alegorías barrocas, muchas certidumbres ideológicas y grandes esperanzas revolucionarias.

Lo que entonces, en los años de Hitler y de Stalin, se derrumbaba en el corazón y en el pensamiento de muchos, era sobre todo la fe en el comunismo.

Como se dice en una novela de Manès Sperber ambientada también en Viena, el desertor del partido es un huérfano de la totalidad: cuando el militante comunista clandestino, que ha entregado su vida a la revolución y trabaja en los países dominados por dictaduras fascistas, descubre la perversión estalinista de la revolución, acaba por encontrarse en una tierra de nadie, ajena a cualquier sociedad y exiliado de la vida misma.

Esos testigos y acusadores del «dios que ha caído», que en los años entre las dos guerras solían recorrer las calles y los cafés de Viena como un territorio del exilio, vivieron la milicia revolucionaria como una visión global del mundo, en la cual las opciones políticas condicionaban las preguntas sobre las cosas últimas. Esos desertores del comunismo estalinista dieron una gran lección, porque mantuvieron del marxismo la imagen unitaria y clásica del hombre, una fe en lo universal-humano que a veces se expresó, ingenuamente, con las formas narrativas del pasado. Pero su humanidad, que de las temporales derrotas de los propios sueños no arranca un permiso para irresponsables licencias intelectuales, es muy diferente de la coquetería de los huérfanos actuales del marxismo, los cuales, desilusionados porque éste no ha demostrado ser el «ábrete Sésamo» de la historia, se abandonan a estridentes burlas sobre lo que hasta ayer les parecía sagrado e infalible.

La dolorosa y austera firmeza de esos exiliados de ayer puede ayudar a vivir de manera correcta la condición de hoy. Quedar huérfanos de las ideologías es natural, como lo es quedar huérfanos de los propios padres; es un momento doloroso, que no implica sin embargo la desacralización del padre perdido, porque no significa alejarse de su enseñanza. Una militancia política no es una iglesia mística en la que todo se sostiene, sino un trabajo cotidiano, que no redime de una vez por todas a la Tierra y que está expuesto a errores pero dispuesto a corregirlos. También al marxismo le ha llegado la hora liberal de esta laicidad, que no admite idólatras ni huérfanos del Vietnam, sino que forma personalidades maduras, capaces de afrontar las continuas desilusiones. Ha llegado el momento en que abandonar el partido comunista ya no supone la pérdida de la totalidad y esto podría ser una razón para no abandonarlo. Pero, en su tierra de nadie, esos nómadas de ayer habían afrontado el vacío con un sentido de los valores sin el cual la laicidad ya no es liberación de los dogmas, sino indiferente y pasiva sujeción a los mecanismos sociales. Aquellos nómadas eran –como decía Sperber– extraterritoriales respecto a la historia, vivían en el recuerdo del pasado y en el sueño del futuro y nunca en el presente. Este destino era también un destino austríaco: en los cafés y en los hoteles del exilio, añadía Sperber, moría otra vez, y definitivamente, la vieja Austria.

Pero esta muerte y este exilio eran también resistencia a la pobrísima pulverización posmoderna, de la misma manera que el Karl-Marx-Hof fue una resistencia a los cañones de Dollfuss así como a la tentación de creer que dicha resistencia fuera insensata. La pobre, gris y maciza modernidad de aquel falansterio se impone por su compacidad. Diferente es la actitud de quien, sesenta años después, la redescubre y la exalta con gusto *rétro,* coquetamente progresista, e incluso intenta, como ha ocurrido en Trieste con resultados desastrosos, proponer de nuevo el falansterio como modelo de habitación y de cohabitación. Este extravagante capricho de restaurar formas carentes de la necesidad histórica que en su tiempo las había producido es posmoderno, es el placer kitsch por lo falso y lo vulgar, es el gusto de la ideología a la que se le han amputado las ideas; una cultura sin fundamento, que no tiene nada en común con los robustos y graves fundamentos del Karl-Marx-Hof.

22. TÍO OTTONE

Mariahilfestrasse. En esas habitaciones vivía el tío Ottone, un tío abuelo mío por parte de madre. Las olas de la historia le zarandearon durante décadas, pero acababan siempre por llevarle, casualmente, a un lugar seguro y elevado. Durante la Primera Guerra Mundial, en Trieste, fue colocado, como funcionario austríaco, en los abastecimientos, una tarea que ejercía con justicia y que le permitía no pasarlo demasiado mal en aquellos años de carestía. En 1918, al llegar a Italia, fue convocado por el general Petitti di Roreto y acudió a la cita con un ligero retraso, cuando una pequeña multitud, por la calle, había ya maltratado a su antiguo colega en el mismo cargo, gritando «abajo el acaparador austríaco», y de ese modo ya había desfogado en exceso su agresividad para poder meterse también con él. El general, impresionado por el orden de sus registros, le rogó que siguiera ocupándose del problema de los víveres en ese difícil período de transición y se lo llevó consigo a un palco del teatro, donde se celebraba la redención de Trieste y las ovaciones y los gritos de «viva Italia» llovieron también, automáticamente, sobre mi tío abuelo.

Con la llegada del fascismo se trasladó a Viena, donde su experiencia le procuró, en los años de la gran crisis económica, análogo cargo. Me contaba que, en ocasiones, antes de alguna manifestación, los socialistas pasaban por su despacho, le contaban que mañana le obligarían a entregarles, por ejemplo, cien quintales de harina, él se manifestaba dispuesto a cederles cincuenta y al final se ponían de acuerdo en setenta y cinco. Le rogaban que les indicara qué habitaciones de la oficina utilizaba menos, en caso de que fuera necesario apedrear alguna ventana. Al retirarse del servicio público, protegió durante el nazismo a unos cuantos socialistas y comunistas perseguidos; puede que fuera éste el motivo por el que, en 1945, durante la ocupación rusa, los soviéticos le pidieron que se ocupara del abastecimiento y de la distribución de víveres. Nombrado, ya anciano, caballero de Malta, rechazó por intuición un alto cargo que se vio envuelto poco más adelante en penosas polémicas; convertido luego en Gran Maestre, pasaba medio año en Roma, en el palacio de la Orden, con un viejísimo camarero al que él, que había superado los ochenta, ayudaba a moverse y a comer. «Ven, Giovanni, vayámonos a la montaña», le decía, y ambos respiraban grandes bocanadas de una bombona de oxígeno. Se había deslizado entre los acontecimientos como un buen bailarín, que no roza a las demás parejas en la sala atestada.

23. EN EL MUSEO DEL CRIMEN

El amable funcionario de policía que me sirve de cicerone en el Museo del Crimen se siente orgulloso de los delitos y de los delincuentes que me enseña, de la misma manera que el director de los Uffizi puede estar orgulloso de sus Rafael y de sus Botticelli. Aun siendo un celoso tutor de la ley, tampoco él disimula una considerable simpatía por el rey de los rateros, Breitwieser, tan querido por los vieneses, que le rindieron multitudinariamente el último homenaje en 1919, cuando fue enterrado en el cementerio de Meidling.

En este museo hay dos fotografías inolvidables, dos mujeres, víctima y verdugo. La asesina es una señora acomodada, Josefine Luner, dura, gorda y ampulosa, con la mandíbula cuadrada y moralista del ama de casa respetable que permite adivinar a una oculta arpía. La víctima es Anna Augustin, catorce años, trenzas oscuras, ojos luminosos y tímidos, una niña más que una muchacha, indefensa y perdida. Anna Augustin venía de provincias y servía de criada en Viena en casa de la Luner. La señora Luner comenzó a atormentarla reprochándole inexistentes descuidos y amenazando con denunciarla a su familia, pasó a las bofetadas, a las patadas y a las palizas; luego la encerró, le hizo pasar hambre, la sometió a horribles crueldades, torturándola de las maneras más atroces. Anna murió al cabo de un año de tormentos; Josefine Luner fue descubierta y condenada a muerte, pero la pena le fue conmutada por la de cadena perpetua –como sucedía siempre en Austria con las mujeres, hasta que el nazismo, después de 1938, abolió este privilegio femenino–. El marido, que estaba al corriente pero que no había participado de las torturas, fue condenado a unos pocos meses de cárcel.

La infancia de Anna, sus ojos infantiles, tiernos e inertes, claman venganza. Lo que le ocurrió a esta criatura, y que ocurre de diversas formas a muchas otras personas, niega la historia del mundo. Las obras más elevadas del hombre, puestas todas en una balanza, no compensan este horror, no borran de la creación esta mancha indeleble. Al igual que Aliocha Karamazov ante el general que había hecho que sus perros descuartizaran a un muchacho, también en este caso se advierte que Dios no es omnipotente, que no puede perdonar a Josefine Luner, que es inimaginable una armonía final en la que la corpulenta carcelera sea acogida en la rosa de los beatos.

Esta violencia también es violencia social. Anna jamás se atrevió a rebelarse, ni a escapar, cuando todavía podía hacerlo, cuando la señora, después de haberla martirizado, la enviaba a hacer la compra y ella obedecía. Nadie le había enseñado a considerarse con iguales derechos que cualquier otra persona; la autoridad social de la señora le inspiraba una temerosa sujeción, que facilitaba el camino a la ferocidad de la otra. Josefine Luner, por su parte, jamás habría torturado a la hija de un consejero de Estado; ni siquiera se le habría ocurrido. Además, antes nunca había torturado a nadie y abstenerse de ello no le había hecho padecer. Cuando se encontró ante una chiquilla completamente indefensa y sin duda poco despierta y activa, esa falta de resistencia y la facilidad del crimen le provocaron el deseo de realizarlo.

Los débiles deben aprender a asustar a los fuertes, o sea a darse cuenta de que –si quieren, si se liberan del miedo– también ellos pueden ser fuertes y devolver a la señora Luner paliza por paliza. Quien se doblega a servir, lo hace porque, como el elefante de Kipling, ha olvidado su propia fuerza. Cuando la recuerde y esté dispuesto a propinar un buen trompazo al primero que intente pincharle, es posible que haya paz en el zoo.

24. VIVIDO ALEGREMENTE, MUERTO LEVEMENTE

Para Grillparzer el Augarten, el gran parque entre la Brigittenau y la Leopoldstadt, era el lugar de la felicidad y del placer, por lo menos durante la fiesta popular que describe en el Pobre músico, su relato de 1848. Hoy el

Augarten, con sus avenidas rectas y casi desnudas, sugiere la soledad que existe en cualquier geometría, un jardín para los paseos de los jubilados con su perro, bajo las tres descascarilladas y sórdidas *Flaktürme,* tres torres para la artillería antiaérea ahora en desuso, que se alzan como toscas ruinas bárbaras.

Al igual que el retrato de Grillparzer, despedida hipocondríaca y desgarradora de una familiaridad coral que desaparece, la vieja Viena es el paisaje de una despedida de la felicidad. Amedeo está intuyendo una razonada confrontación entre el *Most* y el *Sturm,* dos graduaciones vienesas del vino recién vendimiado. Gigi hace reír a las señoras con las historias de su tío, el cual había jurado a su madre, en el lecho de muerte, que se casaría con cierta señorita y naturalmente nunca incumpliría ese sagrado juramento, pero antes del matrimonio siempre hay que pasar por el noviazgo y además siempre hay tantas cosas que hacer, de modo que había seguido de novio hasta los ochenta y tres años, obviamente con la firme decisión de casarse apenas le fuera posible, truncada sólo por su muerte repentina. Francesca levanta ligeramente la cabeza, con un gesto que le es habitual y pone en justa evidencia su garganta, blanca en el atardecer. Los años no han concluido su retrato, no permiten vislumbrar qué será de ese rostro, que ha cruzado en silencio las olas dejando que el agua corriera a lo largo de las mejillas y de los cabellos, bellísimo y discreto, buscando anclajes normales y apartados que escaparan a la atención, transparencia incolora cuya profundidad sólo es advertida por una dolorosa oceanografía.

También este vagabundeo terminará, porque, aunque adoptemos aires de *flaneurs* y de ociosos, todos somos buenos y ordenados, diligentes y responsables profesionales; el engranaje de la retórica nos mantiene atados y nos llamará al orden, de un tirón nos hará volver a cada uno de nosotros a su perrera, para ladrar de acuerdo con la música prevista por la seriedad de la vida.

En los troncos y en las hojas de estos árboles reverbera con una luminosidad que ni el color gris del cielo ni el servicio meteorológico han previsto, el resplandor de la fiesta descrita por Grillparzer, la luz de sus páginas que hace ciento treinta años evocaron los árboles y el follaje de Augarten. El pobre músico es un hombre que no ha tenido y no ha querido tener nada, un mendigo que ama religiosamente la música pero que rasca muy mal su violín, que ha organizado con meticuloso y tortuoso candor su propio fracaso, encontrando en su descenso existencial y social la humilde y oculta armonía con el fluir de la vida, el apagamiento de cualquier instante, la persuasión. Kafka –que veía en el pobre músico a quien ha renunciado a todo y puede saborear a fondo la vida, porque esa renuncia le ha liberado de cualquier ansioso proyecto– lo comparaba con Flaubert, con la ausencia y el vacío de *La educación sentimental.* El personaje grillparzeriano vive «dans le vrai», como decía Flaubert, pero la simplicidad y la verdad coinciden para él con el arte, con su dedicación a la música, mientras que para Flaubert y para Kafka la imperiosa vocación al arte aleja de esa verdad humana. El arte del pobre músico, por otra parte, pese a que él lo venere como armonía, es un desgraciado chirrido. Sin embargo, su existencia fallida es lo que le salva; le sustrae a los roles de la historia y de la sociedad, le permite dedicarse a cosas insignificantes, perder y tirar el tiempo, disfrutar de cosas menudas y absurdas, rozar, en su penosa torpeza, una ligereza mozartiana.

La austricidad es el arte de la fuga, vagabundeo, afición a detenerse a la espera de una patria que, como dice el viandante de Schubert, siempre se busca, se presagia y jamás se conoce. Esta patria desconocida, en la cual se vive con una cuenta en números rojos, es Austria, pero también es la vida, amable y –en el borde de la nada– feliz. Un dulce poeta bebedor y vagabundo de los años de Grillparzer, Ferdinand Sauter, que pasó su existencia en las posadas vienesas, escribía en el epitafio dictado para sí mismo: «Viel empfunden, nichts erworben, / froh gelebt und leicht gestorben», haber sentido mucho y no haber conseguido nada, haber vivido alegremente y muerto levemente, con ligereza y facilidad.

25. BERGGASSE, 19

Cuando estaba él iba poca gente, ahora va todo el mundo, dice el taxista que me lleva a la casa y al estudio de Freud. Esas habitaciones son famosas, también yo he estado en ellas varias veces, pero cada vez la impresión que me producen es profunda, se advierte en esta atmósfera el respeto y la paterna melancolía con las que ese señor ochocentista descendió al Caronte. En el vestíbulo se ven sombrero y bastón, como si Freud hubiera acabado de llegar; hay un maletín de médico, un baúl de viaje y una botellita con una funda de piel, la cantimplora que llevaba consigo en los paseos por los bosques, que amaba con la precisa cotidianeidad del padre de familia.

Las fotografías y los documentos que llenan el auténtico y verdadero estudio, retratos de Freud y de los restantes fundadores de la nueva ciencia o ediciones de textos famosos, son banalmente ilustrativos; esto ya no es el estudio de Freud, es un museo didáctico del psicoanálisis, ya casi reducido a esa fórmula estereotipada que ahora resulta obligatoria en cualquier discurso.

Pero en la pequeña sala de espera quedan unos cuantos libros de la verdadera biblioteca de Freud: Heine, Schiller, Ibsen, los clásicos que le enseñaban la discreción, el rigor y la *humanitas* indispensables para descender a los infiernos. Ese bastón y esa cantimplora proclaman toda la grandeza de Freud, su sentido de la medida y su amor por el orden, su sencillez de hombre decidido y sin manías, que –adentrándose en los remolinos de las ambivalencias humanas– aprende y enseña a amar todavía más, con más libertad, esas excursiones familiares por el monte.

De todo esto ha quedado poco en los congresos psicoanalíticos en los cuales, con frecuencia, confusas peroratas sin sentido, ignorantes de la sintaxis, degradan el psicoanálisis a su involuntaria parodia, aplicando el complejo de Edipo a los problemas de la limpieza urbana o de la serpiente monetaria. Los herederos de Freud no son los vaporosos ideólogos que utilizan con espectacularidad el psicoanálisis como un cliché, sino los terapeutas que, con paciencia, ayudan a alguien a vivir un poco mejor. Ese modesto y tranquilizador maletín de piel me hace pensar en todos aquellos a quienes debo la escasa seguridad que poseo, la mínima y necesaria capacidad de convivir con mis oscuridades.

Al final de la Himmelstrasse, una hermosa vista panorámica en el bosque vienés, un monumento alzado en 1977 en el lugar llamado Bellevue, dice, no sin énfasis: «Aquí, el 24 de julio de 1895, al Dr. Sigm. Freud se le reveló el secreto de los sueños.» Resulta divertido pensar en ese Señor Secreto, que, al igual que un impostor en una comedia, arroja al final la máscara. Se piensa más bien en aquel paisaje y en Freud que lo contempla, leyendo en los perfiles curvilíneos de la ciudad lejana un mapa de los meandros interiores, nunca del todo explorados. En esa inscripción retórica conmueve el «Dr.», ese «Doktor» con resonancias de académica dignidad, de estudios severos y realizados no sin orgullo.

26. ODISEA DEL ESPACIO

El enorme edificio situado a lo largo del canal del Danubio, en el número 95 de la Obere Donaustrasse, es la sede central de IBM. Una placa, en la entrada principal, recuerda que en ese lugar, en los locales de la casa de baños Diana ahora desaparecida, Johann Strauss ejecutó por primera vez, el 15 de febrero de 1867, *El Danubio azul.* La casa de baños Diana era sin duda más atractiva que esta caja, pero las calculadoras y los cerebros electrónicos instalados ahora en ese antiguo templo de la caducidad, en el cual una civilización pedía a la ligereza la supresión de la tragedia, no turban los giros de ese vals que, como plasmó de forma genial Kubrick en *2001: Una odisea del espacio,* expresa el acuerdo con el ritmo y con la respiración de los mundos. Si los japoneses comunican que pronto dispondrán de un ordenador capaz de poseer la complejidad del hombre, tal vez podrían un día componer el ritmo circular de ese vals, alegría que siempre se escapa para regresar siempre pero más tenue y lejana, nostálgica pero escéptica ante la posibilidad de derrotar la caducidad.

También las calculadoras y los cerebros electrónicos, como la astronave que ponen en funcionamiento, están insertos en esa música de los espacios en los que avanza la astronave. En el eterno retorno del vals hay algo eterno, no sólo el eco del pasado –de la era de Francisco José, que acabó, según una vieja ocurrencia, con la muerte de Strauss– sino la continua proyección de aquel pasado en el futuro, como las imágenes de acontecimientos remotos que viajan por el espacio y son ya, para alguien que las recibirá quién sabe dónde y quién sabe cuándo, el futuro.

Esa central de IBM es además un corazón del mundo de los negocios, pero también Strauss, artista auténtico admirado por Brahms, era una industria que ofrecía febrilmente bienes fácilmente consumibles, los cuales, por otra parte, rozaban milagrosamente la poesía. La placa que se halla sobre ese edificio nos hace sentir semejantes a Hal, el cerebro electrónico que, en *2001: Una odisea del espacio,* se humaniza hasta el punto de equivocarse, de sentir pasiones y miedos. Quien ama el vals no se escandaliza de que, en 1982, un ordenador fuera proclamado hombre del año.

27. LA MIRADA ATRÁS

Como dice la placa, en el lugar del actual edificio del n.° 15 de la Schwarzspanierstrasse, custodiado ahora por una intratable portera que me echa inmediatamente con malos modos, estaba, hasta 1904, la casa en la que murió Beethoven. En esa misma casa, en la noche entre el 3 y el 4 de octubre de 1903, Weininger se disparó un tiro en el corazón. Pocas semanas antes había descrito la sensación de extravío que se siente cuando, en el camino, nos volvemos atrás y vemos el trecho recorrido, la vía indiferente cuya fuga rectilínea expresa la irreversibilidad del tiempo. Al final sólo queda eso, la mirada hacia atrás que percibe la nada.

28. PALABRAS, PALABRAS, PALABRAS

La Hermesvilla, en el parque poblado por gamos y jabalíes de la periferia de Viena, era la preferida, con sus ambigüedades *liberty*, de la emperatriz Isabel, la desgraciada y mítica –y difícilmente soportable– esposa de Francisco José, la tortuosa y fugitiva Sissi tan apreciada por la imaginación popular. En su dormitorio, Hans Makart, decorador e ilustrador oficial de la Viena de la época (la construcción de la villa se remonta a 1882-1886), había recibido el encargo de pintar escenas inspiradas en *El sueño de una noche de verano* de Shakespeare y de hecho esbozó el proyecto, que fue realizado por sus continuadores.

Los colores son oscuros y enfermizos, el lecho de la emperatriz es un auténtico lecho fúnebre contemplado por una alegoría de la melancolía, las escenas shakespearianas son de una insinuante y glacial lascivia, que se repite en las figuras mitológicas dispuestas en la sala de gimnasia, en la cual Elisabeth sometía su cuerpo andrógino a ejercicios físicos practicados con un auténtico culto, como si fueran ejercicios espirituales. La villa es una morada adecuada para la pobre y frígida ternura de la emperatriz, que la hacía insensible a la sexualidad concreta y ansiaba elevaciones y dulzuras inmateriales, hasta cultivar con ascético narcisismo la esbeltez y la delgadez de su cuerpo, complacerse con el deseo masculino sin sentir necesidad de devolverlo, enamorarse castamente de la belleza femenina, hasta el punto de pedir a los embajadores habsbúrguicos que le buscaran los retratos de las mujeres más bellas de sus sedes diplomáticas. Hay en Sissi una belleza hermafrodita, que aborrece el aspecto físico del sexo y que sabe amar únicamente en la sublimación y en la ausencia.

Como sucede muchas veces, también en el caso de Sissi la insatisfacción intenta transfigurarse en poesía, vivir la ansiosa esterilidad como señal de que se es un elegido. La emperatriz escribía poemas líricos y no se equivocaba del todo cuando pensaba que les confiaba, celosamente ocultos, la esencia y el previsible secreto de su alma. En el antiguo imperio habsbúrguico, hasta para un estudiante de instituto resultaba poco conveniente escribir versos, de modo que, por ejemplo, Hofmannsthal tuvo que publicar con un pseudónimo sus geniales poemas juveniles; incluso una soberana que no se preocupaba por el protocolo tenía que reservar para sí y para unos pocos íntimos sus propios poemas y, en efecto, la emperatriz los confió, con minuciosas disposiciones, a una cajita para sus descendientes.

Los poemas de Elisabeth constituyen, como dice su título general, un diario poético, es decir, la reproducción no de los acontecimientos cotidianos, sino de su sentido más recóndito, de aquel resplandor que debiera acompañarles pero que la opacidad de cada día apaga o por lo menos esconde. Los poemas de Sissi son poemas de la lejanía, del sufrimiento, de lo que la vida no es y quisiera ser; son una poesía contrapuesta a la existencia concretamente vivida. Esa existencia es conocida: la jovencísima princesa bávara, prima de Ludwig de Baviera, se casa con Francisco José; su matrimonio al inicio feliz y después cada vez más agobiante, en un ambiente familiar y cortesano cada vez más opresivo; su creciente rechazo del papel propio de la emperatriz, el alejamiento interior de su marido y de sus hijos, la melancolía y la inquietud, sus viajes y ausencias cada vez más frecuentes; su extrañamiento de todo e incluso de sí misma, su absurda muerte en Ginebra a manos del anarquista italiano Luccheni.

Los poemas demuestran su deseo de vida personal y su rebelión ante la de la corte, que asumen la forma de auténticas críticas del sistema habsbúrguico y profesiones de fe republicana. Pero expresan sobre todo su insatisfacción, una nostalgia que no puede ni quiere definirse y se abandona a ese alejamiento, a la ausencia de algo que no consigue precisarse y cuya carencia es el auténtico y constante contenido de la vida de Sissi, la cual se envuelve y se arraiga en este tembloroso vacío. El gran fondo de esos poemas es el mar, su inefable infinitud, el murmullo de sus olas, continuo e intraducible como el del alma; Sissi es la gaviota, el ave marina sin paz y sin meta, de la misma manera que Ludwig de Baviera, su primo tan afín, es el águila, regia pero inadaptada y extranjera a su tierra. En la Hermesvilla está también el retrato de Ludwig pintado por Gräfle: el soberano amante de la belleza, cisne y águila, aparece rechoncho y con ricitos, lastrado por una vulgaridad levantina.

En su exaltación, la emperatriz pensaba que sus versos, banales y muchas veces cojitrancos, le eran dictados desde el más allá, a través de un contacto mediúmnico, por Heine. Elisabeth escribe realmente «a lo Heine», siguiendo la melodía y el repertorio heiniano que, en el siglo XIX, habían encontrado innumerables imitadores y repetidores, hasta el punto de constituir un auténtico lenguaje poético estereotipado.

La vulgaridad de la música no borra la desgarradora individualidad de la voz que la entona, de la misma manera que la uniformidad de la vida no ofusca la intensidad con que la vive el individuo. A la melodía impersonal de ese lenguaje, que se le presenta como una música sin palabras, como una estructura vacía rellenable a placer, Elisabeth entrega su auténtico y sufrido drama, sus pasiones. También estas pasiones, al igual que su culto kitsch y maníaco por Aquiles, estaban dentro de la historia, formaban parte del clima de la época, pero Elisabeth, como Ludwig, las vivió directamente en su inexistencia estéril y dolorosa, en su melancolía que rayaba en el desequilibrio. Excéntrica hasta una indiferencia incluso cruel, que Francisco José supo tolerar con gran afecto y con gran estilo, Elisabeth también sabía ser magnánima, como cuando fue a recibir al emperador, de vuelta de las amargas derrotas sufridas ante los prusianos, a la estación de Viena y le besó la mano delante de todos.

Pese a sus cuatro hijos, no estaba hecha para otros besos. Su personalidad inquieta está desprovista de persuasión, desconocedora de valores y de franca sexualidad, incapaz de habitar en la vida, en el instante y en el presente. Por ello Elisabeth confía a los versos su naturaleza más auténtica de ave migratoria, siempre errática. Esos versos, a veces melódicos y otras torpes, podría haberlos escrito cualquiera, eran una especie de glosario público al que muchos podían llegar y llegaban y en el cual la laceración personal se hundía como en un mar. Poemas bastante semejantes los había escrito también otro noble y poco común soberano, nacido para el mar más que para el trono, aunque capaz de afrontar de forma muy diversa, con un sobrio sentido del deber, su destino, Maximiliano de México. Lo poético de Sissi no reside en su mediocrísima obra escrita, sino en la tensión entre un dolor solitario y el adocenamiento de su expresión. Esos poemas de la emperatriz son un diario poético de todos y de nadie; pero este destino, que hermana a la soberana con tantos literatos incluso afortunados, la convierte en un pequeño pero real personaje en la historia de la literatura, en el repetido diálogo entre la voz del corazón y las «palabras, palabras, palabras».

29. ECKHARTSAU

En este pequeño castillo de caza, entre estos abetos azules, concluyó la secular historia de los Habsburgo; aquí abdicó el último emperador, Carlos. Los triestinos le llamaban Carlo Piria (o sea embudo) por su amor al vino, y la creencia popular lo presenta bajo una luz de bonachona limitación, pero no sólo era bonachón, sino que también era bueno, y la bondad, en la existencia, es una virtud imperial. Cuando visitó el frente, en el Isonzo, y vio la espantosa e insensata masacre, exclamó que terminaría con ella a cualquier precio. El valor de poner término a la guerra, de ver su abismal estupidez, no es sin duda menor que el de iniciarla, es un valor digno de un verdadero emperador.

El pequeño castillo tiene un aspecto de aplacible morada familiar, en el tejado hay un tranquilizador nido de cigüeñas. Esta amable y discreta familiaridad resulta el marco adecuado para el fin de los Habsburgo, de una dinastía rica en figuras maternas y paternas, comenzando por la gran María Teresa, y cuyo último emperador simbólico, Francisco José, tenía el carisma de un abuelo benévolo, sabio y un poco ido. En el parque, un árbol enorme crea, con sus ramas, una auténtica sala, más espléndida que las regias. Este árbol no sabe lo que es la abdicación. En el campo circundante unos cuantos carteles indican que se cultiva *Sieglinde,* el nombre wagneriano designa una clase especial de patata.

30. CARNUNTUM

Entre estas ruinas de la ciudad romana, cuando todavía faltaba mucho para que se convirtieran en ruinas, Marco Aurelio escribió el segundo libro de sus *Coloquios.* «Mi ciudad y mi patria es Roma, en tanto que Antonino. En tanto que hombre, es el universo.» Marco Aurelio supo ser emperador romano, aceptando sin vanagloria la historia y la responsabilidad que le habían sido atribuidas, y ciudadano del mundo, semejante a cualquier otro hombre de la Tierra, incluso simple criatura viva del universo, tramada por el perenne flujo y transmutación de todas las cosas y dispuesto a aceptar su propia parábola sin asumir un aire malhumorado. Era «consciente de su natural politicidad, romano, emperador, estaba preparado para su puesto» y sabía, como un soldado, avanzar al asalto de un muro, sin avergonzarse por pedir ayuda si no conseguía subirlo a solas, pero conocía también la igualdad y paridad de todos los hombres en virtud de la cual un vencedor de los sármatas era también un asesino, como cualquier matador.

El emperador romano es un gran escritor y un gran maestro. Sentía piedad, respeto y cordialidad por la vida, pero ninguna idolatría, porque sabía que sólo es «opinión». Combatía a los quados y a los marcomanos, se asomaba con sus legiones a la Puerta Hungárica, a aquel territorio entre los ríos March y Leitha más allá del cual presionaban las oleadas de invasiones bárbaras, que con los siglos se desatarían. Defendía el imperio, pero no se dejaba dominar por su pathos, no se permitía –como él decía– «cesarearse», porque sabía que aquello sólo era su deber y no un valor absoluto: «Asia, Europa –escribía–, pequeñas partes del universo.»

Cultivaba las cosas últimas y esenciales, consciente de que la persona está constituida por los valores en los que cree y que imprimen en su rostro la huella de su nobleza o de su vulgaridad; el alma se tiñe de las imágenes que en ella se forman, escribía, y el valor de cada cual está en estrecha relación con el valor de las cosas a las que ha dado importancia. Es tal vez la intuición más fulminante de la esencia de un hombre, la clave para leer su historia y su naturaleza: somos lo que creemos, los dioses que albergamos en nuestra mente, y esta religión, elevada o supersticiosa, nos marca de manera indeleble, se imprime en nuestras facciones y en nuestros gestos, se convierte en nuestra manera de ser.

Convencido de la unidad del universo en todas sus incesantes transformaciones, Marco Aurelio no permitía, sin embargo, que la actividad de la mente se confundiera con el principio vital, como mera secreción fisiológica del cerebro, y exigía que aquélla se ensalzara a juicio de ese mismo universo del que era una parte provisional, si bien no carecía de la grandiosa confidencia intelectual con la materia de que está hecha la vida y la conjunción animal que la produce, «choque de membranas y emisión de moco acompañada de un cierto estremecimiento».

El emperador timorato, que se alegraba de no haber dado muestras de su virilidad antes de tiempo sino en el momento adecuado, no temía –a diferencia de sus tardíos sucesores habsbúrguicos a la corona imperial, llamada también romana– el cambio, porque nada puede producirse sin cambio. El soberano filósofo, conocedor de la gran diferencia platónica entre retórica y filosofía, agradecía a su maestro Rustico que le hubiera transmitido la aversión por la retórica y por la poesía, por el hablar elegante. Marco Aurelio ama la verdad y para él la poesía es mentira. Lectores de Saba, nos resulta fácil refutarlo y mostrarle la verdad que puede alcanzar la poesía y que no sólo se le escapa a la literatura, a la retórica, sino también a la filosofía.

Es probable que Marco Aurelio no supiera que era un gran poeta, incluso cuando agradecía a los dioses «que no le hubieran metido en la cabeza ser escritor». Su poesía es la del yo moral y se opone a otra poesía, a la disolución fantástica de todos los vínculos, lógicos y éticos, realizada por quien se siente invadido por la divina manía de las musas; se opone a la poesía que escucha los cantos de las sirenas y siente nostalgia por el olvido de los lotófagos. En este sentido el emperador, que sin embargo se mueve en la remota Panonia y muere tan lejos de Roma, en Vindobona, es un sedentario –diría Gadda– que construyó con paciente coherencia su propia personalidad; los poetas nómadas, *les vrais voyageurs* de Baudelaire, erran sin meta, prueban todas las experiencias desperdiciando intencionadamente su específica identidad personal, se extravían y se disuelven en la nada.

El intrépido viaje de Marco Aurelio, entregado a la construcción de su propio yo, no refuta el de Rimbaud, arrojado a la disgregación y a la abolición de sí mismo. Pero es posible que el emperador quisiera decir, sencillamente, que a la filosofía le bastan el pensamiento y el mundo, mientras que el arte del decir necesita de manuales de poética, prontuarios, bibliotecas, que no es cómodo transportar consigo. Y precisamente en Carnutum escribía, como para prevenir a los futuros viajeros danubianos tan cargados de tomos y bibliografías, que recitan como jaculatorias, en apoyo de su vacuidad: «Despréndete por el contrario de esa sed de libros, si no quieres llegar a la muerte murmurando...»

31. UNA MINORÍA QUE QUIERE ASIMILARSE

Eisenstadt ya está más allá del Leitha, el cual marcaba la frontera con el reino de Hungría, al que pertenecía. Aquí comienza el sopor panónico, las casas bajas en la llanura como párpados soñolientos, los nidos de cigüeña sobre los tejados de Ilmitz y los juncos y las cañas del lago de Neusiedel, tejados de paja y de barro, el color ocre-amarillo del palacio de los Esterházy, que se encuentra en todas las tierras de la corona húngara. En el *Burgenland* –del que Eisenstadt es la capital– no gobiernan ahora señores feudales, sino el *Landeshauptmann,* el capitán de la región Theodor Kery, llamado «Landesfürst», príncipe de la región, por el estilo de magnate magiar con que gobierna el *Land,* concediendo menos audiencias que los nobles de antaño, interrumpiendo debates con la afirmación «yo no me equivoco nunca» y siendo homenajeado en su cumpleaños como un señor feudal.

Kery, que permite encantado que circulen rumores sobre su presunta sangre azul y que provocó en su momento el interés de la fiscalía del Estado debido a una carretera que conduce a su villa y que fue construida con dinero público, es un socialista, muy próximo, se dice, el canciller Sinowatz. También Sinowatz procede del *Burgenland* y es de origen croata; parece resumir y ejemplificar el destino de su gente, de la minoría croata y de su arrolladora asimilación. Los croatas llevan cuatrocientos cincuenta años viviendo en la región y se van extinguiendo rápidamente; en el próximo censo, calcula Martin Pollack, serán presumiblemente diez mil.

Mientras que en Europa se asiste en casi todas partes a un despertar de las pequeñas nacionalidades y a una tenaz y muchas veces incluso agresiva afirmación de la propia identidad por parte de las minorías nacionales –los vascos, los corsos, los albaneses del Kosovo–, los croatas del *Burgerland* solicitan su asimilación. En la misma medida que los eslovenos de Carintia son combativos en sus reivindicaciones étnicas, ellos parecen cooperar, como ha comprobado en su investigación Martin Pollack, en su extinción.

Los topónimos croatas desaparecen poco a poco y se conservan sobre todo en las iglesias, como en el tablero que indica el horario de las misas de la parroquia de Hornstein/Vorištan; Josef Vlasits, profesor del instituto de Eisenstadt y miembro de la comisión para la nomenclatura, subraya el escaso amor de la minoría croata por su propia lengua, y Fritz Robak, antiguo alcalde del municipio mixto Steinbrunn-Štikapron y miembro de la Conferencia de Alcaldes y Tenientes de Alcalde de los Municipios Croatas y de los Municipios Bilingües, afirma que se puede cambiar de lengua como se cambia de partido o de religión y ha contado a Pollack que intentó inútilmente convencer a Tito, a mediados de los años sesenta, de que la minoría croata no sufría ninguna asimilación forzada, sino que, por el contrario, la deseaba.

Robak es socialista y es posible que le guste este proceso porque los campesinos croatas, al alemanizarse, abandonan su tradicional catolicismo. Mire, ha dicho a Pollack con aire satisfecho mostrándole un punto en el mapa, este pueblo, Tschantschendorf, estaba hace tiempo lleno de croatas, ahora ya no queda ni uno...

Algunos jóvenes intentan reaccionar, volver –con el típico retorno de la tercera generación, que caracterizaba también el redescubrimiento del judaísmo por parte de los jóvenes judíos en la Praga de Kafka– al croata de sus abuelos. Sus padres querían, en cambio, que el croata fuera abolido en las escuelas, para que sus hijos aprendieran mejor el alemán y pudieran integrarse mejor en la sociedad austríaca. El croata debía quedar cuando menos como un dialéctico doméstico. ¿Triste? El profesor Josef Breu, con su pathos hegeliano y goethiano del cambio, cree que no. «El mundo está en perenne movimiento –ha dicho–, si todo tuviera que permanecer siempre igual, hoy tendríamos que seguir hablando celta...»

32. DONDE ESTA HAYDN NO PUEDE OCURRIR NADA

Eisenstadt es el lugar de Haydn, de su casa natal y de su tumba, de un museo dedicado a su vida y a sus recuerdos. El *Wienerisches Diarium* del 18 de octubre de 1766 definía su música como un agua pura y clara, aunque la comparaba –creyendo rendirle el máximo honor– a la poesía de Gellert, hoy conocida casi únicamente por los profesores de filología germánica. Es posible que Haydn sea una de las últimas –¿o de las pocas *tout court?*– expresiones de una totalidad intacta y armoniosa, de una creación sin sombras. Su cuarteto vocal, titulado *El viejo* y expuesto en el museo, también es –como la canción del *lieber Augustin,* o el epitafio de Sauter y la serenidad del pobre músico– una cristalina tranquilidad del adiós. «Hin ist alie meine Kraft, / Alt und schwach bin ich... [...] Der Tod klopft an meine Thür / unerschreckt mach'ich ihm auf, / Himmel, habe Dank! / Ein harmonischer Gesang / war mein Lebenslauf» (Mis fuerzas se han ido, soy viejo y débil... la muerte llama a mi puerta, le abro sin temor. ¡Gracias te doy, Cielo! Un canto armonioso ha sido mi vida). Esta seguridad permitía a Haydn vivir sin temor a las bombas francesas durante el sitio de Viena, y tranquilizar con infantil candor a los demás: donde está Haydn, no puede suceder nada, decía con la seguridad del hombre totalmente libre y decidido, el cual, escribe Freud, sabe –en su inconsciente– que nada puede amenazarle.

33. MÁS OSCURO Y MÁS GLORIOSO

Una nueva parada en Viena. Soledad y, al mismo tiempo, familiaridad. «Acuérdate del sentido de infinita lejanía, en el hotel, incógnito», escribía D'Annunzio en Viena el 10 de abril de 1900, con motivo del estreno austríaco de la *Gioconda,* interpretado por la Duse. Esta sensación de intimidad solitaria da la impresión de una vuelta a casa, una casa cambiada, sin embargo, por años de ausencia.

Una identidad está hecha también de los lugares, de las calles en las que hemos vivido y dejado una parte de nosotros. El mapa del Monte Nevoso, con los nombres de sus calveros y de sus senderos, es también sin duda mi retrato, la imagen de lo que he vivido y soy. A veces los lugares pueden ser atávicos, nacer de anamnesis platónicas del ánimo que se reconoce en ellos. Viena es uno de estos lugares, en los cuales recupero lo sabido y lo familiar, el encanto de las cosas que, como en la amistad y en el amor, con el tiempo se convierten en algo cada vez más nuevo. Esta familiaridad de Viena reside tal vez en su naturaleza de encrucijada, lugar de partidas y de regresos, de personas, famosas y oscuras, que la historia recoge para dispersar, después, en la errabunda provisionalidad que es nuestro destino.

Así que la ciudad es un gran café, el lugar de las costumbres metódicas y del casual ir y venir. Hace pensar también en la muerte, en la salida definitiva de la puerta del café, y conduce a cada cual, como a aquel personaje de Roth, a la Cripta de los Capuchinos, para intentar entender qué significa la muerte. Tampoco allí existe respuesta. Mientras contemplo las tumbas de los emperadores, me viene a la memoria el fragmento de un manuscrito inédito que he leído hace poco. En él, su autora cuenta que, de niña, quedó impresionada cuando el catequista le preguntó qué era la muerte y, ante su silencio, la definió como «la separación del alma del cuerpo». La niña se sintió decepcionada, porque pensaba, sin llegar a precisarlo mejor, «en algo más oscuro y más glorioso». La niña pensaba sin duda en otra gloria, no en la de estos majestuosos sepulcros y tampoco en la que un funcionario de los Habsburgo había prometido a un escritor que se quejaba de ser desconocido: «¡Espere a morirse y luego verá, verá lo famoso que se volverá!»

Castillos y «drevenice»

1. LA GAMBA ROJA

Bratislava. En la antigua farmacia La Gamba Roja, en la calle Michalská, un fresco, en el techo del vestíbulo, representa al dios del tiempo. Las pociones y las mezclas que le rodean en ese atrio, como un tranquilo desafío, y el docto libro abierto de par en par delante de él prometen exorcizar su poder y frenar su avance. Esa botica del siglo XVIII –convertida ahora en Museo Farmacéutico– parece un ordenado y simétrico desfile militar, la exposición de un discreto pero tenaz arte de la guerra contra Cronos. Los potes azul cobalto, verde esmeralda o azul celeste, adornados con dibujos de flores y versículos bíblicos y alineados sobre los estantes, parecen las hileras de soldaditos de plomo en las láminas que reproducen las formaciones de batallas famosas; las tinturas, los bálsamos, las melisas, los halopáticos, los depurativos, los eméticos están en su sitio, dispuestos a intervenir de acuerdo con las exigencias estratégicas y los asaltos del enemigo. Hasta las etiquetas con sus abreviaturas, recuerdan siglas militares: Syr., Tinct., Extr., Bals., Fol., Pulv., Rad.

El arte del boticario quiere derrotar el deterioro de los años, restaurar el cuerpo y el rostro como se restaura la fachada de un edificio. En el pequeño museo se está bien, hay tranquilidad y frescor, en este tórrido verano, como en una iglesia o debajo de la pérgola de una posada; se disfruta de una discreta y agradable intimidad burguesa mientras se contemplan los alambiques de un laboratorio de alquimia, el busto de Paracelso que recuerda su actividad en Bratislava, los potes de acónito y cinamomo, los documentos de la farmacopea renacentista e ilustrada, la estatua de madera de Santa Isabel, protectora de los boticarios barrocos.

Este museo de los remedios contra los ataques del tiempo es un museo de la historia, que del tiempo es a la vez el brazo secular –el instrumento del devenir y de sus devastaciones– y el remedio, la memoria y el salvamento de lo que ha sido de la consunción y del olvido. Junto a la revista austríaca de la

Unión de Farmacéuticos se ve, en los estantes, el manual de *Pharmacopea Hungariae,* un tomo enorme, *Taxa Pharmaceutica Posoniensis* de Ján Justus Torkos, editado en 1745 en cuatro lenguas, latín, eslovaco, húngaro y alemán. Bratislava, la capital de Eslovaquia, es un corazón de esa Mitteleuropa formada por la estratificación de los siglos que permanecen siempre presentes, de las laceraciones y de los conflictos sin resolver, de las heridas sin cicatrizar y de las contradicciones sin conciliar. La memoria, a su manera un arte médico, todo esto lo conserva bajo vidrio, los labios de las heridas y las pasiones que han inferido.

En la Mitteleuropa se ignora la ciencia de olvidar, de traspasar los acontecimientos a los documentos y a los archivos; ese manual farmacéutico en cuatro lenguas y ese adjetivo, «Posoniensis», me recuerda que en el instituto discutíamos con algunos amigos sobre las respectivas preferencias por uno u otro de los nombres de la ciudad: Bratislava, el nombre eslovaco, Pressburg, el alemán, o bien Pozsony, el húngaro, derivado de Posonium, la antigua avanzadilla romana sobre el Danubio. La fascinación de estos tres nombres irradiaba lo sugerente de una historia compleja y plurinacional, y en la predilección hacia uno u otro de ellos se expresaban, de modo algo infantil, actitudes básicas respecto al Espíritu del Mundo: la instintiva exaltación de las grandes y poderosas civilizaciones que, como la alemana, realizan la gran historia, la admiración romántica por las gestas de los pueblos rebeldes, caballerosos y aventureros como los magiares, o bien la simpatía por lo que es menor y oculto, por los pequeños pueblos que, como los eslovacos, siguen siendo largo tiempo un sustrato paciente e ignorado, una tierra humilde y fecunda que espera durante siglos el momento de su florecimiento.

En Bratislava, ciudad famosa en el pasado por sus valiosos artífices y coleccionistas de relojes, reunidos ahora en el museo de la calle Zidovská (judía), se advierte la imperiosa presencia de épocas tejidas de conflictos. La capital de uno de los pueblos eslavos más antiguos fue, durante dos siglos, la capital del reino de Hungría, cuando ésta, después de la batalla de Mohács en 1526, fue ocupada casi totalmente por los turcos; a Bratislava acudían los Habsburgo a ceñirse la corona de San Esteban y la joven María Teresa vino a pedir ayuda, después de la muerte de su padre, el emperador Carlos VI, a la nobleza húngara, presentándose con su hijo José, recién nacido, en brazos. En la ciudad, entonces, sólo se tenía en cuenta al elemento dominante húngaro o, como máximo, el austroalemán; al sustrato campesino eslovaco no se le reconocía dignidad ni relevancia.

Antes de 1918, los vieneses consideraban a Bratislava casi un agradable suburbio, al que se podía llegar en menos de una hora para paladear sus vinos blancos, cuya tradición ya estaba en pleno apogeo en los tiempos del reino eslavo de la Gran Moravia, en el siglo IX, y sobre los cuales vela San Urbano, patrono de los vendimiadores. Paseando por la ciudad, entre encantadoras plazas barrocas y rincones abandonados, se tiene la impresión de que la historia, al pasar, se haya olvidado aquí y allá muchas cosas, todavía llenas de vida, que resurgen. Ladislav Novomeský, el mayor poeta eslovaco del siglo XX, habla, en uno de sus poemas, de un año olvidado en el café como un viejo paraguas. Pero las cosas reaparecen, y en uno u otro momento acabamos por tener de nuevo en la mano los paraguas de nuestra vida, abandonados aquí y allá.

2. DONDE ESTÁN NUESTROS CASTILLOS

Es el título de un ensayo del escritor Vladimir Mináč, escrito en 1968. El *Hrad,* el castillo, se alza sobre Bratislava con sus torreones poderosos y su robusta simetría, una fortaleza maciza que une su áspera e indefectible fidelidad de centinela a una lejanía fabulosa. Eslovaquia está enteramente poblada de castillos, torres, moradas nobles; las inalcanzables mansiones en la cima de las montañas y de las colinas, con sus abigarradas construcciones y sus torreones estilo Disneylandia aunque sean auténticos, se alternan con residencias señoriales y construcciones toscas, casi siempre de color ocre, que se convierten poco a poco en la más familiar dimensión de grandes casas de campo.

Pero estos castillos, parece decir Mináč, están en otra parte, en otra historia, que no es construida por los eslovacos. La mayoría de los señores que habitaban estas moradas eran húngaros. A los campesinos eslovacos les estaban destinadas las *drevenice,* las cabañas o casitas con vigas de madera cimentadas mediante paja y estiércol seco. En el castillo de Oravss'y Podzámok, en el valle del Orava, un cuadro muestra la tez blanca y las manos gordinflonas del Celsissimus Princeps Nicolaus Esztherházy, mientras las manos de las campesinas de la aldea de abajo siguen teniendo aún el color de la tierra, resecas y nudosas como las raíces de los árboles, que se abren camino entre las piedras. La diferencia entre esas manos es un símbolo de las vicisitudes de esta gente; durante siglos, los eslovacos han sido un pueblo ignorado, el oscuro substrato y tejido de su país, semejante a la paja y al estiércol seco que mantiene unidas las *drevenice.* Nosotros no tenemos historia, escribe Mináč, si la historia sólo está hecha de reyes, emperadores, duques, príncipes, victorias, conquistas, violencias, rapiñas. En un poema de Petőfi, el poeta nacional húngaro, se presenta al eslovaco, aunque sea con simpatía, como un hojalatero de nariz roja y con la capa desteñida.

Pero aquellas que la concepción ochocentista denominaba «naciones sin historia», como si se tratara de míticas comunidades a las que la naturaleza había destinado a una perenne condición agraria y subalterna, eran naciones que habían sido decapitadas –por alguna derrota política y militar– de su clase dirigente. Mináč reivindica con tono polémico el papel de los eslovacos en esta oscura y paciente obra de construcción, que no ha pasado por la violencia destructora contra los demás, sino que ha sido, a lo largo del tiempo, una historia de perdedores. En 1848, cuando las esperanzas revolucionarias inflamaban Europa, los eslovacos plantearon a sus dominadores húngaros, rebelados contra los Habsburgo, las llamadas reivindicaciones de Liptovský Mikuláš, la exigencia de los elementales derechos nacionales, a los que las autoridades magiares respondieron con detenciones y duras medidas represivas; por otra parte, los austríacos, una vez dominada la revolución del 48, procuraron reconciliarse con los húngaros y abandonaron a los eslovacos a sus manos. Su destino –especialmente después de 1867, en la Doble Monarquía– es una pesada opresión; considerados, sobre todo a partir de la ley húngara de 1868, un simple grupo casi folklórico en el seno de la nación magiar, los eslovacos ven negada su identidad y su lengua, rechazadas y obstaculizadas sus escuelas, truncadas, incluso sangrientamente, sus reivindicaciones, bloqueado su ascenso social, boicoteada su representación parlamentaria. Las cifras referidas por Lúdovit Holotík en su estudio documentan la aplastante preponderancia económico-social húngara, que confinaba a los eslovacos a una forma de vida rural, hacía extremadamente difícil su formación cultural y sus actividades comerciales, o sea el crecimiento de una clase burguesa, y les obligaba a una difusa emigración, sobre todo hacia América. Era sobre todo la Iglesia –católica y evangelista– la que tutelaba a la nación, fundaba escuelas y defendía la oscura y despreciada lengua eslovaca.

La cuestión de la lengua creaba complicados problemas incluso en el seno de la hermandad eslava y de su emancipación. Algunos checos, en efecto –que estaban a la cabeza del austroeslavismo–, propugnaban el uso del checo, como lengua escrita, también en Eslovaquia, para conferir unidad y eficiencia al movimiento, relegando así el eslovaco a un papel dialectal y doméstico, claramente subalterno. Hasta Ján Kollár, el gran intelectual eslovaco asimilado a los checos, defendía estas posiciones, ante las que protestaban sus compatriotas, que las veían como el final de su identidad, y reivindicaban la autonomía de su lengua, discutiendo sus modos y variantes.

Estas tensiones, vivas todavía hoy en la rivalidad entre checos y eslovacos, minaban la unidad del resurgimiento eslavo y sobre todo del austroeslavismo.

Por una parte, en efecto, los eslovacos se consideraban, precisamente como nación que había permanecido apartada e incorrupta de su fisonomía originaria, una cuna primigenia y auténtica de Eslavia, de su antigua civilización unitaria, sintiéndose por dicho motivo especialmente afines a las demás naciones eslavas campesinas, como los rutenos y los eslovenos. Ya en el siglo XVIII Jan Baltazár Magin, en su *Apología* que rebatía –en latín– las denigraciones de Michal Bencsik, profesor de la Universidad de Trnava, celebraba esta pureza íntegra y originaria. Ján Kollár, que se pasó a la lengua checa y escribió en checo pero era eslovaco, expresó esta exaltada eslavofilia en su poema *La hija del Sláva,* en 1824. En Eslovaquia es donde se afirma, antes y más vigorosamente que entre los checos, un mesianismo eslavófilo.

Estos fermentos eran susceptibles de diferentes e incluso opuestos desarrollos. Una salida podía ser el paneslavismo filorruso, otra el austroeslavismo, propugnado por ejemplo por un líder combativo como Milan Hodza, próximo a las ideas y a los proyectos trialistas de Francisco Fernando. Pero si el austroeslavismo profesado por los checos podía hacerles vislumbrar la esperanza de una posición relevante en el futuro y deseado tejido imperial, los eslovacos difícilmente podían entrever en este proyecto –sometidos a la magiarización y bastante divididos de los checos– una posible vía de salida de su minoría: Štur, el poeta y patriota revolucionario de 1848, escribe, al final de su vida, el libro *Eslavia y el mundo del futuro,* editado póstumamente en ruso en 1869, en el que profetiza la disolución del imperio de los Habsburgo.

La literatura eslovaca, me cuenta Stanislav Šmatlák, ensayista y miembro de la Academia de las Ciencias, ha sido la acusadora en el tribunal de la historia universal, testigo de su «tremenda fuerza de aniquilamiento», como la llamaba Nietzsche. En un ensayo escrito con motivo del Congreso sobre la Paz celebrado en Praga, Smatlák evocó de nuevo estas tradiciones pacíficas y dolorosas como el hilo rojo que recorre, en su opinión, toda la literatura de su país, desde las *Gentis Slavonicae lacrimae, suspiria et vota* de Jakub Jacobeus, de 1645, o el *Desiderium aureae pacis* de Michal Institoris, de 1633 –dos composiciones en latín que lamentan y acusan las tragedias de la guerra–, hasta los *Sonetos sangrientos,* en el fatídico 1914, de Hviezdoslav, uno de los padres de la poesía nacional, cuya estatua se alza en la plaza de casi todas las ciudades o pueblos.

También en la literatura reciente aparecen estos temas: Mihálik dedica un poema a los sueños de las criadas, los versos de Válek hablan de la vida de una vieja abuela cuya compañía han sido los chasquidos de fusta y la llanura marcada por las calesas de los señores, en cuyos surcos está hundido un sangriento sudor. František Švantner, narrador vigoroso y fecundo, describe en un espléndido relato, *El cura,* el opaco e inseguro despertar de una conciencia ético-política (durante la insurrección nacional antifascista de 1944) que emerge lentamente después de siglos de repetición campesina, de la vida totalmente supeditada a las estaciones, a la tierra, al ciclo agrario. Una trilogía narrativa de Vincent Šikula revive las vicisitudes nacionales desde abajo, desde la perspectiva de las clases oscuras y oprimidas, y también *La abeja milenaria,* la novela de Peter Jaroš, que se hizo famosa gracias a la película presentada en el Festival de Venecia de 1983, es la saga de una familia de albañiles de la región del Liptov.

La historia de esta gente no ha sido fácil; en un blasón conservado en el Museo de la Ciudad de Bratislava, la imagen del águila bicéfala de los Habsburgo está acompañada de las palabras «sub umbra alarum tuarum», pero los eslovacos no estaban sometidos a la tolerante y correcta administración austríaca, con frecuencia mitificada por los pueblos eslavos, sino a la húngara, fuertemente nacionalista. La ideología paneslava, o la reivindicación de una propia arcaicidad originaria, se explica por la necesidad de defenderse, exaltando y mitificando una esencia propia indestructible, contra la fuerza y contra la cultura fascinada por la fuerza, que niega dignidad y futuro a quien ha permanecido hasta ese momento en la sombra.

Los filósofos que durante el siglo pasado trazaban las leyes necesarias del devenir histórico no solían ser tiernos ni optimistas con respecto a las naciones menores, como lo eran muchas de las eslavas. Quien se siente demasiado fascinado por el «gran mundo» de la política es propenso muchas veces a olvidar que también el grande ha sido pequeño, que a cada cual le llega la hora del ascenso y de la caída, y que hasta al más menudo le llega el momento de levantar la cabeza.

Pero el pueblo pequeño, que debe liberarse del desprecio o del olvido de los grandes –a los que tal vez ahora ya les queda poco tiempo para serlo–, debe liberarse también del mismo complejo de ser pequeño, de la sensación de tener que rectificar o borrar continuamente esta impresión o bien de darle la vuelta, vanagloriándose de ella como de un distintivo selectivo. Quien ha estado largo tiempo confinado en el papel de menor y ha tenido que dedicar todos sus esfuerzos a la determinación y a la defensa de su propia identidad, tiende a prolongar esta actitud incluso cuando ya no es necesaria. Al mirarse a sí mismo, absorto en la afirmación de su propia identidad y cuidando de controlar que los demás le rindan el debido reconocimiento, corre el peligro de dedicar todas sus energías a esta defensa y de empobrecer el horizonte de su existencia, de carecer de señorío en sus relaciones con el mundo.

Kafka, pese a sentirse tan fascinado por la vida del gueto judío y por su literatura, proclamó dura y dolorosamente que un poeta debe distanciarse de cualquier literatura de un pueblo menor, el cual, obligado a defenderse de las influencias externas y completamente absorbido por esta lucha por la supervivencia, no tolera a un gran escritor. Kafka, escribe Giuliano Baioni, se convierte conscientemente en el gran escritor que una literatura menor y oprimida, consagrada a la defensa de su propia identidad nacional y cultural y deseosa de oír voces optimistas y consoladoras, rechaza porque establece el vacío a su alrededor, crea laceraciones, pone en peligro la compacidad de la pequeña comunidad.

El escritor no es un padre de familia sino un hijo que debe salir de casa y seguir su camino; es fiel a su pequeña patria oprimida si testimonia su verdad, o sea si sufre hasta el fondo su opresión asumiéndola sobre sí mismo, y si al mismo tiempo la trasciende, con la dura distancia necesaria a todo arte y a toda experiencia liberadora. Todavía hoy la relación entre checos y eslovacos debe liberarse de una espiral recíproca de suspicacia y desconfianza, de las sombras de viejos prejuicios de superioridad por parte de unos pero también de insistente desquite por parte de otros.

La más viva cultura eslovaca demuestra poseer esta libertad y, precisamente porque está enamorada de su dulcísima tierra, sabe exponer también sus carencias y sus estrecheces. En 1924, el ensayista Štefan Krčméry lamentaba lo difícil que era escribir una novela social eslovaca, por la restricción de las condiciones políticas y por la consiguiente limitación de perspectivas y experiencias. Hoy, pese al plúmbeo régimen policíaco, se tiene la impresión de que es un país en el que la gente se ha apropiado de nuevo de su propia historia o está haciéndolo. Es como si el estilo de los edificios estatales y señoriales, el estilo austríaco y húngaro que domina la llanura eslava de las bajas casas campesinas de un solo piso, se confundiera lentamente con éstas y ya no las aplastara con su altura y su *grandeur.* El castillo de Pezinok, el antiguo pueblo regio libre rodeado de viñedos, entra inadvertidamente en el bastión donde hay una *vinarna* de pueblo, una posada con habitaciones más bien sórdidas, pero que ofrece buen pescado y buen vino blanco. Es posible que la Justicia –que en una estatua colocada en el tejado de un edificio público en Oravský Podzámok sostiene en la mano, junto a la balanza, no una espada sino una más amenazadora cimitarra– haya cercenado unos cuantos inicuos nudos gordianos y haya llevado ese pescado y ese vino, antaño privilegio de magnates, a mesas más accesibles.

Eslovaquia, que sin embargo ofreció líderes destacados a la primavera del 68, fue paradójicamente olvidada o casi favorecida por la brutal reacción soviética y filosoviética de agosto de 1968, que, por el contrario, sofocó y apagó la cultura checa. Mientras que Praga fue decapitada, la restauración totalitaria del 68 afectó también a Eslovaquia, a las libertades civiles y a los derechos individuales, acentuando sin embargo –por cálculo político y por confianza en la tradición paneslava y por tanto filorrusa del país– el peso político del elemento local. Así que hoy Eslovaquia se encuentra al mismo tiempo bajo un talón y en una fase de ascenso histórico, de despertar y expansión de su papel. En la espléndida Praga se advirtió, después del 68, el maleficio del abandono y de la muerte; Bratislava, pese a todo, es sanguínea y alegre, un mundo vital y en expansión, que se vuelve no hacia la melancolía del pasado, sino hacia el crecimiento y el futuro.

3. ESE OSCURO OBJETO DEL DESEO

Aunque estemos en Eslovaquia, que se enorgullece de su producción vinícola, el deseo de una cerveza (Checoslovaquia produce algunas de las mejores del mundo) me parece legítimo. Resulta, por el contrario, prácticamente irrealizable, como los intentos de hacer el amor o de comer en la famosa película de Buñuel. Amedeo, aunque está sediento, se resigna, pero Gigi, que se irrita fácilmente, comienza a hacer honor a su temible fama. En los locales más famosos, como los *Vel'ki Františkani,* o en los cafés normales, la petición le parece absurda al camarero. Si en una fonda hemos pedido inútilmente *pivo,* en otro lugar nos dicen que habríamos debido pedir directamente Pilsen o Budweis, dos marcas especialmente famosas. En el hotel Kyjev –uno de esos típicos grandes hoteles de los países del Este, donde el lujo está asociado a la sordidez y la ambigüedad– los extranjeros pueden encontrar de todo, desde los más preciados alcoholes hasta compañía femenina disponible, con la cual algunos árabes de Kuwait pasan noches embarazosamente ruidosas para sus morigerados vecinos de habitación. Pero también en el Kyjev la cerveza es una quimera; una noche el portero, furtivamente, nos procura bajo mano una botella, bien tibia.

A través de valles y ríos, pueblos y colinas, de los bajos a los altos Tatra, la búsqueda se hace nerviosa y desordenada, mientras las guías que consultamos continúan, página tras página, elogiando las diferentes cervezas de los lugares concretos, su graduación alcohólica, la diferente presión de los barriles, los matices de color, las sutiles diferencias en la calidad de la espuma. Alguno de nosotros atribuye el fracaso a un repentino atasco en el mecanismo de distribución y empieza a reflexionar sobre sus convicciones socialistas, otros descubren, en cambio, una rama nacional eslovaca contra la típica bebida checa. En las mesas de una posada de Podbiel, un pequeño pueblo de los Tatra, vemos cuando entramos unas jarras espumeantes, pero cuando nos llega el turno los barriles se han agotado. En Trenčin, bajo el gran castillo, llega finalmente la camarera con unas cuantas cervezas, pero a pocos pasos de nuestra mesa tropieza, los vasos caen al suelo, rompiéndose, y largos y metódicos trabajos –recoger los cristales, barrer, fregar el suelo, secarlo, recoger los trapos– siguen demorando, quién sabe hasta qué otra etapa, el cumplimiento del deseo.

4. A CADA CUAL SU HORA

En Gondola Ulica está la facultad de filosofía de la Universidad de Bratislava, dedicada a Comenio, el filósofo y pedagogo cuya *Orbis Pictus* se encuentra, en antiguas ediciones en cuatro lenguas, en las bibliotecas de las viejas ciudades eslovacas. La dignidad de estos edificios me hace pensar en una singular figura a la que debo, desde los bancos escolares, mi primer interés por la civilización alemana y el descubrimiento del mundo danubiano. Era un profesor de instituto que en su juventud había sido lector de italiano en estas universidades de la Europa central y reevocaba su atmósfera con grandilocuente pero genial intensidad. Le llamaré Trani; se parecía un poco a un Napoleón ya obeso y otro poco a un Shylock, su rostro marcado y nunca bien afeitado y secado era la máscara impenetrable de un gran actor, de un personaje que parecía destinado a representar papeles de primer orden en el vasto teatro del mundo, a ser un gran hombre, y al que el azar había llevado a enseñar alemán a los chicos.

Estudiantes y padres tenían muchas y justificadas razones para quejarse de él: su personalidad ávida, teatral y reticente no estaba desprovista de puntos oscuros y su falta de prejuicios podía ser cualquier cosa menos encomiable, pero a su genio le debemos unas cuantas intuiciones esenciales. Él no nos consideraba una platea indigna de sus dotes, las cuales habrían podido y debido exhibirse en mucho más elevado lugar, sino que estudiaba para nosotros las sorpresas de su actuación, como si fuéramos el público de la Comédie Française o la Academia de Suecia, con el que se consigue gloria imperecedera.

Con nosotros hablaba sólo en alemán o en triestino; nos leía los versos de Dante sobre la sirena que en medio del mar turbaba a los marineros, para hacernos entender lo que era la poesía, mientras que cuando quería hacernos entender lo que, en su opinión, no era poesía, nos leía los versos de Carducci sobre la Tittì que no tiene plumas para su vestido y que no sólo come bayas de ciprés. Sólo el mal gusto de un profesor italiano, decía, podía reprochar a su hija esos cuatro cuartos que debía gastar para mantenerla. Hay algunas convenciones, añadía, que deben ser respetadas: no es posible que alguien, sobre la placa de la puerta del profesor Carducci, toque el timbre y que le abra su hija desnuda. «Te ghe podevi pensar prima –decía–, perché no xe obligatorio aver fioi, adesso che te le ga fata, tientela, goditela, mantientela» (Te lo tendrías que haber pensado, porque no es obligatorio tener hijos, pero ahora que la has hecho, consérvala, disfrútala, mantenía). Pero se enfurecía sobre todo leyendo la nostálgica invocación del poeta corregida inmediatamente por prudentes razones de oportunidad: «Oh di che cuor con voi mi resterei... oh di che cuore! Ma, cipressetti miei, lasciatem'ire...» (¡Oh, con cuánto placer me quedaría con vosotros.... oh, con cuánto placer! Pero, cipresillos míos, dejad que me vaya...). Realmente escandaloso, comentaba. «Sería como si yo dijera: "Magris, vado a Parigi, go de saludar tua nona?" "Oh magari, grazie, povera veceta, la sarà cussi contenta." "Eh, ma te sa, me fermo solo due giorni, go tanto de far e ela sta in periferia, bisogna ciapar tre metro e un autobus..." "E va in malora, chi te ga domandà gnente!» («Magris, voy a París, ¿saludo a tu abuela?» «Oh, sí, gracias, pobre viejecita, estará tan contenta.» «Bueno, pero sabes, sólo estaré dos días, tengo muchas cosas que hacer y ella vive en las afueras, tengo que tomar tres metros y un autobús...» «Vete a hacer gárgaras, ¡quién te ha pedido nada!»).

Quería enseñarnos a despreciar la papilla del corazón, esa falsa bondad que durante unos instantes, de buena fe, ofrece y promete de forma impulsiva el oro y el moro, convencida de que ese impulso es realmente generoso, para echarse atrás, con muchos, muy aceptables y buenos motivos, cuando llega el momento. A su manera nos quería y quería prepararnos para la dureza de la vida. «Para mañana tenéis que aprenderos trescientos versos de memoria –decía–, y quien no los sepa será suspendido. Sé que es injusto, porque es imposible aprender trescientos versos en un día, pero la vida no es justa y exige cosas imposibles, y yo os preparo a soportarlas y a no sentiros repentinamente dominados por ellas. Así que mañana, ay de quien le toque.»

A ese hombre, respecto al cual los padres, al encontrarse durante las horas de visita, tenían tanto que decir, no sólo le debo el descubrimiento de la civilización centroeuropea, sino también una de las más insólitas y grandes lecciones de moral. Si bien es cierto que hacía negocio con las clases particulares, y no era capaz de practicar él mismo la justicia, a nosotros nos enseñó el sentido de lo justo y el desprecio por el mal. También en nuestra clase había, como en muchas, una víctima, un chico gordo y timidísimo que se sonrojaba y sudaba con facilidad, que no sabía reaccionar a las ofensas y era objeto de esa inconsciente pero no por ello menos culpable crueldad que posee cada uno de nosotros y que, si no se ve contenida por las precisas normas de una ley exterior o interior, se ceba, incluso sin darse cuenta, en quien en ese momento es débil.

Ninguno de nosotros era inocente a su respecto y ninguno de nosotros era consciente de ser culpable. Cierto día, mientras Trani enseñaba con gestos teatrales la conjugación de los verbos fuertes, el vecino de mesa de ese chico, un tal Sandrin, le cogió de repente la pluma estilográfica y se la partió en dos. Aún ahora veo cómo el rostro de la víctima se ponía rojo y sudoroso, los ojos se le llenaban de lágrimas, por la humillación y por la conciencia de no ser capaz de reaccionar. Interrogado por el profesor sobre el motivo de su gesto, Sandrin contestó: «Estaba nervioso... y yo, cuando estoy nervioso, no sé controlarme... Sabe, yo soy así, es mi carácter.» Ante nuestro estupor –y la alegría del agresor y posterior humillación del agredido– Trani replicó: «Lo entiendo, no podías hacer otra cosa, eres así, es tu carácter, no se te puede culpar, es la vida», y prosiguió la clase. Al cabo de un cuarto de hora, comenzó a quejarse del calor, a aflojarse la corbata y desabrocharse el chaleco, a abrir y cerrar con estrépito la ventana, a decir que tenía los nervios a flor de piel, hasta que, simulando un acceso de furor, comenzó a coger las plumas, los lápices y los cuadernos de Sandrin, rompiéndolos, deshaciéndolos, arrojándolos por el aire y por el suelo. Al final, fingiendo que se había calmado, se dirigió a Sandrin: «Discúlpame, querido, he tenido un ataque de nervios, yo soy así, es mi carácter, no se puede hacer nada, es la vida...», y continuó con los verbos fuertes.

Desde entonces entendí que la fuerza, la inteligencia, la estupidez, la belleza, la cobardía, la debilidad son situaciones y papeles por los que, antes o después, pasamos todos nosotros. Quien abusa amparándose en la fatalidad de la vida o del propio carácter, una hora o un año después se verá atacado en nombre de las mismas inefables razones. Lo mismo sucede con los pueblos, con sus virtudes, sus caídas y sus apogeos. Difícilmente un funcionario del Tercer Reich encargado de la solución final habría podido imaginar que, al cabo de pocos años, los judíos llegarían a crear un Estado de grandísima capacidad y eficiencia militar. Bratislava, capital vital de un pequeño pueblo largo tiempo subyugado, también hace pensar en estos recuerdos y pensamientos, e incluso en esa lejana lección de justicia.

5. UN DOMINGO DANUBIANO Y PROLETARIO

Nedel'a (Domingo) es el título de uno de los libros más famosos de Novomeský, aparecido en 1927. Ladislav Novomeský se planteó desde el comienzo el problema de la identidad de su nación, desde que, siendo joven, oía negar su existencia. Poeta de vanguardia y militante comunista, aunó, en su obra y en su trabajo político, la batalla por la cultura nacional y la perspectiva internacionalista, la «melancolía del Este» que –dice uno de sus poemas– corre por su sangre, y la revolución marxista. En la lucha por ésta veía la redención de todos los oprimidos y, por tanto, también de su pueblo, casi una nación proletaria; la precariedad de fronteras de Eslovaquia, que la ha convertido con tanta frecuencia en presa de dominios extranjeros, en su lírica se convierte en el símbolo de un mundo sin fronteras.

Pero la «melancólica procesión danubiana» que el crítico Stefan Krčméry descubre en *Domingo* no sólo es la hilera de los destinos humildes y doloridos cantados por Novomeský; es la melancolía de una contradicción que abraza toda su poesía, constituyendo su grandeza y convirtiéndola en el nudo central de la cultura y de la política eslovaca. El arte de Novomeský es, al inicio, poesía rebelde, maldita, simbiosis de la poesía de la revolución y de la revolución de la poesía; es esa negación de lo existente que invade la vanguardia europea y que, en los poetas socialmente comprometidos, tiende a la destrucción de la realidad y a la creación utópica de una nueva realidad y de un hombre nuevo, libre de las cadenas de la alienación.

Pero si al principio la melancolía de la poesía reside en su inutilidad en un mundo alienado, más adelante –con el advenimiento del socialismo real– lo hace en la sensación de ser inútil en un mundo que necesita de la prosa del trabajo y no de la poesía de la espera revolucionaria, que el nuevo sistema, según cómo se lo mire, ha realizado o bien desmentido. Y sería más triste tener que repetir, una vez realizada la revolución, un verso escrito mucho antes, en un momento de malestar durante la espera de la revolución: «Esa poesía niña /el rostro del mundo no cambiaba.»

Novomeský nunca fue propenso a dicha desilusión, ni siquiera cuando fue detenido en 1951 y condenado como «nacionalista burgués», permaneciendo en la cárcel hasta 1956. En la simpática mesa de la taberna Klastorna, entre toneles de los que se escancian vinos abocados y perfumados, Šmatlák me habla largo y tendido de Novomeský, que no representa únicamente su poesía, sino una parábola ejemplar de toda la historia eslovaca reciente. Aquí no es el 68, el recuerdo de la Primavera de Praga, lo que escuece, sino el 51, los procesos estalinistas de los años cincuenta, que segaron la flor y nata del comunismo. En Occidente, los comunistas comenzaron a descubrir el totalitarismo soviético en el 56; los procesos de los primeros años cincuenta, aún más graves en tanto que más perversos e inmotivados, impresionaron, entonces, a muy pocos militantes.

Rehabilitado con todos los honores de 1963, Novomeský (que murió en 1976) no se adhirió a la Primavera de Praga. Exaltarlo hoy significa también exaltar a una figura que resume una supuesta continuidad del comunismo, violada por las que son consideradas oficialmente sangrientas aberraciones estalinianas, pero no violada sino –según la rígida ideología oficial– restablecida por la intervención soviética de 1968. Así pues, Novomeský es el símbolo de una poesía arraigada en el *humus* eslovaco e internacionalista, antiestalinista pero ajena a los fermentos del 68; su dramático destino ofrece, paradójicamente, una coartada al conformismo y al autoritarismo del régimen.

Se tiene la impresión –nada más que una impresión, dada la reticencia con que se trata este tema– de que en Bratislava se han reconciliado más fácilmente con la restauración practicada por los soviéticos en 1968. En vísperas de esa primavera, Bratislava, escribía entonces Enzo Bettina, había desempeñado el papel de una hábil rama, uniendo un fuerte impulso hacia la democratización interna con la vecindad sentimental y espiritual con Rusia. Los cambios, formales y reales, introducidos después del 68 han incrementado la importancia de Eslovaquia en el interior del Estado y le han dado algún motivo de satisfacción y de compensación respecto al desierto creado entre los checos y la literatura checa.

Mientras que la literatura checa ha sido disuelta de oficio y sobrevive ahora entre los exiliados, y quien se ha quedado debe elegir entre hacer de larva, de parásito o de animal kafkiano que excava galerías bajo el suelo, la literatura eslovaca posee cierta organicidad efectiva incluso cuando reivindica la exigencia de una nueva épica y de una nueva positividad, una función de colaboración en vez de oposición político-social. Existe sin duda oportunismo en las críticas dirigidas a Mňačko, el escritor que se marchó a Israel y cuyos *Reportajes en retraso* fueron, en los años sesenta, una popularísima acusación del terror estalinista, pero el relato *Fiebre,* en el que Josef Kot presenta bajo luz crítica la primavera del 68, no se puede comparar con el servil encomio con que, en los años cincuenta, algún intelectual checoslovaco dio su consentimiento a la eliminación de colegas y compañeros del partido.

La epicidad positiva, ahora tantas veces afirmada por la literatura eslovaca, es inaceptable para la conciencia poética occidental, pero es posible que corresponda a una nación que, aun bajo el peso de la vejatoria *élite* burocrática, se siente, más que en el pasado, sujeto de su propia historia y, por tanto, en una fase inicial, no epigonal. El mundo ha sido cambiado, aunque no probablemente por los poemas de Novomeský.

6. CEMENTERIOS EN EL CAMINO

Hay un poema de Novomeský dedicado a un cementerio eslovaco. En muchos pueblos, entre las montañas, los cementerios no tienen tapia o la que tienen es casi imperceptible, están abiertos y se extienden por la hierba del prado, corren a lo largo de la carretera, como en Matiašovce, hacia la frontera polaca, o se encuentran al principio del pueblo, como un jardín ante la puerta de la casa. Esta familiaridad épica con la muerte –que puede verse también, por ejemplo, en las tumbas musulmanas de Bosnia, tranquilamente colocadas en el huerto de la casa, y que nuestro mundo tiende, por el contrario, cada vez más neuróticamente a alejar– posee la medida de la justicia, es el sentido de la relación entre el individuo y las generaciones, la tierra, la naturaleza, los elementos que la componen y la ley que preside su combinación y disgregación.

Por las *drevenice* contiguas a estos cementerios asoman rostros anchos y amables, semejantes a la buena madera de sus casas. Esos cementerios carentes de tristeza explican cuán engañoso y supersticioso es el miedo a la muerte. Es posible que, de la misma manera que estos cementerios están colocados delante o al lado de la cotidianeidad, en lugar de estarlo en una sección apartada y rechazada, haya que aprender a mirar la muerte desde el otro lado. Dice un poema de Milan Rúfus: «Sólo por delante la muerte da miedo. / Desde atrás / de repente todo es bello e inocente. / Máscara de carnaval, en la que, / después de medianoche, recoges agua / para beber o, sudado, lavarte.»

7. SOBRE LOS TATRA

En el violeta de un crepúsculo inefable, los Altos Tatra se dibujan ya negros, con el misterio profundo de las grandes montañas. Amedeo y Gigi comentan los juegos de luz, los efectos de la refracción, la relación entre esas cosas allí abajo y la percepción que nosotros tenemos de ellas. En este momento todos estamos convencidos de que ese ocaso azul y violeta debe en cierto modo existir, en algún lugar, para siempre, en el mundo hiperuraniano o en la mente de Dios, como la idea platónica –perenne e incorruptible– del ocaso. Nos parece que esos perfiles, esa luz, ese resplandor contienen materialmente, en sí mismos, estos días que estamos pasando, su secreto, como los objetos mágicos de las fábulas, que basta frotar para hacer brotar de ellos un genio oculto.

Viajando por el bosque oscuro, los faros del coche iluminan de repente una flecha que indica, a dos kilómetros, Matliary. En el sanatorio de Matliary, Kafka pasó unos cuantos meses entre diciembre de 1920 y agosto de 1921; en el instante en que los faros han hecho surgir de golpe el cartel de la oscuridad, me acuerdo de una fotografía que retrata a Kafka entre un grupo de personas, sobre el fondo de estos árboles de Matliary, con una sonrisa tímida y casi feliz. Esa fotografía, con ese oscuro follaje tan lleno de misterio, y este mismo bosque que estamos atravesando ahora son sutilísimas paredes esfumadas; esa vida, que la foto ha detenido en la imagen por un instante, ha desaparecido para siempre. Ni siquiera la obra de Kafka nos ofrece enteramente su secreto, porque también ella es de papel, aunque mucho más sólido y verdadero, pero pese a todo dispar con la existencia que se desvanece, y también con la sombra de ese bosque en el que ahora nos encontramos.

Los lugares de veraneo de los Tatra, como Tatranska Lomnika, tienen un *décor* de turismo de lujo *belle époque;* ahora son frecuentados mayoritariamente, además de por los checoslovacos, por los alemanes del Este. Su elegancia no está exenta de una pizca de esa irrealidad vulgar que caracteriza a los sitios donde sólo existe la temporada de veraneo o donde ésta, en cualquier caso, ha sobrepasado y borrado la existencia y los ritmos originarios del lugar. La vulgaridad triunfa, vistosa y sofisticada, cuando nos trasladamos a un pueblo no sólo, y no tanto, para buscar en él tranquilos o prohibidos placeres, sino para celebrar un rito que se considera necesario para el propio rango. El libertino que sigue sus inclinaciones no es en absoluto trivial; es vulgar el libertino que las sigue pero piensa no sólo en buscar su placer, sino en realizar, de ese modo, un gesto social y culturalmente significativo que le convierta en una criatura superior.

Una *élite* específica que cumple con su función histórico-política –una aristocracia todavía al mando, una casta militar en el poder– puede ser también odiosa o criminal, pero no es grosera ni esnob, porque desempeña una tarea real o impersonal que trasciende a cada uno de los miembros individuales. Los célebres turistas que han creado el mito de Capri muestran con frecuencia los estigmas de la vulgaridad, en tanto que constituyen una gris multitud de excéntricos, carentes de representatividad real y persuadidos de significar algo gracias a sus previsibles extravagancias y a la ostentación de refinamiento. Por ello, no abandonamos demasiado a disgusto el restaurante de una gran hotel de los Tatra, pese a que la cena haya sido discreta y hayamos podido beber por fin –gracias al ambiente internacional– una buena cerveza.

8. UN ANTICUARIO, LA VIDA Y LA LEY

Durante la posguerra los anticuarios de libros de Checoslovaquia eran una mina para quien estaba interesado por las cosas alemanas. Las familias originarias de Alemania pero residentes desde hacía siglos aquí eran expulsadas, con una estúpida injusticia que creía replicar a la infamia del nazismo y que, por el contrario, empobrecía al propio país de un factor esencial. Partían y malvendían sus bibliotecas: en las tiendas de anticuarios se podía tocar con la mano la liquidación de la cultura alemana en Checoslovaquia. Ahora han pasado muchos años, las huellas de ese trágico éxodo están casi borradas y se encuentran pocos de esos libros. Nos caen, en cambio, en las manos unos volúmenes encuadernados de la *Lecture illustrée,* sabrosa revista francesa de final de siglo, y dos tomos, en latín, de *Ethica catholica (Generalis e Specialis)* del doctor Josepho Kachník, profesor de la facultad teológica de Olmütz, en Moravia, editados en Olomucii (Olmütz) en 1910.

En un volumen de la *Lecture illustrée* un estudioso de fisionomía describe la boca de Cléo de Mérode, la gran actriz y gran amante: «J'ai vu la bouche de M. de Mérode, à quinze ans –bouche large, avide, curieuse–, et je la voie aujourd'hui. Ce n'est plus la même. Elle s'est resserrée, fermée, contractée, comme celle d'une personne blasée, satisfaite, à qui l'on n'aurait plus rien à apprendre. Il y a de la fatigue et un commencement de lassitude dans cette bouche voluptueuse et jolie. De la tristesse aussi.»[1] El manual del doctor Kachník es un tratado que abarca, sin pretensiones de originalidad, sino sólo con la intención de exponer la doctrina de la Iglesia, todos los actos humanos, los casos que plantean y las normas a que deben atenerse; estudia y clasifica la libertad y la necesidad de actuar, el orden y la naturaleza de las leyes humanas y religiosas, las obligaciones y las excepciones, las derogaciones y las costumbres, las circunstancias y las pasiones, las distinciones entre los diferentes pecados y las diferentes virtudes, la casuística del adulterio y la fenomenología de la embriaguez, los valores morales y sociales, los impedimentos, los atenuantes y los agravantes, los fantasmas que infunden extravío a la conciencia y los capciosos autoengaños con los que la conciencia intenta confundirse a sí misma.

1. «He visto la boca de la srta. De Mérode, a los quince años –boca ancha, ávida, curiosa–, y la veo hoy. Ya no es la misma. Se ha estrecharlo, cerrado, contraído, como la de una persona engreída, satisfecha, a la que ya no se le puede enseñar nada. Se ve fatiga y un comienzo de cansancio en esta boca voluptuosa y bonita. Y también tristeza.» *(N. del T.)*

Un capítulo, de extraordinaria agudeza psicológica y sabiduría retórica, está dedicado a la conciencia estricta y escrupulosa, a la enfermedad neurótica y desviada de quien está obsesionado por el pecado y lo ve por todas partes, se confiesa con insistencia maníaca con diferentes confesores sin dejarse convencer por ninguno ni curar sus propias manías, se pierde, complaciéndose de forma atormentada en su propia angustia y en su propia soberbia, en naderías moralistas y cavila sobre lo lícito y lo ilícito, cambiando continuamente de opinión.

El lógico doctor, que también adolece de divertidas pedanterías y de ingenuas cerrazones clericales, entiende con agudeza que estas obsesiones de la conciencia estricta, que la Iglesia considera un mal y un pecado, son una enfermedad, una «dispositio mentis» que procede «e corporis constitutione», de índole melancólica y disfunciones orgánicas. La depresión propensa a los remordimientos es la consecuencia de alguna «nervorum atque cerebri mala affectio», que ataca la integridad psicofísica del individuo. La conciencia escrupulosa no tiene nada que ver con la moral, sino con una mezcla de pertinaz soberbia, reacia a dejarse convencer de no haber pecado, y de ansiedad neurótica. El escrupuloso «teme sin ningún motivo, tanto antes como después de haber actuado, pecar, descubre el pecado incluso allí donde no subsiste en absoluto, se atormenta inútilmente por las causas más irrelevantes e, incluso cuando se le asegura que una cosa es lícita, se obstina en dudar de que pueda ser ilícita».

Los *pueri* y las *puellae* timoratas, observa el doctor, pueden sentirse turbados, por ignorancia, por escrúpulos referentes a la materia del sexto mandamiento, pero una instrucción adecuada puede liberarles fácilmente. Invita a los confesores a ser pacientes con los escrupulosos, pero a no disculpar sus fobias sino a proporcionarles la firmeza que necesitan, impidiéndoles entretenerse en sus obsesivos y complacidos complejos de culpa y exponer difusamente, durante la confesión, todas las obsesiones, las manías y los supuestos pecados, especialmente «si de turpibus agitur». A los escrupulosos les recomienda, entre los diversos remedios, evitar conversar con otros neuróticos (ninguna «conversatio cum scrupolantibus»), pero sobre todo vencer ese horror a la compañía y ese amor a la soledad que son un falso indicio de profundidad y de elección espiritual; les exhorta a la conversación y a la sociabilidad humana que, como muy bien sabía también el Mefistófeles goethiano, son la condición en la que cada cual se encuentra realmente a sí mismo.

El francés del fisionomista y el suntuoso latín del teólogo parecen contraponerse, ambos llenos de fascinación y de sabiduría, como dos modos de entender y de recorrer la vida. La historia que el fisionomista lee en la boca de la bellísima actriz es una historia que se puede intuir pero no explicar, una vida que se ha encaminado sin quererlo y sin saberlo hacia esa melancolía, obedeciendo a un genio interior que la guiaba imperiosamente en los gestos imperceptibles, en las sonrisas y en los abandonos, en esa sucesión de pasos pequeños y leves, cada uno de los cuales parece mínimo, pero cuya suma demuestra ser, al final, la trayectoria inexorable del destino. Es una vida de la oscura profundidad y de la huidiza superficie, que viene como viene y que se tiene la impresión de no poder elegir ni explicar. Por el contrario, el teólogo moral no se deja fascinar ni asustar por el indiferenciado flujo de la existencia, por la sombra desvaída y por el murmullo contradictorio del estado de ánimo; quiere introducir claridad, establecer leyes, fijar la universalidad del concepto.

Es más sugestivo apostar en favor de la vida que de la ley, de la creatividad móvil y espontánea que de la simetría de un código. Pero la poesía habita más en los tercetos dantescos que en una vaguedad carente de formas. La creatividad moral es la capacidad de crear e instaurar libremente una ley; sólo la capacidad de introducir orden en la fluctuación de las contradicciones vitales hace justicia a esas contradicciones, que son enfáticamente falseadas cuando se ve en ellas, en su oscilante indeterminación, la suprema verdad de la existencia y se las confunde, en contra de la advertencia de Marco Aurelio, con la actividad de la mente.

Cuando se confunde y se sitúa en el mismo plano cualquier gesto y cualquier acción, en nombre de la filosofía de «la vida es así» que el profesor Trani no había tolerado a mi compañero Sandrin, se enturbia el juicio y se marchita la vitalidad misma, aprisionada en la falsedad. El sentido y el rigor de la ley no sofocan la pasión, sino que le confieren fuerza y realidad. Quién sabe, si Cléo de Mérode hubiera estudiado latín y el tratado del doctor Kachník, tal vez sobre su boca bellísima no habría caído esa sombra de tristeza, porque el doctor de Olmütz enseñaba sobre todo a no dejarse vencer por los sofismas y por las debilidades de la «indoles melancholica...».

Panonia

1. ¿EN LAS PUERTAS DE ASIA?

El amarillo de los girasoles y del maíz se esparce sobre los campos como si el verano hubiese plantado sus tiendas entre estas colinas; Hungría –que el canciller habsbúrguico Hörnigk, defensor de la economía mercantilista, quería convertir en el siglo XVIII en el granero del imperio– también es este color cálido y vital, que continúa en el ocre-anaranjado de los palacios y de las casas.

Si no el viaje, por lo menos la pretensión de hablar de él comienza a ser un poco azarosa porque la diligente –y diligentemente consultada– bibliografía no suple un conocimiento vacilante y resulta imposible fingir que en un país que habla una lengua aglutinante, uno se mueve con la desenvoltura con que lo hace por las calles y entre la gente de Viena. El viajero se siente un poco más superfluo de lo habitual, un personaje de una de esas «novelas de autostop» predilectas, en los años setenta, de una generación de escritores húngaros que, criados en un clima de distensión política interior y de liberal bienestar, piafaban ante los progresos de la sociedad húngara, que les parecían demasiado lentos y cautos, y caían en un estado de impotencia y vacuidad, sintiendo que la misma existencia era una entidad vagabunda y provisional, como el errar sin meta de sus protagonistas, que se confían al viaje en autostop.

Es posible, por consiguiente, que el cuaderno danubiano acabe por parecerse, a lo largo de este tramo del río, a la «prosa en tejanos» de esos autores, como ha sido llamada, a sus vaniloquios improvisados y *casual.* Por otra parte, tampoco indumentarias mucho más decorosas garantizan juicios precipitados. El Telón de Acero, que en la frontera entre Austria y Hungría separa los dos hemisferios de influencia de las dos superpotencias mundiales, invita al pathos de las grandes y fáciles definiciones metapolíticas, a lapidarias formulaciones de la historia universal como aquella del príncipe de Metternich según la cual inmediatamente después del Rennweg, la calle que cruza Viena, comenzaban los Balcanes, Asia.

Este paisaje magiar, fuerte y al mismo tiempo atormentado, sería ya Oriente, recuerdo todavía fresco de las estepas asiáticas, de los hunos y los pecenegos o de la Media Luna; Cioran exalta la cuenca danubiana como amalgama de pueblos vitales y oscuros, desconocedores de la historia o sea de las periodizaciones ideológicas inventadas por la historiografía occidental, cuna y linfa de una civilización todavía no desvitalizada, a sus ojos, por el racionalismo y por el progreso.

Este pathos visceral, que se proclama inmune a la ideología, es un artificio ideológico. Una visita a una pastelería o a una librería de Budapest desmiente a quien piensa que, al este de Austria, comienza un indiferenciado seno asiático. Es cierto que al entrar en la gran llanura húngara nos adentramos en una Europa parcialmente distinta, en un crisol compuesto por elementos diversos de los que moldean la arcilla occidental. La poesía de Endre Ady, el gran poeta húngaro del siglo XX, está oscuramente oprimida por el peso secular que, como se ha dicho, deben soportar los magiares, o sea por la necesaria y en ocasiones imposible elección entre Oriente y Occidente. Muchas veces, en la historia húngara, la elección ha sido, en realidad, una imposición, desde la conquista turca hasta el vínculo habsbúrguico o el bloque soviético, o una decisión coaccionada: «Occidente nos ha rechazado, volvámonos a Oriente», dijo el líder socialdemócrata Garbai en 1919, durante la breve República de los Consejos. En el siglo pasado, el novelista Zsigmond Kemény afirmaba que la función de Hungría consistía en defender la plurinacionalidad del imperio habsbúrguico, dividiendo germanismo o eslavismo e impidiendo la supremacía del uno sobre el otro.

La pasión nacional húngara, que recorre con heroico y feroz furor la historia húngara, nace de una tierra en la cual se han estratificado, mezclado y depositado oleadas de invasiones y de estirpes diversas, hunos y avaros, eslavos y magiares, tártaros y cumanos, jazigos y pecenegos, turcos y alemanes. Las migraciones de los pueblos devastan, pero también civilizan –como los turcos, que no sólo aportan expoliaciones sino también la cultura islámica– y producen promiscuidad y mezcla, las matrices secretas de todo nacionalismo y de sus obsesiones de pureza étnica, como la leyenda del origen huno de los húngaros; Janus Pannomius, el humanista y poeta del siglo XV, es de origen croata, como la familia aristocrática de los Zríny, de la cual salen héroes y cantores de la epopeya húngara; la madre de Petöfi, el poeta nacional magiar, no hablaba húngaro y el conde Szécheny, gran patriota y padre de la conciencia cultural de la nación, lo aprendió a los treinta y cuatro años; el símbolo de la protesta irredentista contra los Habsburgo, el tulipán en el ojal de los seguidores de Kossuth, es la flor que trajeron los dominadores otomanos y que exaltaban en su poesía como símbolo de la civilización turca. La pasión nacional es la imperiosa exigencia no sólo de ser, sino, como en la novela *Fascinación magiar* de Mór Jókai, de mediados del siglo pasado, de convertirse en ardientes patriotas húngaros.

Hungría, escribe Evans, era una gama de culturas diferentes, un mosaico en el que regían y a veces se intersecaban soberanías diversas: los territorios habsbúrguicos, los *vilayet* o distritos turcos, el principado de Transilvania. A fines del siglo XVIII, con la progresiva retirada de la potencia otomana, el dominio austríaco se afirma en todo el país. El mariscal Montecuccoli, jefe del partido militar, escribe en su libro *Hungría en el año 1677* que los húngaros son «orgullosos, inquietos, volubles, descontentadizos. Retienen la naturaleza de los escitas y de los tártaros, donde tienen su origen. Aspiran a una desenfrenada licencia... como Proteos, que unas veces aman, otras desaman, a veces exaltan y otras deprimen, quieren y desquieren...».

El enérgico mariscal no pretendía expresar prejuicios raciales; su programa contrarreformista y germanizante veía en el particularismo magiar un caos constante y sangriento, una ausencia de leyes claras y diferenciadas, una pluralidad centrífuga y agresiva que debía ser domada por la fuerza planificadora y unitaria del Estado imperial y reconducida a una ordenada uniformidad, «dirigida con verga de hierro y frenada con vigor». Establecidas las debidas diferencias entre fenómenos históricos separados por siglos de distancia, la política absolutista adoptada por los Habsburgo entre 1849 y 1860 se inspirará en una análoga nivelación.

Pero esta modernización centralizadora y uniformadora constituye una excepción en la secular política habsbúrguica, que se entrega más gustosamente a una sabiduría elástica, a una previsora despreocupación. La soberanía habsbúrguica no es como el despotismo centralista y nivelador de Luis XIV, Federico II o Napoleón, sino que administra más bien la resistencia que el universalismo y el particularismo medieval oponen al Estado moderno. El arte habsbúrguico de gobierno no sofoca las diferencias ni supera las contradicciones, dejándolas subsistir en su sustancia y poniéndolas en juego, en todo caso, unas contra otras. El regidor del imperio es, por definición, también él, un Proteo, que cambia de máscara y de política con dúctil movilidad y no por ello quiere transformar a sus súbditos Proteos en ciudadanos de una sola pieza, sino que les deja que pasen del amor a la revuelta y viceversa, de la depresión a la euforia, en un juego sin final y sin progreso que no quiere imponer una rígida unidad a los diferentes pueblos, sino dejarles subsistir y convivir en su heterogeneidad. En lugar de invadir y fagocitar a la sociedad –o mejor dicho a las sociedades–, el Estado intenta tocarlas lo menos posible. La burocracia habsbúrguica es escrupulosa y previsora, pero parece limitarse a extender hermosos y ordenados mapas, como los danubianos preparados por la competente oficina para la representación cartográfica del Danubio entre 1816 y 1820, y elaborados sobre todo por el ingeniero jefe Otto Hieronymi y por el inspector para la navegación Paul Vásárhelyi. Detrás y debajo de los mapas, prosigue tranquila la vida del río, las barcas y los anzuelos que no tienen necesidad de la cartografía.

El Estado parece querer hacer olvidar la política o por lo menos atenuar su ingerencia, mitigar y frenar las transformaciones, convencer a sus súbditos de que los cambios se operan en períodos largos –y son, por tanto, perceptibles para las generaciones más que para los individuos– y dejar que las cosas permanezcan como están el máximo de tiempo posible, así como los sentimientos, las pasiones, las memorias. En un poema de János Arany, el gran amigo de Petöfi, un anciano pellizca por casualidad la cítara y saca de ella antiguos sonidos magiares, el epos nacional sepultado y conservado en la memoria del pueblo, acentos de crónicas del tiempo antiguo, ecos de los cascos de los caballos hunos. El Compromiso de 1867, el *Ausglekh,* que crea la doble monarquía austrohúngara, es el más importante intento habsbúrguico por transformar una herida propia –el separatismo húngaro– en una medicina, por limar la peligrosidad de esa cítara y de sus canciones haciéndoles sitio bajo la propia corona, por sobrevivir dejando subsistir e incluso reforzando la potencia rebelde y el papel de Hungría.

Los historiadores siguen discutiendo si el Compromiso de 1867 fue, política y económicamente, una victoria de los austríacos sobre los húngaros o viceversa. Que la monarquía austrohúngara no se caracterizaba por la armonía, sino por la tensión entre sus componentes, es bien sabido y es posible elegir entre muchos episodios y anécdotas. El conde Kărolyi cuenta que su bisabuelo había hecho levantar una capilla votiva para agradecer a Dios la derrota sufrida por el ejército habsbúrguico en Königgrätz y que su madre, cuando debía dirigirse a Viena, cruzaba en carroza la ciudad con los ojos cerrados para no verla. Tisza, el *leader* político húngaro, definía en 1903 al primer ministro austríaco como un ilustre extranjero y para Bánffy, ex primer ministro magiar, los húngaros perjudicados económicamente por las tarifas aduaneras de la Cisleithania debían ser considerados como caídos de guerra y sus familias debían ser tratadas en consecuencia.

Es posible que cierta solidaridad austrohúngara no haya existido hasta ahora, como efecto del fin del imperio y de la existencia del bloque oriental, que hace renacer la nostalgia por la Mitteleuropa e inspira proyectos como la revisión paralela de los textos escolares austríacos y húngaros y la corrección de las perspectivas nacionalistas por ambas partes, la fundación de una plurinacional «Universidad danubiana» y un conocimiento de la cultura común que preludia la formación de una conciencia cultural común. Desde hace varios años, un programa de la radio húngara titulado «An der Donau» ilustra aspectos y problemas de la *koiné* danubiana. El Rennweg no lleva a Asia.

2. EL REY DISFRAZADO

La melancolía y simétrica dignidad de los edificios habsbúrguicos de Sopron proporciona un marco de decoro y de estabilidad a esa leve incertidumbre de los autoestopistas en tejanos. En el número 11 de Templon Utca entro en un patio, más allá de la verja que sostiene una corona de hierro, y subo unos cuantos tramos de escalera. Hay poca luz y los pasamanos están oxidados, pero en la sombra, en cada piso, hay unas estatuas majestuosas y banales, con ese misterio que envuelve al arte más convencionalmente mimético y realista, el que crea figuras semejantes a la chata obviedad de las personas que adoptan poses oficiales. Los arabescos de la Alhambra o las Prisiones de Miguel Ángel viven en su eternidad, mientras que las melancólicas e imponentes estatuas de esta escalera, insignificantes como nosotros, envejecen como nosotros, oxidándose en esta semioscuridad entre la comprensible indiferencia general; exhiben inutilidad y soledad, la incomprensibilidad de la vejez.

La ciudad es poco vistosa, pero sólida e impenetrable, como si ocultara algo detrás de su decoro un poco descascarillado. Cerca del Museo Liszt, por una ventana de la planta baja, se asoma un hombre en camisón. Es joven, con los cabellos negros, lisos y grasientos, un rostro agitanado estropeado por una expresión vacía y amable. Es un disminuido psíquico en grado bastante profundo, su cuerpo tiende a caer como un saco vacío y su torpeza sólo se altera por una repetida convulsión. Cuando pasamos por delante, se asoma por la ventana y farfulla, con dificultades, un sonido entrecortado, palabras o fragmentos de palabras húngaras. Gigi se detiene, le escucha, intenta entenderle y responderle con gestos, enfadándose consigo mismo porque no lo consigue y se pelea con el creador del opinable universo.

Si hubiéramos entendido lo que ese desconocido quería decirnos, tal vez lo habríamos entendido todo. Está claro que no se puede atribuir a ese joven macilento, incapaz de retener la saliva, un propósito claro y deliberado, pero en el impulso que le ha movido hacia nosotros, en las maneras y en las formas propias de su persona y de sus posibilidades, existía la urgencia de decir algo y, por tanto, de tener algo que decir, en ese momento, a nosotros.

De la piedra desechada por los hombres, está escrito, he hecho la piedra angular de mi casa. Es posible que el desconocido que hemos abandonado en su miseria fuera la piedra real, el rey disfrazado de mendigo, el príncipe prisionero. Pero puede que sea nuestro liberador, porque bastaría con reconocerlo como hermano para liberarnos de nuestros miedos, de nuestros histéricos escalofríos, de nuestra impotencia. Es posible que sea uno de los treinta y seis justos, desconocidos por el mundo y que ignoran serlo, gracias a los cuales, según la tradición hebraica, el mundo sigue existiendo.

Las ficciones de la civilización danubiana, sus irónicos disimulos, ayudan a eludir el intolerable escándalo del dolor, a seguir adelante. Hay que agradecérselo, aunque éste sea su límite. Para detenerse ante esa ventana con la expresión que había en el rostro de Gigi, hay que haber escuchado otras voces, otros gritos. Musil nunca habría podido escribir el Evangelio, Dostoievski casi lo escribió. Desde esta mañana en Sopron el emperador kafkiano, con su mensaje que no llega pero que está en camino, será ese joven oliváceo.

3. KOCSIS

En Sopron se ha reunido con nosotros, o mejor dicho nos ha esperado, como estaba previsto, un colega, al que llamaré Kocsis. Es un ilustre ensayista, un gran señor de la cultura que habla varias lenguas y cuyos libros son muy apreciados, como se dice, en la comunidad internacional de los estudiosos. Es un hombre vigoroso, pese a su edad, con una ancha cara panónica y algo levemente insondable en sus ojos oscuros, que se contradice con su franca y seductora sonrisa. Suele llevar un cigarrillo en la mano y antes de encenderlo lo golpea rítmicamente en el borde de la mesa o de la silla, lo tiende al espacio que le rodea como un chamán que traza círculos mágicos en el aire, como si quisiera aplazar por unos minutos algo que debe ocurrir, el humo que lo disipa y abole para siempre.

Kocsis es un pequeño poder en el partido, y por tanto un acompañante valioso. Con el cigarrillo apagado indica, como un experto cicerone, objetos y figuras, balcones de hierro forjado y fuentes adormecidas, libros viejos en escaparates de anticuarios y algún rostro de la multitud que le parece antropológicamente interesante. Es posible que éste sea actualmente un papel adecuado para el intelectual introducido en los rangos del mundo y consciente de su papel de epifenómeno y de reepílogo; entre los eventos de la historia él se mueve no como el artista que crea obras ni como el director del museo que las elige y las dispone, sino como el cicerone que las muestra y las comenta.

En el partido, Kocsis es un pequeño poder derrocado, que no puede dar órdenes pero que disfruta de favor y de favores, como el antiguo presidente de una sociedad anónima que ha sido alejado de los dispositivos del mando pero sigue teniendo a su disposición coche con chófer. Su itinerario político es una parábola ejemplar. Fue apartado, todavía joven, de la carrera académica porque no compartía las infames acusaciones contra Rajk –el *leader* comunista acusado de titismo, imputado falsamente de traición y ajusticiado–, reapareció en los años cincuenta como estalinista, sin implicarse jamás personalmente en la tiránica máquina de Rákosi, pero convencido defensor de la absoluta primacía del partido.

Demasiado culto y sutil para creer en el paraíso soviético, debió de considerar, en aquella época de la guerra fría, que el mundo se encontraba en vísperas de un enfrentamiento monstruoso y definitivo, que decidiría para siempre la victoria o la derrota global de la revolución. Occidente era el puro mecanismo de la sociedad, la voluntad de poder de los procesos económicos abandonados al juego del más fuerte, las cosas tal como son, la vida fascinante, pero salvaje y brutal; el Oriente comunista debía ser la corrección de la realidad en nombre de las cosas tal como deberían ser, la instauración de la justicia y de la igualdad, la imposición del significado sobre la agitación del acaecer.

Precisamente en Hungría Lukács había afirmado insistentemente la clasicidad del marxismo, para el cual la espontaneidad inmediata carece de autenticidad y sólo adquiere significado a través de la disciplina de una norma. El ritual estalinista parecía ser forma, orden, afirmación de los principios sobre la nietzscheana «anarquía de los átomos»; el liberalismo occidental se presentaba como espontaneidad informe, vitalidad amoral, egoísmo *casual,* mero proceso de necesidades que prescinde de cualquier criterio ético. El uno era Estado, el otro sociedad. Todavía en 1971 Tibor Déry, escritor comprometido y disidente, expresaba en una de sus novelas su disgusto por la ameboide, promiscua e indiferenciada inocencia de la juventud *pop* americana, por una sociedad reducida a un flujo libidinal.

En vísperas de la batalla de Gog y Magog, a Kocsis le resultaba comprensible que el Estado asumiera sobre sí mismo todo el peso y el control de la sociedad, con la limitación o la supresión de las libertades que se producen en una economía y en una disciplina de guerra. Todavía en 1956, e incluso durante los brevísimos días en que dicha posición parecía derrotada y peligrosa para quien la profesaba, Kocsis era filosoviético, enemigo de la decisión del gobierno Nagy de abandonar el Pacto de Varsovia y defensor, asumiendo su riesgo personal, de la integridad del bloque oriental. Ahora se puede decir que casi disiente de la política de Kádár, cuyo liberalismo –que ha convertido a Hungría en el país más democrático, más acomodado, más occidental de la Europa comunista– le parece demasiado cauto y autoritario.

Kocsis es uno de los muchos ejemplos del transformismo que caracteriza la política húngara de las últimas décadas y que tiene muy poco que ver con el oportunismo. András Hegedüs, muestra del estalinismo y brazo derecho de Rákosi, sustraído en la revolución de 1956 a la ira de la multitud por un tanque soviético que le llevó al otro lado de la frontera, se convirtió en los años sesenta en un intelectual liberal, un símbolo de la independencia crítica y del revisionismo, cuya revista *Valóság* abrió un despreocupado debate socio-político sobre la dirección del país y sobre la misma teoría marxista y situó a Hegedüs en cierto ambiente de la herejía. Otros han efectuado un itinerario contrario, de la revuelta del 56 a una nueva ortodoxia marxista.

Es la propia historia húngara la que produce estos transformismos, por los cambios que la caracterizan; los proscritos de 1956 que regresan y en ocasiones vuelven a ocupar posiciones eminentes; la alternancia de virajes democráticos y de vueltas de tuerca autoritarias, el tratamiento casi preferencial –por lo menos a ojos de muchos viejos militantes– que el gobierno reserva a los sin partido. El propio Kádár es un ejemplo macroscópico de estas transformaciones, realizadas, en su caso, en nombre de la entrega a una misión superior: militante comunista de siempre, incansable en la milicia clandestina durante el período fascista, torturado por la policía secreta estalinista que le arrancó las uñas, hombre de la represión soviética en 1956 y estadista que ha llevado a su país al máximo grado posible de independencia de Rusia, de libertad y de bienestar.

La vida es un compromiso, dijo en cierta ocasión Kádár mientras celebraban su cumpleaños, y el auténtico atajo puede ser en ocasiones el camino aparentemente más largo. Ahora Kocsis, con su cigarrillo apagado en la mano, tal vez está recorriendo este atajo, quizá intentando pararse de vez en cuando, sentarse en un banco y admirar el paisaje. Justamente esa economía de guerra de la revolución, en la cual él ha creído, ha sido la debilidad del socialismo real. Cuando el poder se echa encima directamente todo el peso de la sociedad y de sus problemas, asumiendo la carga de cualquier detalle y el control de cualquier detalle, su totalitarismo, observa Massimo Salvadori, se vuelve contra él y le mina desde dentro, como le sucede a un organismo que se somete a un esfuerzo tremendo y prolongado. La revolución de 1956 fue también la apoplejía de este poder pletórico, el colapso del esfuerzo titánico, por parte del

Estado-partido, de invadir y custodiar toda la vida social. El compromiso de Kádár invierte, con su fórmula elástica y elusiva «quien no está contra nosotros está con nosotros», ese totalitarismo, dejando espacio a una variedad de componentes y actitudes, ya no duramente uniformados con un modelo único («con nosotros»), sino limitados únicamente de modo negativo, según el esquema liberal (basta con no estar «contra nosotros»). El compromiso y el largo atajo de Kádár son una estrategia habsbúrguica; de las resquebrajaduras del sistema forjado según el modelo soviético renace no sólo la nostalgia por la Mitteleuropa, sino también la forma mitteleuropea, su estilo ético-político.

También Kocsis ha encontrado su alusiva Mitteleuropa personal, su atajo. Está escribiendo, me dice, una monografía sobre Babits. A su modo, la elección es significativa, porque es una elección lateral, pero no en exceso. La ideología del régimen prefiere a los escritores marxistas, o bien –y aún más– a los grandes clásicos nacionales, como Petöfi o Vörösmarty, de los que el comunismo se proclama auténtico heredero, o incluso los desgarrados intérpretes –y desenmascaradores– de la crisis y de la decadencia burguesas, como Endre Ady. Los poetas revolucionarios como Attila József son ya más sospechosos, por su radicalismo que les sitúa fácilmente en oposición con la línea del partido, aunque la monumental monografía de Miklós Szabolcsi sobre el propio Attila József ponga en evidencia las aperturas culturales de la Hungría de hoy.

Mihály Babits es un caso aparte, un poeta al que se le dirigen, tanto en los manuales literarios como en el debate cultural, el convencido homenaje que se debe a un clásico tal vez colateral y un respetuoso olvido. Babits, que vivió entre 1883 y 1941, es un humanista fascinado con la tradición pero experto en las laceraciones de la lírica contemporánea, que él procura mediar y frenar de una manera sin embargo nítida, casi como un salvavidas arrojado a los desechos de los grandes naufragios de la poesía moderna, que se hace pedazos contra las escolleras de la nada. Babits protesta contra los entusiasmos y los horrores bélicos, acepta la cátedra de literatura de la república comunista de Béla Kun, pero se declara antimarxista, retirándose por otra parte más adelante, frente al régimen fascista de Horthy, en una reservada oposición; detesta los irracionalismos e imprime a la torneada orfebrería de sus versos una doliente inspiración humana, sensible a las lágrimas de las cosas pero sobre todo a las miserias de los individuos y de las clases oprimidas.

No canta nunca a los vencedores y está claro que esto debe gustar a Kocsis. Es posible que éste se vea reflejado en sus versos, en los cuales el poeta dice que quiere constreñir al Todo en sus sonetos, pero que no consigue ir más allá de sí mismo y de sus pequeños *impasses.* La lírica muere, dice un poema de Babits, y es inútil –escribe en otra parte– trazar versos con los dedos, como signos en la arena; mueren los dioses y el hombre sigue viviendo. Es posible que los dioses de Kocsis hayan muerto; lo cierto es que él sigue viviendo, amable y disponible, y se distrae siguiendo en sordina a este poeta que, también con discreción, conducía el vago vagabundeo de las letras y de las palabras a través de su laberinto de papel, manteniendo a raya su propio cansancio y escuchando los ruidos de las barcas y de los motores que subían atenuados desde el Danubio, con la esperanza de que algún dios ofreciera un lecho al río de palabras que le subían errabundas a los labios, a fin de que pudieran correr ordenadamente hasta el mar y desaparecer.

La lírica de Babits no puede convertirse hoy en una bandera en el debate ideológico y en el enfrentamiento subterráneo entre derecha e izquierda, entre los conservadores y los progresistas de la cultura y la política húngara. Es una voz clara pero queda, una arcadia como aquella que el propio poeta encontraba en el paisaje que veía a su alrededor, en la infancia, entre los viñedos del Szekszárd. Una arcadia panónica y, por tanto, muy experta en esa violencia, por encima de la cual Babits a veces se impone a sí mismo deslizarse.

4. CADENAS SOBRE LA NIEVE

Acabamos de abandonar Fertöd, el Versalles de los Esterházy, los señores feudales a quienes pertenecían, en el siglo XVIII, más de un millón de yugadas y que componían, con los demás nobles, la totalidad de la *natio hungarica* reconocida como tal.

Nuestro ir y venir, a lo largo de estos pocos kilómetros, se hace irregular y dispersivo como el de los autoestopistas o el de la famosa carroza carmesí de Gyula Krúdy que vaga por los viejos caminos campestres, se mueve en zigzag. Pero es una intención precisa la que nos conduce, rompiendo la linealidad del recorrido, a Mosonmagyaróvár. Aquí, la noche del 2 de noviembre de 1956, Alberto Cavallari, enviado del *Corriere*[1] para seguir las vicisitudes de la revolución húngara, pasó a convertirse él mismo en noticia de un titular a nueve columnas, porque se corrió la voz de que había sido hecho prisionero por los rusos. Había pasado, por el contrario, la noche en un refugio de los rebeldes, después de haber intentado inútilmente llegar a Viena para comunicar –con un día de adelanto– que la revolución no había triunfado, como se creía, sino

1. Se refiere al *Corriere Della Sera,* periódico italiano. *(N. del T.)*

que estaba finalizando y que comenzaba la represión soviética. Con su habitual garra, lacónico y fulminante, Cavallari cuenta, en su artículo, esa noche confusa en la nieve, el automóvil que se hunde y no consigue proseguir, las carreteras que se pierden en el barro y en la oscuridad, los disparos y los heridos, los imprevistos puestos de control de los patriotas, los tanques rusos con los que se tropieza casi por casualidad en las tinieblas, mientras están disponiéndose como las mallas de una gigantesca red entre Viena y Budapest y encerrando Hungría.

Al repetir su recorrido entre Viena y Budapest, nos parece estar recorriendo de nuevo sus pisadas y, claro está, sus artículos de aquellas semanas entre octubre y diciembre de 1956, que apresan al vuelo la esencia de un viraje extraordinario en los rostros desconocidos que desaparecen en los pantanos o entre las barricadas, son un breviario de este viaje por Hungría. Un breviario trágico para un viaje inocuo, que sin embargo llevamos en la mano como Bérard llevaba consigo la *Odisea* al moverse por el Mediterráneo, para reconocer los lugares y su secreto gracias a ese *baedeker* que los contiene. Pero treinta años han disuelto esas nieves y borrado las huellas de las cadenas de los tanques en la nieve, aunque no, sin duda, su recuerdo. El juicio, en aquellos días, era claro: Kádár era cómplice de la traición y de la matanza, un peón de los soviéticos que parecía manipulado por ellos y, una vez utilizado, a punto de ser arrojado. Treinta años después, es justo reconocer que puso su persona al servicio de su país, que emprendió el único camino realmente posible y lo ha recorrido con habilidad y rectitud para el bien de Hungría.

Todo esto no modifica el juicio de entonces, pero lo acompaña en otros juicios diferentes, que no lo niegan pero crean un contrapunto al primero, como si a la imagen de un individuo se uniera la que lo retrata décadas antes o décadas después. La valoración positiva que hoy se puede dar de Kádár no quiere decir que estuviera equivocada la negativa de entonces, que entonces no fuera necesario decirle que no.

Existe un futuro del pasado, un devenir propio que lo transforma. Al igual que la realidad, también el yo que la vive y la contempla resulta ser plural. Al atravesar los lugares señalados en aquellas épicas crónicas de hace treinta años, se tiene la impresión de desgarrar sutiles paredes invisibles, estratos de realidades diversas, todavía presentes aunque no aprehensibles a simple vista, rayos infrarrojos o ultravioletas de la historia, imágenes e instantes que ahora ya no pueden impresionar una película pero que existen, que existen al igual que los electrones inalcanzables por la experiencia sensible.

No sé si algún escritor de ciencia ficción ha inventado una cámara fotográfica espacio-temporal capaz de reproducir, incluso con ampliaciones sucesivas, todo lo que durante siglos y milenios ha existido en esa porción de espacio encuadrada en el objetivo. Al igual que las ruinas de Troya con los estratos de las nueve ciudades o una formación calcárea, cualquier fragmento de realidad necesita de un arqueólogo o geólogo que lo descifre, y puede que la literatura no sea más que esta arqueología de la vida. Lo cierto es que un pobre viajero tridimensional cualquiera se siente turbado ante las bromas de la cuarta dimensión –incluso si el viaje es cuadri-(o pluri-)dimensional por excelencia– y vacila en situarse entre tantas aserciones contrarias y no contradictorias. Nos sentimos un poco como el cardenal Mindszenthy recién liberado y confuso, después de años de cárcel, en la nueva realidad desconocida; es necesario respirar hondo y mirar alrededor y, antes de contestar cualquier pregunta, nos gustaría responder lo que el primado húngaro respondió, mientras era liberado por los rebeldes, a Cavallari que le pedía alguna declaración: «Le contestaré el viernes, cuando haya entendido cómo está hecho el mundo.»

5. EN EL BARRO PANÓNICO

La televisión húngara transmite *Los señores Glembaj,* el famoso y virulento drama de Miroslav Krleža, bajo la dirección de János Dömölky. Pocos escritores húngaros han representado el mundo panónico, el mosaico de pueblos y culturas entre Zagreb y Budapest, con la fuerza y la violencia de Krleža, el gran patriarca de la literatura croata. En sus páginas aparece una y otra vez, sombría y obsesiva, una imagen insistente: el barro de Panonia, la llanura croatomagiar empastada de polvo, de pantanos, de hojas marchitas, de las huellas sangrientas que han dejado, a lo largo de los siglos, las migraciones y las luchas de civilizaciones diversas, que en esa llanura y en ese fango se han mezclado y superpuesto como cascos de caballos bárbaros.

Nacido en Zagreb en 1893 y muerto en 1981, Krleža, traducido en los más variados países y a las más variadas lenguas, es un escritor poderoso y excesivo, desbordante de vitalidad elemental y de una vastísima cultura plurilingüística y supranacional. Es el poeta del encuentro y del enfrentamiento entre croatas, húngaros, alemanes y demás gentes del mundo danubiano; es un escritor sobrecargado de cultura y de furor, un intelectual y un poeta expresionista que ama la discusión ensayística pero también los saltos y las fracturas, los desgarros agresivos y la invectiva sarcástica. El tema central de su obra poliédrica y desmesurada es la disolución de la civilización ochocentista, tomada sobre todo en el desmoronamiento del plurisecular imperio austrohúngaro, con el desencadenamiento de las fuerzas irracionales y patológicas procedentes de la agonía de un orden social. De la denuncia de esta orgiástica y nihilista decadencia –representada sobre todo en los *Señores Glembaj,* cuadro oscuro y cruel del crepúsculo habsbúrguico– Krleža extrae las linfas para su feroz análisis y acusación del totalitarismo, que ve nacer de esa podredumbre y extenderse como un cáncer por la Europa de los años treinta.

Militante del movimiento obrero yugoslavo y arrestado por las autoridades ustachas, Krleža no abandonó el comunismo, pero su precoz y radical disentimiento antiestalinista –en los años de Stalin y de la misma lucha antifascista– le ocasionó gravísimas dificultades con el partido. Entre los acusadores que en aquel tiempo pedían su cabeza se encontraba, sectario y absoluto, Djilas, que después se convertiría en el abanderado del disentimiento. Fue Tito quien siempre defendió a Krleža, por entender –con mayor agudeza que el intelectual Djilas– que Krleža y su independencia constituían un valor insustituible para la nueva Yugoslavia revolucionaria, de la cual, en efecto, el escritor fue padre y patriarca, un gran anciano al igual que el Mariscal.

Nacionalista croata antes de la Primera Guerra Mundial, posteriormente patriota de la Yugoslavia dominada por los serbios pero pronto en desacuerdo con el régimen monárquico reaccionario, Krleža volvió a sus raíces croatas y a la *koiné* danubiana, que trasladó al internacionalismo marxista del que fue un comprometido y valeroso militante. Su Panonia es un crisol de gentes y de culturas, en el que el individuo descubre la pluralidad, la incertidumbre pero también la complejidad de su propia identidad. En el fango panónico se hunde torpemente la *gentry* austrohúngara encarnada por la familia Glembaj; en el fango panónico es absorbido el héroe de su libro más notable, *El retorno de Filip Latinovicz,* aparecido en 1932, por el que Sartre se sentía –tal vez demasiado– fascinado, pues descubría en él una parábola de la identidad individual, un retrato excepcional de la alienación del individuo que se disuelve y se pierde en la nada, adquiriendo conciencia de la descomposición de su propia clase y del resquebrajamiento del propio yo.

Krleža escribió muchísimo, demasiado: poemas, novelas, dramas, ensayos, de valor desigual. Su fuerza reside en la complejidad ensayística, en la capacidad de captar el nexo entre la menuda realidad social, los procesos históricos y las leyes de la naturaleza; en la mirada que descubre, en los gestos más habituales, la corrosión de la muerte, la necesidad del universo, la agregación y disgregación de los átomos, los oscuros ritos biológicos ocultos tras el movimiento de las ideas. Su grave límite es la exuberancia fangosa, el énfasis en lo truculento y en lo abyecto, la exaltación de la podredumbre que a veces le hacen caer en una repetición de lo excesivo y en un fatigoso intelectualismo.

No cabe duda de que la crítica antihabsbúrguica de Krleža es facciosa y unilateral –como lo son, en sentido contrario, muchas idealizaciones nostálgicas del imperio–, pero la verdad poética y moral tiene necesidad en ocasiones de esta pasión sectaria para captar, más allá de la deformación exasperada, un momento esencial de la vida y de la historia, un valor humano absoluto que la objetiva precisión realista no es capaz de captar, como bien saben los grandes poetas satíricos, tendenciosos pero destinados a iluminar, gracias a su obsesión visionaria, algún instante eterno de la vida. Viena no era infame como la representaba Karl Kraus, y probablemente tampoco la antigua Roma era como la describe Juvenal, pero sin la furiosa exasperación de Kraus o de Juvenal no habrían sido desveladas, como a través del violento desgarrón de un velo, algunas de las expresiones extremas, algunas de las muecas anormales que puede asumir el rostro del hombre.

La obra de Krleža, especialmente la tardía novela *Banderas* que quiere ser una *summa,* es una enciclopedia de Panonia y un fresco monumental no sólo de la vida croata, sino también y sobre todo de Budapest y de Hungría en los primeros años del siglo. Krleža es durísimo y polémico respecto al imperio danubiano, pero hasta su protesta está empapada de la cultura de ese mundo, como revela su ensayo sobre Karl Kraus, la voz de la civilización habsbúrguica que se contesta a sí misma.

En un tardío libro de recuerdos, que evoca, no sin cierto toque de ternura, el mosaico habsbúrguico, Krleža se definió como «alguien de Agram», dando a su ciudad natal, Zagreb, el nombre alemán; la vasta ecumene imperial regia también le había enseñado, como a tantos otros –hasta a su antiguo acusador Djilas, nostálgico hoy de la Mitteleuropa–, a amarla o por lo menos a entenderla a través de la rebelión.

6. TRISTEMENTE MAGIAR

El Danubio enfila las ciudades como perlas. Györ, que en 1956 era el centro de las reivindicaciones más radicales y daba ultimátums a la más moderada Budapest y al propio gobierno Nagy, considerado demasiado filocomunista, es bella y tranquila, las calles antiguas conducen como un paseo dominical a las orillas del río, con sus *quais* y el agua verde de la Raba que confluye en el curso del Danubio. En el número 5 de la Dr. Kovacs Utca, nobles y fieros mostachos magiares adornan en un medallón el rostro de Petöfi; en la iglesia de los Jesuitas las hojas verdes y doradas por el sol enmarcan las ventanas y los rostros se dibujan por un instante contra la luz, con una belleza más desgarradora que la de las vidrieras góticas. En la Alkotmany Utca vivió Napoleón; los balconcitos lucen un tranquilo y mesurado señorío, cariátides y leones que sostienen sables.

Komárom-Komárno (o Komorn), que se encuentra en gran parte sobre la otra orilla del Danubio, en Checoslovaquia, es una pequeña concentración de los símbolos de la magiaridad. La estatua de Klapka, el general de 1848, resume el espíritu rebelde magiar; la placa que recuerda el nacimiento de Mór Jókai alude a ese ilusionismo nacional, tan cultivado especialmente después del Compromiso, con el que la clase dirigente húngara se dotaba de una máscara de vitalidad y esplendor, transformando la magiaridad en el *cliché* de la misma. Criado en la atmósfera optimista del liberalismo, Jókai traza un brillante retrato de esa aristocracia húngara que el barón József Eötvos, también él novelista y autor en 1868 de una inspirada ley sobre las nacionalidades que ha sido incumplida con frecuencia, describe, por el contrario, como opresiva y parásita.

La gran literatura húngara no es la que exalta el esplendor de una Hungría heroica, sino la que denuncia la miseria y la oscuridad del destino húngaro. Hasta Petöfi, el cantor de la patria y del Dios de los magiares, critica el inerte egoísmo de los nobles y la nación perezosa. Endre Ady canta a la «tétrica tierra magiar», se define como «tristemente magiar» y proclama que «los Mesías magiares son mil veces Mesías», porque en su país las lágrimas son más saladas y se consumen sin haber redimido nada. Quien nace en Hungría paga un tributo a la muerte, porque –dice otro poema– es un fétido lago de muerte; los exhaustos húngaros son «los bufones del mundo» y el poeta lleva en su interior, dolorido, la melancólica llanura.

La literatura magiar es una densa antología de estas heridas, de esta sensación de abandono y de soledad que lleva a los húngaros a sentirse, como dice un poema de Attila József, «sentados en el borde del universo». László Németh, el jefe de fila de los escritores populistas, ha hablado de una condición de «permanente agonía» de la literatura húngara. Una pregunta se plantea, como un estribillo, en Hungría, desde la batalla de Mohács a la revolución de 1956: ¿De modo que seremos siempre derrotados? ¿Cuándo vencerán por fin los húngaros? Es una pregunta que los estudiantes plantean al profesor de historia cuando les cuenta la revuelta de Rakóczi aplastada por los Habsburgo y que se discute en el diario oficial del partido, una pregunta retórica planteada también por Tibor Déry e incluso por Kádár, según el cual, sin embargo, este sentido de perdedores pertenece al pasado y ya no concierne al presente.

Al ilusionismo nacional, cultivado por Jókai y por tantos otros autores, se contrapone así una exacerbada desilusión, voces que hablan desde la oscuridad. No se puede decir que la autoacusación y la autoconmiseración sean más veraces que la autoexaltación; comprimida entre el mundo alemán, eslavo y latino, Hungría ha sido amenazada, pero no esclavizada por sus vecinos. Pese a la dominación turca y al fracaso de tantas revoluciones, Hungría ha sido también una nación de dominadores que se ha impuesto a sus eslavos o sus rumanos. No ha sido una provincia olvidada por la historia universal, sino una nación que ha hecho historia.

No resulta ilegítima, por tanto, una parcial rehabilitación del coloreado optimismo de Jókai. Por otra parte, en su novela *Un hombre de oro,* de 1872, también Jókai ostenta una tristeza diferente de la estereotipada y folklórica melancolía de la *puszta:* la pequeña isla del Danubio, oculta e ignorada, se convierte en el no lugar en el cual Mihály Timár, el batelero enriquecido y desilusionado de su equívoco ascenso burgués, encuentra refugio y felicidad. Con esta novela Jókai ha escrito una pequeña robinsonada danubiana, la historia de un hombre que rehace de la nada su existencia triturada por la sociedad y que, a diferencia de Robinson, no quiere regresar al mundo. Su isla se convierte en un paraíso, el Edén, Otaheiti, el atolón de los mares del Sur, aunque lo que proteja esta inocencia melancólicamente recuperada no sea el océano, sino únicamente un tramo del Danubio.

En Komorn otra placa, bilingüe, informa de que en esa casa nació Franz Lehar, maestro de un ilusionismo elevado al cuadrado y de una música de consumo en la que la nostalgia de los valses de Strauss se corrompe, pese a su placentera maestría, en una desenvuelta vulgaridad. El ilusionismo de opereta, que resuelve la vida en la frase «¡Camarero, champán!», no oculta, sin embargo, que es una brillante ficción, la máscara y la simulación del brío. Su industria del cinismo galante y sentimental es un cartón piedra que, sin darse aires de importancia, distrae de la seriedad de la vida.

7. UN BUSTO IMPERIAL EN EL HUECO DE LA ESCALERA

Esztergom. Aquí Geza, príncipe de los húngaros, que habían llegado un siglo antes procedentes de las estepas rusas bajo la guía de Arpad, estableció su residencia y su corte en 973 y aquí nació su hijo, Esteban el Santo, primer rey de Hungría. Con el primer rey cristiano y cristianizador de Hungría, vencedor de los pecenegos paganos, acababa el dominio de los chamanes y de los errantes dioses de las estepas; ahora la ciudad es la sede oficial del Primado de Hungría. La enorme catedral neoclásica que domina sobre el Danubio tiene la fría y muerta monumentalidad de un cenotafio e irradia una glacial potencia o prepotencia temporal.

En Esztergom se ha combatido mucho, invasiones mogoles, asedios y conquistas turcas. Aquí, combatiendo contra los otomanos, cayó en 1594 Bálint Balassi, uno de los primeros poetas de la literatura húngara. El museo dedicado a él está cerrado, la chica que nos abre la puerta no sabe nada y el portal está lleno de escombros. En un hueco de la escalera del vestíbulo yace, abandonado y oblicuo, un busto de Sissi, la emperatriz que tanto quería a Hungría. La sonrisa del rostro esculpido por una mano absolutamente convencional muestra una irrealidad que no desdice de la emperatriz imposible, de un sueño de ser gaviota. También la historia universal está hecha de mudanzas, a menudo interrumpidas y dejadas a medias. Cetros, coronas, mantos acaban en el ropavejero; en la liquidación del imperio habsbúrguico Sissi terminó, quién sabe por qué error, en ese hueco de escalera. Tal vez para evitar la eventual desilusión de otro museo cerrado y destartalado, Kocsis evita llevarnos al que está dedicado a su Mihály Babits.

8. LOS HOSTELEROS DE VÁC

La ciudad, en la que también abundan los recuerdos sangrientos, es bellísima, con sus palacios renacentistas y barrocos. Al viajar por el Danubio –antes incluso que el Antiquarius– de Viena a la tártara Crimea, el gentilhombre Nicolaus Ernst Kleemann se quejaba de los hosteleros húngaros en general y de los de Vác en particular, entre los cuales se encontraba «la quintaesencia de la villanía de los hosteleros» y se comía y bebía mal, en manteles sucios y a precios desmesurados. Pero en Vác han pasado cosas peores. En el *Theresianum*, la antigua academia para los nobles construida por María Teresa y dedicada más adelante a cárcel, el régimen de Horthy encerraba y eliminaba a los militantes de la oposición obrera.

9. SZENTENDRE

Szentendre es un Montmartre del Danubio, los colores de las casas y de los cuadros expuestos por las calles se extienden a los del río, un júbilo líquido y ligero envuelve al *flaneur* y le arrastra levemente a lo largo de las pintorescas callejas que descienden hacia las orillas, en un dulce fluir. La ciudad tiene cierta marca serbia, que se desvanece poco a poco. A finales del siglo XVII, durante la recuperación otomana a la que sucedió el avance del ejército imperial, Szentendre acogió a muchos prófugos de los Balcanes, que huían de los turcos: albaneses, griegos, bosnios, dálmatas y sobre todo serbios, guiados por el patriarca Arsenije Crnojević. Los serbios, emprendedores mercaderes, dieron a la ciudad –junto a los griegos– lozanía y acomodada elegancia, iglesias barrocas, rococó y clasicizantes, patricias casas mercantiles, armonía de plazas recogidas y de honorables enseñas comerciales.

De las ochocientas familias que llegaron con el patriarca, quedan ahora sesenta o setenta. Un viaje también es siempre una expedición de salvamento, la documentación y recolección de algo que se está extinguiendo y dentro de poco desaparecerá, el último abordaje a una isla que está siendo absorbida por las aguas. Cuvier distinguía entre *voyageurs, naturalistes, géographes* y *botanistes*. Para el botánico es más sencillo, puede recoger delicadamente el último ejemplar de una planta y conservarlo en su herbario o incluso trasplantarlo a una maceta y llevárselo consigo, si las condiciones climáticas y térmicas lo permiten. La geografía humana complica un poco las cosas, porque es más difícil embalar un paisaje que desaparece bajo la especulación inmobiliaria, una minoría que disminuye, sus calles, sus costumbres, la gente que gesticula en el mercado. Pero la decadencia de la presencia serbia en Szentendre no es en absoluto melancólica, porque no muestra a unos pocos y patéticos supervivientes aislados como últimos mohicanos, sino a un grupo tranquilamente integrado en la realidad húngara.

Lo cierto es que un *voyageur-botaniste* tendría muchas cosas que recoger, con la delicadeza conveniente, y colocar en un herbario que pudiera protegerlas, aunque siempre sea ya demasiado tarde, de la rueda de las cosas. Pero el dolor existe y ninguna teca lo mantiene alejado; existe asimismo en las espléndidas cerámicas de Margit Kovács, expuestas permanentemente en la casa setecentista conocida como casa del comerciante serbio Dimšić Vazul. En las figuras de Margit Kovács el dolor es mucho, inexplicable, el dolor de una gran maternidad, que crea vida y pena. Pero en ese silencio hay una dignidad inquebrantable y aún más misteriosa que el dolor, el enigma de la existencia e incluso de la felicidad pese a la tragedia.

Unos cuantos pasos más, antes de regresar en coche a Budapest. En una pequeña librería de viejo, un volumen que contiene unas cartas de Ninon de Landos recuerda a Gigi que el maestro Eulambio de Gradisca, que durante treinta años enseñó música en Leipzig, había compuesto una ópera lírica titulada *Ninon de Lanclos,* representada en el teatro Verdi de Trieste. Una ópera decorosa e inútil, dice Gigi, que muestra la tragedia del buen epígono, cuya indudable pericia artística ya no tiene nada nuevo que decir. Los honestos epígonos de Verdi, que se presentan inmediatamente como lo que son y consumen su vida en un trabajo evidentemente superado aunque digno, son figuras trágicas; los mediocres epígonos de Schönberg o de Pound, no menos hábiles e inútiles, consiguen disimular su retraso, presentarse como originales y eludir, gracias a su filisteísmo, la tragedia. Su Majestad el Olvido, al que Lichtenberg dedicaba sus obras, promulga inmediatamente un decreto sobre el maestro Eulambio, mientras juguetea un poco, después de haber cenado, con alguno de sus colegas *à la page.*

10. UN HELADO EN BUDAPEST

Budapest es la más hermosa ciudad del Danubio; una sabia autopuesta en escena, como en Viena, pero con una robusta sustancia y una vitalidad desconocidas en la rival austríaca. Budapest da la sensación física de capital, con un señorío y una autoridad de ciudad protagonista de la historia, pese al lamento de Ady por la vida magiar «gris, color del polvo». Es cierto que la Budapest moderna es una creación reciente, muy diferente de la ciudad ochocentista que, como escribía Mikszáth, en los años cuarenta del siglo pasado bebía vermut serbio y hablaba alemán. La magnificencia metropolitana de Budapest, que se basa en la sólida realidad de un crecimiento político-económico, presenta también la faz de un seductor ilusionismo, que el arte fotográfico de György Klösz ha recogido con mágica lucidez. Si la Viena moderna imita el París del barón Haussmann, con sus grandes *boulevards,* Budapest imita a su vez este urbanismo vienés de acarreo, es la mimesis de una mimesis; es posible también que gracias a esto se asemeje a la poesía en su acepción platónica: su paisaje sugiere, más que el arte, el sentido del arte.

No por casualidad, a comienzos de siglo, Budapest fue la cuna de una extraordinaria cultura que se preguntaba, con el joven Lukács pero no únicamente con él, qué relación existía entre el alma y las formas, si detrás de lo inesencial múltiple existía una esencia de la vida y qué relación subsistía entre el funcionamiento de las cosas tal como son y la autenticidad del deber ser. Ese escenario de ficciones –llevado al extremo en la espectacularidad monumental e historizante de las celebraciones del milenio húngaro, en 1896– favorecía el sentido del artificio y del experimento, de la búsqueda y construcción de nuevos lenguajes, como demuestra la gran vanguardia artística y musical húngara; favorecía la propensión al ensayismo, porque el ensayismo es la peripecia, desgarradora y al mismo tiempo irónica, de la inteligencia que advierte la inautenticidad de la inmediatez y la distancia entre la vida y su significado y sin embargo apunta, aunque sea de forma oblicua, a esa trascendencia del significado que resulta inalcanzable en la realidad, pero que brilla en la conciencia de su ausencia y en su nostalgia.

El joven Lukács vivía no lejos del castillo de Vajdahund, construido entre 1896 y 1908 en el parque de Városliget que comienza detrás de la Plaza de los Héroes, y podía ver el efecto Potemkin de la cultura oficial en la Hungría del milenio. La roca, que imita la homónima de János Hunyadi construida en Transilvania en el siglo XV, es un concentrado de kitsch, una pluralidad heterogénea de estilos encajados uno en otro: un portal gótico, unos bloques románicos, elementos renacentistas, fachadas barrocas, la torre que reproduce la de la encantadora Sighişoara (Segesvár, Schässburg), hoy en Rumanía. Los amigos que se reunían en 1915 en casa de Béla Balász en el llamado «Círculo del Domingo» (entre los que estaban Lukács, Hauser, Mannheim) indagaban las «posibilidades de la vida adecuada» o sea invadida de significado. Sabían que vivían en una época de «debilitamiento de la realidad», como decía Lukács, en una estación histórica de inestabilidad y de crisis y abrían nuevos caminos a la estética o a la sociología analizando las posibilidades individuales de afirmar el valor en un mundo objetivo que lo niega, la tragedia de quien rechaza una realidad vacía y el ensayismo irónico y tolerante de quien, pese a todo, no quiere negarse trágicamente a esta realidad y, por lo tanto, morir. El seductor kitsch de Budapest era el escenario que empujaba a la búsqueda de la vida verdadera y a la investigación de la verdad o de la falsedad de la forma.

El esplendor de Budapest es, en parte, la contrapartida de una ciudad que pierde su carácter, una mezcla de gigantismo y de exuberancia *flamboyant,* que corresponde a la híbrida alianza entre el capital húngaro y el águila habsbúrguica y se manifiesta también en el eclecticismo historicista de la arquitectura, por ejemplo, en el viejo Parlamento o en el Teatro de la Ópera construido por Miklós Ybl en estilo renacentista y en el nuevo Parlamento gótico-barroco de Imre Steidl. La nueva burguesía emprendedora, se ha dicho, quería construirse un pasado heráldico; quería enmascarar la febril metamorfosis y la tumultuosa expansión industrial de la ciudad, que inducía a denominar Chicago al distrito séptimo, bajo una apariencia de espumeante ligereza, y quería ostentar, cuanto más la desarraigaba de su tradición el desarrollo capitalista, una magiaridad a cualquier precio. En 1907 Géza Lengyel denuncia las fachadas vacías y teatrales, el «potemkinismo de escayola» de Budapest que cubre una realidad diversa, de la misma manera que Broch denuncia el no estilo de la Ringstrasse vienesa que oculta la ausencia de valores. Lechner construye en 1900 la Caja Postal de Ahorros; el arte de Miksa Róth, que conquista el mundo entero con su cristal opalescente, sirve también para exhibir a través de las vidrieras –como en el palacio de los Seguros Gresham proyectado por Zsigmond Quittner– «el poder económico de la Sociedad», pero debe sobre todo suavizar y embellecer la brutalidad de este poder.

Esta «América a escala reducida» que es Budapest entre 1867 y 1914 se rodea de brío y de efervescencia despreocupada; Mór Jókai canta a la antigua Budapest del legendario magnate Moritz Sandor con sus gestas temerarias, los vendedores de melones, sandías y vasos de agua en la orilla del Danubio y el famoso baile anual de los juristas. Al igual que un siglo y medio antes el noble Kleemann, también él dedica una especial atención a las villanías e instituye incluso una clasificación de los maleducados, situando en primer lugar al cochero del *fiacre* n.° 37 y en segundo al taquillera del teatro.

Hasta el gigantismo metropolitano se reviste de esta gracia de los buenos tiempos de antaño, que parece permitir una familiaridad provinciana y se ofrece como marco de la alegría de vivir, con sus muelles fluviales y los largos *boulevards* en los que la vida parece transcurrir alegre y gloriosa, con el pulso de una robusta y despreocupada salud. Balcones, fachadas, frisos y cariátides disimulan esa tragedia de lo moderno que el joven Lukács y los demás amigos del Círculo del Domingo indagan con genial y participante agudeza; sólo las bombas de 1944-1945 sacarán a la luz, detrás de los palacios destrozados, las majestuosas estatuas descascarilladas, trastienda de la miseria y de la oscuridad que la *belle époque* consigue mantener ocultas y que sólo la fascinación, la violencia y extrema enfermedad de la modernidad, exaspera y paradójicamente desenmascara.

Hoy el *flaneur* también se adentra en esta arqueología del esplendor y del ocultamiento, en esta mezcla de robustez e ilusión, desgarradora poesía y pomposa poetización de la prosa del mundo. En la plaza Roosevelt, entre las figuras que rodean la estatua de Széchény, Neptuno simboliza correctamente la navegación y Ceres la agricultura, Vulcano está llamado a representar la industria, pero Minerva, la diosa de la inteligencia y del pensamiento, es la alegoría del comercio. En la plaza Petöfi se alza, naturalmente, la estatua del vate nacional, del que la guía de las ediciones Corvina de 1984, dice, con su ímpetu templado por la sabia prudencia de quien nunca está seguro de la estabilidad de las cotizaciones de bolsa, que «es, hasta ahora, el mayor poeta lírico húngaro». Por otra parte, en el monumento construido en 1896 con ocasión del Milenio de Hungría en la Plaza de los Héroes, *Hösök Tere,* junto a las estatuas del mítico Arpád y de otros héroes de la historia húngara como János Hunyadi o Kossuth, campean también las del Trabajo y del Bienestar, del Honor y de la Gloria, exhibiendo el espíritu burgués del disfraz mítico-heroico y del eclecticismo monumental.

El Danubio transcurre grande, y el viento de la noche pasa sobre los cafés al aire libre como la respiración de una vieja Europa que tal vez se encuentre ahora en los márgenes del mundo y no produzca sino sólo consuma historia, de la misma manera que Francesca está ahora sorbiendo con su hermosa boca el helado, sentada en la pastelería Gerbeaud, en la plaza Vörösmarty, y contempla cómo se desliza su vida entornando levemente los ojos bajo sus famosas pestañas, tal vez imperceptiblemente fruncidas por ese chasquido del tiempo. Europa es también este café, en el cual ya no se sientan los Administradores Delegados del Espíritu del Mundo, sino como máximo los funcionarios de alguna filial subalterna, que no toman sino que obedecen decisiones, y alguna guapa señora que provoca comentarios.

En los escaparates de algunos fotógrafos, las caras de las aulas escolares, los últimos cursos en vísperas del examen final, chicos con los primeros cigarrillos, chicas vestidas de marinero y con corbatita, miran al futuro, que se precipita a su encuentro a una velocidad de la que tal vez sólo comienzan a darse cuenta en ese instante, en la puerta de la clase, como si les llovieran encima sus partículas aceleradas artificialmente en un sincrotón. Szendy Marianna tiene los cabellos negros, ojos oscuros e inquietos y una nariz imperiosa que promete por lo menos dar mucha guerra a la gran máquina trituradora que le espera y no caer en la red del viejo pescador sin haber desordenado un poco, aunque sólo sea por un instante, sus grandes números. Kis Zoltan es el indefectible gordo de la clase, corre el peligro de caer un poco antes en la sartén, de la misma manera que es posible que en la hora de gimnasia hiciera caer el listón en el salto de altura, pero su rostro –en la fotografía de los que van a pasar el examen, cada cual con su cartelito que indica nombre y apellido– es el rostro de alguien que sabe reír cuando el director le entrega la papeleta, con la satisfecha gravedad de quien anuncia un suspenso. Es posible que también pueda reírse a la cara de los demás pregoneros de desgracias que le esperan durante su travesía.

El Danubio fluye locuaz bajo los puentes titánicos, como escribía Ady, invocando la fuga e incluso la muerte en el Sena, en ese París que Budapest refleja como un espejo estilo imperio. Es posible que Europa haya terminado, provincia prescindible de una historia que se decide en otros lugares, en las cámaras de los botones de otros imperios. El espíritu europeo se alimenta de libros, como los demonios en los relatos de Singer, mordisquea los volúmenes de hisfonográfica en las bibliotecas, o roe, como las polillas, sombreros de señora, chales y otras galantes prendas de vestir.

No se puede afirmar que a Europa le corresponda, como destino irreparable, este papel secundario de dama de compañía; por otra parte una cierta familiaridad con el *cast* de la Mitteleuropa y con sus ensayos induce a no creer en los destinos irreparables, sino más bien en el principio de indeterminación. Es cierto que en Budapest se puede advertir esta sensación de una Europa después del espectáculo, pero no es, como Viena, sólo un escenario de la remembranza de glorias pasadas, sino también una ciudad robusta y sanguínea, que sugiere la fuerza que podría y debería tener Europa, si supiera atesorar su dispersiva multiplicidad de energías y unificarlas en lugar de deteriorarlas en una elisión perpetua, en una pérdida permanente. En Budapest se piensa intensamente en el crepúsculo o en el temido y decretado crepúsculo de Europa, precisamente porque Europa sigue existiendo, su sol sigue alto en el horizonte y calienta, pero al mismo tiempo está velado por nubes y cortinas, que recuerdan con insistencia su fase de declive. Así, la gran vanguardia cultural húngara de los primeros años del siglo XX ha sido una mezcla de crepúsculo y de futuro, los nuevos órdenes de la música de Bartok y el autolesivo triángulo de Endre Ady, Ödön Diósy y su Leda, *femme fatale* y víctima como muchas mujeres fatales, con su cabello teñido de azul y la nariz teñida de rojo como las valvas de una concha, protagonista de una historia amorosa *fin de siècle* y *rétro,* pero de la cual la poesía de Ady ha sacado a la luz y cantado un núcleo de lacerante verdad.

El no estilo de los edificios eclécticos e historizantes de Budapest, pesados y con frecuencia adornados con plúmbeas decoraciones, parece, por momentos, un extravagante rostro del futuro, ese paisaje historizante y al mismo tiempo futurista de las metrópolis que han presentido las películas de ciencia ficción como *Blade Runner:* un futuro poshistórico y sin estilo, poblado por masas babélicas y complejas, nacional y étnicamente indiferenciables, levantinos maleo-pielrojas que viven entre barracas y rascacielos, ordenadores de la decimosegunda generación y oxidadas bicicletas rescatadas del pasado, escombros de la cuarta guerra mundial y robots superhumanos. El paisaje arquitectónico de este futuro metropolitano es arcaico-futurista, rascacielos kilométricos y templos *kolossal* como la estación de Milán. El eclecticismo de Budapest y su mezcla de estilos evoca, como cualquier Babel actual, un eventual futuro bullicioso de supervivientes de alguna catástrofe. Cualquier heredero habsbúrguico es un auténtico hombre del futuro, porque ha aprendido, antes que otros muchos, a vivir sin futuro, en la interrupción de cada continuidad histórica, es decir, no a vivir sino a sobrevivir. Pero, a lo largo de estos espléndidos *boulevards* y en un mundo tan vital y señorial, que no expresa la melancolía de los países del Este, hasta la supervivencia resulta amable y seductora, magnánima y tal vez, a ratos, casi feliz.

11. LA TUMBA ENTRE LAS ROSAS

La tumba de Gül Baba, el canto musulmán del siglo XVI sepultado en la colina de las rosas, está envuelta en paz y custodiada por el rosal, mira desde el alto Budapest y no, sin duda, con la soberbia mirada del antiguo dominador, sino con la serena distancia de quien reposa en Alá. Frente a esta cúpula y a esta tranquilidad la muerte no da ningún miedo, es un reposo, un oasis al que se ha llegado después de haber atravesado un desierto.

12. LA ÉPICA, LA NOVELA Y LAS MUJERES

En una librería de viejo compro un manual de poética en latín, *Instituciones Poeticae in usum Gymnasiorum Regni Hungariae et adnexarum provinciarum*, editado en Buda en 1831. Como el título indica, se trata de un libro de texto para institutos. Así pues, en 1831, los escolares de la salvaje Panomia estudiaban y escribían sus deberes en latín.

El manual introduce, clasifica, subdivide, avanza con esa geometría de la mente que es la primera garantía del *esprit de finesse*. Los capítulos se suceden elegantes e inexorables: *Definitio Poeseos, De Materia, De Forma, De Peripetia, De Machina, Definitio Epopoeiae, De Materia Epopoeiae, Divisio in Fabulam, Mores, Sententiam, Dictionem, Melodiem y Apparatum...* Hay un apartado dedicado a una pregunta poco galante. *Potestne esse femina, quae dicitur heroina, materia Epopoeiae?* ¿La totalidad del epos que abraza al mundo en unidad y en armonía y se eleva por encima de cualquier detalle, puede admitir como protagonista a una mujer, el ser casual y accidental de las misoginias metafísicas, la materia sin forma, la mera pasividad sensitiva, incapaz de trascenderse?

Quién sabe qué contestarían, en sus ejercicios, los estudiantes que trabajaban con este manual. En torno a los mismos años o algo más tarde János Arany se planteaba, respecto a la épica, preguntas más serias; se preguntaba si era posible, en su época «industrial» que exigía y producía arte «disfrutable», la totalidad del epos, que presupone una vida invadida por el significado, la respiración del todo que mantiene unidos los detalles. La sociedad contemporánea no permitía ninguna ingenuidad épica, ninguna *Ilíada* y ningún *Canto de los nibelungos;* estábamos en la era de Ossian, no en la de Homero, la estación del lamento elegiaco por la totalidad perdida. Para Arany la edad moderna es una edad virgiliana que no permite una nueva creatividad, sino únicamente recapitulaciones culturales. El mundo, dice uno de sus poemas, es un viejo dolman[1] usado. La novela, insiste en aquellos años Zsigmond Kemény, narrador y ensayista transilvano, tiene la misión de desengañar.

El gran debate sobre epos y novela –que nace en Alemania en la era de Goethe y Hegel y culmina un siglo después en la obra del joven Lukács, y afecta no sólo a cuestiones literarias, sino a la esencia de la vida y de la historia, la posibilidad de la existencia auténtica y de la plenitud individual en la era moderna– encuentra en Arany un agudo interlocutor. Al igual que Pushkin, él también sabe que la época «tiende a la prosa seria»; autor a su vez de poemas épicos, dice que sus versos evocan a los antiguos caballeros hunos, pero se embarullan y tropiezan si intentan seguir su galope. El poeta moderno, añade, sin embargo, no puede ser Homero, lo cual posiblemente le hace sentirse aliviado, pero puede ser Tasso, conciliar ingenuidad épica y aburguesamiento gracias a la conciencia sentimental de la propia distancia de la vida y a la nostalgia intelectual que rodea, oblicuamente, a esa lejanía.

Así, Arany espera que su obra pueda ser un epos ya no surgido de la experiencia sino reconstruido con la cultura, y cita la *Saga de Frithiof,* el *Joven Haroldo* y el *Eugenio Oneguin.* En la actualidad, dice, el auténtico poeta popular es culto, imita las canciones antiguas, pero compone cantos que recojan el espíritu antiguo y se difundan realmente entre el pueblo, llegando a ser patrimonio de todos. El auténtico epos, para el poeta y patriota magiat, es la nación, con su ininterrumpida continuidad de pasado y presente que se perpetúan en el futuro. La tradición objetiva, más que matriz de poesía, es poesía.

1. *Dolman* es una prenda del uniforme militar de los húsares, y también un vestido talar turco. *(N. del T.)*

13. MITTELEUROPA Y ANTIPOLÍTICA

El libro de György Konrád, que ha obtenido el favor del público pero no el de Gigi, no ha podido aparecer en Hungría, por motivos de censura, y ha aparecido en Alemania, en versión alemana. Konrád es un escritor húngaro; su novela *La visita* le ha dado a conocer en Italia. Su libro prohibido se titula *Antipolítica* y lleva por subtítulo *Meditaciones mitteleuropeas.* Mitteleuropa se convierte en la clave de un rechazo de la política o, mejor dicho, de lo que se entiende como pan-politización totalitaria, como invasión del Estado y de la razón de Estado en cualquier esfera de la existencia. La división de Europa entre las dos superpotencias, sancionada por Yalta, es para Konrád un típico y trágico efecto de esta política falsamente grande y falsamente mundial, o sea tiránicamente prevaricadora.

A la ideología de los dos bloques rivales, Konrád opone una estrategia intelectual flexible, liberal y tolerante, inspirada por el sentido de la medida y el realismo empírico; sensibilidad mitteleuropea significa, también para él, defensa de lo particular ante cualquier proyecto totalizante y autoritario. Mitteleuropa es el nombre que Konrád da a su concepción o esperanza de una Europa unida y autónoma de los dos bloques, con la convicción de que las actuales disputas entre rusos y americanos, que hoy parecen el pivote de la historia universal, se nos antojarán un día tan insensatas e irresponsables como aquellas entre franceses y alemanes hace escasas décadas. En Budapest, por tanto, Europa no existe únicamente en los cafés del muelle, sino también en las mentes. Es posible, sin embargo, que Gigi no esté del todo equivocado; al igual que para Kundera, también para Konrád «Mitteleuropa» se convierte en una palabra noble pero vaga y genérica, un ilusorio *passe-partout* metapolítico para cualquier aspiración política. El propio Konrád observa que la unidad entre intelectuales y pueblo, que él espera, sólo se realiza cuando el poder se colapsa, es decir, en situaciones excepcionales y trágicas, que está muy lejos de desear.

14. DOS TELEGRAMAS

El 15 de mayo de 1919, telegrama del barón Szilassy, diplomático en servicio, desde el Hôtel Salines de Bex, en Suiza, al comisario del pueblo Béla Kun en Budapest: «Propongo pedir el Protectorado de América sobre Hungría y por tanto posible declarar Hungría estado de la Unión Americana stop.» Lacónica respuesta de Béla Kun, dos días después: «Nous avons recu votre dépêche.» La política parece imitar al cabaret. La historia danubiana abunda en proyectos –jamás realizados– de federaciones plurinacionales, desde la confederación alemano-magiar-eslavo-latina o desde la república federal danubiana abierta a todas las nacionalidades, ideadas por el barón Miklos Wesselényi en 1842 y en 1849 respectivamente, hasta el programa multinacional de István Szécheny de 1849, desde la tardía aceptación de Kossuth (que en sus años ardientes decía que no conseguía encontrar Croacia en el mapa) hasta el grandioso proyecto del rumano Aurel Popovici de 1906, titulado *Los Estados Unidos de la Gran Austria.* Ninguno de estos proyectos se ha realizado. El telegrama del barón Szilassy parece una broma, o tal vez ni siquiera eso, si se piensa en lo que ocurrió más adelante con Yalta. De todos modos, la idea de una Hungría que limitara con Texas o con Wyoming pone en evidencia lo grotesco que nace, objetivamente, de la acción concreta y calculada de los políticos. Con sus dos telegramas, el barón y el comisario del pueblo parecen Vladimir y Estragón charlando en espera del Godot de la historia universal.

15. ILUSTRACIÓN CURVILÍNEA

Cerca de la llamada Puerta de Viena, *Bécsi Kaput,* sobre la colina del Vár, el castillo, una estatua recuerda metafóricamente al ilustrado Ferenc Kazincsy. La figura femenina sostiene una linterna en la mano, símbolo de las luces de la razón; sus formas son esbeltas, curvas suaves y leves. Esta ilustración en indumentaria femenina suaviza la *ratio,* parece quitarle algo de aridez intelectualista y de prepotencia progresista y conferirle una dúctil y amorosa comprensión, que podría sustraerla a esa dialéctica de progreso y violencia que, según el famoso análisis de Adorno y Horkheimer, acosa a nuestra civilización en una espiral fatal.

La jornada, generosa en lineas onduladas y placeres sensibles, ofrece también los conciliadores senos de la diosa Fortuna, esculpida por un no muy célebre Ferenc Medgyessy, en 1921, en el número 9 de Fortuna Utca, tiernos modelos de la curvatura terrestre. Fortuna era también el nombre de la pensión que, en el número 4 de la calle del mismo nombre, se hallaba donde ahora está albergado el Museo del Comercio y de la Hostelería húngaro. Evidentemente inspirado por este nombre, Amedeo, que al igual que Monsieur Teste pasa por la vida clasificando, comienza a exponer una teoría sobre el nexo entre erotismo y arte de viajar, subdividida en varias secciones: eros y diligencia, eros y albergues de postas, aventuras en tren, cruceros licenciosos, costumbres de los puertos y de las ciudades continentales, diferencias entre capitales y ciudades de provincias, aviones e inactividad sexual (achacada sobre todo, pero no únicamente, a la brevedad y a las continuas interrupciones y transbordos de los viajes aéreos).

El Musée de l'Hôtellerie, a decir verdad, adula la gula, no la lujuria, exhibe anuncios de pastelerías históricas como la de Joseph Naisz que prometía marrasquino de Zara, Curaçao, Anisetta, Tamarindo: expone tartas majestuosas y con torres como templos, reproduce dulces de ilustre memoria, figuras de nata y chocolate, *Gateau d'ananas a la Zichy, Fruits entiers à la duchesse Gisèle.* La gula se codea con otros placeres en el *Pain de Framboises à la Leda,* una pirámide de tentaciones, un plato que sostiene una mujer desnuda que parece ofrecerse, en una concha, a un cisne, por supuesto también comestible, que tiende el cuello hacia ella. Esas golosinas acaban por dar náuseas, como cualquier otra cursilería. Pero el pomo de los cajones, en la antigua y reconstruida pastelería, es el mismo que se utilizaba en Fiume y en Trieste hace cuarenta años: mínimo blasón de una Mitteleuropa doméstica, tesoros misteriosos de la infancia, lejano aire hogareño.

Descendemos a la isla Margarita, donde, según el proverbio, el amor nace y acaba. También el pathos de esta caducidad del corazón y de los sentidos suena mucho a novela húngara de los años treinta, aquella industria de libros cuyos títulos eran *La mujer más hermosa de Budapest* o *Encuentro en la isla Margarita* y parecían corresponder al aura acariciadora y estereotipada de estos alcorques floridos, parques, hoteles y pabellones *belle époque,* fuentes entre las rosas. Pero también esta seducción roza el alma, como un viejo vals un poco andante, también es una pequeña *promesse de bonheur* e induce a la melancolía de cualquier reflexión sobre la alegría. Y que el amor pueda terminar es siempre una idea que oprime el corazón, aunque esté expresada con el banal estribillo de una cancioncilla o de una frase *standard.* De noche, en el Matthias, un violinista zíngaro toca la «Pácirta», la alondra. Todo esto sigue siendo *décor* de principios de siglo, el estilo de la *gentry* desclasada que se deleitaba con la música magiar y zíngara, la cual no era realmente ni magiar ni zíngara. Pero la «Pácirta» es una hermosa canción, el violín la toca con maestría y, por lo menos esta noche, el amor todavía no ha terminado. Incluso en una noche cualquiera puede suceder que exista vida auténtica en la falsa.

16. LA BIBLIOTECA SOBRE EL DANUBIO

Una de las últimas fotografías muestra a Lukács, con ochenta y seis años, de pie junto a su escritorio cubierto de libros y de papeles, sobre el fondo de su gran biblioteca, en su casa sobre el Danubio, situada en el quinto piso del n.° 2 de la Belgràd Rakpart. Sus hombros están ligeramente arqueados, su mano derecha sostiene, semioculta detrás de la cadera, el famoso puro, un puro que puede acompañar y animar una larga vida, implicada como protagonista en los acontecimientos capitales de nuestro siglo, con más fidelidad que el Espíritu del Mundo y que el hilo rojo de la historia universal.

Las fotografías sacadas hasta pocas semanas antes retratan a un anciano vital y combativo, para quien los papeles que llenan su mesa, la conferencia que está preparando o la discusión con sus interlocutores son gestos llenos de significado, expresiones concretas de algo esencial, en lo que él cree. Sigue siendo el hombre que en 1971, precisamente a los ochenta y seis años, enfermo de cáncer y padeciendo una esclerosis que disminuía progresivamente su capacidad de concentración intelectual, declaraba «no ser ya competente para juzgar la *Ontología del ser social*», la obra filosófica a cuya redacción y revisión había dedicado sus últimos años y que esperaba llevar a término con absoluta lucidez, derrotando mediante la velocidad los avances de la enfermedad. Al darse cuenta con serenidad de su propia decadencia física, y de no ser ya capaz de dominar y valorar su trabajo, lo confiaba a sus alumnos, con la humildad y al mismo tiempo orgullosa certidumbre de confiarlo a la historia, que –estaba seguro– no conseguiría olvidar ese libro, dejarlo caer en la nada o desaparecer en la polvareda de las cosas.

Lukács comprobaba su propia decadencia biológica y se apartaba discretamente con un gesto semejante a la decisión del esquimal que, sintiéndose próximo al final e inútil a su comunidad, sale del iglú y se dispone a morir. Ese gesto simbólico, con el que Lukács presentaba la dimisión de la lucidez y de la vitalidad, era también una victoria sobre su propia ineptitud, la extrema inteligencia de quien es capaz de darse cuenta de que su clarividencia lógica en ocasiones se nubla. Los últimos meses de Lukács no fueron meses de inercia, sino de actividad, desprovista de cualquier pathos sentimental y de cualquier melancolía de quien ve que se le escapa la vida.

En esa última imagen, en cambio, el rostro parece transformado. Su mirada es cansada e irónica, supera los límites de ese orden que el filósofo había convertido en el principio de su existencia y de su actividad; benévolo y sorprendido, Lukács observa un territorio que ya no es suyo y que ya no consigue dominar, casi en el escenario de una comedia insensata, como sorprendido por esa revelación y riéndose de la ingenuidad de su propia sorpresa. Es la mirada de un adiós, de quien descubre el misterio, el dolor y el ridículo malentendido de todo adiós, que se burla de nuestro deseo de eternidad. En esa mirada extrema del viejo Lukács, el filósofo que persiguió la unidad entre la realidad y la razón, parece aflorar de nuevo la nostalgia del joven Lukács, que en sus ensayos juveniles –desde *El alma y las formas* hasta la *Teoría de la novela*– había evocado de forma genial la distancia entre la existencia y su significado, entre el alma y la palabra, entre la esencia y los fenómenos.

Pero la mirada enigmática e irónica que Lukács, mientras posaba para esa fotografía, dirigía al fotógrafo, descubría en la pared de enfrente de la biblioteca no la imagen de Irma Seidler, la mujer para la que había escrito sus ensayos juveniles, sino los tres retratos de Gertrud, la mujer tan amada con la que había vivido, con rara armonía y felicidad, durante más de cuarenta años. Irma había sido el anhelo de la vida, la figura simbólica de la imposibilidad de reconciliación entre la existencia y la obra de arte, entre la vida auténtica y la banalidad cotidiana; había sido sobre todo la figura simbólica del egoísmo masculino, que no ama tanto a la mujer como el propio ensimismamiento de la mujer misma y la sacrifica al fantasma literario, que permite crear la obra de arte. En el borrador de una carta que nunca envió y fue encontrada muchos años después, Lukács anunciaba a Irma su intención de suicidarse; fue Irma, después de su ruptura con él y de un matrimonio desgraciado, la que se suicidó, en 1911, y él le sobrevivió, con excelente salud, sesenta años.

Esos libros juveniles de Lukács son su obra maestra y nos dicen más cosas que los ortodoxos y redondeados *Ensayos sobre el realismo* o que otros libros rígidamente didácticos, en los que se percibe el rastro de sus compromisos con el estalinismo. Pero Lukács es grande no sólo porque de joven se haya preguntado si existe una melodía que componga la vida de un individuo en una unidad iluminada por un significado, sino también porque ha buscado la respuesta a esta pregunta y ha aceptado el límite que supone cualquier respuesta que se da a una nostalgia vaga e indefinible, cualquier realidad histórico-social concreta, sin la cual la vida es una vacía retórica.

En la pared, delante de la biblioteca, estaban frente a la mirada de Lukács –y están todavía hoy, frente a la mirada del espectador– los tres retratos de Gertrud. Después del enamoramiento lírico-egocéntrico de Irma y después del breve y fallido matrimonio con Jelena Grabenko (una revolucionaria anarquista, próxima a las posiciones mesiánico-dostoievskianas del joven Lukács), se había casado con Gertrud Borststrieber, con la que viviría cuarenta y tres años, hasta la muerte de la mujer en 1963.

Gertrud fue la epicidad del amor y del matrimonio, la mujer por la que Lukács tenía absoluta necesidad de ser aprobado y con la que no podía soportar sentirse en desacuerdo. También con ella, dijo, existían obviamente algunos momentos de distanciamiento, pero, a diferencia de en sus precedentes relaciones sentimentales, ahora «eran para mí insoportables». Incluso excesivamente seguro de su propia hegeliana sintonía con el Espíritu del Mundo y apresuradamente propenso a retractarse, en nombre de la estrategia de éste, de sus intuiciones más originales, pero quizás precisamente por esto inseguro sobre su más íntima sustancia espiritual, Lukács declaró que su más alta autoafirmación había sido comprobar que, también para Gertrud, la vida transcurrida con él había sido rica y formativa.

Gertrud, con su silencioso rigor, fue probablemente el elemento decisivo que llevó a Lukács al comunismo. A partir de aquel momento, su biografía se funde con la del comunismo: se convierte en una lección de historia, abundante en datos y lúcidamente inspirada por la severa dedicación a una causa objetiva. Eso significa a veces una identificación arrogante con la necesidad de los acontecimientos; consciente de su juvenil y luego silenciada pasión dostoievskiana, Lukács acepta –como un gran místico pecador, observa Strada– sacrificar su propia alma a la Causa, manchándose con las culpas que ésta requiera. Hasta la autobiografía asume para Lukács un valor objetivo y superpersonal, es el testimonio de las conexiones entre la historia del individuo y los procesos generales del mundo y de la sociedad.

Lukács se preocupa esencialmente por subrayar la unidad y la coherencia de su biografía, la formación ordenada y orgánica de su personalidad. «En mí todas las cosas son la continuación de algo. Creo que en mi evolución no existen elementos desorgánicos», manifiesta, con esa perentoria ingenuidad que se disculpa a los grandes ancianos que resumen en sí mismos grandes procesos históricos. Lukács es el gran ejemplo de un obstinado esfuerzo por dar sentido a la vida y a los acontecimientos, con una decidida confianza de ser capaz de hacerlo: «Yo interpretaba el año 1956 como un gran movimiento espontáneo. Este movimiento necesitaba una cierta ideología. En algunas conferencias públicas, intenté asumir esta tarea.» Su pensamiento es un grandioso intento por conducir la caótica multiplicidad del mundo a una unidad y a unas leyes racionales, aunque se advierta en exceso el esfuerzo y el coste de esta operación, marcada por el estalinismo.

Para Lukács, Gertrud era la vida, y su misterio no es menor que el del inexpresado anhelo a la vida. De esos tres retratos, dos muestran a una anciana y otro a una muchacha jovencísima y luminosa, con un rostro claro y hechizadoramente puro bajo la onda del cabello sobre la frente. La historia, el tiempo que ha fluido entre esos tres retratos, no es menos destructor que el que marcó la infelicidad de Irma. También entre esas paredes, entre esos retratos, algo debió de perderse. Hasta Bloch, recorriendo la historia de su amistad y de sus diferencias con Lukács, dice que algo, en su historia, debía de haberse perdido.

La grandeza del Lukács maduro consiste en la fuerza con que combatió este perderse de la vida en la nada indiferenciada, arrancándole con dura disciplina los momentos significativos –como la famosa hora que reservaba cada día después de comer, a cualquier precio, a su intimidad con Gertrud– que, en caso contrario, confiados a la inmediatez espontánea, se disuelven en el asalto dispersivo de las preocupaciones.

En esa habitación vivió Lukács, consagrándose a la reflexión y sabiendo que hacerlo no es desperdiciar la vida. Delante de su escritorio de madera oscura y pesada, un busto de Endre Ady, el poeta *maudit* húngaro, le recordaba su juvenil y renegado amor por la vanguardia. Desde la ventana podía ver el gran Danubio, pero probablemente lo apreciaba poco, insensible como era a la naturaleza, que en su opinión había cometido el error de no haber leído a Kant o a Hegel. Bloch le reprochaba su incomprensión por la naturaleza, por las lágrimas de las cosas; lo cierto es que para disfrutar de las páginas de Lukács hay que tener buena salud y no sufrir demasiado, mientras que en Bloch también queda sitio para la oscuridad, para los momentos en que nos sentimos náufragos y rechazados del mundo.

Detrás del viejo cansado y evasivo que se ofrece, tal vez por última vez, al objetivo del fotógrafo, está la biblioteca de la gran *kultur* alemana, que no sólo ha descrito el mundo sino que lo ha enjuiciado para darle un significado. Entre esos libros, cojo el *Tractatus* de Wittgenstein; algunas proposiciones están marcadas al margen por Lukács. Quién sabe si esa mirada, que hace poco todavía se posaba sobre el mundo, se preguntaba si los más profundos problemas filosóficos, como dice la proposición 4003 que él había subrayado, eran verdaderamente insensatos y no podían obtener respuesta, sino únicamente que se reconociera su insensatez.

17. UN PEDAZO DE STALIN

Csepel, la isla del Danubio al sur de Budapest, es un centro industrial y político de Hungría, un barrio obrero de acerías y de fábricas. En 1949 y en los años posteriores llegaban allí, entusiastas y numerosos, jóvenes comunistas que querían edificar, con un trabajo estajanovista, la nueva sociedad revolucionaria. En 1956, Csepel se convirtió en el Stalingrado de la revolución antibolchevique, el centro de los sóviets anticomunistas: los consejos obreros de sus fábricas, formados durante esas semanas, opusieron la más denodada resistencia armada a los panzers soviéticos. Cuando en otros lugares los insurgentes ya cedían, la URSS seguía asediando un baluarte formado por el proletariado industrial, como cuenta Cavallari, el 9-10 de septiembre de 1956. El proletariado realizaba una revolución liberal, esa revolución liberal que hace ya tanto tiempo no son capaces de hacer los burgueses. En la era contemporánea, la épica, la visión total que permite afrontar incluso la muerte con valor y sencillez, es sobre todo una característica de la clase obrera –de ella, allí donde siga existiendo, de su descarnada dureza, es de donde pueden salir los personajes de una *Ilíada* actual.

En el otoño de 1956 se resquebrajaba y despedazaba el orden europeo de Yalta; el inmenso esfuerzo del poder para mantenerlo unido mostraba de improviso su elevadísimo coste, las venas del levantador de pesos a punto de estallar. Por aquellos días, en Budapest, fue hecha pedazos la gran estatua de Stalin. El joven cronista de esos momentos es un Tácito ante las ruinas de un imperio. «El monumento a Stalin –describía Cavallari– ya había sido derribado, pero en la parte superior de la base quedaban todavía los muñones de sus botas, y la gente subía por una larga, larguísima escalera, con piedras, martillos, incluso sierras de hierro, haciendo trizas lentamente los grandes pies del dictador. Recuerdo que también nosotros subimos por la larga escalera, para verlo mejor, y cogimos un "pedazo de Stalin" como *souvenir;* y que luego lo perdimos inmediatamente, al escapar de las persecuciones de los coches blindados, mientras ellos, los húngaros, continuaban subiendo la escalera, golpeando, rompiendo, destrozando en medio de los proyectiles. Recuerdo que no bajaron ni al llegar los tanques, y que dos obreros aserraban pacientemente una bota, mientras el estruendo de las cadenas se acercaba.»

Aquel orden que se tambaleó y cayó ha sido restablecido, si bien en formas diversas; la estatua de Stalin no ha sido restaurada ni puesta en pie, pero sus fragmentos todavía no se han convertido en *souvenir,* siguen siendo objetos de uso, aunque dedicados a otras funciones. También la revolución húngara de 1956, pese al viraje radical que significó, parece obedecer en parte a esa puesta en escena oculta que mueve a la historia universal, preocupada sobre todo por neutralizar o atenuar las consecuencias de los grandes acontecimientos, de hacer como si, apenas terminados, no hubieran ocurrido.

18. KALOCSA

En la reja del palacio arzobispal reposa, plácido y protector, un capelo episcopal. El avanzado verano es bochornoso, los matorrales de boj están llenos de telarañas, tramas finísimas y precarias cuya realización parece desproporcionada, como casi todas las inversiones de la naturaleza y del individuo aislado, con la modestia de los resultados. Un viento cálido da vueltas como un nómada por las calles, los paseos proporcionan una sombra densa y espesa. En la plaza, en la parte inferior de la indefectible columna de la Trinidad, un friso reproduce la totalidad de la misma columna y también, por consiguiente, a sí mismo con el diseño que la reproduce y así hasta el infinito, Scherezade que cuenta *Las mil y una noches* que contienen también la historia de Scherezade que las narra. Pero todo relato es una paradoja, un juego de espejos sin fin. Quien narra una historia cuenta el mundo que le contiene también a él mismo; el osado narrador que reproduce dos ojos oscuros, una mirada profunda e imperceptiblemente atónita, encuentra en esas aguas pardas todo lo que se refleja en su espejo, hasta su rostro ansioso que las escruta.

Kalocsa es famosa por sus blusas de artesanía popular, con sus bordados rojos que adornan el escote como la espuma de la resaca la ensenada de una playa. La compra de un par de estas blusas no es, en sí mismo, un acontecimiento metafísico, pero encontrar un escote generoso en el momento adecuado, puede ser la manzana de Newton, el trocito de cera de Descartes, el descubrimiento de la realidad irrefutable y magnánima. En Kalocsa, además, el arte no cultiva únicamente la vanidad femenina, sino también la fúnebre. Estatuas talladas en madera y pintadas con colores intensos como el día del juicio, figuras estilizadas y arcaicas, épicas como la tierra y la muerte. Sobre una tumba se alza, pintada de negro, una gran cabeza de mujer que podría proceder de la isla de Pascua y de tiempos remotos y que recuerda, en cambio, a Kakony Lászloné, muerta en 1969. La estela de Apostol Pálné, desaparecida en 1980, es, por el contrario, roja, de un rojo ladrillo cálido y oscuro. Un color plantado en la tierra como una flor campestre, áspera y despreocupada.

19. EPÍLOGO EN BAJA

La luz ocre de este mediodía, y el fondo verde dorado del río son –como la amplia y señorial Béke Tér con sus edificios amarillos– un digno marco para el epílogo o, mejor dicho, el post-scriptum de la historia habsbúrguica, que se desarrolló en estas orillas del Danubio. Carlos, el último emperador, había intentado, en 1921, reponer sobre su cabeza la corona de San Esteban; fracasado el intento, que provocó una pequeña batalla pero no alteró un famoso partido de fútbol en Budapest, una cañonera británica lo transportó, junto con la emperatriz Zita, de Baja a Madeira, el lugar del exilio. El nuncio apostólico le dio, en estas orillas, la bendición. Así que el último Habsburgo descendió el Danubio, el río de su corona, yendo al encuentro del mar Negro, del Mediterráneo, de las columnas de Hércules, del exilio.

El río fluye hacia abajo. Sin embargo Hölderlin, el mayor poeta del Danubio, cantaba su curso no sólo como el mítico viaje de los antepasados alemanes, a lo largo de sus aguas, hacia los días de verano, hacia las orillas del mar Negro y los hijos del sol, sino también como el viaje de Hércules desde Grecia a los Hiperbóreos. Para Hölderlin, que ruega a la poesía que remedie la escisión moderna y se destroza a sí mismo en esta ardiente conciliación, el Danubio es el viaje- encuentro de Oriente y Occidente, síntesis del Caúcaso y de Alemania, primavera helénica que debería florecer de nuevo en tierra alemana y hacer regresar a los dioses. El poeta siente añoranza de dirigirse hacia la Hélade y el Caúcaso, la cuna originaria, y el Danubio es la vía de este itinerario redentor, pero en el himno *El Istro* el río parece remontar su curso, llega de Oriente y trae a Grecia hasta Alemania y Europa, la mañana y el renacimiento al país de la tarde.

Así pues, ¿el río conduce a sus orígenes y esas bocas en el mar Negro, de nombres altisonantes, son la fuente en lugar del final, son su entrada en la vida? Es posible que todo viaje se dirija hacia su origen, a la búsqueda de su propio rostro y del *fiat* que lo ha sacado de la nada. El viajero escapa de las constricciones de la realidad, que le aprisiona en la repetición, y busca la libertad y el futuro, o mejor dicho las posibilidades de un futuro todavía abierto y todavía por elegir y por tanto la infancia, la casa natal, en la cual la vida aún está por delante.

Quizá confíe en que ahí abajo, donde corre el Danubio, desaparezca de su rostro el cansancio que lo ha velado y que sus ojos, en lugar de mirar reticentes y ávidos como quien ha perdido por el camino a sus propios dioses, se abran encantados como los del niño que una fotografía retrata mientras contempla feliz a un gato en el patio. Dulces engaños, viejos y tenaces, ilusión de poder volver a casa y alcanzar el manantial, volver a tener la poesía del corazón al alcance de la mano. Virgilio es poeta porque, aunque demasiado tarde, comprendió que era preciso quemar la Eneida, expresar su imposibilidad; el viajero que sueña con la Odisea, con la plenitud y el retorno, debe saber detenerse a tiempo, para no interpretar un papel involuntariamente cómico, sentarse en la orilla del Danubio y ponerse a pescar. Quizá, de ese modo, encontrará una decorosa salvación en esas aguas, aunque «lo que hace el río –dice Hölderlin en el *Istro*–, nadie lo sabe».

A Attila József las olas del Danubio «turbio, sabio y grande» le hablaban, con su monótono fluir, de la vejez y la presencia de los siglos, de la confluencia de vencidos y vencedores, del choque de las estirpes más tarde confundidas y mezcladas en el tiempo y en el agua, como la sangre cumana de su madre y la rumana de su padre transilvano en sus venas; su Danubio es «pasado, presente y futuro». József era un gran poeta, sabía fundir en su canto la anárquica libertad de la poesía y la racional y amorosa solidaridad humana y social; la desesperación personal y política le llevó, en 1937, bajo las ruedas de un tren. En su lírica danubiana recuerda con ternura a su padre; éste, por su parte –cuenta Miklós Szabolcsi–, abandonó a la familia y nunca supo que su hijo era poeta. Unos años después de su muerte, se sorprendió cuando le dijeron que era el padre de un escritor famoso en Hungría y en Europa.

Escribir sobre el Danubio no es fácil, porque el río –decía hace pocos años Franz Tumler en sus *Proposiciones sobre el Danubio*– fluye continuo e indiferenciado, ignorando las proposiciones y el lenguaje, que articula y escinde la unidad de lo vivido. Lo profundo calla, escribe József en un poema. Si nos obstinamos en hacerle hablar, corremos el riesgo de poner en sus labios un elocuente y estilizado énfasis, como sucede en el *Carmen saeculare* de dos poetas rumanos, Dimítrie Anghel y Stefán Octavián, en el cual el Danubio conversa noble e inútilmente con la Doina, personificación alegórica de la poesía popular.

20. EL VINO DE PÉCS

Dem Deutschen Bécs, dem Ungarn Pécs, los alemanes tienen Viena y los húngaros Pécs, dice el proverbio. Tranquila y absorta, la ciudad –que en alemán se llama *Fünfkirchen,* Cincoiglesias– no desmerece de la hiperbólica comparación con Viena ni del catálogo de loas que la exaltaban desde el Medievo, magnificando su clima (inviernos benignos, veranos frescos, otoños suaves y prolongados), sus tradiciones culturales ricas en antigüedades romanas y en relaciones con

Chartres, sus cronistas y sus sabios, su universidad fundada en 1367, la primera de Hungría y la cuarta de la Mitteleuropa, la biblioteca de su obispo Georg Klimó. Los panegíricos aluden también a sus vinos, los de Mecsek, los predilectos un tiempo de los alemanes; el Siklós, preferido por los eslavones; el Alfó-Baranyer, por el que se inclinaban unánimemente los serbios de la Bačka.

La encomiástica enología de la Baranya, la región de Pécs, se divide realmente, desde hace mucho tiempo, entre la facción que atribuye la primacía al vino local de Pécs, la capital, y otra, más combativa, que exalta el vino de Villány. El juicio de Paris corresponde a Gigi, o por lo menos le corresponde la presidencia del jurado reunido, motu propio, en el restaurante Rózsakert. *Nolite judicare,* se ha dicho, pero hacer de jurado puede ser una ocupación placentera, cuando no se sopesan actos humanos y años de cárcel, sino libros y vinos de la temporada. Los jurados de los premios literarios se reúnen, discuten, valoran, proclaman, atribuyen, banquetean; mientras tanto, por fortuna, la vida pasa opaca, inobservada y apagada, y el vago sentimiento de importancia de quien entrega el premio, inclinándose ligeramente hacia el galardonado que sube al estrado, ayuda a olvidar la propia vacuidad y la proximidad del epílogo final. Esta noche, en el Rózsakert, no hay autores, sino únicamente obras, botellas de bodega, y no hay mucho que discutir. El vino blanco de Pécs es excelente, ligero y abocado, el negro de Villány es ácido. Así, en una noche cualquiera, se desmorona la tenaz fama de este último.

La Baranya, a la que Alexander Baksay comparaba con un tapiz orlado por dos ríos, es un territorio de frontera, complejo y estratificado. Aparte de los magiares y de la minoría alemana, estaban los Rascianos, como se escribía en el siglo XVIII, o sea los serbios de fe griega, y los Schokatzi, eslavos católicos de los Balcanes que hacían la señal de la cruz con la palma de la mano abierta y entre los cuales casi siempre sólo sabían leer y escribir las mujeres –tal vez para ahorrar a los hombres también esta molestia y completar así la explotación femenina–. Se cuenta que en Ormánság, en Baranya, cuando la comisión preguntó a un candidato, aspirante a un puesto de juez, si sabía leer y escribir, éste contestó: «No, pero sé cantar.»

La presencia alemana era ahí especialmente intensa; el comité de Baranya era llamado «la Turquía suaba». Si Adam Müller-Guttenbrunn, defensor de la integridad alemana contra la magiarización, presentaba hace ochenta años a los suabos del Bánato y a los sajones de Transilvania como fidelísimos a Austria en 1848 y enemigos de la revolución húngara, la literatura de los alemanes de Hungría, cultivada sobre todo en Pécs y en Bonyhád, exalta hoy el vínculo entre los suabos y los húngaros de esas tierras, siempre en 1848, en su actitud antihabsbúrguica y antiaustríaca. Wilhelm Knabel, muerto en 1972, teorizó de forma explícita, en una carta pública del 17 de noviembre de 1967, sobre la función actual del escritor alemán de Hungría. Sus versos, escritos en alemán y en dialecto suabo, son poemitas honestos y epigonales, como la prosa de los autores que Erika Ats reúne en su antología *Raíces profundas,* los males documentan un ingenuo submundo local; los críticos más benévolos, como Béla Szende, hablan de su «sencillez que llega al corazón de todos». Después del total silencio sobre la comunidad alemana de Hungría –amenazada por la magiarización en la época habsbúrguica, en retroceso después de 1918, comprometida por un chovinismo germánico en la época del nazismo y por consiguiente conculcada e ignorada después de 1945–, ahora se intenta devolverle, incluso artificialmente, vigor y significado. Se reivindica su función de mediadora entre culturas diferentes (el *slogan* clave de toda la Mitteleuropa), semejante a la desarrollada en el pasado siglo, cuando, por ejemplo, el judío alemán-magiar Dóczi Lajos, o sea Ludwig von Dóczin, traducía el *Fausto* de Goethe al húngaro y la *Tragedia del hombre* de Madach al alemán.

El proclamado patriotismo magiar de estos autores alemanes intenta borrar el recuerdo de las ásperas diferencias húngaro-germánicas durante el dualismo y sobre todo las tensiones durante el Tercer Reich. La situación, en este último período, era notablemente compleja; el movimiento alemán-nacional del grupo germánico de Hungría, dirigido por Jakob Bleyer, no se identificaba, pese a su ideología del *Volkstum,* con el nazismo, y por otra parte Hitler, aun tutelando a la minoría alemana, no aspiraba a anexionar los territorios en los que vivía. A su vez Horthy, jefe del régimen fascista o parafascista magiar aliado de Hitler, desarrollaba una política nacionalista agobiante para todas las minorías existentes en Hungría y, por consiguiente, también para la alemana.

En los años inmediatamente posteriores a la Segunda Guerra Mundial el gobierno húngaro reprimió o aplastó a la minoría germánica, identificándola con el nazismo. Ahora los escritores húngaros de lengua alemana, estimulados y tutelados por Budapest, profesan lealtad a la nación magiar y al socialismo. Es cierto que el *Bund,* la organización nazi, reclutó, en su tiempo, la mayor parte de sus miembros en Baranya y especialmente en Bonyhád. A menos que también esto sea una difamación judía, responsable, como se sabe, de todos los males e incluso del nazismo, porque hasta Hitler, según los antisemitas, debía de ser judío, en la medida en que sólo un judío podía ser capaz de cometer sus delitos. Según Bleyer, el *leader* alemán-nacional, en tiempos de Hitler el corresponsal en Hungría del *Völkischer Beobachter,* el diario nacionalsocialista, era de origen judío y escribía con pseudónimo artículos antialemanes en los diarios magiares, para enardecer los ánimos...

21. EL FALSO ZAR

Como el capitán Speke a lo largo del Nilo, nos permitimos de vez en cuando proseguir el itinerario en zigzag, abandonar el río por alguna incursión en otras direcciones y regresar a él más adelante, a pocos kilómetros del lugar en que lo habíamos dejado. Amedeo propone una desviación hasta Szeged, porque una vez conoció a una tal Klara que era de Szeged y llevaba unas medias a rayas.

La polvorienta *puszta* es la tétrica tierra magiar de Ady, su vida húngara, decía, gris como el polvo. La carretera corre a lo largo del borde meridional de la baja llanura, infinita como el mar, escribía Petöfi, cantor de la pequeña Cumania, de sus cigüeñas y de sus espejismos de fata morgana en el horizonte lejano. En ese paisaje vacío e indiferente la vida transcurre con despreocupación, como una manada de animales hacia lejanías indefinidas; lo único que sucede es el tiempo que pasa. Los años, dice un poema de Petöfi, vuelan como una bandada de pájaros después de un disparo.

Vadear el Tibisco, el perezoso Nilo magiar, como lo llama Mikszáth, en el atardecer oscuro e insulso, resulta ligeramente desagradable, como abandonar un territorio en el que nos sentimos como en casa y entrar en un país extranjero. Obedeciendo a la autoridad del libro, me gustaría buscar en el islote Amarillo, en la confluencia del Tibisco y del Maros, la posada en la que, según Kálmán Mikszáth, «se comía la sopa de pescado más sabrosa del mundo», pero la literatura, evidentemente, no pertenece a las ciencias falsables, o sea a las verdaderas ciencias. Es discutible, por tanto, que, como dice el Antiquarius, el Tibisco esté compuesto de dos terceras partes de agua y una de peces, lucios y carpas, tan numerosos como para que un millar de ellos cueste apenas un ducado.

En la descripción de la ciudad escrita por la monumental obra patrocinada por el archiduque Rodolfo *La monarquía austrohúngara descrita e ilustrada,* Mikszáth, el ágil narrador, dice que «como en casi todos los pueblos habitantes de las llanuras, también en Szeged hay menos poesía que en las montañas». También en lo que se refiere al amor el habitante de Szeged sería poco impulsivo, propenso a elegir su novia entre las muchachas dotadas de un buen patrimonio o por lo menos capaces de cargar grandes sacos a los hombres.

La ciudad está descuidada, se parece a una plaza delante de la estación. Su historia, escribe su taciturno rapsoda, «abunda en catástrofes de todo tipo», históricas y naturales. Es posible que tantas calamidades sean un castigo por el ánimo rebelde de sus ciudadanos, por su arraigada tradición democrática, hasta los burgueses acomodados simpatizaron con Dózsa, el gran jefe de la rebelión campesina, hasta el punto de que los nobles, después de haber vencido, capturado y martirizado a Dózsa, le cortaron la cabeza y la enviaron, en admonitorio regalo, al primer magistrado de Szeged, Blasius Pálfy. En estos lugares la violencia parece algo habitual. Desde las ventanas del noble palacio de Ladislaus Szilágy, en 1527, un disparo hirió al falso zar Ivan o Iova, «el terrible hombre negro» que había aterrorizado con sus bandidos el territorio entre el Temes y el Tibisco. Ivan –su auténtico nombre era Franz Fekete– es uno de esos falsos zares que tanto abundan en la historia eslava; uno de esos usurpadores-bandidos que, empujados en un principio por la sed de rapiña, ascienden sin quererlo, gracias a su capacidad, asumen un auténtico protagonismo político y son finalmente devueltos a su realidad originaria de bandoleros y extirpados como cizaña.

Después de proclamarse, de forma un tanto arbitraria, descendiente de la familia de los déspotas de Serbia, Franz Fekete reunió un ejército de cinco –otros dicen diez– mil hombres, en su mayoría campesinos, con los que saqueó el país. Una banda de seiscientos soldados era su guardia de corps, sus «jenízaros», como él los llamaba, probablemente en un delirio de grandeza, para equipararse con el sultán de Constantinopla, Solimán el Magnífico, que había conquistado, en la batalla de Mohács, Hungría.

En aquel período, la corona de Hungría era disputada, después de la catástrofe de Mohács, por el emperador Fernando de Habsburgo, que residía en Viena, y el voivoda de Transilvania Janos Zápolya, que contaba en ciertos momentos con el apoyo de los turcos, amos del país. La rivalidad entre las dos potencias introdujo al falso zar, el salteador de caminos aliado unas veces con uno y otras con otro, en el juego del «gran mundo», en el maquiavelismo de la alta política.

Quién sabe si el terrible hombre negro se dio cuenta de lo que le estaba ocurriendo, del papel que la historia le empujaba a interpretar, o si pensó únicamente, hasta el último momento, en el saqueo y en las presas. Sin saberlo o sin quererlo, se encaminaba tal vez a convertirse en un personaje dúplice, una de esas figuras transformadas, poco a poco, por la máscara que asumen. El docto Stojacskovics lo registra como séptimo Déspota de Serbia, mientras que Schwicker, el viejo historiador del Bánato, niega esta calificación y lo incluye entre los bandidos. Derrotado y herido en Szeged, escapó a los bosques, donde fue alcanzado y aniquilado definitivamente con sus últimos secuaces. Su cabeza fue enviada a Zápolya, que residía en Ofen, la antigua Buda.

La muerte, evidentemente, parece connatural a Szeged. En la plaza de la catedral, *Dom Tér*, en un panteón de mármol se exhiben, en tres de sus lados, los bustos y las imágenes de hombres ilustres. El enciclopedista Apaczai Cseri Janos está representado por una calavera que viste jubón y golilla, pero su boca ostenta la ausencia de dos dientes y sostiene, con dedos de esqueleto, un libro, la *Magyar Encyclopaedia* MDCLIII. Así pues, ¿el saber se parece a la muerte, es la rigidez letal de la existencia y de su fluir? En la iglesia serbia, bastante cerca de la catedral, ni la Virgen dispensa liberación, la intercesión femenina y materna que disuelve la aridez del corazón. La frente de esa Virgen balcánica está coronada, pero la corona traspasa su carne, la ensangrenta y la sangre corre por la cabeza del Niño en su regazo, le mancha los labios. Esta deidad sombría y dolorosa no evoca las letanías de mayo, la invocación a la estrella matutina.

22. UN VIOLÍN EN MOHÁCS

Nuestro rodeo ha terminado, estamos en Mohács. El antiguo campo de batalla en el que en 1526 el reino húngaro derrotado por los turcos fue anulado durante siglos, es una falange de panochas y girasoles. El día es bochornoso y pesado, los matorrales esparcidos de agératos azules y rojas flores de salvia recuerdan, inútilmente, que la vida no es únicamente una guerra. Mohács, a su manera, es un museo –un museo desgarrador, no la exhibición de algo, sino la vida misma, su fugacidad y su eternidad–. Alguien ha depositado, junto a la fecha, unas flores frescas; la antigua derrota sigue escociendo y sus muertos son recientes.

Unas esculturas de madera, hincadas en el suelo como picas o como palos de tiendas derribados, sugieren la batalla, su orden y su desorden, su alterada simetría, el instante del polvo que se dispersa y la imborrable fijeza de la violencia y de la muerte. Esas esculturas temerarias y geniales sugieren cabezas humanas y equinas, crines de caballos moribundos, tremendos turbantes, mazas que se abaten homicidas, rostros contraídos por la agonía o por la ferocidad, cruces y medias lunas, esclavos encadenados, cabezas que ruedan a los pies de Solimán el Magnífico. Todo es abstracto, esencial, insinuación fulminante y alusiva de una incisión esbozada en la madera y mimetizada en el fluctuar de las espigas.

El viento hace tintinear los colgantes metálicos que adornan con bárbaro fasto la cabeza de Solimán el Magnífico y ese rumor quedo, en el que se funden otras hojas que tiemblan, es el eco de aquel fragor lejano, onda sonora que viaja a través de los siglos, engañosamente dulce como todos los sonidos del dolor que llegan del pasado y de los que se recoge el hechizo musical y no el sufrimiento.

Esa selva es un tablero desordenado, las espigas al viento ondean como los colgantes de las filas. La disposición de las figuras es circular, pero montones de fugitivos y de perseguidores caen ansiosamente fuera del círculo, dispersados o perdidos en el polvillo de las cosas. La vida parece eterna y eterno cada gesto de la batalla que esculpe para siempre, delante de Dios y del vacío, la violencia, el sollozo, el grito, la respiración, la fuga, el oscurecimiento del mundo en los ojos del que muere, la caída, el final. Un gran escultor colectivo ha levantado, en estos tórridos campos, un monumento al perenne presente de cada muerte y a la geometría de la batalla, al orden meticuloso con el cual aquélla persigue al caos, a la disgregación y la descomposición de las alineaciones, de los cuerpos y de las moléculas bajo el sol.

Mohács, al igual que Kossovo, es un momento que hace época, una batalla que sella durante siglos el destino de un pueblo: el día de Mohács, dice la tradición, el olivo plantado en Pécs doscientos años antes por Luis el Grande se secó de golpe. Las páginas que narran ese 29 de agosto de 1526, como *De conflicto hungarorum cum turcis ad Mobatz verissima descriptio* de István Brodarics (1527), constituyen un apartado en la historia de la literatura húngara. Ante la proximidad del imponente ejército de Solimán el Magnífico, el rey de Hungría, Luis II, envió a todas las casas, según la antigua usanza, un sable ensangrentado, a fin de que todos respondieran al llamamiento y acudieran armados bajo sus banderas. La nobleza húngara, más deseosa de debilitar el poder regio que de alejar la amenaza otomana, hizo caso omiso de la llamada del soberano o quedó atrapada en sus propias discusiones internas. Con un ejército reducido, Luis intentó aplazar el enfrentamiento y aguardar refuerzos, pero en el consejo de guerra los nobles presentes, atizados por el arzobispo Tomori, impusieron tumultuosamente presentar batalla.

El rey, escribe el Antiquarius, se encogió de hombros y, con este gesto de despreocupación, marchó al encuentro con su destino, del que era consciente, después de haber ordenado que lavaran a sus perros de caza dos veces por semana. En el campo, dice el cronista, cuando el escudero le ciñó el yelmo, palideció y después se arrojó al combate. Unas horas después, durante la derrota, había muerto, aplastado por su caballo, que se le había caído encima en el pantano de un pequeño arroyo, el Csele. Un *Lied* de la Baranya, que todavía se cantaba el siglo pasado, exalta las moras silvestres que cubren al rey. El botín que consiguieron los turcos, anotado escrupulosamente por el Antiquarius, es un ejemplo de esa poesía de catálogo que tanto abunda en la literatura barroca, ávida de enumerar el mundo.

La gran puerta de József Pölöskei, la fuente de Gyula Illyés, las esculturas de Király, Kiss, Szabó júnior y Pál Kö –estatuas oceánicas o africanas, trasplantadas en tierra húngara como árboles por los que trepan flores de un arte ornamental local o transilvano– parecen un único monumento, unitario y variado como la naturaleza, épico y coral como la guerra. Todo está inmóvil, pero esa fijeza ha captado el impulso fulminante y desesperado de la batalla, el instante absoluto de la muerte. Hace calor y nos sentamos a reposar bajo el frescor de un bosquecillo. Amedeo saca su violín de viaje, improvisa un atril y comienza a tocar, mientras los colgantes, en el fondo, siguen tintineando. No toca, por una vez, fragmentos clásicos, sino canciones zíngaras, *Lieder* vagabundos de patio y de taberna, como uno de esos músicos ambulantes de la literatura yiddish. Esa música es la respuesta a la batalla, al tintineo de las espadas. Jossele Solovej, Jossele el ruiseñor, canta con su violín, en una novela de Sholem Aleichem, lo que le falta al corazón. *Solovej, Solo-vej,* el solo que explica una pena –en uno de sus poemas Israel Bercovici juega con esta encantadora palabra yiddish, *Solovej,* ruiseñor, la divide en sus sílabas e imagina que el ruiseñor es un canto solitario que explica el *vej,* la melancolía.

Los ojos miopes de Amedeo miran a lo lejos, más allá de las antiparras ochocentistas, hacia esa llanura de caballos y caballeros moribundos. Su violín dice que algo se ha perdido y se perderá. Pero el desgarramiento por la poesía del corazón que se desvanece es, como la indomable pirueta del músico ambulante judío, nostalgia que atrapa por la cola al amor fugitivo. El violín impregna el campo de batalla, el gran mundo, el fulgor sangriento de los acontecimientos excepcionales. Debajo de estos árboles se está como en casa; es posible que palidezcamos un poco, como el desventurado soberano, pero luego nos encogemos de hombros, agradecemos al imaginario público la moneda que sin duda arrojaría en el sombrero del músico, saludamos y nos vamos, cada cual por su lado.

Abuela Anka

1. PENSAR «EN VARIOS PUEBLOS»

La historia me la contó Miklós Szabolcsi, en su casa de campo de Göd, sobre el Danubio, en los alrededores de Budapest. El río corría tranquilo, de noche, hacia su lejana desembocadura, y se hablaba de viejas historias de Temesvár, Timişoara, Temeschburg, la ciudad (¿húngara?, ¿rumana?, ¿alemana?) protagonista de tantas historias de la Europa oriental, desde los tiempos de los tártaros a los de los turcos y desde el príncipe Eugenio a Francisco José. Hace unos años Szabolcsi había intentado recordar, en una serie de programas televisivos, el fervoroso ambiente cultural húngaro de las primeras décadas del siglo XX, la gran época del joven Lukács, Endre Ady y Béla Bartók, recuperando todas sus figuras mayores y menores, y reconstruyendo sus historias incluso después del final de ese período genial y apasionado, clausurado, en los años veinte, por la instauración del régimen fascistizante de Horthy.

Después de diversas investigaciones, el mosaico reunido por Szabolcsi estaba casi completo, pero le faltaba una pequeña pieza; había perdido el rastro de un tal Robert Reiter, o mejor dicho Reiter Róbert, poeta húngaro de vanguardia que había formado parte de los más combativos grupos experimentales. Un auténtico crítico literario es un detective, y es posible que la fascinación de esta discutible actividad no consista en las interpretaciones sofisticadas, sino en el olfato de sabueso que conduce a un cajón, a una biblioteca, al secreto de una vida. Así llegó Szabolcsi a su hombre; es decir, se enteró de que Reiter Róbert seguía vivo, que vivía en Timişoara, en Rumanía, y que ahora se llamaba Franz Liebhard y escribía versos más bien tradicionales en alemán, sonetos y rimas alternadas. Había cambiado de nacionalidad, de nombre, de lengua y de estilo literario; hoy se le honra como patriarca de los escritores en lengua alemana del Banato, o sea de la minoría alemana que vive en Rumania, y en agosto de 1984 celebró su ochenta y cinco cumpleaños.

Presente en la antología de la lírica experimental húngara, publicada por la Academia de las Ciencias de Budapest, y exaltado como poeta alemán en Rumanía, autor también de versos en dialecto suabo, o sea en el dialecto de los colonos que llegaron al Banato a inicios del siglo XVIII, Reiter Róbert alias Franz Liebhard ha declarado en una entrevista que «ha aprendido a pensar con la mentalidad de varios pueblos». Su identidad es todavía más compleja de lo que indica su doble apellido. En primer lugar, éste no es doble sino triple; «Liebhard» era un amigo suyo, un minero muerto en un accidente, cuyo nombre había adoptado el poeta, como señal de fidelidad, a comienzos de los años cuarenta. Así que Reiter Róbert se convirtió en Robert Reiter, autor de páginas que llevan esta firma, y luego en Franz Liebhard. Pero este nombre alemán revela además la personalidad del escritor, un suabo del Banato que, con su *Crónica suaba* aparecida en alemán en 1952, dio voz a su gente, los alemanes del Banato, súbditos primero de Viena, después de Budapest y ahora vacilante minoría en Rumanía.

¿Por qué Reiter Róbert calló repentinamente, qué itinerario le llevó del húngaro a su lengua materna alemana? Un crítico le comparó hace pocos años a Rimbaud –claro que más por el misterio de ese silencio y de esa metamorfosis que por su poesía–. Su primer poema, aparecido en noviembre de 1917 en la famosa revista de vanguardia húngara *Ma* (Hoy), se titulaba «Bosque», pero sus funambulismos lingüísticos no hablaban mucho del bosque, de su nombre y de su verdor. Ese «Hoy», que daba título a la revista, se ha convertido en ayer o anteayer. Ahora el viejo Reiter-Liebhard describe, en versos rimados y en imágenes poco atrevidas, buenos y familiares bosques, su fragancia amistosa y relajante.

2. UN CABALLO VERDE

¿La historia de Reiter-Liebhard es un paso hacia adelante o hacia atrás, el retorno épico de Ulises o aquel con el rabo entre las piernas del contestatario que se escapa de casa, vuelve a la familia y sienta la cabeza? ¿Ese pensar «en varios pueblos» es una síntesis unitaria o un hacinamiento heterogéneo, una suma o una resta, un modo de ser más rico o de ser Nadie? Quizá también para encontrar una respuesta a esta pregunta me encuentre ahora en el Banato con la abuela Anka, la cual es en sí misma, con sus ochenta años, una respuesta. El punto de partida de nuestras correrías es Bela Crkva (Iglesia Blanca), su ciudad natal. La antigua guía ferroviaria general del imperio de los Habsburgo, en

1914, la nombraba como Fehértemplom, de acuerdo con el criterio de utilizar la denominación predominante en el lugar; la ciudad, ahora yugoslava, formaba parte del reino de Hungría. Hoy los textos oficiales trilingües hablan de Bela Crkva, Fehértemplom, Biserica Albă, o sea los nombres serbio, húngaro y rumano; el alemán, Weisskirchen, casi ha desaparecido. Hay iglesias católicas, protestantes, ruso-, greco- y rumano-ortodoxas; algunas de ellas, como la de los eslovacos, están en ruinas.

La irregular desviación del correcto y lineal recorrido danubiano tiene, en este caso, una justificación histórica, aparte, naturalmente, de la psicológica, o sea la resuelta decisión de la abuela Anka, que simplemente ha querido que fuera así, en lugar de pasar antes por Apatin, Novi Sad, Zemun y Pančevo, según el orden espacio-temporal adecuado, que pretende que el antes preceda al después y que el cuatro esté entre el tres y el cinco. Pero aquí estoy con la abuela Anka, que decide lo que viene antes y después, con la tranquila seguridad de quien vive seguro de sí mismo y no necesita órdenes sistemáticas.

Es Bela Crkva, pues, el punto a partir del cual nos moveremos –en forma de estrella, con continuas ideas y venidas– hacia los demás lugares danubianos del Banato y alrededores. Por otra parte, también el Antiquarius, que habitualmente sigue el río metro a metro, con pedantería exasperante, al llegar a esta zona se permite excursiones y desviaciones, abandona incluso el Danubio y se detiene, por ejemplo, en Temesvár, que dista un centenar de kilómetros. Pero él –y con él la abuela Anka– no se equivoca porque toda esta región es Danubio, es su nervio vital, la historia misma, como decía Schwicker, el erudito cronógrafo del Banato. Sin el río «histórico-universal», insistía Müller-Guttenbrunn, y sin la historia mundial que ha llevado sobre sus olas, en estas tierras sólo habría pantanos y llanuras. Los muros de Temesvár son orillas danubianas, y las iglesias de Bela Crkva son chopos o sauces de estas orillas.

La abuela Anka me muestra su casa natal, la casa del acomodado comerciante, administrador y almacenista Milan Vuković, que por magiarofilia escribía su apellido en húngaro, Vukovics. Delante de esta casa se paraba, después de la Primera Guerra Mundial, la calesa del doctor Jon Gian, diputado de la minoría rumana en Belgrado, uno de los muchos pretendientes de la abuela Anka y de los pocos que no consiguieron convertirse en su marido, dado que se ha casado, ha servido con imparcial solicitud y ha llevado a la tumba, hasta ahora, a cuatro; no ha tenido hijos.

Bela Crkva es una pequeña ciudad a poco más de cien kilómetros de Belgrado, en la orilla izquierda del Danubio, en el Banato, uno de los corazones de Panonia y del viejo imperio de los Habsburgo. El Banato, hoy, es una de las tres zonas que forman la región autónoma de la Voivodina, que pertenece a Serbia;

constituye la parte noreste de la Voivodina, y limita durante largo trecho con Rumanía; los otros dos sectores de la Voivodina son el Srem, Syrmium para los antiguos romanos, al sur del Danubio, y la Bačka, al noroeste. Pero una amplia zona del viejo Danubio histórico, que no por casualidad llevaba el nombre de Banato de Temesvár, se encuentra hoy en Rumanía y su capital es, en efecto, Temesvár, o sea Timişoara. Francesco Griselini, el ilustrado veneciano que viajó por esas tierras en 1774 y 1776, dejando de ellas en sus *Cartas itinerantes* un retrato todavía hoy muy valioso, trazaba sus límites escribiendo que estaba situado entre el Danubio, el Tibisco, el Maros y los Alpes transilvanos. El Banato es un mosaico de pueblos, una superposición y estratificación de gentes, de poderes, de jurisdicciones; una tierra en la que se encontraron y enfrentaron el imperio otomano, la autoridad habsbúrguica, la recalcitrante voluntad de independencia –y después de dominio– húngara, el renacimiento serbio y el rumano.

Un documental televisivo sobre la Voivodina habla de veinticuatro grupos étnicos. Más modestamente, Griselini se refería a diez naciones diferentes, que describía minuciosamente: valacos o sea rumanos, raschianos o sea serbios, griegos, búlgaros, húngaros, colonos alemanes, franceses, españoles, italianos, judíos. En efecto, después de la reconquista de Temesvár, que el príncipe Eugenio arrebató a los turcos en 1716, el general Mercy, sabio y emprendedor gobernador, desecó pantanos, repobló llanuras desiertas y llamó a inmigrantes de los más variados países; en 1734 la ciudad de Becskerek estaba llena de catalanes que habían fundado en ella su Nueva-Barcelona.

La colonización más importante fue la alemana, alentada en el siglo XVIII por María Teresa y por José II; llegaban sobre todo de Suabia, del Palatinado o de Renania, descendiendo a lo largo del Danubio en las barcazas de Ulm, campesinos tenaces y laboriosos que transformaban insalubres ciénagas en tierras fecundas. La Suabia, uno de los corazones de la vieja Alemania, se trasplantaba así al Banato y todavía hoy, en la parte rumana, se oye hablar en algunas aldeas el dialecto suabo o el alemánico, como si se estuviera en Württemburg o en la Selva Negra.

Está claro que los alemanes no fueron los únicos en llegar. Estaban los eslovacos, en su mayoría protestantes, los serbios, que llegaron en sucesivas oleadas a lo largo de los siglos ante la presión de los turcos, y muchos más. Los pueblos aparecen y el mundo tiembla ante su potencia, pero también ellos pagan su tributo a la fugacidad terrena, escribía el docto Schwicker. Todos tiemblan ante todos, los turcos ante los imperiales que ocupan Belgrado y los imperiales ante los turcos que lo recuperan. Con los años, las décadas y los siglos cambian los estatutos de las ciudades y las claves de las nacionalidades y de las religiones; el crisol no cesa de bullir, amalgamar, fundir, quemar, consumir.

A fines del siglo XIX, en Pančevo, había aldeas székely; Becskerek no recuerda haber sido una ciudad catalana. Hasta mediados de siglo no se puede hablar de nacionalismo o de nacionalismos; el gobernador Mercy, al llamar a colonos alemanes, no quería germanizar esas tierras, sino poblarlas de hábiles campesinos y artesanos que promovieran su progreso ilustrado. En efecto, estos colonos alemanes podían ser también rumanos o eslavos, observa Josef Kallbrunner, con tal que hubieran aprendido, y por tanto difundieran, la industriosidad y la diligencia alemanas.

Hoy, los cinco grupos principales que coexisten en la yugoslava Voivodina, en pacífica convivencia sancionada por la Constitución de 1974, son serbios, húngaros, eslovacos, rumanos y rutenos, pero existen nacionalidades numéricamente menores, alemanes, búlgaros, zíngaros; y también unos cuantos Bunjewatzi y Schokatzi, que llegaron hace siglos de la Dalmacia meridional y de Bosnia o de Herzegovina, reclamados, en tanto que serbios extrañamente católicos, tanto por los serbios como por los croatas, mientras ellos tendían a considerarse un grupo aparte. Quién sabe si en este idilio –real, aunque subrayado con magnilocuencia propagandista– sigue viviendo el proverbio rumano que se pregunta: «¿Quién ha visto alguna vez un caballo verde y un serbio inteligente?» La familia de la abuela Anka, que me lo cuenta sin acritud, es de origen serbio. Quién sabe lo que piensan, respectivamente, Reiter Róbert de los alemanes y Franz Liebhard de los húngaros.

3. EL SABIO ASESOR TIPOWEILER

En las fraternales y pacificadoras declaraciones oficiales, todos los diferentes grupos étnicos se elogian recíprocamente, reconociéndose unos a otros las mejores cualidades. En la abuela Anka, que habla todas sus lenguas, las nacionalidades, por el contrario, se superponen y se enfrentan. Para llegar a Bela Crkva, cruzamos la aldea rumana de Straza, lo que le da ocasión, olvidándose de su amada abuela rumana, de definir a los rumanos como ladrones y pordioseros sin *opancas,* zapatillas, entre los cuales su padre se movía, en carro, llevando en las manos una antorcha y una pistola. Denigra a los rumanos y elogia a los laboriosos y ordenados alemanes, pero poco después, recordando con devoción el «señorío rumano» del presidente Popescu, en su época máximo magistrado del tribunal de Bela Crkva, dice que los buenos modales de los alemanes ocultaban con frecuencia testarudez y deshonesta avidez y les llama «pandilla de gitanos, peor que los zíngaros que se compran un Mercedes» y evoca, ella, que es una ferviente anticomunista, la feroz ocupación nazi y el epos partisano en la nieve.

El germanófilo más furioso de Bela Crkva, que llevaba el nombre tan poco alemán de Ben Mates, alardeaba en cierta ocasión en la taberna de querer jugar a bolos con las cabezas de los serbios, pero la madre de la abuela Anka, que pasaba por allí, le replicó tranquilamente: «De acuerdo, Mates, hoy vosotros a nosotros, mañana nosotros a vosotros.» En efecto, la tortilla no tardó en dar la vuelta. Entre finales de 1944 y 1945 se produjo el éxodo obligado de los alemanes del Banato y de la Backa, su deportación indiscriminada a campos de trabajo y de concentración que también se convirtieron en campos de muerte, en nombre de una responsabilidad colectiva endosada genéricamente a todos y convertida en represalias y persecución racial. Kardelj, el *leader* comunista esloveno prematuramente desaparecido, fue uno de los poquísimos en poner objeciones a estos procedimientos vengativos y en deplorar la expulsión de grupos social y económicamente productivos.

La abuela Anka detesta a Tito y el comunismo, aunque recuerda con imparcialidad imperturbable la injusticia y la opresión social que imperaban en su infancia, pero su amor por el orden y su sentimiento eslavo la llevan a amar a la Unión Soviética, por lo que mira por encima del hombro a América y a Reagan, «un mal actor que, cuando habla en la tele, siempre parece preocupado por escuchar a sus consejeros judíos». En el conjunto de prejuicios y de resentimientos históricos que la abuela Anka encarna existe, naturalmente, como un círculo en el tronco de un árbol, también el antisemitismo, que desaparece repentinamente, en cambio, cuando habla del abogado Loewinger, que se convierte, en su relato, en la personificación de la sabiduría y de la milenaria majestad hebraica. En estos absurdos prejuicios existe tal vez una pizca de verdad, porque ningún pueblo, ninguna cultura –al igual que ningún individuo– están exentos de culpas históricas; darse cuenta despiadadamente de los defectos y de las oscuridades de todos, y de nosotros mismos, puede ser una beneficiosa premisa de convivencia civil y tolerante, más tal vez que los optimistas atestados de elogios dispensados por todas las declaraciones políticas oficiales.

En la abuela Anka, los conflictos, en efecto, son absolutamente impersonales, cualquier prejuicio reconoce el derecho o, mejor dicho, la necesidad del prejuicio ajeno. También en Bela Crkva se ven esas casas bajas, de un solo piso, rojizas y amarillo-ocre, que se encuentran en toda Hungría y confieren a la Mitteleuropa oriental el rostro chato del que hablaba Musil. En la calle Partisanka estaban las casas de los alemanes, más cuidadas, adornadas con frisos y cabezas femeninas de escayola en las ventanas, recubiertas de azulejos con vivos colores rumanos y abiertas, en su interior, a los jardines. Cuenta la tradición que los suabos del Banato eran tan ricos que utilizaban los ducados de oro como botones para los trajes. Después del éxodo de los alemanes –en Bela Crkva queda ahora sólo uno, muy viejo– viven en ellas los macedonios y los bosnios, llamados con desprecio «colonos» por la gente del lugar, y también por los bosnios y macedonios que llegaron unas décadas antes. Weisskirchen, la Bela Crkva alemana, vive hoy en la comunidad de exiliados aposentada en Salzburgo, que publica volúmenes y volúmenes de testimonios del pasado –eruditos, desgarradores y rencorosos–. Del reciente tomo de seiscientos sesenta y seis densísimas páginas *El libro patrio de la ciudad de Weisskirchen en el Banato* se ha encargado Alfred Kuhn –«Conozco perfectamente a ese alemanote», dice la abuela Anka.

En una de estas casas vivía el viejo Tipoweiler, asesor municipal y huésped asiduo en casa de la abuela Anka –un auténtico señor, dice ella–. Recién estallada la guerra con Serbia, en 1914, algunos de los principales propietarios alemanes de Bela Crkva se reunieron una noche para discutir si resultaba oportuno eliminar a los serbios más eminentes, los que tenían colgada la coronita de flores amarillas y de claveles de San Ivandan en el portal. Después de una timorata discusión, la propuesta estaba a punto de obtener la aprobación de la mayoría, cuando el viejo Tipoweiler, persona de sentido común, dijo que sí, de acuerdo, la idea podía ser buena, pero Bela Crkva estaba cerca de la frontera con Serbia y si el ejército serbio, en una avanzada, llegaba a ocuparla, serían eliminados, en venganza, los alemanes de la ciudad, ¿y entonces? Así que la reunión nocturna se disolvió pacíficamente.

El episodio de aquella noche no eliminó, para la abuela Anka, la respetabilidad del señor Tipoweiler, en cuya lista figuraba tal vez también el nombre de su padre. Por otra parte, la abuela Anka, que llama «gedza» y «serbianos» a los serbios de la orilla derecha del Danubio, que permanecieron durante siglos bajo el yugo turco, me dice que nunca se habría casado con un serbio, ni siquiera de la orilla izquierda. «Pero tú ¿qué eres?», le preguntó. «Serbia –responde con orgullo–, la nuestra es una de las familias serbias más antiguas.»

4. UN PAPAGAYO POLÍGLOTA

También existen en Bela Crkva historias nacionales más agradables, como el caso del papagayo de Schescherko. Éste era un hombre riquísimo y su villa –junto a cuyas ruinas hay ahora una polvorienta estación de autobús– se encontraba cerca de la plaza mayor, donde estaban el palacio del presidente Popescu, con su importante torreón, el pabellón del general húngaro al mando de la guarnición, el círculo de oficiales y el Realgymnasium, uno de los mejores del reino de Hungría, dice la abuela Anka. En la villa, dentro de una jaula tan grande como una habitación, había un papagayo que sabía cantar. Cuando los chicos le pedían, en alemán, que exhibiera sus dotes, comenzaba por enfadarse, hablando también él en alemán con acento suabo, pero luego condescendía y cantaba, en húngaro, un fragmento de la *Princesa de la Czarda.* Si se le pedía un bis, se negaba, obviamente de nuevo en alemán, pero luego repetía el mismo fragmento en húngaro. Pero si se insistía una vez más, perdía la paciencia y contestaba, en alemán, con aquella frase conocida en Alemania, con muy educada perífrasis, como «la cita del *Götz*», debido a que el *Götz von Berlichingen* de Goethe es el primer texto ilustre en el que la expresión «lámeme el culo» adquirió dignidad literaria.

5. DEBAJO DEL BUSTO DE LENAU

En un poema de Vasko Popa, voz de estas tierras y poeta de la Yugoslavia actual, una pareja se besa en un banco del jardín público de Vršac, debajo del busto de Lenau. Vršac es la capital del Banato yugoslavo, a pocos kilómetros de Bela Crkva y de la frontera rumana. A las mujeres de Vršac, su ciudad natal, Ferenc Herczeg –el brillante y superficial narrador húngaro que había exaltado, con el favor de un vasto público europeo, pasiones adornadas de elegancia mundana, el ilusionismo espumeante de la *gentry*– dedicó en 1902 su novela *Los paganos,* fresco de la lucha entre pueblos y religiones, entre magiares y pecenegos, entre la cruz y la encina sagrada de los avaros, en los albores de la historia húngara. Su relato enfático y variopinto evoca las hordas doradas de los nobles pecenegos, el viento de la *puszta* que impide al alma subir al cielo y la arrastra por la llanura, absorbidas y desvanecidas las migraciones bárbaras en las nieblas panónico-balcánicas.

Con fuerza muy distinta, también la poesía de Vasko Popa –que inicialmente escribía en rumano, pero que desde hace muchos años escribe en servocroata– evoca inviernos bárbaros y lobos antiguos. La literatura ya escrita es un espejo cóncavo, apoyado en la tierra como una cúpula, como para proteger nuestra incapacidad de expresar directamente las cosas y los sentimientos. Un bien cultivado gusto literario y un cauto pudor impiden a un epígono hablar de la soledad y del viento de la gran llanura, de las huellas de las migraciones salvajes en su tierra fangosa. Pero si un novelista mediocre, o incluso un poeta riguroso, evoca ese viento o esa aspereza antigua, una irreprochable cita puede permitir nombrarles, a través de esas palabras ajenas, sin miedo al folklore sentimental. Así la literatura se posa sobre el mundo como un hemisferio apoyado en otro, dos espejos que se reflejan recíprocamente como en el barbero y se envían mutuamente la inaprehensibilidad de la vida o nuestra incapacidad para aprehenderla.

El busto de Lenau adornaba el jardín público, y ahora se halla en el museo de Vršac, pero su casa natal se encuentra actualmente en territorio rumano, en los alrededores de Timişoara, en la que el instituto alemán lleva su nombre. Gran poeta austríaco que tiene también orígenes húngaros y eslavos, Lenau, muerto loco en 1850, fue un extraordinario poeta lírico de la soledad y de la laceración, de una naturaleza seductora y corroída por la nada, de un dolor cósmico vivido con todas las fibras de una sensibilidad musicalísima, neurótica y autopunitiva. Su *Fausto,* negativo y desesperado, es uno de los grandes *Faustos* escritos después de Goethe, cuando a la clasicidad goethiana, convencida –pese a todo– de que la historia humana tenía un sentido, le sucedió en la cultura europea una crisis profunda, la persuasión de la insensatez y de la nada.

Su Fausto, que se mata porque siente que sólo es un vago sueño soñado por un Dios o, mejor dicho, por un Todo indiferenciado y malvado, es una obra de alta poesía, en la que la errabunda plurinacionalidad de Lenau trasciende en una universalidad que desconoce cualquier color danubiano. Hoy lleva el nombre de Lenau una sociedad literaria internacional, en nombre de una unidad cultural mitteleuropea; en 1911, Adam Müller-Guttenbrunn, defensor de la cultura alemana en el Banato, se enfrentaba a los intentos magiares de apropiarse del poeta y la construcción de un monumento, en su ciudad natal que hoy es rumana, a «Lenau Miklós, un húngaro que escribió en alemán». Herczeg, que era de lengua materna alemana, revela –en su nacionalismo magiar, próximo a las posiciones chovinistas de István Tisza– tendencias ásperamente antialemanas, presentes también en los *Paganos,* mientras en todo caso expresa una cierta simpatía por los Bunjewatzi. Pero él mismo, en su novela *Los siete suabos* de 1916, ambientada en la época de la revolución de 1848, le hace decir a su protagonista que siente el deber de unirse a los húngaros rebeldes precisamente en nombre de la «fidelidad alemana», porque ha vivido codo con codo con los magiares y ahora, como alemán, o sea como hombre leal, no puede abandonarles en el momento del peligro, aunque se rebelen contra la austroalemana Viena.

La llanura que rodea Vršac está envuelta en melancolía. Milo Dor, un escritor austríaco contemporáneo nacido en Budapest de padres serbios y residente ahora en Viena, ha descrito en su novela *Nada más que el recuerdo,* historia de la decadencia de una acomodada familia serbia del Banato, este melancólico sopor, que aproxima a la botella de *sliwowitz y* la transforma, cuando una vez vacía es arrojada, en una botella abandonada en el mar panónico, pero sin ningún mensaje. Esta melancolía, al igual que el nihilismo de Lenau, es una sensación de vacío que sin embargo remite una vez más a la nostalgia y a la exigencia de valores y de significados. En uno de sus poemas, Vasko Popa se dirige a «nuestros hijos desmemoriados, sin pecado original»; con el entusiasmo muchas veces demasiado fácil del poeta de vanguardia, canta la libertad de esta nueva generación, pero la ausencia de memoria y de conciencia del conflicto moral hace que esos hijos parezcan una multitud más allá del bien y del mal, amorfa e incolora, sin pecado y sin felicidad, inocente y vacua.

6. VITALIDAD VERDE

Qué gran señor, dice la magiarófila abuela Anka delante de la tumba de Adam, fusilado por los húngaros en 1914 como presunto espía serbio. Es una de sus expresiones preferidas. La abuela Anka es lo que el Fausto de Lenau deseaba, inútilmente, ser: vitalidad pura y divina en tanto que tranquilamente inalterable, épica como la naturaleza. Tiene ochenta años, con la energía y la prontitud de una persona joven. Contempla la vida desde arriba con ojos redondos de rapaz, como puede mirarla únicamente quien está arraigado en la posesión terrestre y ve, asomándose desde su propiedad, ya no pequeñas miserias personales o nerviosos matices de estados de ánimo, sino campos y bosques, paso de estaciones.

Poco importa que ahora viva, muy modestamente, en un pequeño apartamento de Trieste. La seguridad y la comodidad de esta mirada desde arriba la lleva consigo, en su persona. La abuela Anka hace pensar en las últimas páginas de Benedetto Croce, que entre la turbación de los fieles crocianos descubría, fascinado y turbado, un momento puramente vital irreductible a cualquier dimensión moral y espiritual, una indomable «vitalidad verde» que no conocía los valores y la reflexión. Croce definía también como «económico» este momento, esta afirmación y expansión de energía; para la abuela Anka, aunque muy generosa con los demás en lo que respecta al dinero y con exigencias personales muy modestas, la vida es una cuenta de deber y haber, juventud, matrimonio y vejez se confunden con propiedades ampliadas o perdidas, bosques talados o campos adquiridos, de la misma manera que en las venas de los personajes de Balzac la sangre parece correr semejante al flujo del dinero. En la casa amarillo-anaranjada que me enseña vivía Lazar Lungu, el más importante comerciante de cerdos del Subbanato, que quería casarse con ella. «¿Quieres vivir entre cerdos, Anka –le dijo su padre–. El dinero es mucho, muchísimo, pero no todo. Elige un jovencito que te guste y yo te lo compro.»

La epicidad agraria imprime un estilo sobrepersonal, que excluye cualquier vanidosa subjetividad. La abuela Anka ha tenido cuatro maridos. A dos –el segundo, con el cual vivió veinte años, y el último, al que conoció a edad avanzada– los quiso mucho, a los otros dos los soportó con paciencia. Sin embargo, amor y aburrimiento no influyeron en lo más mínimo en su dedicación ejemplar, porque el matrimonio era para ella una realidad objetiva, que la incertidumbre de los sentimientos no podía arañar.

En su vida no existe el lamento, la repulsa de las desventuras, ni para sí ni para los demás. No se compadece de sí misma ni de nadie, ni se le ocurre temer a la muerte ni turbarse por la de otro, aunque está dispuesta a ayudar a quien lo necesita, ignorando el cansancio y la misma idea de sacrificio; en su mundo las cosas simplemente ocurren. Me señala una casa, en la que vive una amiga suya, aruinada por la enfermedad y reducida a una vida casi vegetal, alterada únicamente por algunos destellos de miedo y de ternura. Cuando está en Bela Crkva, la abuela Anka pasa las noches en vela a su lado, obviamente sin cansarse, le habla durante horas, la acaricia, le seca la saliva de la barbilla, la lleva al balcón para enseñarle la gente que pasa, toda esa chusma de alborotadores, como los define; ni se le ocurre que hace, como suele decirse, una buena obra, concepto que para ella no existe, lo hace y basta.

Al lado de la abuela Anka, uno siente que no le puede ocurrir nada, que nunca podrá sentirse extraviada y perdida. Se identifica con los siglos de Panonia. A los ochenta años, su cuerpo hermoso e imperioso es firme y seguro; para amar su mundo de ayer no siente la necesidad de idealizarlo y me cuenta minuciosamente los fraudes de los juicios de antaño. En esa casa, recuerda, vivía el abogado Zimmer y su mujer, añade contando pensativamente con los dedos, era la amante del doctor Pútnik, del abogado Raikow, del farmacéutico Schlosser, del coronel Németh... A pocos metros de distancia, otra casa habla de una historia no del tiempo habsbúrguico, sino de la segunda posguerra. Era la casa de Maierosch, propietario de molinos, y fue confiscada por el gobierno de Tito. La hija se negó a irse, y cuando los guardias arrojaron sus muebles al patio, ella pasó dos años durmiendo en el vestíbulo, envuelta en una manta, hasta que las autoridades yugoslavas le devolvieron una parte del piso. Las obras para restaurar la casa todavía no han terminado. En los países del Este, siempre y en todas partes hay obras en marcha, incesantes y jamás terminadas; se regresa a un lugar al cabo de un año y se reencuentran de nuevo los ladrillos, las herramientas, los escombros, las vigas, el desorden de lo provisional. El tiempo pasa más lentamente y eso hace que esos países sean tan tranquilizadores y familiares para el visitante, le dan la comodidad de lo conocido.

La abuela Anka ama los numerosos cementerios de las diferentes comunidades y me lleva al mausoleo orientalizante del presidente Popescu, al suntuoso sepulcro del riquísimo Boboroni, asesinado de veintitrés cuchilladas, a la capilla a la que el farmacéutico Schmitz se dirigía cada noche para contarle a su mujer allí sepultada su jornada y pedirle consejo. Ama los cementerios, porque la tumba es la posesión de la tierra, marca el límite de una propiedad, y de hecho se dirige con frecuencia a Bela Crkva, fundamentalmente para pelearse con el Ayuntamiento y con los vecinos a propósito de tumbas. Me recuerda a la madre de un amigo mío, orgullosísima porque el panteón de su familia era más alto que el de sus envidiosos conocidos, pero un poco triste, porque las pompas fúnebres necesitan también duelos, de modo que decía, con amargura: «Imagínese, un panteón tan hermoso y casi completamente vacío.»

7. TIMIŞOARA

El Antiquarius dice que esta ciudad, Temesvár, la capital del viejo Banato, «ha estado sometida, durante siglos, a muchas fatalidades». Hermosa y no carente de melancolía, pese a su verdor, Timişoara cuenta, en cada piedra, una historia plurisecular y amontonada. Griselini describía su abundancia en tabernas y fiebres, que subían con los miasmas de los pantanos llenos de cornejas, y observaba el elevado consumo de eméticos. El simétrico estilo teresiano se alterna con un pesado eclecticismo húngaro y el más vistoso ornato de los colores rumanos; en la espléndida Piaţa Unirii, vasta y silenciosa, se alza, como en todas las plazas de la Mitteleuropa, la Columna de la Trinidad. En las puertas de la ciudad, en 1514, la nobleza derrotó al gran jefe de la rebelión campesina, György Dózsa, que fue colocado desnudo en un trono de hierro candente, mientras le arrancaban la carne con unas tenazas.

Las piedras evocan a Janos Hunyadi, el campeón de la lucha contra los turcos, el dominio musulmán, Aly pachá, el asedio austríaco de 1848; en una pequeña y destartalada casa ocre-rojiza, con geranios en las ventanas, una placa dice que en ese lugar, el 13 de octubre de 1716, entró en Timişoara el príncipe Eugenio, liberándola de los turcos. El pachá que la defendía, invitado a rendirse, contestó que se daba cuenta de que no podía vencer, pero que se sentía con el deber de contribuir a la fama del príncipe Eugenio haciéndole más ardua y gloriosa la victoria. Los *dépliants* turísticos de la ciudad prefieren destacar que tuvo el primer tranvía eléctrico y que dio vida a Tarzán, o sea Johnny Weissmüller.

Poblada también por minorías húngaras y serbias, Timişoara es uno de los centros de los alemanes de Rumanía, que llegan casi a los trescientos mil, una cifra que va disminuyendo vertiginosamente de año en año; el otro está en Transilvania, en los Siebenbürgen, donde vive, desde hace ocho siglos, el grupo sajón. La ciudad es una capital, un centro épico de las infinitas historias narradas por el viejo Danubio. Había cafés literarios, pero el cenáculo más eminente, a inicios de siglo, era la barbería de la Lonovichgasse, cuyo propietario, Antón Dénes, no sólo era el Fígaro sino también el Eckermann de una celebridad literaria local, el poeta y novelista Franz Xaver Kappus, famoso no tanto por lo que escribía o había escrito como por las *Cartas a un joven poeta* que le había dirigido Rilke. En el sillón de esa barbería, Kappus se sentaba como Nasreddin, el astuto y sabio turco que, también en la barbería, había hecho callar con una frase ingeniosa al terrible Tamerlán, el feroz conquistador del mundo.

Las historietas de Kappus son anécdotas graciosas, chistes, tics y chismes cotidianos; es difícil diferenciar las páginas escritas por él de aquellas que la vida, la pequeña tradición épica de la Lonovichgasse que confluía en la trastienda, narraba a su respecto. Esas anécdotas son un detritus escolar, briznas de una historia antigua, sedimentos de idilios y conflictos étnicos que el viento, por un instante, levanta como el polvo y arroja a la trastienda. Poco después el barbero, con la escoba, barre el suelo y los arroja a la calle, junto con el cabello del cliente que acaba de cortar.

Temesvár era la capital del Banato y por tanto también de los suabos, los alemanes del Banato poco propensos, a diferencia de los sajones de Transilvania, a defender con ímpetu su conciencia nacional. En la inmediata posguerra los alemanes del Banato fueron duramente vejados: expropiaciones, deportaciones colectivas a Rusia, discriminación. En su novela *El problemático informe de Jakob Bühlmann,* aparecida en 1968, Arnold Hauser, escritor alemán que ocupa un lugar eminente en la vida político-cultural rumana, narró y analizó la odisea de su gente y los errores de su partido; en 1972 el propio Ceausescu condenó oficialmente los traslados forzados de los serbios y de los alemanes, llevados a cabo años antes por el gobierno rumano, y la expropiación de sus tierras.

Ahora el Estado rumano incrementa y estimula la producción de las minorías lingüísticas; editoriales especializadas publican revistas y un elevado número de volúmenes en húngaro, alemán, serbio, eslovaco, ucraniano, yiddish y en otras lenguas. Esta solicitud está acompañada de un opresivo y sofocante control político: quien ha pedido el salvoconducto para expatriarse, como muchos alemanes, no puede publicar; la exagerada y obsequiosa dedicatoria al presidente es obligada.

Nace así una vida literaria difícil y fervorosa, marcada por una mezcla de franqueza y reticencia, y acosada por la angustia de la persecución. Los centros de esta literatura –aparte de Bucarest, donde se hallan las más importantes editoriales y revistas– son el Banato, alrededor de Timişoara, y los Siebenbürgen, o sea Transilvania, con las tres ciudades de Braşov (Kronstadt), Sibiu (Hermannstadt) y Cluj (Klausenburg). Un brillantísimo núcleo de cultura alemana era la habsbúrguica Bucovina –la patria de Rezzori, de Margul Sperber, del grande y extremo Paul Celan– pero ahora Czernowitz, la capital de Bucovina, pertenece a la Unión Soviética.

Si en Voivodina los alemanes se reducen a cuatro o cinco mil, en Rumanía, o sea en el Banato y en el Siebenbürgen, su cultura todavía sigue muy viva. Entre 1944 y 1984 se publicaron más de cien obras literarias, y también recobró cierta fuerza la lírica dialectal. Nikolaus Berwanger –antiguo *leader* cultural alemán-rumano incluso demasiado emprendedor, que se trasladó hace poco a Alemania Federal– afirmaba hace pocos años la necesidad de escribir en un «esperantosamidzat»: la poesía auténtica debe ser secreta y clandestina, oculta como una prohibida voz del disentimiento y al mismo tiempo hablar para todos. Su función de *leader* le ha llevado, fatalmente, a la generalidad del esperanto; los relatos de Herta Müller, *Llanuras,* simples y difíciles como el paso de los años, poseen en cambio la verdad existencial del *samidzat,* de la palabra poética que es siempre no oficial. Herta Müller habla de la aldea, como tanta literatura del Banato que le ha precedido, pero su aldea es el lugar de la ausencia, en el cual las cosas opacas, alineadas sin sentido en sus frases carentes de predicado, expresan el opresivo extrañamiento del mundo y también del individuo consigo mismo.

Deudora de la nueva y extraña literatura de aldea que ha florecido en Austria con Bernhard, Handke o Innerhofer, Herta Müller prosigue con originalidad su sensitiva y oscura radicalidad; cuando la teoriza, cae a veces, como por otra parte también sus modelos, en un estereotipo no desprovisto de arrogancia. A raíz de la dura represión política que se abatió sobre los alemanes de Rumanía, también Herta Müller está ahora obligada al silencio.

El escritor rumano-alemán, amenazado de cerca, vive esos extrañamientos, esas duplicidades y esas crisis de identidad que estimulan la poesía. Carente de un mundo alemán, representa la realidad rumana mediante un lenguaje que le es ajeno; por otra parte, si emigra a Alemania, o sea elige el éxodo, acaba por encontrarse en un país (el alemán occidental) muy diferente del suyo –en cierto sentido menos «alemán»– y sigue escribiendo sobre la patria que ha abandonado y que con el tiempo, con el transcurso de los años, se transforma y se convierte en una extraña. En ocasiones el peso de este drama se hace intolerable; Rolf Bossert, el joven poeta que conocí en Bucarest cuando esperaba el permiso para expatriarse, consiguió irse y escapar de la capa de plomo y unos meses después, en la República Federal, donde había encontrado libertad e incluso éxito, se suicidó.

El panorama de la literatura rumano-alemana da muestras de una variedad de situaciones que se convierte en pluralidad de tiempos, porque vivir en condiciones y con sentimientos diversos significa vivir en tiempos diversos. La asociación cultural de los alemanes del Banato, integrada en la república rumana y en la ideología socialista, lleva el nombre de Adam Müller-Guttenbrunn, escritor ochocentista que había defendido la integridad alemana del Banato contra la magiarización, adoptando tonos incluso decididamente nacionalistas. En 1848 los suabos del Banato, al igual que los sajones de Transilvania, no sabían qué hacer, no sabían qué eran. Con tendencia a ser leales a los Habsburgo y rodeados de magiares, estaban objetivamente amenazados –como se vería claramente después del Compromiso– por los húngaros, y eran, por tanto, sus adversarios. Pero en Bela Crkva, por ejemplo, el confuso tumulto de 1848 llevó a un auténtico enfrentamiento militar entre los alemanes y los serbios, que asediaron y al final tomaron la ciudad; combatiendo contra los serbios, los «suabos del Danubio» apoyaban a los húngaros rebeldes contra Austria, porque los serbios estaban en conflicto con los magiares y eran, por tanto, aliados de Viena.

En Temesvár, la capital del Banato, había, en 1902, doce diarios alemanes, doce húngaros y uno rumano; o sea que la magiarización erosionaba profundamente la presencia alemana. Adam Müller-Guttenbrunn describe esta creciente desnacionalización, el debilitamiento de las escuelas alemanas, la magiarización de los nombres y apellidos, la progresiva desaparición, en las paredes de las casas suabas, de los retratos de Francisco José. Mientras los sajones de Transilvania defendían tenazmente su identidad nacional, los suabos del Banato se dejaban asimilar de buen grado, daban nombres húngaros a sus hijos o magiarizaban el suyo propio. En una sabrosa polémica de 1916, el burgomaestre de Temesvár se enfrentaba a Müller-Guttenbrunn y sus reivindicaciones sobre la tutela de la minoría alemana, pero este burgomaestre responsable de la magiarización era suabo.

El Cuarenta y ocho sigue manteniendo su significado de confusión y caos por antonomasia. De niño, Müller-Guttenbrunn jugaba con las piedras de un monumento derribado, cabezas de animales maliciosos que, en su momento, cuando el monumento fue erigido para glorificar la defensa de Temesvár atacada por los rebeldes húngaros, simbolizó a los genios de la revolución nacional, vencidos por las virtudes del imperio cosmopolita. El monumento fue demolido más tarde por los húngaros, pero esos genios esparcidos por el suelo seguían siendo, para el niño, vivos y amenazadores. Todavía hoy cuando la abuela Anka, al enseñarme un edificio de Bel Crkva, dice: «Aquí, antes de la revolución, había...», quiere decir antes de 1848.

8. UN DESTINO ALEMÁN

Estamos de nuevo en Bela Crkva. En el número 35 de la Ulica 1.° de Octubre habitaba Vogter, un rico industrial y terrateniente alemán que se quedó en el Banato incluso después de la Primera Guerra Mundial. Durante la Segunda –me cuenta la abuela Anka– albergaba, en tiempos de la ocupación alemana, a un teniente de la *Wehrmacht,* y le ofrecía banquetes fastuosos. La *Wehrmacht* había entrado en Bela Crkva en 1941 y el grupo alemán, dirigido por el doctor Josef Janko, quería conseguir el «Banato autónomo», del que la división «Prinz Eugen» debía ser una fuerza militar destinada únicamente a la defensa del mismo, hasta el punto de que Janko –deseoso de diferenciar el *Deutschum* local del nazismo– protestó cuando se quiso asignarla a otras tareas y a otras zonas.

El ejército alemán era fuerte y temido, el Reich seguía siendo poderoso y el rico Vogter vivía en la opulencia y seguro. Sus campesinos se dirigían, en verano, al campo a las dos de la madrugada y trabajaban hasta las diez de la noche, hora en la que volvían a casa y consumían, en una cabaña detrás de la casa del amo, su única comida, comiendo todos juntos de un caldero lleno de caldo con algún trozo de pan y de tocino. Una noche el teniente, que no sabía nada, entró en la cabaña y les preguntó cómo estaban comiendo a esa hora aquella porquería. Puestos en pie, con la gorra en la mano, los braceros le contestaron, asustados, que estaban cenando. El teniente derribó el caldero de un puntapié, llamó a Vogter y le gritó que era un cerdo y que deshonraba el nombre alemán, y dijo a los campesinos que, en adelante, comerían todos los días, en la fonda, a su costa. Le pregunto a la abuela Anka cómo terminó aquel teniente. «Pues –contesta– quién sabe, probablemente en medio del desbarajuste le matarían los del bosque, los partisanos, tal vez uno de los que había enviado a comer a la fonda.»

9. LA TUMBA DE OCTAVIÁN

La abuela Anka, repentinamente, dice que le gustaría llegarse a los Siebenbürgen, a Sighişoara, donde está la tumba de Octavián. Le pregunto quién es ese Octavián –la gramática, dado que ella ha aludido a su tumba, preferiría que le preguntara quién era, pero me parece extraño hablar de una persona, de cualquier persona, en pasado–. El rostro autoritario y todavía hermoso de la abuela Anka adopta un aire pensativo, casi turbado, aunque resulte difícil pensar que ella sepa lo que es la turbación. «Ah, un jovencito, un oficial, que me hacía la corte, yo tenía diecisiete años, en fin, me gustaba, éramos un poco novios. Luego, ya sabes lo que pasa, no sé por qué, por un capricho, así, no recuerdo bien, lo planté.» «¿Y él?» «Él se pegó un tiro.» Le pregunto si se disgustó. «No –contesta categórica–, entonces no, en absoluto, no lo pensé más. Pero desde hace unos años he pensado en ir a encontrarle, ir a ver su tumba.»

Así pues, una antigua y tardía deuda ajena me lleva a Transilvania, a un mosaico plurinacional rumano-alemán-magiar, en el que llevan ocho siglos residiendo los sajones, los colonos alemanes atraídos por el rey húngaro Geza II, a los que después, en 1224, el rey Andrés II concedió un fuero de libertades y privilegios especiales. Ahora su plurisecular presencia en estas tierras ha llegado a su ocaso. La cultura alemana, y con ella la judía, ha sido un coeficiente de unidad y de civilización en la Europa centro-oriental; las plazas de Sibiu-Hermannstadt y de Braşov-Kronstadt, imágenes de una tradición alemana que puede que en Alemania ya no exista, son, como los acueductos o los arcos romanos, el sello de una civilización unitaria que ha dado un rostro a Europa central.

Los sajones, pese a ser llamados globalmente de tal modo, procedían originariamente de diferentes regiones alemanas, como escribió también el historiador Friedrich Teutsch, «el Herodoto de los sajones», refutando con disgusto la tesis monista defendida por su padre Georg Daniel Teutsch, también él ilustre erudito. Durante siglos los sajones han disfrutado de una orgullosa autonomía; junto con los húngaros y con los székely –estirpe magiar que afirmaba ser descendiente de los hunos de Atila y cuyos miembros gozaban todos de privilegios nobiliarios– eran una de las tres naciones reconocidas, contra o junto a las cuales, especialmente en el siglo XIX, debían luchar los rumanos para conquistar su dignidad nacional. Agricultores libres y honrados y orgullosos burgueses, entre los sajones no eran frecuentes los señoríos feudales y la servidumbre de la gleba. Aislados y alejados de su patria originaria, han sido siempre una «nación cultural», que tiende no a la integración territorial con Alemania, sino a la conservación de su propia identidad en la cultura.

A la abuela Anka le interesa la tumba que se encuentra en Sighişoara, pero eso no la induce a desdeñar otras digresiones y paradas transilvanas. En Sibiu la librería Eminescu atestigua cuán rica y viva sigue siendo la literatura alemana de Rumanía. Como me dice en Braşov Horst Schuller, redactor de la *Karpathen-Rundschau,* aquélla es muy variada. Es cierto que existen poetas locales como Peter Barth, muerto recientemente, que era farmacéutico en Blumenthal y escribía diez poesías vernáculas al día, pero existe también la *Neue Literatur* de Bucarest, una excelente y moderna revista que no desmerece con respecto a revistas europeas más dotadas de medios y más libres de trabas. En los años 1970-1975 hubo un grupo de vanguardia político-literaria, el *Aktionsgruppe,* crítico desde la izquierda con respecto al régimen, de notabilísimo peso. Los estudios de Peter Motzan y de Stefan Sienerth, por citar sólo unos pocos, y sobre todo de Gerhardt Csejka, un joven crítico y ensayista que reside en Bucarest, hacen patentes una extraordinaria vivacidad de iniciativas, el crecimiento espiritual de una comunidad en decadencia. Si Erwin Wittstoc, hace escasas décadas, retrataba con gustoso sabor la provincia sajona, ahora la poesía de su hijo Joachín expresa «la atención hacia lo que amarillea». La literatura, y especialmente la crítica, de los alemanes de Rumanía no constituye una periferia apartada, sino el centro vital, intelectualmente variado y muy diferenciado, de un cuerpo que va apagándose.

También entre los emigrados existen grandes diferencias, entre los que abandonaron su patria hace cuarenta años, como por ejemplo Heinrich Zillich, y sigue describiendo una tierra que ya no existe, y las oleadas sucesivas, en las cuales cada uno se ha llevado consigo un trozo distinto de patria y un tiempo diferente. Hace pocos años se fue también Alfred Kittner, ensayista y poeta, anciano gran patriarca y protector de generaciones de escritores, amigo de Paul Celan. El legendario Kittner cree en la eternidad de la poesía; cada *nouvelk vague* de jóvenes experimentales a los que él ha ayudado ha esbozado una sonrisa ante su persona, considerándole superado, pero en cada ocasión, diez años después, muchos de aquellos hijos ingratos habían desaparecido y el viejo padre se mantenía y se mantiene todavía.

Es posible que Kittner haya cometido un error al irse, puede que su función consistiera, hasta el final, en la tutela de su mundo. Cuando acaben de irse los cuatro o cinco autores significativos, me dice Csejka, yo escribiré mis críticas y mis ensayos para nadie. Pero para la literatura puede ser incluso una ventaja escribir para nadie, ahora que en todas partes la organización cultural pretende, falsamente, representarnos a todos.

10. UN JOVE AMBIGUO

En el museo Bruckenthal de Sibiu existe un cuadro de Cario Cignani dedicado a Jove y Flora. Samuel von Bruckenthal era el gobernador teresiano del Gran Principado de los Siebenbürgen, un habilísimo político que sabía conciliar su fidelidad al ilustrado despotismo central y su cuidado de las peculiaridades locales; a él se debe la colección de arte que hoy lleva su nombre.

El Jove de Cignani, que seduce a una previsible y apetitosa doncella, es una especie de hermafrodita, inquietante y repugnante: su cuerpo es musculoso y poderoso, el rostro enmarcado por una espesa cabellera blanca es el de un viejo que podría ser más bien una vieja, lasciva y ambigua. Recuerda a los personajes ambivalentes del *Satyricon* de Fellini, que se intercambian los papeles sexuales, o al Federico II del drama de Heiner Müller, personificado por una anciana imperiosa y siniestra. Cignani era boloñés y discípulo de Carraci, pero su Jove parece pertenecer al mundo griego-bizantino del Ponto Euxino, hacia el cual conducen las aguas del Danubio, un mundo de lo indistinto y de las pulsiones indiferenciadas, un levantino bazar del ánimo.

11. LA CIUDAD EN EL ESTE

La Iglesia Negra de Kronstadt (hoy Braşov), cuyos viejos muros parecen el salmo luterano «Un firme castillo es nuestro Dios», es una fortaleza alemana de la fe y de la claridad, opuesta, como un baluarte, a ese pulular y a esa mezcolanza de las que el Jove de Cignani es el dios polimorfo. En la iglesia, una lápida fúnebre de 1647 dice «Yo soy y creo»; la estatua del guerrero, con coraza, yelmo, gorguera y grandes bigotes en el rostro, recuerda al Caballero de Durero, que avanza firme por su camino sin ceder ante el miedo a la Muerte ni ante las lisonjas gelatinosas del Diablo.

Al igual que el instituto Honterus que está frente a la iglesia y al monumento al propio Honterus, este ethos alemán y profundamente protestante tiene la sobriedad, la rectitud y la robustez de la Reforma. Gracias a estas virtudes agudas y tenaces los alemanes han sido los romanos de la Mitteleuropa, han impreso una civilización unitaria a un batiburrillo de estirpes diversas. Las espléndidas alfombras turcas de la Iglesia Negra atestiguan la presencia otomana en Transilvania, hablan de otra fe, también ella antitética a cualquier enfermiza ambivalencia, el abandono a Alá, el único vencedor.

La poesía de estas ciudades sajonas es una poesía burguesa-artesana, sólida y melancólica como aquel rigor que Adolf Meschendörfer, cantor de Kronstadt –«la ciudad en el Este», o sea la Civitas en las fronteras orientales de Europa–, admiraba en su padre y en su abuelo, maestro de escuela. La tradición sajona exalta estatutos y antiguos derechos, diferencias entre corporaciones, talabarteros contra silleros, celosa independencia de cada poder que lleva a los zapateros de Kronstadt a declarar la guerra, en 1688, al emperador alemán y a resistir, durante el dualismo, a la magiarización. En sus novelas históricas sobre las Sirbenbürgen, también el húngaro Zsigmond Móricz recuerda los estatutos que impedían a cualquier ejército, del emperador o del voivoda, entrar en los muros de Klausenburg (Cluj) y rinde homenaje a la valentía con que el alcalde defiende los privilegios de la ciudad.

Esta poesía ciudadana es una melancólica poesía del orden y de la repetición, una pasión metódica de hábitos y lugares que intenta arrancar a la vida que se escapa y a la historia que nos devora una garantía y una ilusión de duración y de estabilidad. El ethos burgués-artesano alemán es amor al hogar, a la familia, a la amistad y al ritmo que mide su universal-humano: nacer, casarse, morir; la comida, la tienda, la cervecería, el cigarro, la partida de cartas, la función religiosa, el sueño. En un relato de Heinrich Zillich, el viejo Bretz, cada noche a la misma hora, cruza la plaza del mercado, dobla por la callejuela «al Canal de Suez», abre las piernas, se desabrocha los pantalones y mea serenamente, respondiendo en la oscuridad al saludo de los paseantes, del asesor o del maestro, y este riguroso hábito vespertino es una firme certidumbre que de algún modo se opone a la cruel fuga de la vida y al desconsiderado amor por las novedades.

La alegre serenidad de las veladas en el café no tarda en convertirse en melancolía, a medida que el tiempo pasa y borra poco a poco la vida de los individuos y de la propia comunidad alemana; ya en 1931, al protagonista de la novela de Meschendörfer *La ciudad en el Este,* enamorado de su Kronstadt, no le resta al final más que dedicarse, en su soledad, a escribir la crónica y los recuerdos de su amada ciudad y a buscar en esta amorosa pedantería erudita, orientada hacia el pasado, el consuelo para el desierto de su existencia presente. Siempre podemos sustraernos a la horrible vida auténtica, como el viejo de Svevo, poniéndola sobre el papel y manteniéndola, por tanto, a distancia. Claro que la abuela Anka no escribe y no tiene necesidad de escribir.

12. TRANSSILVANISMUS

La pedantería unas veces plácida y otras melancólica de esta burguesía alemana desafía en ocasiones el ridículo. Durante 1848, los sajones de Transilvania estaban indecisos entre aceptar o rechazar la unión con Hungría; Kronstadt era favorable, Hermannstadt contraria, tan contraria que en las puertas de la ciudad los centinelas preguntaban a los forasteros deseosos de entrar de qué parte estaban, si con el emperador o con los rebeldes. Si el interrogado contestaba «con los rebeldes» no le dejaban entrar; parece que no tuvieron en cuenta la posibilidad de que alguien pudiera mentir. El 48 fue para los sajones tan caótico como para todo el mundo, y estuvo plagado de contradicciones, de instancias liberales y revolucionarias que se rechazaban mutuamente, como los húngaros rebeldes a los Habsburgo y enemigos de la rebelión rumana de Iancu. Toda la historia transilvana es una complicadísima trama de contrastes, cruces, enfrentamientos, alianzas e inversiones de alianzas nacionales; las novelas de Móricz y de Miklós Jósika, por ejemplo, muestran cómo los príncipes transilvanos se dividían, en la época de la presencia otomana, entre los Habsburgo y los turcos.

Este crisol de pueblos y de diferencias favorecía también, como ocurre a veces en los territorios mixtos de frontera, la conciencia de una pertenencia común, de una intensidad especial, tejida de contrastes pero inconfundible en su conflictiva peculiaridad, propia de cada uno de los factores en conflicto. Transilvania es una cuna de la cultura húngara, desde la autobiografía setecentista de Miklós Bethlen o desde las *Confesiones* y los *Recuerdos,* también ellos setecentistas, del príncipe Ferenc Rakóczi II, el gran jefe de la revuelta de los *Kuruzzen* contra los Habsburgo, pero es también la cuna de la conciencia nacional rumana, de la escuela literaria que entre el siglo XVIII y el XIX afirma la continuidad del elemento latino en la Dacia y la unidad lingüístico-nacional de los rumanos.

Lucian Blaga, poeta y traductor rumano de *Fausto,* dedicó un vasto estudio a la cultura de Transilvania en el siglo XVIII, pero su Transilvania poética vive sobre todo en la aldea armada sin ninguna ancestral regresión campesina y sin ningún rencor anticiudadano, sino como modelo mítico y fantástico, como ideal «espacio miorítico», o sea, paisaje del alma rumana: la Miorita, en el canto popular rumano, es el corderito, símbolo de un sacrificio aceptado con resignación por amor a los demás, a fin de que la propia muerte no provoque desquites y venganzas.

Oscuro y dramático es, por el contrario, *La aldea dispersa* (1919), del transilvano húngaro Dezsö Szabó, una curiosa y lacerada figura de intelectual vitalista. Nutrido de lecturas nietzscheanas y obsesionado por una magiaridad pura y absoluta, Szabó predicó el culto a la tierra y a la raza, cayendo en un chovinismo fascistizante y antiurbano, del cual la incorrupta aldea transilvana era para él el rostro ideal. Con el triunfo de la contrarrevolución de Horthy descubrió, sin embargo, como auténtico nietzscheano, que no sólo la democracia, sino también y sobre todo el fascismo, corrompía y alteraba, en una artificiosa y falseadora modernización, la pureza originaria de la tradición y entonces les declaró la guerra a todos, a la burguesía «alemana-hebraica-eslava», al fascismo y después al nazismo, estranguladores de la estricta magiaridad.

El «Transsilvanismus» alude a una pluralidad de gentes, unidas por este sentimiento de pertenecer a una región mixta y compleja. Es cierto que los sajones habían sufrido duramente a causa del final de su autonomía, sancionada por el gobierno húngaro en 1876 con la abolición del *Comes,* del «Sachsengraf», o sea del conde que representaba su «Nationsuniversität», su unitario complejo nacional. Novelas y relatos describen, a veces con buen humor y otras con resentimiento, la asimilación y la resistencia a ésta, las pedradas entre muchachos húngaros y alemanes.

Sin embargo, los sajones habían desarrollado a lo largo de los siglos un sentimiento tal de su propia autonomía como para inducir en 1908 a su líder Rudolf Schuller a manifestar que ellos no querían ser «simplemente alemanes, sino alemanes de las Siebenbürgen», y que tenían la intención de defender únicamente su existencia y peculiaridad de sajones, sin sacrificarse por los suabos amenazados por la magiarización y aceptando incluso que «los demás alemanes» de Hungría estuvieran destinados a desaparecer.

Los escritores alemanes intentaban conciliar la fidelidad a la autonomía transilvana con el germanismo y con la corona habsbúrguica, con la devoción a Francisco José como emperador de Austria y no como rey de Hungría. Adolf Meschendörfer, si bien no desprovisto de nacionalismo alemán, exalta el germanismo como universalismo, idea sacro-romana-imperial que abarca a todos los pueblos, germanos y celtas, eslavos y galileos; se burla de los racistas teutomaníacos que inventan «al hombre gótico», porque la idea universal –de la que son portadores los alemanes– no puede vincularse, en su opinión, a una raza o a un estilo, sino que debe extenderse a toda Europa, incluso la latina y la eslava. Pero el emperador alemán –dice en su libro el párroco de Kronstadt– es un traidor, porque abandona a los alemanes del Este, los auténticos adalides y avanzadillas de la idea germánica, en su ruina. También en la novela *Entre fronteras y épocas* (1937) de Heinrich Zillich los sajones, que siempre han «dado» a sus pueblos limítrofes, se sienten abandonados por la corte de Viena.

En esta obra, que no carece de resentimiento chovinista y antisemita, Zillich evoca el crisol plurinacional transilvano y sus diferencias, con cierta simpatía por sus diferentes factores étnicos; el grupo de amigos del protagonista, Lutz, pertenece a diferentes nacionalidades, y si bien al inicio Lutz descubre con sorpresa que un pastor es rumano o le cuesta imaginar que más allá de los montes de su pueblo exista otro Estado, Rumanía, al final uno de sus amigos, Nicolás, convertido en teniente rumano, simboliza –en la nueva Rumanía, que después de la Primera Guerra Mundial se ha anexionado Transilvania– no una ruptura con la tradición, sino en todo caso una esperanza de continuidad.

También para Zillich, que se burla del mezquino y enfático culto a los germanos, el pueblo alemán es grande porque, como él escribe, no sólo quiere afirmarse a sí mismo, como las pequeñas estirpes que no ven más allá de su propio círculo restringido, sino ideas y valores universales, «lo que es grande» y «lo que es justo para todos». Por ello es el protagonista de una «historia mundial»; es el elemento que unifica y relaciona los pueblos de la Europa central y oriental, en caso contrario divididos y desconociéndose unos a otros, de la misma manera que el alemán es, al igual que el latín en el mundo antiguo, la lengua común y por tanto universal, junto a la que deben florecer todas las lenguas concretas de los demás pueblos, ninguna de las cuales, sin embargo, supera la frontera de su propia estirpe. Esta perspectiva *gesamtdeutsch,* total-alemana, es un arma de doble filo: puede oponerse, en los años del nacionalsocialismo, al bárbaro imperialismo racista de éste en nombre de la universalidad, pero también puede ofrecerle instrumentos ideológicos y pasiones que contribuyan a su dominio.

También Zillich oscila entre cierto tono nacionalista y un acento fraternalmente supranacional; al final de su novela, Lutz, el sajón de Transilvania, no emigra a Alemania sino que se queda en su país y en la nueva patria rumana, porque –afirma– la tarea actual de los sajones es dar a Rumanía lo que en un tiempo dieron a Austria y a Hungría. Este es su oficio y su manera de ser alemanes –una tarea ardua, porque es «difícil, infinitamente difícil, ser un alemán en el Este».

Tan difícil, que ni Viena ni Berlín lo entienden; los Habsburgo y los Hohenzollern han traicionado a sus escoltas más generosas. La relación de la periferia con el centro siempre es difícil; quien vive en una frontera, geográfica o cultural, se cree el auténtico depositario e intérprete de su nación y se siente incomprendido por el resto de la misma nación, que le parece indigna de serlo. Si en una novela de Erwin Wittstock la familia Vogt, en Hermannstadt, conserva religiosamente en casa un retrato de Bismarck, en la novela de Zillich, por el contrario, Bismarck es condenado como la persona que, para no enemistarse con los húngaros, abandona con cinismo a los alemanes del Este. La abuela Anka, a la que le insinúo el problema, sale del paso diciendo que ese Bismarck debía de ser sin duda un judío.

13. EN LA TORRE DEL RELOJ

La tumba de Octavián está en Sighişoara, la ciudad que fascinaba a Enea Silvio Piccolomini, la perla de las Siebenbürgen, la amurallada e inexpugnable «Núremberg de Transilvania.» Con sus casas góticas y sus torres dedicadas a los gremios –torres de los herreros, de los zapateros, de los sastres, de los talabarteros, de los artesanos del cobre– y con el silencio de sus encantadoras calles que trepan hacia la ciudadela, Sighişoara –para los sajones Schässburg y para los húngaros Segesvár– recuerda a Praga, el misterio de sus piedras y de sus puertas que se abren sobre un espacio distinto y secreto, sobre un aspecto insospechado de las cosas. Las esbeltas y agudas banderas de hierro, sobre las torres, se recortan firmes e intrépidas en el cielo y en el viento, caballeros que esperan sin miedo, en la arena del torneo, un destino desconocido. La ciudad está envuelta en paz y silencio, pero si uno levanta los ojos a esas banderas espera un clarinazo, el inicio de una imprecisa e ineludible batalla.

Esta gracia heráldica también ha sido testigo de matanzas y horror. El 31 de marzo de 1785, el patricio Andreas Metz escribía desde Alba Julia a su hermano Mihai, miembro del senado de Sighişoara, comunicándole con satisfacción la noticia de la ejecución de Horea y Cloşca, jefes de la gran revuelta campesina de 1784, que apelaba, en su lucha contra la esclavitud, al propio emperador, el gran José II, y a sus promesas, y que el emperador tuvo que hacer sofocar trágicamente, aunque los aliados de sus reformas eran esos campesinos y no los nobles contra los cuales se alzaban. Con edificación de Johannes Andreas Metz, Cloşca murió en la rueda, mientras Horea, por intercesión del duque Jankovics, tuvo el privilegio de ser traspasado de dos sablazos, antes de ser subido a la rueda. Después los cuerpos fueron descuartizados, sus cráneos colocados delante de la puerta de casa y los demás restos expuestos por las calles, «a fin de que sirvieran de advertencia a los demás rebeldes valacos».

No acompaño a la abuela Anka al cementerio, son historias que deben resolverse entre dos, sin una tercera persona que les importune, y ella tiene que vérselas con su teniente. Mientras ella está con Octavián, subo a la Torre del Reloj del siglo XIV. En lo alto, en el cuarto piso, está el engranaje del reloj, con las figuras del día de la semana, variopintas y de una altura de cerca de un metro, que a medianoche se desplazan, ocupando cada una de ellas el lugar que les corresponde y apareciendo según su turno. Detrás o, mejor dicho, dentro del mecanismo del reloj, poleas y tornos que mueven los segundos, están las toscas figuras de madera vistosamente coloreadas y el resto, hasta los años transcurridos desde la última vez que la abuela Anka vio a Octavián. ¿Qué dice el Capitán en el *Woyzeck* de Büchner? «Dios mío, si pienso que en un día el mundo da una vuelta entera, en un día, entiendes, es una cosa que da escalofríos... Todo este tiempo perdido, arrojado, con tanto despilfarro... Cuando veo mi chaqueta colgada de la pared me entran ganas de llorar y la chaqueta está allí, colgada...»

Desde este observatorio, la vida entera parece una pérdida de tiempo, una máquina perecedera. Al igual que el reloj que la mide, la realidad es un engranaje, una organización de la repetición, cadena de montaje que apunta siempre y únicamente a la frase sucesiva. Quien ama la vida, debe de amar posiblemente su juego múltiple, entusiasmarse no sólo por el viaje hacia islas lejanas, sino también por los trámites burocráticos referentes a la renovación del pasaporte. La persuasión, reacia a la movilización general cotidiana, es amor de algo diferente, que es más que la vida y se percibe únicamente en la pausa, en la interrupción, cuando los mecanismos están suspendidos, el gobierno y el mundo están de vacaciones en el sentido fuerte de *vacar,* vacío, carencia, ausencia, y existe únicamente la alta y firme luz del verano. El mundo, como dice Borges, es real, pero ¿por qué tiene también que tocar tanto los cojones? Lo que se querría, en el fondo, es una pretensión modesta, poder hacer novillos de vez en cuando, sin perder el respeto por los maestros.

La figura de la luna (lunes) me da la espalda, pero domingo, *Sonntag,* el día del sol (y del oro, de la riqueza, sugiere la guía) muestra una carota obtusa y rubicunda. Desde la ventana, miro hacia abajo; la abuela Anka, que ha vuelto de su visita, me indica lacónicamente que descienda. La cervecería, que un viandante nos ha aconsejado en dialecto alemán, está provista, pese a la crisis alimentaria rumana, de apreciables salchichas.

14. EN LA ORILLA DEL SILENCIO

Bistrița debe su fama al conde Drácula –no al auténtico, Vlad el Empalador, cuya casa es mostrada en Sighișoara, sino al falso, al vampiro de la novela de Stoker, en la cual, por otra parte, la ciudad es mencionada en alemán, Bistritz–. En cualquier caso, estoy más protegido que Jonathan Harker, el protagonista de Stoker, porque la abuela Anka es refractaria a cualquier monstruo nocturno y, en general, a quienquiera que pretenda inspirarle miedo.

El engranaje literario de la novela de Stoker es perfecto y demuestra la seducción de los mecanismos. Además, cosa que suscita la curiosidad del viajero danubiano, el conde Drácula, en el capítulo III, elogia a los székely, su estirpe huna de caballeros nómadas de la frontera, emplazados durante siglos como centinelas de las fronteras contra las invasiones de los magiares, longobardos, avaros, búlgaros y turcos, todos ellos nobles porque todos eran iguales en la grupa de su caballo y estaban ávidos de libertad. Los székely, por lo menos desde tiempo inmemorial, se distinguen con dificultades de los magiares; durante los últimos años el escritor húngaro György Kovács y la escritora rumana Lucia Demetrius los han descrito en sus novelas. Una antología de sus poesías populares, de 1863, se titula *Rosas silvestres.* Frente al color rojo de esas rosas, la sangre derramada con tanta abundancia en las películas y en los libros sobre Drácula parece agua teñida.

El castillo de Drácula, se dice en la novela de Stoker, está próximo a la frontera con la Bucovina, que hoy es territorio soviético. En 1865, Ferdinand Kürnberger, maestro del *Feuilleton* vienés, esperaba que de esas remotas e intactas provincias orientales del imperio de los Habsburgo surgiera una nueva y fresca literatura, de lengua alemana pero nutrida de todas las civilizaciones de crisol austro-rumano-hebraico-ruso-ruteno. Los viñedos vírgenes del Pruth debían sustituir, en las venas austríacas, al cansado y aburrido vino del Rin. Dicho auspicio se confirmó cuando el imperio, que debía ser renovado por sus tierras orientales, ya no existía; Czernowitz, la capital de la Bucovina, se convirtió en un vital y plurinacional centro literario –con Izik Manger, Rezzori, Alfred Margul-Sperber, Rose Ausländer y tantos más– después de 1918. En *El húsar de Chemopol,* Gregor von Rezzori, «apátrida» y «políglota *homme à tout faire*» como sus personajes, expresó con evasiva y melancólica poesía la fecunda ambigüedad de aquella Babel, su juego irónico e inquietante de lo verdadero y lo falso que se intercambian los papeles.

Ese mundo ha desaparecido y su voz más importante, Paul Celan, ha expresado la verdad absoluta de esa desaparición, de la muerte y del enmudecer.

La lírica de Celan es una extrema poesía órfica, un canto que desciende a la noche y al reino de los muertos, que se disuelve en el indiferenciado murmullo vital e infringe todas las normas, lingüísticas y sociales, para encontrar la palabra mágica y secreta que abra la prisión de la historia. En la más alta parábola de la poesía moderna, el poeta quiere ser un redentor, asumir sobre sí mismo el mal de la existencia y recuperar los verdaderos nombres de las cosas, eliminados por el falso lenguaje de la comunicación. En la inextricable red de mediaciones que envuelve al individuo, el poeta es una criatura anómala, que se niega a construirse una madriguera entre las arrugas de esa red y lucha por desgarrarla y alcanzar el fondo del ser, que aquélla le oculta. Con frecuencia, como en el caso de Hölderlin o Rimbaud, la aventura es mortal, porque más allá de la red no hay nada, y el poeta se precipita en esa nada.

También Celan ha buscado este «fondo-no fondo» de la vida, como dice uno de sus últimos poemas. Celan, que nació en 1920 en Czemowitz y se suicidó en París en 1970, vivió el holocausto judío, en el cual perecieron sus padres, como una noche absoluta, que aniquila cualquier posibilidad de historia y de vida verdadera, y experimenta más adelante la imposibilidad de echar raíces en la civilización occidental. Resume en sí mismo, como se ha dicho, un siglo de poesía europea, nacida de esa laceración entre el individuo y la realidad, expresando también el naufragio de sus sueños de rescatar al mundo y destruyéndose en esa representación de su propio martirio.

Su lírica se asoma a la orilla del silencio, es una palabra arrancada al callar y florecida del callar, del rechazo y de la imposibilidad de comunicación falsa y alienada; sus arduos versos están totalmente tramados, en las más osadas formulaciones léxicas y sintácticas, por estas negaciones, por estos rechazos en los que se expresa la única posibilidad auténtica del sentimiento.

Celan vivió su laceración y el exterminio como un mal absoluto. Está claro que este último no existe y Eric Weil prevenía adecuadamente contra sus seducciones medúseas; hasta la acción más atroz está unida por nexos históricos –y por tanto relativos– a la realidad total. Pero en el instante en que se vive, el mal se siente como una violencia absoluta e incluso la reflexión, que intenta entender sus causas y sus motivos, no puede olvidar el instante en que se padece con sufrimiento total, uno no quiere desnaturalizarse en una conciliación filistea que embota el dolor e impide la auténtica comprensión de la tragedia.

Celan se sitúa, con proximidad ardiente y sin ninguna tranquilizadora mediación conceptual, de parte de los vencidos. Probablemente sea el último poeta órfico, un reformador religioso –como lo define Bevilacqua– de la poesía órfica, a la que traslada a una cegadora pureza originaria antes de que se apague. Durante un siglo, esas radicales negaciones lingüísticas y existenciales han constituido una resistencia real a la alienación social. Ahora ya no producen realmente escándalo, sino que se buscan como valiosos objetos de escándalo; quien hoy recorriera de nuevo ese camino, incluso con autenticidad personal, iría probablemente al encuentro, observa Tito Perlini, de un destino patético y sería fagocitado con facilidad por el engranaje de la comunicación alienada. En Celan se advierte también esta renuncia radical, el gesto del que cierra una tradición y la borra junto consigo mismo.

La condena platónica de la poesía es inaceptable, pero es necesario volver a ajustar cada vez las cuentas con ella. La poesía que pide sólo para sí misma la salvación corre el riesgo de mimar, satisfecha, las contradicciones, las miserias y tal vez las banalidades del estado de ánimo personal, que según Platón excluyen la búsqueda de lo justo y de lo verdadero. Obviamente, nadie puede vivir ahora el problema como lo vivía Platón, pero una lírica que sólo se nutra de sí misma puede pecar contra la poesía; al igual que los cuartetos y las estrofitas rimadas, también los amasijos de palabras vacilantes en la oscuridad pueden repetirse y regenerarse hasta el infinito de su propio tormento, convirtiéndose en una, aunque sea desgarrada, retórica. El sacrificio de Celan es también el exorcismo de este peligro. La imposible persuasión le llevó a callar y a desaparecer, después de haber dejado a posibles contemporáneos o sucesores su «manuscrito en una botella». Celan desapareció en la noche, en las aguas del Sena en las que buscó la muerte. Uno de sus versos dice «yo alumbro detrás de mí mismo»; la poesía es este resplandor que indica dónde él, con sus versos, desapareció.

15. HIPÓTESIS SOBRE UN SUICIDIO

Una pequeña desilusión intelectual provocada por una tentación de *art d'après l'art.* En Bucovina vivió Robert Flinker, psiquiatra y escritor de inspiración kafkiana, autor –en alemán– de novelas y relatos sobre enigmáticos procesos, culpas oscuras y tribunales misteriosos; pese a su evidente deuda con Kafka, un narrador inquietante y personal. Flinker, judío, había vivido oculto durante la ocupación hitleriana; se suicidó en 1945, después de la liberación. Yo estaba fascinado por este destino: imaginaba a un hombre que resiste la inminencia de la muerte, pero que se siente ya inadaptado para la libertad y el final de la pesadilla, o bien un hombre que puede soportar el nazismo como Mal, pero no el estalinismo como rostro de la Liberación, y, trastornado por la idea de que la alternativa a Hitler sea Stalin, se mata.

Wolfgang Kraus me ha contado, por el contrario, que Flinker se suicidó por amor, por un arrebato y una desilusión sentimental vividas como un colegial. Por tanto, se esfuma la potencial novela sobre el novelista. Pero ¿y si fuera lo mismo? Cuando se está cansado de la vida, se eligen, para liberarse de ella, incluso medios inconscientes e indirectos, el infarto, el cáncer. ¿Y por qué no un desengaño amoroso? Incapaz de pasar inmediatamente a las conclusiones y de suicidarse apenas se identifica la libertad con Stalin, Flinker sintió tal vez la necesidad de un intermediario y así encontró a una muchacha cualquiera, capaz de darle el empujón que todavía le faltaba.

16. SUBÓTICA O LA POESÍA DE LO FALSO

Volvemos a Bela Crkva dando un larguísimo rodeo que nos devuelve a Hungría y de allí a Yugoslavia, a Subótica, porque la abuela Anka ha decidido que, si quiero hacerme una idea real de esas regiones, tengo que visitarla. Imprevisible e improbable, parece una ciudad de fascinantes falsificaciones e infracciones. A inicios del siglo XIV, Gabriel Szemléni, escribano secreto del rey Segismundo, le entregó una patente de franquicia con tanto sigilo real, que luego fue declarada falsa junto con otros documentos análogos, hasta el punto de que el escribano acabó en la hoguera. Poco antes de caer en manos de los turcos, en el siglo XVI, Subótica fue durante un breve período residencia y dominio del llamado zar Iova, el Aventurero.

María Teresa hizo de ella una ciudad libre, por lo que posee el sello estatal-melancólico del estilo teresiano, al cual se superpuso, a comienzos del siglo XX, un desenfrenado *liberty*. Las casas deslumbran con colores amarillos y azules, se convierten en valvas de concha, están recorridas por decoraciones y ornamentos extravagantes, coronas que parecen piñas tropicales, muchachos con enormes senos femeninos, cariátides gigantescas y barbudas que en su parte inferior se convierten en leones, los cuales a su vez se disuelven en ondas informes.

Una sinagoga abandonada parece una creación de Disneylandia, con sus cupulones desbordantes, sus colores vistosos, falsos puentecillos colgantes entre las ventanas rotas, escalones cubiertos de hierba. El Ayuntamiento es una orgía de vidrieras y escalinatas, de frisos heterogéneos; aquí el *liberty* abrió a voluntad sus grifos. Es una concentración y una superposición de elementos incompatibles, como si cada uno de los consejeros municipales, después de haber estado en Viena, Venecia o París, hubiera copiado un trozo de lo que había visto y como si el Ayuntamiento fuera la suma de estos fragmentos. Broch, que denunciaba en el eclecticismo estetizante de la Viena de fin de siglo un vacío de valores enmascarado por lentejuelas, o sea el kitsch, habría encontrado aquí un ejemplo clamoroso de ese kitsch. Lo falso parece ser la poesía de Subótica; en la fantasía de Danilo Kiš, su fascinante narrador, lo falso se convierte tanto en la tremenda falsificación de la vida realizada por el estalinismo como en el desdoblamiento clandestino de los revolucionarios que, para escapar al poder, cambian, multiplican, camuflan, pierden su identidad. Los personajes de *Una tumba para Boris Davidović,* uno de los libros más significativos de la actual literatura serbia, son figuras de una historia universal que es una galería completa de falsarios, víctimas y verdugos.

Quién sabe por qué este kitsch se ha desencadenado precisamente en Subótica. En la vecina Sombor, el palacio del Comité resume un orden compuesto y geométrico, la solidez de una ciudad dedicada al estudio y al diseño de los canales que unían el Danubio con los demás ríos. Cerca de Sombor habitaban los Schokatzi; en Subótica se hallaban, en cambio, los Bunjewatzi, que llegaron en los pasados siglos de la Herzegovina y de los que un libro de finales de siglo dice que, a diferencia de los magiares, a los que les gustaban las mujeres redonditas y rubicundas, preferían las bellezas pálidas y sutiles. Próxima a la frontera húngara, Subótica es una ciudad de frontera, vivaz y plurilingüe; de vez en cuando, por un instante, uno no recuerda si está en Yugoslavia o en Hungría. En Kidriceva Ulica, sobre una valla metálica levantada por obras de tráfico, un aproximativo y enamorado políglota ha escrito: «Jai t'ame.»

17. NOVI SAD Y ALREDEDORES

De nuevo en el Danubio auténtico y verdadero. Novi Sad era la «Atenas serbia», una cuna del resurgimiento cultural y político de Serbia. Hoy es la capital de la Voivodina; las lenguas oficiales, en las oficinas públicas y en el Parlamento, son cinco (serbio, húngaro, eslovaco, rumano y ruteno), si bien es indudable la supremacía serbia, total en el ejército. El paisaje es bellísimo, la fortaleza de Petrovaradin domina con sus memorias austríacas y otomanas el Danubio; entre los vecinos bosques de la Fruška-Gora se ocultan los monasterios ortodoxos, con sus iconos y su paz antigua.

En el mercado de Novi Sad se ven también campesinas con el traje nacional eslovaco. Al igual que Novi Sad, toda la Voivodina exhibe su carácter plurinacional, casi un concentrado de esa unidad-multiplicidad que es en general Yugoslavia y que las crisis económicas y los impulsos centrífugos de las diferentes repúblicas parecen de vez en cuando amenazar. En las entrevistas del citado programa televisivo, Jon Petrovic, rumano que dirige la oficina para la autogestión cultural de Zitište, afirma que en Rumanía se siente en un país extranjero. Bački Petrovac es un centro de los eslovacos, que tienen florecientes tradiciones culturales; después del cisma de Tito en 1948, algunos eslovacos se enfrentaron a duros problemas porque se sospechaba que sentían simpatía por la Checoslovaquia estalinista, otros, que se habían trasladado a Eslovaquia, fueron maltratados por ser sospechosos de titismo. En la televisión, su obispo Joraj Struharik muestra la nariz roja y verrugosa de quien ama sanamente la cerveza y las salchichas. Los rutenos o rusinios se distinguen puntillosos de los eslovacos y de los ucranianos, buscando en la cultura –como dice su portavoz Julijan Rae– su identidad.

Al igual y aún más que los eslovacos, los húngaros tienen diarios, revistas, editoriales, una vivaz literatura autóctona. Hace pocos años que murió Erwin Sinkó, gran figura de Novi Sad que, exiliado en Moscú después de haber participado en la república de Béla Kun, recordó en sus memorias, *Novela de una novela,* la dificultad de publicar, en el Moscú de las purgas estalinistas, su novela *Los optimistas,* un fresco de mil doscientos páginas dedicado a la revolución húngara del 19, y recordó sobre todo los terribles años estalinistas. La *Novela de una novela* es un notabilísimo testimonio, es la historia de un escritor que cree que ha escrito para nadie, ya que tanto su libro como su diario parecen condenados a permanecer siempre inéditos y el autor vive el drama de una obra carente de destinatario, el fantasma de una escritura que parece absorber la vida pero sin objetivo ni salida.

En el Moscú estalinista Sinkó vive además –a la sombra de los procesos, de las purgas y de la persecución– su propia condición de «oportunista objetivo», porque él no es en absoluto propenso a la complicidad por egoísmo personal, pero, aun viendo la infamia de la tiranía, acepta objetivamente su chantaje, está convencido de que, dada la lucha antifascista, no es posible en ese momento oponerse al régimen estalinista y debilitarlo, si bien entiende que en esta convicción se sustenta el silencio que sostiene el terror.

En una espléndida página, el 18 de marzo de 1936, anota una conversación entre Gorki y Malraux, de visita en la URSS. Es una instantánea fulminante de la torpeza, de la que nadie está a salvo. Su conversación trata sobre Dostoievski; Gorki lo liquida considerándolo un teólogo predicador, mientras que Malraux, aun diciendo que el Dostoievski de las grandes preguntas sobre el mundo ha envejecido, observa, misericorde, que existe un Dostoievski válido, abierto a la solidaridad y al futuro.

Ninguno de los lectores más simples y sencillos, que en todo el mundo leían a Dostoievski en pésimas traducciones y en ediciones chapuceras, ha dicho nunca tonterías semejantes. *Spiritus inflat ubi vult;* en ese momento Gorki y Malraux, dos escritores absolutamente respetables, conquistan un récord negativo: no hay nadie que entienda menos de literatura que ellos. Ninguna amenaza les había forzado ni justificado; Stalin no les habría enviado a Siberia si no hubieran hablado de Dostoievski. Lo que les movía era tal vez una cobardía mayor, un oscuro deseo de convivencia, de competir, de dar el *la* y el tono al debate cultural. Pueden decir que han alcanzado su objetivo, su envidiable récord.

En la Voivodina no faltan zíngaros, los *Romi,* que no son únicamente violinistas, sino también filólogos, como Trifun Dimić, autor de un vocabulario zíngaro –en Sibiu, en Rumanía, tienen todavía, además, un jefe que dirime, por lo menos en primera instancia, sus querellas de acuerdo con el antiguo derecho tribal–. En los cuestionarios oficiales de la Voivodina aumenta el número de personas que afirman ser, en cuanto a nacionalidad, simplemente «yugoslavos». Un italiano que vive en Novi Sad dice, sin embargo, que se siente como el teniente Drogo en *El desierto de los tártaros,* hundido en la torpe espera de algo que no llega.

18. HOMBRES DE LA FRONTERA

A la abuela Anka no le gusta hablar de los *Grenzer,* de los legendarios e irregulares soldados de la Frontera Militar; ésta fue disuelta por Francisco José unos veinte años antes de que ella naciera, pero parece que, poco antes, su abuela había tenido un asunto con un tschaikista y había provocado, en el pequeño mundo de Bela Crkva en el que sin duda no era fácil ocultar secretos y escándalos, un embarazoso desdoro. Los tschaikistas –llamados así por sus pequeñas y veloces embarcaciones que recorrían armadas e imprevisibles el Danubio, las tschaikas– eran pilotos y soldados del río, casi siempre serbios. Sus flotillas, destinadas a la guerra contra los turcos, habían sido integradas en la Frontera Militar, instituida regularmente también en el Banato, con sus Tschardake o puestos de guardia, en el siglo XVIII. La Frontera Militar, una larga franja autónoma que se extendía a lo largo de mil kilómetros, en defensa del imperio, desde la Carniola hasta los Balcanes, era el alma de la conjunción danubiana, un *Limes* sólido como el romano y nómada como las poblaciones migratorias que, a oleadas, confluían en ella escapando de los turcos y los señores feudales. Nacida en Estiria y en Carniola en el siglo XVI, la Frontera se había desarrollado hacia el este y el sur como una serpiente, móvil muralla que se alargaba con el crecimiento de las armas imperiales.

La Frontera tenía un estatus autónomo, incluía en una única comunidad a los soldados y sus familias, que debían obediencia a su Knez o voivoda y al emperador lejano e invisible, pero sin estar sujetos a ningún magnate ni a ningún señor feudal. A lo largo de sus mil kilómetros, abarcaba gentes diferentes, vendos, alemanes, ilirios, valacos, pero su nacionalidad era compleja e indefinida. Los *Grenzer* eran en su mayoría, sobre todo inicialmente, croatas, pero este término abarcaba a su vez a las más variadas estirpes; un componente significativo lo constituían los serbios, que vivían en la *Zadruga,* la indivisa comunidad familiar de bienes y de sangre, la unidad indistinta de vínculos, afectos y propiedades. Los *Grenzer* defendían el imperio de las correrías y de los asaltos turcos, pero a sus filas acudían aventureros vagabundos escasamente diferentes de los bandidos, aiduques y uscocos, y acudían sobre todo campesinos, que escapaban a las esclavitudes feudales.

Los grandes magnates odiaban a estos soldados libres, independientes de su poder, y se lamentaban más de su autonomía que de las incursiones turcas, pero los *Grenzer* no se dejaban intimidar por ellos, de la misma manera que tampoco temían a la Media Luna. En un relato de Heinrich Zillich se cuenta cómo los *Grenzer* azotan en el culo hasta hacerle sangrar a un arrogante barón húngaro, cuya propiedad limita con su territorio, y cómo, para evitar problemas jurídicos –ya que la pelea se desarrolla justamente en la línea de la frontera resulta difícil saber qué derecho prevalece, si el feudal o la ley autónoma de su territorio–, colocan al barón en un banco situado a caballo de la frontera, pagándole el tributo en sus manos, que se encuentran en su propiedad, y azotándole en el trasero, que se encuentra en la Frontera.

La historia de la Frontera, que también era cordón sanitario contra la peste, es, a lo largo de los siglos, una historia de desorden pero también de disciplina, del férreo vínculo que unía a estas gentes, cuya patria era una tierra de nadie entre las patrias ajenas; es una historia de ferocidad, de castigos bárbaros y crueles, de fidelidad, de valor, de durísimo esfuerzo, de salvaje vitalidad, de bravuconería guerrera, como la historia de los dos Panduros enviados a escoltar un batallón imperial de quinientos soldados a fin de que nadie los secuestrara. Es sobre todo una historia de altiva autonomía, de celosa tutela de su propia independencia ante cualquier autoridad externa. Cuando, en 1871 y definitivamente en 1881, un decreto imperial disolvió la plurisecular Frontera Militar, incluyéndola bajo la administración húngara, los *Grenzer* se sintieron traicionados. Svetozar Miletič, el rey sin corona de los serbios de Hungría, denunció públicamente a Francisco José y Mihajlo Pupin recordaba que su padre, viejo *Grenzer* serbio, le dijo: «Tú nunca serás un soldado del ejército del emperador. El emperador ha faltado a su palabra, es un traidor para los hombres de la Frontera.»

La osadía del tschaikista que ha dejado un desacertado recuerdo en la familia de la abuela Anka es, tal vez, una de las últimas gestas de los hombres de la Frontera. Como muchos de aquellos que entregan su vida a la fidelidad de una causa o de una bandera, también ellos fueron traicionados por su bandera. El gran mito austríaco del fiel servidor de su señor enseña que el servidor es fiel, pero el señor le traiciona con frecuencia.

19. UN ESTALINISTA WERTHERIANO

Como es fácil imaginar, Bela Crkva posee también su literatura de calidad. Cada nacionalidad puede vanagloriarse de su propia cultura y los serbios, por ejemplo, se sienten justamente orgullosos de un jurista –y ministro de Justicia– como Gulišа Gersić, maestro de derecho público y de derecho internacional, estudioso de derecho romano y de derecho militar, autor de una obra fundamental sobre los aspectos jurídicos de la crisis balcánica de 1909. Mi deformación profesional, respaldada por la modestia de mis conocimientos lingüísticos, me lleva, obviamente, a interesarme en especial por la literatura en lengua alemana (en Bela Crkva había bastantes alemanes: en 1910 eran 6.062, con respecto a 1.213 húngaros, 1.994 serbios, 42 eslovacos, 1.806 rumanos, 3 rutenos, 29 croatas, 312 checos, 42 zíngaros, 1.343 soldados acuartelados en la guarnición y procedentes de zonas dispares y 29 censados como «otros»; 250 eran «de religión hebraica». De los 11.524, había 8.681 que sabían leer y escribir).

Parece que la literatura alemana de Bela Crkva era una actividad preferentemente femenina, ejercida por señoras y señoritas de la buena sociedad, «incluso entre las hijas de los oficiales –dice la voluminosa historia de la literatura austríaca de Nagl-Zeidler-Castle en el capítulo dedicado al Banato–, hay talentos poéticos». Incluso una de las más recientes voces líricas noltágicamente dirigidas a la ciudad es la de una mujer, Hilda Merkl. La poetisa por antonomasia de Bela Crkva es, sin embargo, Marie Eugenie delle Grazie, débil y solitario ruiseñor de la «pequeña ciudad blanca» en el Banato. Nacida en Bela

Crkva en 1864, la introvertida y neurótica escritora exaltó su pequeña patria, el ferroviario que anunciaba el nombre de la estación en varias lenguas, la pastelería Turoczi tan deseada en su infancia, el malhumorado señor Bositsch, propietario de la droguería Der schwarze Hund. El perro negro, la bellísima señora Radulovitsch, Serbia, que paseaba en carroza ante la admiración general, los aiduques a caballo, los jenízaros sepultados en la colina, el hielo del Danubio que se rompía en primavera –descrito también por la abuela Anka, y con intensidad expresiva mucho mayor– y las cigüeñas que llegaban de las tierras del Nilo.

En su novela *Hija del Danubio,* la autora se retrata en la figura de Nelly, al igual que ella enamorada de su tierra y destinada a una cerrada y casi patológica soledad, expresión de una orgullosa pero infeliz emancipación femenina; en el relato *La zíngara,* escrito en 1885, habla un antiguo dolor vagabundo, la pena de un pueblo cuyos sufrimientos no suscitan la piedad ni el interés de nadie, y que únicamente posee el violín para expresar su suerte desolada.

El último –probablemente– escritor alemán de Bela Crkva, Andreas A. Lillin, ha muerto hace pocos meses. Estalinista convencido, era, obviamente, un narrador epicizante, un exponente clásico del realismo socialista. Su novela *Allí donde se muele el grano* es un robusto y desenvuelto fresco de la vida rural, un himno a la edificación de la sociedad comunista y al Espíritu del Mundo que, incluso cuando aparece bajo los ropajes del Plan Quinquenal, opera siempre para el bien de los individuos, aunque ellos no lo sepan o tengan incluso la impresión de ser maltratados.

Sin embargo, los tiempos cambian, las certidumbres se desvanecen y la vida de los ortodoxos, ante el rápido transcurrir de las cosas y de las perspectivas, se hace cada vez más precaria y melancólica. Centinela de la totalidad, Andreas A. Lillin se encontró cada vez más solo, el único o uno de los poquísimos que defendían la monolítica unidad del sistema y de la ideología que mantiene compacto el mundo. En torno a él la realidad y los hombres cambiaban, la Yugoslavia de Tito se separaba de la Kominform, Rumanía, donde él vivía, elegía su vía nacional hacia el socialismo, la propia Unión Soviética ponía en duda el estalinismo, los comunistas de todo el mundo emprendían nuevos caminos y ya nadie afirmaba que el arte de vanguardia fuera decadencia burguesa y que todos deberían escribir únicamente novelas como *El Don apacible.*

Al igual que muchos rígidos custodios de una verdad inmutable, Andreas A. Lillin –me dice Joachim Wittstock– era íntimamente frágil y sensible, un Werther estalinista, un alma hermosa que buscaba protección para su propia vulnerabilidad sentimental tras la coraza de una fe inquebrantable. Sufría, como todos, por el mundo que cambia, por las verdades que pasan, por los rostros amados que se alejan, por la innumerable pérdida de las cosas; intentaba presentar ante el indiferenciado y fugaz hormigueo de la existencia una cara inmutable, un orden tranquilizador. Cuanto más cambiaba y más extraño se le hacía el mundo de su alrededor, más se aislaba él en una testaruda soledad, patética y dolorosa aunque aparentemente rígida e inflexible. Su último libro, *Nuestros queridos parientes,* es una obra escrita en 1983 contra la tendencia de los alemanes de Rumanía a expatriarse a Occidente, una pesada novela predicadora que quiere representar este trágico éxodo como un siniestro engaño urdido por los capitalistas. Lillin ha muerto aislado y olvidado, pieza mínima de ese mosaico que es el agonizante germanismo del Banato. Un mosaico, por otra parte, muchas veces paradójico: Milleker, encargado del Museo Cívico de Vršać, escribía, en un estudio de 1941 sobre la antigua simbología de la esvástica, que su nombre (localizable en el Banato hace seis mil años) era una palabra eslava y añadía que los nazis no habrían podido elegir un signo más noble que este antiquísimo «símbolo del amor». La abuela Anka, que habla perfectamente el alemán, me dice que, en su casa, se hablaba en alemán a los perros, pero excluye categóricamente, admiradora como es del doctor Kremling, líder del Partido Popular Alemán de Hungría, que esto tuviera un significado despreciativo.

20. UNA SAGA DE BELGRADO

Stanislav Jerzy Lec, el humorista polaco, al contemplar una vez desde Pančevo la orilla derecha del Danubio, en dirección a Belgrado y a la fortaleza del Kalemegdan, dijo que en el lugar donde se hallaba, en la orilla izquierda, seguía sintiéndose en casa, dentro de las fronteras de su vieja monarquía de los Habsburgo y que en la otra parte del río comenzaba para él el extranjero, la tierra extranjera. En efecto, el Danubio era la frontera entre el imperio austrohúngaro y el reino de Serbia; en 1903, un tío de la abuela Anka, soldado de la guardia del rey Alejandro Obrenovíc, que, pocas horas antes del atentado contra el soberano, del que había oído rumores, no se atrevía a oponerse a él ni a apoyarlo, se despojó del uniforme, se arrojó al Danubio, fue recogido un poco más abajo por los aduaneros húngaros y vivió el resto de su vida, desertor serbio condenado a muerte, en Bela Crkva, bajo la protección del águila bicéfala.

Andrzej Kuśniewicz, el narrador polaco que en sus novelas ha evocado con cómplice y espectral poesía el hundimiento de la doble monarquía, refiere estas palabras identificándose con la perspectiva sentimental y fantástica de su colega y compatriota; también él se asoma a esta frontera perdida, que para él es, además, la frontera de su mundo: Belgrado, para Lec y para Kuśniewicz, está al otro lado.

Es difícil decir de qué lado está Belgrado, aferrar la identidad proteiforme y la extraordinaria vitalidad de esta increíble ciudad que ha sido tantas veces destruida y que tantas veces ha resurgido, borrando las huellas de su pasado. Belgrado ha sido grande en muchas épocas, pero cada estación de su grandeza, escribe Pedia Milosavljevíc en una declaración de amor a la capital camaleónica, «a disparu avec une rapidité stupéfiante». La historia y el pasado de Belgrado viven menos en los escasos monumentos supervivientes, que en su sustrato invisible, épocas y civilizaciones caídas como hojas esparcidas en el suelo, humus múltiple, estratificado y fecundo en el que hunde sus raíces esta ciudad plural, que se renueva incesantemente y cuya literatura la ha representado con frecuencia como taller de metamorfosis.

En Belgrado un nieto del imperio danubiano tendría que sentirse dentro de las propias fronteras del alma, en casa. Si Eslovenia es actualmente el más auténtico paisaje habsbúrguico, Yugoslavia –y por tanto su capital, que mantiene en vilo su difícil y centrífugo equilibrio– es la heredera del águila bicéfala, de su Estado supranacional y complejo, de su función intermedia y mediadora entre Este y Oeste, entre mundos y bloques políticos diferentes o contrapuestos. Yugoslavia es un Estado realmente plurinacional, o sea constituido por una plurinacionalidad irreductible a una dimensión unívoca o predominante; al igual que el término «austríaco», quizás también el «yugoslavo» sea musilianamente imaginario, indique la fuerza abstracta de una idea en lugar de la accidental concreción de una realidad y sea el resultado de una abstracción, el elemento que permanece una vez eliminadas las nacionalidades concretas, común a todas ellas e idéntico a ninguna.

El mariscal Tito ha acabado por parecerse cada vez más a Francisco José, y está claro que no por haber militado bajo sus banderas en la Primera Guerra Mundial, sino por la conciencia o el deseo de recoger su herencia –y su *leadership*– supranacional danubiana. Pero también, o mejor dicho sobre todo, Djilas, el gran hereje del régimen titista, se ha convertido en un representante casi oficial de la vieja Mitteleuropa, una de las voces más autorizadas y casi míticas de su redescubrimiento, de su reproposición político-cultural y tal vez también de su conciliadora idealización. A semejanza del habsbúrguico, el mosaico yugoslavo es hoy a un tiempo imponente y precario, desempeña un papel muy relevante en la política internacional y tiende a frenar y suprimir sus propios impulsos disolventes interiores; su solidez es necesaria para el equilibrio europeo y su eventual disgregación sería ruinosa para éste, como la de la doble monarquía lo fue para el mundo de ayer.

Belgrado se resiste a ser retratada, sus metamorfosis permiten ser vividas o evocadas más que descritas. Momo Kapor, escritor yugoslavo de cincuenta años, narró en su novela *Los Foliranti,* en 1974, la saga de la calle Knez-Mihailova, la calle más hermosa y más épica de la capital, y de la generación perdida que, entre los años cincuenta y sesenta, malgastó su juventud y su vida en el vértigo de la vieja Belgrado que desaparece y de la nueva, o mejor dicho de las nuevas y efímeras Belgrados que nacen, fascinan y desaparecen a su vez en los ritmos cada vez más veloces de la historia y de la sociedad. Sus «foliranti» –o sea simuladores– son absorbidos por las promesas que la vida hace centellear en el teatro del mundo de la calle Knez-Mihailova, entre residuales rigideces ideológicas y lentejuelas del bienestar occidental, desgarradoras verdades y postizas seducciones del sentimiento, soterrada crisis del socialismo y mitos de celuloide. Con su libro, Kapor ha escrito una mínima *Educación sentimental* de las esperanzas y de los sueños de la posguerra, en un país que es una patrulla avanzada y a veces perdida del Tercer Mundo: Belgrado es el escenario de este carrusel de las desilusiones, pero también de la vida que se renueva a través de ellas y del estupor que al empalidecer –como el paso de Mima Lasevski, la modelo de la calle Knez-Mihailova– deja tras de sí.

21. EN LAS PUERTAS DE HIERRO

El aeróscafo para las Puertas de Hierro sale de Belgrado, cerca de la confluencia del Sava con el Danubio. Mientras se prepara, la abuela Anka me enseña, con un gesto, un lugar de la ciudad en el cual, durante el bombardeo alemán del 6 de abril de 1941, quedó sepultada un día bajo los escombros junto a su segundo marido, naturalmente ilesa, mejor dicho, ilesos ambos. El sol surge sobre el río, transforma las olas y la niebla en una reverberación deslumbrante. Descendemos veloces el Danubio, a lo largo de las riberas donde la lápida de Trajano recuerda las campañas contra los dacios del rey Decébalo, sobre aguas que, antes de la reciente construcción de la gran presa y de la gran central hidroeléctrica de Djerdap, en la frontera yugoslavo-rumana y cerca de la búlgara, estaban llenas de trampas, remolinos y peligros. La gigantesca central, que produce una gran cantidad de energía, ha modificado el paisaje y borrado muchas huellas del pasado; hasta hace pocos años, por ejemplo, seguía existiendo en el Danubio la isla de Ada Kaleh, con su población turca, sus cafés y su mezquita, pero ahora Ada Kaleh ha desaparecido, sumergida en el río, pertenece al tiempo lento y encantado del fondo de las aguas, como la mítica Vineta del Báltico.

En las Puertas de Hierro, el general romano Cayo Scribonio Curión, en el 74 a. de C., decía que le repugnaba adentrarse por los sombríos bosques más allá del Danubio, como si, representante de una civilización ordenada y conquistadora, sintiera una oscura repulsión ante aquella plural estratificación de pueblos y culturas, mezcladas e indiferenciadas, testimoniada todavía hoy por lo que aflora en las excavaciones de Turnu-Severin. Paseo por la central eléctrica, mezclándome con los colegiales en visita pedagógica. La central posee una inexorable grandiosidad, sugiere un epos amenazador y heroico; el documental cinematográfico que nos proyectan cuenta su construcción y muestra titánicos bloques de piedra arrojados al río, el abrirse y el rasgarse de las aguas, el avance imparable de las enormes ruedas de camión. Habituados a la continua crítica del progreso y preocupados por los desequilibrios ecológicos, nos sentimos sorprendidos ante esta saga del plan quinquenal, estas imágenes del triunfo de la racionalización y de la técnica sobre la naturaleza y nos preguntamos si esas aguas encadenadas por el cemento están domadas o únicamente reprimidas y oscuramente dispuestas a vengarse.

Pero esta épica, que recuerda a los acueductos romanos, los caminos cortados por Tamerlán entre las montañas o los elefantes de Kipling, tiene su grandeza y su poesía suprapersonal, que la angustiada y sin duda comprensible impugnación de la técnica, que invade nuestra cultura, no nos permite advertir. Es posible que convenga contemplar estas pirámides modernas sin énfasis progresista y sin terror apocalíptico, dando a cada cual lo suyo, como Kipling, que en los *Constructores de puentes* hace hablar con imparcialidad a los ingenieros británicos y a los dioses indios, exaltando a la vez que relativizando los trabajos hercúleos del progreso. La película, si bien espléndida e incisiva, no carece de una implícita retórica del régimen, neutralizada por otra parte por los colegiales que, inútilmente amonestados por guapas y simpáticas maestras, arrojan petardos en la oscuridad de la sala de proyección y se abofetean, restableciendo así el equilibrio entre la seriedad del trabajo y la impertinencia de la vida.

Sin el alboroto irrespetuoso de esos chicos, es posible que hubiera apreciado menos ese pathos ciclópico. Un autobús nos lleva a Kladovo, en la frontera búlgara. La geografía, para un occidental ignorante, se hace cada vez más vaga.

Felix Hartlaub, el escritor alemán que ha dejado interesantísimos cuadernos escritos «en el ojo del tifón», o sea en los mandos militares de la Wehrmacht, observaba –cuando fue enviado a esa «jungla sudoriental»– que después de Belgrado comenzaba, en su mente, una niebla confusa que le hacía vagas e imprecisas esas tierras balcánicas en las que se encontraba, y se preguntaba dónde estaba. Y también yo, mientras espero el autobús de Kladovo, me pregunto dónde estoy.

Una cartografía imprecisa

1. «ILS MÉPRISENT LES TURCS»

En 1860 Guillaume Lejean, científico y viajero francés, remontaba el Nilo Blanco, hasta Gondokoro, y el Nilo Azul, trazando, como dicen las enciclopedias, uno de los primeros mapas fiables. Entre 1857 y 1870 recorrió, en cambio, la península balcánica, y preparó un imponente material cartográfico en cuarenta y nueve grandes hojas, veinte de las cuales estaban terminadas y completas. Pero su amigo y colega vienés Felix Philipp Kanitz lamentaba, viajando por Bulgaria en 1875, que los mapas geográficos de aquel país fueran inexactos e inútiles y en ellos constaran, en lo que se refería a los territorios próximos al Danubio, localidades imaginarias, mientras que, por el contrario, no se señalaban las existentes, y manifestaba su acuerdo con el profesor Kiepert, al proclamar que Bulgaria era el país más desconocido de la Europa oriental. Otros cartógrafos inventaban ciudades o las desplazaban centenares de kilómetros, desviaban en sus mapas los cursos de los ríos y les atribuían desembocaduras arbitrarias. Kanitz corregía los meritorios mapas de Lejean, menos exactos que los del Nilo, y podía, por tanto, definir Bulgaria como «una tierra perfectamente incógnita»; el Danubio era más desconocido que el Nilo y de las gentes de su curso inferior, insistía el profesor Hyrtl, se sabía menos de lo que se sabía de las islas de los mares del Sur.

Indudablemente, la cartografía ha realizado grandes progresos, pero, de todos los países del Este, Bulgaria sigue siendo hoy el más desconocido, un lugar en el que rara vez se ponen los pies y que parece un escenario de intrigas improbables e inverificables, fantasiosas pistas de complots sensacionales, desmentidas acusaciones de genocidio, entrevistas concedidas por miembros de la minoría turca dados por muertos y asesinados según la prensa internacional. Los comunistas occidentales, cuando oyen que alguien –especialmente si no está inscrito en el partido– ha estado en Bulgaria, se apresuran a manifestar una irónica y distante conmiseración y, sobre todo, a asombrarse de sus impresiones positivas.

Los búlgaros se empeñan en acentuar estas últimas y su hospitalidad, generosa y cordial como pocas, es también un festivo adoctrinamiento, un curso de historia, de literatura y de civilización que transmite al extranjero el conocimiento y el amor de su país. Kitanka, nuestra intérprete, es una chica vivaz y animada, que ama la *rakia,* excelente aguardiente, y las madrugadas, e ilustra sobre la grandeza de su país, obligando amable e inexorablemente al viajero a comprobar cada una de sus huellas, con la naturalidad y la pasión de quien invita a admirar un hermoso día.

El viajero no está acostumbrado a este amor sin reservas al propio país; en casi todas partes, las personas creen que deben actuar según la convención que les hace manifestar una pizca de autodesmitificación. La irrisoria autocrítica, independiente de los motivos que la justifican o no, no es un privilegio de la decadencia de Occidente; también en Hungría o en Rumanía quien representa las instituciones oficiales se siente obligado a adornarse con un toque de disentimiento. La protesta, olvidando las razones político-sociales concretas, es, en primer lugar, más allá de cualquier frontera, disidencia respecto a la realidad. Desde los ensayos para el desfile del 1 de Mayo hasta los mesones y los quioscos bien surtidos y atestados, Bulgaria sugiere en cambio una vital epicidad, jóvenes reclutas bien cuidados, dispuestos a alborotar en el dormitorio pero amantes del cuartel y de la bandera.

En Vidin, Kitanka habla con agilidad sobre la vieja fortaleza de Baba Vida, romana, búlgara y después turca, pero probablemente considera excesivo nuestro interés por la mezquita de Osman Pazvantoglu, con su punta en forma de corazón en lugar de la Media Luna. Entre finales del XVIII y comienzos del XIX Osman, el poderoso pachá de Vidin, que había hecho su ciudad más espléndida pero también más moderna y más europea, se rebeló contra el sultán Selim III, sustituyendo la Media Luna por su propio símbolo, con forma de corazón. Esa rebelión, recreada en la novela *Crónica de una época inquieta* de Vera Mutafčieva publicada en 1966, es también una paradoja: el pachá, nada reaccionario, se alza contra el sultán ilustrado, promotor de reformas progresivas, se pone al frente de los jenízaros, que Selim III había disuelto, pero llama bajo sus banderas a los cristianos, a los campesinos búlgaros maltratados por la Sublime Puerta, y a los kardzălij, rebeldes y bandidos que con ello se convertían, para el mito y la realidad, en combatientes antiturcos.

Esa diferencia interna otomana no conmueve a Kitanka, que confirma la observación de Lamartine a propósito de los búlgaros, escrita durante su estancia en 1833 en la seductora Plovdic, poblada también por turcos, griegos y armenios: «Ils méprisent et haissent les turcs» (Desprecian y odian a los turcos), escribía. Estas pasiones son todavía intensas, el rencor sigue fresco; Bulgaria no celebra tanto la edificación del socialismo, como el renacimiento, o sea el resurgimiento nacional, y la misma hermandad búlgaro-rusa se basa sobre todo en la lucha por la liberación del yugo turco, en el siglo pasado.

Cada uno de los campos de batalla y de los episodios son ilustrados con entusiasmo, hasta en sus más mínimos detalles; hermosas muchachas doctas y enfervorizadas comentan ante los escolares cada uno de los fosos y cada una de las cargas del asedio de Pleven, reproducido por un Panorama circular; en el monumento que se alza sobre el pico de Šipka, en recuerdo del enfrentamiento decisivo, siempre hay flores frescas, como en Mohacs. Las numerosas mezquitas y los minaretes que se perfilan en las imágenes de las ciudades de fin de siglo casi han desaparecido, ruinas calcinadas ante las cuales se pasa con prisas o figuras irreales y aisladas, que confirman la vieja impresión de Boscovich, el astrónomo y matemático de Ragusa que fundó el Observatorio de Brera, que, ya en 1762, se sentía sorprendido por la caducidad de los vestigios otomanos.

En Bulgaria hay –en la medida en que es posible calcular su número– alrededor de setecientos mil turcos, pero la tesis oficial niega su existencia: se trata, según esta tesis, de búlgaros islamizados –los Pomaceos, se decía tiempo atrás–, a los que ahora se les obliga a adoptar un apellido búlgaro. Cada día, las *Nouvelles de Sofia* publican entrevistas de turcos, o mejor dicho búlgaros islamizados, que según Amnistía Internacional o los periódicos de Ankara han desaparecido misteriosamente y según las autoridades del país siguen, por el contrario, vivitos y coleando: hoy le toca a Damjan Christov, director de una factoría de máquinas y tractores en Antonovo, que responde con una amplia sonrisa a las preguntas sobre su desaparición.

No cabe duda de que los quinientos años de yugo otomano han sido terribles, matanzas y razzias, cabezas cortadas y perezosa explotación; los espléndidos iconos conservados en Sofía en la cripta de la iglesia Aleksandar Nevski, que se remontan a la gran época del imperio búlgaro, muestran, con su intensidad artística y religiosa, cuán alta y noble civilización destruyeron los otomanos a finales del siglo XIV y sumergieron durante quinientos años. En el siglo XIX los búlgaros, antes aun de poder intentar resurgir, tenían que acordarse de existir, redescubrir y recuperar su identidad, como Aprilov, que se consideraba griego –bajo la influencia desnacionalizante de la cultura y de la Iglesia griega, aliada con los otomanos– y se reconoció como búlgaro al leer el libro *Los búlgaros antiguos y los actuales,* publicado en 1829 por el estudioso ucraniano Venelin. Los libros desempeñan un papel eminente en la identidad búlgara; fue un libro, escrito y recopiado muchas veces a mano, la *Historia eslavobúlgara* de Paisij de Hilendar, el que marcó, en 1762, su reflorecimiento después de siglos de silencio.

La secular resistencia de los búlgaros sumergidos es una extraordinaria prueba de civilización. Pero todos los pueblos recuerdan violencias sufridas a manos de otros, y si los turcos las han cometido en Bulgaria, como la matanza de Batak en 1876, no han sido presumiblemente más tiernos en los restantes territorios de sus dominios. ¿Por qué, una vez pasada esta frontera, el rencor resulta ser más duradero? Está claro que la razón no reside en el carácter búlgaro, generoso y hospitalario. Kitanka resuelve el problema diciendo que, en Bulgaria, no existen turcos y que no existe, por consiguiente, ninguna minoría declinante y oprimida. La opinión de los interesados no cuenta; el escritor Antón Dončev, épico aeda de los Rodopi, cuenta que se peleó con un funcionario que vivía cerca de Šumen porque éste se obstinaba en proclamarse turco, mientras que los documentos demostraban que descendía de Gengis Khan. La distinción entre nacionalidad y ciudadanía parece absurda; quien vive en Bulgaria es necesariamente búlgaro. Cuando pongo el ejemplo de los admirados soviéticos, pueblos diferentes unidos en un único Estado, la guapa Kitanka se calla, pero no parece en absoluto convencida.

2. AUTOBIOGRAFÍA DE UN AIDUCO

Los peñascos de Belogradčik, que se funden con los bastiones de la vieja fortaleza turca que se apoya en las remotas piedras romanas, se alzan sobre el paisaje como un rapaz solitario, la áspera melancolía de los Balcanes, que siempre ha impresionado a los viajeros sentimentales, el fondo inaccesible de la gesta de los kardžalij y los aiducos. Toda la península balcánica ha sido el teatro del aiduco rebelde, que se encuentra en los relatos y en las canciones húngaras, serbias y rumanas, pero es posible que su patria más auténtica sea Bulgaria, en la cual casi se identifica, durante el largo período del yugo otomano, con la llama de la libertad nacional. Los aiducos son cantados por Karavelov, el escritor del Renacimiento, y por Christo Botev, el poeta revolucionario y mártir, el Petöfi de su nación. Entre la indiferencia de los Pomaceos, los búlgaros islamizados, y la hostilidad de los Čorbadži, los acomodados que no habían renegado pero eran favorables al dominio turco, los aiducos, mitad patriotas mitad bandidos, enemigos de los turcos, con los que por otra parte acababan a veces por confundirse, eran los eternos guerrilleros, los señores de las fosas y de las gargantas montañesas; cantores populares, cronistas y viajeros los representan salvajes e indómitos, acosados inútilmente por los zaptié y por los basibozuk, las milicias turcas, y por los Arnautas, los albaneses al servicio otomano.

Georg Rosen, autor de libros sobre los aiducos y traductor de su poesía popular, se preguntaba si su incesante guerrilla había defendido la nación búlgara o, por el contrario, retrasado su desarrollo económico, sus comercios y sus industrias. La autobiografía de Panajot Hitov, tal vez el más interesante de estos patriotas-forajidos, muestra, a través de la frescura de la vida vivida, la real resistencia de los aiducos al despotismo otomano y su contribución a la liberación de Bulgaria.

El telón de fondo balcánico confiere al aiduco un aura de pintoresco a la vez que caótico y bárbaro desorden, pero se trata de una convención estereotipada. Balcánico es un adjetivo que pertenece al léxico de la injuria; Arafat, por ejemplo, acusó en cierta ocasión a Siria de pretender «la balcanización del Líbano y de todo el Medio Oriente». Quien ha visto las calles de Sarajevo y de su bazar, limpias como una patena, o el bonito orden de Sofía y los compara con ciudades o con estados citados como modelos de civilización por antonomasia, siente la tentación de utilizar el término «balcánico» como un cumplido, de la misma manera que otros suelen decir «escandinavo».

3. MANUSCRITOS EN EL DANUBIO

En Vidin, Petko Slavejkov, el primer auténtico poeta búlgaro moderno, cayó al agua y perdió algunos manuscritos en el Cibăr, un pequeño río; otros papeles poéticos le fueron afortunadamente robados por el Danubio, al cual, como un benévolo dios del transcurrir y del olvido, convendría ofrecer en sacrificio todos los libros fluviales, desde el *opus* de Neweklowsky hasta sus imitadores. Slavejkov disipaba magnánimo su vida y su obra, luchaba en Šipka y acababa en la cárcel de Estambul, cantaba a la patria, al amor y la desilusión; la descuidada desaparición en los remolinos del Danubio concuerda con su prodigalidad de sí mismo. La ironía habría sido perfecta si en el agua se hubieran perdido los poemas de su hijo Penčo Slavejkov, poeta nietzscheano y, por tanto, poeta de la Vida, del devenir que todo lo arrastra.

Durante la segunda mitad de la década de 1890 y a comienzos del presente siglo, Bulgaria, conquistada desde hace poco a la certidumbre cartográfica, es al mismo tiempo una remota provincia y una región de Europa en la que circulan las voces de la gran crisis europea todavía hoy inconclusa: Nietzsche, Stirner, Ibsen, Strindberg, los grandes agoreros de lo contemporáneo, que desenmascaran sin cesar la realidad y le sustraen sus fondos, yendo tras la vida y descubriendo su falta de fundamento. Bulgaria, que reapareció como nación más tarde que las demás, vive al mismo tiempo en épocas diferentes: después de 1945, cuenta Yana Markova, directora de la sociedad «Jus Autor» y autoridad de la vida cultural, quedaban todavía aldeas que nunca habían visto un teatro y en las cuales –exactamente como en un famoso capítulo de la novela nacional-popular búlgara por excelencia, *Bajo el jugo* de Ivan Vazov, publicada en 1889– los campesinos, después de haber asistido por primera vez en su vida a un drama patriótico, felicitaban al actor que representaba al heroico intelectual Levski ahorcado por los turcos y miraban hostilmente al que hacía el papel del malvado pachá. Al pensar en los pasos realizados en los últimos cuarenta años por el país, en su prosperidad y en la difusión de la instrucción, resulta difícil no admirar el socialismo que ha guiado esos progresos.

Pero la Bulgaria de las aldeas que no conocían el teatro, tal como resulta adecuado para los dominios del islam, era también el país de los inquietos intelectuales tolstoianos y nietzscheanos representados por Emiljan Stanev en su novela *Ivan Kondarev,* escrita entre 1958 y 1964. Stanev trasplantará el nietzscheanismo, el rigor ético que persigue a la vida desconocedora de la moral, a sus novelas sobre la herejía bogomila, búsqueda de la pureza religiosa que, rechazando cualquier tranquilizadora mediación dogmática, acaba por asomarse al insondable río de la vida, la cual corre más allá del bien y del mal y se desliza como agua entre los dedos cuando se la quiere aprehender en su puro y amoral fluir.

Kitanka, como cualquier persona realmente vital, es poco sensible a la desgarradora nostalgia de la vitalidad, está orgullosa de su país y bebe tranquilamente una envidiable cantidad de *rakia,* que no le deja ninguna huella. Es posible que su robusta alegría sea una herencia del yugo otomano, como ha escrito Vazov, un cantor de la revolución contra ese yugo; la opresión, escribe en su novela-epopeya de Bulgaria, tiene el privilegio de hacer alegres a los pueblos: allí donde el ruedo de la política está cerrado, la sociedad busca consuelo en los inmediatos placeres de la vida, en el vino que se bebe bajo los árboles, en el amor, en el generar. «Los pueblos sojuzgados tienen su filosofía, que les reconcilia con la vida.» Así dice el gran Vazov, con palabras que probablemente pondrían en apuros al poder de su país, que lo venera como un numen tutelar. ¿Es posible, pues, que la fascinación actual de Bulgaria resida también en este aire de reconciliación con la vida, gracias a otro yugo?

4. TÁRTAROS Y CIRCASIANOS

Bajo las banderas rebeldes de Osman Pazvantoglu había también un sultán tártaro, derrotado más tarde por el pachá de Silistra. Las orillas del Danubio recogían, arrastradas por las oleadas migratorias que se sucedían durante milenios, a las gentes más dispares, y Vidin era una ensenada de la historia. Había gente de Ragusa, albaneses, exiliados kurdos, drusos del Líbano que Kanitz recuerda haber visto encerrados en una jaula como aves rapaces, zíngaros, griegos, armenios, judíos españoles y sobre todo tártaros y circasianos. Los tártaros habían llegado incluso antes, pero se les sumaron más en los años sesenta del siglo pasado, en una especie de intercambio de pueblos. Si muchas familias búlgaras rusófilas se habían dirigido, después de las varias guerras ruso-turcas, a Besarabia y a Crimea, la Sublime Puerta acogió y transfirió a Bulgaria, especialmente en 1861-1862, a tártaros y circasianos refractarios al poder del zar, en una odisea tan trágica para los recién llegados como para los búlgaros que debían cederles el puesto.

En la iconografía que actualmente todo el mundo acepta, el tártaro, incluso a los ojos de los búlgaros y de los viajeros bulgarófilos, es amable, laborioso, ordenado, civil; el circasiano, por el contrario, es salvaje, bandido, ladrón de caballos, inepto para el trabajo, un feroz perro guardián de los turcos. En un relato de Vazov, una bala del circasiano Džămbalazat, negro y terrible como los campeones de los infieles en los poemas caballerescos, es la que mata a Christo Botev, el poeta mártir de la rebelión búlgara. La proverbial belleza de las mujeres circasianas no es negada por los bulgarófilos, pero se destaca su aspecto de sensualidad excitante y casi degradante, cuerpos salvajes y dominadores sobre yacijas de pieles más o menos sucias.

Este exilio doble y cruzado, búlgaros a Crimea y circasianos a Bulgaria, constituye una balada de la vanidad de cualquier conquista. Mientras los circasianos se aposentan en las aldeas búlgaras, sembrando el temor con sus correrías, los otros vivían una tragedia que conmueve Europa, la cual poco tiempo después se conmoverá por la masacre de búlgaros realizada en 1876 por los turcos. El éxodo de los circasianos del Cáucaso está relacionado con su guerra contra los rusos conducida por Sciamil, que Tolstói evocó en su *Hadzi Murat,* obra maestra que su poesía, en el declive de su vida, arrancó a su empecinada voluntad moral de renunciar a la poesía. Los circasianos eran embarcados en Trapezunte o en Samsun, amontonados en condiciones higiénicas indescriptibles, puestos junto a los animales, a los moribundos y a los cadáveres, expuestos al hambre y a las enfermedades, a las epidemias que les diezmaban espantosamente –en Samsun, en septiembre de 1864, había sesenta mil prófugos vivos y cincuenta mil muertos– y dejaban, detrás de las naves que los trasladaban, una estela de cadáveres arrojados al agua.

Los jefes circasianos, al llegar a los territorios danubianos que les habían sido asignados –especialmente la zona cercana a Lom– sepultaban a los muertos que todavía no habían sido arrojados como basura, pensando que de ese modo hacían suya la tierra que acogía esos despojos y en la que plantaban sus sables, de acuerdo con la antigua usanza, creyendo perpetuar la vieja tradición y sellando, en cambio, el final de su mito. La legendaria libertad caucasiana concluía en esa sórdida peripecia, que convertía a los rebeldes del Cáucaso en el inconsciente rebaño de una oficina de empleo.

En Londres aparecían comités por la causa circasiana, se dirigían mensajes de protesta a los rusos y los jefes circasianos eran exhibidos en el Whittington Club, donde inspiraban simpatía y curiosidad exótica. Su tragedia era mayor de lo que pensaban los filántropos ingleses, porque no habían sido simplemente expulsados por los rusos, sino que emprendían, creyendo en parte elegirla, una emigración que incluso les parecía una marcha victoriosa hacia una tierra de conquista que el sultán les había ofrecido. Unos diez años después, los clubes londinenses, que en la cuestión circasiana eran antirrusos y filoturcos, protestaban, como toda Europa, contra los turcos que masacraban a los búlgaros rebeldes. Las piedras miliares de un viaje a través de Bulgaria, escribe Kanitz, son los túmulos de los pueblos desaparecidos.

5. EL AGENTE ROJESKO

El territorio circasiano era sobre todo una franja a lo largo del Danubio cerca de Lom. En esa ciudad había una agencia de la Sociedad Real-imperial para la Navegación a Vapor sobre el Danubio, dirigida por el agente Rojesko, que mantuvo cerradas durante semanas las ventanas de su casa que daban al río, para no dejar penetrar el hedor de los enfermos y de los cadáveres procedente de las naves cargadas de circasianos enfermos de tifus. Informes y actas, además del testimonio de los viajeros, muestran a Rojesko que se prodiga, infatigable y audaz, para impedir y prevenir contagios, ayudar a los prófugos, encontrarles techo y comida, cuidarlos, colocarlos, acogerlos.

A lo largo del río, en estas tierras de una geografía entonces todavía indecisa, aparecen muchas de estas figuras de agentes comerciales, cónsules, médicos, aventureros, avanzadillas del orden o vanguardias que ya han llegado un poco demasiado lejos, engullidas por el desorden: el épico Rojesko, que une a la precisión del empleado austríaco la inventiva del explorador perdido; el doctor Barozzi, enviado en misión oficial a las naves que zarpan de Samsun con su carga de circasianos; el «espaniolo», o sea judío sefardita, Alexander Tedeschi, que acaba siendo cónsul en Varna por cuenta de Austria-Hungría y de Francia; funcionarios y capitanes del Lloyd Triestino; el torvo St. Clair, capitán inglés retirado del servicio y convertido, con el nombre de «Sinkler», en un pequeño sátrapa local hostil a los búlgaros y amigo de turcos y de bandidos, una vía intermedia entre el Kurtz de Conrad, el hombre que quiso ser rey de Kipling, y Lawrence de Arabia. Una vez cumplida su misión o terminado su contrato, estas figuras desaparecen, marineros que bajan a tierra y se pierden entre la multitud, dejando únicamente un rastro en la plantilla de una administración.

6. LA OLA Y EL OCÉANO

El crisol búlgaro es mucho más antiguo que estas pintorescas mezcolanzas balcánico-caucásicas, tiene otras profundidades mucho más míticas, hunde sus raíces en el arcaico enfrentamiento entre la civilización agraria del Sudeste y los invasores nómadas de las estepas. Bulgaria es un núcleo esencial de la gran Eslavia, es, en efecto, el territorio en el que se crea la lengua de Cirilo y Metodio, paleoeslava o, como la llaman otros, veterobúlgara. Por su parte los protobúlgaros, procedentes de Altai, vadean el Danubio en el siglo XVII con el Khan Asparuh y fundan un poderoso imperio que tiene varias veces en jaque al bizantino, pero son absorbidos poco a poco por los eslavos que habían llegado un siglo antes y a los que ellos habían sometido. Se amalgaman con los vencidos y adoptan su lengua, son absorbidos por la gran fuerza asimiladora y coagulante de la civilización eslava, que a veces, en sus orígenes, parece delegar en otras gentes la función de conducir su expansión, como cuando la eslavización es confiada a los avaros, victoriosos conquistadores que no tardan en desaparecer, y que hacen avanzar la cultura eslava y no la avara.

Pero mucho más profundo que este fondo eslavo, que siempre reaparece, es el tracio, la vastísima comunidad de pueblos que constituye el sustrato de toda la civilización cárpato-danubiano-balcánica. Los tracios, dice Anton Dončev –que ha escrito, con una *putas* que incluye también la herencia turca, frescos épico-míticos sobre los orígenes de su país–, son océano; los protobúlgaros hunogonduros y onoguros, que llegan del mar Caspio y del mar de Azov, son ola que mueve y agita ese océano originario; los eslavos son la tierra y la mano paciente que la amasa y le da forma: los búlgaros modernos son la fusión de esos tres elementos.

La búsqueda de los orígenes, a los que Nietzsche desenmascaraba como insignificantes, es un *topos* de la cultura búlgara y oscila entre la chistosa coquetería y el pathos. Tener un tipo físico protobúlgaro es motivo actualmente de fundados cumplidos; el profesor Rösler, un siglo atrás, estaba convencido de que los protobúlgaros eran una cepa samoyeda. En todo caso, existe una fisionomía búlgara fascinante e imponente que Zlatio Bojadjiev, pintor naïf, ha recogido en sus altos y melancólicos cazadores, en sus nómadas karakachianos absortos y macizos, apoyados en su bastón como reyes pastores.

La literatura búlgara vivió bajo la bandera de la épica hasta 1956, cuando la monumentalidad epicizante, predilecta del estalinismo, empezó a resquebrajarse. Dimitrov, cuya momia, a semejanza de la de Lenin en Moscú, está expuesta en Sofía con ritualidad asiática, había dictado a la literatura su tarea formativa y educativa en una carta del 14 de mayo de 1945 a la Unión de Escritores, que pretendía dirigir la literatura nacional hacia un cauce único. Ahora el panorama ha cambiado; Bulgaria no ha conocido primaveras praguenses ni otoños húngaros, ignora –por lo menos oficialmente– disentimientos o revisionismos, pero el pleno de abril de 1956, el discurso de Zivkov a la juventud de Sofía de 1969 y el décimo congreso del partido de 1971, por citar sólo unos cuantos momentos relevantes, han modificado profundamente la situación literaria. Hoy la novela búlgara, con Ivajlo Petrov, llega a burlarse amablemente del edificante optimismo oficial, como en el delicioso retrato *El mejor ciudadano de la república,* historia de un buen hombre que es triturado por el proceso y por el itinerario burocrático de la halagadora condecoración que le es concedida. Quién sabe si el pobre tío Anco, abrumado y alterado por los honores que le llueven y por sus consiguientes cargas, es un descendiente de los protobúlgaros.

7. LA CUESTIÓN MACEDÓNICA

Durante mucho tiempo, Bulgaria ha reivindicado, tanto política como étnicamente, Macedonia, como lo demuestran páginas sangrientas de la historia y apasionantes páginas de la literatura. La cuestión macedónica puede resumirse en la historia del señor Omerić, que me cuenta Adam Wandruszca. Omerić, que se llamaba así bajo la Yugoslavia monárquica, se corvirtió en Omerov durante la ocupación búlgara de la Segunda Guerra Mundial y luego en Omerski para la República de Macedonia incluida en la federal yugoslava. Su nombre originario, Omer, era turco.

8. BULGARIA VERDE

Kozlodúj. Aquí Christo Botev, apoderándose en 1876 del barco *Radetzky* que remontaba el Danubio, desembarcó con doscientos hombres en tierra búlgara, dando inicio a la insurrección y cayendo casi inmediatamente en el campo de batalla, a los veintiocho años. El poeta romántico revolucionario, que en sus poesías decía que escuchaba, al caer la tarde, cómo el Balcán entonaba un canto aiduco, pensaba en una liberación que fuera al mismo tiempo nacional y social, en la unión fraterna de todos los pueblos balcánicos y en la religión de la humanidad. Para él la clase revolucionaria era la campesina, siguiendo la tradición democrática del populismo agrario búlgaro, arraigada en la pequeña propiedad campesina, mucho más difundida que en los países vecinos oprimidos por el latifundio.

El movimiento agrario búlgaro ha tenido un carácter abierto y progresista, como revela la política de su máximo *leader,* Stamboliski, y está claro que desconoce los tonos regresivos y fascistoides presentes en otros movimientos verdes, por ejemplo en los «hombres verdes» soñados por Codreanu, el caudillo de los legionarios rumanos. La *intelligentsia* búlgara progresista procede, en gran parte, de los cuadros de los maestros de pueblo; el pueblecito de Bozjenči, perdido en los bosques y que ha sobrevivido como un viejo corazón intacto, es una imagen de esta dimensión campesina modesta y recogida, desprovista de barbarie ancestral, que aparece también en la casa natal de Zivkov, en esos pequeños espacios de vida angosta pero pulida en los cuales ha nacido una vocación de *leadership* revolucionaria. De todos modos, para precaverse contra cualquier idealización idílica es oportuno no olvidar lo que escribía Kanitz, que, al observar a las campesinas agotadas por el trabajo, decía que sólo escasos rasgos permitían intuir, en una mujer de veinte años, cómo había sido de muchacha, a los diecisiete.

9. LOS RELATOS DE ČERKAZKI

La civilización de la aldea muere en todas partes, hasta en Bulgaria, pero aquí ha encontrado un poeta que muestra su desaparición en el abismo del tiempo con una fantasía fabulosa que alcanza, por última vez, el mito, extrayendo de él la irónica magia capaz de evocar su disolución. Jordan Radičkov, de sesenta años, pertenece al mundo campesino que, en sus relatos, se ha convertido en una fábula, el país imaginario de Čerkazki. Cubierto de nieve y poblado de gallinas y cerdos por lo menos tan importantes como los hombres, Čerkazki es una aldea en la que los demonios se ocultan en los lugares más inconcebibles; los trineos arrancan solos, los fusiles se disparan, las mazorcas y las bellotas dan su opinión al igual que el guardia jurado o el presidente del municipio y un globo cautivo da guerra, movido por el viento, a todo el pueblo y a la policía.

El cantor de Čerkazki es la misma voz del relato oral; sus historias extraordinarias y absurdas son charlas de taberna que corren de boca en boca, historias que inventan para charlar sobre la vida y no dejarse asustar por la historia, embustes que todo el mundo cuenta a sus compadres, acabando por jurar y perjurar sobre su autenticidad. Mientras se cuentan fábulas, la vida no muere: los relatos de Čerkazki están ocultos entre las casas y los aperos de trabajo, el hacha clavada en el tronco y el cubo en el pozo, y son las mismas cosas las que los susurran y los hacen circular.

En su casa de Sofía, Radičkov habla de inviernos y de animales, del Danubio helado y de su padre que le enviaba a romper el hielo con la hachuela para recoger agua. Habla de los zíngaros y de los turcos de su infancia, y Kitanka, que hace de intérprete, añade que se trata de licencias poéticas, porque en Bulgaria no hay turcos, únicamente búlgaros. Radičkov es un poeta del frío, de la nieve, de la blancura invernal. Es un refinado escritor irónico, que transforma el mundo en una burbuja de jabón, pero también es un campesino vital, arraigado en esa totalidad épica de la que narra, recama y varía el final, familiarizado con la muerte y capaz de atender todas las voces de la vida, la epopeya de las cigüeñas sobre el techo y de la polilla en la madera.

Radičkov es actualmente el escritor más célebre de Bulgaria. Excava la sabiduría en el fondo del candor cotidiano, la inteligencia oculta bajo las apariencias de la simpleza, la locura poética disfrazada de sencillísimo sentido común y áspera tozudez, don Quijote disfrazado de Sancho Panza. Es el poeta de un Danubio invernal y helado, como algunas fuentes a las que el viento hace asumir formas fantásticas, y es el mago que libera las figuras y las historias aprisionadas en ese hielo. Cuenta que su padre viajaba incesantemente buscando tesoros con la varilla de zahorí; cada noche se encontraba con sus compañeros para preparar la expedición del día siguiente. En la puerta, mientras le saludamos con cierta melancolía, le pregunto si su padre llegó a encontrar algún tesoro. No, nunca, responde con un tono más que obvio.

10. EL MUNDO CREADO POR SATANAEL

En el muro de una iglesia de Eskus –hoy Gigen, cerca del Danubio– una inscripción, probablemente anterior al siglo XI, exhorta a maldecir a los herejes. La maldición se dirige sin duda a los bogomilos, a los que el sínodo del zar Boril, celebrado en 1211, dirigía una serie articulada de anatemas. Los bogomilos, que se presentaron en Bulgaria en el siglo X y se esparcieron por toda la península balcánica hasta el XIV, padres y hermanos de los cátaros y de los albigenses y ferozmente masacrados y llevados a la hoguera como estos últimos, afirmaban que Dios había creado el mundo espiritual y celestial, pero Satanael, el diablo, el terreno, las apariencias sensibles y efímeras. Herederos del dualismo maniqueo y gnóstico, que había llegado a ser la religión oficial en el imperio asiático de los uigures, y confundidos frecuentemente con herejes afines, paulicianos y messalianos, los bogomilos explicaban el incesante triunfo del mal y del dolor imaginando únicamente que quien había creado el mundo había sido un dios perverso. Satanael –el ángel caído, según algunos incluso el hijo de Dios, hermano mayor y malvado de Cristo– era el Cosmocreador, el señor de la creación cruel e injusto, el «administradon» del universo, antagonista del buen Dios hasta el final de los tiempos o, según los dualistas más radicales, por toda la eternidad. Toda la realidad obedecía a Satanael, generar y perpetuar la vida significaba obedecer sus órdenes, como habían hecho Noé, cómplice de la supervivencia del mal, Moisés y los profetas del Antiguo Testamento, libro de gloria y de violencia. Todos los príncipes y poderosos del mundo eran servidores del abismo, Jerusalén era demoníaca, hasta San Juan Bautista –al cual los iconos, en la cripta de la iglesia Aleksandăr Nevski, muestran con los pelos tiesos, vibrantes de maligna electricidad, y la expresión airada de quien disfruta anunciando calamidades– era un enviado de las tinieblas.

El sufrimiento y la muerte de las criaturas impiden pasar a las crónicas de la historia las preguntas que se planteaban los bogomilos, buscando a quién deben imputar el ultraje infligido a los vivos. La revuelta contra el mal era también protesta contra la injusticia; los bogomilos daban voz a las plebes campesinas oprimidas y predicaban contra las jerarquías sociales, contra todos los señores de la tierra. En dos incisivas novelas, *La leyenda de Sibin príncipe de Preslav,* de 1968, y *El Anticristo,* aparecida dos años después, Stanev ha retratado la tumultuosa Bulgaria de los bogomilos, trazando un fresco histórico que es también una parábola de las preguntas y los desórdenes que la exigencia radical de verdad desencadena en los hombres. El príncipe Sibin vive no sólo las tempestades políticas provocadas por la herejía y por su persecución, sino también las contradicciones de un ánimo lacerado por la mezcla del bien y del mal, por fuerzas creadoras y destructivas y por la imposibilidad de discernirlas.

El esplendor de la naturaleza eleva la mente a un sentido religioso de lo eterno, pero es posible que sea Satanael quien susurra en esos árboles y respira en esas fuerzas vitales; el principio destructor niega la más alta creación divina, pero también la negación es necesaria para el proceso de creación y para la misma vida moral y puede ser, por tanto, buena y divina, aunque esta misma intuición pueda ser a su vez una tentación de Satanael, que eleva a los hombres a las alturas y les muestra desde arriba la rueda del mundo, de modo que el bien y el mal se les presentan como palancas del movimiento y todo parece necesario, el martirio de los herejes y el encarnizamiento de quien los martiriza.

Stanev representa la turbación del hombre que descubre dicha mezcolanza de lo verdadero y lo falso en todas las cosas, en los ojos del ciervo herido de muerte, en la sensualidad, en la ascesis, en el mismo intento de comprender y aceptar la ambigüedad. El desorden inflama los corazones y las masas de los herejes, fomenta revueltas sociales y produce otras y antitéticas herejías, induciendo a buscar a Dios tanto en la pureza como en la libidinosidad. La búsqueda de la Verdad absoluta abrasa cualquier verdad y se aproxima, paradójicamente, a la equivalencia y a la indiferencia de todas las cosas, la sed de pureza y la exigencia de liberarse del pecado acaban en el aturdimiento de la orgía; la vida perseguida en su esencia niega y sumerge continuamente cada una de sus caras en la contraria.

Stanev se aproxima al drama de los bogomilos con una sensibilidad nietzscheana, que le ha permitido escribir también espléndidos relatos sobre los animales. La conciencia cristiana quiere descifrar, en el fondo de la mirada del ciervo moribundo, el misterio del dolor y de la culpa, lacerando el alma en esta búsqueda sin respuesta; arrastrado por este remolino de preguntas, Sibin siente en ocasiones nostalgia de Tangra, la austera e indiferente divinidad de los protobúlgaros, el cielo que se curva sobre la estepa y sobre las cosas tal como son, sin atormentar el alma y la mente.

Las «madrigueras de herejía» se difundieron por todas partes, crecían y eran extirpadas también en Serbia, en Bosnia, en Rusia y en Occidente, pero Bulgaria era el país de los herejes por antonomasia, de los «malditos búlgaros». Kitanka se siente halagada y al mismo tiempo contrariada; este gran papel histórico de Bulgaria, que irradia por toda Europa movimientos religiosos de tanto relieve, concuerda con su patriotismo, pero no combina con la otra tesis, según la cual «nosotros, los búlgaros, siempre hemos sido ateos».

11. LA BIBLIA DE LOS GODOS

Nicópolis. Cerca de esta ciudad del Danubio, que en la actualidad no es más que una aldea, el sultán Bayaceto el Rayo aniquiló en 1392 al ejército cristiano conducido por el rey Segismundo de Hungría; los cronistas de la época y el testimonio del trotamundos Schiltberger, el Marco Polo bávaro, destacan sobre todo la despreciativa elegancia con que la caballería francesa, sin preocuparse por planes estratégicos, se arrojó de cabeza y en orden cerrado a la derrota. Diez siglos antes, en la provincia de Nicópolis se había asentado un grupo de godos, entre los cuales estaba el obispo Wulfila, cuya traducción de la Biblia al godo señala el inicio de las literaturas germánicas. De estas orillas, en las que no existe ninguna presencia alemana, partió en cierto modo el germanismo: su marcha hacia Occidente, que muchos siglos más adelante se dirigiría de nuevo hacia el este, como un río que invierte su curso, para retirarse finalmente al oeste, acuciada por otras emigraciones periódicas.

12. RUSE

En Ruse, escribe Canetti –mejor dicho, para él, en Rustschuck–, el resto del mundo se llamaba Europa y, cuando alguien remontaba el Danubio hasta

Viena, se decía que iba a Europa. Pero, para ser exactos, Ruse ya es Europa, es una pequeña Viena, con el amarillo ocre de las casas de los comerciantes otomanos, los parques espaciosos y señoriales, el eclecticismo de los edificios *fin de siècle,* cargados de cariátides y ornamentos, y una tardía simetría neoclásica. Uno se siente como en casa, en un ambiente familiar de Mitteleuropa sólida y laboriosa, entre la antigua y coloreada prosperidad mercantil del puerto fluvial y la opaca imponencia de la industria pesada; entre las calles y las plazas aparecen esquinas de Viena o de Fiume, la tranquilizadora uniformidad del estilo danubiano.

Ruse, «la pequeña Bucarest», era hasta los años veinte del período de entreguerras la más rica ciudad búlgara, en la que se fundó el primer banco; Midhat Pachá, el gobernador turco, la había renovado y modernizado, construyendo hoteles y la línea de ferrocarril, ensanchando sus calles y sus avenidas según el modelo parisino del barón Haussmann, al que había conocido. Las dos hermanas Elias, italianas (el padre era procurador de la fábrica de sombreros Lazar & Cía), nacidas en Ruse a finales de los años diez, recuerdan la nieve invernal tan alta como las casas y los baños veraniegos en el Danubio, la pastelería turca Teteven y la escuela francesa de Monsieur y Madame Austruc, los campesinos que traían por la mañana bolsas de yogur y peces del río, el estudio Photographie Parisienne de Carl Curtius, donde les realizaban sus fotos escolares, y la tendencia a disimular su riqueza.

La ciudad de finales del siglo XIX, en cambio, era menos cautelosa; cónsules de los más variados países europeos y comerciantes de las naciones más dispares animaban sus veladas, como la noche en que un famoso mercader griego de granos perdió en el juego su fortuna, el rojo palacio neoclásico contiguo al Danubio, y a su mujer. En la esquina de la Plaza 9 de Septiembre, la caja de ahorros del distrito exhibe una simbólica fachada de aquel mundo ávido, caótico y al mismo tiempo solemne en su decoro: alrededor de las puertas del viejo banco campean máscaras grotescas, una cabeza de sátiro, un Moloch del dinero, se adorna con bigotes que se prolongan y disuelven en frisos *liberty* y mirada oblicua con ojos mongoles y lascivos. Mucho más arriba asoma una cabeza muy diferente, un rostro dignamente inexpresivo aureolado de laurel; quizá sea el fundador de la banca, el noble padre de esos demonios de las finanzas confiados actualmente a la tutela de los arcángeles del Estado.

13. UN MUSEO ESTENTÓREO

En Ruse, durante el último período del dominio otomano, desembarcaban los patriotas y los revolucionarios que se organizaban en Rumanía, sobre todo en Bucarest y en Brăila. El Museo de Baba Tonka, que contempla el Danubio, recuerda a la heroica e incansable mujer búlgara que había sido el alma de la conspiración patriótica, la inspiradora del comité revolucionario fundado en Ruse en 1871 y de las insurrecciones del 75 y del 76 truncadas de forma sangrienta. Baba Tonka muestra una cara severa y una mandíbula cuadrada, la expresión de quien está un poco demasiado satisfecha de haber dado cuatro hijos a la patria –dos muertos, dos exiliados– y se manifiesta dispuesta, como decía, a darle otros cuatro. En el museo está también el retrato de Midhat Pachá, con fez, chaleco oscuro y gafas a la Cavour. Era un hombre genial, atrapado en una situación imposible; veía claramente la decadencia e incluso la injusticia del régimen otomano, se prodigaba para realizar reformas ilustradas y modernizar el país, pero estaba decidido a defender ese dominio turco que quería transformar y pasaba de las reformas a la horca. A orillas del Danubio, en una casa amarilla marqueteada de madera negra, vivía su favorita.

El Museo de Baba Tonka es estentóreo. Ivan Vazov, que en su novela *Bajo el yugo* exaltó la insurrección de 1876, tuvo el valor de definirla como «trágicamente sin gloria», mostrando las contradicciones del movimiento revolucionario, la inadecuación del pueblo búlgaro, que no estaba preparado todavía en aquel momento para la liberación. Precisamente por este motivo Vazov, considerado actualmente el clásico por excelencia, es un auténtico escritor patriótico y su gran novela es la auténtica epopeya –realista, trágica y en ocasiones también humorística– de Bulgaria y de su renacimiento.

14. GRAFFITI EN IVANOVO

A veinte kilómetros de Ruse, cerca de Ivanovo, rocas inaccesibles ocultan, en lo alto, una iglesia rupestre del siglo XIV; la gruta contiene unos frescos con colores giottescos, cielos azul noche y paisajes de pintura de Siena, un Cristo flagelado que mira tranquilo y erguido. Los frescos que se conservan en este nido de águilas, el cual domina un encantador paisaje de paz agreste, son de una belleza admirable; esas pinturas surgidas de la escuela bizantina de Târnovo, la antigua capital de los zares búlgaros, son la expresión de una alta civilización, forzada durante cinco siglos al silencio. Quienes amenazan esos frescos no son ya los turcos, sino, además de la humedad, las pintadas y las firmas garabateadas sobre la piedra por los visitantes. El gamberrismo con ansias de inmortalidad tiene precedentes ilustres, por ejemplo Lord Byron, que estropea con su nombre el templo de Poseidón en Cabo Sunión. El tiempo, sin embargo, ennoblece los vandalismos; las inscripciones con las que algunos griegos y armenios, en el siglo XVIII, estropearon un mágico cielo azul, son objeto ahora de estudio y protegidas casi al igual que ese cielo. Si hay una cosa que no consigo soportar, decía Víctor Hugo cuando presenciaba algo especialmente estúpido o malvado, es pensar que mañana todo esto será historia.

15. EL POSTE DE LA CIGÜEÑA

En un pueblo entre Ivanovo y Ruse una cigüeña hacía siempre su nido sobre el poste de la luz, ignorando el riesgo y los daños que podía provocar. El Ayuntamiento, después de haberla expulsado inútilmente varias veces, plantó, tras una deliberación oficial, otro poste, expresamente reservado para la cigüeña, la cual, en efecto, lo eligió como domicilio periódico. Bulgaria también es tierra de semejante amabilidad; no sólo el famoso valle de las rosas, que distraía a Moltke cuando viajaba visitando fortalezas, sino también tantas atenciones con los animales y su poesía.

16. LA CASA DE CANETTI

En el número 12 de la Ulica Slavianska, en Ruse, que desciende recta hacia al puerto, hay todavía, junto al balcón de hierro forjado, un gran monograma de piedra con una C; la casa de tres pisos era la empresa del abuelo de Canetti, ahora es una tienda de muebles. En el barrio de los «espaniolos» –que en un tiempo eran numerosos en Ruse, tan emprendedores como exclusivos– existen todavía, en cambio, las casas bajas entre la vegetación, en general de un solo piso. Los judíos vivían bien en Bulgaria; en su libro sobre Eichmann, Hannah Arendt recuerda que la población búlgara, cuando los aliados nazis obligaron al gobierno de Sofía a imponer el distintivo a los judíos, manifestó su simpatía por quienes lo llevaban y procuró en general obstaculizar o atenuar las medidas antisemitas.

En el barrio está también la casa de infancia de Canetti; el director de los museos ciudadanos, Stojan Jordanov, hombre de amable y culta inteligencia, es quien nos lleva a esta casa de la calle Gurko 13, dirección que Canetti, en su autobiografía, se preocupa cuidadosamente de precisar. La calle delante de la verja siempre está «polvorosa y soñolienta», pero el patio con jardín ya no es tan espacioso, invadido por otras construcciones. A la casa de Canetti, a la izquierda del patio, se accede también hoy subiendo unos cuantos peldaños; el edificio está dividido en pequeños apartamentos, en el primero vive la familia Dakovi, en la última puerta la señora Vâlcova, la dueña de la casa, que nos invita a entrar. Las habitaciones están atestadas de forma casi inverosímil de objetos de todo tipo amontonados en desorden, alfombras, colchas, cajas, maletas, espejos sobre las sillas, cartones, flores artificiales, zapatillas, papeles, calabazas; en las paredes, grandes y rasgadas fotografías de divos del cine, una Marina Vlady, un joven De Sica de sonrisa conquistadora.

Aquí abría los ojos al mundo uno de los grandes escritores de este siglo, un poeta que intuiría y representaría con excepcional fuerza el delirio de la época, que deslumbra y extravía la visión del mundo. Entre todas estas bagatelas, en el misterio siempre presente en cada espacio recortado en el informe universo, algo irrecuperable se ha perdido. También la infancia de Canetti se ha desvanecido y su minuciosa autobiografía no consigue aprehenderla. Enviamos una postal a Canetti, en Zúrich, pero sé que no apreciará esta intrusión en sus dominios, en su pasado, este intento de ir a hurgar en su escondite e identificarlo. En su autobiografía, que probablemente ha determinado en gran medida la concesión del Premio Nobel, Canetti parte en busca de sí mismo, del autor de *Auto de fe;* el Nobel ha premiado a dos escritores, el de antes, que se oculta, y el de ahora, que reaparece. El primero es un genio misterioso y anómalo, tal vez desaparecido e inaccesible para siempre, el escritor que en 1935, a los treinta años, publicó uno de los grandes libros del siglo, su único libro realmente grande, *Auto de fe,* el cual desapareció casi inmediatamente, durante treinta años, de la escena literaria. Este libro imposible y áspero, que no hace ninguna concesión y no permite ser asimilado por la institución cultural, es la grotesca parábola del delirio de la inteligencia que destruye la vida, el terrible retrato de la falta de amor y del deslumbramiento; su rechazo, por parte de aquella ideal mediocridad que es la república literaria con su bienintencionada historiografía, era un fenómeno obvio, el rechazo de la grandeza radical y absoluta, indigerible. Ese libro, que ilumina como poquísimos nuestra vida, ha permanecido durante largo tiempo prácticamente ignorado, y Canetti ha soportado esta marginación con una firmeza que tal vez ocultaba, en su amable modestia, una irrefutable y casi empecinada conciencia de su propio genio.

El escritor del *Auto de fe* no habría ganado por sí solo el Nobel, ni siquiera con el resto de sus obras precedentes; para que fuera aceptado era necesario probablemente otro escritor, el que saltó a la luz treinta años después, acompañando la fortuna de su libro, redescubierto por la fama, como si se tratara de una fortuna póstuma, y dirigiendo su lectura, su interpretación y su comentario –al igual que si, con décadas de retraso, se descubriera *El proceso* de Kafka y reapareciera el propio Kafka, bastante más anciano y simpático, sirviendo de guía de sus propios laberintos.

La autobiografía, que parte de la infancia en Ruse, es esta construcción de su propia imagen, esta imposición del autocomentario; en lugar de narrar una realidad viva, la esclerotiza en la descripción. Canetti quiere contar la génesis de *Auto de fe,* pero no dice realmente nada acerca de ese grandioso libro ni acerca de su inimaginable autor, que debe haberse encontrado al borde de la catástrofe y del vacío; ni siquiera expresa el silencio y la ausencia de ese autor, de su otro yo, el agujero negro que lo ha engullido y cuya evocación habría podido hacer nacer otro gran libro, sino que redondea sus aristas y ajusta las cosas con un tono autorizadamente conciliador, como si quisiera asegurar que en el fondo todo sigue en su sitio. Así que su libro dice a la vez demasiado y demasiado poco.

Creo que le resultará difícil aceptar este juicio, sin duda tan discutible como cualquier otro, pero que nace del amor por él y por su lección de verdad. A veces Canetti se asemeja a los poderosos de sus libros, a su deseo de mantener la vida bajo control, que él ha indagado y desenmascarado en *Masa y poder;* a todos los grandes escritores les acechan los demonios que ponen al desnudo, los conocen porque los llevan consigo, denuncian su poder en la medida en que amenaza con dominarles. Parece que en ocasiones quiera tener el mundo en sus manos o, por lo menos, su propia imagen, con el inconfesado deseo de que sea únicamente Canetti quien hable de Canetti. Cuando la señora Grazia Ara Elias le escribió que también ella había nacido y crecido en Ruse y recordaba a los Canetti y también al doctor Menachemoff al que describía en la autobiografía, Canetti, que no le contestó, se sintió quizá inquieto ante la idea de que alguien más pudiera ostentar derechos sobre la imagen de Ruse, del doctor y de todo aquello que él, por haber escrito sobre ello, consideraba tal vez su propiedad exclusiva.

A sus cartas –con las que durante un tiempo me invitaba a entrar con magnánima generosidad en su vida y me ayudaba a entrar en la mía–, a toda su persona y a su *Auto de fe* debo una parte constitutiva y esencial de mi realidad. Es posible que mi acogida a su autobiografía le haya disgustado, pero quien ha aprendido a ver los mil rostros del poder gracias a él tiene el deber de resistir, en su nombre, a ese poder, incluso cuando asume, por un instante, su rostro. Mientras la señora Vâlcova cierra la puerta contemplo, verosímilmente por última vez en mi vida, esas habitaciones atestadas en las que jugaba y crecía un niño desconocido, un poeta que ha enseñado la fidelidad, la resistencia al inaceptable ultraje de la muerte.

Matoas

1. EL CAMINO DEL MAL

El puente que sobrepasa el Danubio y la frontera búlgaro-rumana, entre Ruse y Giurgiu, está dedicado a la amistad y se proclama, con sus dos mil doscientos veinticuatro metros, el segundo en longitud de toda Europa, después del de Lisboa sobre el Tajo. Grigore Ureche, el antiguo cronista, decía que la tierra rumana se encontraba «en el camino del mal», o sea en la ruta de las invasiones que se precipitaron, durante siglos, sobre la Europa oriental. No sólo el choque de los jazigos, rosolanos, avaros, cumanos o pecenegos, sino también banales equívocos y errores cotidianos pueden corroer la existencia hasta hacerla sangrar. Es posible que convenga adoptar esa sumisión al tiempo que pasa y amarillea que Zamfirescu, el poeta del campo, admiraba en los campesinos rumanos, capaces de decir serenamente «será» ante cualquier incomprensible jugarreta del destino.

La resignación parece un cliché del alma rumana, de la que han hablado no sólo retóricos inconscientes o versificadores sentimentales. Hasta Mihail Sadoveanu, el vigoroso narrador que creó con su obra una epopeya nacional, habla, en un relato de 1905, de su gente propensa por naturaleza a aceptar su propio destino, y Cioran exalta la vocación de su pueblo por cargar con cadenas, su discreción en el sufrimiento, «la nobleza de nuestra servidumbre». Una cabeza doblada, dice con orgullo el proverbio rumano, no está cortada y George Coşbuc, el poeta patriota y campesino, recuerda en su canción «In oppressores» que «injuriados, azotados, escupidos, aceptamos vergüenza y ruina como un hado».

Desde la balada popular «Mioriţa», canto de la dulzura dispuesta al sacrificio, este sí que se dice al destino es exaltado como expresión de una dulzura innata, de una vocación pacífica. La ideológica *Historia del pueblo rumano,* compuesta por un equipo dirigido por el académico Andrei Otetea, descubre un «sentido humano», indicio de un pueblo «laborioso, profundamente democrático» y nunca deseoso de dominar otras gentes, ya en la Dacia de Decébalo, el genial y temible adversario de Trajano, y ve además de la unificación de Dacia por parte del rey Burevista, en el siglo I a. de C., el primer paso para el advenimiento no sólo del socialismo en general, sino también del régimen de Ceausescu en particular.

El dulce y melancólico idilio también es apreciado por los estudiosos que demuestran cierta independencia; la fresca historia rumana de Dinu C. Giurescu está invadida, en la reconstrucción de las pluriseculares vicisitudes, por la armonía del paisaje y por el hálito de los bosques evocados al inicio del libro, casi en acuerdo con el eterno fluir de la vida y al mismo tiempo con el devenir histórico y con el transcurrir de la caducidad. Ese paisaje dulce y armonioso ha conocido tragedia y violencia; en sus novelas, Zaharia Stancu describe el Danubio turbio y rabioso, espumeante de luchas y de historia, el hambre y los pies desnudos de los campesinos embrutecidos por la esclavitud pero capaces de rebelarse, como en la gran revuelta de 1907, con hierro y con fuego, con una inteligencia que no se deja cegar por una opresión disfrazada de destino.

Camino del mal, decía el cronista, de la espada curva de los getos que se enfrentaba con la romana, de la infantería macedonia que avanzaba más allá del Danubio, según las relaciones referidas por Arriano, doblegando las altas y espesas espigas de trigo con las largas lanzas para abrir paso a la caballería, de la espada de hierro adorada como un dios por los escitas, de los chiquillos raptados por los turcos y del yugo otomano de madera cambiado, como decía el historiador Michai Cserey, por otros yugos de hierro; camino del trigo y del junco que Esteban el Grande de Moldavia hizo quemar delante de la vanguardia de Mahomet II, de campesinos maltratados y martirizados, de matanzas y robos, servidumbre y violencia. Hemos traído y traemos brida y yugo, dice un poema de Coşbuc.

El mal es un exceso de historia, una encrucijada o incluso sólo una parada facultativa, pero, de todos modos, está en la ruta de la *Weltgeschichte,* a lo largo de la cual los mataderos trabajan a ritmo acelerado, incluso en estaciones secundarias. Una frase atribuida hace pocos años al canciller Kreisky decía que Austria ha salido de la historia y se siente muy contenta de ello. Cualquier buen heredero o epígono habsbúrguico se siente incómodo en el gran teatro del mundo, en el escenario de la historia mundial, al cual le han enviado, para hacer de actor secundario, potencias caprichosas como los genios y los espíritus de las viejas comedias mágico-populares vienesas. Menos espabilado que Tamino y sin estar seguro de ser protegido por las benévolas fuerzas celestiales, el actor secundario preferiría abandonar ese escenario y busca –disimulando cuanto puede– una salida entre bastidores.

Más que llevar hacia una hipotética salida de un teatro, los pasos parecen hundirse en un terreno blando y frágil, como cuando el pie se posa sobre una capa de hojas caídas y casi podridas, que resbalan bajo el peso y atrapan el zapato en otro estrato más profundo, en las hojas caídas y desmenuzadas el año antes y convertidas en tierra húmeda. El gran historiador Nicola Iorga, el Benedetto Croce rumano, se adentraba, para reconstruir el camino completo de su país y de su civilización, en las profundidades impenetrables de la vida popular –como él decía– que no han dejado memoria de sí mismas en las fuentes escritas, en los documentos redactados por los doctos y por las clases altas del pasado, sino en las formas y en los hábitos, en los gestos y en los usos cotidianos, arraigados en los siglos.

Al descender hasta las profundidades de este *humus* y casi recorrer al revés el camino que la linfa emprende para subir de las raíces a las ramas y a las hojas, Iorga reencontraba capas antiguas y sepultadas, pero todavía fecundas, de sustancia vital, las huellas de la migración otomana y, más antiguamente, de la de los pueblos turánicos del corazón de Asia hacia la mítica «Tierra del Rum»; descubría –como escribe Bianca Valota Cavallotti, su nieta y heredera de su vocación histórica– una unidad-continuidad bizantino-turca-mongol que fluía como una vena subterránea, la antigua e ininterrumpida «comunidad cárpato-balcánica» basada en el antiquísimo fondo tracio y proseguida por el plurinacional elemento griego, tan relevante, especialmente en el plano comercial, cultural y administrativo, en la historia de los principados danubianos.

Este crisol de estirpes y de civilizaciones es un caldo primordial de nuestra historia, un limo nilótico en el que pululan gérmenes todavía indiferenciados y confusos. Si los yelmos hundidos en el siglo VIII a. de C. por los escitas pertenecen también, como sugiere Néstor, a los tracios y si el desierto gético, así llamado por Herodoto y Estrabón, se extendía hasta casi confundirse con el antiguo reino odriso señor del delta del Danubio, seguir el río hacia la desembocadura significa asimismo entrar en una niebla tenebrosa de los orígenes, perderse en un final que es, sin embargo, retorno a los orígenes.

Pompeyo Trogo habla de un «Histrianorum rex», soberano de los getos y en guerra con los escitas, en tiempos de Justiniano la Dobrugia se llamaba Escizia Menor –meros nombres, hasta hace poco tiempo, para mí, *flatus vocis,* palabras fantasiosas que llenan la boca y crean un eco impreciso, como cuando en la escuela decíamos Trebisonda ignorando si era o no lo mismo que Trapezunte, sabíamos que Mitrídates era rey del Ponto y Prusia de Bitinia pero no dónde estaban exactamente el Ponto y la Bitinia y nos gustaba decir Cilicia y Capadocia como ahora me gusta decir, *ore rotundo,* muón y barión–. Si leo, en cambio, en los eruditos textos de mi conciudadano Pietro Kandler, que la Dobrugia-Escizia-Menor, aún más antiguamente, se llamaba Istria,[1] es otra cosa, ese nombre tiene olor y color, es la tierra roja y la roca blanca sobre el mar, los lugares de la persuasión.

¿Así que los istrianos son tracios, como pretende Apolodoro, o coicos, según Plinio y Estrabón, o gépidos? ¿La búsqueda del Vellocinio de Oro en la bárbara Cólquide conduce, pues, a casa, a esa playa que ha sido elegida por el realizador para darme a entender que se puede ser inmortal, y que el Vellocinio es el ánfora aparecida en mi mar? Es una broma del Danubio y el embrollo nace de ese error de los antiguos que pensaban que el Danubio, el Istro, se dividía en dos ramas y que una de ellas terminaba en el mar Negro y la otra, el quieto o el Timavo, en el Adriático. Y, por consiguiente, Istria era el país del Ponto Euxino, pero también la blanca península adriática.

Es posible que los tracios que procedían del mar Negro se llevaran consigo las voces de las tierras danubianas, o quizá los que llevaban el oro de estos nombres fueran los coicos, que perseguían a los Argonautas remontando el Danubio, el Sava, el Liubliana y cargaban después las naves sobre los hombros. Existe una Absírtide en el mar Negro, nacida también, como las Absírtides del Adriático, del cuerpo de Absirto, el hermano muerto a manos de Medea.

Los estudiosos son severos con los mitógrafos que se dejan seducir por las palabras: *Strabone et Pline ne sont pas excusables d'avoir dit que la meurtre d'Absirte se fit dans les Isles Absyrtides qui sont dans le golphe de Venise,* dice el Diccionario de la Martinière. ¿Así que la felicidad no queda del todo por completo excluida, aunque su promesa brille únicamente en los errores de los antiguos geógrafos? No pienso, obviamente, darles de nuevo crédito, según la costumbre de la ciencia que periódicamente refuta los resultados adquiridos y regresa a las hipótesis superadas. Es evidente que Pomponio Mela no puede resistirse a la crítica realizada a este respecto por Bernardo Bernussi, publicada en 1872 en las Actas del Real-imperial Gimnasio Superior de Capodistria cuando el autor, joven aún, era, como decía la presentación, ya «docente efectivo, bibliotecario y jefe de clase».

El origen, inalcanzable y siempre inseguro, significa poco y ni Iorga puede descubrir el sustrato primario de su civilización; como decía Curtius, «la historia no conoce los orígenes de ningún pueblo», porque no existe y es la historiografía quien la crea y la produce, planteando e investigando su cuestión. Todas las genealogías se remontan al *big bang;* las discusiones sobre el origen latino de los rumanos o sobre la continuidad dacio-geta-latino-rumana,

1. Istria es, también, una península próxima a Trieste, ciudad natal del autor. *(N. del T.)*

tantas veces afirmada por la historiografía y por la ideología nacional en Rumanía, no son mucho más importantes que la disputa entre Furtwangen y Donaueschingen sobre las fuentes del Danubio.

2. DIOSES Y BUÑUELOS

Bucarest. El París de los Balcanes, aparte del ahorro de energía eléctrica que hace que de noche no sea una *Ville Lumière,* significa un eón ulterior y profano en ese proceso de emanación que ve difundirse y degradarse gradualmente, a medida que avanzamos hacia el sudeste, la imagen y el modelo de la Ciudad, capital de Francia y del siglo XIX, o sea de Europa. Como en el paso sucesivo de una hipóstasis a otra, en las filosofías y en las religiones neoplatónicas, también en este caso la efusión y el descenso del Uno, de la Idea, a los diversos peldaños de la materia, no es simplemente una degeneración, una pérdida, sino que implica también un oscuro impulso de redención.

El estilo franco-balcánico se hace más pesado y recargado, seducido por las decoraciones y acuciado por el *horror vacui,* los balcones y los hierros forjados de los palacios parisinos, acentúan curvas, vuelos y garabatos, el clasicismo es más macizo, el eclecticismo más marcado y pesado, columnas y capiteles artificiosos, cúpulas festivas estilo *pompier* y *déco.* El *liberty* ostenta oropeles y miserias, cristales historiados y escalinatas abandonadas. En el gran atrio *Jugendstil* de la Casa de la Mode se amontonan zíngaros, a escasa distancia los puestos callejeros de Lipscani exhiben pastelillos malolientes y sujetadores que parecen recién usados. Un *passage,* exageradamente parisino, conduce a una serie de tiendas que albergan exposiciones, cuadros y piezas de artesanía, pero cuyas puertas de hierro negrísimo se convierten, cuando están cerradas, en ataúdes apoyados contra la pared.

En el número 12 de Lipscani, una placa recuerda la actividad periodística de Eminescu, el poeta nacional que escribía sobre la vida como si su existencia fuera narrada por una boca extraña y al que un crítico, Zaharia, acusaba de patológico «automatismo deambulatorio» por sus frecuentes mudanzas de casa. El portal se abre sobre un patio rico en frisos ornamentales y basuras; en una esquina, una estatua femenina dentro de un nicho vigila, con su erotismo *liberty* que no es neutralizado por la sordidez ambiental, las bolsas de basuras amontonadas por los inquilinos. En el Hotel Hanul Lui Manuc, el hotel de Manuc Bey construido en 1808, alfombras rojas cubren las escaleras de madera y una hilera de clientes bebe cerveza y café en el patio o en los pisos superiores, junto a las arcadas y a las columnas, también ellas de madera; entre las mesitas, en la planta baja, hay, aparte de otras cosas, un gallinero.

Está claro que Bucarest no es únicamente ciudad de multitudes y de bazares, sino también de grandes espacios amplios y señoriales, parques verdes y bulevares que llevan a lagos apartados, villas ochocentistas y residencias *fin de siècle* de la Lupescu, la famosa amante del rey, palacios neoclásicos y edificios estalinianos. Es una auténtica capital; tiene su aliento, su vastedad, su majestuoso y despreocupado despilfarro de espacio. Pese a algún rascacielos de estilo soviético años cincuenta, como el palacio Scinteia, se extiende, al igual que París, en sentido horizontal; no se eleva hacia arriba, como tantas ciudades occidentales modernas, sino que se dilata hacia la llanura.

Los puestos ambulantes de la Lipscani o la basura ante las indulgentes sinuosidades de la estatua del patio no son la negación, sino la continuación de ese señorío parisino, la última e ínfima alineación angelical que la anuncia y la difunde, mezclándose con la más efímera cotidianeidad. En esta procesión plotiniana, los grados superiores del ser se desbordan, por un exceso de plenitud, y se esparcen por los niveles más bajos; el alma desciende al arroyo de la materia que pulula y se desparrama debajo de ella, el *passage* parisino se transforma en el *souk,* en el zoco levantino. El estilo noble y elegante asume una fisonomía equívoca, como una cara maquillada con tintes vulgares, pero adquiere también la humanidad de todas las encarnaciones, la humildad del olor y del sudor, la desgarradora e impura mortalidad del vocerío y de la gesticulación, el humilde aliento de lo que Saba llamaba la vida cálida.

La balcanización de París es una especie de sensualidad gnóstica, que lleva en la corrupción de la carne una nostalgia del rescate y se reboza en la hormigueante bajeza de lo finito sin olvidar su propio origen y su propio destino divino. El polivalente e indiferenciado sustrato biológico del crisol rumano arrastra y absorbe continuamente el caleidoscopio de las figuras. No es una casualidad que en la cultura rumana se haya discutido durante tanto tiempo sobre el contraste entre el fondo y la forma: en los países atrasados, semicapitalistas, observaba el marxista Gherea, las formas sociales –al contrario de lo que sucede en los países económica y políticamente desarrollados– preceden al fondo social y, por consiguiente, siguen siendo débiles y precarias superestructuras, que la estructura profunda resquebraja y engulle continuamente. Todavía hoy, en algunos barrios de Bucarest se tiene la impresión de asistir a este incesante proceso de reabsorción, a la vitalidad que disuelve los límites definidos. El complejo sustrato étnico es la cara plural y cambiante de esta amalgama multicelular, los ojos violáceos y la nariz imperiosa de las hermosas fanariotas y los cabellos negros y brillantes de los bisnietos de los aromunes o kutzovlacos de la Macedonia serpentean en la multitud como burbujas en un caldero.

Lo bajo contiene, como briznas de ornamentos resquebrajados, lo alto y el recuerdo de lo alto; si la tradición pictórica bizantina se ha disuelto en el folklore rumano y en las ilustraciones votivas del arte campesino valaco, sumergiéndonos en ese folklore tal vez podamos remontarnos a la antigua severidad del arte sacro. Así en los senos imperiales de esta zíngara, que ofrece en un puesto ambulante, con descarada despreocupación, cinturones y cierres, Grischa Rezzori, rapsoda arrollador e insistente del erotismo de Bucarest, vería probablemente el primer peldaño de la ascensión y del retorno, los mensajeros de la salvación que pertenecen al grado más bajo de la jerarquía angelical pero que, precisamente por esto, pueden llegar hasta nosotros, en la confusión de la existencia. En estas calles del barrio de Lipscani, entiendo a Grischa y su nostalgia mesiánica del sexo, que, en sus páginas sobre Bucarest, se yergue hacia lo alto y hacia la nada, como si sumergirse en la amplia cadera de esta zíngara, ser estrujado entre sus muslos, someterse a su majestad despótica y fácilmente abordable significara buscar o encontrar algo que ha sido vagamente prometido.

No creo, pese a su blusa indudablemente inolvidable, que esa zíngara sea una mensajera del cielo, pero en este bazar, en el que la historia y las estirpes se venden a bajo precio, puede haber innumerables dioses, de la misma manera que había setenta tipos de monedas circulando, hasta el siglo pasado, en los principados de la Valaquia o de la Moldavia, aspros de plata, banos, copecs, creiţares, ducados, florines, galbenios, groschen, leus, ortules, táleres, pitaks, potroniks, chelines, timfos, ughios, slotys, tults, dinares, y tal vez también el dirhem tártaro. La inflación es un desastre, pero dentro de ciertos límites su tasa contribuye al flujo y al recambio de la vida. Aquí han sido inflacionados y consumidos muchos dioses, como buñuelos aceitosos expuestos en los puestos ambulantes; uno de los últimos, por ahora, es Ceausescu, cuya imagen campea por todas partes.

Este consumo de dioses, semejante a un tráfico de habitaciones por horas, testimonia una falta de esencia en la historia, el desfile de lo caduco, la apoteosis del desencanto. Cioran, con su desilusión total y manifiesta, ha nacido de estas profundidades vegetales del universo rumano, aunque no sea de Bucarest, o, como él mismo escribe, de esa mezcolanza de frescura y podredumbre, de sol y de estiércol. Pero la risa radical no sólo se burla de la fe en el orden y en los valores, sino también de la presunción del caos y de la nada, y Cioran, deslumbrado por esa pobredumbre nostálgica, es incapaz de mostrar este auténtico escepticismo o humor. Desgarrando uno tras otro todos los velos de todas las filosofías e ideologías, Cioran se hace ilusiones de ver pasar delante de él, en la pasarela de la historia universal que ha terminado, el bazar de las fes en liquidación, sin darse cuenta de que también él desfila por esa exposición universal. Parásito del malestar, se refugia en la negación absoluta, chapoteando cómodamente entre las contradicciones de la existencia y de la cultura y haciendo ostentación de su delirio, en lugar de intentar entender la mucho más ardua competición del bien y del mal, de la verdad y de la falsedad que cada día trae consigo.

Los panegiristas que intentan sobrevivir entre los puestos ambulantes de Lipscani podrían enseñar al filósofo de la negación absoluta que ésta es una solución cómoda para resolver cualquier problema de una vez para siempre y ponerse al abrigo de toda duda. Cioran es un hijo genial de ese mercado, pero un hijo que ha sentado la cabeza y que se ha distanciado, en su mansarda parisiense, de esa humilde y festiva miseria humana. Lipscani también es una fiesta de la vulgaridad, pero la ausencia de valor, que la produce, genera también la angustia de la nada y de la muerte, que esa equívoca frivolidad intenta turbar. La vulgaridad también exige respeto; ser melindrosos, como sabía perfectamente Kafka, es un pecado contra la vida.

3. UN CONGRESO DISLOCADO

La Unión de los Escritores, donde se desarrolla el encuentro literario italo-rumano, es un palacete de finales del siglo XIX, en un estilo *liberty* ecléctico que abunda en decoraciones vistosas. En representación de Italia –en el supuesto de que alguien pueda representar algo– somos cuatro, Bianca Valota, Umberto Eco, Lorenzo Renzi y yo; pronuncia una relación introductoria, tal vez en homenaje a la simbiosis entre las dos culturas, un ilustre académico, eminencia brillante de la ciencia rumana. Es un hombre apuesto, consciente de serlo, y mientras habla su mano grande y esbelta desordena con frecuencia, y con evidente complacencia, sus largos y espesos cabellos negrísimos, difícilmente acordes con su edad próxima a la jubilación. Es muy inteligente, afable, de una cultura riquísima y original; mientras alguna autoridad suelta, como en todas partes, los inevitables discursos estereotipados y convencionales, él escucha alzando los ojos al cielo con una resignada e irónica disculpa en absoluto disimulada, pero cuando le toca el turno se levanta y pronuncia imperturbable una letanía análoga de tópicos. Es mullido, elegante, benevolente pero capaz de fulminantes durezas; en la relación personal es generoso, solícito, con frecuencia evasivo de forma diplomática pero también despreciativamente temerario de juicios y conclusiones punzantes, que podrían ponerle en peligro. Posee el arte de deslizarse entre las dificultades como si sólo quisiera sortear los temporales, mientras que, por el contrario, se mantiene firme en la silla y llega incluso a tomar las riendas.

Los años que ha atravesado, de las Guardias de Hierro al estalinismo, son una época digna de la pluma de Tácito, pero no han menoscabado su elegancia relajada y su instintiva cordialidad. También en él, como en el señor Tarangolian de Rezzori, lo auténtico y lo falso se mezclan de manera inextricable, pero se nota que es un hombre con el que se puede contar. Su cultura no es únicamente una cualidad personal, sino que refleja el nivel de la clase intelectual rumana, la seriedad de su preparación, la amplitud de sus intereses y de sus conocimientos, el rigor y la apertura de su inteligencia.

Más que los discursos y las relaciones, importan las charlas y conversaciones durante las pausas, con su cautela y sus alusivas indiscreciones. También sobre este rito vela el culto del sátrapa, Ceausescu, pero hasta la tiranía personal y los fracasos económicos del régimen parecen un gran progreso respecto a la Rumanía de los boyardos y de la miseria campesina. Muchos murmuran con medias tintas; otros, con gran sinceridad, critican abiertamente al gobierno, al Estado y al partido. Al regalarme su libro, un académico me invita a leerlo con confianza hasta el penúltimo capítulo, y a saltarme el último dedicado a la segunda posguerra, que, subraya meticulosamente, es completamente falso. Bianca, que ha dado la charla más interesante, se siente inquieta, si bien domina con luminosa gracia su malestar. La nieta del gran Iorga, que ha heredado de él la conciencia histórica del sentimiento nacional inserto en una conciencia cosmopolita, quisiera mostrarnos una Rumanía diferente, la que ella ama y que, como todas las patrias, tal vez sólo existe en ese amor.

No falta en la discusión alguna intervención y alguna pregunta atrevidas, realizadas por algunos jóvenes. La consecuencia es que al día siguiente somos trasladados, para proseguir nuestro trabajo, a otra sede, al Instituto Iorga. El numeroso público, que no lo sabe, ha vuelto naturalmente a la Unión de los Escritores, de acuerdo con el programa preparado y anunciado oficialmente. Sólo algún ingenioso y emprendedor jovencito se ha olido el cambio y ha conseguido unirse a nosotros. La gente, mientras tanto, atraída sobre todo por el nombre de Eco, aparte de su simpatía por Italia y el interés general que existe por los contactos con el extranjero, espera desorientada en el otro lado, y nosotros continuamos la tarea en otro lugar, más numerosos que nuestros oyentes.

4. LA VENTANA DEL MARISCAL

En esa habitación –me dice Grigore Arbore, crítico de arte y poeta, mientras me muestra una ventana del Palacio Real, ahora palacio de la República–, el rey Miguel arrestó al mariscal Antonescu, el dictador militar del país, a las cuatro de la tarde del día 23 de agosto de 1944. Antonescu era un Mussolini que intentó, inútilmente y con gran retraso, convertirse en un Badoglio. En enero de 1941, el mariscal había eliminado de su gobierno y declarado ilegal a la Guardia de Hierro, los legionarios fascistas; aliado de los nazis y colaborador activo de éstos en el ataque a Rusia de junio de 1941, Antonescu intentó salvaguardar la autonomía político-militar de Rumanía y posiblemente se debe también a su táctica o, por lo menos, a sus veleidades de prudente espera que en Rumanía, pese a su difuso antisemitismo, no hubiera campos de exterminio ni deportaciones a los Lager del otro lado de la frontera.

Su actitud, sustancialmente, era la de convencer a los nazis de que los judíos, de todos modos, seguían allí y no podían escapar, por lo que se podía esperar al término de la guerra para decidir qué hacer con ellos. En 1944 había entablado negociaciones para conseguir un armisticio con los rusos, pero éstas seguían todavía su indeciso curso en ese 23 de agosto y el mariscal se negó rotundamente a declarar el alto el fuego que el rey le solicitaba. El dictador, que era partidario de distanciarse de su aliado alemán pero no creía poseer todavía suficientes garantías para dar este paso, fue arrestado, por sorpresa, al negarse a abandonar sin previo aviso a los nazis.

Hoy parece existir, en Rumanía, una cautísima alusión a una mínima revisión del juicio sobre el *Conducator*, sobre el *duce* ajusticiado el 1 de junio de 1946. La historia de Antonescu es una clásica parábola del fascismo y de las laceraciones en el interior de la derecha europea. Antonescu participa activamente en la represión de la revolución comunista húngara de Béla Kun, ocupando Budapest, y es la típica figura de la reacción; dictador, se alía con los nazis, pero sofoca el fascismo rumano. En esas décadas, el fascismo, hasta cierto punto, es una fuerza que los demás creen poder utilizar; las potencias occidentales intentan servirse de él para aniquilar el comunismo y lanzarlo contra la Unión Soviética, ésta invierte la tendencia e intenta ganar tiempo y consolidarse aliándose con Hitler. En un momento dado el juego cae, el fascismo ya no sirve para ningún fin ni cálculo político; se pone y es puesto contra todos y su destino se convierte en una aventura extrema de delirio, infamia y desesperación.

Algunos fascismos o algunas derechas próximas a los fascismos intentan, cuando las cosas se precipitan, apearse del carro, diferenciar su nacionalismo militarista del ultrarradicalismo negro; Antonescu sólo consigue dar un paso atrás.

Parece que su detención tomó completamente por sorpresa a los nazis, incluso al activísimo embajador alemán en Bucarest, Fabritius. La tragedia de esos meses y esos días, en Bucarest, tenía también aspectos grotescos e irreales, coexistencias absurdas, divergencias paradójicas. Un antiguo carabinero italiano que se ha quedado en Bucarest, donde ha formado una familia, es un decamerón viviente de aquellos días. Durante la guerra prestaba servicio en la embajada de Italia. Mussolini, desde Saló, nombró a su nuevo embajador, eligiéndolo entre los italianos de Bucarest. Éste fue a presentarse a Antonescu, que acogió sus credenciales de embajador de una potencia aliada, pero le dijo que, por delicadeza de caballero, no quería expulsar de su sede al embajador del rey de Italia, ahora enemigo. Así que, durante el resto de la guerra hasta la víspera de la llegada de los rusos, en la embajada italiana siguió, inútil y sin ser importunado por nadie, el embajador del rey, de una potencia enemiga. Alemanes y rumanos fingían no darse cuenta de ello; en homenaje a las formas y para demostrar seguridad, el carabinero montaba guardia frente a la puerta con su mosquetón, mientras que las tropas enemigas pasaban por delante. No llegó a decidir, dice, qué habría hecho con aquel mosquetón, valientemente empuñado, si uno de esos pelotones hubiera llegado a asaltar la fantasmal embajada.

5. «MAHALÁ» Y LA VANGUARDIA

La *mahalá,* el suburbio de Bucarest, ha proporcionado un fondo inagotable de historias, intrigas, líos y anécdotas picarescas a la comedia de Ion Luca Caragiale, el clásico del teatro rumano. En los cafés de esa periferia, a finales del siglo, recogía destinos y parodias de destinos, melancolías e historietas conyugales en los que se reflejaba el tumultuoso y aproximado crecimiento de la nueva Rumanía, convertida desde hacía poco en un Estado unitario, de sus clases sociales y sobre todo de la dirigente, ávida y grosera. Él mismo no era únicamente el poeta que retrataba ese mundo, sino también una de sus figuras; el fecundo autor de comedias, relatos y esbozos trabajaba como periodista, director teatral, corrector de galeradas; fundaba periódicos –por ejemplo *La patraña rumana,* en 1893–, abría cervecerías y restaurantes en la estación, que quebraban regularmente.

Su comedia, hilarante y vivaz, es un perfecto mecanismo de la nada, un *vaudeville* que funciona con precisión instantánea y disuelve la inconsistencia de la sociedad y de la vida. Si Caragiale es un Labiche rumano, Ionesco se ha formado en su escuela. En efecto, el franco-rumano Ionesco pertenece a esa literatura de vanguardia que, según muchos críticos, tuvo –especialmente el dadaísmo– una «gestación rumana» antes de ser regularmente parida en Occidente: Tzara, Urmuz con su autodestrucción del sujeto en el lenguaje y su simbólico suicidio; Virgil Teodorescu, que escribía en la lengua leoparda inventada por él: «Sobroe Algoa Dooy Fourod Woo Oon Toe Negaru...»

Aunque su mundo sea Francia, Ionesco hunde sus raíces en este *humus* dadaísta rumano y extrae de él ese gusto por la parodia total que anima sus frases y que también parece grabado en su rostro metafísico de payaso a lo Buster Keaton, un rostro que es su obra maestra. Es posible que Caragiale sea un maestro del *non-sense* y del absurdo más sutil que Ionesco, ya que éste, para poner de relieve el solemne vacío de su existencia y de sus decálogos sociales, se ve obligado en ocasiones a subrayar explícitamente esta irrealidad, con una esquematización didáctica que puede parecerse a la no solicitada explicación de un chiste.

Caragiale no necesita deformar la realidad, reírse de ella explícitamente, para mostrar su falsedad y su vacuidad; le basta con mostrarla tal como es, citar las palabras habituales que realmente se pronuncian, para desvelar la nada, mucho más inquietante cuanto más normal. Sus personajes no dicen absurdos explícitos, sino frases completamente razonables y, por lo tanto, de lo más absurdas; son un retrato fiel, no una caricatura de la burbuja de jabón de que estamos hechos.

Ionesco, pese a la estereotipada mecánica del absurdo que le impide conseguir la auténtica grandeza, es sin duda más grande que Caragiale porque expresa también la angustia de la muerte, la oscuridad de la existencia y su frustrado pero permanente deseo de eternidad. Su sarcasmo más feroz se ensaña sobre todo con los parásitos del absurdo, los verborreicos y engreídos teóricos de los sofismas paradójicos y de las ocurrencias *à la page*. El filisteísmo burgués de la familia Smith en *La cantante calva,* que repite las frases hechas de los diarios y del léxico convencional, es idéntico al filisteísmo de los intelectuales modernos que se ríen de los burgueses, afirmando que la auténtica sinceridad se halla en el doble juego ambiguo y proclamando que «sólo lo efímero dura».

La vanguardia, por fidelidad a sí misma, elimina ese torneo de novedades vanguardistas que se ha convertido ahora en la más obvia de las repeticiones. A Bartholomeus I –uno de los dueños de las cartas que en el *Impromptu del Alma* dictan la ley al pobre autor– no le gusta la palabra «creador». Como buen representante del conformismo experimentalista, o sea de la retórica, prefiere, en cambio, la palabra «mecanismo». Quién sabe si Ionesco, pensando en él y en sus modelos reales, se acordó de la lapidaria frase del dadaísta rumano Mihai Cosma: «Littérature: le meilleur papier hygienique du siècle.»

En la actualidad, la cultura rumana administra con cautela y no sin benevolencia la herencia de su gran tradición vanguardista; ya en 1964 se representaba *El rinoceronte* de Ionesco, escritor notoria y visceralmente anticomunista. A fines de los años cuarenta, en cambio, el régimen actuó con dureza, en nombre de un pseudoclasicismo vulgar-marxista, contra autores sospechosos de una nihilista «disolución de la poesía» e incluso el gran poeta revolucionario Tudor Arghezi tuvo dificultades. Con una mezcla de provocación y de exorcización prudencial Nina Cassian ya titulaba en 1945 su libro de poemas *Yo era un poeta decadente.* Pero ni siquiera un poeta como Marin Sorescu consigue, como pretende, replicar adecuadamente en términos positivos –con su *Jonás,* escrito en 1968– a *El rey muere,* y aún menos al mucho mayor *Esperando a Godot* de Beckett.

6. EL «SLOT-MACHINE» DE LA POESÍA

En un barrio situado casi en la periferia vive también Israil Bercovici, el poeta yiddish. La literatura, me dice, es una *slot-machine;* la vida y la historia la atraviesan o arrojan dentro de una lluvia de acontecimientos, la luz irrepetible de un atardeceer, líos sentimentales o guerras mundiales, pero nunca se puede saber lo que saldrá de ahí, un poquito de calderilla o un gran puñado de monedas, una cascada de poesía. Tímido y discreto, Bercovici es un fino poeta, rodeado de la amabilidad familiar y de la tenaz *pietas* que han derrotado siglos de violencia y de *pogroms;* la biblioteca de su bonita y modesta casa es una pequeña arca de Noé del hebraísmo oriental y cuando lee alguno de sus poemas, por ejemplo *Solovej,* ruiseñor –mientras su mujer, de vuelta del hospital donde trabaja como médico, prepara la comida–, se entienden mejor algunos relatos de Singer, su misterio conyugal y la apasionada epicidad de la vida familiar hebraica.

Entre los libros, hay un álbum de Isahar Ber Rybak, una carpeta de grabados y dibujos titulada *Shtetl,* la pequeña ciudad judía oriental. Es el mundo de Chagall, no menos mágico e indeleble, pero más fuerte, más poético. Rybak es un artista más grande que el gran Chagall; pese a su experiencia parisina

–que lo introdujo en la cultura occidental, con toda la poesía de su patria oriental, y le proporcionó cierta fama– no ha entrado en la circulación internacional como merecería y es posible que no entre ya nunca. Antaño, el tiempo y la posteridad tal vez le habrían hecho justicia, corrigiendo el éxito y sus gradaciones. Pero el tiempo ya no puede ser un gentilhombre y redescubrir el mensaje más allá del médium. Hoy en día los media son el mensaje, cambian y borran la historia, como hace el Gran Hermano en *1984* de Orwell. La industria cultural ha destruido la posteridad; no existirán revisiones de los triunfos presentes, no sonará realmente la hora de Rybak, como máximo algún débil y momentáneo redescubrimiento por parte de unos pocos aficionados. A quien tiene se le dará y a quien no tiene se le quitará hasta lo poco que tiene. Pero si el gran mundo obliga a la reverencia, siempre es posible hacerla al revés, como Bertoldo. La inaudita grandeza de Rybak resplandece en la sombra.

La literatura yiddish en Rumanía es hoy singular; buena parte de los judíos –y entre ellos también los escritores– han abandonado el país y los pocos que quedan son en su mayoría ancianos. «Tenemos nuevas fuerzas –me dice sonriendo Bercovici, mostrándome la revista literaria yiddish–, nuevos poetas. Es posible que comiencen a escribir un poco tarde, no tienen prisa por descubrir su propia vocación; este de aquí, por ejemplo, es un debutante de setenta y nueve años, este otro, que ahora ya está en su segundo libro de poemas, publicó el primero a los setenta y seis años.»

No se trata, en la mayoría de los casos, de efusiones sentimentales y patéticas, de esa segunda adolescencia literaria que arrebata a veces a los viejos ya próximos a la poesía del testamento. Los poemas son sobrios y sutiles, desprovistos de pathos epigonal, demuestran conocimiento y dominio de las aventuras formales contemporáneas. ¿Qué quiere decir «nuevos poetas»? La *slot-machine* de la literatura reserva continuas sorpresas y se burla también de la relación entre las generaciones.

7. EN EL MUSEO DE LA ALDEA

El Museo de la Aldea, a orillas del lago Herăstrău, no sólo es una de las célebres atracciones de Bucarest, sino también un compendio de siglos de vida rumana. Esta última ha sido marcada por la repetición y al mismo tiempo la lenta evolución del mundo campesino: las cabañas y las iglesias de madera, los tejados de paja y de barro, las camas y las gruesas mantas de colores son un universo que parece estático e inmutable, como la naturaleza, y en cambio se transforma con paciente lentitud, como el crecimiento y el envejecimiento de los grandes árboles. La civilización rumana es civilización de la madera, de su bondad y de su fuerza, de la religiosa y sólida suavidad de los utensilios familiares, de los bancos y de las mesas que mantienen en la casa el recuerdo de los grandes bosques en los que, antiguamente, la población autóctona buscaba seguro refugio frente al invasor de turno.

En mucha literatura rumana la aldea es el centro del mundo y el punto de vista desde el cual se contempla el mundo. Coşbuc, que afirmaba querer cantar el espíritu del pueblo, quería componer la epopeya de la aldea rumana y Mihail Sadoveanu, que ha creado esta epopeya, también hunde las raíces de su arte contestatario y rebelde –aunque con el amplio y tranquilo aliento de su fuerza narrativa– en el Seminatorismo, el movimiento político-cultural nacido en 1901 con la revista *Semanatórul* y propugnador de una renovación y de un progreso arraigados en la fidelidad a la tradición campesina. El populismo rumano proclamaba –por boca de Ion Mihalache, líder del partido taranista– la compacidad de la masa campesina y afirmaba que era «la única clase homogénea» del país.

Los apologistas del mundo rural sabían defenderlo con aguerrido sentido político de la explotación feudal-capitalista, pero idealizaban el pasado. La extensión del latifundio y las pequeñísimas propiedades insuficientes para el sustento de una familia eran, paradójicamente, el resultado de las leyes agrarias dictadas en el siglo XIX y, en especial, de los Reglamentos Orgánicos de 1831. Éstos habían quebrantado el derecho consuetudinario tradicional y afirmado la propiedad privada en sentido moderno; las antiguas comunidades campesinas habían perdido de ese modo su control sobre la aldea, y los nuevos contratos agrícolas impuestos a las masas rurales las habían puesto a merced de los señores.

Iorga, al rechazar –inmediatamente después de la revolución de 1907– la pretensión de los boyardos de poseer la tierra desde tiempos remotos, evocaba la imagen armoniosa de una antigua comunidad aldeana, de la que antaño el boyardo formaba parte al igual que los demás; hasta Mihail Sadoveanu, escritor democrático y revolucionario, representa un mundo arcaico en el que campesinos y señores son hombres libres y con los mismos derechos, y Panait Istrati, el anarquista rebelde que exalta las sangrientas y bandidescas venganzas de aiducos contra feudatarios, gobernadores y prelados crueles y corrompidos, recuerda asimismo un estadio originario de armonía colectiva, en el cual los boyardos no eran propietarios de la tierra sino jefes de las comunidades, a las cuales pertenecía ésta. También Eminescu defiende a «las clases antiguas» contra la explotación capitalista «moderna» y Zamfirescu, en *Vida en el campo* (1894), exalta a las sanas capas nacionales, los campesinos y los nobles, contra la nueva y brutal clase de los granjeros enriquecidos, que destruyen con el dinero el vínculo a la tierra.

El anticapitalismo romántico idealiza indebidamente el arcaico mundo campesino, el cálido aliento de establo de la comunidad, mezclado con tanta frecuencia a una tétrica miseria y una oscura violencia. La sociedad urbana, tantas veces y tan facciosamente acusada de alienación, ha liberado al individuo o por lo menos ha puesto las premisas para su liberación. Pero esos intelectuales que, como Iorga, transfiguraban el mundo campesino, no pretendían restaurar el idilio perdido; la idealización les impulsaba no a retornar al pasado, sino a luchar contra los males del presente. La nostalgia de la antigüedad les llevaba a contemplar el futuro. Las casas, las iglesias, las granjas, los molinos y las prensas de este Museo de la Aldea son auténticos, trasplantados y reunidos en un conjunto artificial como es, precisamente, un museo, pero pasear por esta falsa aldea, entrando en estas cabañas auténticas, contemplando arcones antiguos y las hojas de este principio de junio no es sin duda algo menos genuino que la «vida del campo», como la llamaba Zamfirescu. Hoy, en las aldeas verdaderas sólo existen probablemente cosas falsas; quien quiera encontrar la naturaleza, que vaya al museo.

8. HIROSHIMA

La gente de Bucarest llama «Hiroshima» al barrio de la ciudad que Ceausescu destripa, hunde, allana, devasta y desplaza para construir –tal vez en competencia con el presidente Pompidou, como corresponde al París de los Balcanes– su centro, el monumento a su gloria. Shih Huang Ti, el emperador chino que dudaba entre destruir o construir, se dividió de forma equitativa entre las dos pasiones contradictorias edificando la gran muralla y haciendo quemar todos los libros; la megalomanía de Ceausescu parece querer realizarse, por lo menos en lo que se refiere a este faraónico proyecto urbanístico, en una forma peculiar de demolición, el traslado. No elimina edificios, con frecuencia los conserva, pero destroza el paisaje, porque traslada las construcciones a otro lugar vecino, las desplaza decenas o centenares de metros, para crear un espacio nuevo, el suyo.

Coloca una iglesia del siglo XVIII, con todos sus cimientos, cincuenta metros más allá, ubica palacios y casas, adosa una capilla a una edificación construida un siglo y medio después y si dos bloques no casan perfectamente corta un trozo de uno o de otro y lo arroja, modifica urbanismo y planimetrías con la arbitrariedad del niño que juega con castillos de arena. Los poderosos retratos de Canetti necesitan, para exaltar su sensación de dominio, hacer el vacío humano a su alrededor, despoblar la ciudad, como hacía el sultán Muhammad Tughlak con su Delhi; Ceausescu prefiere embriagarse con esta maximudanza de la historia y de sus vestigios. Es el expedicionario-jefe, el titular de la empresa de transportes que embala el escenario de los siglos.

Plazas, calles, avenidas y callejas, en los alrededores de la explanada panorámica sobre la que surgen el palacio de la Asamblea Nacional y la iglesia patriarcal, son una grande y dinámica obra; agujeros, socavones, montones de tierra y de piedras, plataformas móviles, escombros. La sordidez tiene su misteriosa majestad y en la desolación de esta prolongada mudanza vive la magia de lo opaco, la realeza larvaria del subsuelo, de la vida gris y ciega que se desliza en los subterráneos y en las hendiduras y fluye, con los desagües de las basuras, hacia los ocultos tesoros del centro de la tierra.

Los sótanos puestos al desnudo se parecen a topos y a murciélagos sacados violentamente a la luz o a insectos puestos boca arriba, pero esta irrupción del día en los dominios de la oscuridad no disuelve el secreto de ese reino ínfimo y anteriormente oculto. La oscuridad blanda y ahora removida, sobre la cual se levantaba la casa, es el pantano originario y expulsado hacia abajo, en el cual hunde sus raíces la vida. La casa sube hacia arriba, luminosos comedores, cuartos de juegos infantiles, bibliotecas, todas igualmente desmemoriadas de ese retrato sin rostro que las sostiene; la existencia no recuerda y no quiere recordar el bajo fondo del que procede, lo arroja por las alcantarillas de las cloacas y devuelve a la profundidad, junto con las propias secreciones y las propias escorias, hasta el pensamiento de la propia terrestridad. Una arqueología de los muladares y de las cloacas nos daría probablemente una historia secreta e invertida de la ciudad, como aquella grandiosa creada por Ernesto Sábato en su novela *Sobre héroes y tumbas.*

Pero ese universo no es únicamente la cloaca infernal evocada por el escritor argentino. Entre los desechos y las basuras brilla el resplandor de algún tesoro, excavado por los gnomos en las vísceras de la tierra. De niño, cuando un soldadito de plomo o el papel de estaño de una chocolatina desaparecían misteriosamente para siempre, pensábamos que se habían metido por alguna rendija y habían descendido a ese país desconocido, donde eran recibidos y aclamados como reyes al igual que los pescadores atraídos por las sirenas al fondo del mar.

La literatura se siente atraída por las bajezas y por los desechos, que no se perfilan como miseria a redimir, sino más bien como rincón en el que se ha refugiado un encanto desvanecido. Los viajes hacia las profundidades, desde los de Jules Verne hasta los más modestos de Sussi y Biribissi al fondo de los armarios, son más fabulosos que los demás, porque se adentran en el grumo más oculto e inaccesible, el mítico centro del fuego, que recuerda las eras en que la Tierra era una bola incandescente, o los descartes de la existencia, que ya no volveremos a ver.

En su novela *El viejo y el funcionario* Mircea Eliade ha bajado a los sótanos de la vieja Bucarest, en los cuales sus personajes desaparecen misteriosamente, de la misma manera que las flechas que éstos lanzan hacia lo alto ya no vuelven a bajar. En la novela, la policía secreta estatal intenta averiguar el significado político de estos fabulosos relatos de desapariciones y magias, perdiéndose sin embargo en los meandros de la narración mítica; el viejo maestro Zaharia Farâma, que cuenta estas historias, sobrevive a los poderosos que le interrogan para arrancarle supuestos secretos de Estado, y a la temida Anna Pauker que le convoca para pedirle una explicación de estas fantasías.

Para Mircea Eliade la auténtica e inmortal mitología popular se contrapone a la falsa mitología tecnocrática del poder. Es posible que el gran mitólogo se equivoque y sublime el pasado; probablemente todos los mitos arcaicos, que ahora se nos presentan en su incorrupta verdad, hayan sido en su origen truco y poder tecnocrático, arcano acumulado por el poder, el enigma del que nos rodea una policía secreta. Los siglos eliminan a las policías secretas y su poder, de modo que sólo queda el relato *–mythos–* de su misterio, puro y auténtico como cualquier fábula que no persigue fines secundarios y que sólo quiere contar. Cuando haya transcurrido el tiempo necesario, la reaparición y el ahondamiento provocados por las obras ordenadas por Ceausescu se convertirán tal vez en una fuente de poesía y de mito como las destrucciones antiguas.

9. EL TROFEO DE TRAJANO

Adamclisi es el lugar del *Tropaeum Traiani.* Del monumento originario, construido por el emperador romano en el año 109 para celebrar la victoria contra los dacios y los sármatas, queda únicamente la base cilíndrica; el edificio actual, una reconstrucción del modelo antiguo, se remonta a 1977. Trajano lo había erigido para recordar su triunfo sobre Decébalo, el rey de los dacios, que la nación rumana cuenta entre los héroes y los grandes de su historia, y los descendientes de Decébalo lo han reedificado para recordar la gloria de ambos, el vencedor y el vencido.

Decébalo es un personaje histórico y a la vez una figura simbólica, un genial estratega político convertido, con el transcurso de los siglos, en un héroe de la poesía y de las canciones populares, el emblema de la libertad rumana. Pero los rumanos, que le honran como campeón de su identidad oprimida, se consideran tan hijos de él como de su enemigo, de los dacios invadidos como de los latinos invasores; la síntesis dacio-rumana y la continuidad de esta síntesis a lo largo de los siglos es, en Rumanía, el fundamento de la idea y del sentimiento nacional. En su *Historia ilustrada del pueblo rumano,* Dinu Giurescu recuerda una lápida erigida por los hijos de un tal Daizus, caído en las proximidades del *Tropaeum Traiani* en combate contra los costobocos: por la lápida sabemos que Daizus, al igual que su padre Comozus, llevaba un nombre dacio, pero sus hijos llevaban ya nombres latinos, Iustus y Valens. El historiador se regocija ante esta romanización a lo largo de tres generaciones, de la que da otros ejemplos, y con él se regocija el patriotismo rumano, orgulloso de su propia latinidad, orgulloso de ser una cuña en el mar eslavo, como denostaba el ministro zarista Gorčakov y como observaba satisfecho Cavour.

10. MAR NEGRO

Los griegos, según Néstor, habían interpretado como inhóspito, *axeinos,* el nombre de «negro» que los indígenas dieron al mar interior, para definirlo después como hospitalario, *euxeinos,* Euxino, cuando fundaron sus ciudades en sus costas y lo convirtieron en un mar helénico. Pero la fuerza de las palabras proyecta, también hoy, sobre el mar Negro la imagen de un desierto acuático, de un gran estanque opresivo, un lugar de exilio, de inviernos y de soledades; Weininger lo asociaba a Nietzsche, a un rostro oscurecido por las nubes e incapaz de serenidad. La temporada de balneario de las célebres playas entre Constanza y Mamaia, con sus hoteles y sus turistas, no altera la magia del nombre, «esas aguas que a veces parecen negras, como si la noche tuviese en ellas su cuna», escribe Vintila Horia; el bochorno, el mar perezoso y aceitoso, el falso y veleidoso lujo de los grandes hoteles corren a la par con la fascinación torpe y oscura del vocablo y de los mitos arcaicos y bárbaros que evoca.

Constanza, la antigua Tomi –el lugar del exilio de Ovidio–, es ahora también un intenso y pesado bullicio de industrias, comercios, movimientos portuarios. El eclecticismo arquitectónico es plúmbeo y pesado, el *liberty* abruma de manera oscura y monumental, el mar está hoy realmente oscuro y lívido bajo las nubes cargadas de lluvia, las grúas del puerto recortan contra el horizonte una tristeza oxidada. Horia, en su novela sobre Ovidio, imagina que el poeta exiliado escuchaba el grito chillón de las gaviotas creyendo oírles decir «¡Medea!», áspero y lacerante como la maga bárbara. Incluso sin arbitrarias sugestiones fantásticas, el viento húmedo pesa sobre el corazón, y el efecto del barómetro sobre la presión sanguínea no es menor que el de las hierbas mágicas y venenosas conocidas por Medea.

¿Una mezcla de elevada tasa de humedad y de reminiscencias literarias es, pues, suficiente para vaciar la vida, desvelar su opaca insignificancia y su laxa soledad, como la de esa bandera cuando el viento cesa de golpe? Las grúas son la arboladura metálica de una grande y sórdida nave, una barca de Caronte varada en un astillero estatal, la ciudad entera es una nave gigantesca y anónima, que ha zarpado antes de que diera tiempo a saludar y oscila en la bonanza, que anula incluso el deseo y la nostalgia del adiós. Las aguas son un sudario pagano, un hueco último más allá del cual no existe el conocimiento o la respuesta a tantas preguntas, sino únicamente un limbo mortecino, la misma realidad de antes, no menos perfecta pero más indiferente y larvaria, deseos y sentimientos adormilados, como si el único secreto fuera la obnubilación y la verdad se pareciera a una disminución de interés.

El más allá cristiano tiene almas y cuerpos, el pagano sólo sombras; es posible que por eso parezca más moderno y más verosímil, es un cine que proyecta en sesión continua la película de una realidad ahora inexistente, las meras siluetas de la vida. Es posible que éstas tengan poco que decirse, estén cansadas del guión en otro tiempo estimulante y se rocen mudas y apáticas, como las fotografías de dos amantes puestas en un paquete una encima de otra, pero que no se abrazan. En este siroco, hasta la desaparición del rostro amado por una esquina no nos causaría daño ni dolor y sería el Averno.

Cuando el viento del mar Negro le soplaba esta melancolía, Ovidio, a quien está dedicada la plaza, recurría a Eros, dios que no resulta inoportuno invocar contra el transcurso vacío del tiempo. Pero la honesta medicina de ese estremecimiento no podía bastarle, en Tomi, porque él no era el poeta del amor o del sexo, sino del erotismo, y al erotismo le hace falta la metrópoli, los mass-media, los chismes de salón, de la publicidad. El buen escritor erótico, Ovidio o D'Annunzio, es un genio del marketing, impone códigos de comportamiento e inventa eslóganes y fórmulas publicitarias, como D'Annunzio, prescribe modas y cosméticos, como Ovidio. Eso no le impide ser un gran poeta, como lo han sido a veces ambos. De todos modos, necesita una plaza importante y sobre todo una sociedad compleja y articulada, una red de mediaciones sociales y un mecanismo de reproducción de la realidad que hagan indiferenciables el médium del mensaje, la experiencia de la información, el producto del *réclame*. El poeta del erotismo, para existir como tal, debe estar a la vista, necesita la Roma o la Bizancio imperiales, París, Nueva York; era difícil o imposible practicar el erotismo literario en la provincial y hogareña Alemania ochocentista, y sin duda aún lo era más entre los getas. Esos inviernos sármatas debieron de ser realmente gélidos para Ovidio; Augusto supo elegir su venganza.

11. EL CABALLERO TRACIO

En el Museo de Constanza, los dioses son simulacros de la ambigüedad y de la mezcolanza, máscaras enigmáticas en las que la indiferencia tenebrosa de los orígenes se esfuma en la promiscuidad de la decadencia. Un Apolo del siglo I a. de C. es una hermosa cabeza de mujer, mucho más femenina y seductora que la de Afrodita, situada cerca de aquél; Isis muestra una boca henchida y sensual, la tríada eleusina remite a los ciclos de muerte y renacimiento, el Ponto se somete a la Fortuna y sobre un friso Eros, en una cacería de leones, tiene el rostro y la expresión de un niño perverso. Las estimulantes exhortaciones de Ceausescu, que campean con grandes caracteres en las paredes, asedian a Hecate tricéfala e intentan someter hasta a la gran madre Cibeles y sus misterios orgiásticos a los sentimientos buenos y limpios del socialismo.

Estas figuras, tan evasivas como su erotismo equívoco e indiferenciado, remiten al sustrato plural y complejo de esta civilización, estirpes, épocas y dioses amalgamados como en los bajos fondos de un puerto. Iorga creía descubrir el fondo remoto de la comunidad cárpato-balcánico-bizantina, su estrato primario, en los tracios, que Herodoto definía como «el mayor pueblo del mundo, después de los indios» y que, en su opinión, habría podido ser el más poderoso, de haber estado unido y dirigido por un solo jefe en vez de disperso en muchas gentes de diversos nombres.

En realidad, la figura que domina, en el museo, el serrallo de los dioses es el Caballero Tracio. Carece de nombre propio, no es un dios; es el símbolo de una divinidad oculta, que no es profanada en las efigies, probablemente porque es irrepresentable e inefable como Dios, y de la que es el impávido soldado. En su caballo, animal sagrado, el Caballero Tracio se lanza hacia adelante, y su manto se alza y ondea al viento; en una de las obras, el tiempo ha arrebatado la cabeza del caballo y del jinete, otra muestra, por el contrario, la figura entera, el rostro y la mirada de quien sostiene un buen combate.

La tradición habla en favor de la serenidad de los tracios y de los getas, de su tranquila disposición a aceptar la muerte, el aura luminosa que envuelve, en la *Ilíada,* las armas de oro de Reso y sus caballos blancos como la nieve y veloces como el viento. Esta tranquilidad es familiaridad con la muerte, libertad ante los miedos y el ansia que crea la ciega idolatría de la vida; los tracios lloraban el nacimiento que aportaba al hombre tantos afanes, y celebraban la muerte, que le liberaba de los males o lo llevaba a la beatitud. Los getas no temían la muerte y la elegían libremente, antes que caer en el encarcelamiento y en la esclavitud.

¿De dónde procedía esta serenidad, de su familiaridad con el aliento de la naturaleza, que induce a sentirse como las hojas y a crecer y caer como ellas, o de su fe en la inmortalidad, de la convicción de que con la muerte comienza la vida auténtica y eterna, al lado de Zalmoxis, el dios recóndito? El oro y el blanco que rodean a Reso, atacado y asesinado durante el sueño, son la aureola de una persuasión que la matanza nocturna no altera y que Homero, el descendiente de sus enemigos, hace resplandecer a través de los milenios. Es posible que el Caballero Tracio sea una figura de la persuasión y la muerte carezca de poder sobre él, que cabalgaba seguro a lomos de su caballo, animal infernal convertido en compañero fiel. ¿Adónde se dirige sobre ese caballo, más allá de qué salto? En el calvero de Pomočnjaki, en el Monte Nevoso, una mañana el sol recién salido había creado, con el vapor que se alzaba de la hierba, una cortina luminosa e impenetrable que ocultaba el bosque tras ella. La figura que se había levantado y encaminado hacia esa cortina de luz, entrando y desvaneciéndose en la claridad, más allá de ese umbral, había escapado a mi mirada, pero no había ningún temor ni ninguna pérdida en ese desaparecer y ver desaparecer.

El auténtico misterio es luminoso y puro como aquella mañana, desdeña los trucos y milagros, la pacotilla de lo oculto y de lo sensacional. En el museo se ve la estatua del Glýkon, monstruo triforme de cabeza de perro o de antílope con ojos y cabellos humanos, cuerpo de serpiente y cola de león. Glýkon era adorado en el siglo II en Paflagonia, como encarnación de Esculapio, y su culto llegó hasta Roma. Podría ser un *genius loci* de este escenario de indiferenciaciones y metamorfosis; de forma mucho más prosaica, es el recuerdo de una estafa. Un farsante, Alejandro de Abonuteichos, había domesticado y camuflado una serpiente que ofrecía a los devotos, a elevados precios, respuestas y auspicios. Los epígonos y las eras epigonales no saben creer en Dios ni mirar de frente los átomos y el vacío; su *Halbkultur,* incapaz de entender los Evangelios y a Lucrecio, se dirige a cachivaches intelectuales de bajo precio pero de sofisticadas pretensiones y desea ser reconfortado por lo sobrenatural de barracón de feria. El misterio de la vida, de la muerte y del destino se confunden con el de la mujer aserrada en dos en la caja ante el público, la cual al final sale de la caja y hace una reverencia.

El culto de Glýkon es el obsequio a la propia incapacidad de entender el truco. Cuán insondable misterio, por el contrario, pocos metros más allá, en las ánforas aparecidas en el mar y en el mar que nos sugieren, o en una bellísima cabeza de mujer enlutada que expresa toda la inexplicabilidad del dolor. Resulta difícil imaginarse a esta mujer encantadora y dolida preguntando, como debió de hacer probablemente el desenvuelto Alejandro de Abonuteichos, «¿de qué signo eres?».

12. LA CIUDAD MUERTA

El viaje de los antepasados alemanes a lo largo del Danubio era, para Hölderlin, el *tiestos* hacia los días del verano, hacia el país del sol, Hélade y Cáucaso. Llego a Histria, Istria, la ciudad muerta que lleva, para mí, el nombre del verano y de los lugares familiares. Es extraño llegar a esta hora, de noche, y aún más extraño llegar solo –esa palabra, Istria, va ligada a la luz absoluta, al pleno día, a una vecindad desconocedora de la soledad.

Aquí, por el contrario, en esta metrópoli arqueológica, es el desierto. La verja ya está cerrada, unas cuantas chimeneas apagadas y unos cuantos camiones parecen abandonados como las ruinas de la antigua colonia milesia. Salto el muro, camino entre cardos y espigas silvestres, entre los restos del templo de Zeus y de la basílica, puertas macizas y columnas imponentes en el crepúsculo como estelas, termas mudas. El ocaso diáfano y tranquilo se arquea sobre esta tumba de los siglos, alguna culebra desaparece entre las piedras y los pájaros pían sobre las paredes resquebrajadas; las ruinas descienden hacia un mar rojizo de algas y fondos marinos.

La ciudad muerta tiene la eternidad de la destrucción, las piedras no nos hablan del momento en que llegaron a estas orillas las naves de los colonos de Mileto para fundar la ciudad, sino más bien de las oleadas de la aniquilación, godos, eslavos y avaros, los instantes en que la vida se ha detenido. Una cruz, entre las piedras, recuerda a Panait Emil, Simion Mihai y Platon Emil muertos

(¿ahogados?) el 12 de marzo de 1984, pero en ese silencio secular los restos de un templo erigido a una divinidad local y desconocida hacen sombra a los de la basílica cristiana, pese a que sea la hora del Ángelus.

La ciudad es grande, sus calles se entrecruzan, se abren y se pierden en un laberinto, y en algún momento resulta difícil encontrar de nuevo el camino de vuelta. Al igual que la Cobra Blanca en la ciudad muerta de Kipling, en este aire terso, que sin embargo mantiene intacto cualquier ruido, se tiene la impresión de haberse vuelto en cierto modo sordo, de dejar de escuchar las voces de la realidad. Los siglos de muerte acumulados entre estas ruinas no son una tiniebla, una oscuridad que engulle las imágenes, son más bien una luz clara e inmutable, en la que el ojo discierne todos los objetos. Son también una pared de cristal que separa de los sonidos del mundo. Entre estos escombros del pasado nos movemos no ciegos, sino más bien sordos, envueltos en la irrealidad, incluso torpe y cómica, que rodea a quien es duro de oído.

Nos sentimos inermes, presas fáciles expuestas a una agresión que nos pillaría de sorpresa y desprevenidos; en las novelas policíacas hay temibles asesinos y hábiles detectives ciegos, pero no sordos. Hasta la vejez debe ser más sorda que ciega. Es evidente que también ante estas debilitaciones el vocabulario viene en nuestra ayuda con misericordia y podemos convencernos, como el médico decía tranquilizadoramente a un tío de Gigi, de que no se trata exactamente de sordera, sino sólo de hipoacusia. «Ma mi –contestaba el tío–, intanto non sento gnente.»[1]

13. EN LA FRONTERA

Dentro de poco, de nuevo directamente hacia el río, para no abandonarlo más, hasta el final. Más allá de occidente se extiende el Bărăgan, la estepa rumana, lugar de desolación y de exilio, veranos caniculares e inviernos gélidos, horizonte sin fin. Al Bărăgan fueron deportados, por el régimen de Antonescu, los zíngaros, en un éxodo al que Zaharia Stancu ha levantado un monumento con su novela *La acampada,* y –después de 1945– los alemanes de Rumanía. Sadoveanu y Panait Istrati han cantado los crepúsculos en el mar ilimitado de la llanura, los cardos y las luchas de los campesinos, el violín zíngaro y el canto de la urraca entonados por una afligida nostalgia.

1. «Pero yo –contestaba el tío– mientras tanto no oigo nada.» *(N. del T.)*

A los pies de la colina del Denis Tepe, un poco más al norte que Babadag, está la bahía en la que habrían echado anclas los Argonautas de vuelta de la Cólquide. La rada está vacía, el mar desvaído, en la pendiente incolora de la colina alguna esporádica instalación industrial exhibe una sordidez de periferia. El Danubio comienza a esparcirse y a derramarse, como vino de crátera rota, dice el poema cuando un héroe herido cae de la carroza. Sin embargo, este presagio de final es tranquilo y majestuoso, lleno de fecunda vitalidad. En la Baltă, el Danubio se confunde con los prados en una grande e inextricable jungla de agua, espesos árboles se inclinan sobre el río formando grutas líquidas, moradas profundas y lábiles, verde oscuro y azul como la noche, en las cuales no es posible distinguir la tierra del agua y del cielo. La vegetación lo cubre todo, se encarama y se retuerce por todas partes, en una proliferación exuberante y flexible, juego de espejos que se envían sus reflejos.

La isla de Brăila, de sesenta kilómetros de longitud e incluida entre el brazo principal del Danubio y el Danubio viejo, es un Edén líquido en el que reina el junco y cerca del cual los godos, como recuerda Gibbon, aceptaron entregar sus mujeres y sus hijos a los romanos, pero no sus armas. En Brăila el río se recompone, es unitario y poderoso como conviene a la ciudad floreciente de tráficos y de industrias, a su puerto fluvial laborioso e industrioso tanto, o aún más, que el de la vecina Galaţi.

El antiguo emporio comercial es ahora un gran centro de industria metalúrgica y naval; el ocre de un noble y pesado siglo XIX, con su decoración neoclásica adornada con volutas y cariátides *liberty,* evoluciona hacia una indefinida ambigüedad levantina, de puerto de Oriente, mezcla y fermento de todos los elementos que la ola deja en la playa. Brăila, en el siglo XIX, era también centro de los exiliados búlgaros que preparaban la revolución; Vazov ha descrito a estos patriotas, los *Chasovi,* sus interminables discusiones nocturnas en las tabernuchas de la ciudad.

En el restaurante Danubio, en la Plaza Lenin, las paredes están pomposamente cubiertas de rojo, con una pretensión de *décor* finisecular, pero la luz es tenue y el mediodía sin nubes aliado con la araña encendida en la sala encajonada no basta para poder leer el menú. La Strada Republicii, que acabo de recorrer, es una de esas calles flanqueadas de edificios eclécticos, con frecuencia ocre-anaranjados, por las que he pasado tantas veces, durante estos años, en Hungría, en Eslovaquia, en el Banato, en las ciudades grandes y pequeñas del mar panónico; en la media luz de este restaurante tengo la impresión de que todas esas calles desembocan y acaban en esta plaza, para siempre, como si aquí estuviera la frontera de mi mundo danubiano, mi frontera.

Turcos y sobre todo griegos han dejado sus huellas en Brăila, o Ibrail, desde los comerciantes, cuya riqueza se ostenta en la Iglesia griega, hasta los partisanos de Markos que llegaron en 1948 después de la guerra civil. Hijo de un contrabandista griego, al cual nunca conoció, es el poeta de Brăila Panait Istrati, a quien su ciudad natal recuerda y muestra. Una fotografía, en el museo, lo retrata en Niza en 1921, en la calle, con un sombrero de ala ancha, mientras lee *L'Humanité,* en una pose fitzgeraldiana que expresa toda la arrobadora insolencia, la inerme y prevaricadora ingenuidad de esa generación perdida y recitadora de su propia perdición, a la que pertenecía Panait Istrati.

Desde el hospital de Niza, después de haber intentado degollarse, había enviado una carta a Romain Rolland, una desesperada petición de ayuda escrita la noche antes de su intento de suicidio y en la que había interrumpido dos veces sus lamentos para contar unos cómicos episodios de su infancia. Rolland se entusiasmó con este «narrador de Oriente» que había recorrido medio mundo desempeñando los oficios más imposibles, con este «Gorki de los Balcanes», poeta de vagabundos y miserables, y promovió y difundió sus obras en Francia. Pocos años después, Panait Istrati disfrutaba de fama mundial; sus obras –de tema casi siempre rumano balcánico, pero escritas a veces en un francés que aprendió de forma autodidacta– estaban traducidas a veinticinco lenguas, y un maestro de la crítica como Georg Brandes, al que Thomas Mann había enviado en su momento *Los Buddenbrook* con temblorosa deferencia, decía imprudentemente que lo prefería a todos los restantes narradores europeos contemporáneos. Atacado como comunista, el escritor se atrajo las iras de la izquierda ortodoxa por sus críticas al régimen soviético; en 1925 dejó de lado sus proyectos literarios para prodigarse en favor de las poblaciones que vivían entre el Dniéster y el Tibisco, anexionadas y atropelladas por el gobierno rumano.

Rolland comparaba sus historias, que se desmadejan interminablemente una a partir de otra, a los meandros y a los recodos del Danubio, a esa mezcla de aguas y de orillas que Panait Istrati ha descrito en su novela *Kyra kyralina,* fascinado por su brillo y por su perderse y asustado por las asechanzas, las desventuras y la crueldad al acecho detrás de aquellos meandros. Es el poeta de la promiscuidad y de la ambivalencia de Oriente, de ese desorden del cual parece esperarse a un tiempo redención y violencia; su rebelde anarquismo lo convierte en hermano de las víctimas y de los vencidos, literariamente poco feliz cuando narra su resurgimiento o predica su venganza, como en los *Aiducos.*

Como le ocurre con frecuencia al inmoralismo que nace de la revuelta ética contra la falsa moral, también Panait Istrati, el defensor de los débiles y de los humillados, acaba por sucumbir a la ingenua seducción de la vitalidad, sin descubrir que ésta decreta impertubable la dominación del más fuerte. El sexo polimorfo es exaltado como libre placer pero se convierte a su vez en una trampa que atrae a las víctimas hacia el vértigo de la vida y hacia las manos de sus perseguidores. Para Panait Istrati, poeta cuando atiende el sufrimiento y retórico cuando canta la vida sin ley o el progreso, la existencia se parece a un prostíbulo de Oriente, con sus cortinas invitadoras en la entrada y su unto en el interior.

Brăila y la vecina Galati –de la que el Antiquarius criticaba la licenciosidad y la multitud de prostitutas en cada esquina– son dos lugares adecuados para su fabulación de bazar. En la actualidad las dos ciudades, especialmente la segunda, una Hamburgo del Danubio, no exhiben alfombras, sino astilleros, grúas, infiernos de hierro –que se presentan como tales, a decir verdad, sólo para quien tiene poca memoria y olvida el exterminio humano que se producía en el multicolor mundo de ayer–. En todo caso las dos ciudades, sobre todo Galati, son el símbolo de la ambición rumana por llegar a independizarse, aunque sea gracias a las inversiones industriales, de la Unión Soviética –y también el símbolo de la crisis económica en que han desembocado esos ambiciosos proyectos.

El Pruth, con sus aguas magnificadas tiempo atrás como salubres y puras, señala, durante kilómetros, la frontera con Rusia, más allá de la cual ya no funcionan las coordenadas danubianas. El pathos de la frontera no es más que inseguridad, miedo a ser alcanzado, como el que acecha a los personajes de Canetti, oscuro temor del otro. Al igual que cualquier frontera, incluidas las de nuestro yo, también el Pruth es una línea imaginaria, más allá de la cual la hierba es igual a la que crece en nuestra orilla. Es posible que la cultura danubiana, que parece tan abierta y cosmopolita, eduque también en esta cerrazón y en esta ansia; es una cultura que, durante demasiados siglos, ha estado obsesionada por la contención, por el baluarte contra los turcos, contra los eslavos, contra los demás. «Así pues, el Danubio es la gran base de cualquier operación, sea cual sea su dirección, de la misma manera que es la línea defensiva por excelencia, adecuada para afrontar el ataque por cualquier parte que se presente...» *(Ensayo de geometría estratégica* por el Coronel G. Sironi, Turín, 1873, pág. 135).

14. SOBRE EL DELTA

El conde István Széchenу, pionero de las comunicaciones en la Europa sudoriental además de patriarca del resurgimiento húngaro, escribía el 13 de octubre de 1830 a su amigo Lazar Fota Popovich felicitándose de haber conocido a Milos Obrenovic, príncipe de Serbia, y de haber encontrado en él un convencido partidario de la «Regulation», de los proyectos y de los trabajos necesarios para la navegación sobre el Danubio. Széchenу estaba de regreso de Constantinopla y de Galati, adonde se había dirigido para promover la realización de sus grandiosos designios; había llegado hasta la desembocadura e incluso mucho más allá, más allá de la meta de la gran vía de agua que llevaba en la mente, y durante el retorno había enfermado gravemente, hasta el punto de escribir al conde Waldstein, desde la nave que le estaba devolviendo a casa, una carta que él consideraba que se trataba de su testamento político.

Así pues, durante aquellos meses, Széchenу había vivido, por varias razones, en el pathos del acabar. La Regulation concuerda con el final y con su vecindad; la conclusión corre a cargo de ingenieros, notarios y demás profesionales del cálculo, de la contabilidad y de la autentificación precisa. La muerte devuelve a la vida, tan imprecisa, la dignidad del orden: el despreocupado flujo de dinero toma forma en la claridad del testamento, las *liaisons* irregulares se desvanecen en la nada y ceden su sitio, en las esquelas y en los pésames, a los cónyuges legítimos, la agonía está vigilada y medida como ningún otro momento de la existencia. En la página 745 de su valiosa monografía sobre el Danubio, de 1881, Alexander F. Heksch se toma la molestia de retroceder sobre sus propios pasos y de corregir algunos detalles de las descripciones anteriores, superados por los cambios operados en la realidad mientras él proseguía su descripción; hasta aquel momento no se había preocupado de hacerlo y había avanzado rápido y despreocupado, pero cuando está a punto de concluir siente la necesidad de ponerlo todo en su lugar.

Existe solidaridad entre la lentitud centrífuga propia del final y el mapa catastral que lo protocola. El delta, en el que el barco se adentra y se pierde como un tronco a la deriva, es una gran disolución, ramas, brazos y arroyos que se dispersan por su cuenta, como los órganos de un cuerpo que está cediendo, que se desinteresan progresivamente los unos de los otros; sin embargo, el delta sigue siendo una red perfecta de canales, una cuidada geometría, una obra maestra de la Regulation. Es una gran muerte mantenida bajo control como la del mariscal Tito o de otros protagonistas de la historia mundial, una muerte que es incesante regeneración, exuberancia de plantas y de animales, juncos y garzas, esturiones, jabalíes y cormoranes, fresnos y cañaverales, ciento diez especies de peces y trescientas de pájaros, un laboratorio de la vida y de sus formas.

Una encina arrancada de raíz se pudre en el agua, un buitre cae fulminante sobre una pequeña gallinácea. Una muchacha se quita las sandalias y deja colgar las piernas fuera de la barca, los átomos ligados y comprimidos en cada agregación impulsan a otras combinaciones y otras formas. El delta es el laberinto de los *ghiol,* de los senderos acuáticos que se introducen entre las cañas, y es el mapa de los canales que regulan el flujo de las aguas y los recorridos en el laberinto. El epos del delta está en las historias sin nombre vividas entre las cabañas de juncos y de fango de los pescadores lipovenos, en el hielo y el deshielo que las inunda, pero también en las actas de la Commission Européenne du Danube, creada en 1856, que entre 1872 y 1879 destinó 754.654 francos a la construcción de los diques de Sulina.

En un cuaderno de viaje es más fácil garrapatear algo sobre el canal que sobre el *ghiol,* sobre el ingeniero Constantin Barsky, experto ilustrador del proyecto del canal Canara entre el Danubio y el mar Negro y autor, hace un siglo, de conferencias al respecto, más que sobre Kovaliov Dan, barquero y pescador lipoveno habitante en la Milla 23 del brazo que lleva a Sulina, o sobre el pequeño Nikolai, del que conozco únicamente la tímida sonrisa que esboza cuando una chica que baja del barco le da un beso. Un libro, para justificarse, debería ser la historia de Nikolai, de su resistencia ante aquella cara que se inclinaba sobre él; contrariamente a Nikolai, los libros se limitan y repliegan al compendio, a la recapitulación de conquistas y caídas de imperios, anécdotas de gabinete, rumores de Cortes y de Parnasos, protocolos de comisiones internacionales.

La nave se desliza sobre el agua, en las orillas las cañas escapan hacia atrás, sobre un árbol, un cormorán que ha abierto las alas para secarse se recorta contra el cielo como un crucifijo, enjambres de mosquitos como un despreocupado puñado de calderilla de la vida, y el germanista especializado en literatura danubiana no envidia a Kafka o Musil, su genio para representar catedrales oscuras o comités inútiles, sino más bien a Fabre o Maeterlinck, los aedas de las abejas y de las termitas, y entiende por qué Michelet, después de haber escrito la historia de la Revolución Francesa, quiso escribir la historia de los pájaros y del mar. Poeta es Linneo, que exhorta a contar las espinas de los peces y las escamas de las serpientes, o a observar las plumas de los pájaros cuando baten las alas, y a esos timoneles; el murmullo del verano y del río exigiría su verbalización, perdido en su encanto, el punteamiento del clasificador sueco, sus comas que diferencian las frases y los puntos y coma que las subdividen, sus puntos que cierran las diferencias.

Lo cierto es que el catálogo del Museo del Delta de Tulcea, la última ciudad de tierra firme de la que ha partido el barco, facilita la descripción de verderones, cigüeñas, garzas, pelícanos, nutrias, martas, gatos salvajes, lobos, eufobias, sauces. Al fin y al cabo, Linneo incluye entre los fitólogos, o sea entre los científicos, no sólo a los auténticos y verdaderos botánicos, sino también a los más aleatorios botanófilos y entre ellos los poetas, los teólogos, los bibliotecarios y los misceláneos. Pero la miscelánea es un resumen del mundo, mientras que alrededor está el mundo, y el botanófilo de biblioteca descubre que, al ser naturalista sólo por orden del rey, como Buffon, se siente incómodo ante su antigua madre y a veces, para describir la carrera de las liebres, recurre, como el caballero francés, a una digresión sobre la migración de los pueblos en la época bárbara.

Ayer estaba en el Museo del Delta, hoy estoy en el delta; olores, colores, reflejos, mutables sombras sobre la corriente, deslumbramiento de alas en el sol, vida líquida que se escurre entre los dedos y obliga a advertir, incluso en la fiesta de este día en que nos hallamos sobre el puente del barco como un rey homérico sobre su carro, toda nuestra imperfección perceptiva, sentidos atrofiados desde hace milenios, olfato y oído inferior a los mensajes que llegan de cada matorral oscilante, antigua escisión del fluir, fraternidad perdida y rechazada, Ulises que ya no necesita que le aten y marineros que ya no necesitan que les tapen los oídos, porque el canto de las sirenas es confiado a ultrasonidos que Su Majestad el Yo no distingue. Un cormorán vuela con el pico abierto tendido hacia el aire, semejante a un pájaro prehistórico sobre el pentano originario, pero el coro inmenso del delta, su bajo continuo y profundo, es para nuestros oídos un susurro, una voz que no consigue aprehender el murmullo de la vida que se desvanece sin ser escuchada dejándonos atrás en nuestra hipoacusia.

La culpa no es del Danubio, que aquí demuestra que no brota del grifo sobre el que se ha fabulado en las cercanías de Furtwangen, sino más bien de quien, ante el centelleo y la música de esta agua, siente la necesidad de agarrarse a esa patraña, tal vez para desmentirla con desdén, o bien de divagar sobre el hipotético goteo del grifo para eludir el canto del río. Es probable que hasta el diario de a bordo, escrito por un fontanero más que por un Ulises, haga agua, en lugar de deslizarse rápido y seguro como la barquita que sin duda Nikolai sabe construir con alguna corteza y un trozo de papel. Los libros, ya se sabe, son un género con el riesgo en gran parte cubierto, la sociedad literaria es una previsora compañía de seguros y resulta excepcional que los siniestros poéticos no estén ampliamente protegidos. Pero para tomar apuntes con el ánimo tranquilo sobre este puente, entre estos meandros del delta, haría falta la cláusula marítima *all risks* que incluye exactamente todos los riesgos, incluidas averías particulares, desgarrones de ganchos, contacto con sustancias contaminantes de la carga, robo, malos tratos, entrega fallida, dispersión, rotura y/o derramamiento.

La jornada es gloriosa y el barco vaga como un animal entre los diferentes ramales del río. En el viejo delta, hacia Chilia, el limo se transforma progresivamente en tierra firme, la blandura sin fondo se convierte en suelo sobre el cual construir, plantar, recoger, brazos y canales forman un delta en el delta, en los sauces y chopos se alzan sobre un sotobosque de zarzas y tamarindos, grandes ninfeas blancas y amarillas se ordenan como las tierras sobre el océano originario en las cosmografías antiguas, cerca de la frontera soviética Chilia Veche –colonia griega y puerto genovés donde el notario Antonio di Ponzo registraba, en el siglo XIV, ventas de alfombras, vino, sal y esclavas de doce años, y el monje Niccolò Barsi, en el siglo XVII, anotaba los dos mil esturiones pescados al día–, que muestra las altas torres de su iglesia que tanto sorprendían a los pescadores lipovenos en la novela *El río sin fin,* escrita en los años treinta por Oskar Walter Cisek.

El brazo que conduce a Sfintu Gheorge, el más largo, ciento diez kilómetros, costea cerca de Mahmudia la fortaleza de Salsovia, en la que Constantino hizo asesinar a Licinio, deja a su izquierda un bosque tropical y unas landas deprimidas y arenosas, reino de las ranas y de las serpientes donde la temperatura alcanza en verano los sesenta grados. A decir verdad, la literatura del delta prefiere el hielo, no el calor estival; Cisek describe a los pescadores que en invierno perforan la crosta del río en busca de su presa, Stefan Bănulescu habla del Crivât, que sopla gélido y cortante, evoca la borrasca de viento y nieve, el chasquido del hielo que comienza a resquebrajarse y a disolverse. El topos de la literatura del delta, su escenario épico por excelencia, es naturalmente la inundación, el aluvión, el Danubio que arrolla y sumerge los pueblos, la marea que arrastra establos, cabañas y cuevas en el bosque, empujando en la crecida de las aguas, como en un diluvio universal, a animales domésticos y salvajes, bueyes, ciervos y jabalíes.

El delta, para Sadoveanu, es también una cuenca de pueblos y gentes, como si el Danubio llevara al mar y esparciera a su alrededor, desbordando sobre las riberas, detritus de siglos y de civilización, fragmentos de la historia. Pero estos residuos tienen una vida breve, se arrojan sobre las orillas en la estación de la inundación y desaparecen en el suelo, como las hojas y las demás escorias traídas por el río; las historias del Danubio, dice Sadoveanu, nacen y desaparecen en un soplo, como un charco que se seca. En un relato, Stefan Bănulescu describe el funeral de un niño durante una temporada invernal, la barca que lo transporta en búsqueda de una prominencia o de una duna en la que sea posible excavar una tumba, las aguas furiosas que amenazan con arrastrar el humilde sepulcro, el invierno que borra también esa tragedia y ese dolor, esa tumba precaria, esa historia sin nombre.

En los relatos de Sadoveanu y de Bănulescu aparecen con frecuencia los zíngaros, como si este pueblo vagabundo y en los márgenes de la sociedad fuera una tribu adecuada para habitar el mundo arcaico y olvidado del delta. Hace un siglo esto era realmente un reino de los irregulares y de los fugitivos, una tierra de nadie, refugio de los sin ley procedentes de cualquier parte. Los turcos, señores de la región, no tenían en ella ninguna guarnición permanente, sino una milicia desordenada e improvisada, reclutada con irregularidad entre los campesinos, que se aliaba con los desertores y bandidos ocultos en los pantanos, a los que habría debido vigilar y combatir y de los que apenas se diferenciaba. Las guías del pasado siglo, por ejemplo la monumental del barón Amand von Schweiger-Lerchenfeld, hablan de una jungla de hombres de todas las raleas y de todas las razas, turcos y caucasianos, zíngaros y negros, búlgaros y valacos, rusos y serbios, marineros de medio mundo, aventureros, delincuentes, forzados, evadidos. «Los homicidios estaban a la orden del día.» Después de la guerra de Crimea llegaron, dirigiéndose a Bulgaria, los nogai, los tártaros y circasianos diezmados por la peste.

Ahora el delta, en el que viven unas veinticinco o treinta mil personas, es sobre todo la patria de los lipovenos, los pescadores de luengas barbas patriarcales que llegaron en el siglo XVIII desde Rusia, país que habían abandonado por razones religiosas. Los viejos creyentes, los seguidores del monje Felipe, se habían refugiado en Bucovina de Moldavia; negaban el sacerdocio, los sacramentos, el matrimonio y el servicio militar y se negaban sobre todo a jurar y a rezar por el zar, mientras ansiaban como suprema expiación la decisión de morir en la hoguera o por ayuno. En la Bucovina austríaca José II les concedió la libertad de culto y la exención del servicio militar; probablemente el emperador ilustrado despreciaba los principios que les prohibían vacunarse y tomar todo tipo de medicamento, pero sin duda admiraba su talante dulce, laborioso y respetuoso de las leyes y sobre todo su industrioso ingenio que les convertía en artesanos y campesinos altamente cualificados y avanzados en el ámbito de la técnica. A mediados del siglo XIX, muchos lipovenos volvieron a aceptar la jerarquía y a celebrar la misa según la antigua liturgia y a finales de siglo algunos de ellos entraron en la Iglesia griega oriental.

Ahora los lipovenos son pescadores en el delta pero ejercen también los más diferentes oficios en otras partes, en las fábricas e industrias rumanas. Sin embargo, siguen siendo sobre todo el pueblo del río, viven en el agua como los delfines o los demás mamíferos del mar. En las orillas, sus barcas negras se parecen a animales que reposan en la playa y al sol, focas dispuestas a zambullirse y a desaparecer entre las olas a la más mínima señal. Sobre el agua están sus casas de madera, de barro y de paja, cubiertas de cañas, sus cementerios con cruces azules, las escuelas a las que sus hijos llegan en barca. Los colores lipovenos son el negro y el azul, límpido y dulce como los ojos de Nikolai bajo los cabellos rubios. Mientras el barco se detiene ante sus casas, la gente se asoma hospitalaria y festiva, saluda y hace ademán de pararse y de entrar; alguno de ellos, con unas pocas paletadas de pagaya, se acerca hasta nosotros y nos ofrece pescado fresquísimo a cambio de *rakia.*

No hay límite entre la tierra y el agua, las calles que en las aldeas conducen de una casa a otra son a veces senderos recubiertos de hierba y otras canales sobre los que fluctúan juncos y ninfeas; tierra y río se mezclan y se esfuman una en otro, los «plaur» recubiertos de cañas flotan como árboles a la deriva o se pegan al fondo como islas, no es casualidad que exista una Venecia del delta, Valcov, con las cúpulas de su iglesia.

Zaharia Haralambie, próximo a la Milla 23, en el antiguo curso del Danubio con doble recado cerca del canal que lleva a Sulina, es el guardián de la reserva de los pelícanos; durante toda la vida escucha sus gritos y el batido de sus alas. Como los restantes lipovenos, tiene una cara franca y abierta, una inocencia sin temor. Los niños, que nos han rodeado tumultuosamente apenas hemos descendido, se zambullen en el río y lo beben, se persiguen sin hacer distinciones entre el agua y la tierra. Las mujeres son locuaces, amables, propensas a una simpática familiaridad que lleva a Cisek, en su novela, a estimulantes fantasías amorosas. El delta es el gran abandono del fluir, universo líquido que libera y disuelve, hojas que se dejan llevar y transportar por la corriente.

¿Dónde termina el Danubio? En este incesante acabar no existe final, existe sólo un verbo en infinitivo. Los ramales del río se van cada uno por su cuenta, se emancipan de la imperiosa unidad-identidad, mueren cuando les parece, uno un poco antes y otro un poco después, como el corazón, las uñas o los pelos a los que el certificado de defunción libera del vínculo de recíproca fidelidad. El filósofo tendría dificultades, en esta maraña, para señalar con el dedo al Danubio, su precisa ostensión se convertiría en un inseguro gesto circular, vagamente ecuménico, porque el Danubio está por todas partes y hasta su final está en cada uno de los cuatro mil trescientos kilómetros cuadrados de su delta.

Büsching mencionaba siete bocas al igual que el antiguo Ammiano, Kleemann –en 1764– contaba cinco como Herodoto y Estrabón, Sigmund von

Birken las enumeraba según los nombres que había encontrado en Plinio: Hierostomum o sea boca sagrada, Narcostomum o perezosa, Calostomum o sea bella, Pseudostomum o sea falsa, Borceostomum o boca del norte, Stenostomum es decir estrecha, Spirostomum, boca de espiras serpentinas.

Los brazos oficiales, partiendo de Tulcea, son tres: el de Chilia, al norte, que a su vez penetra en el mar a través de cuarenta y cinco bocas, en territorio soviético, y vierte dos terceras partes del agua y de los detritus del Danubio; el central de Sulina, que se precipita directamente en el mar Negro gracias a la canalización realizada entre 1880 y 1902, lo cual facilita la navegación y hace simbólicamente rectilíneo y decidido su recorrido; el de Sfintu Gheorge, al sur, serpentino y retorcido, al cual debe el Danubio su longitud canónica atribuida por los manuales; y, para hablar con propiedad, existe un cuarto brazo, el canal Dunavat, que se separa del anterior y desciende, retrocediendo hacia el sudoeste, hasta el gran lago Razin, en el cual se vierte además el canal Dranov, que sale del mismo brazo.

Está claro que, para delimitar las desembocaduras, no hace al caso devanarse los sesos indecorosamente, como ocurre con las fuentes, sino que resulta adecuado dejar morir a todo el mundo en paz, hombre, río o animal, sin ni siquiera preguntarle cómo se llama. Tal vez sea lícito elegir la boca del Danubio a partir del nombre, por amor a una conclusión perezosa y divagante, como promete Narcostomum, o por la atracción de ese extremo barajamiento de las cartas, del as en la manga que deja entrever Pseudostomum, la boca falsa; coherencia y magia deberían, sin duda, inducirme a optar por la boca sacra, porque, según Sigmund Birken, cerca de ella surgía una ciudad llamada antiguamente Istrópolis.

La confusión se está haciendo realmente excesiva, como cuando los viejos se lían con nombres y fechas, equivocándose en décadas y confundiendo a los vivos con los difuntos. Así pues, la elección sólo puede ser convencional, arbitraria, como conviene a la época del nihilismo completo; si no existe la verdad, el criterio operativo se puede determinar a placer, como las reglas del ajedrez o las señales del código de circulación. La línea recta que conduce a Sulina se adecúa al decisionismo y, además, su eficiente navegabilidad, obtenida gracias a la canalización, lisonjea a todos los amantes de la Regulation. Queda claro, pues, que el Danubio termina en Sulina.

15. EN EL MAR GRANDE

El arte, sistema sígnico por excelencia, apoya la elección de Sulina. En las orillas del domesticado Danubio, que corre lento y tranquilísimo hacia el final, mujeres arrodilladas ante el agua lavan y tienden alfombras a secar. Naves de hierro y de óxido oscilan en las olas, sugiriendo el movimiento de un puerto activo, pero la ciudad dormita en un impreciso desarme, balconada de una convalecencia apática y prolongada de la que no se recuerda bien el motivo. En las tiendas y en los almacenes apenas hay nada, un poco de tocino y algunas latas de conserva, también en el mercado los puestos están vacíos y una superflua y profusa oferta de rábanos insinúa una parodia de la abundancia.

Una modernización incolora e interrumpida ha roto la vieja ciudad turca, esparcida entre calles polvorientas, escombros y árboles solitarios; las cancelas de la estación que regula el tráfico de los pasajeros fluviales están cerradas y una pequeña multitud indecisa se pone vagamente en cola, sin que se sepa si, y cuándo, podrán comprar los billetes. Algunos soldados, que no visten más que alguna pieza suelta del uniforme, están atareados en algún trabajo indeterminado. En el hotel Farul se puede mordisquear algo, pero para beber hay que sentarse en el patio, donde, por el contrario, no es posible conseguir nada de comer.

Sulina es un símbolo del desalojo, del abandono, un estudio de cine donde las secuencias han sido filmadas hace tiempo, y la *troupe,* al irse, ha dejado allí escenarios, trajes y decorados que ya no servían. Constantin Frantz, jurista enemigo de Bismarck y defensor de una Mitteleuropa federal y plurinacional de la que el elemento alemán fuera el factor unificador pero no dominante, soñaba con una federación danubiana que incluyera, como dice la palabra tomada al pie de la letra, también las bocas, el delta, este faro de Sulina que indica la desembocadura del río en el mar. Agua pasada, responden los gorgoteos de estas orillas. La película que ya ha sido rodada es la de la vieja Europa danubiana, una trivial historia de amor, de intrigas diplomáticas y de elegancia *belle époque,* situada en el ambiente de la Commission Européenne du Danube que presidía, con todas las afelpadas cautelas e incluso las tramas galantes de la política ochocentista, los trabajos para ampliar y reglamentar el puerto de Sulina.

Esa historia ha barrido ahora Sulina, dejando a sus espaldas alguna casa turca, el faro construido gracias a las tasas impuestas a las naves que entraban en el puerto, alguna fachada vagamente *liberty.* A Sulina llegan ahora los detritus arrastrados por el Danubio. En su novela *Europolis* de 1933, Jean Bart, alias Eugen P. Botez, ve también llegar a Sulina los destinos humanos como restos de un naufragio; la ciudad, como dice su nombre imaginario, sigue viviendo en un halo de opulencia y de esplendor, puerto situado en las grandes rutas, lugar en el que se encuentra gente de países lejanos y se sueña, se entrevé, se manipula pero sobre todo se pierde la riqueza.

En la novela, la colonia griega, con sus cafés, es el fondo de esta declinante lozanía a la que la Comisión del Danubio ofrece la dignidad político-diplomática o, por lo menos, su reverberación. El libro, sin embargo, es una historia de ilusión, de decadencia, de engaño y de soledad, de infelicidad y de muerte; una sinfonía del final, en el que la ciudad que finge ser una pequeña capital europea se convierte en bajo fondo y en rada abandonada.

Me encamino hacia el mar, curioso por ver la desembocadura, por hundir mi mano y mi pie en la mezcla del traspaso o bien por tocar la solución de continuidad, el hipotético punto de disolución. El polvo se convierte en arena, la tierra ya es la duna de la playa, los zapatos se embarran en charcos que tal vez ya son desembocaduras, mínimas bocas torcidas en las que se desangra el Danubio. Al fondo se ve el mar. En la landa color de estopa se suceden, entre astilleros abandonados, escombros de obras sin terminar, matorrales y olor de alquitrán, cementerios ortodoxos, turcos, judíos, de viejos creyentes, a poca distancia el uno del otro. Simón Brunstein, en aquel 17 de mayo de 1924 que para él no tuvo mañana, tenía sesenta y siete años; una selva de barrotes custodia, como lanzas desordenadas en la llanura, a un turco sin nombre, una estela recuerda al capitán David Baird, ahogado en Sulina en 1876, a los cuarenta y seis años. El 21 de mayo de 1868, Margaret Ann Pringle tenía veintitrés años y está sepultada cerca de William Webster, *chief officer* del *Adalia*, ahogado mientras intentaba salvarla.

¿Margaret y William como Paolo y Virginia, Hero y Leandro, Senta y el holandés errante u otras figuras de la fábula que une a un tiempo el amor, el mar y la muerte? Cada comentario es un epos ininterrumpido, que genera y sugiere todas las novelas posibles. Amurallar abusivamente un pequeño trozo de este terreno arenoso y plantar en él placas y letreros de cervecerías, mesones y cafés que he visto cerrar, siendo cada vez desalojado como si nada existiera; llevar la contabilidad es, en cualquier caso, tranquilizador, crea la ilusión de frenar y dominar las pérdidas, encierra el pathos de la marcha fúnebre en la tímida prosa del registro.

En la tarde todavía joven vuelan muchas gaviotas y garzas, muchas garzas, y chillan fuerte, ásperas y monótonas, grandes cerdos peludos hozan en los charcos y a trechos las sombras, que se alargan y se rompen en las dunas, hacen que parezcan, por un instante, gigantescos. La playa es grande, las figuras son siluetas abstractas, unos cuantos radares inutilizados están agazapados en la arena como carcasas de naves o pájaros gigantescos, las viejas grullas de plumas amarillentas y oxidadas que llevan a los sabios taoístas a su cielo. El mar es opaco y aceitoso, sabe a petróleo y acuna las habituales y previsibles inmundicias; no se percibe el corte, la línea a lo largo de la cual, según Ammiano, los peces procedentes de alta mar iban a chocar con la ola que irrumpía del Danubio; todavía es más improbable descubrir la corriente del río que, en opinión de Salomon Schweiger, se dirigía con firmeza hacia el mar Negro y lo atravesaba recta e intacta, como para llegar dos días después a Constantinopla todavía perfectamente pura y potable.

La atmósfera es bochornosa, tengo sed, alguien me grita algo desde lejos pero no le entiendo, los cerdos siguen hozando alrededor de los grandes pájaros de hierro, el Danubio es el pantano en el que hunden el hocico, y desde ninguna parte desciende al mar el agua clara de la que habla el viejo libro, ¿por qué nuestro viaje tendría que terminar en la nada?, se pregunta un verso de Arghezi. El horizonte es inmenso y grisáceo, una muralla altísima y resquebrajada, el sol perfora el mar con lanzas blancas, el borde de una nube resbala y desciende sus pestañas cuando entorna los ojos, si no estuviéramos en un fatigoso país del Este podría llamarla desde algún bar de la playa, el delta, según las guías, es un punto de encuentro de las migraciones de aves, seis direcciones migratorias en primavera y cinco en otoño, si se consiguiera seguir la historia y la trayectoria completa aunque sólo fuera de un ave nómada, como pretendía Buffon, lo sabríamos, sabríamos todo, todo nostalgia platónica, eros de la lejanía, según Stephanos de Bizancio y Eustathios los escitas llamaban al curso inferior del Danubio Matoas, río de la felicidad, las gaviotas y las garzas chillan, un cerdo arranca un trozo de hierba con los colmillos, lo mastica y lo tritura, me mira con ojos obtusos y crueles, cercanísimos.

La desembocadura no existe, el Danubio es invisible, no parece que los arroyuelos fangosos entre las cañas y las arenas lleguen de Furtwangen y hayan lamido la isla Margarita. Sin embargo una boca, una cualquiera de tantas, innumerables, no puede faltar en la Regulation de un meticuloso cuaderno danubiano y la busco, como se busca una clave, una palabra que no acude, una página que falta, se hurga en los bolsillos y en los cajones, en el pasaporte falta un sello y sin el sello no se puede partir, nada de *Steamer balançant ta mâture,* nada de nave de alta mar de gran arboladura, ni canto de marineros en el corazón.

El atasco, por su naturaleza, pertenece también al universo de los mapas, de los trámites administrativos, del iter burocrático, que cada vez se hunde un poco más pero luego, en el último momento, acaba, no se sabe cómo, por resolverse. El error ha consistido en buscar la desembocadura por este lado, en el espacio abierto e indefinido de las dunas y de la playa, del horizonte y del mar, siguiendo la indiferenciada diseminación y dispersión de los hilos de agua. Hay que volver atrás, el gesto con el que un amable soldado mal uniformado, al que he detenido e interrogado mientras pasaba en bicicleta entre los charcos, indica el lugar donde el Danubio desemboca en el mar, se parece al del pálido y amable psicagogo Tadzio-Ermes, que señala un punto lejano en la inmensidad, en el infinito mar que abrasa cualquier finitud empírica, pero lo que el descamisado militar muestra sonriendo y extendiendo el brazo es la entrada del puerto, la garita donde un centinela, detrás de una valla despintada que corta la carretera, controla a quien entra, le pide el documento de autorización.

El Danubio, debidamente canalizado, desemboca en la zona portuaria reservada a los empleados, se pierde en el mar bajo la vigilancia de la Capitanería. El acceso al fin exige el permiso, el salvoconducto, pero los controladores son gente de mundo, no acaban de entender lo que pretende el extranjero pero entienden que es inofensivo y le permiten dar una vuelta y echar una mirada a la nada que hay para ver, un canal que fluye hacia el mar en un marco de naves, grúas, vigas, y montones de cajas sobre los muelles, sellos sobre los paquetes postales, visados de aduanas.

¿Todo aquí, pues? Después de tres mil kilómetros de película uno se levanta y se aleja un momento de la sala, buscando al vendedor de palomitas, y atraviesa distraídamente una salida de socorro, en la parte trasera. Hay poca gente, que tiene prisa por irse, porque ya es bastante tarde, y el puerto se vacía. Pero el canal corre leve, tranquilo y seguro hacia el mar, ya no es canal, límite, Regulation, sino flujo que se abre y se abandona a las aguas y a los océanos de todo el globo, y a las criaturas de sus profundidades. «Fa che la morte mia, Signor –dice un verso de Marin– la sia comò 'l scôre de un fiume in t'el mar grando.»[1]

1. («Haz que mi muerte, Señor, sea como el discurrir de un río en el mar grande.»)

ÍNDICE

ÍNDICE

RDA
RFA
CHECOSLOVAQUIA
AUSTRIA
ITALIA
YUGOSLAVIA
MAR ADRIATICO
Danubio
Regensburg
Kehlheim
Straubing
Dillingen
Lauingen
Ingolstadt
Neuburg
Ulm
Günzburg
Passau
Vilshofen
Linz
Artstetten
Grein
Stein
Krems
Kierling
Pezinok
Tulln
Eckhartsau
Bratislava
Vienna
Carnuntum
Sopron
Győr
Komárom
Trenčin
Sankt Florian
Mauthausen
Donaueschingen
Sigmaringen
Messkirch
Immendingen
Furtwangen
Fonte
Breg

OLONIA
UNIÓN SOVIÉTICA
Matiašovce
Matliary
Tatranska Lomnica
Czernowitz
HUNGRÍA
RUMANÍA
Cluj-Klausenburg
Bistrita
Sighisoara
Chilia Veche
Galaţi
Szeged
Sibiu-Hermannstadt
Brasov-Kronstadt
Brăila
Tulcea
Subotica
Timisoara
Sombor
Histria
Novi Sad
Vršac
Danubio
Bela Crkva
Pančevo
Turnu Severin
Bucarest
Costanza
Adamclisi
Belgrado
Kladovo
Djerdap
Giurgiu
Ruse
MAR NEGRO
Vidin
Lom
Kozlodúj
Nicopoli
Belogradčik
BULGARIA
Sofia
Plovdiv

Impreso en Talleres Gráficos
LIBERDÚPLEX, S. L. U.
ctra. BV 2249, km. 7,4 - Polígono Torrentfondo
08791 Sant Llorenç d'Hortons